O TANGO DA VELHA GUARDA

Arturo Pérez-Reverte

O TANGO DA VELHA GUARDA

Tradução de
Luís Carlos Cabral

EDITORA RECORD
RIO DE JANEIRO • SÃO PAULO
2013

CIP-BRASIL. CATALOGAÇÃO NA FONTE
SINDICATO NACIONAL DOS EDITORES DE LIVROS, RJ

P516t   Pérez-Reverte, Arturo, 1951-
    O tango da Velha Guarda / Arturo Pérez-Reverte; tradução de Luís Carlos Cabral. – Rio de Janeiro: Record, 2013.

Tradução de: El tango de la Guardia Vieja
ISBN 978-85-01-40276-9

1. Romance espanhol. I. Cabral, Luís Carlos. II. Título.

13-2178.   CDD: 863
                            CDU: 821.134.2-3

TÍTULO ORIGINAL:
El tango de la Guardia Vieja

Copyright © 2012, Arturo Pérez-Reverte

Texto revisado segundo o novo Acordo Ortográfico da Língua Portuguesa.

Todos os direitos reservados. Proibida a reprodução, no todo ou em parte, através de quaisquer meios. Os direitos morais do autor foram assegurados.

Editoração eletrônica: Abreu's System

Direitos exclusivos de publicação em língua portuguesa somente para o Brasil adquiridos pela
EDITORA RECORD LTDA.
Rua Argentina, 171 – Rio de Janeiro, RJ – 20921-380 – Tel.: 2585-2000, que se reserva a propriedade literária desta tradução.

Impresso no Brasil

ISBN 978-85-01-40276-9

Seja um leitor preferencial Record.
Cadastre-se e receba informações sobre nossos lançamentos e nossas promoções.

Atendimento e venda direta ao leitor:
mdireto@record.com.br ou (21) 2585-2002.

EDITORA AFILIADA

"Uma mulher como você e um homem como eu não se esbarram muitas vezes na face da Terra."

JOSEPH CONRAD. *Dentro das marés*

Sumário

1. O dançarino mundano — 11
2. Tangos para sofrer e tangos para matar — 45
3. Os rapazes de antigamente — 76
4. Luvas de mulher — 105
5. Uma partida adiada — 136
6. O Passeio dos Ingleses — 173
7. Sobre ladrões e espiões — 203
8. *La vie est brève* — 237
9. A variante Max — 263
10. Som de marfim — 288
11. Hábitos de velho lobo — 320
12. O Trem Azul — 347
13. A luva e o colar — 375

Agradecimentos — 389

Em novembro de 1928, Armando de Troeye viajou a Buenos Aires para compor um tango. Podia se permitir. Aos 43 anos, o autor de "Nocturnos" e "Pasodoble para don Quijote" estava no auge da carreira. Todas as revistas ilustradas espanholas publicaram sua fotografia, apoiado ao lado de sua bela esposa na amurada do transatlântico *Cap Polonio*, da Hamburg-Südamerikanische. A melhor imagem foi a das páginas da coluna social da *Blanco y Negro*: os De Troeye no convés da primeira classe, ele com uma gabardina inglesa nos ombros, uma das mãos no bolso do paletó e um cigarro na outra, sorrindo para aqueles que se despediam deles em terra; e ela, Mecha Inzunza de Troeye, com casaco de pele e um elegante chapéu emoldurando seus olhos claros, que o entusiasmo do jornalista que redigiu a legenda da fotografia qualificou como "deliciosamente profundos e dourados".

Naquela noite, com as luzes da costa ainda visíveis à distância, Armando de Troeye começou a se vestir para o jantar, mas sentiu que ia se atrasar, devido a uma ligeira enxaqueca que demorava a passar. Por isso sugeriu à esposa que fosse à frente para o salão de dança e se entretivesse ouvindo música. Como era um homem detalhista, precisou de um bom tempo para abastecer a cigarreira de ouro que guardou no bolso interno do paletó do smoking e distribuir pelos outros bolsos alguns objetos necessários para a noitada: um relógio de bolso de ouro com corrente, um isqueiro, dois lenços brancos bem-dobrados, um porta-comprimidos com pílulas digestivas e uma carteira de couro de crocodilo com cartões de visita e dinheiro trocado para as gorjetas. Depois apagou a luz elétrica, fechou às suas costas a porta da suíte-camarote e caminhou, tentando adequar seus movimentos ao suave balanço da enorme embarcação, pelo tapete que amortecia a distante trepidação das máquinas que impulsionavam o navio na noite atlântica.

Antes de atravessar a porta do salão, enquanto o *maître de table* ia ao seu encontro com a lista de reservas do restaurante em mãos, De Troeye contemplou no grande espelho do vestíbulo o peitilho engomado, os punhos da camisa e os sapatos pretos bem-lustrados. O traje a rigor tinha o dom de acentuar seu aspecto elegante e frágil — sua estatura era mediana e as feições mais regulares do que atraentes, aperfeiçoadas por olhos inteligentes, um bigode bem-cuidado e cabelos pretos ondulados, salpicados por alguns fios brancos prematuros. O ouvido adestrado do compositor acompanhou, por alguns instantes, os compassos da música que a orquestra tocava: uma suave e melancólica valsa. De Troeye sorriu levemente, com um ar tolerante. A execução era apenas correta. Depois, enfiou a mão esquerda no bolso da calça, respondeu à saudação do maître e o seguiu até a mesa que reservara para toda a viagem no melhor lugar do salão. Alguns olhares se voltaram para ele. Uma bela mulher, com brincos de esmeralda, pestanejou com surpresa e admiração. Reconheciam-no. A orquestra atacou outra valsa lenta enquanto De Troeye sentava-se a uma mesa na qual havia uma série de taças intactas, ao lado da falsa chama de uma vela elétrica em uma tulipa de cristal. Da pista, entre casais que se moviam ao compasso da música, sua jovem esposa lhe sorriu. Mercedes Inzunza, que chegara ao salão vinte minutos antes, dançava nos braços de um jovem delgado e atraente, vestido a rigor: o dançarino profissional do navio, encarregado de entreter as senhoras da primeira classe que viajavam desacompanhadas ou cujos acompanhantes não dançavam. Após lhe devolver o sorriso, De Troeye cruzou as pernas, escolheu com certa afetação um cigarro na cigarreira e começou a fumar.

1. O dançarino mundano

Em outros tempos, cada um de seus semelhantes tinha uma sombra. E ele fora o melhor de todos. Mantinha sempre o ritmo impecável em uma pista, as mãos serenas e ágeis fora dela, e nos lábios a frase apropriada, a réplica oportuna, brilhante. Por isso, os homens o achavam simpático e as mulheres o admiravam. Naquela época, além das danças de salão que lhe permitiam ganhar a vida — tango, foxtrote, bóston —, dominava como ninguém a arte de criar fogos de artifício com as palavras e desenhar paisagens melancólicas com os silêncios. Durante longos e frutíferos anos, raramente errou o alvo: era difícil que uma mulher de posição social confortável, de qualquer idade, resistisse a ele no chá dançante de um Palace, um Ritz ou um Excelsior, em um terraço da Riviera ou em um salão da primeira classe de um transatlântico. Havia pertencido à classe de homens que podiam ser encontrados de manhã, em uma chocolateria e de fraque, convidando para tomar o café os serviçais da casa onde participara na noite anterior de um baile ou um jantar. Tinha esse dom, ou essa inteligência. Também, pelo menos uma vez em sua vida, fora capaz de arriscar tudo o que tinha na mesa de um cassino e voltar à plataforma de um bonde, arruinado, assobiando "El hombre que desbancó Montecarlo" com aparente indiferença. E era tal a elegância com que sabia acender um cigarro, dar um nó na gravata ou exibir os punhos bem-passados de uma camisa que a polícia nunca se atrevera a detê-lo, a não ser que estivesse com as mãos na massa.

— Max.

— Senhor?

— Pode colocar a mala no carro.

O sol da Baía de Nápoles fere seus olhos ao se refletir nas partes cromadas do Jaguar Mark X, como nos automóveis de outrora quando eram dirigidos por ele mesmo ou por outros. Mas até isso mudou desde então, e nem sequer a velha sombra aparece em algum lugar. Max Costa dá uma olhada sob seus pés; até se movimenta ligeiramente, mas sem resultado.

Ignora o momento exato em que isso aconteceu, mas é o de menos. A sombra ficou em silêncio, ficando para trás como tantas outras coisas.

Faz uma careta resignada ou talvez se trate apenas do sol que incomoda seus olhos, enquanto tenta pensar em alguma coisa concreta, imediata — a pressão dos pneus a meia carga e a carga completa, a suavidade do câmbio de marchas sincronizado, o nível do óleo —, para afastar a alfinetada agridoce que sempre aparece quando a nostalgia ou a solidão se manifestam em excesso. Depois respira fundo, mas suavemente, e esfrega com uma camurça a estatueta prateada do felino que coroa o radiador e veste o paletó do uniforme cinza que estava dobrado no respaldo do assento dianteiro. Só depois de abotoá-lo com cuidado e ajustar o nó da gravata sobe lentamente os degraus que, flanqueados por mármores decapitados e jarrões de pedra, levam à porta principal.

— Não esqueça a mala pequena.

— Não se preocupe, senhor.

O Dr. Hugentobler não gosta que seus empregados o chamem de doutor na Itália. Este país, costuma dizer, está infestado de *dottori, cavalieri* e *commendatori*. E eu sou apenas um médico suíço. Sério. Não quero que me tomem por um deles, sobrinho de um cardeal, industrial milanês ou algo assim. Quanto a Max Costa, todos na vila situada nos arredores de Sorrento se dirigem a ele chamando-o simplesmente de Max. Isso não deixa de ser um paradoxo, pois usou vários nomes e títulos ao longo da vida, aristocráticos ou plebeus, de acordo com as circunstâncias e as necessidades de cada momento. Mas já faz algum tempo, desde que sua sombra agitou pela última vez o lenço e disse adeus — como uma mulher que desaparece para sempre em uma nuvem de vapor, emoldurada pela janelinha de um vagão-leito, e nunca se sabe se partiu nesse momento ou começou a partir muito antes —, que recuperou o seu, o autêntico. Uma sombra em troca do nome que, até a aposentadoria forçada, recente e de certa maneira natural, incluindo uma temporada na prisão, passou a constar com um grosso prontuário nos departamentos de polícia de meia Europa e América. De qualquer forma, pensa, enquanto pega a malinha de couro e a mala Samsonite e as coloca no porta-malas do carro, nunca, nem sequer nos piores momentos, imaginou que acabaria seus dias respondendo "senhor?" ao ser interpelado por seu nome de batismo.

— Vamos, Max. Trouxe os jornais?

— Estão aí atrás, senhor.

Duas batidas de porta. Colocou, tirou e voltou a colocar o quepe para acomodar o passageiro. Ao se sentar ao volante, deixa-o no assento ao lado e, com uma expressão afetada, dá uma olhada pelo retrovisor antes de alisar os cabelos grisalhos, ainda abundantes. Nada como o detalhe do quepe, pensa, para ressaltar a ironia da situação; a praia absurda onde a ressaca da vida o atirou depois do naufrágio final. E, no entanto, quando está em seu quarto da vila se barbeando diante do espelho e conta as rugas como quem conta cicatrizes de amores e batalhas, cada uma com nome próprio — mulheres, roletas de cassino, manhãs incertas, entardeceres de glória ou de fracasso —, acaba sempre dirigindo a si mesmo uma piscadela de absolvição; como se aquele ancião alto, já não tão magro, de olhos escuros e cansados, reconhecesse a imagem de um velho cúmplice que tem muitas explicações a dar. Apesar de tudo, insinua o reflexo em tom familiar, suavemente cínico e até mesmo um pouco cafajeste, é forçado a reconhecer que, aos 64 anos e com as péssimas cartas que a vida lhe serviu nos últimos tempos, ainda pode se considerar um homem de sorte. Em circunstâncias parecidas, outros — Enrico Fossataro, o velho Sándor Esterházy — tiveram de escolher entre a caridade pública ou um minuto de incômodas contorções pendurados pela gravata no banheiro de uma triste pensão.

— Aconteceu alguma coisa importante? — pergunta Hugentobler.

O ruído de jornais ecoa no assento traseiro do automóvel: páginas passadas sem vontade. Foi mais um comentário do que uma pergunta. Pelo retrovisor, Max vê os olhos de seu patrão inclinados, os óculos de leitura apoiados na ponta do nariz.

— Os russos jogaram a bomba atômica ou alguma coisa semelhante?

Hugentobler brinca, naturalmente. Humor suíço. Quando está bem-disposto, costuma fazer piadas com os empregados, talvez porque seja solteiro, sem uma família que ria das suas graças. Max esboça um sorriso profissional. Discreto e adequadamente distante.

— Nada de especial, senhor: Cassius Clay venceu outra luta e os astronautas da Gemini XI voltaram sãos e salvos... Também está esquentando a guerra da Indochina.

— Vietnã, deve estar querendo dizer.

— É verdade. Vietnã... E, no noticiário local, em Sorrento começa a ser disputado o Prêmio Campanella de xadrez: Keller contra Sokolov.

— Meu Deus do céu — diz Hugentobler, divertido e sarcástico. — Vou lamentar tanto perdê-lo... A verdade é que há gente para tudo, Max.

— Eu que o diga, senhor.

— Pode imaginar? Passar a vida inteira diante de um tabuleiro... Esses jogadores acabam assim. Loucos, como o tal do Bobby Fischer.

— Naturalmente.

— Vá pela estrada de baixo. Temos tempo.

O cascalho para de ranger embaixo dos pneus quando, após atravessar a grade de ferro, o Jaguar começa a rodar lentamente pela estrada asfaltada em meio a oliveiras, aroeiras-da-praia e figueiras. Max troca de marcha com suavidade diante de uma curva mais pronunciada, em cujo final o mar tranquilo e resplandecente recorta contra a luz, como vidro esmerilhado, as silhuetas dos pinheiros e das casas escalonadas na montanha, o Vesúvio no outro lado da baía. Por um instante esquece a presença do passageiro e acaricia o volante, concentrado no prazer de dirigir; o percurso entre dois lugares cuja localização no tempo e no espaço não o preocupa. O ar que entra pela janela cheira a mel e a resina; são os últimos aromas do verão, que, neste lugar, se recusa a morrer e sempre trava uma ingênua e doce batalha com as folhas do calendário.

— Dia magnífico, Max.

Pisca, voltando à realidade, e levanta de novo os olhos para o espelho retrovisor. O Dr. Hugentobler colocou de lado os jornais e está com um charuto cubano nas mãos.

— É verdade, senhor.

— Temo que, quando voltar, o tempo já terá mudado.

— Confiemos que não, senhor. Serão apenas três semanas.

Hugentobler emite um grunhido acompanhado de uma baforada de fumaça. É um homem de aspecto agradável e pele avermelhada, proprietário de uma clínica de repouso situada nas proximidades do lago de Garda. Fez fortuna nos anos que se seguiram à guerra propiciando tratamento psiquiátrico a judeus ricos traumatizados pelos horrores nazistas; desses que despertavam no meio da noite e acreditavam ainda estar em um barracão de Auschwitz, com dobermans latindo lá fora e oficiais da SS indicando o caminho das duchas. Hugentobler e seu sócio italiano, um tal de Dr. Bacchelli, os ajudavam a combater esses fantasmas, recomendando como final de tratamento uma viagem a Israel organizada pela direção da clínica e liquidando o assunto com imensas faturas que hoje permitem a Hugentobler manter uma casa em Milão, um apartamento em Zurique e a vila de Sorrento com cinco automóveis na garagem. Há três anos, Max se encarrega de mantê-los em perfeito estado e dirigi-los, assim como de supervisionar os trabalhos de manutenção da vila. Os outros empregados são um casal de Salerno, criada e jardineiro: os Lanza.

— Não vá diretamente ao porto. Siga pelo centro.

— Sim, senhor.

Dá uma rápida olhada no relógio correto, mas barato — um Festina revestido de ouro falso —, que usa no pulso esquerdo, e dirige em meio ao trânsito tranquilo que a essa hora trafega pelo *corso* Italia, a via principal da cidade. Há tempo de sobra para chegar ao barco a motor que levará o doutor de Sorrento ao outro lado da baía, poupando-o das muitas curvas da estrada que leva ao aeroporto de Nápoles.

— Max.

— Senhor?

— Pare em Rufolo e compre uma caixa de Montecristo número dois.

A relação de trabalho de Max com seu patrão começou como um amor à primeira vista: assim que colocou os olhos em cima dele, o psiquiatra desistiu de levar em conta os impecáveis antecedentes — rigorosamente falsos, é verdade — mencionados na carta de referência que apresentara. Homem prático, convencido de que sua intuição e sua experiência profissional jamais o traíam quando se tratava da condição humana, Hugentobler decidiu que aquele indivíduo vestido com certo ar de tresnoitada elegância e, sobretudo, a educada prudência de seus gestos e de suas palavras eram a própria imagem viva da honradez e do decoro. Personagem adequado, portanto, para conferir a dignidade apropriada à deslumbrante frota automobilística — o Jaguar, um Rolls-Royce Silver Cloud II e três carros antigos, entre eles um Bugatti 50T cupê — de que tanto se orgulhava o doutor em Sorrento. Naturalmente, estava longe de supor que seu chofer desfrutara, em outras épocas, de automóveis próprios e alheios tão luxuosos como os que agora dirige na qualidade de empregado. Se possuísse todas as informações, Hugentobler teria sido obrigado a rever alguns de seus pontos de vista sobre a condição humana e procurado um motorista de aspecto menos elegante, porém com um currículo mais convencional. De qualquer maneira, teria sido um erro. Qualquer pessoa que conheça o lado obscuro das coisas sabe que aqueles que perderam sua sombra são como as mulheres que têm um passado e contraem matrimônio: ninguém mais fiel do que elas, pois sabem o que estão arriscando. Mas não será Max Costa quem, a esta altura, vai informar ao Dr. Hugentobler sobre a fugacidade das sombras, a honestidade das putas ou a honradez forçosa dos velhos dançarinos de salão, mais tarde ladrões de luvas brancas. Embora nem sempre as luvas fossem inteiramente brancas.

Quando o barco a motor Riva se afasta da doca da Marina Piccola, Max Costa fica por um tempo no quebra-mar que protege o cais, observando a esteira penetrar na lâmina azul da baía. Depois tira a gravata e o paletó do uniforme e, com este no braço, caminha de volta para o carro estacionado perto do edifício da Guardia di Finanza, aos pés da encosta que se eleva sustentando a parte alta de Sorrento. Dá 50 liras ao garoto que toma conta do Jaguar, aciona o motor e dirige devagar pela estrada que, descrevendo uma curva fechada, sobe ao povoado. Ao chegar à praça Tasso, se detém diante de três pedestres que estão saindo do hotel Vittoria: são duas mulheres e um homem, e os acompanha com a vista enquanto passam a pouca distância do radiador. Têm aspecto de turistas abastados; daqueles que chegam fora da temporada para desfrutar com mais tranquilidade, sem as angústias do verão e suas multidões, o sol, o mar e o clima agradável que se mantém ali até muito avançado o outono. O homem deve ter menos de 30 anos, usa óculos escuros e veste paletó com cotoveleiras de camurça. A mais jovem das mulheres é uma morena de aspecto agradável e saia curta, com os cabelos recolhidos para trás em uma longa trança. A outra, de mais idade, madura, veste uma jaqueta de tricô bege, saia escura e se cobre com um enrugado chapéu masculino de tweed sob o qual se destacam cabelos cinza muito curtos com tons de prata. É uma senhora distinta, aprecia Max. Com a elegância que não provém da roupa, mas da maneira de usá-la. Acima da média do que se pode ver nas vilas e nos bons hotéis de Sorrento, Amalfi e Capri, mesmo nesta época do ano.

Há alguma coisa na segunda mulher que o leva a segui-la com os olhos enquanto atravessa a praça Tasso. Talvez seu jeito de andar: lentamente, segura, a mão direita enfiada com indolência em um bolso da jaqueta; com a maneira de se movimentar daqueles que, durante boa parte de sua vida, caminharam com segurança pisando os tapetes de um mundo que lhes pertencia. Ou talvez o que chame a atenção de Max seja a maneira como inclina o rosto para seus acompanhantes e ri do que falam entre si, ou pronuncia palavras abafadas pelos vidros à prova de som do automóvel. A verdade é que, por um momento, com a velocidade de quem evoca um fragmento desconexo de um sonho esquecido, Max se vê diante do eco de uma recordação. Da imagem antiga, remota, de um gesto, uma voz e um sorriso. Isso o deixa tão espantado que é necessária a buzinada de outro carro às suas costas para que engate a primeira marcha e avance um pouco sem parar de observar o trio, que chegou ao outro lado da praça e se senta ao sol, em torno de uma das mesas do terraço do bar Fauno.

Está prestes a pegar o *corso* Italia quando a sensação familiar acode outra vez a sua memória; mas agora se trata de uma recordação concreta: um rosto, uma voz. Uma cena, ou várias delas. De repente, o espanto se torna estupefação, e Max aperta o pedal do freio com uma força que lhe custa uma segunda buzinada do carro que vem atrás, acompanhada por gestos iracundos de seu motorista quando o Jaguar se desvia bruscamente à direita e, depois de frear de novo, se detém ao lado do meio-fio.

Tira a chave do contato e reflete, imóvel, olhando para as mãos apoiadas no volante. Finalmente sai do carro, veste o paletó e caminha sob as palmeiras da praça em direção ao terraço do bar. Está intranquilo. Teme, talvez, confirmar o que lhe passa pela cabeça. O trio continua ali, em uma conversa animada. Procurando passar despercebido, Max se detém ao lado dos arbustos da zona ajardinada. A mesa está a 10 metros e a mulher de chapéu de tweed, sentada de perfil, conversa com os outros, alheia ao escrutínio rigoroso a que Max a submete. É provável, confirma este, que em outros tempos tenha sido muito atraente, pois seu rosto conserva as marcas de uma antiga beleza. Poderia ser a mulher que suspeita, conclui, inseguro; é difícil afirmá-lo. Há muitos rostos femininos interpostos, e isso inclui um antes e um longo depois. Escondido atrás das jardineiras, examinando todos os detalhes que podem se encaixar em sua memória, Max não chega a uma conclusão que o satisfaça. Finalmente, tendo consciência de que se ficar parado ali acabará chamando a atenção, dá a volta no terraço e vai se sentar a uma das mesas do fundo. Pede um negroni ao garçom, e durante os vinte minutos seguintes observa o perfil da mulher, analisando cada um de seus gestos e expressões para compará-los com aqueles que recorda. Quando os três abandonam a mesa e atravessam de novo a praça em direção à esquina da via San Cesareo, reconhece-a, finalmente. Ou é o que supõe. Então ele se levanta e vai atrás deles, mantendo-se afastado. Faz séculos que seu velho coração não bate tão depressa.

* * *

A mulher dançava bem, constatou Max Costa. Solta e com certa audácia. Até se atreveu a acompanhá-lo em um passo lateral mais complicado, de fantasia, que ele improvisou para testar sua perícia, em um movimento do qual uma mulher menos ágil não teria saído bem. Devia estar se aproximando dos 25 anos, calculou. Alta e esbelta, braços longos, pulsos finos e pernas que se adivinhavam intermináveis embaixo da seda leve e escura, de reflexos de cor violeta, que revelava seus ombros e suas costas até a cintura. Devido aos saltos altos que realçavam o vestido de noite, seu rosto ficava na mesma altura do de Max: sereno, bem-desenhado. Usava seus cabelos castanhos um pouco ondulados, de acordo com a moda da temporada, com um corte curto deixando a nuca à mostra. Quando dançava, mantinha o olhar imóvel, mais além do ombro do paletó do smoking de seu par, onde apoiava a mão em que reluzia uma aliança de casada. Depois de ele ter se aproximado com uma reverência cortês oferecendo-se para dançar uma valsa lenta, daquelas que chamavam de bóston, nem uma única vez haviam voltado a se olhar nos olhos; os da mulher eram da cor de mel transparente, quase líquido, realçados pela quantidade certa de rímel — nem um toque além do necessário, assim como o batom dos lábios — sob o arco das sobrancelhas depiladas em um traço muito fino. Não tinha nada a ver com as outras mulheres que Max havia escoltado naquela noite no salão de baile: senhoras mais velhas com perfumes fortes de lilás e patchuli e jovenzinhas tontas de vestido claro e saia curta que mordiam os lábios esforçando-se para não perder o compasso que ficavam ruborizadas quando ele colocava a mão em sua cintura ou batiam palmas ao ouvir um *hupa-hupa*. E assim, pela primeira vez naquela noite, o dançarino mundano do *Cap Polonio* começou a se divertir com seu trabalho.

Não voltaram a se olhar, até que o bóston — era "What I'll Do" — terminou e a orquestra atacou o tango "A media luz". Ficaram por um momento imóveis na pista semivazia, um diante do outro; e ao ver que ela não voltava a sua mesa — um homem vestindo smoking, certamente o marido, acabara de se sentar ali — com os primeiros compassos ele abriu os braços, e a mulher se adaptou de imediato, impassível como antes. Apoiou a mão esquerda em seu ombro, estendeu com languidez o outro braço e eles começaram a se movimentar pela pista — deslizar, pensou Max, era a palavra correta — de novo com as íris cor de mel fixas mais além do dançarino, sem o olhar embora enlaçada nele com uma exatidão espantosa; acompanhando o ritmo seguro e lento do homem que, por sua vez, procurava manter uma distância respeitosa e correta, o toque dos corpos imprescindível para compor as figuras.

— Você acha que está bem assim? — perguntou após uma evolução complexa, acompanhada pela mulher com absoluta naturalidade.

Ela lhe dirigiu um olhar fugaz, finalmente. Talvez, também, um suave esboço de sorriso que se desvaneceu no ato.

— Perfeito.

Nos últimos anos, colocado na moda em Paris pelas danças estilo apache, o tango, originalmente argentino, causava furor nos dois lados do Atlântico. De maneira que a pista não demorou a ser ocupada por casais que evoluíram com maior ou menor desenvoltura, traçando passos, encontros e desencontros que, conforme o caso e a perícia dos protagonistas, podiam ir do correto ao grotesco. A companheira de Max, no entanto, respondia com toda leveza aos passos mais complicados, adaptando-se tanto aos movimentos clássicos, previsíveis, como aos que ele, cada vez mais seguro de sua acompanhante, empreendia às vezes, sempre sóbrio e lento de acordo com seu estilo particular, mas introduzindo cortes e simpáticos passos laterais que ela seguia com naturalidade, sem perder o ritmo. Divertindo-se também com o movimento e a música, como estava patente em seu sorriso que agora gratificava Max com mais frequência depois de alguma evolução complicada e bem-sucedida, e pelo olhar dourado que de vez em quando voltava da distância para pousar por alguns segundos, comprazido, no dançarino mundano.

Enquanto se movimentavam pela pista, ele estudou o marido com olhos profissionais, de caçador tranquilo. Estava acostumado a fazê-lo: esposos, pais, irmãos, filhos, amantes das mulheres com quem dançava. Homens, enfim, acostumados a acompanhá-las com orgulho, arrogância, tédio, resignação e outros sentimentos igualmente masculinos. Havia muitas informações úteis nos alfinetes de gravata, nas correntes de relógio, nas cigarreiras e nos anéis, no volume das carteiras entreabertas diante dos garçons, na qualidade e no corte do paletó, nas listras de uma calça ou no brilho dos sapatos. Até mesmo na forma de dar o nó na gravata. Tudo era material que permitia a Max Costa estabelecer métodos e objetivos ao compasso da música; ou, dizendo de modo mais prosaico, passar de danças de salão a alternativas mais lucrativas. O decorrer do tempo e a experiência o convenceram da opinião que lhe apresentara, sete anos antes, em Melilla, o conde Boris Dolgoruki-Bagration — segundo-cabo da Primeira Legião do Regimento de Estrangeiros —, que havia acabado de vomitar, minuto e meio antes, uma garrafa inteira de péssimo conhaque no pátio traseiro do bordel da Fátima:

— Uma mulher nunca é apenas uma mulher, querido Max. É também, e sobretudo, os homens que teve, que tem e que poderia ter. Nenhuma pode ser explicada sem eles... E quem descobre isso adquire a chave da caixa-forte. A mola de seus segredos.

Dirigiu um último olhar ao marido mais de perto, quando, ao final da música, acompanhou-a de volta à mesa: elegante, seguro, com mais de 40 anos. Não era um homem bonito, mas tinha um aspecto agradável com seu fino e distinto bigode, o cabelo ondulado um pouco grisalho, os olhos vivos e inteligentes que não perderam nenhum detalhe, confirmou Max, de tudo o que acontecera na pista de dança. Havia procurado seu nome na lista de reservas antes de se aproximar da mulher, enquanto ainda estava sozinha, e o maître confirmou que se tratava do compositor espanhol Armando de Troeye e senhora: cabine especial de primeira classe com suíte e mesa reservada no restaurante principal, ao lado da do capitão; coisa que, a bordo do *Cap Polonio*, significava muito dinheiro, excelente posição social, e quase sempre as duas coisas ao mesmo tempo.

— Foi um prazer, senhora. Dança maravilhosamente.

— Obrigada.

Fez uma inclinação de cabeça quase militar — costumava agradar às mulheres essa maneira de saudar e também a naturalidade com que segurava seus dedos para levá-los para perto dos lábios —, a qual ela correspondeu com um assentimento leve e frio antes de se sentar na cadeira que seu marido, agora em pé, oferecia-lhe. Max virou as costas, alisou, nas têmporas, os reluzentes cabelos negros penteados para trás com brilhantina, primeiro com a mão direita e depois com a esquerda, e se afastou evitando as pessoas que dançavam na pista. Caminhava com um sorriso cortês nos lábios, sem olhar para ninguém, mas sentindo em seu 1,79m, vestido com rigor impecável — nisso havia esgotado suas últimas economias antes de embarcar com contrato só de ida para a viagem a Buenos Aires —, a curiosidade feminina procedente das mesas que alguns passageiros já começavam a abandonar para se dirigir ao restaurante. Meio salão está me detestando neste momento, concluiu, entre resignado e divertido. A outra metade são mulheres.

* * *

O trio se detém diante de uma loja de souvenirs, cartões-postais e livros. Embora parte dos estabelecimentos comerciais de Sorrento feche no fim da alta temporada, inclusive algumas lojas elegantes do *corso* Italia, a via San Cesareo do bairro velho é frequentada durante todo o ano pelos turistas. A rua não é larga, de maneira que Max se detém a uma distância prudente, ao lado de uma charcutaria cujo quadro-negro, colocado em cima de um cavalete na porta com frases escritas com giz, oferece discreta proteção. A garota da trança entrou na loja e a mulher do chapéu fica conversando com o jovem. Este tira os óculos de sol e sorri. É moreno, de bom aspecto. Ela deve gostar dele, pois em certo momento acaricia seu rosto. Depois ele diz alguma coisa e a mulher ri muito, com um som que chega nitidamente ao homem que espia: um riso franco e claro, que a rejuvenesce muito e sacode Max com recordações pontuais do passado. É ela, conclui. Passaram-se 29 anos desde a última vez que a viu. Então chuviscava sobre uma paisagem costeira, outonal: um cachorro perambulava pelos seixos úmidos da praia, sob a balaustrada do Passeio dos Ingleses de Nice; e a cidade, mais além da fachada branca do hotel Negresco, desvanecia-se na paisagem nublada e cinza. Todo aquele tempo transcorrido, interposto entre uma e outra cena, poderia ludibriar as recordações. No entanto, o velho dançarino mundano, hoje serviçal e chofer do Dr. Hugentobler, não tem mais dúvidas. Trata-se da mesma mulher. A mesma forma de rir, a maneira como inclina a cabeça para um lado, os gestos serenos. A forma elegante, natural, de manter uma das mãos no bolso da jaqueta. Gostaria de se aproximar para confirmar vendo seu rosto de perto, mas não se atreve. Enquanto se debate nessa indecisão, a garota da trança sai da loja e os três voltam pelo mesmo caminho, passando de novo diante da charcutaria onde Max acaba de se refugiar a toda pressa. Dali vê passar a mulher do chapéu, observa e acha que está totalmente certo. Olhos cor de mel, confirma, estremecendo. Quase líquidos. E, dessa maneira, cauteloso, mantendo-se a uma distância prudente, segue-os de volta à praça Tasso e à calçada do hotel Vittoria.

Voltou a vê-la no dia seguinte, no convés dos botes. E foi por acaso, pois nenhum dos dois deveria estar ali. Como os outros empregados do *Cap Polonio* que não faziam parte da tripulação marítima, Max Costa devia se manter afastado do setor e do convés de passeio da primeira classe. Para evitar este último, onde os passageiros tomavam em espreguiçadeiras de teca e vime o sol que incidia pelo lado do estibordo — o convés a bombordo era ocupado por aqueles que jogavam boliche e *shuffleboard* ou praticavam tiro ao prato —, Max optou por subir a escadinha que levava ao outro convés, onde estavam, amarrados em estacas e calços, oito dos 16 botes alinhados ao lado das chaminés brancas e vermelhas do transatlântico. Aquele lugar era tranquilo; um espaço neutro que os passageiros não tinham o hábito de frequentar, pois a presença dos grandes botes salva-vidas enfeava o lugar e obstruía a vista. A única concessão àqueles que resolviam visitá-lo eram alguns bancos de madeira; e em um deles, quando passava entre uma escotilha pintada de branco e a boca de um dos grandes ventiladores que levavam ar fresco às entranhas do navio, o dançarino mundano reconheceu a mulher com quem dançara na noite anterior.

O dia estava radiante, sem vento, e a temperatura era agradável para aquela época do ano. Max estava sem chapéu, luvas nem bengala — vestia um terno cinza com colete, camisa de gola macia e gravata de tricô —, de maneira que, ao passar ao lado da mulher, limitou-se a fazer uma cortês inclinação de cabeça. Ela usava um elegante conjunto esportivo: jaqueta três-quartos e saia reta plissada. Lia um livro apoiado no colo; quando o homem passou diante dela, escondendo o sol por um instante, levantou o rosto emoldurado por um chapéu de feltro e aba curta e olhou-o com atenção. Foi, talvez, o breve lampejo de reconhecimento que acreditou perceber nela que levou Max a se deter por um instante, com o tato adequado às circunstâncias e à posição a bordo de cada um deles.

— Bom dia — disse.

A mulher, que já descia de novo os olhos ao livro, respondeu com outro olhar silencioso e um breve assentimento de cabeça.

— Sou... — começou a dizer ele, sentindo-se subitamente desajeitado. Inseguro em relação ao terreno em que pisava e já arrependido de ter lhe dirigido a palavra.

— Sim — respondeu ela, serena. — O cavalheiro de ontem à noite.

Disse cavalheiro e não dançarino, e ele lhe ficou grato em seu íntimo.

— Não sei se lhe disse que dança maravilhosamente — apontou.

— Disse.

E voltou ao livro. Um romance, percebeu ele, dando uma olhada na capa que ela exibia no colo: *Os quatro cavaleiros do Apocalipse*, de Vicente Blasco Ibáñez.

— Bom dia. E tenha uma boa leitura.

— Obrigada.

Afastou-se, sem saber se ela continuava com os olhos voltados para o romance ou se o observava ir embora. Procurou caminhar com desenvoltura, uma das mãos no bolso da calça. Ao chegar ao lado do último bote, deteve-se e ao abrigo deste pegou a cigarreira de prata — as iniciais gravadas não eram suas — e acendeu um cigarro. Aproveitou o movimento para dirigir com dissimulação um olhar para a proa, ao banco no qual a mulher continuava lendo, com o rosto inclinado.

Grand Albergo Vittoria. Abotoando o paletó, Max passa sob o letreiro dourado que se destaca sobre o arco de ferro da entrada, cumprimenta o segurança da porta e caminha pela avenida cercada de pinheiros centenários e todo tipo de árvores e plantas. Os jardins são extensos: vão da praça Tasso até a própria beira da encosta, sobre a Marina Piccola e o mar, onde se erguem os três edifícios que formam o corpo do hotel. No do meio, ao final de uma pequena escada descendente, Max se vê no vestíbulo, diante da vidraça que dá para o jardim de inverno e os terraços, que estão — insolitamente para esta época do ano — repletos de pessoas tomando aperitivos. À esquerda, atrás do balcão de recepção, está um velho conhecido: Tiziano Spadaro. Sua relação data dos tempos pretéritos em que o atual chofer do Dr. Hugentobler se hospedava, na qualidade de cliente, em lugares como o Vittoria. Muitas gorjetas generosas, trocadas de mão com a discrição adequada a códigos nunca escritos, abriram terreno para uma simpatia que o tempo transformou em sincera ou cúmplice. Com um tratamento informal — inimaginável vinte anos antes — incluído nela.

— Ora, Max. Benditos olhos... Quanto tempo.

— Quatro meses, quase.

— Fico feliz em vê-lo.

— E você? Como vai a vida?

Encolhendo os ombros, Spadaro — seus cabelos são ralos e uma barriga proeminente retesa o paletó negro de seu fraque — recita os lugares comuns da baixa temporada: menos gorjetas, clientes de fim de semana com amiguinhas aspirantes a atriz ou manequim, grupos de norte-americanos mal-educados fazendo turismo em Nápoles-Ísquia-Capri-Sorrento-Amalfi, um dia em cada lugar com o café da manhã incluído, que ficam o tempo todo pedindo água engarrafada porque não confiam na da torneira. Por sorte — Spadaro aponta a vidraça do animado jardim de inverno — o Prêmio Campanella salva a situação: o duelo Keller-Sokolov lotou o hotel de jogadores, jornalistas e amantes do xadrez.

— Quero uma informação. Discreta.

Spadaro não diz "como nos velhos tempos"; mas em seu olhar, primeiro surpreso e depois irônico, um pouco inquieto diante do inesperado, reaviva-se a velha cumplicidade. Prestes a se aposentar, com cinco décadas de ofício após ter começado como mensageiro no hotel Excelsior, viu de tudo. E esse tudo inclui Max Costa em seus melhores tempos. Ou ainda neles.

— Achava que estava aposentado.

— Estou. Mas não tem nada a ver.

— Ah.

O velho recepcionista parece aliviado. Então Max apresenta a questão: senhora de idade, elegante, acompanhada por uma garota e um homem jovem de bom aspecto. Entraram há dez minutos. Talvez sejam clientes do hotel.

— São, naturalmente... O jovem é Keller, nada menos.

Max pisca, distraído. O jovem e a garota são o que menos lhe importam.

— Quem?

— Jorge Keller, o grande mestre chileno. Aspirante a campeão mundial de xadrez.

Max puxa pela memória, finalmente, e Spadaro completa os detalhes. O Prêmio Luciano Campanella, que este ano está sendo disputado em Sorrento, é patrocinado pelo multimilionário de Turim, um dos maiores acionistas da Olivetti e da Fiat. Muito apaixonado pelo xadrez, Campanella organiza todos os anos jogos em lugares emblemáticos da Itália, sempre no melhor estabelecimento hoteleiro local, trazendo os maiores mestres, a quem paga esplendidamente. O encontro dura quatro semanas, alguns meses antes do duelo pelo título de campeão do mundo, e chegou a ser considerado um mundial informal entre os dois melhores enxadristas do momento: o campeão e o aspirante ao título mais importante. Além do prêmio — 50 mil dólares para o vencedor e 10 mil para o finalista —, o prestígio do Prêmio Campanella reside no fato de que, até agora, o vencedor de cada edição acabou conquistando depois o título mundial ou mantendo-o. Na atualidade, Sokolov é o campeão; e Keller, que superou todos os outros candidatos, o aspirante.

— Esse jovem é Keller? — pergunta Max, surpreso.

24

— Sim. Um rapaz amável, de poucos caprichos, coisa rara em seu ofício... O russo é mais seco. Está sempre cercado de guarda-costas e é discreto como uma toupeira.

— E ela?

Spadaro faz um gesto vago: aquele que reserva para clientes de pouca categoria. Com pouca história.

— É a namorada. E também faz parte de sua equipe. — O recepcionista folheia o registro para refrescar a memória. — Irina, se chama... Irina Jasenovic. O nome é iugoslavo, mas o passaporte é canadense.

— Me referia à senhora mais velha. A de cabelos curtos grisalhos.

— Ah, essa é a mãe.

— Da garota?

— Não. De Keller.

Encontrou-a de novo dois dias depois, no salão de dança do *Cap Polonio*. O jantar era a rigor; oferecia-o o capitão em homenagem a algum convidado especial e alguns passageiros haviam trocado o terno escuro ou o smoking por um paletó justo e longo, com cauda, o peitilho engomado e a gravata branca do fraque. Os comensais estavam reunidos no salão e bebiam coquetéis ouvindo música antes de ir para o restaurante, de onde os mais jovens ou os mais farristas voltariam depois do jantar para ficar até muito tarde. A orquestra começou tocando valsas lentas e melodias suaves, como de costume, e Max Costa dançou meia dúzia de temas, quase todos com jovens senhoritas e senhoras que viajavam em família. Dedicou um slow fox a uma inglesa um pouco mais velha, mas de aspecto agradável, que estava em companhia de uma amiga. Vira-as cochichar e trocar cotoveladas cada vez que passava dançando ao seu lado. A inglesa era loura, gorducha, um pouco seca em suas maneiras. Talvez um pouco ordinária — achou que identificava um excesso de *My Sin* em sua pele — e carregada de joias, embora não dançasse mal. Também tinha belos olhos azuis e dinheiro suficiente para torná-la atraente: a bolsa de mão que estava na mesa era de malha de ouro, constatou em uma rápida olhada quando parou diante dela e a convidou para dançar; e as joias pareciam de boa qualidade, em especial uma pulseira de safira combinando com os brincos cujas pedras, uma vez desmontadas, valeriam umas 500 libras esterlinas. Seu nome era miss Honeybee, conforme havia descoberto na lista do chefe de sala: viúva ou divorciada, arriscou este, que se chamava Schmöcker — quase todos os oficiais, marinheiros e pessoal fixo do navio eram alemães —, com a altivez da meia centena de travessias atlânticas que tinha em seu currículo. Assim, depois de vários passos de dança e um cuidadoso estudo da reação da senhora a suas maneiras e proximidade, nem um gesto fora de lugar por parte de Max, distância perfeita e indiferença profissional, com o remate de um esplêndido sorriso masculino ao devolvê-la a sua mesa — correspondido pela inglesa com um sedutor *so nice* —, o dançarino mundano colocou miss Honeybee na lista de possibilidades. Cinco mil milhas de mar e três semanas de viagem seriam mais do que suficientes.

Dessa vez os De Troeye chegaram juntos. Max havia feito uma pausa e se afastara para o lado dos cachepôs que ladeavam o estrado da orquestra a fim de respirar um pouco, beber um copo de água e fumar um cigarro. Dali viu o casal entrar, precedido pelo obsequioso Schmöcker: um ao lado do outro, mas ela ligeiramente adiantada, o marido com um cravo branco na lapela de seda preta, uma das mãos no bolso da calça levantando ligeiramente a aba direita do paletó do fraque e um cigarro aceso na outra. Armando de Troeye estava indiferente ao interesse que despertava nos passageiros. Quanto a sua esposa, parecia ter saído das melhores páginas de uma revista ilustrada: exibia um colar longo de pérolas e brincos que combinavam com ele. Esbelta, tranquila, caminhando com firmeza em cima de saltos altos no suave balanço do navio, seu corpo imprimia linhas retas e prolongadas, quase intermináveis, a um vestido verde-jade longo e leve — pelo menos 5 mil francos em Paris, rue de la Paix, calculou Max com olho de especialista — que desnudava seus braços, seus ombros e suas costas até a cintura, com uma única alça sutil abaixo da nuca, a qual os cabelos curtos revelavam de modo encantador. Admirado, Max chegou a duas conclusões. Aquela era uma dessas mulheres que pareciam elegantes ao primeiro olhar e belas no segundo. Também pertencia a certa categoria de senhoras nascidas para usar, como se fizessem parte de sua pele, vestidos como aquele.

Não dançou com ela naquele momento. A orquestra encadeou um camel-trot e um shimmy — o absurdamente intitulado "Tutankamón" ainda estava na moda —, e Max teve de se dedicar a comprazer, uma após a outra, a vivacidade de duas jovenzinhas que, vigiadas de longe por seus familiares — dois casais brasileiros de aspecto simpático —, animaram-se a praticar, não sem leveza, os passos da dança, ombro direito e depois o esquerdo para a frente e para trás até que ficaram esgotadas e quase o deixaram esgotado também. Depois, quando soaram os primeiros compassos de um black-bottom — o título era "Amor y palomitas de maíz" —, Max foi solicitado por uma norte-americana ainda jovem, pouco agraciada pela natureza, mas com vestido e adereços muito corretos, que acabou sendo uma companheira divertida de dança e depois, ao acompanhá-la até sua mesa, deslizou em sua mão, com muita discrição, uma nota de 5 dólares dobrada. Várias vezes, no decorrer dessa última dança, Max esteve perto da mesa ocupada pelos De Troeye; mas, toda vez que dirigia os olhos a ela, a mulher parecia olhar para outro lugar. Agora a mesa estava desocupada e um garçom retirava duas taças vazias. Distraído em atender sua companheira eventual, Max não os havia visto se levantar nem ir para o restaurante.

Aproveitou a pausa para o jantar, que era às sete, para tomar uma taça de consomê. Nunca comia nada sólido quando tinha que dançar: outro hábito adquirido na Legião anos antes; embora então se tratasse de outro tipo de dança e comer algo leve fosse uma precaução saudável diante da possibilidade de receber uma bala no ventre. Depois do caldo, vestiu a gabardina e foi fumar outro cigarro no convés de passeio de estibordo para relaxar a cabeça, observando a lua ascendente que dava voltas no mar. Às oito e quinze voltou ao salão e se instalou em uma das mesas vazias, perto da orquestra, onde ficou conversando com os músicos até que os primeiros passageiros começaram a sair do restaurante: os homens a caminho da sala de jogos, da biblioteca ou do salão de fumar, e as mulheres, a gente jovem e os casais mais animados ocupando mesas em torno da pista. A orquestra começou a testar os instrumentos, o chefe Schmöcker mobilizou seus garçons e soaram risadas e rolhas de champanhe. Max ficou em pé e, após verificar se o nó de sua gravata-borboleta continuava em ordem, constatar que o colarinho e os punhos da camisa estavam em seu lugar e alisar o paletó de piquê, passeou o olhar pelas mesas à procura de alguém que reclamasse seus serviços. Então a viu entrar, desta vez de braços dados com o marido.

Ocuparam a mesma mesa. A orquestra começou a tocar um bolero e os primeiros casais se animaram imediatamente. A Sra. Honeybee e sua amiga não haviam voltado do restaurante e Max ignorava se retornariam esta noite. Na realidade, aquilo o alegrava. Com esse vago pretexto na cabeça, atravessou a pista, driblando as pessoas que se moviam ao compasso da música fluída. Os De Troeye permaneciam sentados em silêncio, observando os dançarinos. Quando Max parou diante da mesa, um garçom acabara de colocar nela duas taças aflautadas e um baldinho com gelo no qual havia uma garrafa de Clicquot. Dirigiu uma inclinação de cabeça ao marido, que estava ligeiramente recostado na cadeira, um cotovelo na mesa, as pernas cruzadas e com outro de seus habituais cigarros na mão esquerda, onde, no mesmo dedo da aliança matrimonial, reluzia um grosso anel de ouro com um sinete azul. Depois, o dançarino mundano olhou para a mulher, que o estudava com curiosidade. As únicas joias que exibia — nem braceletes, nem anéis, a não ser a aliança de casada — eram um esplêndido colar de pérolas e brincos que combinavam com ele. Max não abriu os lábios, não se ofereceu para dançar, fez apenas outra inclinação, um pouco mais breve do que a anterior, enquanto juntava os calcanhares em um movimento quase marcial, e ficou imóvel, esperando, até que ela, com um sorriso lento e uma expressão agradecida, recusou com a cabeça. O dançarino mundano ia se desculpar, retirando-se, quando o marido afastou o cotovelo da mesa, alinhou cuidadosamente os vincos da calça e olhou para a esposa no meio da fumaça do cigarro.

— Estou cansado — disse em tom ligeiro. — Acho que comi muito. Vou gostar de vê-la dançar.

A mulher não se levantou imediatamente. Olhou por um instante para o marido e este deu outra tragada no cigarro enquanto entrefechava os olhos em mudo assentimento.

— Divirta-se — disse, depois de um instante. — Este jovem é um dançarino magnífico.

Max abriu os braços, circunspecto, assim que ela se levantou. Logo segurou com suavidade a mão direita dela e passou a sua própria pela cintura. O contato com a pele cálida o surpreendeu, pelo inesperado. Havia visto o longo decote do vestido de noite que revelava as costas da mulher, mas não levara em consideração, apesar de sua experiência em abraçar senhoras, que, dançando, poria a mão na carne desnuda. O desconcerto durou apenas um instante, dissimulado sob a máscara impassível do dançarino profissional; mas sua companheira o percebeu, ou ele achou que percebera. Um olhar dirigido aos seus olhos foi o único indício; durou apenas um instante, e depois se perdeu na distância do salão. Max iniciou o movimento inclinando-se para um lado, a mulher respondeu com perfeita naturalidade e eles começaram a evoluir entre os casais que se movimentavam pela pista. Em duas ocasiões, ele olhou, brevemente, para o colar que ela usava no pescoço.

— Atreve-se a girar aqui? — sussurrou Max um momento depois, prevendo alguns acordes que facilitariam o movimento.

O olhar da mulher, silencioso, durou um par de segundos.

— Claro.

Retirou sua mão das costas, parando na pista, e girou-a duas vezes a sua volta, em direções opostas, enfeitando a imobilidade do homem com muita graça. Voltaram a se encontrar em perfeita sincronia, a mão dele outra vez na curva suave da cintura, como se tivessem ensaiado aquilo meia dúzia de vezes. Ela tinha um sorriso nos lábios e Max assentiu, satisfeito. Alguns casais se afastaram um pouco para observá-los com admiração ou inveja, e a mulher apertou levemente a mão onde apoiava a sua, alertando-o.

— Não chamemos a atenção.

Max se desculpou, obtendo em troca outro sorriso indulgente. Gostava de dançar com aquela mulher. A estatura se adequava muito bem à sua: era agradável sentir a curva de sua cintura esbelta sob a mão direita, a maneira como ela apoiava os dedos na outra, a leveza como evoluía ao compasso da música sem descompor a figura, elegante e segura de si. Um pouco desafiadora, talvez, embora sem estridências; como quando havia aceitado girar ao redor dele, fazendo-o com a graça mais tranquila do mundo. Continuava dançando com o olhar distante, quase todo o tempo dirigido ao longe; e isso permitiu a Max estudar seu rosto bem-delineado, o desenho da boca pintada de batom não muito intenso, o nariz discretamente empoado, o arco depilado das sobrancelhas na fronte tensa, sobre longas pestanas. Tinha um cheiro suave, de um perfume que ele não conseguiu identificar inteiramente, pois parecia fazer parte de sua pele jovem: *Arpège*, talvez. E era uma mulher desejável, sem dúvida. Observou o marido, que os olhava da mesa com ar ausente, sem prestar muita atenção, enquanto levava aos lábios a taça de champanhe, e depois dirigiu outro olhar ao colar ligeiramente fosco que refletia a luz dos lustres elétricos. Ali havia, calculou, um par de centenas de pérolas de extraordinária qualidade. Aos 26 anos, graças à própria experiência e a certas amizades heterodoxas, Max sabia de pérolas o suficiente para distinguir entre planas, redondas, de pera e barrocas, e até seu valor oficial ou clandestino. Aquelas eram redondas, e das melhores; certamente da Índia ou da Pérsia. E valiam pelo menos 5 mil libras esterlinas: mais de meio milhão de francos. Isso equivalia a várias semanas com uma mulher de luxo no melhor hotel de Paris ou da Riviera. Mas, administrado com prudência, também daria para viver mais de um ano com razoável tranquilidade.

— Dança muito bem, senhora — insistiu.

Quase com tédio, seu olhar voltou da distância.

— Apesar da minha idade? — disse ela.

Não parecia uma pergunta. Era óbvio que o observara antes do jantar, quando estava dançando com as jovenzinhas brasileiras. Ao ouvir aquilo, Max se mostrou adequadamente escandalizado.

— Idade?... Pelo amor de Deus. Como pode dizer uma coisa dessas?

Continuava estudando-o, curiosa. Talvez se divertisse.

— Como se chama?

— Max.

— Pois se atreva, Max. Diga minha idade.

— Nunca me ocorreria.

— Por favor.

Ele já estava recuperado, pois tranquilidade era uma coisa que nunca lhe faltava diante de uma mulher. Seu sorriso era largo, claro, e sua companheira parecia analisá-lo com uma atenção quase científica.

— Quinze?

Ela deu uma gargalhada viva e forte. Um riso saudável.

— Exato — assentiu, seguindo a corrente com bom humor. — Como conseguiu adivinhar?

— Sou bom para esse tipo de coisa.

A mulher aprovou o comentário com uma expressão entre irônica e comprazida; ou talvez se mostrasse satisfeita pela maneira como continuava conduzindo-a pela pista, entre os casais, sem que a conversa o distraísse da música ou dos passos da dança.

— Não apenas para isso — disse, um pouco enigmática.

Max procurou em seus olhos algum significado que pudesse adicionar a essas palavras, mas voltaram a se dirigir mais além de seu ombro direito, novamente inexpressivos. Desenlaçaram-se e ficaram um diante do outro enquanto a orquestra preparava os instrumentos para o próximo tema. O dançarino mundano voltou a dar uma espiada no magnífico colar de pérolas. Por um instante achou que a mulher percebera seu olhar.

— É suficiente. Obrigada.

A hemeroteca fica no andar superior de um velho edifício, no fim de uma escada de mármore sob uma abóbada com pinturas deterioradas. O solo de madeira range quando, carregando três volumes encadernados da revista *Scacco Matto*, Max Costa vai se sentar em um lugar bem-iluminado, ao lado de uma janela pela qual consegue avistar meia dúzia de palmeiras e a fachada branca e cinza da Igreja de San Antonino. Na escrivaninha também há um estojo com óculos de leitura, um bloco, uma caneta esferográfica e vários jornais comprados em uma banca da via di Maio.

Hora e meia mais tarde, Max para de tomar notas, tira os óculos, esfrega seus olhos cansados e olha para a praça, onde o sol da tarde alonga as sombras das palmeiras. Nesse momento, o chofer do Dr. Hugentobler conhece a maior parte do que pôde averiguar em letra impressa a respeito de Jorge Keller: o enxadrista que ao longo das próximas quatro semanas enfrentará em Sorrento o campeão mundial, o soviético Mikhail Sokolov. Há nas revistas fotografias de Keller; em quase todas está sentado diante de um tabuleiro e em algumas aparece muito jovem: um adolescente enfrentando jogadores mais velhos. A foto mais recente foi publicada hoje no jornal local: Keller posando no vestíbulo do hotel Vittoria com o mesmo paletó que usava esta manhã, quando Max o viu passeando por Sorrento na companhia das duas mulheres.

"Nascido em Londres em 1938, filho de um diplomata chileno, Keller assombrou o mundo do xadrez ao colocar em dificuldade o norte-americano Reshevsky durante partidas simultâneas disputadas na praça de Armas de Santiago: tinha então 14 anos, e nos dez anos seguintes se transformou em um dos mais prodigiosos jogadores de todos os tempos..."

Apesar da singular trajetória de Jorge Keller, a Max interessa menos sua biografia profissional do que outros aspectos familiares do personagem; e encontrou alguma coisa a respeito, finalmente. Tanto a *Scacco Matto* como os jornais que se ocupam do Prêmio Campanella mencionam a influência que, depois de se divorciar do diplomata chileno, a mãe do jovem enxadrista teve na carreira do filho:

"Os Keller se separaram quando o menino tinha 7 anos. Com fortuna própria, Mercedes Keller, que ficou viúva de um primeiro casamento durante a Guerra

Civil espanhola, estava em condições adequadas para propiciar ao filho a melhor formação. Ao descobrir seu talento para o xadrez, procurou os melhores professores, levou o menino a todos os tipos de torneio dentro e fora do Chile e convenceu o grande mestre chileno-armênio Emil Karapetian a cuidar de seu adestramento. O jovem Keller não decepcionou essas esperanças. Venceu sem dificuldade seus iguais e, sob a supervisão da mãe e do mestre Karapetian, que ainda o acompanham nos dias de hoje e cuidam de sua preparação e da logística, o progresso foi rápido...”

Ao sair da hemeroteca, Max volta ao carro, coloca-o em movimento e desce até a Marina Grande, onde estaciona perto da igreja. Depois se dirige à trattoria Stéfano, que a essa hora ainda não está aberta ao público. Caminha em mangas de camisa, os antebraços arregaçados com duas voltas no punho, o paletó no ombro, respirando satisfeito a brisa do leste que traz cheiros de maresia e de praias tranquilas. No terraço do pequeno restaurante, embaixo de um telhadinho de bambu, um garçom dispõe toalhas e talheres em quatro mesas situadas quase à beira d'água, ao lado de barcos de pescadores encalhados em meio a montanhas de redes empilhadas, cortiças e anzóis.

Lambertucci, o dono, responde à sua saudação com um grunhido, sem levantar a vista do tabuleiro de xadrez. Com desenvoltura de frequentador habitual da casa, Max passa por trás do pequeno balcão no qual fica a caixa registradora, deixa o paletó em cima dele, serve-se um copo de vinho e, com ele na mão, vai até a mesa onde o dono do estabelecimento está atento a uma das vinte partidas diárias que, a esta hora e há vinte anos, costuma jogar com o *capitano* Tedesco. Antonio Lambertucci é um cinquentão magro e deselegante; sua camiseta meio suja deixa a descoberto uma tatuagem militar, recordação de quando foi soldado na Abissínia antes de passar por um campo de prisioneiros na África do Sul e se casar com a filha de Stéfano, o dono da trattoria. Uma venda negra onde estivera o olho esquerdo, perdido em Bengasi, dá a seu adversário certo ar truculento. O tratamento de capitão não tem nada de insólito: sorrentino como Lambertucci, obteve essa patente durante a guerra, embora o cativeiro tenha eliminado distâncias hierárquicas ao longo dos três anos que passaram juntos em Durban sem outra distração além do xadrez. Além de mexer as peças, Max sabe pouco desse jogo — hoje aprendeu mais na hemeroteca do que em toda sua vida pregressa —; mas aqueles dois são verdadeiros apaixonados. Frequentam o cassino local e estão em dia no que diz respeito a campeonatos mundiais, grandes mestres e coisas assim.

— O que se sabe sobre o tal de Jorge Keller?

Lambertucci grunhe de novo sem dizer nada, enquanto estuda uma jogada aparentemente perigosa que seu adversário acaba de fazer. Decide-se, finalmente; segue-se uma rápida troca, e o outro, impassível, pronuncia a palavra *xeque*. Dez segundos depois, o *capitano* Tedesco está guardando as peças na caixa enquanto Lambertucci coça o nariz.

— Keller? — diz, por fim. — Tem um grande futuro. Será o próximo campeão do mundo, se derrubar o soviético... É brilhante e menos excêntrico do que aquele outro jovem, o Fischer.

— É verdade que joga desde muito pequeno?

— É o que dizem. Que eu saiba, quatro torneios foram suficientes para que passasse a ser considerado um fenômeno, isso entre os 15 e os 18 anos. — Lambertucci olha para o *capitano*, procurando uma confirmação, e depois conta nos dedos. — O internacional de Portoroz, Mar del Plata, o internacional do Chile e o de aspirantes da Iugoslávia, que já foram mais importantes...

— Não perdeu para nenhum dos grandes — observa Tedesco, em tom neutro.

— E o que isso significa? — pergunta Max.

O *capitano* sorri, como quem sabe do que está falando.

— Isso se chama Petrosian, Tal, Sokolov... Os melhores do mundo. Consagrou-se definitivamente há quatro anos, quando derrotou Tal e Fischer em um torneio de vinte partidas.

— Que se diz preparado — salienta Lambertucci, que foi buscar a garrafa de vinho e enche de novo o copo de Max.

— Lá estavam os melhores — conclui Tedesco, entrefechando seu único olho. — E Keller os desmontou sem se despentear: ganhou 12 partidas e empatou sete.

— E por que é tão bom?

Lambertucci observa Max com curiosidade.

— Você está com o dia livre?

— Vários. Meu chefe viajou, ficará fora alguns dias.

— Então fique para jantar. Tenho beringelas à parmegiana e um Taurasi que vale a pena.

— Eu lhe agradeço, mas tenho coisas a fazer na vila.

— É a primeira vez que o vejo se interessar por xadrez.

— Bem... Você sabe. — Max sorri, melancólico, o copo roçando seus lábios. — O Campanella e tudo isso. Cinquenta mil dólares são muitos dólares.

Tedesco entrefecha, de novo, sonhador, seu único olho.

— Que o diga quem ficar com eles.

— Por que Keller é tão bom? — insiste Max.

— Tem grandes condições e foi bem-treinado — responde Lambertucci. Depois encolhe os ombros e olha para o *capitano*, deixando os detalhes para ele.

— É um rapaz obstinado — confirma este, pensando um pouco. — Quando começou, muitos dos grandes mestres praticavam um jogo conservador, defensivo, e Keller mudou tudo isso. Se impôs com seus ataques espetaculares, o sacrifício inesperado de peças, as combinações arriscadas...

— E agora?

— Continua mantendo seu estilo: arriscado, brilhante, finais de enfartar... Joga como se fosse imune ao medo, com espantosa indiferença. Às vezes parece mover as peças de maneira incorreta, com descuido, mas seus adversários perdem a cabeça com seus lances complicados... Sua ambição é ser proclamado campeão mundial; e o duelo de Sorrento é considerado uma competição preparatória antes da que haverá dentro de cinco meses, em Dublin. Uma espécie de revisão.

— Vocês irão ver as partidas?

— É muito caro. O Vittoria é reservado aos endinheirados e aos jornalistas... Teremos de acompanhá-las pelo rádio e pela televisão, com nosso próprio tabuleiro.

— E é tão importante como dizem?

— O mais esperado desde o mano a mano entre Reshevsky e Fisher, em 1961 — explica Tedesco. — Sokolov é um veterano resistente e tranquilo, até chato: suas melhores partidas costumam acabar empatadas. É chamado de A Muralha Soviética, imagine... O fato é que há muito em jogo. Dinheiro, naturalmente. Mas também muita política.

Lambertucci ri, irônico.

— Dizem que Sokolov se instalou ao lado do Vittoria em um edifício de apartamentos inteiro só para ele e sua equipe, cercado de assessores e agentes da KGB.

— O que vocês sabem a respeito da mãe?

— Da mãe de quem?

— De Keller. As revistas e os jornais falam dela.

O *capitano* fica pensativo por um instante.

— Oh, bem. Não sei. Administra seus assuntos, dizem. Pelo visto, percebeu que o filho era talentoso e procurou os melhores mestres. O xadrez, quando você ainda não é ninguém, é um esporte caro. Tudo são viagens, hotéis, inscrições... É preciso ter dinheiro, ou consegui-lo. Ao que parece, ela é rica. Creio que se ocupa de tudo, controla a equipe de assessores e a saúde do filho. Cuida das contas... Dizem que ele é obra dela, embora exagerem. Por mais que sejam ajudados, jogadores geniais como Keller são obra de si mesmos.

O encontro seguinte a bordo do *Cap Polonio* aconteceu no sexto dia de navegação, antes do jantar. Max Costa estava havia meia hora dançando com passageiras de várias idades, inclusive a norte-americana dos 5 dólares e miss Honeybee, quando o chefe de sala Schmöcker acompanhou a senhora De Troeye até a mesa de sempre. Estava sozinha, como na primeira noite. Quando Max passou por perto — nesse momento dançava "La canción del ukulele" com uma das jovenzinhas brasileiras —, percebeu que um garçom lhe servia um coquetel de champanhe e ela acendia um cigarro em uma piteira curta de marfim. Desta vez não usava o colar de pérolas, mas um de âmbar. Vestia seda negra com as costas nuas e estava penteada para trás, como um garoto, os cabelos reluzentes de brilhantina e os olhos rasgados por um sóbrio traço de lápis preto. O dançarino mundano a observou várias vezes sem conseguir que seus olhares se encontrassem. Por isso trocou, ligeiramente, algumas palavras com os músicos; e quando estes, complacentes, atacaram um tango que estava na moda — "Adiós muchachos" era o título —, Max se despediu da brasileira, caminhou com os primeiros compassos até a mesa da mulher, fez uma breve inclinação com a cabeça e esperou imóvel, com o mais amável de seus sorrisos, enquanto outros casais iam para a pista. Mecha Inzunza de Troeye o olhou por uns segundos, e por um momento ele temeu ser rejeitado. Mas depois de alguns instantes a viu apoiar a piteira fumegante no cinzeiro e ficar em pé. Demorou uma eternidade para fazê-lo, e o movimento com que apoiou a mão esquerda no ombro do dançarino parecia insuportavelmente lânguido. Mas a melodia chegava aos seus melhores compassos, envolvendo ambos, e Max soube no ato que aquela música o favorecia.

Ela dançava de forma surpreendente, constatou mais uma vez. O tango não requeria espontaneidade, mas propostas insinuadas e executadas de imediato em um silêncio taciturno, quase rancoroso. E assim os dois se movimentavam, com encontros e desencontros, quebras calculadas, intuições mútuas que lhes permitiam deslizar com naturalidade entre casais que dançavam com a evidente falta de jeito dos amadores. Por experiência profissional, Max sabia que era impossível dançar tango sem uma companhia treinada, capaz de se adaptar a uma dança em que o movimento parava de repente, freando o ritmo do homem, em uma imitação de luta na qual, enlaçada a ele, a mulher tentava uma contínua fuga para se deter outra vez, orgulhosa e provocadoramente vencida. E aquela mulher era esse tipo de companheira.

Foram dois tangos seguidos — "Champagne tangó", chamava-se o outro —, durante os quais não trocaram uma única palavra, entregues completamente à música e ao prazer dos movimentos, ao contato esporádico da seda com a flanela masculina e o calor próximo, intuído por Max, da carne jovem e morna de sua acompanhante, das linhas do rosto e dos cabelos penteados para trás que chegavam ao pescoço e às costas desnudas. E, quando, na pausa entre duas danças, ficaram imóveis, um diante do outro — ligeiramente sem ar devido ao esforço, esperando que a música recomeçasse sem que ela mostrasse qualquer intenção de voltar à mesa —, e ele percebeu diminutas gotas de suor no lábio superior da mulher, puxou um dos dois lenços que estavam com ele; não o que aparecia no bolso superior do paletó do fraque, mas outro bem-passado e impecável de seu bolso interno, e o ofereceu com naturalidade. Ela aceitou o paninho de cambraia branca dobrado e mal tocou a boca com ele, devolvendo-o com uma levíssima umidade e uma tênue mancha de batom. Nem sequer ameaçou, como esperava Max, voltar a sua mesa para pegar a bolsa e retocar a maquiagem. O dançarino também enxugou o suor da própria boca e da testa — e o olhar da mulher não deixou escapar que o passara primeiro nos lábios —, guardou o lenço, soou o segundo tango e eles dançaram com a mesma perfeita sincronia de antes. Mas desta vez ela não tinha a vista perdida na distância do salão: amiúde, depois de uma evolução complicada ou de um passo especialmente bem-executado, os dois ficavam imóveis por um instante se olhando fixamente antes de quebrar a quietude no compasso seguinte e evoluir de novo pela pista. E em uma ocasião em que ele se deteve no meio de um movimento, sério e impassível, ela se grudou inteiramente nele, de maneira inesperada, e oscilou depois para um lado e para outro com uma graciosidade madura e elegante, como se fingisse escapar de seus braços sem que quisesse fazê-lo de verdade. Pela primeira vez desde que dançava profissionalmente, Max sentiu a tentação de aproximar os lábios e roçar de maneira deliberada o pescoço longo, elegante e jovem que se prolongava até a nuca. Então percebeu, com um olhar casual, que o marido de sua companheira estava sentado à mesa, as pernas cruzadas e um cigarro entre os dedos; e que, apesar de sua aparência indiferente, não parava de observá-los com extrema atenção. E, ao olhar de novo para ela, encontrou reflexos dourados que pareciam se multiplicar em silêncios de mulher eterna, sem idade. Em claves de tudo quanto o homem ignora.

O *fumoir-café* do transatlântico comunicava os conveses de passeio da primeira classe a bombordo e a estibordo com o da popa, e Max Costa se dirigiu para lá durante a pausa do jantar, sabendo que àquela hora estaria quase vazio. O garçom de plantão lhe serviu um café preto duplo em uma xícara com a logomarca da Hamburg-Südamerikanische. Depois de afrouxar um pouco a gravata-borboleta branca do colarinho engomado, fumou um cigarro ao lado da janela pela qual, em meio aos reflexos da luz interna, adivinhava-se a noite, a lua banhando a plataforma da popa. Pouco a pouco, à medida que o restaurante se esvaziava, foram aparecendo passageiros que ocuparam as mesas; então Max se levantou e saiu do recinto. Na porta, afastou-se para abrir caminho a um grupo de homens com charutos nas mãos. Armando de Troeye era um deles. O compositor não estava acompanhado pela mulher, e, enquanto caminhava pelo convés de passeio a estibordo a caminho do salão de baile, Max a procurou no meio dos grupinhos de senhoras e cavalheiros cobertos com casacos, gabardinas e capas, que tomavam ar ou contemplavam o mar. A noite estava agradável, mas o Atlântico começava a se agitar com inquietação pela primeira vez desde que haviam zarpado de Lisboa; e, embora o *Cap Polonio* fosse dotado de modernos sistemas de estabilização, o balanço suscitava comentários inquietos. O salão de baile foi pouco visitado no resto da noite, com muitas mesas vazias, inclusive a habitual do casal De Troeye. Começavam a se manifestar os primeiros enjoos, e a noitada musical foi curta. Max teve pouco trabalho; dançou um par de valsas e pôde se retirar cedo.

Cruzaram-se ao lado do elevador, refletidos nos grandes espelhos da escada principal, quando ele se preparava para descer a sua cabine, situada no convés da segunda classe. Ela havia vestido um casaco cinza de pele de raposa, levava nas mãos uma pequena bolsa de lamê, estava sozinha e se encaminhava a um dos conveses de passeio; e Max admirou, com um rápido olhar, a segurança com que caminhava de salto alto apesar do balanço, pois até mesmo o piso de um navio grande como aquele adquiria uma incômoda característica tridimensional com o movimento do mar. Recuando, o dançarino mundano abriu a porta que levava ao exterior e a manteve aberta até que a mulher a atravessou. Ela agradeceu com um sintético "obrigada" ao passar pelo umbral, Max inclinou a cabeça, fechou a porta e recuou oito ou dez passos pelo corredor. Deu o último lentamente, pensativo, e então parou. Que diabos, disse a si mesmo. Não perderei nada se testar, concluiu. Com as devidas cautelas.

Encontrou-a imediatamente, passeando ao longo da amurada, e parou diante dela com naturalidade, na claridade fraca das lâmpadas cobertas de salitre. Certamente fora tomar ar para combater o enjoo. A maior parte dos passageiros fazia o contrário, trancando-se nas cabines das quais demoravam a sair, vítimas de seus próprios estômagos revoltos. Por um momento Max temeu que seguisse em frente, fingindo que não o percebera. Mas não foi o que aconteceu. Ficou olhando-o, imóvel e em silêncio.

— Foi agradável — disse, inesperadamente.

Max conseguiu reduzir o próprio desconcerto a apenas um par de segundos.

— Para mim também — respondeu.

A mulher continuava olhando para ele. Curiosidade, talvez essa fosse a palavra certa.

— Faz muito tempo que dança profissionalmente?

— Cinco anos, embora não o tempo todo. É um trabalho...

— Divertido? — interrompeu-o ela.

Caminhavam de novo pelo convés, adaptando seus passos à lenta oscilação do transatlântico. Às vezes cruzavam com vultos escuros ou rostos reconhecíveis de alguns passageiros. De Max, nos trechos menos iluminados, só podiam se apreciar as manchas brancas do peitilho da camisa, o paletó e a gravata, quase 4 centímetros de cada punho engomado e o lenço no bolso superior do fraque.

— Não era essa a palavra que procurava. — Ele sorriu, com suavidade. — De maneira nenhuma. Um trabalho eventual, queria dizer. Resolve as coisas.

— Que tipo de coisas?

— Bem... Como está vendo, me permite viajar.

À luz de uma escotilha, constatou que agora era ela quem sorria, aprovando.

— Você dança bem, para ser um trabalho eventual.

O dançarino mundano encolheu os ombros.

— Durante os primeiros anos foi uma coisa fixa.

— Onde?

Max resolveu omitir parte de seu currículo. Reservar para si certos nomes. O Bairro Chinês de Barcelona, o Porto Velho de Marselha estavam entre eles. Também o nome de uma bailarina húngara chamada Boske, que cantava "La petite tonkinoise" enquanto depilava as pernas e gostava de jovens que acordavam de noite, cobertos de suor, angustiados porque os pesadelos os levavam a acreditar que ainda estavam no Marrocos.

— Bons hotéis de Paris, durante o inverno — resumiu —, Biarritz e a Costa Azul, na alta temporada... Também passei um tempo em cabarés de Montmartre.

— Ah. — Parecia interessada. — É possível que tenhamos nos encontrado alguma vez.

Ele sorriu, seguro.

— Não. Eu me lembraria.

— O que queria me dizer? — perguntou ela.

Demorou um instante para recordar a que se referia. Finalmente se deu conta. Depois de terem se cruzado dentro do navio, alcançara-a no convés de passeio, cortando seu caminho sem mais explicações.

— Que nunca dancei com ninguém um tango tão perfeito.

Um silêncio de três ou quatro segundos. Agradável, talvez. Ela parara — havia uma lâmpada ali perto, aparafusada na parede — e o olhava na penumbra salobra.

— É verdade...? Ora. O senhor é muito amável... Max, esse é seu nome?

— Sim.

— Bem. Acredite que lhe sou grata pela atenção.

— Não é uma atenção. Sabe que não é.

Ela ria, com franqueza. Saudável. Sorrira da mesma maneira duas noites atrás, quando ele calculara, brincando, sua idade em 15 anos.

— Meu marido é compositor. A música, a dança me são familiares. Mas o senhor é um excelente companheiro. Torna fácil se deixar levar.

— Não se deixava levar. Era a senhora mesma. Tenho experiência nisso.

Assentiu, reflexiva.

— Sim. Suponho que a tem.

Max apoiava uma das mãos na amurada úmida. Entre balanço e balanço, o convés transmitia sob seus sapatos a vibração das máquinas das entranhas do navio.

— Fuma?

— Agora não, obrigado.

— Se me permite...?

— Por favor.

Tirou a cigarreira de um bolso interno do paletó, pegou um cigarro e o levou à boca. Ela o observava.

— Egípcios? — perguntou.

— Não. Abdul Pashá... Turcos. Com uma pitada de ópio e mel.

— Então vou aceitar um.

Inclinou-se com a caixa de fósforos nas mãos, protegendo a chama com os dedos em meia-lua para acender o cigarro que ela introduzira na piteira curta de marfim. Depois acendeu o seu. A brisa levava a fumaça com rapidez, impedindo-o de saboreá-lo. Sob o casaco de pele, a mulher parecia tremer de frio. Max indicou a entrada do salão de palmeiras, que ficava ali perto; um espaço em forma de estufa com uma grande claraboia no teto, mobiliada com poltronas de vime, mesas baixas e vasos com plantas.

— É curioso um homem dançar profissionalmente — comentou ela quando entraram.

— Não vejo muita diferença... Nós também podemos dançar por dinheiro, como está vendo. Nem sempre a dança é afeto, ou diversão.

— E é verdade o que dizem? Que o caráter de uma mulher se revela com mais sinceridade quando dança?

— Às vezes. Mas não mais do que o de um homem.

O salão estava vazio. A mulher se sentou deixando cair com descuido o casaco de pele e, olhando-se na tampa de ouro de um pequeno nécessaire que tirou da bolsa, retocou os lábios com uma barrinha de Tangee vermelho suave. Os cabelos, penteados para trás com brilhantina, davam a suas feições um atraente aspecto anguloso e andrógino, mas a seda negra moldava seu corpo de maneira interessante, apreciou Max. Percebendo seu olhar, ela passou uma perna por cima da outra e ficou balançando-a ligeiramente. Apoiava o cotovelo direito no braço da poltrona e mantinha erguida a mão cujos dedos indicador e médio — as unhas eram bem-cuidadas e longas, esmaltadas no mesmo tom da boca — sustentavam o cigarro. De vez em quando, deixava a cinza cair no chão, como se todos os cinzeiros do mundo lhe fossem indiferentes.

— Queria dizer curioso visto de perto — disse depois de um instante. — O senhor é o primeiro dançarino profissional com quem troco mais de duas palavras: obrigada e adeus.

Max havia aproximado um cinzeiro e continuava em pé, a mão direita no bolso da calça. Fumando.

— Gostei de dançar com a senhora — disse.

— Eu também gostei. E o faria de novo, se a orquestra estivesse tocando e houvesse gente no salão.

— Nada a impede de dançar agora mesmo.

— Perdão?

Estudava seu sorriso como quem disseca uma inconveniência. Mas o dançarino mundano o manteve, impassível. Você parece um bom rapaz, disseram-lhe a húngara e Boris Dolgoruki, concordando um com o outro, embora nunca tivessem se conhecido. Quando você sorri dessa maneira, Max, ninguém é capaz de duvidar de que é um maldito bom rapaz. Procure tirar proveito disso.

— Tenho certeza de que é capaz de imaginar a música.

Ela deixou a cinza cair de novo no chão.

— O senhor é um homem atrevido.

— Conseguiria fazê-lo?

Agora foi a vez de a mulher sorrir, um pouco desafiadora.

— Claro que conseguiria. — Deixou escapar uma baforada de fumaça. — Sou esposa de um compositor, lembre-se. Tenho música na cabeça.

— Que tal "Mala junta"? Conhece?

— Perfeitamente.

Max apagou o cigarro e depois alisou o paletó. Ela continuou imóvel por um instante: parara de sorrir e o observava pensativa de sua poltrona, como se pretendesse confirmar que não estava brincando. Por fim abandonou sua piteira com marca de batom no cinzeiro, levantou-se bem devagar e, olhando-o todo o tempo nos olhos, apoiou a mão esquerda em seu ombro e a direita em sua mão que, estendida, aguardava. Permaneceu assim por um momento, ereta e serena, muito séria, até que Max, depois de apertar duas vezes suavemente seus dedos para marcar o primeiro compasso, inclinou um pouco o corpo, passou a perna direita na frente da esquerda, e os dois evoluíram em silêncio, entrelaçados e olhando-se nos olhos, entre as poltronas de vime e os vasos do salão de palmeiras.

O rádio portátil Marconi de plástico branco toca um twist — Rita Pavone. Há palmeiras e pinheiros de copas altas no jardim de Villa Oriana, e Max, que está apoiado na janela aberta de seu quarto, avista, em meio às árvores, o panorama da baía napolitana: o fundo cobalto com o largo cone escuro do Vesúvio e a linha da costa que se prolonga à direita até a ponta Scutolo, com Sorrento assomando-se à beira da encosta e às duas marinas com seus quebra-mares de pedras, barcos na praia e embarcações fundeadas perto da margem. O chofer do Dr. Hugentobler fica por um bom tempo pensativo, sem afastar os olhos da paisagem. Desde que tomou o café da manhã na cozinha silenciosa, está imóvel na janela, avaliando possibilidades e probabilidades de uma ideia que o manteve toda a noite se revirando nos lençóis, indeciso; e que, ao contrário do que esperava, a luz do dia não consegue afastar de sua cabeça.

Finalmente, Max parece voltar a si e dá alguns passos pelo modesto quarto, situado em um canto do andar térreo da mansão. Então volta a olhar pela janela para Sorrento, entra no banheiro e refresca o rosto com água. Depois de se enxugar, examina seu rosto no espelho com a cautela de quem tenta averiguar o quanto a velhice avançou desde a última vez em que o olhou. Permanece assim por um bom tempo, observando-se como se procurasse alguém já há muito tempo distante. Estudando, com melancolia, os cabelos cinza prateados que estão ficando um pouco mais claros, a pele marcada pelo vitríolo do tempo e da vida, os sulcos na testa e as comissuras da boca, os pelos brancos que despontam no queixo, as sobrancelhas que caem apagando a vivacidade do olhar. Depois apalpa a cintura — foi obrigado a fazer novos orifícios no cinturão, perto da fivela — e balança a cabeça, crítico. Arrasta anos e quilos a mais, conclui. Talvez, também, vida demais.

Vai ao corredor e, deixando para trás a porta que leva à garagem, segue adiante em direção ao salão da vila. Tudo está em ordem e limpo, os móveis cobertos com guarda-pós de tecido branco. Os Lanza foram passar em Salerno umas férias que estavam pendentes. Isso significa tranquilidade absoluta, e Max só precisa se preocupar em vigiar a casa, reenviar a correspondência urgente e manter em perfeito estado o Jaguar, o Rolls-Royce e os três automóveis antigos do dono da casa.

Lentamente, ainda pensativo, vai até o móvel do salão que serve de bar, abre o armário de bebidas e se serve um dedo de Rémy Martin em um copo de cristal talhado. Depois o bebe em goles curtos, franzindo a testa. Em geral, Max bebe pouco. Durante quase toda sua vida, inclusive nas épocas amargas da primeira juventude, bebeu com moderação — talvez a palavra correta seja prudência, ou cautela —; teve a capacidade de transformar o álcool, ingerido por ele ou por outros, não em um inimigo previsível, mas em um aliado útil: uma ferramenta profissional de seu incerto ofício, ou ofícios, tão eficiente, conforme o caso, como poderiam ser um sorriso, um beijo ou um soco. De qualquer maneira, a esta altura de sua vida e a caminho da inevitável decadência, uma bebida ligeira, um copo de vinho ou de vermute, um negroni bem-misturado ainda estimulam seu coração e seus pensamentos.

Termina a bebida e perambula pela casa vazia. Continua pensando naquilo que o manteve acordado na noite passada. No rádio, que deixou ligado e toca no fundo do corredor, uma voz de mulher canta "Resta cu mme" como se, de fato, lhe doesse o que diz. Max fica por alguns momentos absorto, ouvindo a canção. Depois volta ao seu quarto, abre uma gaveta na qual guarda o talão de cheques e examina a situação de sua conta bancária, de sua pequena poupança. É suficiente apenas para o mínimo necessário. A logística básica. Achando a ideia engraçada, abre o armário e passa em revista as roupas, imaginando situações prováveis, antes de se dirigir ao principal aposento da casa. Não tem consciência disso, mas anda depressa, com desenvoltura. Com o mesmo passo elástico e firme de anos antes, quando o mundo ainda era uma aventura perigosa e fascinante: um desafio contínuo ao seu temperamento, à sua astúcia e à sua inteligência. Tomou, finalmente, uma decisão, e isso simplifica as coisas: encaixa o passado no presente e traça um caracol espantoso que, através do tempo, organiza tudo com aparente simplicidade. No quarto do Dr. Hugentobler, os móveis e a cama estão cobertos com guarda-pós e as cortinas transluzem uma claridade dourada. Ao abri-las, uma torrente de luz inunda o aposento, revelando a paisagem da baía, as árvores e as vilas vizinhas escalonadas na montanha. Max vai ao closet, desce uma mala Gucci que está na parte de cima, deixa-a aberta sobre a cama e, com as mãos na cintura, contempla o bem-fornido guarda-roupa de seu patrão. Há problemas de tamanho; o do tronco e o do pescoço são parecidos, e por isso escolhe meia dúzia de camisas de seda e um par de paletós. Mas Max é mais alto e seus pés são maiores, o que significa que precisará ir às lojas caras do *corso* Italia. Suspira, resignado. No entanto, um cinturão novo de couro lhe serve e ele o enfia na mala, ao lado de meia dúzia de meias de tons discretos. Depois de uma última olhada, acrescenta dois lenços de seda para o pescoço, três belas gravatas, duas abotoaduras de ouro, um isqueiro Dupont — embora tenha abandonado os cigarros há alguns anos — e um relógio Omega Seamaster Deville, também de ouro. De volta ao seu quarto, mala na mão, ouve de novo o rádio: agora Domenico Modugno está cantando "Vecchio frac". O velho fraque. Espantoso, pensa. Como se fosse um sinal de bom augúrio, a coincidência leva o velho dançarino mundano a sorrir.

2. Tangos para sofrer e tangos para matar

— Você ficou louco.

Tiziano Spadaro, o recepcionista do hotel Vittoria, inclina-se sobre o balcão para dar uma olhada na mala que Max colocou no chão. Depois levanta os olhos, examinando-o de cima a baixo: sapatos de marroquim marrom, calças de flanela cinza, camisa de seda, lenço no pescoço e blazer azul-marinho.

— Absolutamente — responde o recém-chegado, com muita calma. — Só quero mudar de ambiente por alguns dias.

Spadaro passa uma das mãos pela cabeça calva, pensativo. Seus olhos desconfiados estudam os de Max procurando intenções ocultas. Significados perigosos.

— Você não se lembra de quanto custa um quarto deste hotel?

— Claro. Duzentas mil liras por semana... E daí?

— Estamos lotados. Já lhe disse.

O sorriso de Max é amistoso e seguro. Quase benévolo. Há nele um rastro de velhas lealdades e extrema confiança.

— Tiziano... Frequento hotéis há quarenta anos. Sempre há alguma coisa disponível.

O olhar de Spadaro desce, renuente, ao balcão de caoba envernizada. No espaço que suas mãos apoiadas na madeira deixam livre, Max colocou, simetricamente entre uma e outra, um envelope fechado com dez notas de 10 mil liras. O recepcionista do Vittoria o estuda como se fosse um jogador de bacará que recebeu cartas as quais não se decide a descobrir. Por fim, uma das mãos, a esquerda, se move lentamente e o toca com o polegar.

— Me telefone um pouco mais tarde. Vou ver o que posso fazer.

Max fica feliz com o gesto: tocar o envelope sem abri-lo. Velhos códigos.

— Não — diz, suavemente. — Resolva agora.

Calam-se quando um dos clientes passa por perto. O recepcionista olha para o vestíbulo: não há ninguém na escada que leva aos quartos, nem na porta envidraçada do jardim de inverno, onde se ouve o rumor de conversas; e o porteiro está ocupado em seu posto, colocando chaves nos escaninhos.

— Eu achava que você tinha se aposentado — comenta, abaixando a voz.

— E é verdade. Eu lhe disse outro dia. Só quero tirar umas férias, como nos velhos tempos. Um pouco de champanhe gelado e uma boa vista.

De novo o olhar desconfiado de Spadaro, após outra olhada na mala e na elegante indumentária do interlocutor. Pela janela, o recepcionista consegue ver o Rolls-Royce estacionado junto à escada que desce ao vestíbulo do hotel.

— Em Sorrento as coisas devem estar correndo muito bem para você.

— Maravilhosamente, como está vendo.

— Assim, de repente?

— Exatamente. De repente.

— E seu chefe, o da Villa Oriana...?

— Vou lhe contar outro dia.

Spadaro coça de novo a cabeça, avaliando. Sua longa vida profissional fez dele um cachorro velho, com olfato de sabugo; não é a primeira vez que Max coloca um envelope diante dele, em cima de um balcão. A última foi há dez anos, quando o recepcionista ainda trabalhava no hotel Vesúvio de Nápoles. Desaparecera do quarto de uma madura atriz de cinema chamada Silvia Massari, cliente habitual do hotel, um valioso *moretto* de Nardi quando ela estava almoçando com Max no terraço do Vesúvio depois de o casal ter passado a noite e toda a manhã entregue a intimidades outonais, embora vigorosas. Graças a seu amigo Spadaro, Max estava hospedado no quarto contíguo ao da atriz. Durante o lamentável acontecimento, este só abandonara o terraço, a esplêndida vista e o terno olhar de sua acompanhante por alguns minutos, dizendo que ia lavar as mãos. Por isso nem passou pela cabeça da atriz desconfiar da sua integridade, de seu sorriso esplêndido e de outras demonstrações de afeto. Mas as coisas acabaram sendo resolvidas: uma camareira foi inquirida e demitida, embora nada tivesse sido comprovado. A seguradora da atriz tomou as providências devidas e Tiziano Spadaro recebeu um envelope de características semelhantes ao que estava agora diante dele, porém mais avultado, no momento em que Max pagou a conta e deixou o hotel distribuindo gorjetas com suas maneiras de perfeito cavalheiro.

— Não sabia que se interessava pelo xadrez.

— Não? — O velho sorriso profissional, amplo e claro, é dos mais usados do velho repertório. — Bem... Sempre me interessei um pouco. É um ambiente curioso. E uma oportunidade única de ver dois grandes jogadores em ação... Melhor do que futebol.

— O que você está tramando, Max?

Este mantém seu olhar inquisidor, fleumático.

— Nada que coloque em risco sua aposentadoria. Tem minha palavra. E nunca faltei a ela.

Uma pausa longa, reflexiva. Uma ruga profunda se desenha entre as sobrancelhas de Spadaro.

— É verdade — admite, finalmente.

— Fico contente por se lembrar.

O outro olha para os botões do paletó e os sacode, pensativo, como se afastasse manchas de pó imaginárias.

— A polícia verá seu registro.

— E daí...? Sempre estive limpo na Itália. Além do mais, isso não tem nada a ver com a polícia.

— Ouça. Você está muito velho para certas coisas... Todos estamos. Não deveria se esquecer.

Impassível, sem responder, Max continua fitando o recepcionista. Este observa o envelope, que continua fechado na madeira reluzente.

— Quantos dias?

— Não sei. — Max fez um gesto negligente. — Uma semana será suficiente, suponho.

— Supõe?

— Será suficiente.

O outro coloca um dedo em cima do envelope. Depois suspira e abre, lentamente, o livro de registro.

— Só posso lhe garantir uma semana. Depois, veremos.

— De acordo.

Com a palma da mão, Spadaro aperta três vezes a campainha e chama um dos mensageiros.

— Um quarto pequeno, individual, sem vista. O café da manhã não está incluído.

Max tira seus documentos do bolso do paletó. Quando os coloca em cima do balcão, o envelope não está mais lá.

* * *

Ficou surpreso ao ver o marido entrar no bar da segunda classe do *Cap Polonio*. No meio da manhã, Max estava sentado, tomando o aperitivo, um copo de absinto com água e algumas azeitonas, perto de uma ampla janela que dava para o convés de passeio a bombordo. Gostava daquele lugar porque dali podia ver todo o salão — cadeiras de vime em vez das confortáveis poltronas de couro vermelho da primeira classe — e contemplar o mar. Continuava fazendo um bom tempo, sol ao longo de todo o dia e céu aberto à noite. Depois de 48 horas de incômoda agitação, o navio parara de balançar e os passageiros se movimentavam com mais segurança, olhando uns para os outros em vez de caminharem preocupados com as posições adotadas pelo chão. De qualquer maneira, Max, que cruzara o Atlântico cinco vezes, não recordava uma travessia tão agradável como aquela.

Nas mesas próximas, alguns passageiros, quase todos homens, jogavam cartas, gamão, xadrez ou *steeple-chase*. Max, que era apenas um jogador eventual e pragmático — nem sequer quando vestiu uniforme no Marrocos experimentara a paixão que alguns homens tinham pelos jogos de azar —, tinha prazer, no entanto, de observar os profissionais do baralho que frequentavam as linhas transatlânticas. Trapaças, equívocos e ingenuidades, reações de uns e outros, códigos de conduta que expunham, detalhadamente, a complexa condição humana eram uma excelente escola, disponível para aqueles que soubessem observar de maneira adequada, e Max costumava extrair dali ensinamentos úteis. Porém, como em todos os navios do mundo, no *Cap Polonio* havia jogadores de primeira classe, de segunda e até de terceira. Logicamente, a tripulação se mantinha a par; e tanto o comissário de bordo como os mordomos e os chefes de sala conheciam vários frequentadores assíduos, vigiavam-nos com o rabo do olho e sublinhavam seus nomes na lista de passageiros. Tempos atrás, no *Cap Arcona*, Max conhecera um jogador chamado Brereton, que era acompanhado pela fama lendária de ter disputado uma longa partida de bridge no inclinado *salon-fumoir* da primeira classe do *Titanic* quando este estava afundando nas águas geladas do Atlântico Norte, e tê-la terminado com lucro e a tempo de se atirar na água e alcançar o bote salva-vidas.

O fato é que, nesta manhã, Armando de Troeye entrou no bar da segunda classe do *Cap Polonio* e Max se surpreendeu ao vê-lo ali, pois não era habitual que os passageiros transpusessem os limites do território estabelecido pela categoria de cada um. E se surpreendeu mais ainda quando o famoso compositor, vestindo um paletó Norfolk esportivo, colete com corrente de relógio de ouro, calças largas e quepe de viagem, deteve-se na porta, deu uma olhada no recinto e, ao descobrir Max, dirigiu-se a ele diretamente, com um sorriso amistoso, e ocupou a poltrona contígua.

— O que está bebendo? — perguntou, enquanto chamava a atenção do garçom. — Absinto...? Muito forte para mim. Acho que vou tomar um vermute.

Quando o garçom de jaqueta vermelha trouxe a bebida, Armando de Troeye já havia felicitado Max por sua habilidade na pista de dança e mantinham uma conversa ligeira, adequadamente social, sobre transatlânticos, música e dança profissional. O autor dos "Nocturnos" — além de outras obras famosas, como "Scaramouche" ou o balé "Pasodoble para don Quijote", que Diaguilev tornara mundialmente conhecido — era um homem seguro de si, constatou o dançarino mundano; um artista consciente de quem era e do que representava. Apesar disso, embora no bar da segunda classe continuasse mantendo uma atitude de elegante superioridade — grande compositor de música diante de um humilde operário do nível mais elementar desta —, era evidente que se esforçava para se mostrar agradável. Sua atitude, inclusive com todas as reservas que exibia, estava distante da displicência dos dias anteriores, quando Max dançava com sua mulher no salão da primeira classe.

— Eu o observei bem, lhe garanto. O senhor beira a perfeição.

— Obrigado por dizer isso. Embora exagere. — Max abria um leve sorriso, cortês. — Essas coisas também dependem do par... É sua esposa quem dança maravilhosamente, como está cansado de saber.

— Naturalmente. É uma mulher singular, sem dúvida. Mas a iniciativa era do senhor. Delimitava o terreno, para que nos entendamos. E isso não se improvisa. — De Troeye havia pegado o copo que o garçom colocara na mesa e o olhava contra a luz, como se suspeitasse da qualidade de um vermute servido em um bar da segunda classe... — Me permite uma pergunta profissional?

— Claro.

Um gole cauteloso. Uma expressão satisfeita sob o fino bigode.

— Onde aprendeu a dançar tango assim?

— Nasci em Buenos Aires.

— Que surpresa. — De Troeye voltou a beber. — Não tem sotaque.

— Saí cedo de lá. Meu pai era asturiano e emigrou nos anos 1890... As coisas não andaram bem para ele e acabou voltando, pois queria morrer na Espanha. Antes disso teve tempo de se casar com uma italiana, fazer alguns filhos e levar todos nós de volta com ele.

O compositor se inclinava no braço da cadeira de vime, interessado.

— Quanto tempo o senhor viveu lá, então?

— Até os 14 anos.

— Isso explica tudo. Esses tangos tão autênticos... Por que sorri?

Max encolheu os ombros, sincero.

— Porque não são nem um pouco autênticos. O tango original é diferente.

Surpresa genuína, o que lhe dava uma boa aparência. Talvez só fosse uma cortesia. O copo estava a meio caminho entre a mesa e a boca entreaberta de De Troeye.

— Ora... Como é?

— Mais rápido, tocado por músicos populares e de ouvido. Mais lascivo do que elegante, para sintetizar de alguma maneira. Feito de cortes e quebradas, dançado por prostitutas e rufiões.

O outro começou a rir.

— Em certos ambientes continua sendo assim — observou.

— Não de todo. O original mudou muito, sobretudo depois de ter ficado na moda em Paris há dez ou 15 anos com os bailes apaches do bas-fond... Então começou a ser imitado por gente de bem. Dali voltou à Argentina afrancesado, transformado em tango educado, quase respeitável. — Voltou a encolher os ombros, bebeu o que restava do absinto e olhou para o compositor, que sorria amistosamente. — Suponho que me faço entender.

— Naturalmente. E é muito interessante... O senhor é uma grata surpresa, caro Costa.

Max não recordava que tivesse lhe dito seu sobrenome, nem mesmo à sua mulher. Possivelmente De Troeye o havia visto na relação do pessoal que estava a bordo. Ou o procurara de propósito. Pensou nisso por um momento, sem se deter muito, antes de continuar satisfazendo a curiosidade de seu interlocutor. Com o viés parisiense, acrescentou, a classe alta argentina, que antes rejeitava o tango acusando-o de imoral e prostibulário, imediatamente o adotou. Deixou de ser uma coisa reservada à gentinha da periferia e chegou aos salões. Até então, o tango autêntico, aquele que as vagabundas, os rufiões e os marginais dançavam em Buenos Aires, fora uma música clandestina, ignorada pela boa sociedade: uma música que as meninas das boas famílias tocavam às escondidas no piano de casa, com partituras fornecidas pelos namorados e pelos irmãos pirados e notívagos.

— Mas o senhor dança o tango moderno, para chamá-lo de alguma maneira — argumentou De Troeye.

A palavra *moderno* fez Max rir.

— Claro. É o que me pedem. Embora também seja o que conheço. Nunca cheguei a dançar o velho tango de Buenos Aires; era muito pequeno. Mas o vi ser dançado muitas vezes... Paradoxalmente, aprendi o tango que danço em Paris.

— E como o senhor chegou a Paris?

— É uma longa história. Não quero entediá-lo.

De Troeye havia chamado o garçom e pedido outra rodada, ignorando os protestos de Max. Parecia habituado a pedir rodadas sem consultar ninguém. Era, ou aparentava ser, daquele tipo de indivíduos que se comportam como anfitriões até mesmo em mesas alheias.

— Me entediar? Absolutamente. Nem faz ideia de até que ponto me interessa o que está contando... Ainda há alguém que toca à moda antiga em Buenos Aires...? O tango antigo, por assim dizer?

Max pensou por um instante e, finalmente, balançou a cabeça, hesitante.

— Puro, não há nada. Mas ainda restam alguns lugares. Naturalmente, não é tocado nos salões que estão na moda.

Olhava as mãos do outro. Largas, fortes. Não eram elegantes, pelo menos como o dançarino havia imaginado que fossem as de um compositor famoso. Unhas curtas e polidas, observou Max. Aquele anel de ouro com um sinete azul no mesmo dedo da aliança de casamento.

— Vou lhe pedir um favor, Sr. Costa. Uma coisa que é importante para mim.

As novas bebidas haviam chegado. Max não tocou na sua. De Troeye sorria, amistoso e seguro.

— Gostaria de convidá-lo para almoçar — continuou —, para que falemos disso mais detalhadamente.

O dançarino mundano dissimulou sua surpresa com um sorriso de contrariedade.

— Devo lhe agradecer, mas não posso ir ao restaurante da primeira classe. A nós, os empregados, não é permitido...

— Tem razão — O compositor enrugou a testa, pensativo, como se avaliasse até que ponto poderia contrariar as normas a bordo do *Cap Polonio*. — É um problema desagradável... No entanto, tenho uma ideia melhor. Minha mulher e eu dispomos de duas cabines que formam uma suíte, onde se pode preparar perfeitamente uma mesa para três... Poderia nos dar a honra?

Max titubeou, ainda desconcertado.

— O senhor é muito amável. Mas não sei se devo...

— Não se preocupe. Acertarei tudo com o tripulante. — De Troeye deu um último gole e colocou o copo com firmeza na mesa, como se aquilo colocasse um ponto final do assunto. — Aceita, então?

As últimas reservas de Max eram, na verdade, simples cautela. A verdade era que nada se encaixava na ideia que até então tivera sobre o assunto. Embora talvez sim, concluiu, depois de refletir por alguns instantes. Precisava de um pouco de tempo e de mais informações para calcular os prós e os contras. De improviso, Armando de Troeye se introduzia no jogo como um elemento novo. Insuspeitado.

— Talvez sua esposa... — começou a dizer.

— Mecha ficará encantada. — Deu por resolvido o outro enquanto arqueava as sobrancelhas chamando a atenção do garçom para que trouxesse a conta. — Diz que o senhor é o melhor dançarino de salão que jamais conheceu. Para ela também será um prazer.

Sem olhar para a soma, De Troeye assinou a nota, escreveu o número de seu quarto, deixou uma gorjeta no pires e ficou em pé. Max, por um reflexo cortês, quis imitá-lo, mas De Troeye colocou uma das mãos em seu ombro, retendo-o. Uma mão mais forte do que teria suspeitado em se tratando de um músico.

— Quero de certa maneira lhe pedir um conselho. — Puxou o relógio do paletó até o limite da corrente de ouro e confirmou a hora com um gesto negligente. — Às doze, então... Cabine 3. Estaremos esperando.

Partiu depois de dizer isso, sem esperar resposta, dando como certo que o dançarino mundano aceitara o convite. E um pouco depois de Armando de Troeye ter abandonado o bar, Max continuava olhando a porta por onde partira. Refletia sobre como aquilo alterava, ou poderia alterar, o que havia planejado para os próximos dias. Talvez, na verdade, resolveu, o convite criasse outras alternativas, mais úteis do que as que havia previsto. Por fim, com esse pensamento, colocou um cubinho de açúcar em uma colherinha deitada sobre a taça de absinto e verteu um pouco de água em cima dela, olhando o torrão se desfazer no licor esverdeado. Sorria para si quando levou o copo aos lábios. O sabor forte e doce da bebida não lhe recordou desta vez o segundo-cabo legionário Boris Dolgoruki-Bagration nem os tugúrios mouros do Marrocos. Seus pensamentos estavam ocupados com o colar de pérolas que havia visto reluzir, refletindo os lustres do salão de baile, no decote de Mecha Inzunza de Troeye. Também com a linha do pescoço desnudo que partia dos ombros daquela mulher e ia até sua nuca. Sentiu desejo de assoviar um tango e esteve prestes a fazê-lo antes de recordar onde estava. Quando ficou em pé, o sabor do absinto em sua boca era doce como um presságio de mulher ou de aventura.

Spadaro, o recepcionista, mentiu: o quarto é de fato pequeno, mobiliado com uma cômoda e um armário antigo com um grande espelho; o banheiro é estreito e a cama de solteiro não parece grande coisa. Mas não é verdade que o lugar careça de vista. Pela única janela, virada para o poente, é possível avistar a parte de Sorrento situada sobre a Marina Grande, o arvoredo do parque e as vilas da ladeira montanhosa da ponta do Capo. E, quando Max abre as folhas da janela e se debruça para fora, ofuscado pela luz, consegue ver uma parte da baía, com a ilha de Ísquia esfumada na distância.

Recém-banhado, nu embaixo de um roupão de banho que tem o símbolo do hotel bordado no peito, o chofer do Dr. Hugentobler se observa no espelho do armário. Seu olhar crítico, adestrado por vício profissional em estudar os seres humanos — o êxito ou o fracasso de tudo o que empreendeu sempre dependeu disso —, demora-se na imagem do ancião imóvel que contempla os próprios cabelos grisalhos molhados, as rugas de seu rosto, os olhos cansados. Mas seu aspecto ainda é bom, conclui, se se considerarem com benevolência os estragos que outros homens dessa idade costumam exibir. As feridas, sinais de perdas e da decadência. Os fracassos irreparáveis. De maneira que, procurando o consolo adequado, apalpa o tecido do roupão de banho: há embaixo dele mais peso e largura do que há alguns anos, sem dúvida; mas a cintura ainda tem dimensões razoáveis, a figura está ereta e os olhos continuam vivos e inteligentes, confirmando uma postura que a decadência, os anos obscuros e, finalmente, a ausência de esperanças não conseguiram dobrar de todo. Como se fosse um ator que estivesse ensaiando uma passagem difícil de seu papel, Max, simulando um teste, sorri de repente para o ancião refletido no espelho, e este corresponde com uma expressão de aparente espontaneidade que parece iluminar seu rosto: simpático, persuasivo, determinado a ponto de inspirar confiança. Ainda permanece assim por mais um momento, imóvel, deixando o sorriso se desvanecer devagar. Depois, pegando um pente na cômoda, alisa os cabelos a sua maneira antiga, para trás, delineando uma risca reta e impecável no lado esquerdo. As maneiras também continuam elegantes, conclui enquanto examina, com olho crítico, o resultado. Ou podem ser. Ainda transparecem uma boa criação — daí ao suposto bom berço só houve, em outros tempos, um passo difícil de dar — que os anos, o hábito, a necessidade e o talento aperfeiçoaram até que fosse eliminado qualquer rastro capaz de delatar a fraude original. Vestígios, enfim, de um passado atraente que, em outras épocas, lhe permitiu se mover com a descarada altivez de caçador em territórios duvidosos, muitas vezes hostis. Prosperar neles e sobreviver. Ou quase. Até há pouco.

Livrando-se do roupão, Max assovia "Torna a Sorrento" e começa a se aprontar com a meticulosa lentidão dos velhos tempos, quando se vestir de maneira minuciosa, atento a detalhes como a inclinação do chapéu, o jeito de dar um nó na gravata ou as cinco maneiras de colocar um lenço branco no bolso superior do paletó, fazia-o se sentir cheio de otimismo e fé nos próprios recursos, como um guerreiro se preparando para um combate. E essa vaga sensação de outrora, o aroma familiar de expectativa ou a ação iminente acaricia seu orgulho recuperado enquanto veste as cuecas de algodão, as meias cinza — que exigem um pequeno esforço, sentado na cama, para dobrar a cintura —, a camisa procedente do guarda-roupa do Dr. Hugentobler, ligeiramente folgada no tronco.

Nos últimos anos, as peças do vestuário são usadas apertadas no corpo, as calças têm bocas largas e os paletós e as camisas, cinturas estreitas. Mas Max, que não consegue seguir a moda, prefere o corte clássico da camisa da Sir Bonser em seda azul pálida com botões nas pontas da gola que lhe cai como se tivesse sido feita sob medida, à maneira de sempre. Antes de abotoá-la, seus olhos se demoram na cicatriz que marca sua pele em forma de uma pequena estrela de 2,5 centímetros de diâmetro no lado esquerdo do tórax, à altura das últimas costelas: marca da bala de um policial marroquino que roçou seu pulmão em Taxuda, Marrocos, em 2 de novembro de 1921; e que, depois de uma temporada no hospital de Melilla, colocou um ponto final na curta vida militar do legionário Max Costa, alistado com esse nome cinco meses antes — deixando para trás, definitivamente, o original Máximo Covas Lauro — na 13ª Companhia da Primeira Legião do Regimento de Estrangeiros.

* * *

O tango, explicou Max, é uma mistura de várias coisas: tango andaluz, habanera, milonga e dança de escravos negros. Os gaúchos crioulos, à medida que foram se aproximando, com seus violões, de mercearias, armazéns e prostíbulos dos arredores de Buenos Aires, chegaram à milonga, e finalmente ao tango, que começou como milonga dançada. A música e a dança negra foram importantes, porque nessa época os casais dançavam enlaçados, não abraçados. Mais soltos que agora, com cortes, recuos e voltas simples ou complicadas.

— Tangos de negros? — Armando de Troeye parecia de fato surpreso. — Não sabia que negros haviam vivido ali.

— Viveram. Velhos escravos, naturalmente. Foram dizimados no final do século por uma epidemia de febre amarela.

Os dois ainda estavam sentados em volta da mesa preparada na cabine dupla da primeira classe. Os aposentos cheiravam a couro de baús e malas de boa qualidade, água-de-colônia e resina. Por uma ampla janela se via o mar azul e aprazível. Max, vestido com terno cinza, camisa de colarinho não engomado e gravata escocesa, havia batido na porta às doze e dois; e, após os primeiros minutos ao longo dos quais o único que parecia estar à vontade era Armando de Troeye, o almoço — consomê de pimentões doces, lagosta com maionese e um vinho do Reno bem gelado — havia transcorrido em uma conversa agradável, quase toda, a princípio, por conta do compositor; que depois de contar algumas histórias pessoais interrogara Max sobre sua infância em Buenos Aires, a volta à Espanha e sua vida como dançarino profissional em hotéis de luxo, balneários de temporada e transatlânticos. Prudente, como sempre que se tratava de sua vida, Max liquidara o assunto com breves comentários e ambiguidades calculadas. E depois, na hora do café, do conhaque e dos cigarros, voltara, a pedido do compositor, a falar de tango.

— Os brancos, que no começo mal olhavam os negros, adotaram suas danças, tornando mais lento o que não conseguiam imitar e acrescentando movimentos da valsa, da habanera ou da mazurca... Levem em conta que, mais do que um tipo de música, o tango era então uma maneira de dançar. E de tocar — continuou contando.

Às vezes, enquanto falava, apoiando na borda da mesa os pulsos e as abotoaduras de prata, seus olhos se encontravam com os de Mecha Inzunza.

A mulher do compositor permanecera em silêncio durante quase todo o almoço, ouvindo a conversa; só às vezes fazia um comentário breve ou uma pergunta e depois ficava esperando a resposta com atenção cortês.

— Dançado por italianos e imigrantes europeus — continuou Max —, o tango se tornou mais lento, menos descomposto; embora os *compadritos* suburbanos tenham adotado algumas das maneiras dos negros... Quando se dançava em *senda direita*, como dizem ali, o homem se interrompia para se exibir ou marcar uma quebrada, detendo seu movimento ou o do par. — Olhou para a mulher, que continuava ouvindo, atenta. — É o famoso corte, que a senhora, na versão respeitável daqueles tangos que dançamos agora, resolve tão bem.

Mecha Inzunza agradeceu o comentário com um sorriso. Usava um vestido leve, sedoso, cor de champanhe, e a luz da janela emoldurava seus cabelos, curtos na nuca: a linha esbelta do pescoço, que tanto ocupara os pensamentos de Max ao longo dos últimos dias, desde o silencioso tango sem música dançado no salão de palmeiras do transatlântico. As únicas joias que exibia nesse momento eram o colar de pérolas, montado em duas voltas, e seu anel de casada.

— O que é um *compadrito*? — perguntou ela.

— Na verdade, era.

— Não existem mais?

— Em dez ou 15 anos muitas coisas mudaram. Quando eu era criança, chamávamos de *compadrito* o jovem de condição modesta, filho ou neto daqueles gaúchos que, depois de trazer as reses, fincaram pé na terra dos arrabaldes da cidade.

— Parece perigoso.

Max fez um gesto de indiferença. Esses eram pouco perigosos, explicou. Outra coisa eram os *compadres* e os *compadrones*. Gente mais da pesada: alguns verdadeiros delinquentes e outros que aparentavam sê-lo. Os políticos recorriam a eles para guarda-costas, participar de comícios e coisas do tipo. Mas os de verdade, que costumavam ter sobrenomes espanhóis, passaram a ser substituídos pelos filhos dos imigrantes que pretendiam imitá-los: malfeitores de baixa condição social que ainda adotavam as maneiras antigas dos valentões suburbanos sem obedecer a seus códigos nem ter sua coragem.

— E o tango autêntico é uma dança de *compadritos* e *compadres*? — interessou-se Armando de Troeye.

— Foi. Aqueles primeiros tangos eram dançados sem dissimulação, com os casais juntando os corpos e enlaçando as pernas em movimentos de cadeiras que vinham, como disse antes, das danças dos negros... Levem em conta que as primeiras dançarinas de tango foram as putas, as mulheres dos bordéis.

De soslaio, Max percebeu o sorriso de Mecha Inzunza: ao mesmo tempo desdenhoso e interessado. Já havia visto aquilo em mulheres de sua classe, ao mencionar assuntos parecidos.

— Daí a má fama, naturalmente — disse ela.

— Claro. — Por delicadeza, Max continuava se dirigindo ao marido. — Prestem atenção: um dos primeiros tangos se chamou "Dame la lata"...

— A lata?

Outro olhar de viés. O dançarino mundano titubeava, ocupado em escolher as palavras adequadas.

— A ficha — disse, finalmente — que a madame do prostíbulo dava à prostituta por cada cliente que atendia e que ela depois entregava a seu cafetão, que ficava com o dinheiro.

— Essa coisa de cafetão parece exótica — comentou a mulher.

— Está se referindo ao *maquereau* — observou De Troeye. — Ao explorador de mulheres.

— Entendi perfeitamente, querido.

Até mesmo quando o tango se tornou popular e chegou às festas familiares, os cortes eram proibidos, pois eram considerados imorais. Quando ele era criança, só se dançava tango nas matinês das associações culturais italianas ou espanholas, nos prostíbulos e nas *garçonnières* dos meninos bem-nascidos. Ainda agora, quando triunfava em salões e teatros, em certos ambientes ainda era mantida a proibição de cortes e quebradas, *de enfiar a perna*, como se dizia vulgarmente. Ser admitido pela sociedade custou ao tango seu caráter, concluiu. O passo ficou cansado, mais lento e menos lascivo. Esse era o tango domesticado que viajara a Paris e ficara famoso.

— Virou essa dança monótona que vemos nos salões ou na estúpida paródia que Rodolfo Valentino fez dele no cinema.

Os olhos cor de mel o olhavam fixamente. Consciente disso, com toda a calma que era capaz de esgrimir, Max pegou sua cigarreira e a ofereceu aberta à mulher. Ela pegou um cigarro turco, e outro o marido, que acendeu o da esposa, colocado na piteira curta de marfim, com um isqueiro de ouro. Ela, que se inclinara na direção da chama, levantou a cabeça e voltou a olhar para Max na primeira baforada de fumaça que a luz proveniente da janela tornava espessa e azulada.

— E em Buenos Aires? — perguntou Armando de Troeye.

Max sorriu, e, depois de bater suavemente uma extremidade do cigarro na cigarreira fechada, acendeu seu Abdul Pashá. A mudança de assunto lhe permitiu encarar de novo os olhos da mulher, mas apenas por três segundos, mantendo o sorriso. Depois se virou para o marido.

— No subúrbio, no bas-fond, alguns continuam quebrando a cintura e enfiando a perna. Ali estão os últimos restos do velho tango... O que nós dançamos é, na realidade, uma imitação suave desse. Uma elegante habanera.

— Acontece a mesma coisa com as letras?

— Sim, embora seja um fenômeno mais recente. A princípio só eram instrumentais, ou canções de teatro de revista. Quando eu era menino, só se ouviam tangos cantados, e sempre eram pícaros e obscenos, histórias de duplo sentido narradas por rufiões cínicos...

Deteve-se, hesitando por um momento sobre a conveniência de dizer mais alguma coisa.

— E então?

Ela formulara a pergunta brincando com uma das colherinhas de prata. Isso incentivou Max.

— Bem... Basta ver os títulos de então: "Qué polvo com tanto viento", "Siete pulgadas", "Cara Sucia", que, na realidade, se refere a outra coisa, ou "La c...ara de la l...una", com pontos de reticência no título que, na realidade, desculpem a crueza, significa "La concha de la lora".

— *Lora*...? O que significa?

— Prostituta, em lunfardo, a gíria da ralé de Buenos Aires... A que Gardel usa quando canta.

— E *concha*?

Max olhou para Armando de Troeye, sem responder. Não ia se referir ao órgão genital feminino. A careta divertida do marido se abriu em um amplo sorriso.

— Entendido — disse.

— Entendido — repetiu ela, depois de um instante, sem sorrir.

O tango sentimental, continuou Max, é um fenômeno recente. Foi Gardel quem popularizou essas letras chorosas, povoando o tango com malfeitores cornudos e mulheres perdidas. Em sua voz, o cinismo do rufião se tornou lágrimas e melancolia. Coisa de poetas.

— Nós o conhecemos há dois anos, quando estava se apresentando no Romea de Madri — observou De Troeye. — Um homem muito simpático. Meio falastrão, mas agradável. — Olhou para a mulher. — Com aquele sorriso, não é mesmo...? Como se nunca relaxasse.

— Só o vi uma vez, de longe, comendo puchero de galinha no El Tropezón — disse Max. — Estava cercado de gente, logicamente. Não me atrevi a me aproximar.

— A verdade é que canta muito bem. Tão frágil, não é mesmo?

Max tragou seu cigarro. De Troeye, que se servia mais conhaque, ofereceu-lhe outra dose, mas ele negou com a cabeça.

— Realmente inventou um estilo. Antes eram só canções de teatro de revista e de bordel... Quase não havia antecedentes.

— E a música? — De Troeye havia molhado os lábios no conhaque e olhava para Max por cima da borda da taça. — Quais são, a seu juízo, as diferenças entre o tango velho e o moderno?

O dançarino mundano se recostou na cadeira, bateu suavemente no cigarro com o dedo indicador e deixou a cinza cair no cinzeiro.

— Não sou músico. Só danço para ganhar a vida. Nem sequer sei distinguir uma colcheia de uma breve.

— Mesmo assim, gostaria de saber sua opinião.

Max deu outra tragada no cigarro antes de responder.

— Só posso falar do que conheço. Do que recordo... Aconteceu uma coisa semelhante com a maneira de dançar e de cantar. No começo os músicos eram intuitivos e tocavam temas pouco conhecidos, de memória ou usando partituras para piano. *Na grelha*, como se diz ali... Lembravam os músicos de bandas de jazz quando improvisam livremente.

— E como eram essas orquestras?

Pequenas, precisou Max. Três ou quatro sujeitos, baixos de bandonéon, acordes simples e maior velocidade de execução. Com o tempo, essas orquestras foram substituídas pelas modernas: solos de piano e não de violões, contracantos de violino, resmungo de foles. Isso facilitava as coisas para os dançarinos inexperientes, os novos adeptos. As orquestras profissionais se adaptaram logo ao novo tango.

— É o que nós dançamos — concluiu, apagando o cigarro com muito cuidado. — O tango que é tocado no salão do *Cap Polonio* e nos lugares respeitáveis de Buenos Aires.

Mecha Inzunza apagou seu cigarro no mesmo cinzeiro, três segundos depois de Max.

— E o outro...? — perguntou, brincando com a piteira de marfim. — O que aconteceu com o antigo?

O dançarino mundano afastou, não sem esforço, o olhar das mãos da mulher: finas, elegantes, de boa casta. No anular esquerdo reluzia a aliança de ouro. Quando levantou a vista, percebeu que Armando de Troeye o observava inexpressivo, mas firmemente.

— Ainda continua lá — respondeu. — Marginal e cada vez mais raro. Quando o tocam, de acordo com o lugar, as pessoas quase não dançam. É mais difícil. Mais cru.

Parou por um momento. O sorriso que aflorou em seus lábios era espontâneo. Evocador.

— Um amigo meu dizia que existem tangos para sofrer e tangos para matar. Os originais eram mais do segundo tipo.

Mecha Inzunza havia apoiado um cotovelo na mesa e o rosto ovalado na palma da mão. Parecia ouvir com extrema atenção.

— Alguns o chamam de Tango da Velha Guarda... — disse Max. — Para diferenciá-lo do novo. Do moderno.

— Belo nome — comentou o marido. — De onde vem?

Seu rosto não estava mais inexpressivo. Outra vez a expressão amável, de anfitrião atencioso. Max balançou as mãos como se quisesse salientar uma obviedade.

— Não sei. Um antigo tango se chamava assim: "La Guardia Vieja..." Não saberia lhes dizer.

— E continua... obsceno? — perguntou ela.

Um tom opaco, o de Mecha Inzunza. Quase científico. O de uma entomologista perguntando, por exemplo, se era obscena a cópula de dois escaravelhos. Supondo, concluiu Max, que os escaravelhos copulassem. Que, certamente, sim.

— Dependendo do lugar — confirmou.

Armando de Troeye parecia encantado com tudo aquilo.

— O que está contando é fascinante — disse. — Muito mais do que imagina. E altera algumas ideias que eu tinha na cabeça. Gostaria de presenciar isso... Vê-lo em seu ambiente.

Max fez uma careta, evasivo.

— Não é tocado em locais recomendáveis, naturalmente. Não que eu saiba.

— Conhece lugares assim em Buenos Aires?

— Conheço alguns. Mas não se pode dizer que sejam adequados. — Olhou para Mecha Inzunza. — São lugares perigosos... Impróprios para uma senhora.

— Não se inquiete com isso — disse ela com muita frieza e muita calma. — Já estivemos em lugares impróprios.

Passa do meio da tarde. O sol declinante ainda está em cima da ponta do Capo, emoldurando com tons verdes e avermelhados as vilas que se espalham pela encosta da montanha. Max Costa, vestido com o mesmo paletó azul-marinho e as calças de flanela cinza que usava quando chegou ao hotel — só trocou o lenço de seda por uma gravata vermelha com bolinhas azuis e nó Windsor —, desce de seu quarto e se mistura com os clientes que bebem um aperitivo antes do jantar. Acabaram o verão e suas aglomerações, mas o duelo de xadrez agita o estabelecimento: quase todas as mesas do bar e do terraço estão ocupadas. Um cartaz colocado em um cavalete anuncia para amanhã a próxima partida do duelo Sokolov-Keller. Parando diante dele, Max observa os dois adversários nas fotografias que o ilustram. Sob sobrancelhas louras e espessas, combinando com cabelos que recordam os de um ouriço, os olhos claros e aquosos do campeão soviético observam com receio as peças colocadas no tabuleiro. Seu rosto redondo e rústico leva-o a pensar na face de um camponês atento ao xadrez da mesma maneira que várias gerações de seus antepassados observavam um campo de trigo ou a passagem das nuvens trazendo água ou seca. Quanto a Jorge Keller, seu olhar se dirige ao fotógrafo, distraído, quase sonhador. Talvez um pouco inocente, acredita perceber Max. Como se em vez de olhar para a câmera estivesse olhando para alguém ou algo situado mais além, que não tivesse nada a ver com o xadrez, e sim com sonhos juvenis ou fantasias abstratas.

Brisa agradável. Rumor de conversas com música suave ao fundo. O terraço do Vittoria é amplo e esplêndido. Mais além da balaustrada se vê uma bela vista panorâmica da Baía de Nápoles, que começa a se suavizar em uma luz dourada cada vez mais horizontal. O maître guia Max a uma mesa situada ao lado de uma mulher de mármore semiajoelhada e desnuda que olha o mar. Acomodando-se, Max pede uma taça de vinho branco gelado e dá uma olhada ao redor. O entorno é elegante, adequado ao lugar e à hora.

Há clientes estrangeiros bem-vestidos, sobretudo norte-americanos e alemães que visitam Sorrento fora da temporada. O restante são convidados do milionário Campanella: gente distinta a quem este paga a viagem e as despesas de hotel. Também há adeptos do xadrez que podem se permiti-lo com conta própria. Nas mesas próximas, Max reconhece uma bela atriz de cinema em companhia de outras pessoas, entre as quais está seu marido, um produtor de Cinecittà. Perto dali se movimentam dois jovens com aspecto de jornalistas locais, um deles com uma Pentax pendurada no pescoço; cada vez que levanta a câmera, Max esconde o rosto com um gesto discreto, passando uma das mãos pela face ou virando-se para olhar alguma coisa no outro lado. Reação automática, esta, de caçador que não quer ser caçado. Antigos reflexos evasivos, naturais por hábito, que seu instinto profissional desenvolveu ao longo de muitos anos para reduzir os riscos. Naqueles tempos, nada tornava Max mais vulnerável do que colocar seu rosto e sua identidade à disposição de algum policial capaz de se perguntar o que estaria tramando, neste ou naquele lugar, um veterano cavalheiro daqueles que, em outros tempos, eram chamados, com ingênuo eufemismo, de ladrões de luvas brancas.

Quando os jornalistas se afastam, Max olha ao redor, procurando. Ao descer, pensava que seria um extraordinário golpe de sorte encontrar a mulher na primeira tentativa; mas a verdade é que ela está ali, não muito longe, sentada diante de uma mesa em companhia de outras pessoas entre as quais não estão nem o jovem Keller nem a garota que estava com eles. Desta vez está sem o chapéu de tweed e exibe os cabelos curtos, de um tom cinza prateado que parece totalmente natural. Enquanto conversa, inclina o rosto para seus acompanhantes, cortesmente interessada — um gesto que Max recorda com espantosa nitidez — e às vezes se reclina no encosto da cadeira, assentindo à conversa com um sorriso. Veste-se de maneira simples, com a mesma elegante negligência da véspera: uma saia escura larga com um cinturão prendendo a cintura de uma blusa branca de seda. Calça mocassins de camurça e seus ombros estão cobertos por uma jaqueta de tricô, colocada por cima. Não usa brincos nem joias: só um fino relógio no pulso.

Max prova o vinho, satisfeito com a temperatura que embaça a taça, e, quando se inclina um pouco para deixá-la na mesa, o olhar da mulher cruza com o seu. É um encontro casual que mal dura um segundo. Ela está dizendo alguma coisa a seus acompanhantes, e ao fazê-lo passeia a vista ao redor, coincidindo um momento com os olhos do homem que a observa de três mesas mais além. Os olhos da mulher não se detêm nele: seguem em frente enquanto continuam conversando; alguém diz qualquer coisa que ela ouve com atenção, sem voltar a afastar o olhar de seus acompanhantes. Max, sentindo uma alfinetada melancólica que fere sua vaidade, sorri para si mesmo e procura se consolar com outro gole de Falerno. É verdade que ele mudou; mas ela também, decide. Muito, sem dúvida, desde a última vez em que se viram em Nice 29 anos antes, no outono de 1937. E mais ainda desde o que acontecera em Buenos Aires, nove anos antes disso. Também se passou muito tempo desde a conversa que Mecha Inzunza e ele mantiveram no convés de passeio do *Cap Polonio*, quatro dias depois de ela e seu marido o terem convidado para almoçar em seu luxuoso camarote e falar de tango.

Naquele dia também a procurara deliberadamente, depois de uma noite de insônia em seu camarote da segunda classe, que atravessou com os olhos abertos, sentindo o suave movimento do barco e a distante trepidação interna das máquinas nos anteparos do transatlântico. Havia perguntas que requeriam respostas e planos a traçar. Perdas e ganhos possíveis. Mas também, embora se negasse a admiti-lo, pulsava naquilo uma vontade pessoal, inexplicável, que não tinha nada a ver com as circunstâncias materiais. Uma coisa surpreendentemente desprovida de cálculos, feita de sensações, seduções e receios.

Encontrou-a no convés dos botes, como da outra vez. O navio navegava a uma boa velocidade, fendendo uma ligeira bruma que o sol ascendente — um disco difuso dourado cada vez mais alto no horizonte — ia vencendo pouco a pouco. Estava sentada em um banco de teca, embaixo de uma das três grandes chaminés pintadas de vermelho e branco. Vestia roupas esportivas, saia plissada e um blusão de lã listrado. Os sapatos eram de salto baixo e a aba curta de um chapéu de palha das Filipinas ovalava seu rosto inclinado sobre um livro. Desta vez, Max não passou ao largo com uma breve saudação, mas disse bom-dia e se deteve diante dela, tirando a boina de viagem. O dançarino mundano tinha o sol às suas costas, o mar estava tranquilo e sua sombra oscilou levemente no livro aberto e no rosto da mulher quando ela levantou a vista para olhá-lo.

— Ora — disse. — O dançarino perfeito.

Sorria, embora os olhos que o estudavam, avaliando, parecessem absolutamente sérios.

— Como vai, Max...? Quantas jovenzinhas e solteironas pisotearam seus sapatos nos últimos dias?

— Muitas — gemeu. — Nem me lembre.

Fazia quatro dias que Mecha Inzunza e seu marido não apareciam no salão de baile. Max não voltara a vê-los desde o almoço na cabine.

— Estive pensando no que seu marido disse... A respeito dos lugares adequados para dançar tango em Buenos Aires...

O sorriso se acentuou. Uma bela boca, pensou ele. Um bonito tudo.

— Tango à maneira da antiga guarda?

— Velha. É Velha Guarda. Sim. Estou me referindo a ele.

— Maravilhoso. — Ela fechou o livro e se afastou para um lado do banco, com muita naturalidade, abrindo espaço para que ele se sentasse. — Poderá nos levar a algum lugar?

O fato de estar esperando o plural não deixou Max menos incomodado. Continuava em pé diante dela, a boina ainda em uma das mãos.

— Os dois?

— Sim.

O dançarino mundano fez um gesto afirmativo. Vestiu de novo a boina — ligeiramente inclinada sobre o olho direito, com leve frivolidade — e se sentou na parte do banco que ela deixara livre. O lugar era protegido da brisa por uma estrutura metálica pintada de branco e rematada por uma das grandes bocas de ventilação que delimitavam o convés. De viés, Max deu uma olhada no título do livro que ela tinha em cima da saia. *The Painted Veil,* em inglês. Não havia lido nada daquele Somerset Maughan cujo nome aparecia na capa, embora lhe soasse familiar. Ele não era dado a livros.

— Não vejo inconveniente — respondeu. — Desde que esteja disposta a enfrentar certo tipo de azares.

— Você está me deixando assustada.

Não parecia nem um pouco assustada. Max olhava mais além dos botes salva-vidas, sentindo os olhos da mulher fixos nele. Hesitou por um instante sobre se devia se sentir incomodado por alguma ironia velada e decidiu que não. Talvez ela fosse sincera, embora realmente não conseguisse imaginá-la assustada dessa maneira. Diante de certo tipo de azares.

— São lugares populares — esclareceu. — Aquilo que poderíamos chamar de bas-fond, como disse. Mas continuo sem saber se a senhora...

Calou-se e se virou para ela. Parecia se divertir com aquela pausa deliberada, cautelosa.

— Se devo me arriscar a ir a lugares desse tipo?

— Na verdade, não é tão perigoso assim. Trata-se apenas de não ostentar demasiadamente.

— O quê?

— Dinheiro. Joias. Roupas caras ou excessivamente elegantes.

Ela jogou a cabeça para trás e riu com vontade. Aquele riso despreocupado e saudável, pensou, absurdamente, Max. Quase esportivo. Cunhado em quadras de tênis, praias da moda, clubes de golfe e Hispano Suizas de dois assentos.

— Entendo... Devo me disfarçar de vadia para passar despercebida?

— Não brinque.

— Não estou brincando. — Observava-o com inesperada seriedade. — Você ficaria espantado se soubesse quantas garotas sonham em se vestir de princesa e quantas mulheres adultas gostariam de se vestir de puta.

A palavra *puta* não soara vulgar em sua boca, avaliou Max, desconcertado, mas sim provocadora. Própria de uma mulher capaz de ir, por curiosidade ou diversão, a um bairro mal-afamado para ver dançarem tango. É que há maneiras de dizer as coisas, concluiu o dançarino mundano. De pronunciar certas palavras ou olhar nos olhos de um homem como ela estava fazendo nesse momento. Não importa o que dissesse, Mecha Inzunza não seria vulgar nem se quisesse. O segundo-cabo Boris Dolgoruki-Bagration, quando estava vivo, chegou a resumir isso muito bem. Quando lhe cabe, ninguém lhe tira. E, quando não lhe cabe, nem se quiser.

— É surpreendente o interesse de seu marido pelo tango — conseguiu dizer, recompondo-se. — Eu achava que era...

— Um compositor sério?

Agora foi a vez de Max rir. Ele o fez com a suavidade e a calculada altivez de um homem do mundo.

— É uma maneira de dizer. Há uma tendência para situar a música que ele faz e as danças populares em planos distintos.

— Poderíamos chamá-lo de capricho. Meu marido é um homem singular.

Mentalmente, Max concordou com isso. Singular era, sem dúvida, a palavra correta. Que ele soubesse, Armando de Troeye fazia parte da meia dúzia de compositores mais famosos e mais bem-remunerados do mundo. Entre os músicos espanhóis vivos, só Manuel de Falla estava a sua altura.

— Um homem admirável — acrescentou ela depois de um instante. — Em 13 anos, conseguiu o que outros apenas sonham... Você sabe quem são Diaguilev e Stravinsky?

Max sorriu, ligeiramente ofendido. Sou apenas um dançarino profissional, dizia sua expressão. Conheço música de ouvido. Mas chego até aí.

— Claro. O diretor de balé russo e seu compositor preferido.

Ela assentiu e começou a contar. Seu marido convivera com eles em Madri durante a guerra europeia, na casa de uma amiga chilena, Eugenia de Errazuriz. Estavam na cidade para apresentar "O pássaro de fogo" e "Petrushka" no Teatro Real. Armando de Troeye era então um compositor de muito talento, mas pouco conhecido. Simpatizaram, ele os levou a Toledo e ao Escorial e ficaram amigos. No ano seguinte, voltaram a se encontrar em Roma, onde, através deles, conheceu Picasso. Depois da guerra, quando Diaguilev e Stravinsky levaram de novo "Petrushka" a Madri, De Troeye os acompanhou a Sevilha para que vissem as procissões da Semana Santa. Quando voltaram, já eram íntimos. Três anos depois, em 1923, o balé russo estreava em Paris "Pasodoble para don Quijote". O êxito foi extraordinário.

— O resto você deve conhecer: a turnê pelos Estados Unidos, o grande sucesso de "Nocturnos" em Londres, na presença dos reis da Espanha, a rivalidade com Falla e o magnífico escândalo de "Scaramouche" na sala Pleyel de Paris no ano passado, com Serge Lifar e cenário de Picasso — concluiu Mecha Inzunza.

— Isso é triunfar — observou Max, com objetiva calma.

— E o que é triunfar para você?

— Quinhentas mil pesetas nas mãos todo ano. Daí para cima.

— Ora... Não é muito exigente.

Pensou ter notado certo sarcasmo no tom da mulher e a olhou com curiosidade.

— Como conheceu seu marido?

— Na casa de Eugenia de Errazuriz, exatamente. É minha madrinha.

— Leva uma vida interessante ao seu lado, suponho.

— Sim.

Desta vez o monossílabo havia sido brusco. Neutro. Ela olhava o mar no outro lado dos botes salva-vidas; o sol cada vez mais alto iluminava a atmosfera enevoada, dourada e cinza.

— E o que tudo isso tem a ver com o tango? — perguntou Max.

Viu-a inclinar a cabeça como se existissem várias respostas possíveis e as considerasse uma a uma.

— Armando é um humorista — disse, finalmente. — Gosta de jogar. Em muitos sentidos. Inclusive em seu trabalho, naturalmente... Jogos arriscados, inovadores. Foi exatamente isso o que deixou Diaguilev fascinado.

Calou-se por um momento, olhando a capa do livro: na ilustração, um homem elegantemente vestido olhava para o mar de uma encosta de aspecto oriental, cercada de palmeiras.

— Costuma dizer — continuou, por fim — que tanto faz se uma música é escrita para piano, violino ou tambor de pregoeiro... Uma música é uma música, afirma. E ponto final.

Fora da proteção onde estavam, a brisa marinha era suave, movida apenas pelo deslocamento do transatlântico. O disco do sol, cada vez mais diáfano e resplandecente, aquecia a teca. Mecha Inzunza ficou em pé e Max imitou-a no ato.

— E sempre esse senso de humor, tão próprio do meu marido — continuou dizendo ela com naturalidade, sem interromper a conversa. — Uma vez disse a um jornalista que gostaria de trabalhar como Haydn, para a diversão de um monarca... Uma sinfonia? *Voilà*, majestade. E, se não gostar, a devolvo com um arranjo de valsa e coloco uma letra... Gosta de fingir que compõe por encomenda, embora seja mentira. É seu sinal particular. Seu charme.

— É necessário ter muita inteligência para disfarçar artificialmente as próprias emoções — disse Max.

Havia lido ou ouvido aquilo em algum lugar. À falta de verdadeira cultura pessoal, era adestrado em usar observações alheias para improvisar palavras próprias. Em escolher os momentos oportunos para usá-las. Ela o olhou com ligeira surpresa.

— Ora. Talvez o tenhamos subestimado, Sr. Costa.

Ele sorriu. Caminhavam devagar, passeando na direção da amurada que ficava na popa do convés, depois da última das três chaminés.

— Max, lembre.

— Claro... Max.

Chegaram à amurada e se apoiaram nela, observando a animação lá de baixo: boinas de viagem, sombreiros flexíveis e panamás brancos, chapéus femininos de aba larga ou de copa curta, de acordo com a moda, de feltro ou de palha com fitas coloridas. No convés da primeira classe, onde os corredores de passeio a bombordo e a estibordo se juntavam no terracinho externo do *fumoir-café*, as janelas estavam abertas e todas as mesas de fora eram ocupadas por passageiros que desfrutavam o mar calmo e a temperatura amena. Era a hora do aperitivo: uma dúzia de garçons de paletó cor de cereja se movimentava entre as mesas equilibrando bandejas carregadas de bebidas e pratinhos com tira-gostos, enquanto um mordomo uniformizado vigiava para que tudo transcorresse como o alto preço da passagem exigia.

— Parecem simpáticos — comentou ela. — Garçons felizes... Talvez seja o mar.

— Mas não são felizes. Vivem aterrorizados pelos tripulantes e pelos oficiais. Ser simpático é apenas uma parte de seu trabalho: são pagos para sorrir.

Ela o olhava com curiosidade renovada. De maneira diferente.

— Parece conhecer isso — aventurou.

— Não tenha dúvida. Mas estávamos falando de seu marido. De sua música.

— Ah, sim. Ia lhe dizer que Armando gosta de se aprofundar nos apócrifos, de forçar anacronismos. Acha mais divertido trabalhar com a cópia do que com o original, fazendo comentários aqui e acolá, a respeito da maneira deste ou daquele: Schumann, Satie, Ravel... Disfarçar-se, adotando maneiras de pastiche. Até mesmo parodiando, sobretudo os que parodiam.

— Um plagiário irônico?

Estudou-o outra vez em silêncio, examinando-o por dentro e por fora.

— Há quem chame isso de modernidade — suavizou ele, temendo ter ido muito longe.

Seu sorriso era profissional: de bom moço sem pretensões nem hipocrisia. Ou, como ela dissera um pouco antes, de dançarino perfeito. Depois de um instante, viu-a afastar o olhar e balançar a cabeça.

— Não se confunda, Max. Ele é um compositor extraordinário que merece o êxito que tem. Finge procurar quando já encontrou ou desdenhar detalhes que antes preparou minuciosamente. Sabe ser vulgar, mas até mesmo nesses casos se trata de uma vulgaridade distinta... Você conhece a introdução do "Pasodoble para don Quijote"?

— Não. Lamento. Em matéria musical, vou pouco mais além das danças de salão.

— É uma pena. Entenderia melhor o que acabo de dizer. A introdução do "Pasodoble" não introduz nada. É uma brincadeira genial.

— Muito complexo para mim — disse ele, sensato.

— Certamente. — A mulher voltara a estudá-lo com atenção. — Sim.

Max continuava apoiado na amurada pintada de branco. Sua mão esquerda estava a 20 centímetros da direita da mulher. O dançarino mundano olhou para baixo, onde estavam os passageiros da primeira classe. Seu longo adestramento profissional, resultado de anos de esforços, o fazia sentir apenas uma espécie de vago rancor. Nada que não fosse suportável.

— O tango de seu marido também será uma brincadeira? — perguntou.

De certa maneira, respondeu ela. Mas não apenas isso. O tango se tornara vulgar. Agora enlouquecia as pessoas da mesma maneira nos salões elegantes e nos teatros, no cinema e nas festas de bairro. Por isso a intenção de Armando de Troeye era brincar com essa loucura. Devolver ao público a composição popular, filtrada pela ironia da qual Max e ela haviam falado antes.

— Fantasiando-o a sua maneira, como costuma fazer — concluiu. — Com seu imenso talento. Um tango que seja pastiche de pastiches.

— Um livro de cavalaria que acabe com todos os livros de cavalaria?

Por um momento pareceu surpresa.

— Você leu o *Quixote*, Max?

Calculou rapidamente as probabilidades. Melhor não se arriscar, decidiu. Nada de vaidades inúteis. É mais fácil agarrar um embusteiro esperto do que um idiota sincero.

— Não. — De novo um sorriso impecável, espontaneamente profissional. — Mas li coisas a respeito em jornais e revistas.

— Acabar talvez não seja a palavra correta. Mas sim deixá-los para trás. Algo insuperável, pois conteria tudo. Um tango perfeito.

Afastaram-se da amurada. Sobre o mar, cada vez mais azul e menos cinza, o sol dissipava o último vestígio da baixa neblina. Amarrados a seus calços e pintados de branco, os oito botes salva-vidas do estibordo reverberavam uma claridade ofuscante que obrigou Max a inclinar um pouco mais sobre os olhos a viseira de seu boné. Mecha Inzunza tirou de um bolso do blusão seus óculos escuros e colocou-os.

— O que você disse sobre o tango original o deixou fascinado — disse depois de alguns passos. — Não para de pensar... Conta com sua promessa de levá-lo até lá.

— E a senhora?

Observou-o de lado, sem parar de caminhar, virando o rosto duas vezes, como se não compreendesse o significado da pergunta. Água engarrafada Inzunza, recordou Max. Havia procurado anúncios nas revistas ilustradas da sala de leitura e perguntado a um tripulante. No final do século, seu avô, um farmacêutico, havia amealhado uma fortuna engarrafando água de uma nascente de Serra Nevada. Depois, o pai construíra ali dois hotéis e um moderno balneário, recomendado para doenças dos rins e do fígado, que a alta burguesia andaluza frequentava na temporada de verão. Coisas da moda.

— E com que a senhora conta? — insistiu Max.

A essa altura da conversa, esperava que lhe pedisse que a chamasse de Mecha ou Mercedes. Mas ela não o fez.

— Estou casada com ele há cinco anos. E o admiro profundamente.

— Por isso deseja que a leve lá? Que leve vocês dois? — Permitiu-se uma careta cética. — A senhora não é compositora.

Não houve resposta imediata. Ela continuava andando lentamente, os olhos escondidos atrás das lentes escuras.

— E você. Max? Continuará a bordo na viagem de volta à Europa ou ficará na Argentina?

— Talvez fique por algum tempo. Fui convidado para trabalhar três meses no Plaza de Buenos Aires.

— Dançando?

— Por ora, sim.

Um silêncio breve.

— Não parece uma profissão de grande futuro, a menos que...

Calou-se de novo, embora Max tivesse conseguido completar a frase para si: a menos que consiga enganar, com esse maravilhoso físico, o sorriso de bom rapaz e os tangos, uma mulher perfumada de Roger & Gallet que o leve como *chevalier servant* com todas as despesas pagas. Ou, como dizem com mais crueza os italianos, como gigolô.

— Não é minha intenção me dedicar a isso pelo resto da vida.

Agora as lentes escuras estavam viradas para ele. Imóveis. Via-se refletido nelas.

— Outro dia você disse uma coisa interessante. Falou de tangos para sofrer e tangos para matar.

Fez um gesto evasivo para deixar aquilo passar. Também desta vez sua intuição o aconselhava a ser sincero.

— Não são palavras minhas, mas de um amigo.

— Outro dançarino?

— Não... Era soldado.

— Era?

— Não é mais. Morreu.

— Lamento.

— Não tem por que lamentar. — Sorriu para si, evocador. — Se chamava Dolgoruki-Bagration.

— Isso não parece nome de um simples soldado. Devia ser oficial, não?... Uma espécie de aristocrata russo.

— Era exatamente isso: um aristocrata russo. Ou pelo menos era o que dizia.

— E era mesmo um aristocrata?

— É possível.

Agora, talvez pela primeira vez, Mecha Inzunza parecia desconcertada. Haviam parado diante da amurada externa, aos pés de um bote salva-vidas. O nome do barco estava pintado com letras pretas na proa. Ela tirou o chapéu — Max conseguiu ler Talbot na etiqueta interna — e balançou os cabelos para adequá-los à brisa.

— Você foi soldado?

— Por um tempo. Não muito.

— Na guerra europeia?

— Na África.

Ela inclinou um pouco a cabeça, interessada, como se visse Max pela primeira vez. Durante anos, o norte da África havia monopolizado, dramaticamente, as manchetes da imprensa espanhola, ocupando com retratos de jovens oficiais as páginas das revistas ilustradas: capitão Fulano das Regulares, Beltrano da Legião de Estrangeiros, alferes Sicrano da Cavalaria, mortos heroicamente — todos morriam heroicamente nas colunas sociais de *La Esfera* ou da *Blanco y Negro* — em Sidi Hazem, em Ketama, em Bab el Karim, em Igueriben.

— Está se referindo ao Marrocos...? Melilla, Annual e todos esses lugares horríveis?

— Sim. Todos esses.

Ele havia se recostado na amurada, desfrutando a brisa que refrescava seu rosto, os olhos entrefechados ofuscados pelo brilho do sol no mar e a pintura branca do bote. Quando estava enfiando uma das mãos no bolso interno do blazer e tirando a cigarreira com iniciais alheias, percebeu que Mecha o observava com muita atenção. Continuou olhando para ele enquanto lhe oferecia a cigarreira aberta, e a recusou com a cabeça. Max pegou um Abdul Pashá, fechou a cigarreira e bateu suavemente nela com a ponta do cigarro antes de colocá-lo na boca.

— Onde aprendeu a se comportar assim?

Ele pegara uma caixa de fósforos com o emblema da Hamburg-Südamerikanische e procurava a proteção do bote salva-vidas para acender o cigarro. Desta vez também foi sincero na resposta.

— Não sei a que se refere.

Ela havia tirado os óculos de sol. As íris pareciam muito mais claras e transparentes com aquela luz.

— Não se ofenda, Max, mas há alguma coisa em você que me deixa desorientada. Suas maneiras são impecáveis e o físico o ajuda, logicamente. Dança maravilhosamente e se veste como poucos cavalheiros que conheço. Mas não parece um homem...

Ele sorriu para dissimular seu incômodo, enquanto riscava um fósforo. Apesar de proteger a chama com as mãos, foi apagada pela brisa antes que conseguisse acender o cigarro.

— Educado?

— Não quis dizer isso. Você não recorre ao exibicionismo estúpido dos arrivistas, nem à ostentação vulgar daqueles que pretendem aparentar o que não são. Nem sequer tem a petulância natural de um homem jovem de boa aparência. Parece agradar a todo mundo, e como se não quisesse. E não apenas às senhoras... Está entendendo a que me refiro?

— Mais ou menos.

— No entanto, outro dia falou de sua infância em Buenos Aires e da volta à Espanha. A vida não parece ter lhe dado muitas oportunidades naquela época... Melhorou depois?

Max acendeu outro fósforo, desta vez com êxito, e olhou para a mulher em meio à primeira baforada de fumaça. De repente havia deixado de se sentir intimidado por ela. Recordou o Bairro Chinês de Barcelona, a Canabière de Marselha, o suor e o medo na Legião. Os cadáveres de 3 mil homens, secos embaixo do sol, espalhados pelo caminho entre Annual e Monte Arruit. E a húngara Boske, em Paris: seu corpo soberbo, nu à luz da lua que penetrava pela única janela da água-furtada da rue Furstenberg inundando os lençóis amarrotados entre sombras de prata.

— Um pouco — respondeu, finalmente, olhando o mar. — Na verdade, melhorei um pouco.

O sol se ocultou atrás da ponta do Capo, e a baía napolitana se escurece lentamente com um último resplendor violáceo na água. Ao longe, sob as fraldas sombrias do Vesúvio, acendem-se as primeiras luzes na linha da costa que vai de Castellammare a Pozzuoli. É a hora do jantar e o terraço do hotel Vittoria se esvazia pouco a pouco. De sua cadeira, Max Costa vê a mulher se levantar e caminhar até a porta envidraçada. Por um momento seus olhares se cruzam de novo; mas o dela, casual e distraído, passa pelo rosto dele com a mesma indiferença. É a primeira vez que Max a vê assim de perto em Sorrento; e constata que, embora conserve vestígios de sua antiga beleza — os olhos são idênticos e o contorno da boca de linhas finas permanece bem-desenhado —, o tempo deixou nela seus estragos naturais: os cabelos muito curtos e cinza, quase prateados, como os de Max; a pele, fosca e menos lisa, atravessada por uma infinidade de minúsculas rugas em torno da boca e dos olhos; e as mãos, ainda delgadas e elegantes, salpicadas no dorso por manchas inequívocas da velhice. Mas seus movimentos são os mesmos que ele recorda: tranquilos, seguros; os de uma mulher que durante toda sua vida caminhou por um mundo feito expressamente para que ela caminhasse. Quinze minutos antes, Jorge Keller e a jovem de trança haviam se juntado ao grupo da mesa, e agora caminham com ela enquanto cruza o terraço, passa ao lado de Max e desaparece de sua vista. Um homem gordo, calvo e de barba meio grisalha os acompanha. Assim que os quatro passam, Max se levanta e vai atrás deles, atravessa a porta e se detém por um momento ao lado das poltronas Liberty e dos vasos com palmeiras que decoram o jardim de inverno. Dali pode ver a porta envidraçada que se comunica com o vestíbulo do hotel e a escada que leva ao restaurante. O grupo caminha até o vestíbulo. Quando Max chega ali, os quatro já haviam subido os degraus da escada externa e caminhavam pela avenida ajardinada do hotel em direção à praça Tasso. Max volta ao vestíbulo e se aproxima do balcão da recepção.

— Aquele rapaz era Keller, o campeão de xadrez?

A surpresa foi maravilhosamente dissimulada. O interlocutor assente, circunspecto. É um jovem ossudo e alto, com duas pequenas chaves de ouro cruzadas nas lapelas do paletó preto.

— De fato, senhor.

Se, ao longo dos cinquenta anos que circulou por todo tipo de lugar, Max aprendera alguma coisa, foi que os subalternos são mais úteis do que os chefes. Por isso sempre procurou estreitar relações com aqueles que de fato resolvem os problemas: recepcionistas, porteiros, garçons, secretárias, taxistas, telefonistas... Gente por cujas mãos passam as molas de uma sociedade abastada. Mas relações tão práticas não se improvisam; são estabelecidas com o tempo, bom senso e uma coisa impossível de se conseguir com dinheiro: uma naturalidade de procedimento equivalente a dizer uma mão lava a outra, e, de qualquer maneira, sempre ficarei lhe devendo, meu amigo. No que se refere a Max, uma gorjeta generosa ou um suborno descarado — suas boas maneiras sempre apagaram a linha tênue entre uma coisa e outra — nunca foram nada além de pretextos para o sorriso devastador que dirigia depois, antes do procedimento final, tanto a vítimas como a cúmplices voluntários ou involuntários. Dessa forma minuciosa, durante toda sua vida o chofer do Dr. Hugentobler construiu um amplo elenco de relações pessoais, atadas a ele por laços singulares e discretos. Isso incluía também certas relações duvidosas: indivíduos de ambos os sexos, pouco recomendáveis em termos objetivos, capazes de roubar sem escrúpulos um relógio de ouro, mas também de empenhar esse relógio para lhe emprestar dinheiro em momentos de dificuldade ou para pagar uma dívida contraída com ele.

— O mestre está indo jantar, claro.

O funcionário volta a assentir sem se comprometer muito, desta vez com uma careta cortês, mecânica: consciente de que o velho cavalheiro de bom porte que está do outro lado do balcão, e que, com um gesto negligente, tira agora do bolso interno do paletó uma bela carteira de couro, está pagando para passar quatro noites no Vittoria uma quantia equivalente a um mês de salário de um recepcionista.

— Adoro xadrez... Gostaria de saber onde o Sr. Keller janta. Fetichismo de fã, você sabe.

A nota de 5 mil liras, dobrada discretamente em quatro, troca de mão e desaparece no bolso do paletó com chavinhas nas lapelas. O sorriso do recepcionista agora é menos mecânico. Mais natural.

— Restaurante 'O Parruchiano, no *corso* Italia — diz depois de consultar o caderno de reservas. — Um bom lugar para comer canelones ou peixe.

— Irei até lá um dia desses. Obrigado.

— Sempre a sua disposição, senhor.

Há tempo de sobra, avalia Max. Então sobe a ampla escada com figuras vagamente pompeianas e, deslizando os dedos pelo corrimão, chega ao segundo andar. Antes da troca de turno, Tiziano Spadaro lhe forneceu os números dos quartos ocupados por Jorge Keller e seus acompanhantes. O da mulher é o de número 429 e Max se dirige a ele pelo corredor, caminhando sobre o longo tapete que abafa o som de seus passos. A porta é convencional, não apresenta problemas, com chave clássica, daquelas que permitem que se olhe pelo buraco da fechadura. Tenta primeiro com a própria chave — não seria a primeira vez que a sorte o pouparia de complicações técnicas — e depois, após dar uma olhada precavida de um lado a outro, tira do bolso uma gazua simples, tão perfeita em seu gênero como um Stradivarius: uma barrinha de aço fina, estreita e dobrada em uma extremidade, que já testou um par de horas antes na fechadura de seu próprio quarto. Antes de meio minuto, três suaves rangidos indicam que o caminho está aberto. Então Max gira a maçaneta e abre a porta com a tranquilidade profissional de quem, durante boa parte de sua vida, abriu portas alheias com a consciência absolutamente em paz. Então, depois de olhar com precaução pela última vez o corredor, pendura o cartão de *Non disturbare* e entra assobiando entre os dentes, bem baixinho, "El hombre que desbancó Montecarlo".

3. Os rapazes de antigamente

O quarto tem um agradável terraço externo sob um arco aberto para a baía, por onde penetra a última claridade do amanhecer. Precavido, Max corre as cortinas, vai até o banheiro e volta com uma toalha, que coloca no chão para tapar a fresta inferior da porta. Depois veste um par de luvas de borracha fina e acende as luzes. O aposento é simples, com poltronas de damasco e gravuras com paisagens napolitanas nas paredes. Há flores frescas em um jarro sobre a cômoda e tudo está arrumado e limpo. No banheiro, um nécessaire de tecido Louis Vuitton contém um frasco de perfume Chanel e cremes hidratantes e de limpeza Elizabeth Arden. Max olha sem tocar em nada e revista o quarto procurando deixar tudo como estava. Nas gavetas, em cima da cômoda e nas mesinhas de cabeceira, há objetos pessoais, agendas e uma bolsinha com alguns milhares de liras em notas e moedas. Max coloca os óculos e dá uma olhada nos livros: dois romances policiais de Eric Ambler em inglês — parecem-lhe de banca de jornal de estações de trem — e um de um tal de Soldati, em italiano: *Le lettere da Capri*. Embaixo, com um envelope com o timbre do hotel servindo de marcador de página, está uma biografia em inglês de Jorge Keller, com sua foto na capa sob o título *A Young Chessboard Life* e vários parágrafos sublinhados a lápis. Max lê um ao acaso:

"Recorda que ficava muito chateado cada vez que perdia uma partida, a ponto de chorar desconsolado e se negar a comer durante dias. Mas sua mãe costumava lhe dizer: Sem derrotas, não há vitórias."

Depois de deixar o livro em seu lugar, Max abre o armário. Na parte superior há duas malas também Vuitton muito usadas; e, embaixo, roupas dispostas em cabides, prateleiras e gavetas: um blusão de camurça, vestidos e saias de tons escuros, blusas de seda ou algodão, jaquetas de tricô, lenços franceses de seda fina, sapatos ingleses e italianos bons e confortáveis, de salto baixo ou rasteiros. Debaixo da roupa dobrada, Max descobre um estojo de couro preto, com uma pequena fechadura. Então grunhe satisfeito, como faria um gato faminto diante de uma espinha de sardinha, os dedos formigando com o pulsar das velhas maneiras. Meio minuto mais tarde, com a ajuda de um clipe metálico dobrado em L, o estojo está aberto. Lá dentro há um pequeno maço de francos suíços e um passaporte chileno em nome de Mercedes Inzunza Torrens, nascida em Granada, Espanha, em 7 de junho de 1905. Com domicílio atual em Chemin du Beau-Rivage, Lausanne, Suíça. A fotografia é recente, e Max a estuda detalhadamente, reconhecendo os cabelos grisalhos de corte quase masculino, o olhar fixo na objetiva da câmera, as rugas em torno dos olhos e da boca que pôde perceber quando ela passou perto dele no terraço do hotel, e que na fotografia se veem tratadas com menos piedade devido à luz crua do flash do fotógrafo. Uma mulher madura, conclui. Sessenta e um anos. Três a menos do que ele, com a diferença de que o tempo é mais inclemente, em sua ação devastadora, com as mulheres do que com os homens. Ainda assim, a beleza que Max conheceu há quase quatro décadas a bordo do *Cap Polonio* continua presente na foto do passaporte: a expressão serena dos olhos que o clarão do flash torna mais claros do que ele recorda, o desenho admirável da boca, as linhas delicadas do rosto, o pescoço ainda longo e elegante de fêmea de casta refinada. Mesmo quando envelhecem, Max diz a si mesmo com melancolia, certos animais belos o fazem razoavelmente bem.

Colocando em seu lugar o passaporte e o dinheiro, atento para não alterar nada, revista o resto do conteúdo do estojo. Há poucas joias: brincos simples, um bracelete de ouro estreito e liso, um relógio de senhora Vacheron Constantin com pulseira de couro. Há, também, outro estojo quadrado, plano, de couro marrom muito desgastado pelo uso. E, quando o abre e reconhece dentro o colar de pérolas — duzentas peças perfeitas, com um broche de ouro simples —, não consegue evitar que suas mãos tremam enquanto um sorriso satisfeito cruza seu rosto, em uma careta de triunfo inesperado que rejuvenesce sua face absorta, crispada pela emoção do achado.

Com os dedos protegidos pela borracha das luvas, tira o colar do estojo e o contempla ao lado de uma lâmpada: está intacto, impecável, tal como o conheceu em outros tempos. Até o fecho é o mesmo. As belas pérolas refletem a luz com uma suavidade quase fosca. Há 38 anos, quando esse mesmo colar esteve durante algumas horas em seu poder, um joalheiro de

Montevidéu chamado Troianescu lhe pagou por ele, depreciando seu valor real, a então respeitável soma de 3 mil libras esterlinas.

Estudando as pérolas, Max tenta calcular o que valem agora. Sempre teve bom olho para essas avaliações rápidas: golpe de vista afinado com o tempo, a prática e as ocasiões. As pérolas autênticas foram muito depreciadas devido à superprodução das cultivadas, embora as antigas de boa qualidade continuem sendo valiosas: estas ainda chegarão a 5 mil dólares. Levadas a um receptador italiano de confiança — conhece um de sua época que ainda está em atividade —, podem atingir quatro quintos dessa quantia: quase 2 milhões de liras, o que equivale a quase três anos de seu salário como chofer da Villa Oriana. E assim Max determina o valor do colar de Mecha Inzunza: a mulher que conheceu e também a outra, a que não conhece mais. A do passaporte, cujo aroma novo, desconhecido, talvez esquecido, percebeu ao entrar no quarto e enquanto revistava a roupa do armário. A mulher distinta, embora não de todo, que há menos de uma hora passou ao seu lado sem reconhecê-lo. As recordações de Max se atropelam no tato tépido das pérolas: música e conversas, luzes de outros tempos que parecem de outro século, margens de Buenos Aires, a chuva repicando em uma janela diante do Mediterrâneo, o sabor de café quente nos lábios de uma mulher, seda e pele macia. Sensações físicas há muito esquecidas, que, de repente, se transformam em tropel, como uma rajada de vento outonal ao arrastar folhas secas. O velho pulso que parecia ter se acalmado para sempre acelerado de forma inesperada.

Pensativo, Max vai se sentar na cama e fica por um tempo olhando o colar enquanto passa as pérolas entre os dedos como se fossem contas de um rosário. Finalmente suspira, se levanta, alisa a colcha e coloca o colar em seu lugar. Guarda os óculos, dirige um último olhar ao redor, apaga a luz, tira a toalha da porta e a devolve dobrada ao banheiro. Depois corre a cortina do terraço. Já é de noite, e as luzes de Nápoles se distinguem à distância. Ao sair, retira o cartãozinho de *Non disturbare* e fecha a porta. Depois despe as luvas de borracha e caminha pelo tapete com passos longos, elásticos, uma das mãos no bolso esquerdo e a outra ajustando, com o polegar e o indicador, o nó da gravata. Tem 64 anos, mas se sente rejuvenescido. Interessante, até. E, sobretudo, audacioso.

Iam e vinham emissários com telegramas e mensagens, clientes bem-vestidos, carregadores empurrando carrinhos com malas. O intenso movimento era próprio de um lugar como aquele, caro e cosmopolita. No chão, grossos tapetes exibiam o emblema do estabelecimento. Max esperava há uma hora e 15 minutos junto ao vestíbulo de colunatas do hotel Palace de Buenos Aires, no *fumoir* situado ao pé da monumental escada com corrimão de ferro e bronze. Embaixo do alto teto decorado com pinturas e enfeites, o sol da tarde iluminava os grandes vitrais que envolviam o dançarino mundano em uma agradável claridade multicolor. Estava sentado em uma poltrona de couro da qual podia ver a porta giratória da rua, o grande vestíbulo em toda sua extensão, um dos dois elevadores e o balcão da recepção. Havia chegado ao Palace cinco minutos antes das três da tarde, hora que havia combinado com o casal De Troeye, mas o relógio situado em cima da lareira do salão estava marcando quatro e dez. Depois de confirmar de novo a hora, mudou as pernas de posição, procurando não amarrotar as joelheiras do terno cinza que ele mesmo havia passado em seu quarto de pensão e apagou o cigarro em um grande cinzeiro de latão que estava por perto. Estava calmo diante da impontualidade do compositor e de sua esposa. Apesar de tudo, em certas situações — na verdade, sempre —, a paciência é uma qualidade prática. Uma virtude extremamente útil. E ele era um caçador virtuoso e paciente.

Estava em terra há cinco dias, assim como os De Troeye. Depois de fazer escala no Rio de Janeiro e em Montevidéu, o *Cap Polonio* havia subido as águas lamacentas do rio da Prata, e depois de lentas manobras de atracação ficou amarrado perto das gruas, dos barracões e dos grandes armazéns de tijolo vermelho no meio dos quais formigava uma multidão esperando os passageiros. Na Europa era outono e começava a estação primaveril no cone sul-americano; e, visto desde os altos conveses do transatlântico, tudo no cais era roupa leve, ternos de tons claros e chapéus de palha branca. Max, que só desembarcaria depois dos passageiros, viu, do convés da segunda classe, Mecha Inzunza e seu marido descerem pela escada principal, serem recebidos ao seu pé por meia dúzia de pessoas e um grupo de jornalistas e afastarem-se com eles para irem de encontro a sua bagagem: uma pilha de malas e baús custodiada por três carregadores e um empregado da companhia. Os De Troeye disseram adeus a Max dois dias antes, após o jantar de despedida em que, ao final, Mecha Inzunza dançou três músicas com o dançarino mundano enquanto seu marido fumava sentado junto a sua mesa, observando-os. Depois, convidaram-no para tomar um drinque no bar da primeira classe; embora isso contrariasse as regras vigentes para os empregados de bordo, Max aceitou, pois se tratava de seu último dia de trabalho.

Beberam alguns coquetéis de champanhe, continuaram conversando sobre a música argentina até bem tarde da noite e combinaram de se encontrar, quando estivessem em terra, para que Max cumprisse sua promessa de levá-los a algum lugar onde tocassem tango à maneira antiga.

E aqui estava, em Buenos Aires, atento ao vestíbulo do hotel com a mesma calma profissional com a qual, confiando em sua intuição — essa paciência adotada como virtude útil —, havia esperado durante os últimos cinco dias, deitado na cama do quarto alugado em uma pensão da avenida Almirante Brown, enquanto fumava cigarro atrás de cigarro e bebia copos de absinto que o levavam a acordar com dor de cabeça. O prazo que se dera antes de ir procurar o casal, alegando um pretexto qualquer, estava terminando quando a proprietária bateu à porta. Um cavalheiro o chamava ao telefone. Armando de Troeye tinha um compromisso na hora do almoço, mas estariam livres o resto da tarde e à noite. Poderiam se encontrar para tomar juntos um café e depois jantar antes de empreender a prometida excursão ao território inimigo. De Troeye dissera território inimigo em um tom ligeiro, como se não levasse a sério as advertências sobre os riscos que significava explorar antros portenhos. Mecha nos acompanhará, naturalmente, acrescentara depois de uma breve pausa, respondendo à pergunta que Max não chegou a formular. Ela está mais curiosa do que eu, acrescentara o compositor após um silêncio, como se sua mulher estivesse perto dele quando falava — o Palace era um hotel moderno com telefones em todos os quartos —, e Max os imaginou olhando-se de maneira significativa, trocando comentários em voz baixa enquanto o marido tampava o telefone com uma das mãos. Na última noite, ao conversarem a respeito a bordo do *Cap Polonio*, ela insistira em acompanhá-los.

— Não vou perder isso por nada deste mundo — dissera-lhe, com muita calma e firmeza.

Nessa ocasião estava sentada em um tamborete alto ao lado do balcão do bar da primeira classe, enquanto o barman misturava bebidas. No pescoço de Mecha Inzunza brilhava o colar de pérolas montado em três voltas, e um vestido Vionnet branco e liso, com os ombros e as costas descobertos — o jantar de despedida era de gala —, acentuava sua elegância de uma maneira assombrosa. Ao longo dos três tangos que dançou com ela nessa noite — não a havia visto dançar com o marido durante toda a viagem —, Max apreciou de novo, comprazido, o tato de sua pele nua sob a seda do vestido longo que ia até os sapatos de salto alto e, ao se mover ao compasso da música, moldava as linhas de seu corpo, tão próximas nas mãos profissionais, e nem sempre indiferentes, do dançarino mundano.

— Pode haver situações incômodas — insistiu Max.

— Conto com você e com Armando para me proteger — respondeu ela, impassível.

— Levarei meu Astra — disse o marido, frívolo, dando uma palmada em um bolso vazio do seu terno de grife.

Fez isso piscando um olho para Max, e esse não gostou da despreocupação do marido nem da segurança da mulher. Por um momento duvidou da conveniência de tudo aquilo, embora outro olhar dirigido ao colar o tivesse convencido do contrário. Riscos possíveis e lucros prováveis, consolou-se. A simples rotina da vida.

— Não é prático carregar armas — limitou-se a dizer entre dois goles em sua taça. — Nem ali nem em nenhum outro lugar. Sempre existe a possibilidade de ser tentado usá-las.

— Mas elas existem para isso, não é mesmo?

Armando de Troeye sorria, quase fanfarrão. Parecia gostar de adotar aquele ar truculento e festivo, como se fosse um aventureiro de comédia. Max sentiu de novo a familiar fisgada do rancor. Imaginava o compositor pavoneando-se mais tarde da aventura nos arrabaldes com seus amigos milionários e esnobes: aquele Diaguilev do balé russo, por exemplo. Ou o tal do Picasso.

— Sacar uma arma é convidar os outros a usar as suas.

— Ora — comentou De Troeye. — Para um dançarino, parece saber muito de armas...

Havia um tom brincalhão, ácido, por trás do comentário feito com aparente bom humor. Max não gostou de percebê-lo. Talvez, pensava, o famoso compositor nem sempre fosse tão simpático como aparentava. Ou talvez achasse os três tangos que dançara com sua mulher excessivos para uma noite.

— Sabe de algumas coisas — disse ela.

De Troeye se virou para olhá-la, ligeiramente surpreso. Como se ignorasse quantas informações sua mulher tinha sobre Max que ele ignorava.

— Claro — disse em um tom conclusivo, de uma maneira obscura.
Depois voltou a sorrir, desta vez com naturalidade, e enfiou o nariz em sua taça como que o que fosse importante no mundo estivesse fora dela.

Max e Mecha Inzunza sustentaram por um momento o olhar. Haviam ido à pista como outras vezes, os olhos dela fitando mais além do ombro direito dele e quase sem se olharem ou talvez tentando não fazê-lo.

Desde o tango silencioso que haviam dançado no jardim de palmeiras, alguma coisa flutuava entre os dois que tornava diferente seu contato nas evoluções da dança: uma cumplicidade serena, feita de silêncios, movimentos e atitudes — faziam alguns cortes e passos laterais de comum acordo, com um toque cúmplice de humor compartilhado, quase transgressor — e também de olhares que não chegavam a se confirmar de todo ou de situações só aparentemente simples, como quando ele oferecia um de seus Abdul Pashá e o acendia pausadamente, ficava de lado para conversar com o marido como se, na verdade, se dirigisse à mulher ou esperava em pé, imóvel, os calcanhares juntos e o ar quase militar, que Mecha Inzunza se levantasse da cadeira e estendesse, com gesto negligente, uma das mãos para a sua, apoiasse a outra na lapela de seda preta do fraque e começassem ambos a se mover em perfeita sincronia, driblando com destreza os outros casais mais lentos ou menos atraentes que se movimentavam pela pista.

— Será divertido — disse Armando de Troeye terminando sua taça. Parecia a conclusão de um longo raciocínio interno.

— Sim — disse ela.

Desconcertado, Max não entendeu a que se referiam. Nem sequer tinha certeza de que os dois estavam falando da mesma coisa.

O relógio da sala de fumar do hotel Palace de Buenos Aires marcava quatro e quinze quando os viu atravessar o vestíbulo: Armando de Troeye usava um chapéu de palha e uma bengala; sua mulher, um elegante vestido de seda plissado com cinto de couro verde e chapéu também de palha. Max pegou seu chapéu — um Knapp-Felt flexível corretíssimo, embora muito usado — e foi ao seu encontro. O compositor se desculpou pelo atraso — "Você sabe, o Jóquei Clube e essa excessiva hospitalidade argentina, todos falando de carne congelada e cavalos ingleses..." —, e, como que o dançarino mundano estava esperando há um bom tempo, De Troeye sugeriu que dessem um passeio para esticar as pernas e tomassem um café em algum lugar. Mecha Inzunza se desculpou alegando cansaço, combinou de encontrá-los na hora do jantar e se encaminhou a um dos elevadores, tirando as luvas. O marido e Max foram para a rua, conversando sob os arcos das arcadas da avenida Leandro Alem que se repetiam ao longo do passeio ajardinado diante do porto, com suas velhas árvores que a estação do ano cobria de flores amarelas e douradas.

— Barracas, disse — comentou De Troeye depois de ouvir com extrema atenção. — É uma rua ou um bairro?

— Um bairro. E acho que é o adequado... Outra possibilidade é La Boca. Também poderemos tentar ali.

— E o que você aconselha?

Barracas era melhor, opinou Max. Os dois lugares tinham botequins e prostíbulos, mas os de La Boca ficavam muito perto do porto, cheios de marinheiros, estivadores e viajantes de passagem. Tugúrios de gentalha forasteira, para classificá-los de alguma maneira. Ali se tocava e dançava um tango afrancesado de estilo parisiense, interessante, mas menos puro. Barracas, no entanto, com seus imigrantes italianos, espanhóis e poloneses, era mais autêntico. Até os músicos o eram. Ou pareciam ser.

— Estou entendendo. — De Troeye sorria, comprazido. — Quer dizer que o punhal suburbano é mais tango do que a navalha marinheira.

Max começou a rir.

— Algo assim. Mas não se engane. A lâmina pode ser tão perigosa em um lugar quanto no outro... Além disso, agora quase todos preferem carregar uma pistola.

Viraram à esquerda na esquina da avenida Corrientes, perto da Bolsa, deixando as arcadas para trás. Rua acima, o solo de pedra britada e asfalto estava parcialmente levantado até o edifício dos Correios, devido às obras do novo trem subterrâneo.

— Vou lhes suplicar — acrescentou Max — que tanto o senhor quanto a senhora se vistam discretamente, como já disse... Nada de joias ou roupas exageradas. Nem carteiras avultadas.

— Não se preocupe. Seremos discretos. Não quero colocá-lo em uma situação delicada.

Max parou e abriu caminho para seu acompanhante, evitando uma vala.

— Se houver perigo, os três estaremos expostos a ele e não apenas eu... Sua esposa precisa mesmo nos acompanhar?

— Você não conhece Mecha. Jamais me perdoaria se a deixasse no hotel. Essa excursão ao subúrbio a excita como nenhuma outra coisa.

O dançarino mundano avaliou as implicações do verbo excitar, sentindo-se irritado. Não gostava da frivolidade com que De Troeye usava certas palavras. Depois recordou os olhos cor de mel de Mecha Inzunza: seu olhar a bordo do *Cap Polonio* quando mencionou a visita aos bairros humildes de Buenos Aires. Talvez, concluiu, certas palavras não fossem tão improcedentes como pareciam.

— Por que vai nos acompanhar, Max...? Por que faz isso por nós?

Olhou para De Troeye, surpreso. A pergunta parecera sincera. Natural. A expressão do compositor, no entanto, parecia ausente. Como se tivesse pronunciado uma frase feita, embora cortês, enquanto pensava em outra coisa.

— Não sei o que lhe dizer.

Continuaram caminhando rua acima depois de deixar para trás a Reconquista e a San Martín. Havia operários e outras valas debaixo dos cabos de bondes e dos postes de eletricidade e em meio a eles circulavam muitos automóveis e charretes de aluguel puxadas por cavalos que se detinham nos caminhos estreitos. As calçadas estavam repletas de gente: muitos chapéus de palha e uniformes escuros de policiais sob os toldos que sombreavam as vitrines das lojas, dos cafés e das confeitarias.

— Eu o gratificarei adequadamente, é claro.

Max sentiu outra alfinetada de irritação. Desta vez mais aguda.

— Não se trata disso.

O compositor balançava sua bengala com desenvoltura. O paletó do terno creme estava desabotoado, um polegar pendurado no bolso do colete do qual saía uma corrente de ouro.

— Sei que não se trata disso. Por isso fiz a pergunta.

— Já lhe disse que não saberia lhe dizer. — Max tocou a aba do chapéu, incomodado. — A bordo do navio, os senhores...

Interrompeu-se deliberadamente, olhando para o retângulo de sol que atapetava o cruzamento da Corrientes com a Florida. Na realidade, as suas palavras eram circunstanciais; para sair do caminho. Percorreu um trecho calado enquanto pensava na mulher; a pele nua das costas ou sob o toque suave do vestido nas cadeiras. E o colar no decote esplêndido, sob a luz elétrica do salão de baile do transatlântico.

— É linda, não é verdade?

Sem precisar se virar, soube que Armando de Troeye o olhava. Preferiu não adivinhar como o fazia.

— Quem?

— Sabe quem. Minha mulher.

Outro silêncio. Por fim, Max se virou para seu interlocutor.

— E o senhor, prezado De Troeye?

Não gosto de seu sorriso, decidiu de repente. Não agora, naturalmente. Essa forma de torcer o bigode. Talvez nem sequer me agradasse antes.

— Me chame de Armando, por favor.

Haviam virado à esquerda, entrando pela Florida: a partir das três da tarde, uma rua de pedestres, com muitas vitrines e automóveis estacionados nas esquinas. A rua inteira parecia uma dupla galeria de vitrines comerciais. De Troeye apontou o lugar como se ali a resposta fosse óbvia.

— Você sabe. Quero compor um tango inesquecível, me dar este prazer e este capricho.

Havia falado olhando, distraído, para a vitrine de camisas masculinas da Gath & Chaves. Avançavam por uma multidão de transeuntes, sobretudo mulheres bem-vestidas que caminhavam pelas calçadas. Uma banca de jornal exibia a última edição de *Caras y Caretas* com o amplo sorriso de Gardel na capa.

— Na verdade, tudo começou com uma aposta. Eu estava em San Juan de Luz, na casa de Ravel, e ele me obrigou a ouvir um disparate que havia composto para o balé de Ida Rubistein: um bolero insistente, sem desenvolvimento, baseado apenas em diferentes graduações de orquestra... Se você conseguiu compor um bolero, lhe disse, eu vou conseguir compor um tango. Rimos um pouco e apostamos um jantar... Bem. Aqui estou.

— Não me referia a isso quando lhe perguntei o que pretende. Não estava falando apenas de tango.

— Não se compõe um tango apenas com música, meu amigo. O comportamento humano também deve ser levado em conta. Prepara o caminho.

— E qual é o meu papel nessa história?

— Há vários motivos. Em primeiro lugar, você é capaz de abrir as portas dos ambientes que me interessam. Por outro lado, é um admirável dançarino de tango. E, em terceiro lugar, acho-o simpático... Não é como uma boa parte dos que nasceram aqui, convencidos de que ser argentinos é mérito deles.

Caminhando sem parar, Max se viu refletido na vitrine de uma loja de máquinas de costura Singer. Vistos ali, um ao lado do outro, o famoso compositor não tinha nenhuma vantagem. Inclusive o balanço físico era favorável a Max. Apesar da impecável elegância e das maneiras de Armando de Troeye, ele era mais esbelto e alto: quase uma cabeça de diferença. De maneiras tampouco estava malprovido. E, embora mais modesta, ou usada, a roupa lhe caía melhor.

— E sua esposa, o que acha de mim?

— Você deveria saber isso melhor do que eu.

— Pois está errado. Não faço a menor ideia.

Haviam parado, por iniciativa do outro, diante das estantes de uma das muitas livrarias que havia naquele trecho da rua. De Troeye pendurou a bengala no antebraço e, sem tirar as luvas, tocou alguns dos livros expostos, embora mostrando pouco interesse. Depois fez um gesto indiferente.

— Mecha é uma mulher especial — disse. — Não é apenas linda e elegante, porém algo mais. Ou muito mais... Eu sou músico, não esqueça. Por mais êxito que tenha, e por mais desenvolta que pareça a vida que levo, meu trabalho se interpõe entre o mundo e eu. Frequentemente Mecha é meus olhos. Minhas antenas, para dizê-lo de alguma maneira. Filtra o universo para mim. Na realidade, só comecei a aprender seriamente a vida, e a mim mesmo, quando a conheci... É dessas mulheres que ajudam a compreender o tempo no qual nos coube viver.

— E o que isso tem a ver comigo?

De Troeye se virou para olhá-lo com calma. Irônico.

— Temo que agora você esteja se dando muita importância, querido amigo.

Havia parado de novo, apoiado na bengala, e continuava estudando Max de cima a baixo. Como se avaliasse, objetivamente, a aparência do dançarino mundano.

— Ou talvez não, pensando bem — acrescentou depois de um momento. — Talvez se dê a importância correta.

De repente começou a andar de novo, inclinando o chapéu sobre os olhos, e Max ficou ao seu lado.

— Você sabe o que é um catalisador? — perguntou De Troeye, sem olhá-lo. — Não...? Em termos científicos, uma coisa capaz de produzir reações e transformações químicas sem que sejam alteradas as substâncias que as produzem... Dito em termos simples, favorecer ou acelerar o desenvolvimento de certos processos.

Agora Max o ouvia rir. De maneira reservada, quase entre os dentes. Como de uma boa piada cujo significado fosse o único a perceber.

— Você me parece um catalisador interessante — acrescentou o músico. — E me deixe lhe dizer uma coisa que certamente compartilhará.. Nenhuma mulher, nem mesmo a minha, vale mais do que uma nota de 100 pesos ou uma noite de insônia, a menos que se esteja apaixonado por ela.

Max se afastou para abrir caminho a uma senhora carregada de pacotes. Às suas costas, no cruzamento que tinham acabado de deixar para trás, soou a buzina de um automóvel.

— É um jogo perigoso — opinou. — Aquele que se tem nas mãos.

O riso do outro se tornou mais desagradável e, enfim, extinguiu-se lentamente, como por cansaço. Estava parado outra vez e fitava os olhos de Max, ligeiramente de baixo para cima, pela diferença de altura.

— Você não sabe qual é o jogo que tenho nas mãos. Mas estou disposto a lhe pagar 3 mil pesos para participar dele.

— Me parece muito dinheiro por um tango.

— É muito mais do que isso. — Um dedo indicador apontava seu peito. — Aceita ou recusa?

O dançarino mundano encolheu os ombros. Aquilo nunca estivera em discussão, e ambos o sabiam. Não enquanto Mecha Inzunza tivesse algo a ver com ele.

— Barracas, então — disse. — Hoje à noite.

A expressão séria de seu rosto contrastava com o tom satisfeito, quase risonho, de suas palavras.

— Maravilhoso. Sim. Barracas.

Hotel Vittoria, Sorrento. O sol do meio da tarde doura as cortinas sobre as vidraças entreabertas da sala. Ao fundo, diante de oito filas de assentos ocupados pelo público, uma instalação de luz artificial amortecida, uniforme, ilumina a mesa de jogo situada em um estrado e um grande tabuleiro de madeira pendurado na parede, ao lado da mesa do árbitro, onde um auxiliar vai reproduzindo o desenvolvimento da partida. No amplo salão de teto decorado e cheio de espelhos reina um silêncio solene, quebrado em longos intervalos pelo roçar de uma peça no tabuleiro e o clique do duplo relógio que soa imediatamente quando cada jogador aperta o botão correspondente antes de anotar, na folha de registro que tem sobre a mesa, o movimento que acaba de fazer.

Sentado na quinta fila, Max Costa observa os adversários. O russo, vestido com terno marrom, camisa branca e gravata verde, joga inclinado para trás no respaldo da cadeira, com a cabeça baixa. Mikhail Sokolov tem um rosto largo, encaixado em um pescoço muito grosso, que a gravata parece apertar em excesso; no entanto, a vulgaridade de seu aspecto é suavizada pelos olhos, cujo azul aquoso tem uma expressão triste e terna. Sua corpulência, os cabelos louros curtos e eriçados dão a ele um agradável aspecto de urso. Muitas vezes, depois de fazer um movimento — agora está jogando com as peças pretas — afasta a vista do tabuleiro e fica olhando durante algum tempo para as mãos, que a cada dez ou 15 minutos sustentam um novo cigarro aceso. Nos intervalos, o campeão do mundo coça o nariz ou morde a pele em torno das unhas antes de se concentrar outra vez, ou pegar outro cigarro do maço que tem por perto, ao lado de um isqueiro e um cinzeiro. Na realidade, percebe Max, o russo passa mais tempo olhando para suas mãos, como se estivesse abstraído nelas, do que para as peças do xadrez.

Um novo ruído do relógio do jogo. No outro lado do tabuleiro, Jorge Keller acaba de mover um cavalo branco; depois tira a tampa de sua caneta esferográfica e anota a jogada, que o auxiliar do árbitro reproduz imediatamente no painel da parede. Cada vez que move uma peça, entre os espectadores corre uma espécie de estremecimento físico, acompanhado por um suspiro de expectativa e um murmúrio quase inaudível. A partida está na metade.

Jogando, Jorge Keller parece ainda mais jovem. Os cabelos negros despenteados caindo em sua testa, o paletó esportivo sobre amarrotadas calças cáqui, a gravata estreita com o nó afrouxado e os tênis dão ao jovem chileno um aspecto descuidado, mas agradável. Simpático é a palavra. Sua aparência e suas maneiras fazem pensar mais em um estudante excêntrico do que no temível jogador de xadrez que dentro de cinco meses disputará com Sokolov o título de campeão do mundo. Max o viu chegar no começo da partida com uma garrafa de suco de laranja quando o russo já esperava, sentado, apertar sua mão sem olhá-lo, colocar a garrafa em cima da mesa e ocupar seu lugar, fazendo o primeiro movimento imediatamente, sem mal olhar para o tabuleiro; como se tivesse previsto o primeiro lance com horas ou dias de antecipação. À diferença de Sokolov, o jovem não fuma e quase não faz nenhum gesto enquanto medita ou espera para esticar a mão até a garrafa de laranjada e beber diretamente do gargalo. E, às vezes, enquanto aguarda que o russo movimente sua peça — embora os dois demorem a resolver cada jogada, Sokolov costuma levar mais tempo para se decidir —, Keller cruza os braços sobre a borda da mesa e deita a cabeça neles, como se pudesse ver mais com a imaginação do que com os olhos. E só a levanta quando o outro joga, como se fosse alertado pela suave batida da peça inimiga no tabuleiro.

Tudo transcorre de forma muito lenta para Max. Uma partida de xadrez, sobretudo desta categoria e com tamanho protocolo, parece-lhe chatíssima. Duvida que seu interesse pelos detalhes do jogo aumente até mesmo se Lambertucci e o *capitano* Tedesco lhe explicassem a complexidade de cada movimento. Mas a conjuntura lhe permite espiar à vontade de um posto de observação privilegiado. E não apenas os jogadores. Em uma cadeira de rodas situada na primeira fila, acompanhado por uma assistente e um secretário, está o mecenas do duelo, o industrial e milionário Campanella, paralítico das pernas desde que há dez anos se estatelou com um Aurelia Spider em uma curva entre Rapallo e Portofino. Sentada na mesma fila, à esquerda, entre a jovem Irina Jasenovic e o homem gordo e calvo de barba grisalha, está Mecha Inzunza. De seu assento, apenas se inclinando para um lado a fim de evitar a cabeça do espectador que está na sua frente, Max consegue vê-la em perspectiva: os ombros cobertos pela habitual jaqueta de lã leve, os cabelos curtos grisalhos que deixam descoberta a nuca esbelta, o perfil de linhas ainda bem-desenhadas, apreciável quando a mulher se vira para fazer algum comentário em voz muito baixa com o homem gordo sentado à sua direita. E também aquela maneira serena e firme de inclinar a cabeça, atenta ao que acontece na partida, do mesmo modo que no passado a fixava em outras coisas e outras jogadas cuja complexidade, pensa Max com uma careta evocadora e melancólica, não era menor do que as do xadrez que se desenvolvem diante de seus olhos, no tabuleiro colocado sobre a mesa e no outro da parede, no qual o auxiliar do árbitro registra cada movimento das peças.

— É aqui — disse Max Costa.

O automóvel — uma limusine Pierce-Arrow cor de beringela com a insígnia do Automóvel Clube no radiador — parou na esquina de um muro de tijolos, a trinta passos da estação de trem de Barracas. A lua ainda não havia saído e, quando o chofer desligou os faróis, só restaram a luz solitária de um poste elétrico próximo e as quatro lâmpadas amareladas da alta marquise do edifício. Ao leste, pelas ruas de casas baixas que levavam à margem esquerda e às docas do Riachuelo, a noite extinguia o último rescaldo de claridade no céu preto de Buenos Aires.

— Belo lugar! — comentou Armado de Troeye.

— Os senhores queriam tango — respondeu Max.

Havia descido do carro e, depois de colocar o chapéu, mantinha a porta aberta para que o compositor e sua esposa descessem. À luz do poste próximo viu Mecha Inzunza ajeitar o xale de seda nos ombros enquanto olhava ao redor, impassível. Estava sem chapéu nem joias; usava um vestido claro de tarde, salto médio e luvas brancas que iam até os cotovelos. Mesmo assim, excessivamente elegante para perambular por aquela vizinhança. Não parecia impressionada com aquela esquina cheia de sombras nem pela lúgubre calçada de tijolo que se afastava em direção à escuridão, entre a parede e a alta estrutura de ferro e cimento da estação de trem. O marido, no entanto — terno transpassado de sarja azul, chapéu e bengala —, observava o entorno com inquietação. Era óbvio que o cenário superava o que imaginara.

— Você conhece mesmo este lugar, Max?

— Claro. Nasci a três quadras daqui. Na rua Vieytes.

— A três quadras...? Diabos.

O dançarino mundano se inclinou sobre a janela aberta do chofer, para lhe dar instruções. Era um italiano corpulento e calado, de rosto barbeado e cabelos muito pretos sob o quepe com viseira do uniforme. No Palace o haviam recomendado, dizendo que era um motorista experiente, de confiança, quando De Troeye pediu para alugar uma limusine. Max não queria estacionar o automóvel em frente ao estabelecimento ao qual se dirigiam para não chamar muito a atenção. O casal e ele iam percorrer a pé o último trecho e por isso disse ao chofer onde deveria ficar esperando: onde pudesse ser visto do lugar aonde iam, mas não muito perto. Também, abaixando um pouco a voz, perguntou-lhe se estava armado. O outro assentiu brevemente com a cabeça, apontando o porta-luvas.

— Pistola ou revólver?

— Pistola. — Foi a resposta seca.

Max sorriu.

— Seu nome?

— Petrossi.

— Lamento fazê-lo esperar, Petrossi. Serão um par de horas, no máximo.

Não custava nada ser amável: investir pensando no futuro. À noite, em um lugar como aquele, um italiano corpulento e armado era uma coisa a ser levada em conta. Uma garantia a mais. Max viu o chofer assentir de novo, inexpressivo e profissional, embora à luz do poste tivesse percebido também um ligeiro olhar de agradecimento. Colocou por um instante a mão em seu ombro, dando-lhe uma palmadinha amistosa, e se juntou aos De Troeye.

— Não sabíamos que este era seu bairro — comentou o compositor. — Nunca nos contou.

— Não havia motivo para isso.

— E sempre viveu aqui antes de ir para a Espanha?

De Troeye estava loquaz, provavelmente para dissimular a inquietação que, sem dúvida, sua conversa denunciava. Mecha Inzunza caminhava ao seu lado, entre ele e Max, observando tudo, e dela só se ouvia o som dos saltos no chão de tijolo. Os três caminhavam pela calçada ao longo da parede, penetrando nas sobras silenciosas que Max reconhecia a cada passo — o ar quente e úmido, o cheiro vegetal do mato que crescia nos buracos do calçamento, o fedor lamacento do Riachuelo próximo —, entre a estação de trem e as casas baixas típicas daquele subúrbio.

— Sim. Vivi meus primeiros 14 anos em Barracas.

— Ora. Você é um baú cheio de surpresas.

Levou-os pelo túnel que multiplicava o eco triplo dos passos, procurando o facho de luz de outro poste elétrico, situado mais além da estação ferroviária. Max se virou para De Troeye.

— Trouxe a Astra, como disse?

O compositor riu com força.

— Claro que não, homem... Estava brincando. Jamais carrego armas.

O dançarino mundano assentiu com alívio. Ficara inquieto ao imaginar Armando de Troeye entrando, apesar de seus conselhos, em um tugúrio suburbano com uma pistola no bolso.

— Melhor assim.

O lugar parecia ter mudado pouco ao longo dos 12 anos que, apesar de ter voltado um par de vezes a Buenos Aires, Max não o visitava. A cada momento colocava o pé em sua própria pegada, recordando o cortiço próximo onde passara a infância e o início de sua juventude: uma casa de aluguel semelhante a outras da própria rua Vieytes, do bairro e da cidade. Um lugar caótico, promíscuo, aprisionado entre as paredes de um decrépito edifício de dois andares onde se amontoavam centena e meia de pessoas de todas as idades: vozes em espanhol, italiano, turco, alemão e polonês. Aposentos cujas portas nunca conheceram chaves, alugadas por famílias numerosas e grupos de homens solteiros, imigrantes de ambos os sexos que — os afortunados — trabalhavam na Ferrocarril Sud, nas docas do Riachuelo ou nas fábricas das proximidades, cujas sirenes, tocando quatro vezes por dia, regulavam a vida doméstica dos lares onde os relógios eram raridade. Mulheres que torciam a roupa molhada nas tinas, enxames de crianças brincando no pátio onde a qualquer hora penduravam peças estendidas que ficavam impregnadas com o cheiro de fritura e do vapor de *pucheros* misturado com o dos mictórios comunitários de paredes alcatroadas. Lares onde ratos eram animais domésticos. Um lugar no qual só as crianças e alguns rapazes sorriam abertamente, com a inocência de sua tenra idade, sem intuir ainda a derrota que a vida reservava para quase todos eles.

— Aqui está. La Ferroviaria.

Haviam parado perto do poste de luz. Mais além da estação de trem, no outro lado do túnel, a rua reta e escura era quase toda de casas baixas, exceto alguns prédios de dois andares, em um dos quais havia um letreiro com a palavra *Hotel*, a última letra apagada. O local que procuravam podia ser visto na penumbra do fim da rua: uma casa baixa com aspecto de armazém, teto e paredes de chapa galvanizada, em cuja porta havia uma luminária amarelada. Max esperou até que, pela direita, apareceram as luzes gêmeas do Pierce-Arrow que estacionou onde pedira ao chofer que o fizesse, a 50 metros, junto ao beco da quadra vizinha. Quando os faróis do automóvel se apagaram, o dançarino mundano observou os De Troeye e percebeu que o compositor abria a boca como um peixe fora d'água, boquejando de animação, e que Mecha Inzunza sorria com um estranho brilho nos olhos. Então inclinou um pouco o chapéu sobre os olhos, disse "vamos" e os três atravessaram a rua.

La Ferroviaria cheirava a fumaça de cigarro, a genebra, a brilhantina e a carne humana. Como outros locais de tango próximos do Riachuelo, era um amplo armazém de secos e molhados durante o dia e espaço para música e dança à noite: chão de madeira que rangia quando era pisado, colunas de ferro, mesas e cadeiras ocupadas por homens e mulheres diante de um balcão de estanho iluminado por lâmpadas elétricas nuas, sem proteção, com indivíduos de aspecto perverso acotovelados ou recostados nele. Na parede, atrás de um galego que atendia ao balcão assistido por uma garçonete magra e desalinhada que se movimentava preguiçosamente entre as mesas, destacava-se um grande espelho empoeirado com propaganda do Cafés Torrados Águila e um cartaz da Francoargentina de Seguros ilustrado por um gaúcho bebendo mate. À direita do balcão, ao lado da porta pela qual se viam tonéis de sardinhas salgadas e potes de macarrão com tampas de vidro, entre uma estufa a querosene apagada e uma velha e desconjuntada pianola Olimpo, havia um pequeno estrado para a orquestra, no qual três músicos — bandonéon, violino e piano com queimaduras de cigarros nas teclas da esquerda — tocavam um tema portenho que soava a queixume melancólico, em cujas notas Max Costa achou que reconhecia o tango "Gallo viejo".

— Maravilhoso — murmurou Armando de Troeye com admiração. — Isto é inesperado, perfeito... Outro mundo.

Só bastava olhar para ele, disse Max a si mesmo, com resignação. O compositor deixara o chapéu e a bengala em uma cadeira, luvas amarelas apareciam no bolso esquerdo de seu paletó e cruzava as pernas revelando o peito de polainas abotoadas sob as calças de vinco perfeito. Estava, naturalmente, em um antípoda dos *dancings* que ele e sua mulher conheceram em trajes de gala; La Ferroviaria era outro tipo de mundo, povoado por seres diferentes. A clientela feminina era formada por uma dúzia de mulheres, quase todas jovens, sentadas na companhia de homens ou dançando com outros no espaço que as mesas deixavam livre. Aquelas não eram exatamente prostitutas, explicou Max em voz baixa, mas acompanhantes: companheiras de dança encarregadas de incentivar os homens a dançar com elas — recebiam, por cada dança, uma ficha que o proprietário trocava por alguns centavos — e a consumir a maior quantidade possível de bebida. Algumas tinham namorados ou amigos, outras não. Alguns dos ali presentes estavam relacionados a isso.

— Cafetões? — insinuou De Troeye, recorrendo a um termo que Max havia usado a bordo do *Cap Polonio*.

— Mais ou menos — confirmou este. — Mas aqui nem todas as mulheres têm um... Algumas são apenas profissionais da dança. Ganham a vida sem ir mais além, como outras o fazem nas fábricas ou nas oficinas da vizinhança... Dançarinas de tango decentes, dentro do possível.

— Pois não parecem decentes quando dançam — disse De Troeye, olhando ao redor. — E nem mesmo quando estão sentadas.

Max apontou os casais abraçados que se movimentavam no espaço de dança. Os homens, sérios, graves, exageradamente masculinos, interrompiam seus movimentos no meio da música — mais rápida que o tango moderno habitual — para obrigar a mulher a se mover a sua volta, sem se soltar, roçando-os ou muito grudadas. E, quando isso acontecia, elas agitavam as cadeiras em fugas interrompidas, deslizando uma perna em um lado e outro das do homem. Extremamente sensuais.

— É outro tipo de tango, como estão vendo. Outro ambiente.

A garçonete trouxe uma garrafa de genebra e três copos, colocou-os sobre a mesa, olhou Mecha Inzunza de cima a baixo, dirigiu uma olhada de indiferença aos homens e foi embora, enxugando as mãos no avental. Depois do incômodo e repentino silêncio da entrada — uma vintena de olhares curiosos os haviam seguido desde a porta —, nas mesas retomaram as conversas, embora não cessassem as olhadas descaradas ou furtivas. Max, que não esperara outra coisa, achava isso natural. Era comum encontrar gente da alta sociedade portenha em incursões noctâmbulas à procura do pitoresco e dos malfeitores, fazendo a ronda pelos cabarés de má fama do subúrbio; mas Barracas e La Ferroviaria ficavam fora desses itinerários sórdidos. Quase toda a clientela do estabelecimento era nativa do bairro, além de um ou outro marinheiro das chatas e das gabarras amarradas no cais do Riachuelo.

— E o que me diz dos homens? — interessou-se De Troeye.

Max tomou um gole de genebra, sem olhar para ninguém.

— Clássicos *compadritos* de bairro ou que ainda julgam sê-lo. Apegados a isso.

— Soa quase afetuoso.

— Não tem nada a ver com o afeto. Já lhes disse que um *compadrito* é um plebeu de bairro com ares de valentão, de baderneiro... Poucos o são e os outros querem ser ou aparentar que são.

De Troeye fez um gesto que abarcava o entorno.

— E esses, são ou aparentam?

— Há de tudo.

— Que interessante. Você não acha, Mecha?

O compositor estudava, avidamente, os indivíduos sentados às mesas ou acomodados no balcão de estanho, todos com ar de que estavam dispostos a qualquer coisa desde que fosse ilegal: chapéus caídos nos olhos, cabelos cheios de brilhantina e reluzentes até a gola dos paletós debruados ao estilo malandro, paletós curtos sem corte, botas pontiagudas. Cada um com seu copo de grapa, conhaque ou uma garrafa de genebra na mesa, um Avanti fumegante na boca e um punhal fazendo volume no cós da calça ou na abertura do paletó.

— Todos têm um aspecto perigoso — concluiu De Troeye.

— Alguns até podem ser perigosos. Por isso o aconselho a não os encarar por muito tempo, nem olhar muito para as mulheres quando estão dançando com eles

— Pois eles não têm o menor problema de olhar para mim — disse Mecha Inzunza, rindo.

Max se virou para olhar seu perfil. Os olhos cor de mel exploravam o recinto, curiosos e desafiadores.

— Não pretenda que não a olhem, em um lugar como este. E tomara que se satisfaçam em olhar.

A mulher riu em um tom baixo, quase desagradável. Após alguns instantes, virou-se para ele.

— Não me assuste, Max — disse, friamente.

— Não creio — sustentava seu olhar com muita calma. — Já lhe disse que duvido que se assuste com esse tipo de coisa.

Pegou a cigarreira e ofereceu-a ao casal. De Troeye recusou com a cabeça e acendeu um de seus próprios cigarros. Mecha Inzunza aceitou um Abdul Pashá e o encaixou na piteira, inclinando-a para que o dançarino mundano o acendesse com um fósforo. Recostando-se na cadeira, Max cruzou as pernas e exalou a primeira baforada de fumaça observando os casais que dançavam.

— Como distinguir as prostitutas das que não o são? — quis saber Mecha Inzunza.

Deixava cair com indiferença a cinza do cigarro no piso de madeira enquanto observava uma mulher que dançava com um homem gordo surpreendentemente ágil. Ainda era jovem, tinha um ar eslavo. Seus cabelos eram louros da cor de ouro velho, penteados em um coque, e os olhos, claros, cercados por fumaça de sândalo. Usava uma blusa de flores vermelhas e brancas com nada por baixo. A saia, excessivamente curta, esvoaçava quando fazia milongas, revelando às vezes um palmo extra de carne coberta por meias pretas.

— Nem sempre é fácil — respondeu Max, sem afastar os olhos da dançarina. — Com a experiência, talvez.

— Você tem muita experiência em diferenciar mulheres?

— Razoável.

A música foi interrompida e o gordo e a mulher pararam de dançar. O homem enxugava o suor com um lenço; a loura, sem dizer uma palavra, foi se sentar a uma mesa na qual estavam outra mulher e outro homem.

— Aquela, por exemplo — apontou Mecha Inzunza. — É uma prostituta ou uma simples dançarina, como você no *Cap Polonio*?

— Não sei. — Max sentiu uma pontada de irritação. — Precisaria me aproximar um pouco mais.

— Aproxime-se, então.

Olhou a brasa do cigarro como se quisesse comprovar se estava queimando corretamente. Depois o levou à boca e aspirou uma porção exata de fumaça, exalando-a lentamente.

— Mais tarde, talvez.

A orquestra havia atacado uma nova peça, e outros casais estavam indo dançar. Alguns homens mantinham a mão esquerda, com a qual fumavam, nas costas, para não incomodar a companheira com a fumaça. Sorridente, comprazido, Armando de Troeye não perdia nenhum detalhe. Em duas ocasiões, Max o viu pegar um pequeno lápis e fazer anotações com letra minúscula e apertada no punho engomado de sua camisa.

— Você tinha razão — disse o compositor. — Dançam depressa. As figuras são mais descompostas. E a música é diferente.

— É a Velha Guarda. — Max estava aliviado por ter mudado de assunto. — Dançam como se toca: mais rápido e cortado. Preste atenção na maneira.

— Estou prestando. É deliciosamente indecente.

Mecha Inzunza apagou com violência seu cigarro no cinzeiro. De repente, parecia incomodada.

— Não seja óbvio.

— Temo que esta seja a palavra, querida. Preste atenção... Quase me excita olhá-los.

O sorriso do compositor se alargava, interessado e cínico. Alguma coisa pulsava no ambiente, percebeu Max. Uma linguagem tácita entre os De Troeye que não conseguia decifrar, subentendidos e alusões que lhe escapavam. O inquietante era que, de alguma maneira, ele próprio parecia estar incluído. Um pouco incomodado, não sem curiosidade, perguntou-se de que maneira. Até onde.

— Como lhe disse no navio — explicou —, originalmente era uma dança de negros. Dançavam soltos, entendem...? Até na versão mais decente, dançar abraçado muda muito as coisas... O tango de salão amenizou todas essas posturas, tornando-as respeitáveis. Mas aqui, como estão vendo, a respeitabilidade não tem a menor importância.

— Curioso — comentou De Troeye, que acompanhava suas palavras com avidez. — Essa música é a do tango de verdade...? A original?

O original não estava na música, respondeu Max, mas na maneira de tocá-la. Aqueles músicos nem sabiam ler partituras. Tocavam à sua maneira, ao modo antigo, rápido. Enquanto dizia isso, apontou a pequena orquestra: três homens consumidos, magros, com cabelos grisalhos e bigodes tingidos de nicotina. O mais jovem era o do bandonéon, e devia ter mais de 50 anos. Seus dentes eram tão gastos e amarelados como as teclas de seu instrumento. Nesse instante olhava para seus companheiros, consultando-os sobre a música que tocariam em seguida. O violinista assentiu, bateu no chão várias vezes com um pé marcando o ritmo, o piano martelou, o fole gemeu entrecortado e começaram a tocar "El esquinazo". Imediatamente, vários casais lotaram o espaço de dança.

— Aí estão. — Max sorriu. — Os rapazes de antigamente.

Na realidade, sorria para si mesmo, para sua memória do subúrbio. O tempo longínquo em que ouvia aquela música nas festas ao ar livre ou nos bailes das manhãs de domingo, nas noites de verão quando brincava com outros meninos nas calçadas do bairro, sob a luz das luminárias que ainda eram a gás. Vendo de longe os casais dançarem, espreitando, divertidos, aqueles que se abraçavam nos saguões escuros — "Solta o osso, cachorro", seguido de correrias e risadas —, ouvindo a cada dia essas notas conhecidíssimas, populares, nos lábios de homens que voltavam da fábrica, de mulheres congregadas em torno de tanques salpicados da água saponácea dos cortiços. As mesmas melodias que malfeitores com a aba dos chapéus em cima dos olhos, escondendo seus rostos, assobiavam entre os dentes quando se aproximavam aos pares de algum noctâmbulo incauto, o punhal reluzindo na penumbra.

— Gostaria de conversar um pouco com os músicos — disse De Troeye. — Acha que será possível?

— Não vejo por que não. Quando acabarem, convide-os para beber alguma coisa, lhes pague uma bebida... Mas o aconselho a não exibir muito dinheiro. Já estamos sendo observados atentamente.

As pessoas dançavam milongas no espaço de dança. A loura de aspecto eslavo voltara à pista, agora com o homem da mesa em que estava sentada. Desafiador, taciturno, o olhar perdido na distância da fumaça de tabaco, este a fazia se movimentar ao compasso da música, guiando-a com gestos levíssimos, com suaves pressões da mão que apoiava em suas costas, e às vezes com simples olhares; detendo-se em um corte aparentemente inesperado para que ela, com o semblante inexpressivo e fitando seu rosto, se movesse de um lado a outro, desdenhosa e lasciva ao mesmo tempo, de repente grudada no corpo masculino como se procurasse provocar seu desejo; retorcendo-se com movimentos de cadeiras e pernas para um lado e para outro, em obediente submissão, como se aceitasse com naturalidade absoluta o ritual íntimo do tango.

— Se não houvesse o bandonéon como freio — explicou Max —, o ritmo seria muito mais veloz. Mais descomposto. Levem em conta que os instrumentos da Velha Guarda original não eram o fole e o piano, mas a flauta e o violão.

Muito interessado, De Troeye anotou aquilo. Mecha Inzunza estava calada, sem afastar os olhos da tanguista e de seu acompanhante. Em várias ocasiões, ao passar dançando por perto, este cruzou seu olhar com o dela. Era um sujeito curtido na clausura, observou Max: chapéu inclinado, ar perigoso de espanhol ou italiano. Por sua parte, De Troeye assentia, reflexivo e feliz. Seu tom era de excitação. Agora acompanhava a música com os dedos em cima da mesa, como se apertasse teclas invisíveis.

— Estou vendo — disse o compositor, satisfeito. — Compreendo o que você queria dizer, Max. Tango puro.

O sujeito, sem parar de dançar com a loura, continuava olhando para Mecha Inzunza cada vez que passava por perto, e com mais insistência do que antes. Era um clássico local ou pretendia sê-lo: bigode espesso, paletó apertado, botinas que se moviam com agilidade no chão de madeira traçando longos arabescos entre os sapateados de sua companheira de dança. Tudo nele, até as maneiras, transluzia um toque artificial, um ar de valentão tresnoitado com pretensões de *compadre*. O olho experiente de Max localizou o anacrônico volume do punhal no lado esquerdo, entre o paletó e o colete sobre o qual pendiam as longas pontas de um lenço de seda branca amarrado no pescoço com deliberada frivolidade. De soslaio, o dançarino mundano percebeu que Mecha Inzunza, desafiadora, parecia dar trela àquele indivíduo, sustentando seu olhar; seu velho instinto suburbano sentiu o cheiro de problemas. Talvez não fosse uma boa ideia permanecer ali por muito tempo, disse a si mesmo, inquieto. A Sra. De Troeye parecia achar, equivocadamente, que La Ferroviaria era semelhante ao salão da primeira classe do *Cap Polonio*.

— Dizer que é tango puro é um exagero — respondeu ao marido, esforçando-se para se concentrar no que este dissera. — Digamos que o executam à maneira antiga. Ao velho modo... Está percebendo a diferença de ritmo, de estilo?

O marido voltou a assentir, satisfeito.

— Claro. Este maravilhoso ritmo dois por quatro, os solos de teclas de quatro compassos, os contracantos das cordas... O martelar do piano e os fraseados primários dos baixos do bandonéon...

Tocavam assim porque eram mais velhos, detalhou o dançarino mundano; e La Ferroviaria, um local de tradições. As pessoas que frequentavam a noite de Barracas eram rudes, irônicas, gostavam de cortes e quebradas; a fêmea, de se grudar no macho, de enfiar as pernas e de desafios; como aquela dançarina loura e seu acompanhante. Se aquela maneira de tocar fosse adotada em um baile popular, das famílias e de domingo, ou de gente jovem, ninguém iria dançar. Nem por moralidade, nem por gosto.

— A moda — concluiu — se distancia cada vez mais de tudo isto. Dentro de pouco tempo, só se dançará o outro tango, o domesticado, inexpressivo e soporífero: o dos salões e dos cinemas.

De Troeye ria, sarcástico. A música havia terminado e a orquestra começava a tocar outra peça.

— Afetado, vamos — disse.

— Pode ser. — Max tomou um gole de genebra. — Talvez essa seja uma forma de defini-lo.

— Naturalmente, esse sujeito que se aproxima não parece nem um pouco afetado.

Max acompanhou o olhar de De Troeye. O valentão havia deixado a loura na mesa e se dirigia a eles caminhando com a antiga calma dos malandros portenhos: lento, seguro, os passos bem-harmonizados. Pisava no chão com ensaiada delicadeza. Para completar o estilo, pensou Max, só faltava, ao fundo, o barulho de tacos e de bolas de bilhar.

— Se houver problemas — disse rapidamente aos De Troeye, em um sussurro —, não parem para olhar... Corram até a porta e se enfiem no carro.

— Que tipo de problemas? — perguntou o marido.

Não houve tempo para resposta. O valentão estava diante deles, imóvel e muito sério, a mão esquerda enfiada com elegância cafajeste no bolso do paletó. Olhava para Mecha Inzunza como se estivesse sozinha.

— Quer dançar, senhora?

Max olhou, fugazmente, para a garrafa de genebra. Se fosse necessário, poderia quebrar o gargalo na ponta da mesa e transformá-lo em uma arma razoável durante o tempo necessário para manter — ou pelo menos tentar manter — as coisas sob controle enquanto escapavam dali.

— Não creio que... — começou a dizer em voz baixa.

Dirigia-se à mulher e não ao sujeito que esperava em pé; mas ela se levantou com absoluta tranquilidade.

— Sim — disse.

Tirou as luvas sem pressa e deixou-as na mesa. Todo o armazém estava atento a ela e ao valentão, que aguardava sem dar sinais de impaciência. Quando se sentiu preparada, o outro a pegou pela cintura com a mão direita, apoiando-a na curva suave que ficava acima dos quadris. Ela passou o braço esquerdo pelos ombros dele e, sem se olharem, começaram a se movimentar entre os outros casais, as suas cabeças mais próximas do que no tango convencional, embora mantendo os corpos a uma distância razoável. Qualquer pessoa diria, pensou Max, que já haviam dançado juntos antes; embora a recordação da facilidade com que Mecha Inzunza e ele se adaptaram a bordo do *Cap Polonio* atenuasse sua surpresa. Era, sem dúvida, uma dançarina muito intuitiva e inteligente, capaz de se adaptar a qualquer um que dançasse bem. O sujeito se movimentava masculinamente seguro de si — *canchero*, diziam em Buenos Aires — enquanto guiava a mulher com habilidade, traçando ágeis arabescos em um pentagrama invisível. O casal requebrava de maneira suave, ela obediente ao compasso da música e às indicações silenciosas transmitidas pelas mãos e pelos gestos de seu companheiro. De repente ele fez um corte, levantando o calcanhar do pé direito do chão quase com negligência, descrevendo um semicírculo com a ponta; e, para surpresa de Max, a mulher rematou a volta com toda naturalidade, deslizando para um lado e para outro, grudada por duas vezes ao homem para se retirar depois de se colar nele, cruzando as pernas com impecável altivez de arrabalde. Temperou-a com uma elegância acadêmica de subúrbio, tão bem-executada que arrancou gestos aprovadores daqueles que observavam das mesas.

— Caramba — brincou Armando de Troeye. — Espero que não acabem fazendo amor na frente de todo mundo.

O comentário incomodou Max, e sua admiração pela soltura com que Mecha Inzunza evoluía na pista foi substituída pelo mau humor. O valentão a guiava, milongueiro, desfrutando, os olhos escuros fixos no vazio e, sob o bigode, um ricto de artificial indiferença; como se, em seu caso, relacionar-se com mulheres daquela classe fosse uma coisa cotidiana.

De repente, ao ritmo da música, o homem fez uma saída de lado com parada repentina, solene, acompanhando-se com uma batida de calcanhar tipicamente suburbana. Sem se desconcertar nem um pouco, como se tivessem planejado de antemão o movimento, a mulher o rodeou, roçando seu corpo de lado a lado, entregue; com uma submissão de fêmea obediente que Max achou quase pornográfica.

— Meu Deus — ouviu Armando de Troeye murmurar.

Estupefato, virando-se um pouco, Max constatou que o compositor não parecia aborrecido, mas que olhava, extasiado, o casal que dançava. De vez em quando bebia um pouco de genebra e parecia que o álcool imprimia em seus lábios um sorriso cínico, vagamente satisfeito. Mas o dançarino mundano não teve tempo de reparar muito nisso, porque a música terminou e a pista foi esvaziada. Mecha Inzunza voltou sapateando altaneira, escoltada pelo valentão. E, quando ela ocupou sua cadeira, tão desenvolta e serena como se tivesse acabado de dançar uma valsa, o outro se inclinou ligeiramente, tocando a aba do chapéu.

— Juan Rebenque, senhora — disse, rouco, tranquilo. — Às suas ordens.

Depois, quase ignorando o marido e o dançarino mundano, girou sobre os calcanhares, encaminhando-se, fleumático, à mesa onde estavam as duas mulheres. E, ao vê-lo caminhar, Max intuiu que aquele não era seu verdadeiro sobrenome — devia se chamar Funes, Sánchez ou Roldán —, mas um apelido gauchesco tão antigo como seu aspecto e o punhal que pressionava seu paletó. Os sujeitos autênticos aos quais tentava se assemelhar haviam desaparecido do arrabalde 15 ou vinte anos antes; e fazia muito tempo que até mesmo homens como aquele substituíram a faca pelo revólver. Certamente o tal do Rebenque era um carreteiro que de noite se enfiava em estabelecimentos de má fama, dançava tango, manipulava garotas e às vezes exibia o anacrônico punhal para afirmar sua hombridade. Em homens de sua laia, simples malfeitores de bairro, a fidalguia suburbana era limitada, embora a periculosidade se mantivesse intacta.

— É sua vez — disse Mecha Inzunza, dirigindo-se a Max.

Acabara de tirar da bolsa um estojo laqueado. Havia minúsculas gotas de suor em seu lábio superior, perlando a suave maquiagem. Por reflexo galante, Max lhe ofereceu o lenço limpo que estava no bolso superior de seu paletó.

— Perdão? — perguntou.

A mulher havia segurado entre seus dedos o paninho de cambraia branca, dobrado.

— Não vai querer que as coisas fiquem assim — respondeu ela com muita tranquilidade.

Max ia dizer "é suficiente, agora vou pedir a conta e vamos embora daqui", quando surpreendeu em Armando de Troeye um olhar dirigido a sua esposa que nunca vira antes: uma centelha rápida de cinismo e desafio. Durou apenas o instante necessário para que a máscara de frívola indiferença caísse de novo, encobrindo tudo. Então Max, mudando de ideia, virou-se para Mecha Inzunza com deliberada lentidão.

— Claro — disse.

Dissolvidos talvez na genebra, os olhos claros sustentaram os seus. Pareciam mais líquidos do que nunca na luz amarelada das lâmpadas elétricas. Depois ela fez uma coisa estranha. Retendo o lenço, pegou uma luva que havia deixado na mesa antes de dançar e enfiou-a no bolso superior do paletó de Max, ajeitando-a com um rápido toque até que adquiriu a forma de uma flor branca e elegante. Então o bailarino mundano afastou sua cadeira, ficou em pé e caminhou até a mesa a qual estavam sentados o valentão e as duas mulheres.

— Com sua permissão — disse ao homem.

O outro o estudava com um jeito meio fanfarrão, meio curioso; mas Max parou de lhe dar atenção, pois se inclinava para a mulher loura. Esta se virou por um momento para a companheira — uma morena vulgar, de mais idade — e depois olhou para o valentão, como se pedisse permissão. O outro, no entanto, continuava observando o dançarino mundano, que esperava em pé, os calcanhares juntos, o ar educado e um sorriso suave nos lábios; com a mesma correção circunspecta que teria exibido diante de qualquer dama da boa sociedade em um chá do Palace ou do Plaza. Finalmente a mulher se levantou, enlaçando-se a Max com desenvoltura profissional. De perto parecia mais jovem do que de longe, apesar das marcas de cansaço embaixo dos olhos, maldissimuladas pela pesada maquiagem. Tinha olhos azuis ligeiramente rasgados, que, auxiliados pelos cabelos louros recolhidos atrás da nuca, acentuavam seu ar eslavo. Era possível que fosse russa ou polonesa, deduziu Max. Sentiu, ao abraçá-la, a intimidade do corpo muito próximo; indiferença de carne cansada, cheiro de tabaco no vestido e nos cabelos, bafo de um último golpe de grapa com limonada. Colônia de baixa qualidade na pele: Agua Florida misturada com talco úmido e o suave cheiro de fêmea que estava há um par de horas dançando com todo tipo de homem.

Soavam os compassos de outro tango, nos quais reconheceu, apesar da falta de elegância da orquestra, as notas de "Felicia". Outros casais estavam indo dançar. A mulher e Max começaram bem-sincronizados, este permitindo que o instinto e o hábito guiassem os movimentos. Não era uma grande dançarina, compreendeu aos primeiros passos, mas se movimentava com leveza displicente, profissional, a vista perdida na distância, dirigindo rápidos olhares ao rosto do homem para prever passos e intenções. Segurava com indiferença o torso de Max, que sentia as pontas de seus mamilos sob o percal da blusa decotada; e evoluía, obediente, com as pernas e os quadris ao redor de sua cintura ao fazer os passos mais atrevidos, induzidos pela música e pelas mãos dele. Fazia aquilo sem alma, concluiu o dançarino mundano. Como um robô melancólico e eficaz, sem vontade nem impulso; semelhante a uma profissional que praticasse o ato sexual sem experimentar prazer nenhum. Por um momento a imaginou assim passiva e submissa em um quarto de hotel barato como o daquela rua, com sua letra afundada no letreiro luminoso, enquanto o malfeitor de bigode guardava os 10 pesos da tarifa no bolso do paletó. Ela se despojando do vestido e desabando em uma cama com lençóis usados e um estrado que rangia. Complacente, sem obter em troca nenhum prazer. Com o mesmo ar cansado que mostrava agora ao traçar os passos do tango.

Por alguma razão, que não cabia analisar naquele momento, a ideia o excitou. Que outra coisa era o tango assim dançado se não submissão da fêmea, disse a si mesmo, espantado com seus pensamentos; surpreso de não ter chegado antes a essa conclusão, apesar de tantas danças, tantos tangos e tantos abraços. Que outra coisa era aquela dança à maneira de sempre, longe dos salões e da formalidade, se não uma entrega absoluta, cúmplice. Um avivar de velhos instintos, desejos rituais ardentes, promessas feitas de pele e carne durante alguns segundos fugazes de música e sedução. O tango da Velha Guarda. Aquela era, sem dúvida, a maneira de dançar adequada a certa classe de mulheres. Olhá-lo a partir dessa perspectiva fez Max sentir uma pontada de desejo inesperado pelo corpo que se movia obediente em seus braços. Ela deve ter notado, pois, por um momento, cravou nele seus olhos azuis, inquisitiva, antes que uma careta de indiferença retornasse a seus lábios e o olhar voltasse a se perder nos cantos distantes do armazém. Para se recompensar, Max fez um corte, uma perna fixa e a outra simulando um passo para a frente e para trás; obrigando, com a pressão de sua mão direita na cintura da mulher, que esta grudasse de novo seu torso no seu e, deslizando a face interna das coxas para um lado e para outro da perna imóvel, retornasse à submissão perfeita. Ao gemido silencioso, agudamente físico, de fêmea resignada sem possibilidade de fuga.

Depois dessa evolução deliberadamente impudica de ambas as partes, o dançarino mundano se virou pela primeira vez para a mesa na qual estava o casal De Troeye. A mulher fumava um cigarro colocado na piteira de marfim, impassível, observando-os fixamente. E, nesse momento, Max compreendeu que a dançarina que tinha entre os braços era apenas um pretexto. Uma nebulosa trégua.

4. Luvas de mulher

Acontece, finalmente, o que Max Costa espera com a certeza de quem prepara meticulosamente o inevitável. Está sentado no terraço de hotel Vittoria, perto da estátua da mulher desnuda que olha para o Vesúvio, e toma o café da manhã diante da paisagem luminosa, azul e cinza, da baía. Enquanto come, satisfeito, uma torrada com manteiga, o chofer do Dr. Hugentobler desfruta a situação que o devolve por uns dias aos melhores momentos de sua vida antiga; quando tudo ainda era possível, o mundo estava por percorrer, e cada amanhecer era o prelúdio de uma aventura: roupões de banho de hotel, aroma de bom café, cafés da manhã em baixelas finas diante de paisagens ou rostos de mulheres aos quais, paisagens ou mulheres, só se podia ter acesso com muito dinheiro ou muito talento. Agora, de volta a seu elemento natural, recuperando sem dificuldades as velhas maneiras, Max está usando óculos escuros Persol que pertencem ao Dr. Hugentobler, assim como o blazer azul e o lenço sob a gola entreaberta da camisa salmão. Acaba de deixar a xícara de café e se prepara para trocar os óculos de sol pelos de leitura enquanto estica a mão para pegar *Il Mattino* de Nápoles que está dobrado sobre a toalha de linho branco — com a reportagem sobre a partida entre Sokolov e Keller do dia anterior, que terminou empatada — quando uma sombra se projeta no jornal.

— Max?

Um observador imparcial teria admirado a serenidade do interpelado: ainda fica por alguns segundos com os olhos no jornal e depois dirige um olhar para cima, com uma expressão que passa lentamente da indecisão à surpresa, e desta ao reconhecimento. Por fim, tirando os óculos, toca os lábios com o guardanapo e fica em pé.

— Meu Deus... Max.

A luz da manhã doura as íris de Mecha Inzunza, como em outros tempos. Há leves marcas e manchinhas de velhice em sua pele e uma infinidade de minúsculas rugas em torno das pálpebras e da boca, acentuadas agora por um sorriso estupefato. Mas a despiedade do passar do tempo não conseguiu apagar o resto: a forma pausada de se movimentar, a elegância de maneiras, as linhas alongadas do pescoço e os braços cuja magreza acentua a idade, enfraquecendo-os.

— Tantos anos depois... — diz ela. — Meu Deus.

Estão de mãos dadas, olhando-se. Max levanta a direita dela, inclina a cabeça e a toca com os lábios.

— Vinte e nove, exatamente — precisa. — Desde o outono de 1937.

— Em Nice...

— Sim. Em Nice.

Oferece-lhe uma cadeira, solícito, e ela a ocupa. Max chama o garçom e depois de uma rápida consulta pede outro café. Todo o tempo, durante esses instantes de trégua protocolar, sente que os olhos cor de mel estão fixos nele. E a voz é a mesma, educada. Idêntica à que recorda.

— Você mudou, Max.

Arqueia as sobrancelhas e acompanha a expressão com um gesto melancólico: o cansaço ligeiro, negligente, de um maduro homem do mundo.

— Muito?

— O suficiente para que tivesse dificuldade de reconhecê-lo.

Inclina-se um pouco para ela, cortesmente confidencial.

— Quando?

— Ontem, embora não tivesse certeza. Ou então achei que era impossível. Um ar remoto, me disse... Mas esta manhã o vi da porta. Fiquei observando-o por um tempo.

Max a contempla detalhadamente. A boca e os olhos. Estes são idênticos, salvo as marcas do tempo ao redor. O esmalte dos dentes está menos branco do que recorda, afetado sem dúvida pela nicotina de anos de cigarros. A mulher tirou um maço de Muratti do bolso da jaqueta e está com ele entre os dedos, mas não rasga o selo.

— Você, no entanto, é a mesma — afirma Max.

— Não diga bobagens.

— Estou falando sério.

Agora é ela quem o estuda.

— Engordou um pouco — conclui.

— Mais do que um pouco, temo.

— Eu o recordava mais alto e mais magro... E nunca o imaginei com os cabelos grisalhos.

— Mas ficam muito bem em você.

Mecha Inzunza ri em voz alta, sonora, vigorosa, rejuvenescida por aquele simples ato. Como antes e como sempre.

— Sem-vergonha... Sempre soube se dirigir às mulheres.

— Não sei a que mulheres se refere. Eu só me lembro de uma.

Um momento de silêncio. Ela sorri e afasta o olhar, contemplando a baía. O garçom chega com o café no momento oportuno. Max o serve enchendo meia xícara, olha para o açucareiro e depois para ela, que nega com a cabeça.

— Leite?

— Sim. Obrigada.

— Antes nunca bebia. Nem leite nem açúcar.

Parece surpresa por ele se lembrar disso.

— É verdade.

Outro silêncio, mais longo do que o anterior. Por cima da xícara, bebendo em goles curtos, ela continua escrutando-o. Pensativa.

— O que está fazendo em Sorrento, Max?

— Ah... Bem. Um assunto de trabalho. Negócios e um par de dias de descanso.

— Onde está vivendo?

Aponta um lugar indeterminado, mais além do hotel e da cidade.

— Tenho uma casa por ali. Perto de Amalfi... E você?

— Na Suíça. Com meu filho. Suponho que sabe quem é, se está hospedado no hotel.

— Sim, estou aqui. E sei quem é Jorge Keller, naturalmente. Mas o sobrenome me confundiu.

Ela larga a xícara e, tirando o selo do maço, puxa um cigarro. Max pega a caixinha de fósforos do hotel que está no cinzeiro, inclina-se e lhe oferece fogo, protegendo a chama com as mãos em concha. Ela também se inclina e por um momento seus dedos se roçam.

— Você se interessa por xadrez?

Reclinou-se de novo na cadeira, deixando escapar a fumaça que se desfaz na brisa que vem da baía.

— Nem um pouco — responde ele, com extremo sangue-frio. — Embora ontem tenha dado uma volta pela sala.

— Não me viu?

— Talvez não tenha prestado atenção. A verdade é que só dei uma olhada.

— Não sabia que estava em Sorrento?

Max nega com desenvoltura, com a velha altivez profissional. Até estes dias não sabia, comenta, que ela tinha um filho de sobrenome Keller. Nem sequer que tivesse um filho. Depois de Buenos Aires e do que acontecera depois em Nice, perdeu por completo sua pista. Depois veio a outra guerra, a grande. Metade da Europa perdeu o rastro da outra metade. E, em muitos casos, para sempre.

— Mas soube de seu marido. Que o mataram na Espanha.

Mecha Inzunza afasta o cigarro e deixa cair no chão, ignorando o cinzeiro, uma porção exata de cinza. Uma batidinha firme, delicada. Então o leva outra vez aos lábios.

— Nunca chegou a sair da prisão, a não ser para morrer. — Seu tom é neutro, sem rancor nem sentimentos; o adequado para mencionar uma coisa que aconteceu há muito tempo. — Triste fim para um homem como ele, não é mesmo?

— Lamento.

Nova tragada no cigarro. Mais fumaça desfeita na brisa. Mais cinza no chão.

— Sim. Suponho que é a palavra adequada... Eu também lamentei.

— E seu segundo marido?

— Divórcio amigável. — Ela se permite outro sorriso. — Uma coisa entre pessoas razoáveis, em bons termos. Pelo bem de Jorge.

— É o pai?

— Claro.

— Você deve ter vivido esses anos com tranquilidade, suponho. Sua família tinha dinheiro. Sem contar o de seu primeiro marido.

Ela assente, indiferente. Nunca tive dificuldades financeiras, responde. Sobretudo depois da guerra.

Quando os alemães invadiram a França, foi para a Inglaterra, onde se casou com Ernesto Keller, que era diplomata. Max chegou a conhecê-lo em Nice. Viveram em Londres, Lisboa e Santiago do Chile. Até a separação.

— Espantoso.

— O que você acha espantoso?

— Sua vida extraordinária. Seu filho.

Por um instante, Max percebe algo estranho nos olhos dela. Uma firmeza insólita: penetrante e tranquila ao mesmo tempo.

— E você, Max? O que houve de extraordinário em sua vida ao longo desses anos?

— Bem, você sabe.

— Não. Não sei.

Agita uma das mãos abarcando o terraço, como se ali estivesse a evidência de tudo.

— Viagens de um lugar a outro. Negócios... A guerra na Europa me deu algumas oportunidades e me tirou outras. Não posso me queixar.

— Não parece, sem dúvida, que tenha motivos para se queixar... Voltou a Buenos Aires?

O nome da cidade naquela voz serena faz Max estremecer. Cauteloso, com cuidado, como quem penetra onde não deve, analisa de novo, dissimuladamente, o rosto da mulher: as pequenas rugas em torno da boca, a cor fosca, sem brilho, da pele, e os lábios sem batom. Apenas seus olhos continuam inalterados, como no armazém de tango de Barracas ou em outros lugares que vieram depois. Na singular topografia de tudo o que recorda.

— Vivi na Itália quase sempre — inventa, de repente. — E também na França e na Espanha.

— Negócios, você disse?

— Mas não aqueles de antes. — Max procura sorrir de maneira adequada. — Tive sorte, reuni algum capital e as coisas não andaram mal. Agora estou aposentado.

Mecha Inzunza não olha mais para ele da mesma maneira. Percebe um sorriso sombrio.

— Inteiramente?

Mexe-se, incomodado. Ou parecendo. O colar que viu na véspera no quarto 429 passa por sua cabeça com lampejos de revanche em suaves reflexos foscos. E me pergunto, conclui, quem terá mais contas pendentes a cobrar do outro. Ela ou eu.

— Não vivo como em outros tempos, se está se referindo a isso.

A mulher o contempla, imperturbável.

— Referia-me a isso, sim.

— Faz tempo que não preciso.

Disse isso sem pestanejar. Com altivez absoluta. Afinal de contas, pensa, não está mentindo inteiramente. De qualquer maneira, ela não parece questioná-lo.

— Sua casa de Amalfi...

— Por exemplo.

— Fico feliz com o fato de as coisas terem corrido bem para você. — Ela olha para o cinzeiro como se o visse pela primeira vez. — Sempre duvidei de que fosse conseguir normalizar sua vida.

— Ah, bem. — Agita a mão com os dedos para cima, em um gesto quase italiano. — Todos colocamos a cabeça no lugar mais cedo ou mais tarde... Eu tampouco acreditava que você fosse normalizar a sua.

Mecha Inzunza apagou delicadamente o resto do cigarro no cinzeiro, soltando com cuidado a brasa. Como se se demorasse de propósito nas palavras de Max.

— Em relação a Buenos Aires e Nice, por exemplo? — diz, finalmente.

— Claro.

Irremediavelmente, ele sente um sabor de melancolia. De repente as recordações surgem e se atropelam: palavras breves como gemidos deslizando por uma pele nua, perspectivas de linhas longas e suaves refletidas em um espelho que multiplica o cinza de fora contra a luz plúmbea de uma janela que, como um quadro francês do início do século, emoldura palmeiras molhadas, mar e chuva.

— O que você faz?

Ensimesmado — não há fingimento desta vez —, demora um pouco para ouvir a pergunta ou abrir espaço para ela. Ainda está ocupado rebelando-se em seu âmago contra a desmesurada injustiça de ordem física: a pele da mulher que seus cinco sentidos recordam era suave, cálida e perfeita. Não pode ser a mesma que está à sua frente, marcada pelo tempo. De maneira alguma, conclui, com fúria impotente. Alguém deveria responder por semelhante desconsideração. Por uma injustiça tão intolerável.

— Turismo, hotéis, investimentos — responde, finalmente. — Coisas assim... Também sou sócio de uma clínica perto do lago de Garda. — Improvisa de novo. — Coloquei ali algumas economias.

— Se casou?

— Não.

Ela olha para a baía mais além do terraço com um ar distraído, como se não tivesse prestado atenção na última resposta de Max.

— Preciso deixá-lo... Jorge vai jogar hoje à tarde e temos que trabalhar duro para preparar tudo. Só havia descido por um momento para respirar um pouco e tomar um café.

— Li que você cuida de todas as coisas. Desde que ele era criança.

— Em parte. Desempenho os papéis de mãe, de empresária e de secretária, administrando viagens, hotéis, contratos... Coisas assim. Mas ele tem sua equipe de assistentes: os analistas com quem prepara as partidas e sempre o acompanham.

— Analistas?

— Um aspirante a campeão do mundo não trabalha sozinho. As partidas não são improvisadas.

— Inclusive as de xadrez?

— Especialmente as de xadrez.

Fica em pé. Max é muito experiente para ir mais além. As coisas têm seu curso e forçá-las é um erro. Muitos homens que se achavam espertos se perderam por isso, recorda. Por isso sorri como sempre fez, o que ilumina seu rosto barbeado com esmero, bronzeado sem excessos pelo sol da baía: um repentino traço branco, largo, simples, que revela alguns dentes de bom aspecto, razoavelmente conservados apesar de duas jaquetas, meia dúzia de obturações e o canino postiço no buraco deixado dez anos antes pelo soco de um policial em um cabaré de Cumhuriyet Caddesi, em Istambul. O sorriso simpático, temperado pelos anos, de um bom garoto sexagenário.

Mecha Inzunza observa aquele sorriso e parece reconhecê-lo. Seu olhar é quase cúmplice. Finalmente hesita, ou também lhe parece.

— Quando você vai deixar o hotel?

— Dentro de alguns dias. Quanto acabar de acertar esses negócios que mencionei antes.

— Talvez devêssemos...

— Claro. Deveríamos.

Outro silêncio indeciso. Ela enfiou as mãos nos bolsos da jaqueta, empurrando levemente os ombros.

— Jante comigo — sugere Max.

Mecha não responde. Está observando-o, pensativa.

— Por um momento — diz depois de um tempo — vi você em pé diante de mim no salão de baile daquele navio: tão jovem e charmoso, vestindo um fraque. Meu Deus, Max. Você está um desastre.

Ele compõe uma expressão abatida, inclinando a cabeça com elegante e exagerada resignação.

— Eu sei.

— Não é verdade. — De repente ri como antes, rejuvenescida. O riso sonoro e franco de sempre. — Está muito bem para sua idade... Ou para a nossa. Eu, no entanto... Como a vida é injusta!

Fica calada e Max parece reconhecer os traços do filho; a expressão de Jorge Keller quando deita o rosto nos braços, diante do tabuleiro.

— Talvez devêssemos sim... — disse ela, finalmente. — Conversar um pouco. Passaram-se trinta anos desde a última vez. Existem lugares aos quais não se deve voltar nunca. Você mesmo disse isso certa vez.

— Não estava me referindo a lugares físicos.

— Sei a que se referia.

O sorriso da mulher se torna irônico. Uma careta desolada, talvez. Sincera e triste.

— Olhe para mim... Você acha mesmo que estou em condições de voltar a algum lugar?

— Não falo desse tipo de volta — protesta ele, levantando-se —, mas do que recordamos. O que fomos.

— Testemunhas um do outro?

Max sustenta seu olhar sem aceitar o jogo de seu sorriso.

— Talvez. Naquele mundo que conhecemos.

Agora os olhos de Mecha Inzunza estão doces. A luz intensifica os velhos tons dourados.

— O tango da Velha Guarda — diz, em voz baixa.

— É isso.

Estudam-se. Está quase linda de novo, conclui Max. O milagre de apenas algumas palavras.

— Imagino — comenta ela — que você deve ter se encontrado com ele muitas vezes, como eu.

— Claro. Muitas.

— Quer saber de uma coisa, Max...? Nem uma única vez, ao ouvi-lo, deixei de pensar em você.

— Posso dizer o mesmo: também não parei de pensar em você.

A gargalhada da mulher — insolitamente jovem de novo — faz as pessoas das mesas próximas virarem o rosto. Por um momento, levanta ligeiramente uma das mãos, como se fosse pousá-la no braço do homem.

— Os garotos de antigamente, você disse naquele tugúrio de Buenos Aires.

— Sim - -suspira ele, resignado. — Agora somos nós os garotos de antigamente.

* * *

A lâmina perdera o fio e barbeava mal. Depois de enxaguar a navalha na água saponácea da bacia e enxugá-la na toalha, Max esfregou a folha em um cinturão de couro depois de enganchá-lo na maçaneta da janela que dava para as copas verdes, vermelhas e malvas das árvores da avenida Almirante Brown. Insistiu com o cinturão até que o aço ficou afiado; e, enquanto o fazia, contemplava, distraído, a rua, onde um insólito automóvel — pelo bairro onde ficava a pensão Caboto passavam mais carruagens e bondes e o esterco dos cavalos só era esmagado de vez em quando pelos pneus das rodas dos carros — havia estacionado ao lado de uma mula e de um carrinho que um homenzinho de chapéu de palha e paletó branco usava para entregar pães de leite, croissants e tortas de açúcar queimado. Passava das dez da manhã, Max ainda não tomara o café, e a visão do carrinho acentuou o vazio de seu estômago. Sua noite tampouco havia sido boa. Após o regresso fora de hora, depois de ter acompanhado os De Troeye de Barracas ao hotel Palace, o dançarino mundano dormira mal. Um sono inquieto, pouco reconfortante. Aquele era um desassossego que lhe era há muito tempo familiar: um estado impreciso entre o sono e a vigília, povoado por sombras incômodas; voltas e voltas no meio de lençóis amarrotados, sobressaltos da memória, imagens deformadas pela imaginação e o cochilo que atacavam de improviso, produzindo violentas explosões de pânico. A imagem mais frequente era a de uma paisagem coberta de cadáveres: uma ladeira de terra amarelada ao lado de um tapume que subia até um fortim situado mais acima; e, no caminho que se prolongava acompanhando o tapume, 3 mil corpos ressecados e negros, mumificados pelo tempo e pelo sol, nos quais ainda era possível perceber as mutilações e as torturas em meio às quais encontraram a morte em um dia do verão de 1921. O legionário Max Costa, voluntário da 13ª Companhia da Primeira Legião do Regimento de Estrangeiros, tinha então 19 anos; e, enquanto avançava com o cabo Boris e outros quatro companheiros pela ladeira que levava ao fortim abandonado — "Seis voluntários para morrer" tinha sido a ordem para que precedessem o restante da companhia —, entre o fedor dos cadáveres e o horror das imagens, suado, ofuscado pela reverberação do sol, experimentando as cartucheiras do correame e com a Mauser preparada, tivera plena consciência de que só o azar o pouparia de ser mais um daqueles cadáveres enegrecidos, carne até há pouco viva e jovem, espalhada agora pelo caminho de Annual a Monte

Arruit. Após esse dia, os oficiais da Legião passaram a oferecer à tropa um duro, a moeda de 5 pesetas, por cada cabeça de mouro morto. E dois meses mais tarde, quando, em um lugar chamado Taxuda — "Voluntários para morrer", ordenaram de novo —, uma bala perdida acabou com a curta vida militar de Max, enviando-o por cinco semanas a um hospital de Melilla — dali desertaria a Orán e depois seguiria para Marselha —, este havia conseguido ganhar sete daqueles duros de prata.

Afiada outra vez a navalha, novamente diante da lua chanfrada do guarda-roupa, o dançarino mundano observava com olho crítico as marcas da insônia em seu rosto. Sete anos não foram suficientes para apaziguar certos fantasmas; para expulsar os diabos, como costumavam dizer os mouros e, também, de tanto ouvi-los, o segundo-cabo legionário Boris Dolgoruki-Bagration, que os expulsara inteiramente enfiando na boca o cano de uma pistola longa de 9 milímetros; mas bastaram para que se resignasse a sua incômoda companhia. De maneira que Max tentou afastar os pensamentos desagradáveis e continuar barbeando-se com muito esmero, enquanto cantarolava "Soy una fiera", um dos tangos que tocaram na noite anterior no La Ferroviaria. Após alguns instantes, o rosto que o olhava do espelho sorria pensativo. A recordação de Mecha Inzunza era útil para expulsar os diabos. Ou para tentar expulsá-los. Aquela sua maneira altiva de dançar tango, por exemplo. Suas palavras feitas de silêncios e seus reflexos de mel líquido. E também os planos que Max concebia pouco a pouco, sem pressa, para ela, para seu marido e para o futuro. Ideias cada vez mais definidas que passava em revista enquanto, sem parar de cantarolar, deslizava cuidadosamente o aço sobre a pele.

Para seu alívio, a noitada da véspera transcorrera sem incidentes. Depois de ouvir durante um longo tempo tangos à maneira velha e de ver as pessoas dançarem — nem Mecha nem Max voltaram à pista —, Armando de Troeye chamou os três músicos à sua mesa quando estes abandonaram seus instrumentos, substituídos pela decrépita pianola de cilindros que reproduzia tangos ruidosos e irreconhecíveis. O compositor havia pedido alguma coisa especial para lhes oferecer. Muito boa e muito cara, disse, enquanto fazia circular com liberalidade a cigarreira de ouro. Mas a garrafa de champanhe mais próxima, informou com ironia a garçonete depois de consultar o proprietário — um galego com um bigodão ereto e aspecto infame —, estava a quarenta quadras percorridas no bonde 17: muito longe para ir buscá-la a esta hora; por isso De Troeye teve de se conformar com doses

114

duplas de grapa e de um conhaque anônimo, uma garrafa ainda selada de genebra Llave e um sifão de vidro azul. Pagou tudo, inclusive umas empadinhas de carne como tira-gosto, charutos toscanos e cigarros. Em outras circunstâncias, Max teria se interessado pela conversa do compositor com os três músicos — o bandoneonista, caolho e com um olho de vidro, era veterano dos tempos de Hansen e da Rubia Mireya, ali pelos anos 1900 — e pelas suas ideias a respeito de tangos velhos e novos, maneiras de execução, letras e músicas; mas o dançarino mundano estava com a cabeça em outras coisas. Quanto ao músico caolho, segundo ele mesmo afirmou, interessado depois das primeiras confianças e dos goles de genebra, não sabia ler partituras e nunca lhe fizera falta. Tocara de ouvido ao longo da vida. Além disso, o seu tango e o de seus amigos eram de verdade, para serem dançados como sempre se fez, com seu ritmo rápido e seus cortes no lugar, e não essas suavidades de salão que Paris e o cinema colocaram, igualmente, em moda. A respeito das letras, aquela mania de transformar o otário cornudo e o chorão cuja mulher o abandonara em herói — ou a jovem operária em uma murcha flor da lama — assassinava o tango e rebaixava aqueles que o dançavam. O autêntico, acrescentou o caolho entre novas mesuras à genebra e a vigorosas demonstrações de aprovação de seus camaradas, era próprio da velha gente suburbana: sarcasmo malévolo, desplante de rufião ou fêmea rodada, cinismo brincalhão de quem tinha medido os palmos da vida. Ali, poeta e músicos refinados não tinham lugar. O tango era para tomar um trago abraçando uma mulher ou para farrear com os rapazes. Quem estava dizendo aquilo era ele, que o tocava. O tango era, resumindo, instinto, ritmo, improvisação e letras desavergonhadas. O outro, com perdão da senhora — aí seu único olho observou de soslaio Mecha Inzunza —, eram veadagens de aguardente e grapa, se lhe desculpassem a palavra. Nesse ritmo, com tanto amor fracassado, tanta garçonnière abandonada e tanta frescura, acabariam exaltando a mamãe viúva ou a ceguinha que vende flores na esquina.

De Troeye estava encantado com tudo aquilo, exultante e comunicativo. Brindava com os músicos e fazia mais anotações a lápis com letra minúscula no punho da camisa. O álcool começava a se exibir no brilho de seu olhar, na forma de articular algumas palavras e no entusiasmo com que se inclinava sobre a mesa, atento ao que lhe diziam. Depois de meia hora de papo, os três músicos de ouvido de La Ferroviaria e o compositor amigo de Ravel, Stravinsky e Diaguilev pareciam companheiros da vida inteira. Max, por sua vez, permanecia atento, observando com o rabo do olho os outros clientes que observavam a mesa com curiosidade ou receio. O valentão que havia dançado com Mecha Inzunza não tirava a vista de cima deles, entrefechando as pálpebras devido à fumaça do cigarro que tinha na boca, enquanto sua acompanhante de blusa florida, com a saia acima dos joelhos e as pernas cruzadas, inclinava-se para esticar as meias pretas, indiferente. Foi então que Mecha disse que gostaria de fumar um cigarro e tomar um pouco de ar. Depois, sem esperar pela resposta do marido, ficou em pé e caminhou até a porta com passos serenos, tão decidida e firme como o tango que dançara um pouco antes com o valentão. Os olhos do tal Juan Rebenque a acompanhavam de longe, cobiçosos e curiosos, sem desprezar o balanço de seus quadris; e só pararam de observá-la ao pousar em Max quando este ajustou o nó da gravata, abotoou o paletó e foi atrás da mulher. E, enquanto se encaminhava para a porta, sem precisar virar o rosto para confirmar, o dançarino mundano teve consciência de que Armando de Troeye também o observava.

Caminhou sobre sua própria sombra alongada, projetada no chão de tijolo da calçada pela luminária da porta. Mecha Inzunza estava parada na esquina, ali onde as últimas casas do bairro, que naquela parte eram baixas e de chapas de ferro onduladas, desvaneciam-se na escuridão de um descampado contíguo ao Riachuelo. Enquanto se aproximava dela, Max procurou com os olhos o Pierce-Arrow e conseguiu distingui-lo entre as sombras no outro lado da rua, quando o chofer acendeu por um momento os faróis para indicar que estava ali. Bom rapaz, pensou, tranquilizando-se. Gostava daquele correto e precavido Petrossi, com seu uniforme azul, seu quepe achatado e sua pistola no porta-luvas.

Ao chegar ao lado dela, a mulher havia deixado cair o cigarro já consumido e ouvia o canto noturno dos grilos e o coaxar das rãs que chegava dos arbustos e das velhas docas de madeira podre da margem. A lua ainda não tinha saído, mas a estrutura de ferro que coroava a ponte parecia se recortar muito alta na penumbra, no final da rua empedrada e em sombras, sobre a claridade fantasmagórica de algumas luzes que no outro lado perfuravam a noite de Barracas Sur. Max parou ao lado de Mecha Inzunza e acendeu um de seus cigarros turcos. Percebeu que ela o observava à tênue luz da chama do fósforo. Sacudiu-o para apagá-lo, expulsou a primeira baforada de fumaça e olhou para a mulher. Seu perfil era uma sombra recortada pela claridade distante.

116

— Gostei do seu tango — disse Mecha, de improviso.

Seguiu-se um breve silêncio.

— Imagino que, ao dançar, cada um se revela: delicado ou cafajeste — acrescentou.

— Como quando se está sob os efeitos do álcool — observou Max com suavidade.

— É isso.

Ela voltou a ficar calada.

— Aquela mulher era... — acrescentou, finalmente.

Interrompeu-se naquela palavra. Ou talvez já tivesse dito tudo.

— Adequada? — insinuou ele.

— Talvez.

Não disse mais nada a respeito, tampouco Max. O dançarino mundano fumava calado, refletindo sobre os passos a dar. Erros possíveis e prováveis. Finalmente, encolheu os ombros, como se já tivesse dito tudo. Ou quase.

— Mas não gostei do seu...

— Ora. — Parecia realmente surpresa, um pouco altiva. — Não tinha consciência de ter dançado tão mal.

— Não se trata disso. — Sorria por reflexo, sabendo que ela não poderia percebê-lo. — Dançou maravilhosamente, como sempre.

— E então?

— Do seu par. Este lugar não é amável.

— Entendo.

— Certos tipos de jogos podem ser perigosos.

Três segundos de silêncio. Depois, cinco palavras geladas.

— A que jogo se refere?

Permitiu-se o luxo tático de não responder a isso. Terminou o cigarro e o atirou longe. A brasa descreveu um arco antes de se extinguir na escuridão.

Ela estava calada, como se ainda refletisse sobre o que havia sido dito.

— Seu marido está à vontade. Parece desfrutar a noitada.

— Sim, muito — respondeu, finalmente. — Está entusiasmado, porque não é o que esperava. Veio a Buenos Aires pensando em salões, festas da alta sociedade e coisa assim... Pensava em compor um tango elegante, de gravata branca. Temo que no *Cap Polonio* você tenha mudado suas ideias.

— Lamento. Jamais pretendi...

— Não tem por que lamentar. Pelo contrário: Armando lhe é muito grato. O que era uma aposta idiota com Ravel, um capricho caro, se transformou em uma aventura apaixonante. Precisava ouvi-lo falar de tangos, agora. A Velha Guarda e todo o resto. Só lhe faltava vir até aqui e mergulhar neste ambiente. É um homem persistente, obsessivo em relação ao seu trabalho. — Ria suavemente, em tom baixo. — Temo que agora se torne insuportável e que eu acabe farta de tango e de quem o inventou.

Deu alguns passos ao acaso e parou, como se a escuridão lhes parecesse, de repente, extremamente incerta.

— Este lugar é mesmo perigoso?

Max a tranquilizou. Não mais do que outros, disse. O bairro de Barracas era habitado por gente humilde, trabalhadora. A proximidade do Riachuelo, do cais e de La Boca, um pouco mais abaixo, era propícia a estabelecimentos pouco confiáveis, como La Ferroviaria. Porém um pouco mais acima tudo era normal: casas de aluguel, famílias de imigrantes, gente trabalhadora ou que pelo menos tentava ser. Senhoras de tamanco ou chinelo, homens tomando mate, famílias inteiras de roupão e camiseta levando banquinhos e cadeiras de praia à calçada para tomar a fresca depois de um jantar magro, abanando-se com o leque de avivar as brasas do fogão enquanto vigiavam as crianças que brincavam na rua.

— Ali mesmo, a uma quadra — acrescentou —, fica a pensão El Puentecito, aonde meu pai nos levava para almoçar às vezes, aos domingos, quando seus negócios iam bem.

— O que seu pai fazia?

— Várias coisas, e não teve êxito em nenhuma. Trabalhou em fábricas, teve um ferro-velho, transportou farinha e carne... Foi um homem azarado, desses que nascem com o estigma da derrota e nunca conseguem afastá-la. Um dia se cansou de lutar, voltou para a Espanha e nos levou com ele.

— Você sente saudade do bairro?

O dançarino mundano entrefechou os olhos. Revia sem esforço imagens de brincadeiras às margens do Riachuelo, entre restos de barcos e chatas semiafundadas, imaginando-se pirata nas águas lamacentas. E invejando de longe o filho do dono da barca *Colombo*, o único menino que tinha bicicleta.

— Sinto saudade da minha infância — disse, com simplicidade. — O bairro, suponho, é o de menos.

— Mas este foi o seu.

— Sim... O meu.

Mecha voltou a caminhar e Max a seguiu. Aproximaram-se da ponte pelo trecho da rua empedrada onde as luzes distantes faziam reluzir os trilhos do bonde, suavemente, aqui e acolá.

— Bem... — Ela insinuava simpatia e talvez condescendência. — Seu começo de vida foi nobre, embora humilde.

— Nenhum começo humilde é nobre.

— Não diga uma coisa dessas.

Riu entre os dentes. Quase para si mesmo. Com a proximidade da água, o coro de rás e grilos da margem se tornou quase ensurdecedor. O ar estava mais úmido; observou que a mulher parecia tremer de frio. Seu xale de seda havia ficado no armazém, no respaldo da cadeira.

— O que fez desde então...? Desde que voltou à Espanha?

— Um pouco de tudo. Passei um par de anos na escola. Depois saí de casa e um amigo me indicou para um trabalho de mensageiro no hotel Ritz de Barcelona. Dez duros por mês. Mais as gorjetas.

Mecha Inzunza, os braços cruzados, continuava tremendo por causa da umidade. Sem dizer uma palavra, Max tirou o paletó, ficou só de colete e manga de camisa, e o colocou sobre os ombros da mulher, que tampouco disse nada. Ao fazê-lo, ele deslizou o olhar pelo desenho de sua nuca longa e desnuda, que a luz difusa do outro lado da ponte perfilava sob o corte do cabelo. Por um instante percebeu o resplendor dessa mesma claridade em suas pupilas, que durante alguns segundos estiveram muito perto. Apesar da fumaça do tabaco, do suor e do ambiente fechado do armazém, confirmou, o cheiro era suave. A pele limpa, o perfume nem de todo desvanecido.

— Sei tudo a respeito de mensageiros e hotéis — continuou, recuperando a plenitude de seu sangue-frio. — A senhora tem na sua frente um especialista em levar cartas à caixa de correio, trabalhar à noite resistindo à tentação dos sofás próximos, dar recados e pisotear vestíbulos e salões gritando com insistência "Sr. Martínez, telefone", disposto a localizar o tal Martínez no breve espaço de tempo que dura a paciência de quem espera com um fone grudado na orelha...

— Ora... — Parecia se divertir. — Todo um mundo, imagino.

— Ficaria surpresa. De fora não é fácil saber o que acontece atrás da fila dupla de botões dourados ou sob o peitilho de duvidosa brancura de um garçom que serve coquetéis, calado.

— Você está me deixando inquieta. Isso parece bastante bolchevique.

Max soltou uma gargalhada. Também a ouvia rir ao seu lado.

— Não garanto que a inquiete. Mas deveria.

A luva de Mecha Inzunza, que ela colocara como se fosse um lenço no bolso superior do paletó de Max quando ele havia ido dançar com a tanguista, destacava-se na penumbra como uma flor grande e branca colocada na casa do botão. A luva parecia estabelecer entre ambos, refletiu ele, um vínculo de natureza quase íntima. Uma espécie de cumplicidade adicional, silenciosa e sutil.

— Sou, também — continuou, recuperando o tom leve —, um especialista em gorjetas... A senhora e seu marido, que, por sua condição social, têm o hábito de dá-las, certamente ignoram que há clientes de 1, 3 e até 5 pesetas. É a classificação hoteleira autêntica, desconhecida daqueles que acham que são louros ou morenos, altos ou baixos, industriais, turistas, milionários ou engenheiros de estradas. Existem até clientes de 10 centavos, preste atenção, hospedados em quartos que custam 100 pesetas por dia... Essa é a classificação real, que não tem nada a ver com as outras, as convencionais.

Ela demorou um pouco para responder. Parecia pensar naquilo com absoluta seriedade.

— Para um dançarino mundano — disse, finalmente —, as gorjetas também são importantes, suponho.

— Claro. Uma senhora satisfeita com uma valsa pode deixar discretamente, em um bolso de paletó, uma nota que resolva a noite ou a semana.

Não pôde evitar um tom ácido ao dizer aquilo: um suave toque de ressentimento que não tinha motivos para dissimular, pensou. Ela, que parecia ouvir com muita atenção, havia percebido.

— Ouça, Max... Não tenho, como a maioria das pessoas, os homens sobretudo, preconceitos contra dançarinos profissionais. Nem mesmo contra os gigolôs... Inclusive, hoje em dia, uma mulher vestida por Lelong ou Patou não pode ir sozinha a restaurantes e bailes.

— Não pense que estou me justificando. Não tenho complexos. Perdi-os há muito tempo em quartos de pensão úmidos e frios com cobertores puídos e apenas meia garrafa de vinho para me aquecer.

Seguiu-se um instante de silêncio. Max adivinhou a pergunta seguinte antes que ela a formulasse.

— E uma mulher?

— Sim. Às vezes também uma mulher.

— Me dê um cigarro.

Puxou a cigarreira. Restavam três, confirmou, quase tateando.

— Acenda-o você mesmo, por favor.

Acendeu. À luz da chama, confirmou que ela o fitava com firmeza. Depois de apagá-la, ainda ofuscado pelo resplendor, deu um par de baforadas e o colocou nos lábios da mulher, que o aceitou sem recorrer à piteira.

— O que o levou ao *Cap Polonio*?

— As gorjetas... E um contrato, claro. Estive antes em outros navios. As linhas de Buenos Aires a Montevidéu têm um bom ambiente. São viagens longas e as passageiras querem se divertir a bordo. Meu aspecto latino, o fato de dançar bem tango e outras coisas da moda me ajudam. Como os idiomas.

— Que outras línguas você fala?

— Francês. E me defendo em alemão.

Ela havia jogado o cigarro fora.

— Você é um cavalheiro muito correto, embora tenha começado como mensageiro... Onde aprendeu suas boas maneiras?

Max começou a rir. Olhava a pequena brasa se extinguir aos pés da mulher.

— Lendo revistas ilustradas: coisas do grande mundo, da moda, da vida social... Olhando ao redor. Atento às conversas e às maneiras de quem as tem. Também contei com a ajuda de alguns amigos.

— Gosta do seu trabalho?

— Às vezes. Dançar não é apenas uma forma de ganhar a vida. Também é um pretexto para ter nos braços, às vezes, uma linda mulher.

— E sempre de fraque ou de smoking, impecável?

— Claro. É meu uniforme de trabalho. — Esteve prestes a acrescentar "que ainda devo a um alfaiate da rue Danton", mas se conteve. — O mesmo para um tango, um foxtrote ou um black-bottom.

— Você me decepciona. Eu o havia imaginado dançando tangos de malandro nos piores estabelecimentos de Pigalle... Lugares que só se animam quando as luzes se acendem e embaixo delas passeiam vadias, rufiões e malfeitores.

— Vejo que está informada sobre o ambiente.

— Já lhe disse que La Ferroviaria não é o primeiro lugar estranho que visito. Há quem chame isso de o prazer canalha da promiscuidade.

— Meu pai costumava dizer: "Tornou-se domador e foi morto por um leão, seu aluno."

— Seu pai era um homem sensato.

Refizeram o trajeto, caminhando lentamente, até que chegaram ao pequeno poste que iluminava a esquina de La Ferroviaria. Ela parecia se adiantar um pouco, inclinando o rosto. Enigmática.

— E o que seu marido acha?

— Armando é tão curioso quanto eu.

O dançarino mundano analisou as implicações da palavra curiosidade. Estava pensando no tal Juan Rebenque, parado diante da mesa com pose de valentão perigoso e intratável e na fria arrogância com que ela aceitara o desafio. Também pensava em seus quadris moldados pela leve seda do vestido, oscilando em torno do corpo do malfeitor. "É sua vez", ela dissera, desafiadora, deliberadamente, ao voltar.

— Conheço Pigalle e o resto — disse Max. — Embora, profissionalmente, tenha frequentado outros lugares. Trabalhei até março em um cabaré russo da rue de Liège, em Montmartre: o Sheherezade. Antes passei pelo Kasmet e pelo Casanova. Também pelos chás do Ritz e pelas temporadas de Deauville e Biarritz.

— Ótimo. Tem trabalho de sobra, pelo que estou vendo.

— Não posso me queixar. Devido ao tango, ser argentino está na moda. Ou parece.

— Por que viveu na França e não na Espanha?

— É uma longa história. Talvez a entediasse.

— Duvido.

— Talvez entediasse a mim mesmo.

Ela se deteve. Agora a luz do poste iluminava um pouco mais suas feições. Linhas limpas, confirmou de novo. Extraordinariamente serenas. Mesmo à meia-luz, cada poro daquela mulher transpirava uma classe superior. Até seus gestos mais convencionais pareciam um descuido de um pintor ou de um escultor antigo. A negligência elegante de um maestro.

— Talvez tenhamos nos esbarrado ali alguma vez — disse ela.

— É possível, mas não provável.

— Por quê?

— Como lhe disse no barco: eu lembraria.

Olhava-o com firmeza, sem responder. Um duplo reflexo nas pupilas imóveis.

— Quer saber de uma coisa? — disse ele. — Gosto de como aceita com naturalidade que lhe digam que é linda.

Mecha Inzunza ainda permaneceu em silêncio por um momento, olhando-o como antes. Embora agora parecesse sorrir: uma tênue sombra quebrada pela luz elétrica em um lado da boca.

— Entendo seu sucesso com as mulheres. É um homem charmoso... Não mexe com sua consciência o fato de ter magoado alguns corações, tanto de damas maduras como de jovenzinhas?

— Em absoluto.

— Tem razão. Os homens raramente sentem remorso, se há dinheiro ou sexo no horizonte, e as mulheres, quando há homens envolvidos... Além disso, não somos tão gratas pelas atitudes e pelos sentimentos cavalheirescos como os homens pensam. E muitas vezes o demonstramos nos apaixonando por rufiões e cafajestes grosseiros.

Caminhou até a entrada do armazém e se deteve ali, aguardando, como se jamais tivesse aberto uma porta.

— Me surpreenda, Max. Sou paciente. Capaz de esperar até que me espante.

Esticou a mão para empurrar a porta, recorrendo a todo seu sangue-frio. Se não soubesse que o chofer observava do automóvel, teria tentado beijá-la.

— Seu marido...

— Pelo amor de Deus. Esqueça meu marido.

A recordação da noite passada em La Ferroviaria acompanhava o movimento da navalha pelo queixo do dançarino mundano. Faltava barbear uma porção de espuma na face esquerda quando bateram à porta. Foi abrir sem se preocupar com seu aspecto — estava de calças e sapatos, mas de camiseta e os suspensórios pendiam em suas costas — e ficou imóvel, agarrando a maçaneta, a boca aberta de estupor e incredulidade.

— Bom dia — disse ela.

Estava vestida de maneira adequada para uma manhã: linhas ligeiras e retas, cachecol de bolinhas brancas sobre fundo azul, chapéu *cloche*, aquele em forma de sino, emoldurando seu rosto ovalado. E olhava com ar divertido, quase um sorriso, a navalha que ele sustentava na mão direita. Depois o olhar subiu até encontrar o seu, demorou-se na camiseta ajustada ao corpo, nos suspensórios soltos, no resto de espuma no rosto.

— Talvez esteja sendo inoportuna — acrescentou, com desconcertante calma.

Mas então Max já estava em condições de reagir. Com razoável presença de espírito, murmurou uma desculpa por seu aspecto, pediu que entrasse, fechou a porta, deixou a navalha na bacia, cobriu com a colcha a cama desfeita, e ajeitou os suspensórios e colocou uma camisa sem gola, abotoando-a enquanto tentava pensar a toda pressa e se acalmar.

— Desculpe a desordem. Não podia imaginar...

Ela não voltara a dizer nada e observava como agia, parecendo desfrutar de sua confusão.

— Vim buscar minha luva.

Max pestanejou, tentando entender.

— Sua luva?

— Sim.

Ainda desconcertado, após perceber a que se referia, abriu o guarda-roupa. A luva estava ali, como se fosse um lenço no bolso superior do paletó que havia usado na noite anterior. Este estava pendurado ao lado do terno cinza com colete, calças de flanela e os dois ternos de gala, fraque e smoking, que vestia em seu trabalho; havia também sapatos pretos, meia dúzia de gravatas e meias — naquela manhã cerzira um par com o auxílio de uma cuia de chimarrão —, três camisas brancas e meia dúzia de colarinhos e punhos engomados. Isso era tudo. Pelo espelho da porta do armário percebeu que Mecha Inzunza observava seus movimentos e sentiu vergonha de que visse como seu guarda-roupa era limitado. Ameaçou vestir um paletó para não ficar em manga de camisa, mas viu que ela negava com a cabeça.

— Não é necessário, lhe peço. Está fazendo muito calor.

Depois de fechar o guarda-roupa, aproximou-se da mulher e lhe entregou a luva. Ela a pegou sem nem sequer olhá-lo e ficou com ela na mão, batendo-a suavemente na bolsa de pele de cabra. Permanecia em pé, ignorando deliberadamente a única cadeira, tão serena como no salão de baile de um hotel que tivesse frequentado ao longo de toda sua vida. Olhava em volta e ganhava tempo estudando cada detalhe: o retângulo do sol que a janela depositava nas lajotas rachadas do chão, enquadrando o maltratado baú com etiquetas de linhas marítimas e de algum hotel de terceira classe incluído no contrato; o aquecedor Primus em cima do mármore da cômoda; os utensílios de barbear, a caixinha da pasta de dente e o tubo de brilhantina Stacomb arrumados na bacia. Em cima da mesinha de cabeceira, sob uma lamparina a querosene — na pensão Caboto, a energia elétrica era cortada às onze da noite —, estavam um passaporte da República Francesa, a cigarreira com iniciais alheias, uma caixinha de fósforos do *Cap Polonio* e uma carteira de bolso que — seu conteúdo não estava à vista, pensou Max, aliviado — só continha sete notas de 50 pesos e três de 20.

— Uma luva tem lá sua importância — disse ela. — Não pode ser abandonada sem mais nem menos.

Continuava observando tudo. Depois tirou o chapéu com muita calma enquanto seus olhos, com aparência casual, detinham-se no dançarino mundano. Inclinava, ligeiramente, a cabeça para um lado, e ele admirou mais uma vez a linha longa e elegante de seu pescoço, que parecia ainda mais despido sob os cabelos cortados na altura da nuca.

— Lugar interessante, o de ontem... Armando quer voltar.

Max retornou, com certo esforço, a suas palavras.

— Hoje à noite?

— Não. Hoje temos que ir a um concerto no teatro Colón... está Amanhã bom para você?

— Claro.

Ela se sentou na beira da cama com desembaraço, ignorando a cadeira vazia. Sustentava a luva e o chapéu nas mãos, e imediatamente os colocou de lado, com a bolsa. Sentada, a saia deixava seus joelhos descobertos sob as meias cor de carne que cobriam as pernas esbeltas e longas.

— Certa vez — disse — li alguma coisa sobre luvas de mulher abandonadas.

Parecia realmente pensativa, como se não tivesse refletido sobre isso até então.

— Um par de luvas não é uma luva — acrescentou. — Duas devem ser um esquecimento casual. Uma é...

Deixou a frase no ar, atenta a Max.

— Uma coisa deliberada? — arriscou Max.

— Se uma coisa me agrada em você é que jamais poderei chamá-lo de estúpido.

O dançarino mundano, sem pestanejar, sustentava a determinação dos olhos cor de mel.

— E a mim agrada como me olha — disse, suavemente.

Viu-a franzir o cenho como se analisasse as implicações do comentário. Depois Mecha Inzunza cruzou as pernas e apoiou as mãos, uma em cada lado, em cima da colcha. Parecia incomodada.

— É mesmo...? Ora. Me decepciona. — Havia um pouco de frieza em seu tom. — Isso soa presunçoso, temo. Impróprio.

Dessa vez ele não respondeu. Continuava em pé, imóvel diante da mulher. Aguardando. Depois de alguns instantes, ela encolheu os ombros, indiferente, como uma pessoa que se dá por vencida diante de uma charada absurda.

— Diga-me como o olho — falou.

Max sorriu imediatamente, com aparente simplicidade. Aquele era seu melhor esgar de bom-moço, ensaiado centenas de vezes diante de espelhos de hotéis baratos e pensões mal-afamadas.

— Faz com que sinta pena dos homens que nunca foram olhados assim por uma mulher.

Mal conseguiu dissimular seu desconcerto quando ela ficou em pé, como se estivesse disposta a ir embora. Desesperado, refletiu às pressas para descobrir qual havia sido seu erro. Um gesto ou uma palavra equivocados. Mas Mecha Inzunza, em vez de pegar suas coisas e sair do quarto, deu três passos em sua direção. Max havia esquecido que ainda estava com creme de barbear no rosto; de maneira que se surpreendeu quando a mulher esticou uma das mãos, roçou seu queixo e, pegando um pouco da espuma branca, tocou a ponta de seu nariz.

— Está parecendo um belo palhaço — disse.

Atacaram-se sem mais palavras nem contemplações, com violência, despojando-se de tudo o que atrapalhava a pele e a carne, abrindo caminho no corpo do outro. E, afastando a colcha da cama, somaram o odor da mulher ao do homem que impregnava os lençóis amarrotados durante a noite. Seguiu-se depois um duro combate dos sentidos; um longo choque de urgências e desejos adiados, tenaz, impiedoso, que exigiu de Max todo seu sangue-frio, pois lutava em três frentes simultâneas: precisava manter a calma necessária, controlar as reações da mulher e sufocar seus gemidos, evitando que toda a pensão Caboto soubesse o que estava acontecendo. O retângulo de sol da janela se movera lentamente até enquadrar a cama, e, ofuscados por ele, às vezes ficavam imóveis, a língua, a boca, as mãos e os quadris exaustos, ébrios da saliva e do aroma do outro, reluzentes de suor misturado, indistinto, que parecia camadas de vidro sob aquela luz ofuscante. E em cada ocasião se olhavam muito de perto com olhos desafiadores ou espantados, incrédulos diante do prazer feroz que os atava, recuperando o fôlego à maneira de lutadores em uma pausa do combate, a respiração entrecortada e o sangue martelando nos tímpanos, antes de se atirarem de novo um contra o outro, com a avidez de quem resolve, finalmente, quase com desespero, um complexo assunto pessoal adiado por muito tempo.

Por sua vez, em relâmpagos de lucidez, quando se aferrava a detalhes concretos ou a pensamentos que permitissem, demorando-se neles, manter por mais tempo o controle de si mesmo, Max reteve naquela manhã dois fatos singulares: nos momentos mais intensos, Mecha Inzunza sussurrava obscenidades impróprias a uma senhora; e em sua carne suave e macia, deliciosamente frágil nos lugares adequados, havia manchas azuladas que pareciam marcas de pancadas.

Faz um tempo que as lâmpadas se acenderam em suas lanternas de cartolina e papel, depois de o sol ter se ocultado sobre as encostas que emolduram a Marina Grande de Sorrento. Com essa luz artificial, menos precisa e fiel do que a que acabara de se extinguir atrás do último resplendor violáceo do céu e da margem da água, nas feições da mulher que Max Costa tem em sua frente parecem se esfumar os traços mais recentes. Assim, a suave claridade elétrica que ilumina as mesas da trattoria Stéfano apaga a marca dos anos transcorridos e devolve os antigos traços exatos, de extrema beleza, ao rosto que Mecha Inzunza teve em outros tempos.

— Nunca pude imaginar que o xadrez fosse mudar minha vida dessa maneira — diz ela. — Na realidade, quem a mudou foi meu filho. O xadrez não passa de uma circunstância... Talvez, se ele tivesse sido músico ou matemático, os resultados fossem os mesmos.

Perto do mar, a temperatura ainda é agradável. A mulher está com os braços nus, uma jaqueta creme leve colocada no respaldo da cadeira, e usa um vestido simples de algodão violeta, longo e elegante, que realça sua figura ainda esbelta de uma maneira que parece ignorar, de modo deliberado, a moda das saias curtas e das cores vivas que até mesmo as mulheres de certa idade adotam nos últimos tempos. No pescoço exibe um colar de pérolas, montado em três voltas. Sentado diante dela, Max permanece imóvel, mostrando um interesse que transcende a simples cortesia. Seria necessário um exame minucioso para reconhecer o chofer do Dr. Hugentobler no tranquilo e grisalho cavalheiro que escuta com atenção, ligeiramente inclinado sobre a mesa, diante de uma taça na qual mal molhou os lábios, fiel ao velho hábito: pouco álcool quando estiver tratando de alguma coisa que considere importante. Um homem de maneiras impecáveis com seu blazer transpassado e escuro, calças de flanela cinza, camisa oxford azul pálido e gravata de crochê marrom.

— Ou talvez não os mesmos — continua Mecha Inzunza. — O mundo do xadrez profissional é complexo. Exigente. Requer coisas singulares. Uma forma especial de viver. Condiciona bastante o mundo daqueles que cercam os enxadristas.

Detém-se de novo, pensativa, e inclina a cabeça enquanto passa um dedo — unhas cortadas e bem-cuidadas — pela borda da xícara de café vazia.

— Em minha vida — acrescenta, depois de alguns instantes —, houve situações que foram cortes radicais, viradas que marcaram as etapas seguintes. A morte de Armando durante a guerra foi um desses momentos. Me devolveu certo tipo de liberdade que talvez nem sequer desejasse ou necessitasse. — Interrompe-se, olha para Max e faz um gesto ambíguo, talvez resignado. — Outro momento foi quando descobri que meu filho era uma criança superdotada para o xadrez.

— E, se entendi direito, dedicou sua vida a ele.

Ela afasta a xícara e se inclina um pouco para trás, recostando-se na cadeira.

— Talvez seja um exagero dizê-lo dessa maneira. Um filho é algo impossível de explicar a terceiros. Você não teve nenhum?

Max sorri. Recorda que ela lhe fizera a mesma pergunta em Nice, há quase trinta anos. E ele lhe dera a mesma resposta.

— Não que eu saiba... Por que o xadrez?

— Porque foi a obsessão de Jorge desde que era pequeno. Seu prazer e sua agonia. Imagine ver uma pessoa que você ama profundamente, com toda sua alma, tentando resolver um problema ao mesmo tempo impreciso e complexo. Quer ajudá-lo, mas não sabe como. Procura então alguém que possa fazer por ele o que você não pode. Mestres, auxiliares...

Olha em volta com um sorriso pensativo. Max continua atento a seus gestos e a suas palavras. Mais além, onde fica o pequeno cais de pescadores, as mesas de outro restaurante contíguo, a trattoria Emilia, estão desocupadas, e um garçom que parece entediado conversa na porta com a cozinheira. Um grupo de americanos ri e fala alto no terraço de um terceiro estabelecimento situado na outra ponta da praia, onde, ao fundo, uma jukebox ou uma vitrola toca "Abbronzatissima" na voz de Edoardo Vianello.

— É algo semelhante à mãe de um filho viciado em drogas... Como não consegue afastá-lo do vício, ela mesma resolve lhe fornecer.

Seu olhar se perde mais além de Max e dos barcos de pescadores encalhados na areia, nas luzes distantes que circundam a baía e sobem pela distante ladeira negra do Vesúvio.

— Era insuportável vê-lo sofrer diante de um tabuleiro — continua. — Mesmo agora me sinto mal. A princípio quis evitá-lo. Não sou daquelas mães que pressionam os filhos ao extremo, projetando neles suas próprias ambições. Pelo contrário. Procurei afastá-lo do jogo... Mas, quando me convenci de que seria impossível, que jogava escondido e que isso poderia distanciá-lo de mim, não hesitei.

Lambertucci, o proprietário, aproxima-se para perguntar se estão precisando de alguma coisa, e Max nega com a cabeça. Finja que não me conhece, dissera-lhe quando havia telefonado no meio da tarde para reservar uma mesa. Chegarei às oito, quando o *capitano* já tiver ido embora. Guarde o xadrez. Para todos os efeitos, não estive mais de um par de vezes em seu restaurante. Por isso, nada de intimidades hoje à noite. Quero jantar discreta e tranquilamente: massa com vôngole de entrada, peixe fresco na grelha, vinho branco de boa qualidade e gelado, e que seu sobrinho não apareça com o violão, como costuma acontecer, destruindo "O sole mio". O resto lhe conto algum dia. Ou talvez não.

— Quando o punha de castigo — continua contando Mecha Inzunza —, entrava às vezes em seu quarto e o encontrava imóvel na cama, olhando para cima. Me dei conta de que não precisava ver as peças. Jogava com a imaginação, usando o teto como tabuleiro... Por isso fiquei ao seu lado, com todos os meios de que dispunha.

— Como era na infância...? Li que começou a jogar muito cedo.

— A princípio era uma criança nervosa. Muito. Chorava desconsolado quando cometia um erro e perdia. Primeiro eu e depois os professores tivemos que obrigá-lo a pensar antes de mover as peças. Já despontava o que mais tarde seria seu estilo de jogador: elegante, brilhante e rápido, sempre disposto a sacrificar peças quando atacava.

— Outro café? — sugere Max.

— Sim, obrigada.

— Em Nice você vivia de café e cigarro.

A mulher sorri de um modo vago. Indolente.

— São os únicos velhos hábitos que ainda conservo. Embora agora mais moderadamente.

Lambertucci atende ao pedido com expressão inescrutável e uma correção um pouco exagerada, olhando a mulher de soslaio. Parece aprovar sua aparência, pois pisca um olho dissimuladamente antes de se instalar ao lado do garçom e da cozinheira da outra trattoria, conversando sobre suas coisas. De vez em quando se vira um pouco e Max penetra no que está pensando: o que o velho pirata estará planejando para esta noite? Insolitamente elegante, como se não desse importância, e acompanhado.

— Costumam achar que o xadrez consiste de improvisações geniais — diz Mecha Inzunza —, mas não é verdade. Requer métodos científicos, explorar todas as situações possíveis procurando novas ideias... Um grande jogador conhece os movimentos de milhares de partidas próprias e alheias, que tenta aperfeiçoar com novas aberturas e variações, estudando seus predecessores, com os quais aprende idiomas ou cálculos algébricos. Para isso se apoia em uma equipe de auxiliares, preparadores e analistas, como mencionei hoje de manhã. De acordo com o momento, Jorge se cerca de vários. Um é seu mestre, Emil Karapetian, que sempre nos acompanha.

— O russo também tem auxiliares?

— De todo tipo. Imagine que até um funcionário da embaixada soviética em Roma o acompanha. Para os soviéticos, o xadrez é uma questão de Estado.

— Ouvi dizer que ocupam um edifício de apartamentos inteiro, perto do jardim do hotel. E que há na equipe até agentes da KGB.

— Não se surpreenda. O séquito de Sokolov chega a duzentas pessoas, embora o Prêmio Campanella seja apenas uma disputa que antecede o campeonato mundial... Dentro de alguns meses, em Dublin, Jorge disporá de quatro ou cinco analistas e assistentes pessoais. Calcule quantas pessoas os russos levarão.

Max bebe um gole de sua taça.

— Quantos vocês são?

— Aqui somos três, contando comigo. Além de Karapetian, Irina nos acompanha.

— A garota...? Achei que era namorada de seu filho.

— E é. Mas também uma extraordinária jogadora de xadrez. Tem 24 anos.

Max reagiu como se fosse a primeira vez que ouvia falar da garota.

— Russa?

— Seus pais são iugoslavos, mas nasceu no Canadá. Fez parte da equipe canadense nas olimpíadas de Tel Aviv e está entre as 12 melhores jogadoras do mundo. Tem o título de grande mestre. Ela e Emil Karapetian formam o núcleo duro da nossa equipe de analistas.

— E acha que é uma boa nora?

— Poderia ser pior. — A mulher responde, impassível, sem entrar no jogo proposto pelo sorriso de Max. — É uma garota complicada, como todos os enxadristas. Com coisas na cabeça que eu e você não teremos nunca... Mas ela e Jorge se entendem bem.

— É boa como ajudante, analista ou como se chame?

— Sim. Muito.

— E qual é a impressão do mestre Karapetian?

— Boa. A princípio teve ciúmes e latia como um cachorro defendendo seu osso. Uma menina, grunhia. Essas coisas. No entanto, ela é esperta. Soube enfiá-lo no bolso.

— E a você?

— Ah, comigo é diferente. — Mecha Inzunza termina o resto do seu café. — Eu sou a mãe, entende?

— Claro.

— O meu papel é olhar de longe. Atenta, mas distante.

Ouvem-se as vozes dos americanos que passam por trás de Max e se afastam em direção à rampa da muralha que leva à parte alta de Sorrento. Depois tudo fica em silêncio. A mulher olha pensativa para a toalha com quadrículos brancos e vermelhos, de uma maneira que recorda um jogador diante de um tabuleiro.

— Existem coisas que eu não posso dar a meu filho — acrescenta de repente, levantando a cabeça. — E não se trata apenas de xadrez.

— Até quando?

Até quando ele quiser, ela responde, sem vacilar. Enquanto Jorge precisar que esteja por perto. Quando chegar o momento de terminar, espera se dar conta a tempo e se afastar discretamente, sem dramas. Tem uma casa confortável em Lausanne, cheia de livros e discos. Uma biblioteca e uma vida de algum modo protelada, mas que preparou durante todos esses anos. Um lugar onde poderá envelhecer em paz quando chegar o momento.

— Isso ainda está muito longe, posso afirmar.

— Você sempre foi um adulador, Max... Um patife elegante e um mentiroso charmoso.

Ele inclina a cabeça, como se o elogio maldoso o incomodasse em excesso. O que dizer diante disso?, responde sua expressão de homem do mundo. Em nossa idade.

— Li há muito tempo uma coisa — acrescenta ela — que me fez pensar em você. Vou lhe dizer de cabeça, mas era mais ou menos isso: "Os homens acariciados por muitas mulheres cruzarão o vale das sombras com menos sofrimentos e menos medo..." O que você acha?

— Pura retórica.

Silêncio. Ela agora estuda as feições do homem como se tentasse reconhecê-lo apesar delas. Seus olhos brilham suavemente com a luz das lanternas de papel.

— É verdade que você nunca se casou, Max?

— Isso teria limitado minha capacidade de cruzar o vale das sombras quando me couber.

A gargalhada de Mecha, espontânea e vigorosa como a de uma garota, leva Lambertucci, o garçom e a cozinheira, que continuam conversando na trattoria vizinha, a virar a cabeça.

— Maldito farsante. Você sempre foi bom nesse tipo de resposta... Capaz de se apropriar do que é alheio com rapidez.

Ele toca os punhos da camisa para se assegurar de que as mangas do paletó se sobressaem de maneira adequada. Detesta o hábito moderno de exibir quase o punho inteiro, como também as cinturas apertadas, as gravatas escandalosas, as camisas com colarinho de ponta longa e as calças justas com boca larga.

— É verdade que você pensou em mim alguma vez ao longo de todos esses anos?

Faz a pergunta olhando as íris douradas da mulher. Esta inclina ligeiramente a cabeça, sem parar de observá-lo.

— Confesso que sim. Vez ou outra.

Max recorre ao mais eficaz de seus recursos: o sorriso branco, de aparência espontânea, que em outros tempos animava seu rosto com efeitos devastadores conforme o temperamento das destinatárias.

— Para além do tango da Velha Guarda?

— Claro.

A mulher assentiu com um movimento de cabeça e um tênue sorriso nos lábios, aceitando o jogo. Isso deixa Max um pouco mais corajoso e o leva a usufruir da sorte como se fosse um toureiro que, com o público a seu favor, prolongasse o embate. O pulso bate em um bom ritmo em suas velhas artérias, decidido e firme como nos longínquos tempos de aventuras; com um pouco de euforia otimista semelhante a que proporcionam, depois de uma noite maldormida, duas aspirinas engolidas com um café.

— No entanto — argumenta com calma absoluta —, esta é apenas a terceira vez que nos encontramos: no *Cap Polonio* e em Buenos Aires, em 1928, e em Nice, nove anos depois.

— É possível que tenha tido sempre uma fraqueza pelos canalhas.

— Eu não passava de um jovem, Mecha.

O gesto com o qual acompanha a resposta é outro excelente curinga de seu repertório: uma inclinação de cabeça, cheia de modéstia, acompanhada por um movimento negligente da mão esquerda que pretende afastar o que é supérfluo. Que é tudo aquilo que o cerca, exceto a mulher que está diante dele.

— Sim. Um jovem e elegante canalha, como disse. Vivia disso.

— Não — protesta ele, cortês. — Isso me ajudava a viver, o que não é a mesma coisa... Foram tempos difíceis. No fundo, todos o são.

Disse isso olhando o colar, e Mecha Inzunza percebe.

— Está lembrado?

Max elabora um gesto de cavalheiro ofendido ou muito perto de estar.

— Lembro, naturalmente.

— Deveria, sem dúvida. — Ela toca por um instante as pérolas. — É o mesmo de Buenos Aires... O que acabou indo parar em Montevidéu. O de sempre.

— Não poderia esquecê-lo. — O antigo dançarino mundano se detém em uma pausa melancólica apropriada. — Continua magnífico.

Agora ela parece não prestar atenção, mergulhada em suas próprias lembranças.

— Aquela história de Nice... Como você me usou, Max...! E como fui tola. Sua segunda trapaça me custou a amizade de Suzi Ferriol, entre outras coisas. E não voltei a saber de você. Nunca mais.

— Estavam me procurando, lembre-se. Tinha que partir. Aqueles homens mortos... Teria sido uma loucura ficar ali.

— Me lembro muito bem. De tudo. A ponto de compreender que isso foi para você um pretexto perfeito.

— Você se engana. Eu...

Agora é ela quem levanta uma das mãos.

— Não continue por esse caminho. Estragaria este jantar agradável.

Prolongando o gesto, estica com naturalidade a mão por cima da mesa e toca o rosto de Max, roçando-o só por um momento. Instintivamente, ele desliza um beijo suave em seus dedos, enquanto ela a retira.

— Meu Deus... É verdade. Você era a mulher mais linda que jamais havia visto.

Mecha Inzunza abre a bolsa, tira um maço de Muratti e coloca um cigarro na boca. Inclinando-se sobre a mesa, Max o acende com o Dupont de ouro que há alguns dias estava no escritório particular do Dr. Hugentobler. Ela exala a fumaça e se encosta na cadeira.

— Não seja idiota.

— E continua linda — insiste ele.

— Não seja ainda mais idiota. Se olhe. Nem você é mais o mesmo.

Agora Max é sincero. Ou talvez pudesse sê-lo.

— Em outras circunstâncias, eu...

— Tudo foram casualidades. Em outras circunstâncias, você não teria tido a menor chance.

— De quê?

— Você sabe de quê. De se aproximar de mim.

Uma pausa muito longa. A mulher evita os olhos de Max e fuma olhando as lanternas, as casas de pescadores que se erguem ao longo da praia, as pilhas de redes e os barcos encalhados na penumbra da margem.

— Seu primeiro marido, sim, era um canalha — diz ele.

Mecha Inzunza demora a responder: duas tragadas no cigarro e um longo silêncio.

— Deixe-o em paz — responde, finalmente. — Armando morreu há quase trinta anos. E era um compositor extraordinário. Além do mais, se limitou a me dar o que eu desejava. Como eu faço com meu filho, de certa forma.

— Sempre tive certeza de que a...

— Corrompeu...? Não diga besteiras. Tinha seus gostos, naturalmente. Peculiares, às vezes. Mas nada me obrigava a participar desse jogo. Eu tinha os meus. Em Buenos Aires, como em todos os lugares, fui dona absoluta de meus atos. E recorde que em Nice ele não estava mais comigo. Havia sido morto na Espanha. Ou estavam prestes a matá-lo.

— Mecha...

Ele colocou a mão sobre a que a mulher apoia na toalha. Ela a retira lentamente, sem violência.

— Nem lhe ocorra, Max. Se disser que fui o grande amor da sua vida, me levanto e vou embora.

5. Uma partida adiada

— Não é a cidade que eu imaginava — disse Mecha.

Fazia calor, intensificado pela proximidade do Riachuelo. Max havia tirado o chapéu para refrescar o couro úmido e caminhava com ele em uma das mãos, a outra enfiada pela metade no bolso do paletó. Seus passos e os da mulher às vezes coincidiam, aproximando-os até se tocarem por um momento, antes de se afastar de novo.

— Há muitas Buenos Aires — disse ele. — Embora em essência sejam duas: a do êxito e a do fracasso.

Haviam almoçado perto de La Ferroviaria, na pensão El Puentecito, a 15 minutos de automóvel da pensão Caboto. Antes, ao descerem do Pierce-Arrow — o silencioso Petrossi continuava ao volante e nem uma vez olhara para Max pelo retrovisor —, Mecha e o dançarino mundano tomaram um aperitivo em um botequim que ficava perto da estação de trem, apoiados em um balcão de mármore sob uma grande fotografia do Sportivo Barracas e um cartaz com a recomendação *Roga-se ordem, educação e não cuspir no chão*. A mulher tomara um refresco de romã com água com gás e ele um vermute Cora com gotas de Amer Picon; beberam cercados por olhares curiosos e vozes em espanhol e italiano de homens com correntes de cobre nos paletós, que jogavam murrinha, fumavam e aliviavam a garganta cuspindo nas escarradeiras. Foi ela quem insistiu depois que Max a levasse ao modesto restaurante onde seu pai reunia a família aos domingos; aquele que mencionara na noite anterior. Uma vez ali, Mecha pareceu desfrutar a travessa de raviólis e o churrasco na chapa acompanhados por, seguindo o conselho de um esperto garçom galego, meia garrafa de vinho de Mendoza, áspero e cheiroso.

— Fazer amor me dá fome — dissera ela, serena.

Olharam-se longamente durante o almoço, cansados e cúmplices, sem outra referência explícita ao que acontecera na pensão da avenida Almirante Brown. Mecha, muito desenvolta — exibia um domínio absoluto de si mesma, percebeu Max, com espanto —, e o dançarino mundano refletindo sobre as consequências que aquilo teria no presente e no futuro de ambos. Continuou pensando nisso durante o resto do almoço, amparado em sua rotina de maneiras corretas e extrema cortesia, embora às vezes se distraísse com os cálculos, estremecido em seu âmago pela recordação viva, tão intensa e recente, da carne suave e morna da mulher que o observava por cima do copo que levava aos lábios. Pensativa, como se estudasse com renovada curiosidade o homem que estava na sua frente.

— Gostaria de dar um passeio pelo Riachuelo — dissera ela mais tarde.

Quis caminhar um pouco pelas proximidades de La Boca, fez Petrossi parar, e agora os dois caminhavam pela margem norte da Vuelta de Rocha, seguidos pelo automóvel que, com o calado chofer ao volante, rodava lentamente pelo lado esquerdo da rua. Ao longe, mais além do casco de madeiras pretas e rodas de proa desnudas de um velho veleiro meio afundado perto da margem — Max recordava ter brincado nele quando era pequeno —, alçava-se a elevada estrutura da ponte Avellaneda.

— Eu lhe trouxe um presente — disse ela.

Havia colocado um pacotinho nas mãos de Max. Um estojo pequeno e alongado, ele constatou quando desfez o embrulho. Uma caixinha de couro com um relógio de pulso: um esplêndido Longines quadrado, de ouro, com números romanos e ponteiro de segundos.

— Por quê? — quis saber.

— Um capricho. Eu o vi na vitrine de uma loja da rua Florida e me perguntei como ficaria em seu pulso.

Ajudou-o a acertar os ponteiros, dar corda e ajustá-lo. Ficou bem, disse Mecha. Muito bem, sem dúvida, com a pulseira de couro e a fivela de ouro no pulso bronzeado do dançarino mundano. Uma peça distinta, própria de Max. Própria de você, insistiu ela. Tem as mãos apropriadas para usar relógios como esse.

— Suponho que não seja a primeira vez que uma mulher lhe dá alguma coisa de presente.

Olhava-a, impassível. Simulando indiferença.

— Não sei... Não me lembro.

— Naturalmente. Eu não o perdoaria se lembrasse.

Havia botequins e armazéns perto da margem, alguns de clientela suspeita à noite. Embaixo da aba curta do chapéu em forma de sino que emoldurava seu rosto, Mecha observava os homens ociosos em manga de camisa, colete e gorro, sentados às mesas diante das portas ou nos bancos da praça, ao lado de carruagens puxadas por cavalos e caminhonetes estacionadas. Em lugares como aquele, Max ouvira dizer em sua casa anos antes, aprendia-se a filosofia dos povos: italianos melancólicos, judeus receosos, alemães grosseiros e persistentes, espanhóis ébrios de inveja e altivez homicida.

— Ainda descem dos barcos como desceu meu pai — disse. — Dispostos a realizar seus sonhos... Muitos ficam pelo caminho, apodrecendo como a madeira desse barco preso no lodo. A princípio mandam dinheiro para a mulher e os filhos que deixaram nas Astúrias, na Calábria, na Polônia... Por fim, a vida os apaga pouco a pouco, desaparecem. Envelhecem na miséria de uma taverna ou de um bordel barato. Sentados a uma mesa, sozinhos, diante de uma garrafa que nunca pergunta nada.

Mecha observava quatro lavadeiras que caminhavam em sua direção com enormes cestos de roupa úmida: rostos prematuramente envelhecidos e mãos carcomidas pelo sabão e pelos esfregões. Max teria conseguido dar um nome e uma história a cada uma delas. Esses mesmos rostos e mãos, ou outros idênticos, haviam acompanhado sua infância.

— As mulheres, pelo menos as de boa aparência, têm a possibilidade de se ajeitar melhor — acrescentou. — Durante certo tempo, claro. Antes de se transformarem em mães de família murchas, as mais afortunadas. Ou através do tango, as menos... Ou as mais, conforme se olhe.

O último comentário a levara a se virar para olhá-lo com renovada atenção.

— Há muitas prostitutas?

— Imagine. — Max fez um gesto que abarcava o entorno. — Uma terra de imigrantes, onde a maior parte deles são homens sozinhos. Existem organizações especializadas em trazer mulheres da Europa... A mais importante é hebreia, a Zwi Migdal, focada em russas, romenas e polonesas... Compram mulheres por 2 ou 3 mil pesos e recuperam o investimento em menos de um ano.

Ouviu a risada de Mecha. Seca, sem humor.

— Quanto pagariam por mim?

Ele não respondeu e deram mais alguns passos em silêncio.

— O que você espera do futuro, Max?

— Continuar vivo o maior tempo possível, suponho. — Encolheu os ombros, sincero. — Ter o que preciso.

— Não será sempre jovem e charmoso. E a velhice?

— Não me preocupa. Tenho coisas de que me ocupar antes.

Olhou-a de soslaio: caminhava observando tudo, a boca ligeiramente entreaberta, quase com expressão de surpresa diante da novidade de tudo o que via. Mostrava-se, concluiu Max, atenta como um caçador com o surrão preparado, como se pretendesse registrar em sua memória cada cena de uma maneira indelével: as casas de tijolo e madeira com teto de metal, pintadas de verde e azul, que ladeavam uma ferrovia com os trilhos cobertos de ferrugem; as madressilvas que assomavam dos pátios pelas cercas e muros coroados com cascos de garrafas quebradas; as bananeiras e as corticeiras com suas flores vermelhas que aqui e acolá coloriam a rua. Ela se movimentava lentamente entre tudo isso, estudando cada detalhe com olhos curiosos, mas atitude indolente; tão natural em seus movimentos como quando três horas antes passeara sem roupa pelo quarto de Max, tranquila como uma rainha em sua alcova. Com o retângulo do sol da janela, que sublinhava contra a luz as linhas alongadas de seu corpo elegante, espantoso e flexível, dourando-lhe a penugem suave e encaracolada do meio das coxas.

— E você? — perguntou Max. — Tampouco será sempre jovem e bela.

— Eu tenho dinheiro. Já tinha antes de me casar... Agora é dinheiro velho, habituado a ele mesmo.

Não vacilara na resposta: tranquila, objetiva. Rematou essas palavras com uma careta de desdém.

— Você se espantaria se soubesse como ter dinheiro simplifica as coisas.

Ele começou a rir.

— Posso fazer ideia.

— Não. Duvido que possa.

Afastaram-se para abrir caminho a um entregador de gelo. Caminhava encurvado pelo peso de uma enorme e gotejante barra, apoiada no ombro coberto por uma proteção de borracha.

— Você tem razão — disse Max. — Não é fácil calçar os sapatos das pessoas ricas.

— Armando e eu não somos pessoas ricas. Somos apenas gente de bem.

Max refletiu sobre a diferença. Haviam parado ao lado de uma grade que acompanhava a calçada, seguindo a linha da curva de Rocha. Olhou para trás e constatou que o eficiente Petrossi também havia parado o automóvel um pouco mais longe.

— Por que você se casou?

— Ah, bem. — Ela olhava os barcos, as gabarras e a estrutura gigantesca da ponte Avellaneda. — Armando é um homem interessantíssimo... Quando o conheci, já era um compositor famoso. A seu lado poderia viver um turbilhão de emoções. Amigos, espetáculos, viagens... Teria feito isso mais cedo ou mais tarde, claro. Mas ele me permitiu que o fizesse antes do que previra. Sair de casa e me abrir para a vida.

— Você o amava?

— Por que fala no tempo passado? — Mecha continuava olhando a ponte. — De qualquer forma, é uma pergunta estranha, vindo de um dançarino de hotéis e transatlânticos.

Max tocou o couro do chapéu. Já estava seco. Colocou-o de novo na cabeça, a aba ligeiramente inclinada sobre o olho direito.

— Por que eu?

Ela havia acompanhado seus movimentos, observando-os como se tivesse interesse em cada detalhe. Aprovando. Ao ouvir a pergunta de Max, seus olhos faiscaram, divertidos.

— Soube que você tinha uma cicatriz antes de vê-la.

Pareceu prestes a sorrir diante do desconcerto masculino. Algumas horas antes, sem perguntas nem comentários, Mecha havia acariciado aquela marca de sua pele pousando os lábios nela, lambendo as gotas de suor que faziam brilhar seu torso nu sobre a cicatriz do disparo que o atingira sete anos antes, enquanto subia a duras penas com seus camaradas pela ladeira de uma colina, entre pedras e arbustos onde se desfazia a névoa do amanhecer de um Dia de Finados.

— Existem homens que têm coisas no olhar e no sorriso — acrescentou Mecha depois de um instante, como se ele merecesse uma explicação. — Homens que carregam uma mala invisível, cheia de coisas densas.

Olhava agora seu chapéu, o nó da gravata, o botão central do paletó abotoado. Aferindo.

— Além disso, você é bonito e tranquilo. Diabolicamente charmoso...

Por algum motivo que não entendia, parecia gostar de que não abrisse a boca nesse momento.

— Gosto dessa sua cabeça fria, Max — acrescentou. — De certa maneira, muito parecida com a minha.

Ainda ficou olhando para ele por um instante, ensimesmada. Muito firme e imóvel. Depois levantou a mão e acariciou seu queixo, sem se importar, aparentemente, que Petrossi a visse do automóvel.

— Sim — concluiu. — Gosto dessa minha incapacidade de confiar em você.

Voltou a caminhar e Max a acompanhou, mantendo-se a seu lado enquanto tentava assimilar tudo aquilo. Esforçando-se para reduzir seu próprio desconforto a limites razoáveis. Passaram ao lado de um ancião que rodava a manivela de um velho realejo Rinaldi; moía os compassos de "El choclo" enquanto o cavalo que puxava o carrinho vertia um denso jato de urina espumosa nas pedras da calçada.

— Voltaremos depois de amanhã à La Ferroviaria?

— Se seu marido quiser, sim.

O tom dela era diferente. Quase frívolo.

— Armando está entusiasmado... Ontem à noite, quando voltamos para o hotel, só falava disso; ficou até muito tarde de pijama, sem conseguir dormir, tomando nota, enchendo cinzeiros e cantarolando coisas. Poucas vezes o vejo assim... "O palhaço do Ravel vai comer seu bolero com maionese", dizia, rindo... Está muito chateado com o compromisso desta tarde no teatro Colón. A Associação Patriótica Espanhola, ou alguma coisa parecida, está promovendo um concerto em sua homenagem. E, para terminar a noite, uma festa em um cabaré de luxo chamado Folies Bergère, me parece. E a rigor. Imagine o horror.

— Você irá com ele?

— Naturalmente. Não é uma coisa a que se vá sozinho, com todas essas piranhas empoadas de Garden Court rondando por perto.

Iriam se encontrar no dia seguinte, acrescentou depois de um momento. Se Max não tivesse outros compromissos, poderiam mandar o automóvel pegá-lo na avenida Almirante Brown por volta das sete da noite. Tomar um aperitivo na Richmond, por exemplo, e jantar em algum lugar simpático do centro. Haviam lhe falado de um restaurante elegante e muito moderno, Las Violetas, se não lhe falhava a memória. E de outro situado em um prédio da rua Florida, sobre a passagem Güemes.

— Não é necessário. — Max não tinha interesse em se ver ao lado de Armando de Troeye em um terreno difícil e em conversa interminável. — Irei encontrá-los no Palace e iremos diretamente a Barracas... Tenho coisas a fazer no centro.

— Desta vez você me deve um tango. A mim.

— Claro.

Iam atravessar a rua, mas pararam quando a suas costas repicou o sino de um bonde. Este passou com estrépito, com seu trole deslizando pelos cabos elétricos pendentes de postes e edifícios: longo, verde e vazio, à exceção do motorneiro e do cobrador uniformizado que os olhou da plataforma.

— Vejo uma lagoa escura no que se refere a sua vida, Max... Essa cicatriz e o resto. Como você chegou a Paris e saiu de lá.

Assunto incômodo, decidiu ele. Mas talvez ela tivesse direito. De perguntar, pelo menos. E não o fizera até então.

— Não há nenhum grande segredo nisso. Você viu a cicatriz... Levei um tiro na África.

Não se mostrou surpresa. Como se achasse muito normal um dançarino de salão levar um tiro.

— Por que você estava lá?

— Lembre-se de que fui soldado durante um tempo.

— Havia soldados em muitos lugares, imagino. Por que você estava nesse?

— Creio que já lhe contei alguma coisa no *Cap Polônio*... Foi por ocasião do desastre de Annual, no Rif. Depois de tantos milhares de mortos, precisavam de carniça.

Por um brevíssimo instante, Max avaliou se seria possível resumir em uma dúzia de palavras conceitos tão complexos como incerteza, horror, morte e medo. Obviamente, não seria.

— Achei que tinha matado um homem — concluiu em tom neutro — e me alistei na Legião... Depois fiquei sabendo que não havia morrido, mas não tinha mais remédio.

— Uma briga?

— Algo assim.

— Por uma mulher?

— Não foi tão novelesco. Ele me devia dinheiro.

— Muito?

— O suficiente para lhe cravar sua própria navalha.

Viu que as íris douradas faiscavam. De prazer, talvez. Desde uma hora antes, Max achava que conhecia aquele brilho.

Entrefechou as pálpebras rememorando a luz violenta dos pátios e das ruas de Barcelona, o medo de dar de cara com um policial, e receio até de sua própria sombra, o cartaz grudado na parede do número nove de Prats de Molló: *Aos que a existência decepcionou, aos sem trabalho, aos que vivem sem horizonte nem esperança. Honra e bom proveito.*

— Pagavam 3 pesetas por dia de trabalho — resumiu. — E, se mudar de identidade, ali um homem está a salvo.

Mecha entreabria de novo a boca, ávida como antes. Curiosa.

— Que coisa maravilhosa... Você se alista e vira outro?

— Algo assim.

— Você devia ser muito jovem.

— Menti minha idade. Não me pareceu que dessem muita importância a isso.

— Gostei do sistema. Admitem mulheres?

Depois se interessou pelo resto de sua vida, e Max mencionou, sucintamente, algumas das etapas que o haviam levado ao salão de baile do *Cap Polonio*: Orán, o Vieux Port de Marselha e os cabarés baratos de Paris.

— Quem foi ela?

— Ela?

— Sim. A amante que lhe ensinou a dançar tango.

— Por que você acha que foi uma amante e não uma professora de dança?

— Existem coisas que são óbvias... Maneiras de dançar.

Ficou calado por um tempo, analisando aquilo, e então acendeu um cigarro e falou um pouco de Boske. O imprescindível. Em Marselha, havia conhecido uma bailarina húngara que depois o levou a Paris. Ela lhe comprou um fraque e atuaram juntos como casal de dançarinos no Le Lapin Agile e em outros lugares de baixa categoria, durante algum tempo.

— Bela?

A fumaça do tabaco tinha um gosto amargo, e Max atirou imediatamente o cigarro na água oleosa do Riachuelo.

— Sim. Também durante algum tempo.

Não contou mais nada, embora as imagens se sucedessem em sua memória: o corpo esplêndido de Boske, seus cabelos cortados à Louise Brooks, o belo rosto emoldurado por chapéus de palha ou feltro, sorrindo nos divertidos cafés de Montparnasse; ali onde, afirmava ela com insólita ingenuidade, haviam sido abolidas as classes sociais. Sempre provocativa e sensual em seu francês de voz rouca e gíria marselhesa, disposta a tudo, dançarina, modelo eventual, sentada diante de um *café-crème* ou de um copo de genebra barata em alguma das cadeiras de vime do terraço do Dôme ou de La Closerie de Lilas, em meio a turistas americanos, escritores que não escreviam e pintores que não pintavam. *"Je danse et je pose"*, costumava dizer em voz alta, como se apregoasse seu corpo à procura de uma oportunidade de pincéis e fama. Tomando o café da manhã à uma da tarde — raramente ela e Max se deitavam antes do amanhecer — em seu lugar favorito, o Chez Rosalie, onde costumava encontrar amigos húngaros e poloneses que lhe conseguiam ampolas de morfina. Sempre farejando ao redor — e calculando avidamente — de homens bem-vestidos e de mulheres cheias de joias, de casacos de pele fina e de automóveis luxuosos que circulavam pelo bulevar; da mesma maneira que olhava todas as noites para os clientes do medíocre cabaré onde ela e Max dançavam o tango elegante, de seda e gravata branca, ou o apertado tango apache de camiseta listrada e meias de malha negra. Ela sempre à espera do rosto adequado e da palavra definitiva. Da oportunidade que jamais chegou.

— E o que aconteceu com essa mulher? — Quis saber Mecha.

— Ficou para trás.

— Muito atrás?

Ele não respondeu. Mecha continuava estudando, avaliando.

— Como conseguiu abrir caminho e chegar aos ambientes da alta sociedade?

Max voltava bem devagar a Buenos Aires. Seus olhos enfocaram de novo as ruas de La Boca que morriam na pracinha, perto do Riachuelo e da ponte Avellaneda; o rosto de mulher que o olhava, inquisidor, surpreso talvez pela expressão que nesse instante crispava o seu. O dançarino mundano pestanejou como se o resplendor do dia o incomodasse tanto como a claridade lacerante de Barcelona, de Melilla, de Orán ou de Marselha. Aquela luminosidade portenha feria a vista, ofuscando sua retina impressa por outra luz mais turva e antiga, com Boske deitada na cama desarrumada, o rosto virado para a parede. Suas costas nuas e brancas, imóveis na penumbra cinza de uma aurora suja como a vida. E Max fechando a porta sobre essa imagem, em silêncio, como se deslizasse às escondidas a tampa de um ataúde.

— Em Paris as coisas não são difíceis — limitou-se a acrescentar. — Ali a sociedade se mistura muito. Gente endinheirada frequenta lugares suspeitos... Como você e seu marido em La Ferroviaria.

— Ora. Não sei o que achar disso.

— Tive um amigo na África — continuou ele, sem se alterar com a objeção. — Também o mencionei no navio.

— O aristocrata russo com um nome imenso...? Me lembro. Você disse que morreu.

Assentiu, quase com alívio. Era mais fácil falar disso do que de Boske seminua no nublado amanhecer da rue Furstenberg, do último olhar de Max para a seringa, as ampolas quebradas, os copos, as garrafas e os restos de comida em cima da mesa, a imagem suja tão próxima do remorso. Aquele amigo russo, disse, afirmava que havia sido oficial tsarista. Esteve com o Exército Branco até a retirada da Crimeia, e dali foi para a Espanha, onde se alistou na Legião depois de uma história de jogo e dinheiro. Era um sujeito peculiar: altivo, elegante, gostava muito de mulheres. Havia ensinado boas maneiras a Max, dando-lhe uma primeira demão do verniz adequado — as maneiras corretas de fazer o nó da gravata, como dobrar um lenço de bolso, a variedade exata de tira-gostos, das anchovas ao caviar, que devia acompanhar uma vodca gelada. Era engraçado, dissera certa vez, transformar um sujeito da ralé em um homem que pudesse se passar por cavalheiro.

— Tinha parentes exilados em Paris, onde alguns ganhavam a vida como porteiros de hotéis e taxistas. Outros conseguiram salvar seu dinheiro; entre eles, um primo, dono de cabarés onde se dançava tango. Um dia fui ver o primo, consegui trabalho e as coisas passaram a andar melhor. Consegui comprar roupa adequada, viver de maneira razoável e viajar um pouco.

— E o que aconteceu com seu amigo russo...? Como morreu?

Desta vez as recordações de Max não eram sombrias. Não, pelo menos, de maneira convencional. Torceu a boca com tristeza cúmplice recordando a última vez que vira o segundo-cabo legionário Dolgoruki-Bagration: trancado com três putas e uma garrafa de conhaque no melhor quarto do bordel de Tauima, para empreender, assim que acabasse com uma e outras, a última aventura de sua vida.

— Estava entediado. Deu um tiro nele mesmo porque estava entediado.

Sentado no pequeno terraço do bar Ercolano, embaixo das palmeiras da praça e do relógio do Círculo Sorrentino, usando os óculos de leitura, Max lê os jornais. É metade da manhã, hora de máxima atividade no bairro velho, e às vezes o ruído próximo de um cano de escapamento obriga-o a interromper a leitura e olhar em volta. Hoje ninguém diria que a temporada turística deu seus últimos suspiros: o terraço do Fauno, do outro lado da rua, está com todas as mesas ocupadas para o aperitivo, a embocadura da rua

San Cesareo está animada pelas barracas de peixe, frutas e verduras, e Fiats, Vespas e Lambrettas circulam em ruidosos enxames ao longo do *corso* Italia. Apenas as charretes estão imóveis à espera de turistas, enquanto os entediados cocheiros conversam em grupo, fumam e olham as mulheres que passam diante da estátua de mármore do poeta Torquato Tasso.

Il Mattino traz uma ampla reportagem sobre o duelo Keller-Sokolov. Várias das partidas previstas já foram disputadas. A última terminou empatada; e isso, aparentemente, favorece o jogador russo. De acordo com o que Lambertucci e o *capitano* Tedesco disseram a Max, cada partida vencida vale um ponto e cada adversário ganha meio ponto quando termina empatada, ou seja, Sokolov tem agora dois pontos e meio e Keller um e meio. Uma situação incerta, concordam os jornalistas especializados. Max está há algum tempo lendo tudo isso com muito interesse, embora evite as explicações técnicas publicadas sob estranhos nomes como aberturas espanholas, variantes Petrosian e defesas nimzoíndias. Isso lhe interessa menos do que as circunstâncias em que se desenvolve a competição. *Il Mattino* e os outros jornais insistem em mencionar a tensão que cerca o duelo, devida menos aos 50 mil dólares que o vencedor receberá do que às circunstâncias políticas e diplomáticas. Segundo Max acaba de ler, o título de campeão mundial está há duas décadas em poder de grande mestres da União Soviética, onde, desde a revolução bolchevique, o xadrez é um esporte nacional — 50 milhões de adeptos em 200 e tantos milhões de habitantes, detalha um dos artigos — e instrumento de propaganda no exterior. Cada torneio conta com o apoio de todos os recursos do Estado. Isso significa, observa um dos comentaristas, que Moscou está apostando todas as suas fichas no Prêmio Campanella. Sobretudo porque é exatamente Jorge Keller quem disputará dentro de cinco meses o título mundial pertencente a Sokolov — informal heterodoxia capitalista contra rigorosa ortodoxia soviética —, partida que está sendo considerada, depois do prólogo apaixonante que é o duelo de Sorrento, o combate enxadrístico do século.

Max bebe um gole de negroni, vira as páginas do jornal e dá uma olhada superficial nas manchetes: os Beatles estão pensando em se separar, o roqueiro francês Johnny Halliday tentou suicídio, a minissaia e os cabelos compridos revolucionam a Inglaterra... A seção de política internacional menciona outros tipos de revoluções: a Guarda Vermelha continua sacudindo Pequim, nos Estados Unidos os negros clamam por seus direitos civis e um grupo de mercenários foi detido quando se preparava para intervir em

Katanga. Na página seguinte, entre uma manchete sobre os preparativos para o lançamento de outra missão espacial Gemini — "EUA lideram a corrida à lua" — e um anúncio de combustível para automóveis — "Ponha um tigre no motor" — há uma fotografia de guerra, em preto e branco: um corpulento soldado norte-americano, de costas, carregando nos ombros uma criança vietnamita que se vira para a câmara com desconfiança.

Um Alfa Giulia passa por perto, com as janelas abertas, e por um instante Max acha que reconhece as notas da melodia que está tocando no rádio do automóvel. Levanta os olhos da foto do soldado com a criança — trouxe-lhe à memória a imagem de outros soldados e de outras crianças, 45 anos antes — e olha desconcertado para o carro que se afasta na direção do prolongamento do *corso* Italia e da fachada amarela e branca da Igreja de Santa Maria del Carmine, enquanto seu cérebro, ainda distraído com o jornal, leva alguns segundos para identificar a música que seu ouvido registrou: os compassos familiares, executados por uma orquestra que inclui em seu arranjo bateria e guitarra elétrica, da peça famosa, clássica, conhecida há quatro décadas em todo o mundo como "Tango da Velha Guarda".

Quando Max se deteve no corte, a meio passo de dança, Mecha o olhou brevemente nos olhos, grudou-se nele como se o desafiasse, e, balançando o corpo de um lado a outro, deslizou uma de suas coxas em torno da perna adiantada e quieta do homem. Ele sustentou, impassível, o toque da carne sob a saia de leve crepom; extraordinariamente íntimo, apesar de toda La Ferroviaria — uma dúzia de olhares de ambos os sexos — estar atenta a eles. Para resolver a situação, o dançarino mundano deu um passo lateral que a mulher acompanhou imediatamente, com desenvoltura e extrema elegância.

— É assim que eu gosto — sussurrou ela. — Lento e tranquilo... Que não pensem que você tem medo de mim.

Max aproximou sua boca da orelha direita da mulher. Satisfeito com o jogo, apesar dos riscos.

— Você é uma bela fêmea — disse.

— Você deve saber.

A proximidade de seu corpo, o cheiro suave de perfume de boa qualidade diluído em sua pele e as minúsculas gotículas de suor no lábio superior e na raiz dos cabelos avivavam o desejo sobre a marca da recordação recente: carne morna e cansada, aroma de sexo satisfeito, suor de corpo de mulher que agora umedecia, sob as mãos de Max, o fino tecido do vestido cuja saia oscilava ao compasso do tango. Era tarde, e o armazém estava quase vazio. Os três músicos de La Ferroviaria tocavam "Chiqué" e na pista só havia mais dois casais que dançavam tango meio sem vontade, como se fossem bondes deslizando lentamente pelos trilhos: uma mulher gorda e miúda, acompanhada por um jovem de paletó com camisa sem colarinho nem gravata, e a loura de aspecto eslavo com quem Max dançara na vez anterior. Esta usava a mesma blusa florida e se movia com ar entediado nos braços de um homem com traços de operário que estava de colete e em manga de camisa. Às vezes, entre as evoluções da dança, os casais se aproximavam uns dos outros e os olhos azuis da dançarina coincidiam por um segundo com os de Max. Indiferentes.

— Seu marido está bebendo muito.

— Não se meta nisso.

Olhou preocupado para o colar de pérolas que ela estava usando esta noite, em cima do decote do vestido preto; a saia mal cobria seus joelhos. Depois, com a mesma inquietação — La Ferroviaria não era o lugar adequado para exibir joias nem beber em excesso —, dirigiu um olhar à mesa cheia de garrafas, copos e cinzeiros transbordantes, onde Armando de Troeye fumava e ingeria grandes quantidades de genebra com água com gás em companhia do chamado Juan Rebenque, o homem que dois dias antes dançara tango com sua mulher. Assim que chegou e depois de observá-los com muita atenção, o valentão havia se aproximado, grave com seu bigode crioulo, os cabelos pretos esticados com reluzente brilhantina e os olhos escuros, ameaçadores sob a aba do chapéu que não tirou em nenhum momento. Foi até a mesa sem pressa, um charuto toscano pela metade fumegando em sua boca, com aquele andar cadenciado e lento que fora característico do bairro; uma das mãos no bolso direito e o volume do punhal deformando ligeiramente o outro lado do paletó estreito e debruado de seda. Pediu aos senhores e à senhora permissão para acompanhá-los e à garçonete, com a autoridade de cliente acostumado a não pagar a conta, outra garrafa de gim Llave com o selo intacto e um sifão cheio. Gostaria de ter o prazer de convidá-los — olhava para Max mais do que para o marido —, se não houvesse inconveniente.

O bandoneonista caolho e seus companheiros fizeram uma pausa e, incentivados por De Troeye, arrastaram cadeiras para a mesa e uniram-se ao grupo quando Mecha e Max estavam ocupando seus assentos. A velha pianola de cilindros dominou o espaço musical, rangendo os compassos de um par de tangos irreconhecíveis. Depois de uma longa rodada de bebida e palavras, os músicos voltaram aos seus instrumentos, atacaram "Noches de farra", e Rebenque, inclinando ainda mais o chapéu com arrogância, sugeriu a Mecha que dançassem juntos. Ela se desculpou alegando cansaço. Embora o sorriso do valentão tenha se mantido impassível, seu olhar ameaçador pousou por um momento em Max como se o responsabilizasse pela descortesia. Então tocou a aba com os dedos, ficou em pé e foi até a dançarina loura, que se levantou com ar resignado e, passando um braço pelo ombro direito de Rebenque, começou a dançar sem vontade. O outro afinava os passos com prazer, o charuto fumegante na mão que mantinha às suas costas enquanto com a direita guiava a companheira, masculino, sério, sem esforço aparente. Ficava imóvel por alguns segundos para retomar, depois de cada corte, o complexo encaixe sobre o piso, avanço e retrocesso interrompidos uma vez e outra, iniciando uma volta, enquanto a mulher, dócil de corpo e indolente de olhar — uma de suas coxas ameaçava aparecer pela abertura lateral da saia muito curta, à parisiense — acompanhava, submissa, cada movimento imposto pelo homem, cada floreio e cada postura.

— O que você acha dela? — perguntou Mecha a Max.

— Não sei... Vulgar. E cansada.

— Talvez seja controlada por uma organização tenebrosa como aquela que você mencionou... Talvez a tenham trazido da Rússia ou de perto, contando mentiras.

— Tráfico de escravas brancas — observou Armando de Troeye com a língua enrolada enquanto levantava, apreciando outro copo de genebra. Parecia se divertir com tal possibilidade.

Max olhou para Mecha querendo checar se ela havia falado sério. Depois de um momento, deduziu que não. Que brincava.

— Tenho a impressão de que é do bairro — respondeu. — E de que está mais voltando do que indo.

De Troeye interveio de novo, depois de uma risadinha desagradável. O excesso de álcool, observou Max, começava a turvar seu olhar.

— É bonita — disse o compositor. — Vulgar e bela.

Mecha continuava olhando a bailarina: permanecia muito colada ao corpo do seu par, seguindo os passos felinos que o valentão dava no piso de madeira que rangia.

— Que tal, Max? — perguntou de improviso.

Este apagou no cinzeiro o cigarro que estava fumando, sem pressa. Começava a se sentir incomodado pela conversa.

— Nada mal — admitiu.

— Que displicência. Na outra noite deu a impressão de ter gostado de dançar com ela.

Max olhou para a mancha de batom na borda do copo de Mecha que estava sobre a mesa e para a piteira de marfim ao lado do cinzeiro fumegante. Podia sentir o sabor daquele vermelho intenso em seus próprios lábios: havia apagado com eles, beijando, lambendo e mordendo, até o último resto da boca de Mecha, durante o violento assalto do dia anterior na pensão Caboto, onde quase não houve ternura até o fim; quando, após um último estremecimento, ela sussurrou "fora, por favor" em seu ouvido; e ele, obediente, cansado e no limite, saiu depressa de seu corpo e, apoiando-se, úmido, na pele macia e acolhedora do ventre da mulher, derramou-se ali mansamente.

— Dança bem o tango — comentou, voltando a La Ferroviaria. — Está se referindo a isso?

— Tem um belo corpo — opinou De Troeye, que contemplava a dançarina contra a luz do copo erguido com mão insegura.

— Como o meu?

Mecha havia se virado para o dançarino mundano: dirigia a pergunta a seus olhos com um meio sorriso na boca, retorcida e altiva. Como se o marido não estivesse ali. Ou talvez precisamente, concluiu Max, inquieto, porque estava.

— É outro estilo — resumiu, tão cauteloso como se avançasse com a baioneta calada na Mauser no meio da neve de Taxuda.

— Claro — disse ela.

Max estudou o marido de viés — conversavam em tom informal há algumas horas, sem acordo prévio, por iniciativa de De Troeye —, perguntando-se aonde aquilo iria parar. Mas o compositor parecia se importar apenas com o copo de genebra no qual quase molhava o nariz.

— Você é mais alta — declarou, estalando a língua. — Não é verdade, Max...? E mais magra.

— Como lhe sou grata, Armando — disse ela. — Pela minuciosidade.

Dedicou ao marido brinde exageradamente cortês, beirando o grotesco, carregado de intenções cujo significado escapava ao dançarino mundano; e depois ficou em silêncio. Max observou que às vezes De Troeye se detinha, atento ao vazio, entrefechando os olhos devido à fumaça de um cigarro, absorto no que parecia uma cadência que só ele ouvia, e contava notas ou acordes com os dedos, tamborilando na mesa com uma segurança técnica que não tinha nada a ver com os gestos de um homem que bebera em excesso. Perguntando-se até que ponto estava realmente bêbado ou até onde aparentava, Max olhou para Mecha e depois para Rebenque e a mulher loura. A música havia parado; e o valentão, com as costas viradas para a dançarina, aproximava-se deles com sua calma ritual.

— Deveríamos ir embora — sugeriu o dançarino mundano.

Entre dois goles, De Troeye voltou de suas fantasias, parecendo ter gostado da ideia.

— Para outro bar?

— Para dormir. Seu tango está no ponto, imagino. La Ferroviaria já deu o que tinha que dar.

O compositor protestou. Rebenque, que se sentara entre Mecha e ele, observava os três com um sorriso tão artificial que parecia pintado em seu rosto, tentando acompanhar a conversa. Dava para perceber que estava incomodado, talvez porque ninguém tivesse elogiado como dançara bem o tango com a loura.

— E eu, Max? — perguntou Mecha.

Virou-se para ela, desconcertado. Estava com a boca ligeiramente entreaberta e o mel líquido brilhava, desafiador. Isso o levou a estremecer com um desejo urgente que beirava a ferocidade; e teve certeza de que em outros tempos e vidas anteriores teria sido capaz de matar todos os que estavam ao redor sem sequer um tremor de seu pulso, a fim de ficar a sós com ela, de acalmar a ânsia de sua própria carne tensa, arrancando aos puxões o vestido quase úmido que o ambiente de calor e fumaça moldava sobre o corpo da mulher como se fosse uma pele escura.

— Talvez... — insistiu Mecha — eu ainda não esteja com sono.

— Podemos ir a La Boca — sugeriu De Troeye, alegre, terminando sua genebra com a expressão de alguém que retorna de algum lugar remoto. — Vamos procurar alguma coisa que nos divirta.

— De acordo. — Ela ficou em pé e pegou o xale que estava no respaldo da cadeira enquanto seu marido puxava a carteira. — Por que não convidamos a loura vulgar e bela?

— Não é uma boa ideia — opôs-se Max.

Ele e Mecha se desafiaram com o olhar. Que diabos você está pretendendo?, era a pergunta silenciosa do dançarino mundano. O desdém dela foi suficiente como resposta. Pode jogar, dizia a expressão. Pedir mais cartas ou se retirar. Dependerá de sua curiosidade ou de sua coragem. E você sabe muito bem qual é o prêmio.

— Discordo. — De Troeye contava notas de 10 pesos com dedos inseguros. — Convidar a senhorita é uma ideia... colossal.

Rebenque se ofereceu para chamar a bailarina e acompanhá-los; uma vez que os senhores têm um carro grande e há lugar para todo mundo, disse. Acrescentou que conhecia um bom lugar em La Boca. A Casa Margot. Os melhores raviólis de Buenos Aires.

— Ravióli a esta hora? — perguntou De Troeye, confuso.

— Cocaína — traduziu Max.

— Ali — concluiu Rebenque, mal-intencionado — vocês poderão se divertir o quanto quiserem.

Dirigia-se mais a Mecha e a Max do que ao marido; era como se seu instinto lhe permitisse identificar o verdadeiro adversário. O dançarino mundano, por sua vez, temia o sorriso inalterável do malandro; a maneira imperiosa que usou para trazer a mulher loura — chamava-se Melina, informou, e era de origem polonesa —; e o olhar que o vira dirigir à carteira que Armando de Troeye ao devolver ao bolso interno do paletó após tirar os 50 pesos que, incluindo uma gorjeta generosa, deixara amassados sobre a mesa.

— Muita gente — disse Max em voz baixa, ajeitando o chapéu.

Rebenque deve tê-lo ouvido, pois lhe dirigiu um sorriso lento, ofendido, cheio de presságios. Tão afiado como uma lâmina de barbear.

— O amigo conhece o bairro?

Não passou despercebido a Max a mudança sutil de tratamento. De senhor a amigo. Saltava à vista que a noite acabara de começar.

— Um pouco — respondeu. — Vivi a três quadras daqui. Há muito tempo.

O outro o observava atentamente, demorando-se nos punhos brancos da camisa de Max. No nó perfeito de sua gravata.

— Mas fala como um galego.

— Me deu trabalho.

Continuaram estudando-se por um instante em silêncio, com mútua fleuma suburbana, enquanto o outro afastava a última cinza do charuto toscano com a unha longa do mindinho. Para certas coisas não havia pressa, e ambos aprenderam isso nas mesmas ruas. Max calculou que o fulano era dez ou 12 anos mais velho. Certamente tinha sido um daqueles garotos mais velhos do bairro dos quais, menino com guarda-pó cinza e mala com livros nas costas, sentia inveja da liberdade que tinham para brincar na porta dos bilhares, dependurar-se na traseira dos bondes da Companhia Elétrica do Sul para não pagar os 10 centavos da passagem, espreitar como bandoleiros os carrinhos de chocolate Águila e roubar croissants amanteigadas do balcão da padaria El Mortero.

— Em que rua, amigo?

— Vieytes. Diante do ponto do 105.

— Ora — confirmou o outro. — Fomos quase vizinhos.

A loura segurava o braço do valentão, exibindo seus seios com desenvoltura profissional sob o tecido da blusa quase desabotoada. Um xale vagabundo que imitava os de Manila cobria seus ombros, e ela contemplava Max e os dois De Troeye com um interesse renovado que a levava a arregalar mais os olhos e a arquear as sobrancelhas depiladas, reduzidas a um fino arco de lápis preto. Era evidente que a perspectiva de abandonar por um tempo La Ferroviaria lhe parecia mais promissora do que a rotina do tango a 20 centavos cada dança.

— *Alonsanfan* — disse um festivo De Troeye depois de pegar seu chapéu e sua bengala, encaminhando-se para a porta com movimentos que o álcool tornava inseguros.

Saíram do estabelecimento, o chofer Petrossi aproximou o Pierce-Arrow da porta e todos se instalaram na parte traseira da limusine; De Troeye no assento maior, entre Mecha e a tanguista, e Max e Rebenque diante deles, dividindo o largo console. Então, a tal da Melina já estava por dentro da situação, sabia quem pagava a festa, e acompanhava, obediente, as indicações silenciosas que os olhos espertos do valentão lhe davam na penumbra. Max assistia a tudo aquilo tenso como uma mola, calculando os prós e os contra. Os problemas que podiam encontrar e a maneira mais eficaz de abandonar aquele território incerto quando chegasse a hora, em estado razoável e sem uma punhalada na virilha. Ali onde, como sabia qualquer pessoa nascida no arrabalde, um talho na artéria femoral tornava inútil qualquer torniquete.

A partida foi interrompida pouco depois das dez da noite. Lá fora está escuro e nas duas grandes janelas do hotel Vittoria se superpõem as imagens do salão, refletidas nos vidros com as luzes das vilas e dos hotéis situados nas saliências da encosta de Sorrento. Em meio ao público, Max Costa contempla o grande painel de madeira que reproduz o tabuleiro e a posição das peças depois do último movimento feito por Sokolov antes que o arbitro se aproximasse da mesa. O russo anotou alguma coisa em um envelope, levantando-se para abandonar a sala, e Keller ficou estudando o tabuleiro. Logo depois o chileno, sem mover uma peça, também anotou alguma coisa em um papel e o enfiou no mesmo envelope, que fechou antes de entregá-lo ao árbitro e também se levantar. Isso acabara de acontecer; e, enquanto Keller desaparece por uma porta lateral e o público quebra o silêncio com murmúrios e aplausos, Max se levanta e olha ao redor, confuso, tentando descobrir o que exatamente aconteceu. De longe percebe que Mecha Inzunza, que estava sentada na primeira fila entre a jovem Irina Jasenovic e o homem gordo, o grande mestre Karapetian, levanta-se e vai com ele atrás de seu filho.

Max sai ao corredor, transformado em barulhento vestíbulo de sala de jogos, e perambula entre os torcedores ouvindo os comentários sobre a partida, a quinta do Prêmio Campanella. A sala de imprensa fica em uma salinha próxima e quando passa diante da porta ouve o comentário que um jornalista italiano transmite por telefone:

— O bispo preto de Keller parecia um camicase... Não foi o sacrifício de um cavalo o que mais chamou a atenção, mas sim a ousada viagem do bispo através de um tabuleiro cheio de riscos... A estocada era mortal, mas Sokolov foi salvo por seu sangue-frio. Como se a estivesse esperando, com um único movimento a Muralha Soviética bloqueou o ataque e em seguida sugeriu: "*Nichiá?*", propondo um empate... O chileno não aceitou e a partida foi adiada para amanhã.

Em um salão menor, que parece vedado ao público comum e em cuja porta aberta se acotovelam torcedores curiosos, Max vê Keller sentado diante de um tabuleiro com Karapetian, a jovem Jasenovic, o árbitro e outras pessoas atentas ao que parece ser uma reconstrução ou análise da partida. Max fica surpreso, pois, em contraste com a lerdeza dos movimentos efetuados no salão, Keller, Karapetian e a garota agora movem as peças com velocidade, quase a golpes, fazendo e desfazendo jogadas e propondo outras novas, enquanto discutem cada movimento.

— O nome disso é análise *post mortem* — diz Mecha.

Vira-se e a vê ao seu lado, junto à porta. Não a sentiu se aproximar.

— Soa fúnebre.

A mulher olha para o pequeno salão, pensativa. Como costuma fazer em Sorrento — e ele sabe que nem sempre foi assim —, veste-se como se ignorasse os padrões adotados atualmente por mulheres de qualquer idade, a moda, enfim. Hoje está de saia escura, mocassins e suas mãos estão enfiadas nos bolsos de uma jaqueta de camurça muito bonita e, sem dúvida, muito cara. Só essa jaqueta, calcula Max, deve ter custado 200 mil liras. Pelo menos.

— Às vezes é fúnebre mesmo — diz ela. — Sobretudo depois de uma derrota. Estão estudando as jogadas, avaliando se foram as mais corretas ou se havia variantes melhores.

Lá de dentro continua chegando o som das peças batendo com velocidade. Às vezes se ouve um comentário ou uma piada de Keller e soam risos. As batidas continuam, velozes, inclusive quando alguma peça cai no chão e o jogador a recolhe com rapidez, devolvendo-a ao tabuleiro.

— É incrível. A velocidade.

Ela assente, satisfeita. Ou talvez orgulhosa, expressando-se de maneira discreta. Como qualquer grande mestre da categoria de seu filho, explica, Jorge Keller consegue recordar cada movimento da partida e também cada variante possível. Na realidade, é capaz de reproduzir de memória todas as partidas que jogou ao longo da vida. E boa parte das de cada adversário.

— Agora está analisando seus erros e seus acertos, e os de Sokolov — acrescenta. — Mas isso é para o público: amigos e jornalistas. Depois fará outra análise a portas fechadas com Emil e Irina. Uma coisa muito mais séria e complexa.

Para nesse ponto, pensativa, inclinando ligeiramente a cabeça para um lado enquanto contempla o filho.

— Está preocupado — diz em um tom diferente do anterior.

Max observa Jorge Keller e depois se vira de novo para ela.

— Pois não parece — conclui.

— Ficou desconcertado com o fato de o outro ter previsto o movimento que o bispo tentava.

— Ouvi algo antes a respeito desse bispo camicase.

— Ah, bem. É o que costumam esperar de Jorge. Supostos traços de genialidade... Na realidade, foi uma coisa minuciosamente planejada. Ele e seus auxiliares estavam há tempos preparando essa jogada, para o caso de surgir uma situação favorável... Aproveitar o que poderia ser uma fraqueza detectada em Sokolov sempre que está diante do gambito Marshall.

— Temo não saber nada a respeito desse Marshall — admite Max.

— Estou querendo dizer que até os campeões do mundo têm pontos fracos. O trabalho dos analistas consiste em ajudar o jogador a descobri-los e a explorá-los em seu próprio benefício.

Uma porta envidraçada de um pequeno salão contíguo se abre e os soviéticos aparecem: dois auxiliares abrindo o caminho e depois o campeão do mundo escoltado por uma dúzia de pessoas. Ao fundo, há uma mesa e um tabuleiro de xadrez desordenado. Certamente acabaram de fazer sua própria análise; embora, à diferença de Keller, esta tenha sido a portas fechadas, apenas na presença de alguns jornalistas de seu país que agora se encaminham à sala de imprensa. Sokolov, com um cigarro fumegando nos dedos, passa muito perto de Max, cruza seu úmido olhar azul com o da mãe do adversário e lhe dirige uma breve inclinação de cabeça.

— Os russos têm a vantagem de serem subvencionados por sua federação e respaldados pelo aparato estatal — explica Mecha. — Olhe para esse gordinho de blusão cinza; é o adido cultural e esportivo de sua embaixada em Roma... Outro que está aqui é o grande mestre Kolishkin, presidente da Federação Soviética de Xadrez. O grandalhão louro se chama Rostov, quase foi campeão do mundo e agora é analista de Sokolov... E não tenha dúvida de que faz parte do grupo pelo menos um par de agentes da KGB.

Ficam olhando os russos enquanto estes se afastam pelo corredor, a caminho do vestíbulo e dos apartamentos independentes que a delegação soviética ocupa ao lado do jardim do hotel.

— No entanto, os jogadores ocidentais — acrescenta a mulher — precisam ganhar para viver ou dedicar tempo a outra atividade que lhes permita... Jorge teve sorte.

— Sem dúvida. Teve você.

— Bem... É uma maneira de dizer.

Ainda observa o corredor, parecendo hesitar sobre se deve acrescentar alguma coisa ou não. Por fim, vira-se para Max e sorri com ar ausente. Pensativa.

— O que está acontecendo? — pergunta ele.

— Nada, suponho. O normal nestas situações.

— Você parece preocupada.

Ela hesita por mais um instante. Por fim, as mãos delgadas e elegantes, com pintas de velhice no dorso, fazem um gesto indeciso.

— Há pouco, ao sair, Jorge disse: "Alguma coisa não vai bem." E não gostei da maneira como o disse... Como me olhava.

— Pois eu acho que seu filho não está nem um pouco preocupado.

— Ele é assim. E é também a imagem que gosta de dar de si mesmo. Simpático e sociável, como você está vendo. Despreocupado, como se tudo isto lhe custasse muito pouco esforço. Mas você não imagina as horas de esforço, estudo e trabalho... A tensão exaustiva.

Compõe uma expressão cansada, como se a tensão também a deixasse exausta.

— Venha. Vamos tomar um pouco de ar.

Saem pelo corredor ao terraço, onde quase todas as mesas estão ocupadas. Mais além da balaustrada, sobre a qual brilha um farol aceso, a baía napolitana é um círculo de escuridão onde piscam luzes distantes. Max faz um sinal afirmativo para o maître, que lhes oferece uma mesa, e se instalam nela. Depois encomenda dois coquetéis de champanhe ao atencioso garçom que substituiu o maître.

— O que aconteceu hoje...? Por que a partida foi interrompida?

— Porque esgotaram o tempo. Cada jogador dispõe de quarenta jogadas ou de duas horas e meia para jogar. Quando um deles consome o tempo regulamentar, ou chega aos quarenta movimentos, adiam a partida para o dia seguinte.

Max se inclina sobre a mesa para acender o cigarro que ela acaba de colocar nos lábios. Depois cruza uma perna, tentando evitar que a postura deforme o vinco das calças: hábito mecânico dos velhos tempos, quando a elegância ainda era uma ferramenta profissional.

— Não entendi aquela história dos envelopes fechados.

— Antes de sair, Sokolov anotou a posição das peças no tabuleiro para reproduzir a situação amanhã. Agora será a vez de Jorge jogar. Por isso, depois de decidir qual será seu próximo movimento, também o anotou de forma secreta e o confiou ao árbitro no envelope fechado. Amanhã o árbitro poderá abrir o envelope, fará no tabuleiro o movimento anotado por Jorge, acionará o relógio e retomarão o jogo.

— Caberá então ao russo fazer o movimento?

— É isso.

— Suponho que terá no que pensar esta noite.

Todos terão no que pensar, responde Mecha. Quando uma partida é adiada, a jogada secreta se transforma em um problema para os dois adversários: um tentando descobrir que movimento terá de enfrentar; o outro, querendo estabelecer se a que anotou foi a melhor jogada possível, se o jogador a terá descoberto e se já terá preparado, como resposta, um lance perigoso.

— Isso significa — conclui — jantar, tomar o café da manhã e almoçar com um xadrez de bolso ao lado, trabalhar horas e horas com os auxiliares, pensar nisso no banho, enquanto escova os dentes, quando acorda no meio da noite... A pior obsessão de um enxadrista é uma partida adiada.

— Como a nossa — observa Max.

Indiferente ao cinzeiro, como de hábito, Mecha deixa cair no chão a cinza do cigarro e o leva de novo aos lábios. Como a cada vez que a luz escasseia, sua pele parece rejuvenescer e o rosto fica mais belo. Os olhos cor de mel, idênticos aos que Max recorda, não se afastam dos seus.

— Sim, de certa maneira — responde ela. — Essa também foi uma partida adiada... Em dois movimentos.

Em três, pensa Max. Há outro em curso. Mas não diz nada.

Quando o automóvel se deteve entre a Garibaldi e a Pedro de Mendoza, a escuridão havia sido quebrada por uma lua brilhante e enviesada, competindo com o halo rosado de um poste de luz aceso entre as folhagens. Ao descer do carro, Max se aproximou dissimuladamente de Mecha e reteve seu braço enquanto soltava o fecho do colar de pérolas, que deixou cair e enfiou em um bolso do paletó. Conseguiu ver os olhos da mulher, surpresos e arregalados no meio das sombras e do brilho distante da luz elétrica, e colocou os dedos em sua boca, silenciando as palavras que ela estava preparando-se para pronunciar. Depois, enquanto todos se afastavam do automóvel, o dançarino mundano se aproximou da janela aberta.

— Guarde isto — disse em voz baixa.

Petrossi pegou o colar sem fazer comentários. A viseira do quepe escurecia seu rosto e por isso Max não pôde ver direito sua expressão. O brilho de um olhar, apenas. Quase cúmplice, acreditou perceber.

— Pode me emprestar sua pistola?

— Claro.

O chofer abriu o porta-luvas e colocou nas mãos de Max uma Browning pequena e pesada; a parte niquelada brilhou por um instante na penumbra.

— Obrigado.

Max alcançou os outros, sem perceber o olhar inquisidor que Mecha lhe dirigiu quando se juntou ao grupo.

— Garoto esperto — sussurrou ela.

Disse isso agarrando seu braço com toda naturalidade. Dois passos na frente, Rebenque elogiava as virtudes do éter Squibb, à venda nas farmácias; bastava, disse, verter um pouco em um copo e inalá-lo entre um drinque e outro para se sentir na glória. Embora os raviólis de Margot — uma risada canalha, a essa altura da sólida amizade — fossem mesmo insuperáveis. A não ser, naturalmente, se os senhores preferissem alguma coisa mais forte.

— Como mais forte? — quis saber De Troeye.

— Ópio, amigo. Ou haxixe, se preferirem. Até morfina. Há de tudo...

Atravessaram a rua, tentando não tropeçar nos trilhos da ferrovia abandonados, entre os quais crescia mato. Max sentia o peso reconfortante da arma no bolso enquanto olhava as costas do valentão, ao lado de quem De Troeye caminhava tão despreocupado como se estivesse passeando pela rua Florida, o chapéu jogado para trás, com a bailarina sapateando presa pelo braço. E assim chegaram à Casa Margot, que era um edifício decrépito com alguns traços de um antigo esplendor, ao lado de um pequeno restaurante que estava fechado; o portal cheio de roupa estendida estava atapetado por restos de camarões e dejetos. Cheirava a umidade, escamas e cabeças de peixe, a biscoito rançoso e também ao lodo do Riachuelo, alcatrão e ferrugem de âncoras.

— O melhor lugar de La Boca — disse Rebenque, e Max achou que fora o único a perceber a ironia.

Uma vez lá dentro, tudo transcorreu sem protocolos supérfluos. O local era um antigo bordel transformado em antro de drogas; e Margot, uma mulher mais velha e cheia de carnes, tingida de vermelho acobreado, que, depois de algumas palavras do valentão em seu ouvido, desfez-se em cortesias e gentilezas. Na parede do vestíbulo, observou Max, havia três insólitos retratos de San Martín, Belgrano e Rivadavia; como se quem ocupara antes o edifício tivesse uma clientela mais seleta e por isso quisera dar certo ar de formalidade ao prostíbulo. Mas isso era tudo de respeitável que podia se encontrar ali. O andar térreo se prolongava em um salão esfumaçado, escuro, que em vez de luz elétrica era iluminado por velhas lamparinas cujo vapor dominava o ambiente. Havia um cheiro de querosene misturado com inseticida Bufach e haxixe impregnando roupas, cortinas e móveis; e a isso se somava o suor de meia dúzia de casais — alguns formados por homens — que dançavam bem devagar, abraçados e quase imóveis, indiferentes à música que um jovem chinês, de costeletas pontiagudas como as de um vilão de cinema, punha para tocar em uma vitrola que vigiava para trocar o disco e girar a manivela. A Casa Margot, concluiu Max confirmando suas apreensões, era um desses lugares onde, na primeira confusão, podiam saltar navalhas e punhais de paletós, cintos, calças e até de sapatos.

— Maravilhoso e autêntico — admirou De Troeye.

Mecha também parecia gostar do lugar. Observava tudo com um sorriso vago, os olhos brilhantes e a boca entreaberta como se respirar essa atmosfera avivasse seus sentidos. Às vezes seu olhar encontrava o dançarino mundano, em uma mistura de excitação, agradecimento e promessas. De repente o desejo de Max se tornou mais premente e físico, substituindo a inquietação que o lugar e a companhia lhe causavam. Contemplou com prazer, de muito perto, os quadris de Mecha enquanto a proprietária levava todos ao andar de cima, a um aposento mobiliado à maneira turca, iluminado por dois candeeiros verdes colocados em uma mesa baixa, com tapetes queimados por cigarros e dois grandes divãs. Um garçom enorme, com uma risca no meio dos cabelos e aspecto de feirante truculento, trouxe garrafas de um suposto champanhe e dois maços de cigarros e todos se acomodaram nos divãs, exceto Rebenque, que desapareceu com a dona para buscar, disse sorridente, alpiste para os canários. Então o dançarino mundano já havia tomado uma decisão e por isso foi ao corredor para esperar que o homem voltasse. Lá debaixo, pela escada, chegavam os compassos de "Caminito del taller" arrancados dos sulcos de vinil pela agulha do gramofone. Logo depois apareceu o valentão: trazia tabaco misturado com haxixe e meia dúzia de bolsinhas de meio grama feitas com papel manteiga bem-dobrado.

— Vou lhe pedir um favor — disse Max. — De homem para homem.

O malfeitor o olhava com súbito receio, avaliando sua intenção. O sorriso, ainda firme embaixo do bigode crioulo, esfriava-se em sua boca.

— Estou há tempos com a senhora — continuou Max, sem mover pestana. — E o marido gostou de Melina.

— E daí?

— Que cinco é um número ímpar.

O outro parecia refletir sobre números pares e ímpares.

— Mas, chê — disse, finalmente. — Está achando que sou otário.

O tom rude não inquietou Max. Ainda. Eram apenas, no momento, dois cães de subúrbio, um vestido melhor do que o outro, farejando-se em um beco. Ali havia a possibilidade de um acordo.

— Tudo será pago — disse, sublinhando o *tudo* enquanto apontava os papelotes de meio grama e o haxixe. — Isso, o outro... Tudo.

— O marido é um chato abobalhado — disse Rebenque pensativo, como se compartilhasse reflexões. — Viu as botinas que está usando? Um otário cheio da grana, à parisiense.

— Voltará para o hotel com a carteira vazia. Você tem minha palavra.

A última frase pareceu agradar o outro, pois observou Max com renovada atenção. Em Barracas ou La Boca, qualquer um entendia essa história de dar a palavra. Ali se respeitava mais o que era dito do que em Palermo ou Belgrano.

— O que aconteceu com o colar da senhora? — O valentão tocava, lembrando-se, o lenço branco amarrado em seu pescoço no lugar da gravata. — Está sem ele.

— Parece que o perdeu. Mas isso fica de fora, eu acho. É outra história.

O malandro continuava olhando-o nos olhos, sem perder o sorriso gelado.

— A Melina é linda e cara... Trinta mangos por noite. — Arrastava as palavras como se cantasse um tango, como se a ambição afiasse sua pronúncia. — Um verdadeiro *biscuit*.

— Claro. Mas não se preocupe. Será compensada.

O outro tocou a aba do chapéu, jogando-o um pouco para trás, e pegou a guimba do charuto toscano que estava atrás da orelha. Continuava observando Max, pensativo.

— Você tem minha palavra — repetiu este.

Inclinando-se, sem dizer nada, Rebenque acendeu um fósforo na sola do sapato. E voltou a estudar seu interlocutor na primeira baforada. Max enfiou uma das mãos no bolso da calça e sentiu o peso da Browning.

— Acho que vou beber alguma coisa lá embaixo — disse —, ouvindo essa bela música e fumando um bom cigarro, tranquilamente... Nos vemos depois.

O outro olhava a mão escondida. Ou talvez adivinhasse o volume da arma.

— Estou meio duro, amigo. Deixe algumas patacas por conta.

Max tirou a mão do bolso, sereno. Noventa pesos. Era tudo o que lhe restava, afora as quatro notas de 50 escondidas atrás do espelho, no quarto da pensão. Rebenque guardou o dinheiro sem contá-lo, e em troca lhe deu seis papelotes de cocaína. Três pesos cada um, disse, indiferente, e o haxixe é por conta da casa. Depois acertaremos as contas. Incluindo tudo.

— Muito bicarbonato? — perguntou Max, olhando os raviólis.

— O normal. — O malfeitor tocava o nariz com a unha comprida do mindinho. — Mas desce com suavidade, como se estivesse amanteigado.

— Deixe-a beijá-lo, Max.

O dançarino mundano negou. Estava em pé, o paletó abotoado e as costas apoiadas na parede, perto de um dos divãs turcos e da janela aberta à escuridão da rua Garibaldi. A fumaça aromática do haxixe, que subia até se desfazer em suaves espirais, o levava a entrefechar os olhos. Dera apenas uma breve tragada no cigarro que se consumia em seus dedos.

— Prefiro que beije seu marido... Gosta mais dele.

— De acordo. — Armando de Troeye riu, uma taça de champanhe na mão, terminando-a. — Que me beije, então.

O compositor estava sentado no outro divã, de colete e em mangas de camisa, os punhos virados sobre os pulsos e o nó da gravata afrouxado, o paletó jogado no chão de qualquer maneira. As telas dos candeeiros de querosene velavam o quarto com uma penumbra esverdeada que arrancava reflexos furta-cor, como brilhos de óleo, da pele das duas mulheres. Mecha estava ao lado do marido, recostada com ar indolente nas almofadas de falso damasco, os braços descobertos e as pernas cruzadas. Havia tirado os sapatos e de vez em quando levava à boca o baseado de haxixe e aspirava fundo.

— Beije-o, vamos. Beije meu homem.

Melina, a dançarina de tango, estava em pé entre os divãs. Havia executado, momentos antes, um arremedo de dança ao suposto compasso da música que chegava lá debaixo, mal audível através da porta fechada. Estava descalça, aturdida pelo haxixe, a blusa desabotoada sobre os seios que oscilavam, pesados e firmes. Suas meias e sua roupa de baixo eram um amontoado de seda negra em cima do tapete e, depois dos últimos movimentos da dança lasciva e silenciosa que acabara de executar, ainda sustentava com as duas mãos, levantada até a metade das coxas, a saia estreita de corte apache.

— Beije-o — insistiu Mecha. — Na boca.

— Não beijo ninguém na boca — protestou Melina.

— A ele sim... Ou vá embora daqui.

De Troeye riu enquanto a bailarina se aproximava e, afastando os cabelos louros do rosto, trepada no divã, montada em cima dele, beijava-o na boca. Para fazê-lo nessa postura teve de levantar ainda mais a saia, e a luz verde e oleosa do querosene escorregou por sua pele, ao longo das pernas nuas.

— Você tinha razão, Max — disse o compositor, cínico. — Gosta mais de mim.

Havia enfiado as mãos embaixo da blusa e acariciava os peitos da dançarina. Graças aos papelotes de cocaína que estavam abertos e vazios sobre a mesinha oriental, o compositor parecia lúcido, apesar da enorme quantidade de álcool que a essa hora tinha no sangue. O porre só era percebido, observou o dançarino mundano com curiosidade quase profissional, em certa lerdeza dos movimentos e na maneira de se interromper e procurar, com esforço, alguma palavra travada na língua.

— Não quer mesmo experimentar? — ofereceu De Troeye.

Max sorriu, esquivo, com prudência e muita calma.

— Mais tarde... Talvez mais tarde.

Mecha estava calada, o cigarro fumegante nos lábios, balançando um de seus pés descalços. Max constatou que não olhava para Melina e De Troeye, mas para ele. Sem expressão e talvez pensativa, como se não ligasse para a cena do marido com outra mulher ou se só a tivesse propiciado em atenção ao dançarino mundano, com o único objetivo de observá-lo enquanto tudo acontecia.

— Por que esperar? — disse ela de repente.

Levantou-se lentamente, alisando a saia do vestido quase com formalidade, o baseado de haxixe ainda na boca, e, pegando Melina pelos ombros, a fez se incorporar, afastando-a do marido e conduzindo-a a Max. A outra se deixava levar, obediente como um animal submisso, balançando os seios nus que o suor grudava na blusa desabotoada.

— Bela e vulgar — disse Mecha olhando Max nos olhos.

— Dane-se essa merda — respondeu ele, quase suavemente.

Era a primeira vez que dizia uma grosseria diante dos De Troeye. Ela sustentou o olhar por um momento, as duas mãos nos ombros de Melina, e depois a empurrou sem violência até que o peito úmido e morno da dançarina se apoiou no de Max.

— Seja amável com ele — sussurrou Mecha no ouvido da mulher.
— É um bom garoto de bairro... E dança maravilhosamente.

Melina procurou com um gesto entediado e expressão aturdida os lábios do homem, mas este os afastou com desagrado. Jogara o cigarro pela janela e sustentava de perto o olhar de Mecha, enturvado contra a luz esverdeada dos candeeiros. Ela o estudava com aparente frieza técnica, percebeu. Com uma curiosidade extrema que parecia científica. Enquanto isso, a dançarina havia desabotoado o paletó e o colete de Max e se ocupava dos botões que sustentavam os suspensórios e dos que fechavam a cintura da calça.

— Um inquietante bom rapaz — insistiu Mecha, enigmática.

Pressionava com as mãos os ombros de Melina, obrigando-a a se ajoelhar diante dele e aproximar o rosto de seu sexo. Nesse momento, ouviu-se atrás das mulheres a voz de De Troeye:

— Não me deixem de fora, porra.

Max poucas vezes havia visto tanto desprezo como o que fez os olhos de Mecha relampejarem antes de virar o rosto para o marido, olhando-o sem desgrudar os lábios. E tomara, disse a si mesmo, fugazmente, que uma mulher nunca olhe para mim dessa maneira. Por sua vez, encolhendo os ombros e resignado ao papel de espectador, De Troeye encheu outra taça de champanhe, esvaziou-a com um gole e começou a abrir um papelote de cocaína. Mecha já havia se virado de novo para Max; e, enquanto a bailarina, docilmente ajoelhada, chegava ao objeto da ação com pouca aplicação profissional — pelo menos tinha a língua úmida e morna, apreciou Max, sereno —, Mecha deixou o cigarro cair no tapete e aproximou os lábios dos do homem sem chegar a roçá-los, enquanto suas íris pareciam se tingir com a claridade esverdeada do querosene. Ficou assim por um momento prolongado, olhando-o imóvel e de muito perto, o pescoço e o rosto transformados em silhuetas pela penumbra e a boca a menos de 2 centímetros da de Max, enquanto este satisfazia seus sentidos com o suave esvoaçar de sua respiração, a proximidade do corpo esbelto e delicado, o aroma do haxixe, o perfume diluído e o suor suave que se cruzavam na pele da mulher. Foi isso, e não a entediada atuação de Melina, o que avivou realmente seu desejo; e quando a carne se enrijeceu, finalmente, tensa e transbordando a roupa, Mecha, que parecia espreitar o momento, afastou bruscamente a dançarina e se fundiu com ávida violência na boca de Max, arrastando-o para o divã enquanto atrás dela soava a risada prazerosa do marido.

* * *

— Não vão querer partir assim — disse Juan Rebenque. — Ainda é cedo.

Seu sorriso ameaçador se interpunha entre eles e a porta, cheio de más intenções. Estava em pé no meio do corredor com aspecto desafiador, o chapéu inclinado e as mãos nos bolsos da calça. De vez em quando abaixava os olhos para olhar seus sapatos, como se pretendesse se assegurar de que o brilho estava à altura das circunstâncias. Max, que previra aquilo, observou o volume do punhal no lado esquerdo do paletó fechado do valentão.

— Quanto você tem? — perguntou em voz baixa.

O rosto do compositor exibia os estragos da noite: olhos avermelhados, o queixo com alguns fios de barba, o nó da gravata de qualquer maneira. Melina havia soltado seu braço e se apoiava na parede do corredor, o ar entediado e indiferente, como se tudo o que ocupasse seu pensamento fosse uma cama na qual pudesse se deitar e dormir 12 horas seguidas.

— Me restam uns 500 pesos — murmurou De Troeye, confuso.

— Passe-os para cá.

— Tudo?

— Tudo.

O compositor estava muito cansado e aturdido pelo álcool para protestar. Obediente, com as mãos lerdas, tirou a carteira do bolso interno do paletó e deixou que Max a esvaziasse friamente. Este sentia os olhos de Mecha fixos nele — estava um pouco mais atrás no corredor, o xale nos ombros, observando a cena —, mas não a olhou nem por um instante. Precisava se concentrar em coisas mais urgentes. E perigosas. A principal era conseguir chegar ao Pierce-Arrow, onde Petrossi estava esperando, com o mínimo de dificuldade possível.

— Aí está — disse ao valentão.

Este contou o dinheiro sem se alterar. Quando terminou, ficou batendo por um momento as notas nos dedos de uma das mãos, pensativo. Depois as guardou no bolso e ampliou o sorriso.

— Houve outras despesas — disse, fleumático, arrastando muito o sotaque. Não olhava para De Troeye, e sim para Max. Como se se tratasse de um assunto pessoal dos dois.

— Não creio — disse Max.

— Pois o aconselho a acreditar, amigo. Melina é uma garota linda, não é mesmo...? Também tivemos que conseguir papel-manteiga e todo o resto. — Olhou por um segundo para Mecha, insolente. — A senhora, você e o otário tiveram uma bela noite... Tentemos fazer com que todos fiquem felizes.

— Não sobrou nenhum mango — disse Max.

O outro pareceu se deter na última palavra, acentuando o sorriso como se apreciasse a expressão suburbana.

— E a senhora?

— Ela não tem nada.

— Havia um colar, me parece.

— Porém não há mais.

O malfeitor tirou as mãos dos bolsos e desabotoou o paletó. Ao fazê-lo, a empunhadura de marfim do punhal apareceu na abertura do colete.

— Teremos que investigar isso. — Olhava para a corrente de ouro que brilhava na roupa de De Troeye. — E também gostaria de saber a hora. Meu relógio parou.

Max se fixou nos punhos da camisa e nos bolsos do malandro.

— Não parece que esteja usando relógio.

— Parou há muitos anos... Por que usaria um relógio parado?

Não vale a pena, pensou Max, que matem alguém por um relógio. Nem sequer por um colar de pérolas. Mas havia algo no sorriso do valentão que o irritava. Excessiva presunção, talvez. Muita certeza, por parte do chamado Juan Rebenque, de que era o único que estava pisando em terreno próprio.

— Já lhe disse que sou de Barracas, que nasci na rua Vieytes?

O sorriso do outro se escureceu, como se de repente o bigode crioulo o sombreasse. E eu com isso, dizia a expressão. A esta hora da noite.

— Você não se meta — disse, secamente.

A expressão de seu rosto tornava o tom de intimidade mais rude e inquietante. Max o analisou lentamente, situando a ameaça no território em que se produzia. A atitude do sujeito, o vestíbulo, a porta, a rua com o carro esperando. Não podia descartar que Rebenque tivesse algum amigo por perto, disposto a lhe dar uma ajuda.

— Conforme recordo, no bairro éramos leais — acrescentou Max, com muita calma. — As pessoas tinham palavra.

— E daí?

— Quando alguém queria um relógio, o comprava.

Não havia mais um sorriso no rosto do outro. Fora substituído por uma careta ameaçadora. De lobo cruel, prestes a morder.

— Você é burro ou está fingindo ser?

Um dedo polegar coçava o colete, como se estivesse dirigindo-se à empunhadura de marfim. Com uma olhada, o dançarino mundano calculou as distâncias. Três passos o separavam do punhal do outro; que, por sua vez, ainda teria de tirá-lo da bainha. Quase imperceptivelmente, Max ficou de lado, opondo-lhe o flanco esquerdo, pois assim poderia se proteger com um braço e a mão. Havia aprendido esse tipo de cálculos — a silenciosa e útil coreografia prévia — nos bordéis frequentados pelos legionários na África, enquanto voavam garrafas e navalhadas. Quando começavam a latir, era melhor ser cachorro.

— Oh, pelo amor de Deus... Parem de brincar de galo de briga — soou a voz de Mecha a suas costas. — Estou com sono. Dê-lhe o relógio e vamos embora.

Não se tratava de galos de briga, Max sabia, embora aquele não fosse o melhor momento para explicações. O valentão estava com aquilo atravessado na garganta desde muito antes, possivelmente por causa da própria Mecha. Não perdoava a rejeição de que havia sido objeto nessa noite; e o álcool que certamente havia acompanhado sua espera não melhorava as coisas. O relógio, o colar confiado a Petrossi, os 90 pesos de Max e os 500 que De Troeye acabara de soltar não eram mais do que pretextos para o punhal que coçava a axila do malfeitor. Tentava provar sua hombridade, e Mecha fazia o papel de testemunha.

— Saiam — disse, sem se virar, para a mulher e seu marido. — Vão direto para o carro.

Talvez tenha sido o tom. A maneira como sustentava o olhar traiçoeiro de Rebenque. Mecha não disse mais nada. Depois de alguns segundos, Max constatou pelo rabo do olho que ela e o marido se postavam ao seu lado, mais perto da porta, grudados na parede.

— Que pressa, chê — disse o malfeitor. — Temos todo o tempo.

Eu o desprezo, porque conheço bem esse tipo, pensou Max. Poderia ser eu mesmo. Seu erro é achar que um terno bem-cortado nos torna diferentes. Que isso apaga a memória.

— Vão para a rua — repetiu para os De Troeye.

O polegar do malfeitor se aproximou mais do punhal. A empunhadura de marfim estava a 1 centímetro quando Max enfiou a mão direita no bolso do paletó, tocando o metal morno da Browning. Era uma pistola de 6,35 milímetros em cuja câmara havia aferrolhado, dissimuladamente, uma bala, antes de descer para o vestíbulo. Com um dedo e sem tirá-la do bolso, liberou a trava de segurança. Sob a aba do chapéu de Rebenque, seus olhos escuros e reflexivos acompanhavam, interessados, cada movimento do dançarino mundano. Ao fundo, nem meio à neblina enfumaçada do salão, o gramofone começou a tocar os compassos de "Mano a mano".

— Ninguém vai sair daqui — disse o malfeitor, de maneira exagerada.

Depois deu um passo para a frente que anunciava garranchos de aço no ar. Já estava enfiando a mão direita na cava do colete quando Max colocou a Browning diante da sua cara, apontando entre seus olhos.

— Depois que inventaram isso — disse, sereno —, os valentes deixaram de existir.

Disse-o sem alarde nem arrogância: em tom baixo, discreto, como se se tratasse de uma confidência entre compadres. De um para o outro. Confiando, ao mesmo tempo, que sua mão não iria tremer. O outro fitava o buraco negro do cano com expressão séria. Quase pensativa. Parecia um jogador profissional, pensou Max, porque depois de um instante afastou os dedos da empunhadura da arma.

— Você não seria tão valente se estivéssemos em condições semelhantes — comentou, olhando-o traiçoeira e fixamente.

— Claro que não — admitiu Max.

O outro ainda sustentou por um momento seu olhar. Então indicou a porta com um movimento do queixo.

— Fora!

O sorriso havia voltado à sua boca. Tão resignado como ameaçador.

— Entrem no carro — ordenou Max a Mecha e seu marido sem parar de apontar a arma para o malfeitor.

Os De Troeye saíram — o rápido sapateado de mulher no piso de madeira — sem que o outro lhes dirigisse um olhar. Suas pupilas continuavam cravadas no dançarino mundano, cheias de promessas sinistras e improváveis.

— Não gostaria de tentar, amigo...? Olhe que há punhais de sobra no bairro. Ferramentas de homem, imagine. Poderiam lhe emprestar algum.

Max sorriu de viés. Quase cúmplice.

— Outro dia, talvez. Hoje estou com pressa.

— Que pena.

— Sim.

Saiu à rua sem apressar o passo enquanto guardava a pistola, aspirando com aliviado deleite o ar fresco e úmido da madrugada. O Pierce-Arrow estava diante da porta com o motor ligado e os faróis acesos; e, quando o dançarino mundano se enfiou dentro dele, batendo a porta, Petrossi soltou o freio, engrenou a marcha e arrancou com um violento rangido de pneus. O movimento brusco fez Max cair no assento de trás, entre os De Troeye.

— Meu Deus — murmurava o marido, espantado. — Foi uma noite completa.

Recostada nas almofadas de couro, Mecha ria às gargalhadas.

— Acho que estou me apaixonando por Max... Você se importa, Armando?

— Em absoluto, mulher. Eu também o amo.

Carne belíssima. Esplêndida. Talvez fossem essas as palavras exatas para definir o corpo de mulher adormecido e imóvel que Max contemplava na penumbra do quarto, sobre os lençóis revoltos. Não havia pintor nem fotógrafo, concluiu o dançarino mundano, que fosse capaz de reproduzir fielmente aquelas linhas longas e soberbas, combinadas pela natureza com perfeição deliciosa nas costas nuas, os braços esticados em um ângulo exato abraçando o travesseiro, a curva suave dos quadris prolongada até o infinito nas pernas esbeltas que, ligeiramente separadas, mostravam, por trás, um pedacinho do sexo. E como centro ideal para o qual convergiam todas aquelas linhas longas e curvas suaves, a nuca desnuda, vulnerável, com os cabelos recortados rentes logo acima, que o dançarino mundano havia roçado com os lábios antes de se levantar, para ter certeza de que Mecha dormia.

Terminando de se vestir, Max apagou o cigarro que havia fumado, foi ao banheiro — mármore e azulejos brancos — e deu o nó na gravata diante do grande espelho situado sobre a pia do lavabo. Atravessou depois o dormitório enquanto abotoava o colete, à procura do paletó e do chapéu que havia deixado na salinha da enorme suíte do Palace, ao lado da luminária acesa e do sofá de caoba no qual Armando de Troeye, vestido e com a roupa em desordem, o colarinho postiço solto, de meia, dormia encolhido como um vagabundo bêbado em um banco da rua. O ruído dos passos fez o compositor abrir os olhos; remexeu-se, atordoado, no estofado de veludo vermelho.

— O que está acontecendo... Max? — perguntou com a língua pastosa, entorpecida.

— Não está acontecendo nada. O colar de Mecha ficou com Petrossi e estou indo buscá-lo.

— Bom rapaz.

De Troeye fechou os olhos e se virou. Max ficou observando-o por um momento. O desprezo que aquele homem lhe inspirava competia com o espanto diante do que acontecera nas últimas horas. Por um instante sentiu vontade de espancá-lo sem piedade nem remorso; mas isso, concluiu friamente, não daria nenhuma contribuição prática à situação. Havia coisas mais urgentes. Passara muito tempo refletindo sobre elas, imóvel ao lado do corpo exausto e adormecido de Mecha, com as últimas recordações e sensações amontoando-se como as extremidades circulares de uma torrente: a maneira como haviam atravessado o vestíbulo do hotel apoiando o marido, o recepcionista da noite que lhes entregou a chave, o elevador e a chegada aos aposentos, os gemidos e as risadas sufocadas. E, depois, De Troeye olhando-os com olhos vidrados de animal aturdido enquanto a mulher e Max se despiam e se atacavam com ânsia e total ausência de pudor, bocas e corpos sorvendo-se, recuando aos empurrões para o quarto, onde, sem fechar a porta, arrancaram a colcha da cama e ele se fundiu na carne de mulher com desesperada violência, mais próxima de um ajuste de contas do que de um ato de paixão ou de amor.

Fechou com muito cuidado a porta atrás de si, tentando não fazer barulho, e saiu ao corredor. Caminhou sobre o tapete que abafava seus passos e, evitando o elevador, desceu pela ampla escada de mármore enquanto avaliava os próximos movimentos. Não era verdade que o colar de Mecha tivesse ficado no Pierce-Arrow. Ao descer do automóvel diante do hotel, enquanto dizia ao chofer que esperasse para levá-lo mais tarde à pensão Caboto, Max havia devolvido a pistola a Petrossi e recuperado a fieira de pérolas, que meteu em um bolso sem que Mecha e o marido percebessem. Ali havia estado durante todo o tempo e ali estava agora, avultando sob a mão com que Max apalpava o bolso esquerdo do paletó enquanto passava no meio das colunas do vestíbulo, cumprimentava com um leve movimento de sobrancelhas o porteiro da noite e chegava à rua, onde Petrossi cochilava sob a luz de um poste: o quepe no banco do carona sobre um exemplar dobrado do *La Nación*, a cabeça jogada para trás no respaldo de couro, que levantou quando Max bateu com os nós dos dedos no vidro.

— Me leve para a Almirante Brown, por favor... Não, deixe pra lá. Não coloque o quepe. Depois, volte para casa.

Não trocaram uma palavra durante o trajeto. De vez em quando, ao resplendor dos faróis contra uma fachada ou parede, combinando com a luz acinzentada que começava a assentar o amanhecer, Max percebia no espelho retrovisor o olhar silencioso do chofer, que às vezes cruzava com o seu. Quando o Pierce-Arrow se deteve diante da pensão, Petrossi saiu para abrir a porta de Max. Este desceu, o chapéu na mão.

— Obrigado, Petrossi.

O chofer o olhava, impassível.

— De nada, senhor.

Max deu um passo na direção da porta e se deteve de repente, virando-se.

— Foi um prazer conhecê-lo — acrescentou.

Com aquela luz indecisa era difícil ter certeza, mas teve a impressão de que Petrossi sorria.

— Ao contrário, senhor... Quase todo o prazer foi meu.

Agora foi a vez de Max sorrir.

— A Browning está em ótimo estado. Conserve-a.

— Fico feliz que tenha sido útil.

Um ligeiro desconcerto atravessou o olhar do chofer quando, com um movimento espontâneo, o dançarino mundano começou a tirar o Longines do pulso.

— Não é grande coisa — disse, entregando-o. — Mas não me resta 1 peso no bolso.

Petrossi girava o relógio nos dedos.

— Não é necessário — protestou.

— Sei que não é. E isso o faz ainda mais necessário.

Duas horas mais tarde, após fazer suas malas e pegar um táxi na pensão Caboto, Max Costa subiu no cais do porto no vapor com rodas da Carrera, que ligava as duas margens do Rio da Prata; e pouco depois, resolvidos os trâmites na Imigração e na Aduana, desembarcava em Montevidéu. As investigações policiais que ao cabo de alguns dias reconstruíram as breves atividades do dançarino mundano na capital uruguaia indicariam que no trajeto iniciado em Buenos Aires conhecera uma mulher de nacionalidade mexicana, cantora profissional, contratada pelo teatro Royal Pigalle. Max se hospedou com ela em uma luxuosa suíte do hotel Plaza Victoria, de onde desapareceu na manhã seguinte deixando para trás sua bagagem e uma conta alta — estadia, diversos serviços, jantar com champanhe e caviar — que a enfurecida mexicana teve de pagar, muito a contragosto, quando naquele mesmo dia um empregado a despertou com um casaco de arminho que Max havia comprado para ela na tarde anterior na melhor peleteria da cidade; e que, de acordo com suas instruções, por não estar com dinheiro suficiente naquele momento, era necessário entregar no hotel no outro dia, quando os bancos estivessem abertos.

Então Max já havia embarcado no transatlântico de bandeira italiana *Conte Verde* que se dirigia à Europa com escala no Rio de Janeiro; três dias depois desembarcou na cidade brasileira, e a partir desse momento perderam sua pista. A última coisa que conseguiram descobrir foi que, antes de deixar Montevidéu, Max vendera o colar de pérolas de Mecha Inzunza a um joalheiro romeno que tinha um antiquário na rua Andes, um famoso receptador de objetos roubados. O romeno, que se chamava Troianescu, admitiu em seu depoimento à polícia ter pagado pelo colar — duas centenas de pérolas originais em perfeito estado — a quantia de 3 mil libras esterlinas. O que significava, de acordo com a avaliação do mercado, pouco mais da metade de seu valor real. Mas o jovem que o vendera no café Vaccaro, recomendado pelo amigo de um amigo, parecia ter urgência de fechar o negócio. Um rapaz amável, decerto. Bem-vestido e educado. Com um sorriso simpático. Não fosse pela pressa e pelas duzentas pérolas envolvidas, teria sido considerado um perfeito cavalheiro.

6. O Passeio dos Ingleses

Saem para dar uma volta depois de jantar no Vittoria, desfrutando a temperatura agradável. Mecha apresentou Max aos outros — "Um querido amigo, de mais anos que consigo recordar" — e ele se integrou ao grupo sem esforço, com a altivez que sempre teve para se comportar em todo tipo de situação: a simpática naturalidade, feita de boas maneiras e prudente habilidade, que tantas portas abrira em outros tempos, quando cada dia era um desafio e uma luta pela sobrevivência.

— Quer dizer que vive em Amalfi? — interessa-se Jorge Keller.

A calma de Max é perfeita.

— Sim. Por temporadas.

— Belo lugar, esse. Eu o invejo, de verdade.

É um rapaz agradável, conclui Max. Em boa forma física: como esses garotos norte-americanos que ganham troféus na universidade, mas com a pátina de um bom verniz europeu. Tirou a gravata, arregaçou a camisa no antebraço, e, com o paletó no ombro, combina pouco com a ideia que se costuma ter de um aspirante a campeão mundial de xadrez. E a partida adiada não parece inquietá-lo. Durante o jantar se mostrou engraçado e desenvolto, trocando piadas com seu mestre e assessor Karapetian. Quando serviam a sobremesa, este quis se retirar para analisar as variantes da jogada secreta, adiantando o trabalho que ele e Irina Jasenovic teriam de fazer no dia seguinte depois do café da manhã. Foi Karapetian quem, antes de sair, sugeriu o passeio. Vai lhe fazer bem, disse ao jovem, irá ajudá-lo a acalmar as ideias. Divirta-se um pouco, e leve Irina com você.

— Há quanto tempo estão juntos? — quis saber Max quando o assessor se afastava.

— Há muito — suspirou Keller, com o tom festivo de quem fala de um professor assim que este vira as costas. — E isso significa mais da metade da minha vida.

— A verdade é que o ouve mais do que a mim — observou Mecha.

O jovem começou a rir.

— Você é apenas minha mãe... Emil é o guardião do calabouço.

Max olhava para Irina Jasenovic perguntando-se até que ponto ela poderia ser a chave desse calabouço que Keller mencionara. Não era exatamente bonita, decidiu. Atraente, talvez, com sua juventude, aquela saia muito curta e tão *swinging-London*, os olhos negros grandes e rasgados. Parecia silenciosa e doce. Uma garota esperta. Mais do que namorados, ela e Keller tinham o aspecto de jovens amigos que se entendiam por sinais e olhares às costas das pessoas mais velhas, como se o xadrez que os unira fosse uma transgressão cúmplice. Uma travessura inteligente e complexa.

— Bebamos alguma coisa — sugere Mecha. — Ali.

Desceram conversando por San Antonino e a via San Francesco em direção aos jardins do hotel Imperial Tramontano, onde em um coreto situado entre buganvílias, palmeiras e magnólias iluminadas por lanternas uma banda toca diante de umas trinta pessoas — camisas polo, suéteres em cima dos ombros, minissaias e jeans — que ocupam mesas ao redor da pista situada perto da beira da encosta, sobre a paisagem negra da baía e com as luzes distantes de Nápoles ao fundo.

— Que eu me lembre, minha mãe nunca falou de você... Onde se conheceram?

— Em um navio, no final dos anos 1920. Estávamos indo para Buenos Aires.

— Max era o dançarino mundano a bordo — acrescenta Mecha.

— Mundano?

— Profissional. Dançava com senhoras e jovenzinhas, e o fazia bastante bem... Teve muito a ver com o famoso tango do meu primeiro marido.

O jovem Keller recebe essa informação com indiferença. O tango não lhe interessa muito, deduz Max, ou não gosta que a vida familiar pregressa de sua mãe seja mencionada.

— Ah, isso — comenta, frio. — O tango.

— E o que faz agora? — interessa-se Irina.

O chofer do Dr. Hugentobler compõe uma expressão adequada, entre convincente e vaga.

— Negócios — responde. — Tenho uma clínica no norte.

— Nada mal — comenta Keller. — De dançarino de tango a proprietário de uma clínica e de uma vila em Amalfi.

— Com etapas intermediárias nem sempre bem-sucedidas — diz Max. — Bem, quarenta anos de trabalho...

— Conheceu meu pai, Ernesto Keller?

Uma expressão vaga, como se puxasse pela memória.

— É possível... Não tenho certeza.

O olhar de Max encontra o de Mecha.

— Você o conheceu na Riviera — diz ela, serena. — Durante a guerra na Espanha, na casa de Suzi Ferriol.

— Ah, é verdade... Claro.

Os quatro pedem bebidas: refrescos, água mineral e um negroni para Max. Quando o garçom volta com a bandeja carregada, o baterista está atacando caixas e pratos, soam duas guitarras elétricas e o vocalista — um galã maduro de peruca e paletó de tecido brilhante, que imita o estilo de Gianni Morandi — começa a cantar "Fatti mandare dalla mama". Jorge Keller e a garota trocam um rápido beijo e vão dançar na pista, entre as pessoas, movimentando-se com agilidade ao ritmo acelerado do twist.

— Incrível — comenta Max.

— O que você acha incrível?

— Seu filho. Sua maneira de ser. De se comportar.

Ela olha para ele com ironia.

— Está se referindo ao aspirante a campeão do mundo de xadrez?

— A ele mesmo.

— Entendo. Imagino que esperava encontrar um garoto pálido e intratável, em uma nuvem de 64 casas.

— Sim, alguma coisa do tipo.

Mecha balança a cabeça. Você não deve se enganar, adverte. A nuvem também está aí. Embora não pareça, o jovem continua jogando a partida adiada. O que o distingue dos outros, sem dúvida, é a forma de encarar isso. Alguns grandes mestres se isolam do mundo e da vida, concentrados como se fossem monges. Mas Jorge Keller não é assim. Sua maneira de jogar consiste, exatamente, em projetar o jogo do xadrez no mundo e na vida.

— Sob essa aparência enganosamente normal, tão cheio de vitalidade — conclui —, há uma concepção do espaço e das coisas que não tem nada a ver com a sua ou com a minha.

Max, que observa Irina Jasenovic, assente.

— E ela?

— É uma garota estranha. Eu mesma não consigo entender o que tem na cabeça... É uma grande jogadora, sem dúvida. Eficaz e lúcida... Mas não sei até que ponto sua maneira de se comportar vem dela ou se é a relação com Jorge que determina isso. Não sei como era antes.

— Nunca imaginei que existissem mulheres que fossem boas enxadristas... Sempre achei que fosse um esporte masculino.

— Mas não é o que acontece. Há muitas na categoria de grande mestre, sobretudo na União Soviética. O que acontece é que poucas chegam a disputar títulos mundiais.

— Por quê?

Mecha bebe um gole de água e fica pensativa por um momento. Emil Karapetian, diz então, tem uma teoria a respeito. Jogar algumas partidas não é o mesmo que disputar um torneio ou um campeonato mundial: isso exige esforço continuado, extrema concentração e uma imensa estabilidade emocional. É mais difícil para as mulheres, que vivem submetidas a altos e baixos biológicos, manter essa estabilidade uniforme durante as semanas ou os meses de duração de uma competição de alto nível. Fatores como a maternidade, ou os ciclos menstruais, podem quebrar o equilíbrio imprescindível a uma prova extrema de xadrez. Por isso, poucas chegam a tal nível.

— E você concorda com ele?

— Um pouco. Sim.

— Irina também acha a mesma coisa?

— Não, absolutamente. Afirma que não há nenhuma diferença.

— E seu filho?

— Concorda com ela. Diz que é uma questão de atitudes e de costumes. Acredita que as coisas mudarão muito nos próximos anos, no xadrez como em todo o resto... Que tudo já está mudando com a revolução dos jovens, a Lua ao alcance da mão, a música, a política e todo o resto.

— Certamente tem razão — admite Max.

— Você diz isso como se não lamentasse.

Observa-o, interessada. Suas palavras pareceram mais uma provocação do que um comentário casual. Ele responde com uma expressão elegante. Melancólica.

— Cada época tem seu momento — opina em tom comedido. — E sua gente. A minha acabou há muito tempo, e eu detesto finais prolongados. Levam a perder as maneiras.

Mecha rejuvenesce quando sorri, confirma ele, como se isso alisasse sua pele. Ou talvez seja o brilho cúmplice de seu olhar, que agora é idêntico àquele que recorda.

— Você continua fazendo belas frases, meu amigo. Sempre me perguntei de onde as tirava.

O velho dançarino mundano não dá muita importância, como se a resposta fosse óbvia.

— Emprestadas daqui e dali, suponho... Depois é uma questão de usá-las no momento oportuno.

— Pois suas maneiras permanecem intactas. Continua sendo o perfeito *charmeur* que eu conheci há quarenta anos, naquele navio tão limpo e tão branco que parecia recém-construído... Mas você falou de sua época sem me incluir nela.

— Você continua viva. Basta vê-la com seu filho e os outros.

A primeira frase pareceu um lamento, e Mecha o estuda, reflexiva. Talvez subitamente em estado de alerta. Max sente, por um segundo, sua defesa fraquejar; por isso ganha tempo inclinando-se sobre a mesa para encher de água o copo da mulher. Quando se inclina para trás na cadeira, tudo está novamente sob controle. Mas ela continua o observando, penetrante.

— Não entendo por que está falando desse jeito. Nesse tom amargo. As coisas não correram mal para você.

Max faz um gesto vago. Isso também é uma maneira de jogar xadrez, diz a si mesmo. Talvez não tenha feito outra coisa ao longo de toda sua vida.

— Cansaço, pode ser a palavra — responde, com cautela. — Um homem precisa saber quando se aproxima o momento de largar o tabaco, o álcool ou a vida.

— Outra bela frase. De quem é?

— Esqueci. — Agora sorri, de novo dono do terreno. — Até poderia ser minha, imagine. Sou muito velho para saber.

— E também de quando se deve abandonar uma mulher...? Houve um tempo em que era especialista nisso.

Olha para ela com calculada mistura de afeto e reprovação, porém Mecha nega com um gesto, descartando aquilo. Sem aceitar a cumplicidade que lhe propõe.

— Não sei do que se lamenta — insiste ela. — Ou do que finge se lamentar. Sua vida foi cheia de riscos... Você poderia ter acabado de uma maneira muito diferente.

— Na miséria, está querendo dizer?

— Ou no cárcere.

— Vivi as duas situações — admite. — Raras vezes e por pouco tempo, mas vivi.

— É espantoso que tenha mudado de vida... Como conseguiu?

Max compõe de novo uma expressão ambígua que abarca todo tipo de possibilidades imaginárias. Com frequência, um único detalhe supérfluo pode destruir as melhores defesas.

— Tive um par de lances de sorte depois da guerra. Amigos e negócios.

— E alguma mulher endinheirada, talvez?

— Não creio... Não me lembro.

O homem que Max foi em outros tempos acenderia agora um cigarro com elegante calma, fazendo uma pausa oportuna. Mas parou de fumar; e, além disso, o gim do negroni lhe caiu como um tiro no estômago. Por isso se limita a mostrar-se impassível. A mente ocupada em desejar uma colherada de sal de fruta diluída em um copo de água morna.

— Você não sente saudades, Max...? Daquele tempo...

Ela observa seu filho e Irina, que continuam dançando sob as luminárias do parque. Agora, um rock. Max os observa evoluir pela pista e depois se fixa nas folhas que amarelam na penumbra ou estão caídas, secas, no chão, ao lado da mesa.

— Sinto saudades da minha juventude — responde — ou, melhor, do que essa juventude tornava possível... Por outro lado, descobri que o outono tranquiliza. Na minha idade, é necessário se sentir a salvo, longe dos sobressaltos produzidos pela primavera.

— Não seja tão absurdamente gentil. Diga em *nossa* idade.

— Jamais.

— Você é bobo.

Um silêncio agradecido, de novo cúmplice. Mecha tira do bolso da jaqueta um maço de cigarro e o deixa em cima da mesa, sem acender nenhum.

— Sei a que está se referindo — diz, finalmente. — Também acontece comigo. Um dia me dei conta de que havia mais pessoas desagradáveis nas ruas, os hotéis já não eram tão elegantes nem as viagens tão divertidas. Que as cidades estavam mais feias e os homens mais grosseiros ou menos atraentes... E, por fim, a guerra europeia varreu o que restava.

Fica calada de novo, por um instante.

— Por sorte tive Jorge — acrescenta.

Max assente, abstraído, refletindo sobre tudo o que acabara de ouvir. Não o diz em voz alta, mas acha que ela está enganada. A seu respeito, pelo menos. Seu problema não é de nostalgia em relação ao mundo de outrora, mas uma coisa mais prosaica. Durante a maior parte de sua vida tentou sobreviver neste mundo, adaptando-se a um cenário que, ao desabar, acabou arrastando-o. Quando isso aconteceu, já era muito tarde para começar de novo: a vida deixara de ser um vasto território de caça povoado por cassinos, hotéis caros, transatlânticos e luxuosos trens expressos, onde a forma de fazer a risca do cabelo ou de acender um cigarro poderia influir na sorte de um homem audacioso. Hotéis, viagens, lugares, homens mais ordinários ou menos atraentes, dissera Mecha, com singular exatidão. Aquela velha Europa, na qual dançou nos *dancings* e nos palácios o "Bolero" de Ravel e o "Tango da Velha Guarda", não podia mais ser contemplada contra a luz de uma taça de champanhe.

— Meu Deus, Max... Você era belíssimo. Com essa sua altivez, tão elegante e cafajeste ao mesmo tempo.

Contempla-o com extrema atenção, como se procurasse em seu rosto envelhecido o jovem charmoso que conhecera. Dócil, exibindo um elegante estoicismo — nos lábios um esgar suave, de homem do mundo resignado ao inevitável —, ele se submete ao exame.

— História singular, não é mesmo? — conclui ela finalmente, com doçura. — Você e eu... Nós, o *Cap Polonio*, Buenos Aires e Nice.

Com perfeito sangue-frio, sem dizer uma palavra, Max se inclina um pouco sobre a mesa, pega uma das mãos da mulher e a beija.

— Não é verdade o que lhe disse outro dia. — Mecha agradece o gesto com um olhar radiante. — Você está ótimo para sua idade.

Dá de ombros com a modéstia adequada.

— Não é verdade. Sou um velho como qualquer outro, que conheceu o amor e o fracasso.

A gargalhada de Mecha desperta o olhar das pessoas que estão nas mesas próximas.

— Maldito pirata. Isso também não é seu.

Max nem sequer pisca.

— Prove.

— Ao dizer isso, rejuvenesceu trinta anos... Fazia a mesma cara impassível quando a polícia o interrogava?

— Que polícia?

Agora os dois riem. Max também, muito. Sinceramente.

— Você sim está bem — diz depois. — Era... É a mulher mais linda que vi em minha vida. A mais elegante, a mais perfeita. Parecia que andava pela vida com um foco seguindo seus passos, iluminando-a sem parar. Como essas atrizes de cinema que parecem interpretar os mitos que elas mesmas criaram.

De repente, Mecha fica séria. Após um instante, a vê sorrir, sem vontade. Como se o fizesse à distância.

— O foco se apagou há muito tempo.

— Não é verdade — contradiz Max.

Ela ri novamente, mas de uma maneira diferente.

— Ouça, chega. Somos dois velhos hipócritas, mentindo um para o outro enquanto os jovens dançam.

— Você quer dançar?

— Não seja tolo... Velho, sem-vergonha e bobo.

O ritmo da música mudou. O vocalista de peruca e paletó de tecido brilhante fez uma pausa: soam os compassos instrumentais de "Crying in the Chapel" e os casais se abraçam na pista. Jorge Keller e Irina também dançam abraçados. A jovem apoia a cabeça no ombro do enxadrista, suas mãos cruzadas em sua nuca.

— Parecem apaixonados — comenta Max.

— Não sei se é a palavra certa. Precisa vê-los quando analisam partidas diante de um tabuleiro. Ela pode ser implacável, e ele se agita como um tigre furioso... Frequentemente, Emil Karapetian tem de fazer o papel de árbitro. Mas a combinação acaba sendo eficaz.

Max se virou para olhá-la com atenção.

— E você?

— Ah, bem... Como lhe disse antes, sou a mãe. Fico de fora, como agora. Observando. Atenta para atender às necessidades. À logística... Mas, durante todo o tempo, sei onde estou.

— Poderia viver sua própria vida.

— E quem disse que esta não é minha própria vida?

Bate suavemente com as unhas no maço de cigarro. Finalmente, pega um e Max o acende, solícito.

— Seu filho é muito parecido com você.

Mecha expulsa a fumaça, olhando-o com repentino receio.

— Em quê?

— Fisicamente, sem dúvida. Delgado, alto. Há alguma coisa em seus olhos quando sorri que lembra os seus... Como era seu pai, o diplomata? Realmente, mal me lembro. Um homem agradável e elegante, não...? Aquele jantar em Nice. E pouco mais.

Ela ouve com curiosidade, atrás das espirais cinza que a brisa suavíssima do mar próximo desfaz.

— Você poderia ser o pai... Nunca lhe ocorreu pensar nisso?

— Não diga coisas absurdas, lhe peço.

— Não é absurdo. Pense um pouco. A idade de Jorge. Vinte e oito anos... Não lhe sugere nada?

Max se remexe na cadeira, incomodado.

— Por favor. Poderia...

— Poderia ser qualquer um, você quer dizer?

De repente parece chateada. Sombria. Apaga o cigarro com violência, esmagando-o no cinzeiro.

— Fique tranquilo. Não é seu filho.

No entanto, Max não consegue tirar aquilo da cabeça. Continua pensando, inquieto. Fazendo cálculos absurdos.

— Aquela última vez, em Nice...

— Maldição. Pelo amor de Deus... Ao diabo, você e Nice.

A manhã estava fria e esplêndida. Diante da janela do hotel de Paris, em Montecarlo, as árvores agitavam seus galhos e perdiam as primeiras folhas do outono por causa do mistral, que havia dois dias estava soprando no céu sem nuvens. Minucioso, atento a cada detalhe da roupa, Max — cabelos alisados com brilhantina, aroma recente de massagem facial — acabou de se vestir: abotoou o colete e vestiu o paletó do terno de cheviote castanho de 7 guinéus, feito sob medida cinco meses antes em Londres na Anderson & Sheppard. Depois colocou um lenço branco no bolso superior, deu um último toque na gravata de listras vermelhas e cinza, checou com o olhar o brilho dos sapatos de couro marrom e encheu os bolsos com os objetos que estavam em cima da cômoda: uma caneta tinteiro Parker Duofold, uma cigarreira de tartaruga — esta sim tinha gravadas suas próprias iniciais — com vinte cigarros turcos, uma carteira de couro com 2 mil francos, a *carte de saison* para o círculo privado do Casino e o cartão de sócio do Sporting Club. O isqueiro Dunhill folheado a ouro estava na mesinha do café da manhã ao lado da janela, em cima de um jornal com as últimas notícias da guerra da Espanha — "As tropas de Franco tentam reconquistar Belchite" era a manchete. Enfiou o isqueiro no bolso, jogou o jornal no cesto de papéis, pegou o chapéu de feltro e a bengala de Malaca e saiu ao corredor.

Viu os dois homens ao pisar nos últimos degraus da esplêndida escada, sob a cúpula envidraçada do vestíbulo. Estavam sentados, com os chapéus postos, em um dos sofás da direita, ao lado da porta do bar; a princípio, achou que eram policiais. Aos 35 anos — há sete parara de trabalhar como dançarino mundano em hotéis de luxo e transatlânticos —, Max tinha um instinto profissional treinado para detectar situações de riscos. Uma rápida olhada dirigida aos sujeitos o convenceu de que essa o era: ao vê-lo aparecer, trocaram algumas palavras e agora o olhavam com visível interesse. Com ar casual, a fim de evitar uma cena inconveniente no vestíbulo — talvez uma detenção, embora em Mônaco sua ficha fosse limpa, sem antecedentes —, Max foi ao encontro dos dois homens, aparentando que se dirigia ao bar. Ao chegar à sua altura, os dois ficaram em pé.

— Sr. Costa?

— Sim.

— Meu nome é Mauro Barbaresco e meu amigo é Domenico Tignanello. Poderíamos conversar por um momento?

Aquele que havia falado — em espanhol correto, embora com forte sotaque italiano — tinha ombros largos, nariz aquilino e olhos vivos, e vestia um terno cinza um pouco apertado, as calças amarrotadas nos joelhos. O outro era mais baixo e gordo, tinha um rosto meridional, melancólico, com uma pinta imensa na bochecha esquerda, e vestia um terno escuro listrado — amarrotado e brilhante nos cotovelos, observou Max —, gravata muito larga e seus sapatos estavam sujos. Os dois deviam ter passado bem dos 30.

— Só disponho de meia hora. Depois tenho um compromisso.

— Será suficiente.

O sorriso do sujeito do nariz aquilino parecia muito amistoso para ser tranquilizador — Max sabia por experiência própria que um policial sorridente era mais perigoso do que um sério —; se aqueles dois estavam ao lado da lei e da ordem, concluiu, não era de uma maneira convencional. Por outro lado, o fato de saberem seu nome não tinha nada de particular. Em Montecarlo estava registrado como Máximo Costa, seu passaporte venezuelano era autêntico e estava de acordo com as regras. Também tinha uma conta com 430 mil francos na agência do Barclays Bank; e, no cofre do hotel, outros 50 mil que atestavam que era um cliente honrado; ou, pelo menos, solvente. No entanto, alguma coisa cheirava mal naqueles dois. Seu olfato adestrado em terrenos difíceis detectava problemas.

— Podemos convidá-lo para um drinque?

Max dirigiu o olhar ao interior do bar: Emilio, o barman, agitava uma coqueteleira atrás do balcão estilo americano, e vários clientes bebiam seus aperitivos sentados em cadeiras de couro, em meio às paredes com apliques de vidro e painéis de madeira envernizada. Não era o melhor lugar para conversar com aqueles dois, e por isso apontou a porta que levava à rua.

— Vamos aqui em frente. Ao café de Paris.

Atravessaram a praça que ficava diante do Casino, onde o porteiro, com boa memória para as gorjetas, saudou Max. O vento do norte tingia o mar próximo com uma cor azul mais intensa do que o habitual, e as montanhas que deslocavam em abruptos cinza e ocres o relevo da costa pareciam mais limpas e próximas naquela extensa paisagem de vilas, hotéis e cassinos que era a Costa Azul: um bulevar de 60 quilômetros habitado por garçons tranquilos que esperavam clientes, *croupiers* lentos que esperavam jogadores, mulheres rápidas que esperavam homens com dinheiro, e aventureiros atentos que, como o próprio Max, esperavam a oportunidade de se beneficiar de tudo isso.

— O tempo vai mudar — disse o que se chamava Barbaresco para seu companheiro, observando o céu.

Por alguma razão que não se deteve para considerar, Max achou que aquilo parecia uma ameaça ou uma advertência. De qualquer maneira, a certeza de complicações iminentes se consolidava cada vez mais. Tentando manter a cabeça fria, escolheu uma mesa embaixo dos guarda-sóis do terraço do café, na parte mais tranquila. A fachada imponente do Casino ficava à esquerda e o hotel de Paris e o Sporting Club no outro lado da praça. Sentaram-se, chamaram o garçom e pediram bebidas: Barbaresco e Tignanello patrióticos cinzanos e Max um coquetel Riviera.

— Queremos lhe fazer uma proposta.

— Quando diz *queremos*, está se referindo a quem?

O italiano tirou o chapéu e depois passou uma das mãos pela cabeça. Tinha o crânio calvo e bronzeado; somado à largura dos ombros, isso lhe dava um aspecto atlético. Esportivo.

— Somos intermediários — disse.

— De quem?

Um sorriso cansado. O italiano olhava, sem tocá-la, a bebida vermelha que o garçom colocara à sua frente. Seu melancólico companheiro pegara a sua e a aproximava dos lábios, cauteloso, como se desconfiasse da rodela de limão que estava dentro do copo.

— A seu devido tempo.

— Bem. — Max ia acender um cigarro. — Vejamos essa proposta.

— Um trabalho no sul da França. Muito bem-remunerado.

Sem acender o isqueiro, Max ficou em pé calmamente, chamou o garçom e pediu a conta. Tinha experiência suficiente com provocadores, dedos-duros e policiais disfarçados para prolongar aquela situação.

— Foi um prazer, cavalheiros... Já disse antes que tenho um compromisso. Tenham um bom dia.

Os dois sujeitos permaneceram sentados, sem se alterar. Barbaresco tirou do bolso um documento de identidade e o mostrou, aberto.

— Isto é sério, Sr. Costa. Uma coisa oficial.

Max olhou para a carteira. A foto de seu proprietário estava colada ao lado do brasão da Itália e da sigla SIM.

— Meu amigo tem outra igual a esta... Não é mesmo, Domenico?

O outro assentiu, taciturno, como se, em vez de lhe perguntar por um documento de identidade, tivesse perguntado se tinha tuberculose. Também havia tirado o chapéu e exibia cabelos pretos e oleosos, que acentuavam seu aspecto meridional. Siciliano ou calabrês, imaginou Max. Com toda a melancolia racial de lá do sul desenhada na cara.

— E são verdadeiros?

— Como hóstias consagradas.

— De qualquer maneira, sua jurisdição termina em Ventimiglia, me parece.

— Estamos aqui de visita.

Max voltou a se sentar. Como qualquer pessoa que lesse jornais, estava a par das pretensões territoriais da Itália, que desde a tomada do poder por Mussolini reclamava a antiga fronteira no sul da França, estendendo sua reivindicação ao rio Var. Tampouco ignorava que, com o ambiente criado pela guerra da Espanha e as tensões políticas na Europa e no Mediterrâneo, a faixa costeira que incluía Mônaco e o litoral francês e ia até Marselha era um formigueiro de agentes italianos e alemães. Sabia, também, que SIM significava Servizio Informazioni Militare e que por esse nome eram conhecidos os serviços secretos exteriores do regime fascista.

— Antes de entrar no assunto, Sr. Costa, permita-me dizer que sabemos tudo a respeito de sua pessoa.

— Quanto de tudo?

— Julgue o senhor mesmo.

Depois daquele preâmbulo, Barbaresco bebeu o vermute — três goles prolongados com pausas —, enquanto resumia com notável eficiência, em aproximadamente dois minutos, a trajetória de Max na Itália nos últimos anos. Isso incluía, entre outros fatos menores, um roubo das joias de uma norte-americana chamada Howells em seu apartamento da via Babuino de Roma, outro roubo de joias de uma cidadã belga no Gran Hotel da mesma cidade, o arrombamento de um cofre na vila de Bolzano pertencente à marquesa Greco de Andreis e um roubo de joias e dinheiro da soprano brasileira Florinda Salgado em uma suíte do hotel Danieli de Veneza.

— Fiz tudo isso? — Max o avaliava com calma. — Não me diga.

— Fez mesmo. É o que estou dizendo.

— É estranho que não tenham me detido até agora... Com tantos delitos e tantas provas contra mim.

— Ninguém falou de provas, Sr. Costa.

— Ah.

— Na realidade, nunca foi confirmada, oficialmente, nem uma única suspeita a seu respeito.

Cruzando as pernas, Max acendeu, finalmente, o cigarro.

— Não sabe como me tranquiliza ouvir isso... Então agora me diga o que estão querendo de mim.

Barbaresco girava o chapéu nas mãos. Como as de seu companheiro, eram fortes, com unhas achatadas. E certamente, se fosse necessário, perigosas.

— Há um assunto — disse o italiano —, um problema que precisamos resolver.

— Aqui, em Mônaco?

— Em Nice.

— E o que eu tenho a ver com isso?

— Embora seu passaporte seja venezuelano, o senhor é de origem argentina e espanhola. É bem-relacionado e se movimenta com desenvoltura em certos círculos. Há outra vantagem: nunca teve problemas com a polícia francesa; ainda menos do que com a nossa. Isso lhe dá uma mobilidade respeitável... Não é verdade, Domenico?

O outro voltou a assentir com rotineira estupidez. Parecia habituado a que seu companheiro se encarregasse da parte de diálogo de seu trabalho.

— E o que esperam que faça?

— Que use suas habilidades em nosso benefício.

— Tenho muitas habilidades.

— Concretamente — Barbaresco olhou de novo para seu companheiro como se pedisse sua aprovação, mas o outro não disse uma palavra nem alterou a expressão — nos interessa sua facilidade para se infiltrar na vida de certos incautos, especialmente quando se trata de mulheres endinheiradas. Demonstrou também uma espantosa habilidade para escalar paredes, quebrar janelas e abrir cofres trancados... Este último detalhe nos surpreendeu, realmente; até que tivemos uma conversa com um velho conhecido seu, chamado Enrico Fossataro, que dirimiu nossas dúvidas.

Max, que estava apagando seu cigarro, permaneceu impassível.

— Não conheço esse indivíduo.

— É estranho, porque ele parece estimá-lo muito. Não é verdade, Domenico...? Disse, literalmente, que é um bom rapaz e um respeitável gentleman.

Max manteve a expressão impenetrável enquanto sorria para si mesmo recordando Fossataro: um sujeito alto, magro, de maneiras muito corretas, que trabalhara na Conforti, uma empresa de fabricação de caixas-fortes antes de começar a usar seus conhecimentos técnicos para saqueá-las. Se conheceram no café do hotel Capsa de Bucareste em 1931 e se associaram para usar suas habilidades em várias empreitadas lucrativas. Foi ele quem ensinou Max a usar pontas de diamantes para cortar vidros e vitrines, assim como a manejar instrumentos de serralheria e a abrir cofres. Enrico Fossataro tinha a elegância de agir com extrema limpeza, causando o mínimo incômodo possível a suas vítimas. "Você rouba as pessoas ricas, mas não as maltrata", costumava dizer. "Costumam ter seguro contra roubo, não contra a desconsideração." Até sua reabilitação social — acabara de se filiar, como tantos compatriotas, ao partido fascista —, Fossataro fora uma lenda no mundo dos elegantes delinquentes europeus. Apaixonado pela leitura, em certa ocasião interrompeu pela metade um roubo de uma casa de Verona ao descobrir que pertencia ao poeta e dramaturgo Gabriele D'Annunzio. E era famoso o episódio noturno em que, depois de adormecer uma babá com um lenço empapado de éter, Fossataro ficou dando mamadeira a um bebê acordado no berço enquanto seus cúmplices depenavam a casa.

— Ou seja — concluiu Barbaresco —, além de socialmente agradável, com maneiras de gigolô, o senhor é uma boa peça. O que os franceses, em sua delicadeza, costumam chamar de *cambrioleur*. Embora seja de luvas brancas.

— Deveria me mostrar surpreso?

— Não é necessário, pois em nosso caso há pouco mérito em ter informações a seu respeito. Meu companheiro e eu temos o aparelho do Estado à nossa disposição. Como sabe, a polícia italiana é a mais eficaz da Europa.

— Entendo que compete com a Gestapo e a NKVD em matéria de eficácia.

A expressão do outro ficou nublada.

— O senhor está se referindo, sem dúvida, ao pessoal da OVRA, a polícia política fascista. Mas eu e meu amigo somos carabineiros. Compreende...? O nosso serviço é militar.

— Isso me deixa muito tranquilo.

Durante alguns segundos de silêncio, Barbaresco avaliou com visível desagrado a ironia contida nas palavras de Max. Finalmente, expressou em seu semblante que iria deixar aquilo para mais tarde.

— Existem uns documentos que são importantes para a gente — explicou. — Estão em poder de uma pessoa muito conhecida no mundo das finanças internacionais. Por motivos complexos, relacionados à situação da Espanha, esses documentos estão em uma casa de Nice.

— E querem que eu os consiga para vocês?

— Exatamente.

— Roubando-os?

— Não se trata de roubo, mas de recuperação.

Max parecia indiferente, mas seu interesse crescia. Era impossível não sentir curiosidade.

— Que documentos são esses?

— Ficará sabendo no momento devido.

— E por que precisamente eu?

— Como disse antes, o senhor se comporta com desenvoltura nesse tipo de ambiente.

— Estão me tomando por Rocambole ou o quê?

Por algum motivo desconhecido, o nome do personagem de folhetins desenhou um leve sorriso no rosto daquele que se chamava Tignanello, que, por um instante, abandonou sua expressão fúnebre e começou a coçar a pinta da bochecha. Depois continuou olhando para Max com uma expressão de quem está esperando o tempo todo receber uma má notícia.

— Isso é espionagem... Os senhores são espiões.

— Soa melodramático. — Fazendo uma pinça com os dedos, Barbaresco tentou, inutilmente, refazer o vinco desfeito da calça. — Na realidade, somos simples funcionários do Estado italiano. Com diárias, notas de despesas e coisas assim. — Virou-se para o outro. — Não é mesmo, Domenico?

Max não achava tão simples. Sua parte, pelo menos.

— Em tempos de guerra, a espionagem é punida com a morte — disse.

— A França não está em guerra.

— Mas pode estar daqui a pouco. Tempos feios se avizinham.

— Os documentos que o senhor deve recuperar se referem à Espanha... No pior dos casos, se arriscaria a ser deportado.

— Não quero ser deportado. Gosto da França.

— Eu lhe garanto que o risco é mínimo.

Max observava os dois, verdadeiramente surpreso.

— Achava que os agentes secretos dispunham de pessoal próprio para esses casos.

— É o que meu amigo e eu estamos tentando agora... — Barbaresco sorria, paciente. — Conseguir que faça parte do nosso pessoal. Como acha que essas coisas são feitas, senão assim...? Os candidatos não chegam e dizem simplesmente: "Quero ser espião." Às vezes são convencidos por patriotismo e às vezes por dinheiro... Não consta que o senhor tenha demonstrado simpatia por qualquer dos lados que combatem na Espanha. Na verdade, aquilo parece lhe ser indiferente.

— Na verdade, sou mais argentino do que espanhol.

— Deve ser por isso. De qualquer forma, descartada a motivação patriótica, nos resta a financeira. Estamos autorizados a lhe oferecer uma quantia respeitável.

Max entrelaçou os dedos, as mãos apoiadas nos joelhos da perna cruzada.

— Quão respeitável?

Inclinando-se ligeiramente sobre a mesa, Barbaresco abaixou a voz.

— Duzentos mil francos na moeda que considerar mais conveniente, e um adiantamento de 10 mil para as despesas, em forma de cheque contra a agência de Montecarlo do Crédit Lyonnais... Pode dispor do cheque agora mesmo.

Max olhou com distraído afeto profissional o letreiro da joalheria que ficava ali perto, ao lado do café. Seu proprietário, um judeu chamado Gompers com quem de vez em quando fazia negócios, comprava toda tarde dos jogadores do Casino boa parte das joias que lhes vendera de manhã.

— Tenho assuntos próprios em andamento. Isso significaria paralisá-los.

— Acreditamos que a quantia oferecida compensará de sobra.

— Preciso de tempo para pensar.

— Não dispõe desse tempo. Tudo deve estar resolvido em apenas três semanas.

O olhar de Max se deslocou da esquerda para a direita, da fachada do Casino ao hotel de Paris e ao edifício contíguo do Sporting Club, com sua permanente fila de reluzentes automóveis Rolls-Royce, Daimler e Packard parados ao longo da grande praça e os choferes conversando em grupinhos ao lado das escadarias. Três noites atrás, havia acontecido ali mesmo um duplo lance de sorte: uma austríaca madura, mas ainda muito bela, divorciada de um fabricante de peles artificiais de Klagenfurt, com a qual combinara de se encontrar no Trem Azul quatro dias mais tarde, e um *cheval*, dois números adjacentes, no Sporting, quando a bolinha de marfim se deteve no 26, levando Max a ganhar 18 mil francos.

— Vou lhes dizer de outra maneira. Eu gosto de trabalhar por conta própria. Vivo do jeito que quero e jamais me ocorreria trabalhar para um governo. Para mim tanto faz que seja fascista, nacional-socialista, bolchevique ou Fu Manchu.

— É claro que o senhor é livre para aceitar ou não. — A expressão de Barbaresco insinuava exatamente o contrário. — Mas também deve levar em consideração um par de coisas. Sua negativa incomodaria nosso governo, não é mesmo, Domenico...? Isso alterará, sem dúvida, a atitude da nossa polícia quando o senhor, pelo motivo que for, resolver pisar em solo italiano.

Max fez um rápido cálculo mental. Ser proibido de entrar na Itália significaria renunciar às excêntricas americanas de Capri e da costa de Amalfi, às inglesas entediadas que alugavam vilas nas proximidades de Florença, aos novos-ricos alemães e italianos que viviam no cassino e no bar do hotel e deixavam suas mulheres sozinhas em Cortina d'Ampezo e no Lido de Veneza.

— E não apenas isso — continuava lhe expondo Barbaresco. — As relações da minha pátria com a Alemanha e outros países da Europa Central estão excelentes. Sem contar com a mais do que provável vitória de Franco na Espanha... Como o senhor sabe, as polícias costumam ser mais eficazes do que a Liga das Nações. Às vezes cooperam entre si. Um vivo interesse por sua pessoa alertaria, sem dúvida, outros países. Nesse caso, o território onde o senhor diz trabalhar sozinho e confortavelmente poderia ser reduzido de maneira desagradável... Já imaginou?

— Imagino — admitiu Max, neutro.

— Então imagine o caso oposto. As possibilidades do futuro. Bons amigos e um vasto território de caça... Além do dinheiro que receberá por isso.

— Eu precisaria de mais detalhes. Ver até que ponto é viável o que estão me propondo.

— Obterá essas informações depois de amanhã, em Nice. Reservou um quarto por três semanas no Negresco: sabemos que sempre se hospeda nele. Continua sendo um bom hotel, não...? Bem, nós preferimos o Ruhl.

— Vão se hospedar no Ruhl?

— Gostaríamos, mas nossos superiores acham que o luxo deve ser reservado para estrelas como o senhor. Ficaremos em uma modesta casa alugada perto do porto. Não é mesmo, Domenico...? Os espiões vestidos de gala com uma gardênia na lapela são mais coisa de cinema... Daquele inglês que dirige filmes, Hitchcock, ou de estúpidos do gênero.

Quatro dias depois da conversa no café de Paris, sentado embaixo de um guarda-sol do La Frégate diante do Passeio dos Ingleses de Nice, Max — calças brancas de linho, paletó transpassado azul-marinho, bengala e chapéu panamá na cadeira ao lado — entrefechava os olhos, ofuscados pela intensa reverberação da luz na baía. Todo o entorno era um resplendor de edifícios claros em tons brancos, rosados e creme, e o mar refletia o sol com tanta intensidade que as muitas pessoas que percorriam a Promenade, no outro lado da calçada, pareciam uma sucessão de sombras anônimas desfilando contra a luz.

Mal se percebia que a temporada terminava, constatou. Os garis da prefeitura continuavam varrendo folhas secas do chão, e a paisagem adotava, quando o sol saía ou se punha, tons outonais cinza e nacarados. No entanto, ainda havia laranjas nas árvores, o mistral afastava as nuvens do céu e do mar anil, e a calçada que se estendia ao longo da praia cheia de seixos, diante da linha de hotéis, restaurantes e cassinos, era ocupada, todos os dias, por pessoas que saíam para caminhar. Diferente de outros lugares da costa, onde as lojas de luxo começavam a ser fechadas, os banheiros a ser desmontados e os toldos a desaparecer dos jardins dos hotéis, em Nice a *saison* se prolongava pelo inverno. Desde a vitória da Frente Popular, que passou a remunerar as férias — 1,5 milhão de operários havia desfrutado naquele ano dos descontos das passagens de trens —, a cidade era religiosamente invadida, mas ainda estavam lá seus habitantes de toda a vida: aposentados com recursos, casais ingleses com seus cães, velhas damas que ocultavam os estragos do tempo sob chapéus e véus de Chantilly, ou famílias russas que, obrigadas a vender suas luxuosas vilas, ainda ocupavam modestos apartamentos do centro da cidade. Nem sequer em plena estação estival Nice se fantasiava de verão: ali as costas nuas, os trajes de banho e as sandálias que causavam furor em lugares próximos eram malvistos; e os turistas americanos, os ruidosos parisienses e as inglesas de classe média que pretendiam parecer distintas passavam sem se deter a caminho de Cannes ou Montecarlo, tão ao largo quanto os homens de negócios alemães e italianos que infestavam a Riviera com suas grosserias de novos-ricos que engordaram à sombra do nazismo e do fascismo.

Uma das silhuetas que desfilavam contra a luz se destacou das outras, encaminhando-se ao terraço. À medida que se aproximava, Max reconheceu seus contornos, suas feições e, finalmente, o aroma da água-de-colônia Worth. Então ficou em pé, ajustou o nó da gravata e, com um sorriso amplo e iluminado como a luz que inundava tudo, ofereceu as duas mãos à recém-chegada.

— Valha-me Deus, baronesa. Está belíssima.

— *Flatteur*.

Asia Schwarzenberg se sentou, tirou os óculos de sol, pediu um uísque escocês com água Perrier e olhou para Max com seus grandes olhos amendoados, vagamente eslavos. Este apontou o cardápio do terraço que estava na mesa.

— Vamos a um restaurante ou prefere algo rápido?

— Rápido. Acho ótimo ficar aqui mesmo.

Max consultou o menu que tinha impresso no verso um desenho do Palais Méditerranée e algumas palmeiras da Promenade pintadas por Matisse.

— Foie gras e Château d'Yquem?

— Perfeito.

A mulher sorria exibindo dentes muito brancos, os incisivos ligeiramente manchados pelo batom que costumava deixar em todos os lugares: cigarros, bordas de taças, colarinhos das camisas dos homens que beijava ao se despedir. Mas essa — Worth aparte, perfeito para a roupa, embora de perfume muito denso para o gosto de Max — era a única coisa que chocava nela. À diferença dos falsos títulos que muitas aventureiras internacionais exibiam pela Riviera, o da baronesa Anastasia Alexandrovna von Schwarzenberg era autêntico. Um de seus irmãos, amigo do príncipe Yusupov, fora um dos assassinos de Rasputin; e seu primeiro marido havia sido executado pelos bolcheviques em 1918. O título de baronesa, no entanto, devia-se ao seu casamento, o segundo, com um aristocrata prussiano, que ficou arruinado e faleceu de um ataque do coração quando seu cavalo Mareuder perdeu, em 1923, por uma cabeça, o Grand Prix de Deauville. Sem outros recursos, mas bem-relacionada, muito alta, delgada e de maneiras elegantes, Asia Schwarzenberg trabalhara durante algum tempo como manequim para algumas das mais importantes casas de moda francesas. As velhas coleções encadernadas das revistas *Vogue* e *Vanity Fair* que ainda podiam ser encontradas nas salas de leitura de transatlânticos e grandes hotéis eram repletas de sofisticadas fotografias suas tiradas por Edward Steichen ou pelos Séeberger. E a verdade é que, apesar de já estar se aproximando dos 50 anos, a maneira como se vestia — um bolero azul-escuro sobre calças creme folgadas, que o olho adestrado de Max identificou como de Hermès ou Schiaparelli — ainda era deslumbrante.

— Preciso de um contato — disse Max.

— Homem ou mulher?

— Mulher. Aqui, em Nice.

— Difícil?

— Um pouco. Muito dinheiro e excelente posição. Quero me infiltrar em seu círculo de relações.

A mulher ouvia atenta, distinta. Calculando seus lucros, pensou Max. Fazia anos que, além de vender objetos antigos afirmando que pertenciam a sua família russa, vivia de suas relações: convidava pessoas para festas, fazia contatos para alugar uma vila ou reservar uma mesa em um restaurante exclusivo, publicava notas em colunas sociais de revistas que estavam na moda e coisas assim. Na Riviera, a baronesa Asia Schwarzenberg era uma espécie de alcoviteira social.

— Não vou perguntar sobre suas intenções — disse ela — porque costumo imaginá-las.

— Desta vez não é tão simples.

— Eu a conheço?

— Se não a conhecesse, eu não a incomodaria... Além do mais, quem você não conhece, Asia Alexandrovna?

O foie gras e o vinho chegaram e Max fez uma pausa deliberada para lhes dar atenção, sem que a mulher se impacientasse. Os dois tiveram um breve flerte cinco anos antes, quando se conheceram na festa de réveillon do Embassy de Saint-Moritz. O caso não se tornou mais sério porque ambos perceberam, ao mesmo tempo, que o outro era um aventureiro sem um tostão; amanheceram, ela com um casaco de vison sobre um vestido de lamê e ele vestido a rigor, comendo pães de chocolate quente no Hanselmann. Desde então mantinham, em benefício próprio, uma relação amistosa, sem que um invadisse o terreno do outro.

— Foram fotografadas juntas este verão em Longchamps — disse, finalmente, Max. — Vi a foto na *Marie Claire* ou em uma dessas revistas.

A baronesa arqueou as sobrancelhas bem-cuidadas, desenhadas com pinças e *cold-cream*, com sincero espanto.

— Susana Ferriol?

— A própria.

O vime do assento da baronesa rangeu ligeiramente enquanto ela se encostava no respaldo, cruzando as pernas.

— É uma caça muito valiosa, querido.

— Por isso estou recorrendo a você.

Max havia puxado a cigarreira e a oferecia, aberta. Inclinou-se para acender o cigarro que ela aceitara e depois acendeu o seu.

— Nenhum problema de minha parte. — A baronesa fumava, pensativa. — Conheço Suzi há muito tempo. De que você precisa?

— Nada de especial. Uma boa oportunidade para visitar sua casa.

— Só isso?

— Sim. O resto é comigo.

Uma baforada de fumaça. Lenta. Cautelosa.

— Não quero saber nada a respeito do resto — afirmou ela. — Mas vou logo lhe avisando que não é uma mulher fácil. Não se sabe de nenhuma aventura... Embora seja verdade que com essa história da guerra na Espanha tudo anda bagunçado. Não para de ir e vir gente, refugiados e todo o resto... Um caos absoluto.

Aquela palavra — refugiados — era errada, pensou Max. Induzia a pensar na gente pobre que aparecia nas fotografias tiradas pelos correspondentes estrangeiros: rostos de camponeses com lágrimas nas rugas da pele, famílias fugindo dos bombardeios, crianças sujas dormindo sobre miseráveis farnéis de roupa, o desespero e a miséria daqueles que haviam perdido tudo, menos a vida. No entanto, boa parte dos espanhóis que procuravam refúgio na Riviera não tinha nada a ver com isso. Confortavelmente instalados naquele clima semelhante ao de sua pátria, alugavam vilas, apartamentos ou quartos de hotel, bronzeavam-se ao sol e frequentavam restaurantes caros. E não só ali. Quatro semanas atrás, planejando uma ação que não chegara a se concretizar — nem tudo eram êxitos em sua carreira —, Max convivera com inúmeros desses exilados em Florença: aperitivos no Casone e jantares no Picciolo ou no Betti. Para aqueles que conseguiram se colocar a salvo e mantinham suas contas bancárias no estrangeiro, a guerra civil não passava de um incômodo temporário. Uma tormenta distante.

— Você também conhece Tomás Ferriol?

— Claro que o conheço. — A mulher levantou um dedo, dando a impressão de que fazia uma advertência. — Cuidado com ele.

Max recordou a conversa que tivera naquela manhã com os dois espiões italianos no café Monnot da praça Masséna, ao lado do cassino municipal. Tignanello e Barbaresco estavam sentados diante de copos de suco de limão congelado e moído, e o segundo lhe adiantava os pormenores do trabalho que deveria fazer. O outro permanecia calado e melancólico, como em Montecarlo. Susana Ferriol é a pessoa-chave, dissera Barbaresco. Sua casa de campo em Nice, ao pé do monte Boron, é uma espécie de escritório particular de seu irmão, que a usa para tratar de seus assuntos confidenciais. Tomás Ferriol se hospeda lá quando vem à Costa Azul e guarda seus documentos na caixa-forte do gabinete. Sua tarefa é se infiltrar no círculo de amizade, estudar o ambiente e conseguir o que precisamos.

Asia Schwarzenberg continuava observando Max com curiosidade, como se avaliasse suas possibilidades. Não parecia disposta a apostar nele uma ficha de 5 francos.

— Ferriol — acrescentou, depois de uma breve pausa — não é daqueles que permitem que brinquem com sua irmãzinha.

Max ouviu a advertência sem se alterar.

— Ele está em Nice?

— Vai e vem. No mês passado nos encontramos duas vezes: jantando no La Réserve e em uma festa na casa que Dulce Martínez de Hoz alugou este verão em Antibes... Mas passa boa parte do tempo entre Espanha, Suíça e Portugal. É íntima do governo de Burgos. Dizem, e eu acredito, que ainda é o principal banqueiro do general Franco. Todo mundo sabe que foi um dos primeiros a financiar a sublevação dos militares espanhóis...

Max olhava, mais além do terraço, para os automóveis parados perto da calçada e as sombras que continuavam desfilando contra a luz do passeio. Em outra mesa havia um casal com um cachorro magro cor de canela e focinho aristocrático. Sua dona, uma jovem com um vestido leve e chapéu turbante de seda, puxava a correia para que o animal não lambesse os sapatos do homem que ocupava a mesa vizinha, que abastecia um cachimbo com o olhar perdido no letreiro da agência Cook.

— Me dê alguns dias — disse a baronesa. — Preciso estudar como vou fazer.

— Não disponho de muito tempo.

— Farei o que puder. Suponho que as despesas correrão por sua conta.

Ele assentiu, com ar ausente. O homem da mesa vizinha acendera o cachimbo e agora os observava de uma maneira talvez casual, mas Max se sentiu incomodado. Havia alguma coisa familiar naquele desconhecido, concluiu, embora não conseguisse definir o quê.

—– Não vai lhe sair barato — insistiu a baronesa. — E vou logo lhe avisando que Suzi Ferriol é de pedir alto.

Max a olhava de novo.

— Quão alto...? Estava pensando em 6 mil francos.

— Oito mil, querido. Está tudo tão caro...

O sujeito do cachimbo parecia ter perdido todo o interesse por ele e fumava contemplando as silhuetas que se movimentavam ao longo do passeio. Com discrição, protegido pela mesa, Max pegou o envelope que trazia, por prevenção, no bolso interno do paletó, e lhe acrescentou mil francos tirados de sua carteira.

— Tenho certeza de que você se ajeitará com 7 mil.

— Sim. — A baronesa sorriu. — Me ajeitarei.

Enfiou o envelope na bolsa e se despediram. Ele esperou em pé que ela se afastasse e depois pagou a conta, colocou o chapéu e caminhou entre as mesas, passando ao lado do homem do cachimbo que parecia ter parado de prestar atenção nele. Um instante depois, quando pisava o último dos três degraus que levavam do terraço à calçada, lembrou-se, finalmente. Havia visto o homem naquela manhã, sentado diante do café Monnot e com um engraxate lustrando seus sapatos, enquanto conversava com os espiões italianos.

— Há um problema — disse de repente Mecha Inzunza.

Faz um tempo que caminham lentamente, conversando a respeito de coisas banais, pelas proximidades da Igreja de San Francesco e dos jardins do hotel Imperial Tramontano. Passa do meio da tarde e um sol enevoado declina nas encostas da Marina Grande, à esquerda, dourando a neblina que paira sobre a baía.

— Um problema sério — acrescenta, depois de um instante.

Termina o resto de um cigarro e, após desprender a brasa na grade de ferro, atira-o no vazio. Max, surpreso diante do tom e da atitude da mulher, estuda seu perfil, impassível. Ela entrefecha os olhos, olhando o mar com firmeza obstinada.

— Essa jogada de Sokolov — diz, finalmente.

Max continua atento a ela, confuso. Sem saber a que se refere. Ontem concluíram a partida adiada e deu empate. Meio ponto para cada jogador. É tudo o que sabe a respeito do assunto.

— Canalhas — murmura Mecha.

A confusão de Max é substituída pelo desconcerto. O tom é depreciativo, com um pouco de rancor. Uma coisa nova até esse momento, conclui ele. Embora talvez nova não seja a palavra exata. Tons de um passado remoto, comum, surgem com suavidade do esquecimento. Max já conheceu isso antes. Há todo um mundo ou uma vida. Esse frio e educado desdém.

— Conhecia a jogada.

— Quem?

Com as mãos no bolso da jaqueta, ela encolhe os ombros como se a resposta fosse óbvia.

— O russo. Sabia como Jorge ia jogar.

Precisa de um momento para entender o significado da frase.

— Você está dizendo...

— Que Sokolov estava preparado. E não é a primeira vez.

Um silêncio longo. Perplexo.

— É o campeão do mundo. — Max tenta digerir aquilo, forçando sua imaginação. — É normal que essas coisas aconteçam.

A mulher afasta os olhos da baía e pousa-os em Max sem desgrudar os lábios. Não há nada de normal, diz o olhar, no fato de essas coisas acontecerem e de agirem dessa maneira.

— Por que está me contando isso? — pergunta ele.

— Exatamente a você?

— Sim.

Inclina a cabeça, pensativa.

— Porque talvez precise de você.

A surpresa de Max aumenta. Apoia uma das mãos na grade da encosta. Há alguma coisa insegura em seu gesto, semelhante à consciência súbita de uma vertigem inesperada, quase ameaçadora. O chofer do Dr. Hugentobler tem planos específicos para sua falsa vida social em Sorrento; e estes não incluem que Mecha Inzunza precise dele, mas exatamente o contrário.

— Para quê?

— Cada coisa a seu tempo.

Ele tenta organizar suas ideias. Calcular sua reação a uma coisa que ainda ignora.

— Me pergunto...

Mecha o interrompe, serena.

— Estou há algum tempo pensando sobre o que você é capaz de fazer.

Disse isso com suavidade, sustentando seu olhar como se já soubesse qual seria a resposta. Tácita.

— A respeito de quê?

— De mim, destes dias.

Um gesto de protesto negligente malmanifestado. É o melhor Max, o dos grandes tempos, que se mostra agora um pouco magoado. Descartando qualquer dúvida imaginável sobre sua reputação.

— Você sabe muito bem...

— Oh, não. Não sei.

Ela se afastou da grade e caminha sob as palmeiras em direção à Igreja de San Francesco. Depois de um breve instante de imobilidade, ele vai atrás e a alcança, situando-se ao seu lado com silenciosa reprovação.

— Realmente não sei — repete Mecha, pensativa. — Mas não me refiro a isso... Não é o que me preocupa.

A curiosidade de Max dissipa sua pose de nobre resignação. Com um movimento afável, desenvolto, estica a mão para afastar do caminho de sua acompanhante um casal de inglesas que falam alto e tiram fotografias.

— Tem a ver com seu filho e os russos?

A mulher não responde imediatamente. Parou em um ângulo da fachada do convento, diante do pequeno arco que leva ao claustro. Parece hesitar entre a possibilidade de seguir em frente ou a conveniência de dizer o que diz em seguida:

— Eles têm uma pessoa de sua confiança... Dentro... Uma pessoa infiltrada que lhes passa informações a respeito de como Jorge prepara suas partidas.

Max pestaneja, estupefato.

— Um espião?

— Sim.

— Aqui, em Sorrento?

— Onde seria?

— Isso é impossível. Só são você, Karapetian e Irina... Há outro que eu não conheça?

Ela balança a cabeça, sombria.

— Não. Só a gente.

Passa embaixo do arco e Max a segue. Depois de atravessar o corredor na penumbra saem à claridade esverdeada do claustro deserto, entre as colunas e as arcadas de pedra que enquadram as árvores do jardim. Houve aquela jogada secreta, explica Mecha, abaixando a voz. A que seu filho deixara dentro de um envelope fechado, nas mãos do árbitro do duelo quando a partida fora interrompida. Gastaram a noite e a manhã seguinte analisando essa jogada e suas derivações, passando em revista cada possível resposta de Sokolov. De forma sistemática, Jorge, Irina e o mestre Karapetian estudaram todas as variantes, preparando jogadas para cada uma delas. Concordaram que, uma vez estudado o tabuleiro — o que requeria não menos de vinte minutos —, o mais provável era que Sokolov respondesse capturando um peão com um bispo. Isso dava oportunidade de lhe preparar uma cilada com um cavalo e a dama, da qual a única escapatória seria uma arriscada jogada do bispo, muito própria do estilo de jogo e da imaginação camicase de Keller, mas imprópria do jogo conservador de seu adversário. No entanto, quando o árbitro abriu o envelope e fez o movimento secreto, Sokolov respondeu com uma jogada que o levava diretamente à armadilha, capturando o peão com seu bispo. Keller movimentou seu cavalo e sua dama, preparando a cilada prevista. E então, sem se alterar, depois de ter analisado por apenas oito minutos um lance que havia sido estudado durante toda a noite por Keller, Irina e Karapetian, Sokolov fez uma variante muito arriscada com seu bispo. Exatamente aquela que, na sua opinião, nunca tentaria.

— Pode ter sido uma casualidade?

— No xadrez não existem casualidades. Apenas erros e acertos.

— Está dizendo que Sokolov sabia como seu filho ia jogar, e como evitar seu lance?

— Sim. O movimento de Jorge era uma coisa rebuscada e brilhante. Uma jogada que não fazia parte da lógica. Impossível resolver o problema em oito minutos.

— E não pode haver mais gente envolvida, como, por exemplo, funcionários do hotel...? Ou microfones ocultos?

— Não. Chequei. Tudo é coisa nossa.

— Meu Deus... Essa é a única possibilidade? Karapetian ou a garota?

Mecha fica calada, contemplando as árvores do jardim.

— É incrível — comenta ele.

Ela vira o rosto quase com surpresa, fazendo uma careta de estranheza e desdém.

— Por que seria incrível...? É, simplesmente, a vida, com suas traições habituais. — Parece ficar sóbria de repente. — Você não deveria se surpreender nem um pouco.

Max resolveu evitar esse assunto inconveniente.

— Foi Karapetian, imagino.

— Ou Irina. As possibilidades são as mesmas.

— Está falando sério?

Ela responde articulando um sorriso frio, desanimado, que se presta a interpretações complexas.

— Por que a namorada ou o mestre iriam trair Jorge? — inquire Max.

Mecha faz um movimento entediado, como se tivesse preguiça de detalhar o óbvio. Depois menciona com voz neutra várias possibilidades: motivos pessoais, política, dinheiro. Embora, acrescenta após um instante, o que menos importa sejam os motivos da traição. E teremos tempo para investigar. O urgente é proteger o filho. O duelo de Sorrento está pela metade e a sexta partida será disputada no dia seguinte.

— Tudo isso com o título mundial às portas. Imagine o estrago. O dano.

As duas inglesas das fotos acabam de entrar. Mecha e Max caminham pelo claustro.

— Sem essa suspeita, iríamos para Dublin vendidos ao inimigo — acrescenta ela.

— Por que você está me contando isso?

— Já lhe disse. — De novo um sorriso frio. — Talvez precise de você.

— Não compreendo para quê. E, de xadrez...

— Não se trata apenas de xadrez. Também já lhe disse: cada coisa a seu tempo.

Pararam de novo. A mulher apoia as costas em uma coluna e Max só consegue recordá-la com o antigo fascínio. Apesar dos anos que se passaram, Mecha Inzunza permanece fiel às marcas de sua casta. Já não é tão bela como há trinta anos, mas seu aspecto, os movimentos harmoniosos e elegantes, ainda parecem os de uma gazela tranquila. Ao confirmar isso, sorri, suave e melancolicamente. Seu olhar atento faz um milagre e funde os traços da mulher que está na sua frente com aqueles que recorda: uma daquelas mulheres singulares das quais, em um passado já remoto, o sofisticado grande mundo era um cúmplice submisso, um devedor resignado, um brilhante cenário. A magia de toda a antiga beleza aflora de novo diante de seus olhos espantados, quase triunfante em meio à pele murcha, às marcas e manchas do tempo e à velhice.

— Mecha...

— Cale-se. Esqueça.

Ele fica em silêncio por um instante. Não estávamos pensando na mesma coisa, concluiu. Ou pelo menos é isso o que acho.

— O que você vai fazer com Irina ou com Karapetian?

— Meu filho passou a noite pensando nisso e fizemos juntos uma análise esta manhã... Uma jogada de isca.

— Isca?

Ela a explica abaixando a voz, pois as inglesas se aproximam pelo jardim. Trata-se de planejar um determinado movimento, ou vários, e analisar a reação do outro jogador... De acordo com a resposta de Sokolov, será possível descobrir se algum dos analistas do adversário a previra antes.

— É um método seguro?

— Não inteiramente. O russo poderia aparentar desconcerto ou dificuldade para dissimular que a conhecia. Ou resolver ele mesmo o problema.

Mas talvez nos dê alguma pista. A própria segurança de Sokolov pode nos ser útil. Você prestou atenção no ar de desdém que costuma adotar em relação a Jorge...? A juventude e as maneiras insolentes de meu filho o irritam. Talvez este seja um dos pontos fracos do campeão. Acha que está a salvo. E agora começo a entender por quê.

— Quem será testado...? Irina ou Karapetian?

— Os dois. Jorge está às voltas com duas novidades teóricas: duas ideias novas para uma mesma posição, muito complicadas, que nunca foram usadas pelos mestres. As duas se relacionam com uma das aberturas favoritas de Sokolov e está querendo montar uma armadilha com elas... Pedirá a Karapetian que analise uma dessas ideias e a Irina a outra. Para fazê-los acreditar que os dois trabalham com a mesma hipótese, os proibirá de conversar entre si a respeito, com o pretexto de evitar que se influenciem mutuamente.

— E depois jogará uma ou outra, você quer dizer? Para assim descobrir o traidor?

— É mais complexo do que isso, mas pode servir como resumo... De acordo com a resposta de Sokolov, Jorge saberá para qual das duas se preparara.

— Acho que você exagera em sua certeza de que Irina não suspeitará de nada do que seu filho está tramando... Compartilhar travesseiros é compartilhar segredos.

— É a voz da velha experiência que se manifesta?

— A voz do senso comum. Homens e mulheres...

Você não conhece Jorge, responde ela, quase sem sorrir. Seu caráter hermético, quando se trata de xadrez. Como desconfia de tudo e de todos. Da namorada, do mestre. Até mesmo de mim, que sou sua mãe. E isso, em tempos normais. Imagine agora, com a inquietação que está sentindo.

— Incrível.

— Não. Apenas xadrez.

Agora que finalmente compreendeu, Max avalia com calma as possibilidades: Karapetian e a garota, segredos que sobrevivem ao teste do travesseiro, receios e traições. Lições da vida.

— Continuo sem saber por que está me contando tudo isso. Por que confia em mim... Não nos vemos há trinta anos... Mal me conhece agora.

Ela se afastou da coluna e aproximou seu rosto do dele. Quase enrubescida, ao sussurrar; e, por um momento, acima do passar dos anos, das marcas do tempo e da velhice, Max sente o rumor do passado enquanto é percorrido por um tremor da antiga excitação diante da proximidade daquela mulher.

— A isca de Irina e Karapetian não é a única jogada prevista... Há outra posterior, caso seja necessário, que um analista com senso de humor poderia batizar de *defesa Inzunza*. Ou, talvez, de *variante Max*. E essa, querido, quem jogará será você.

— Por quê?

— Você sabe por quê... Embora talvez seja tão estúpido que não. Que não saiba.

7. Sobre ladrões e espiões

A Baía dos Anges mantinha sua intensa cor azul. As altas pedras ao castelo de Nice protegiam as margens do mistral, que mal ondulava a água naquela parte da costa. Apoiado no parapeito de pedra de Rauba-Capeù, Max afastou a vista das velas brancas de uma chalupa que se afastava do porto e olhou para Mauro Barbaresco, que estava ao seu lado com o paletó aberto e o nó da gravata afrouxado, as mãos nos bolsos das calças amarrotadas e o chapéu jogado para trás. Havia marcas de cansaço nos olhos do italiano; seu rosto precisava da espuma e da navalha de um barbeiro.

— São três cartas — dizia este. — Escritas a máquina, estão guardadas em uma pasta na caixa-forte do escritório que Ferriol mantém na casa de campo de sua irmã... Há outros documentos ali, naturalmente. Mas só esses nos interessam.

Max olhou para o outro homem. O aspecto de Domenico Tignanello não era melhor do que o de seu companheiro: estava alguns passos mais além, apoiado com ar exausto na porta de um velho Fiat 514 preto com placas francesas e para-lamas sujos, olhando com expressão abatida o monumento aos mortos da Grande Guerra. Os dois tinham o aspecto de quem havia passado uma noite desconfortável. Max os imaginou insones, ganhando seu magro salário de espiões sem importância, vigiando alguém — talvez ele mesmo — ou ao volante do automóvel nas proximidades da fronteira, fumando cigarro atrás de cigarro ao resplendor dos faróis que iluminavam o serpenteante cinturão escuro do asfalto, balizado pelos traços de pintura branca das árvores da estrada.

— Não pode haver erro com as cartas — continuou Barbaresco. — São essas três e nenhuma outra. Deverá se certificar antes de pegá-las e deixar a pasta em seu lugar... É conveniente que Tomás Ferriol demore a descobrir que as perdeu.

— Preciso de uma descrição exata.

— Não terá dificuldade em identificá-las, pois têm um selo oficial. Foram encaminhadas a ele entre 20 de julho e 14 de agosto do ano passado, poucos dias depois da sublevação militar na Espanha. — O italiano hesitou por um instante, avaliando a pertinência de dizer mais alguma coisa. — Foram assinadas pelo conde Ciano.

Max recebeu, impassível, as informações enquanto colocava a bengala embaixo de um braço, tirava do bolso a cigarreira, batia com suavidade em sua tampa a extremidade de um cigarro e o colocava na boca, apagado. Sabia, como todo mundo, quem era o conde Galeazzo Ciano. Seu nome aparecia nas manchetes dos jornais e seu rosto estava com frequência nas revistas ilustradas e nos noticiários cinematográficos: moreno, bonito, muito charmoso, sempre de uniforme ou em traje de gala, o genro do Duce — era casado com uma filha de Mussolini — era ministro das Relações Exteriores da Itália fascista.

— Seria útil saber mais sobre isso. A que se referem as cartas.

— Não é muito o que precisa saber. São informes reservados sobre as primeiras operações militares na Espanha e a simpatia com que meu governo acompanhou a rebelião patriótica dos generais Mola e Franco... Por motivos que não nos dizem respeito nem ao senhor, essa correspondência precisa ser recuperada.

Max ouvia com extrema atenção.

— Por que as cartas estão aqui?

— Tomás Ferriol estava em Nice no ano passado, durante os acontecimentos de julho. Passou aqueles dias na vila de Boron, e o aeroporto de Marselha serviu de ponto de conexão de numerosos voos de um avião particular alugado por ele, que ficou se movimentando entre Lisboa, Biarritz e Roma. É natural que a correspondência confidencial tivesse passado por aqui.

— Devem se tratar de cartas comprometedoras, imagino... Para ele e para os outros.

Com gesto impaciente, Barbaresco passou uma das mãos pelas faces não barbeadas.

— Não lhe pagamos para imaginar, Sr. Costa. Além dos aspectos técnicos úteis a seu trabalho, o conteúdo dessas cartas não lhe diz respeito. Nem sequer a nós. Use seu talento para inventar uma maneira de consegui-las.

Com as últimas palavras, fez um sinal para seu companheiro e este se afastou do automóvel e se aproximou deles, sem pressa. Havia tirado um envelope do porta-luvas do carro, e seus olhos melancólicos estudavam Max com desconfiança.

— Aqui estão os dados que nos pediu — disse Barbaresco. — Incluem uma planta da casa e outra do jardim. A caixa-forte é uma Schützling, embutida em um armário do escritório.

— De que ano?

— De 1913.

Max estava com o envelope fechado nas mãos. Guardou-o no bolso interno do paletó sem abri-lo.

— Quantas pessoas trabalham na casa?

Sem desgrudar os lábios, Tignanello levantou a mão com os dedos esticados.

— Cinco — informou Barbaresco. — A empregada, a governanta, o chofer, o jardineiro e a cozinheira. Apenas os três primeiros vivem na casa. Dormem no andar de cima... Também há uma guarita na entrada com um segurança.

— Cães?

— Não. A irmã de Ferriol detesta cachorros.

Max calculou o tempo necessário para abrir uma Schützling. Graças aos ensinamentos de seu velho sócio Enrico Fossataro, o ex-dançarino mundano tinha em seu currículo duas caixas-fortes Fichet e uma Rudi Meyer, sem contar meia dúzia de cofres com fechadura convencional. As Schützling eram fabricadas na Suíça e sua mecânica era ligeiramente antiquada. Em condições excepcionais e sem cometer nenhum erro, usando a técnica adequada, não precisaria de mais de uma hora. Embora tivesse consciência de que o problema não residia nessa hora, mas em chegar até a caixa e tê-la à sua disposição. Trabalhar com calma e sem contratempos. Sem agonia.

— Vou precisar de Fossataro.

— Por quê?

— Chaves. Para o segredo da caixa. Digam-lhe que preciso de um jogo completo de *mãos de criança* — disse, usando a gíria para mencionar as gazuas de que necessitaria.

— De quê?

— Ele sabe do que se trata. E também precisarei de mais dinheiro adiantado. Estou tendo muitas despesas.

Barbaresco permaneceu em silêncio, como se não tivesse ouvido as últimas palavras. Contemplava seu companheiro, que voltara a se apoiar no Fiat e olhava outra vez para o memorial dos mortos da Grande Guerra: uma grande urna branca em um arco perfurado na parede da rocha sobre a inscrição *La ville de Nice à ses fils morts pour la France*.

— Traz recordações tristes para Domenico — comentou Barbaresco. — Perdeu dois irmãos em Caporetto.

Havia tirado o chapéu para passar a mão pela cabeça, com gesto cansado. Agora olhava para Max.

— O senhor nunca foi soldado?

— Nunca.

Nem pestanejou. O italiano parecia estudá-lo enquanto girava o chapéu, como se aquilo o ajudasse a avaliar a sinceridade da resposta. Talvez o fato de uma pessoa ter sido soldado tornasse seu caráter visível, pensou Max. Como o sacerdócio. Ou a prostituição.

— Eu fui — disse Barbaresco depois de um instante. — Lutei no Isonzo. Contra os austríacos.

— Interessante.

O outro lhe dirigiu um novo olhar inquisitivo e temeroso.

— Naquela guerra éramos aliados dos franceses — disse depois de um momento de silêncio. — Isso não se repetirá na próxima.

Max arqueou as sobrancelhas com a ingenuidade adequada.

— Haverá uma próxima?

— Não tenha dúvida. Toda essa arrogância inglesa, aliada à estupidez francesa... Os judeus e os comunistas conspirando na sombra... Compreende o que estou lhe dizendo...? Isso não pode acabar bem.

— Claro. Judeus e comunistas. Por sorte, Hitler está na Alemanha. Sem esquecer o Mussolini de vocês.

— Não tenha dúvida. A Itália fascista...

Interrompeu-se de repente, desconfiado, como se tivesse acabado de achar suspeita a tranquila resignação de Max. Dirigiu o olhar para a entrada do velho porto e ao farol que se erguia na ponta do dique, depois ao arco prolongado da praia e da cidade, que se estendiam no outro lado de Rauba-Capeù, à distância, sob as colinas verdes salpicadas de vilas rosadas e brancas.

— Esta cidade voltará a ser nossa. — Entrefechava as pálpebras, sombrio. — Algum dia.

— Não tenho objeção a isso. Mas lhe recordo que preciso de mais dinheiro.

Novo silêncio. Não sem aparente esforço, o italiano voltava lentamente de suas fantasias patrióticas.

— De quanto?

— De mais 10 mil francos. Franceses ou no dinheiro de vocês. Esta cidade é muito cara.

O outro fez uma careta que não o comprometia muito.

— Veremos o que se pode fazer... Já conhece Susana Ferriol? Encontrou uma maneira de se aproximar dela?

Fazendo uma concha com as mãos, Max acendeu o cigarro que estava há algum tempo em seus dedos.

— Fui convidado para jantar em sua casa amanhã à noite.

O olhar apreciativo de Barbaresco foi repentino. Sincero.

— Como conseguiu isso?

— Não importa. — Expeliu uma baforada de fumaça, levada imediatamente pela brisa. — A partir daí, uma vez explorado o terreno, vou lhes contando.

O italiano sorria torto, estudando de soslaio o terno feito sob medida, impecavelmente passado, a camisa e a gravata Charvet, o reluzente couro dos sapatos Scheer comprados em Viena. Despontava naquele olhar, Max achou que percebia, um brilho ao mesmo tempo de admiração e de rancor.

— Pois não demore muito a nos contar, nem a agir. O tempo corre contra todos, Sr. Costa. Nos prejudicando. — Colocou o chapéu e fez um movimento de cabeça em direção a seu companheiro. — Isso nos inclui, eu e Domenico. E também inclui o senhor.

— Os russos estão disputando em Sorrento muito mais do que um prêmio — opina Lambertucci. — Com essa história da Guerra Fria, das bombas nucleares e todo o resto, não iriam deixar o xadrez de fora... É normal que usem todo tipo de artifícios.

Da cozinha, amortecido por uma cortina de tiras de plástico, chega o som do rádio com a voz de Patty Pravo cantando "Ragazzo triste". Em uma das mesas próximas da porta da rua, o *capitano* Tedesco recolhe as peças do tabuleiro com ar abatido — perdeu duas partidas esta tarde —, enquanto o dono do estabelecimento enche três copos com um frasco de vinho tinto.

— Os caras do Kremlin — continua Lambertucci, colocando os copos na mesa — querem demonstrar que seus grandes mestres são melhores do que os ocidentais. Isso provaria que a União Soviética também o é, e que acabará conseguindo a vitória política e, se for necessário, a militar.

— Eles têm razão? — pergunta Max. — Os enxadristas russos são mais competentes?

Está em manga de camisa, o colarinho aberto e o paletó no encosto da cadeira, atento ao que ouvia. Lambertucci faz um gesto pedante em homenagem aos russos.

— Não lhes faltam motivos para se jactar. Têm a Federação Internacional no bolso... Foi subornada. Atualmente, apenas Jorge Keller e Bobby Fischer os ameaçam seriamente.

— Porém mais cedo ou mais tarde vão se impor — opina o *capitano*, que fechou a caixa com as peças e toma um gole de vinho. — Esses garotos heterodoxos, informais, estão trazendo um novo estilo de jogo. Mais imaginativo. Tiram os velhos dinossauros de seu habitual esquema fechado, posicional, e os obrigam a pisar em lugares desconhecidos.

— De qualquer maneira — observa Lambertucci —, no momento quem manda são eles. Tal, que era letão, foi derrotado por Botvinnik, que perdeu para o armênio Petrosian um ano depois. Todos russos. Ou soviéticos, para ser mais exato. E agora o campeão do mundo é Sokolov: russos e mais russos, um atrás do outro. E em Moscou não querem que as coisas mudem.

Max leva o copo aos lábios e olha para fora. No alpendre de bambu, a mulher de Lambertucci forra as mesas com toalhas quadriculadas e coloca velas em garrafas de vinho, à espera de clientes que dificilmente virão a esta hora da tarde do fim da estação.

— Então — aventura Max, com cautela —, a espionagem deve ser uma coisa normal nesses casos...

Lambertucci espanta uma mosca pousada em seu antebraço e coça a velha tatuagem abissínia.

— Normalíssima — confirma. — Cada competição é uma confusão de conspirações dignas de um filme de espionagem... E os jogadores são muito pressionados. Para um jogador soviético de elite, trata-se de levar uma vida de privilégios como campeão oficial ou se arriscar a sofrer represálias, se perder. A KGB não perdoa.

— Lembrem-se de Streltsov — diz Tedesco. — O jogador de futebol.

O frasco de vinho dá outra volta na mesa enquanto o *capitano* e Lambertucci comentam o caso Streltsov: um dos melhores jogadores do mundo, do nível de Pelé, esmagado por transgredir a regra oficial: recusou-se a trocar seu time, o Torpedo, pelo Dínamo de Moscou, equipe oficiosa da KGB. Então lhe armaram um processo judicial com outro pretexto e o mandaram para um campo de trabalho na Sibéria. Quando voltou, cinco anos depois, sua carreira esportiva havia terminado.

— São seus métodos — conclui Lambertucci. — E com Sokolov acontecerá a mesma coisa. Parece um sujeito tranquilo diante do tabuleiro, mas por dentro é outra história... Com toda essa equipe de analistas e assessores, os guarda-costas e as ligações telefônicas de Kruschev incentivando-o e dizendo que o paraíso do proletariado está com os olhos em cima dele.

Tedesco concorda.

— O verdadeiro milagre soviético — opina — é que, com toda essa pressão, alguém seja capaz de jogar xadrez bem. De se concentrar.

— Isso envolve jogo sujo? — interessa-se Max, com cautela.

O outro sorri de viés, entrefechando seu único olho.

— Especialmente. Desde criancices a ações elaboradas e complexas.

E conta algumas histórias. No último campeonato mundial, quando Sokolov enfrentou Cohen em Manila, um funcionário da embaixada soviética ficou sentado na primeira fila, tirando fotografias com flash para incomodar o israelense. Também disseram que nas olimpíadas de xadrez de Varna os russos tinham um parapsicólogo no meio do público com a missão de desconcentrar mentalmente os adversários de sua equipe. E dizem que quando Sokolov defendeu o título diante do iugoslavo Monfilovic seus assessores lhe passavam indicações de jogadas no iogurte que tomava durante as partidas.

— Mas a melhor de todas — arremata — é a de Bobkov, um jogador que desertou da União Soviética durante o torneio de Reykjavík: infectaram suas cuecas na lavanderia do hotel com a bactéria que provoca a gonorreia.

É o momento adequado, decide Max. De abordar o assunto.

— E o que se sabe — diz, de maneira casual — de espiões que se infiltram na equipe de analistas do adversário?

— Analistas? — Lambertucci o olha com curiosidade. — Ora, Max... Vejo que está muito interessado nas questões técnicas.

— Li alguma coisa recentemente.

Às vezes acontece, confirmam os dois. Há casos famosos, como as declarações de um dos auxiliares do norueguês Aronsen, que enfrentou Petrosian pouco antes de Sokolov ter lhe tirado o título. O analista era um inglês chamado Byrne, que confessou que tinha passado informações a supostos corretores de apostas russos que jogavam 2 mil rublos por partida. Depois se soube que esses informes eram entregues, de fato, a KGB, e dali seguiam para os assessores de Petrosian.

— Algo assim pode estar acontecendo aqui?

— Com o que estão arriscando em Sorrento e no campeonato mundial — diz Tedesco —, pode estar acontecendo de tudo. O xadrez nem sempre é jogado em um tabuleiro.

A mulher de Lambertucci entra com uma vassoura e uma pá e os manda para a rua enquanto ventila o estabelecimento e varre o espaço entre as mesas. Por isso terminam seus copos de vinho e vão para fora. Mais além das mesas e do alpendre, o Silver Cloud do Dr. Hugentobler exibe seu anjo prateado no bico cor de cereja.

— Seu patrão ainda está viajando? — pergunta Lambertucci, admirando o automóvel.

— Por ora.

— Invejo seu modo de vida. Não acha, *capitano*...? Uma temporada de trabalho e depois outra de tranquilidade só para ele, até que o chefe volte.

Os três riem enquanto caminham pelo quebra-mar e pelo cais de pedra, onde acaba de atracar um barco de pesca do qual se aproximam alguns ociosos para ver o que está trazendo.

— O que Keller e Sokolov têm de especial? — pergunta Lambertucci. — Você nunca se interessou por xadrez, Max.

— O Prêmio Campanella despertou minha curiosidade.

Lambertucci pisca um olho para Tedesco.

— O Campanella e certamente também essa senhora com quem veio jantar outra noite.

— Não era a governanta, pelo visto — intervém o outro.

Max olha para o *capitano*, que sorri com preguiça. Depois se vira de novo para Lambertucci.

— Já lhe contou?

— É claro. A quem iria contar as coisas se não fosse a ele? Além disso, nunca o vi tão elegante como nesse jantar. E eu, fingindo que não o conhecia... Só Deus sabe o que estava tramando!

— Bem que você esticava as orelhas para descobrir.

— Quase não conseguia segurar o riso vendo você assim, tão galã, na sua idade... Lembrava Vittorio De Sica quando faz papel de falso aristocrata.

Continuam parados no cais, ao lado do barco de pesca. Enquanto os tripulantes descarregam as caixas, a brisa que corre entre as redes e as linhas amontoadas cheira a escamas de peixe, a maresia e a breu.

— Vocês são duas velhas zeladoras... Duas fofoqueiras.

Lambertucci assente, atrevido.

— Pule o prólogo. Vamos ao ponto!

— É apenas... Ou foi... Trata-se de uma velha conhecida.

Os dois enxadristas trocam um olhar cúmplice.

— E também é a mãe de Keller — contrapõe Lambertucci. — E não faça essa cara, porque vimos a fotografia dela nos jornais. Foi fácil reconhecê-la.

— Não tem nada a ver com o xadrez. Nem com seu filho... Já disse que se trata de uma velha amiga.

As últimas palavras provocam uma dupla careta cética.

— Uma velha amizade — comenta Lambertucci —- que nos faz estar há meia hora falando de jogadores russos e da KGB.

— Por outro lado, um assunto apaixonante — afirma Tedesco. — Não faço objeções.

— Bem. De acordo... Vamos deixar pra lá.

Lambertucci assente, ainda debochado.

— Como queira. Todo mundo tem seus segredinhos e esse assunto é seu. Mas vai lhe custar alguma coisa... Queremos entradas para ver as partidas no Vittoria. São caríssimas e por isso não fomos. Agora que você tem influência, a coisa muda.

— Farei o que puder.

O outro traga o que resta do cigarro até que a brasa queima seus dedos. Depois o atira na água.

— As marcas dos anos... Foi uma bela mulher, hein...? Ainda é evidente.

— Sim, isso eu sei. — Max olha a guimba flutuando na água oleosa, sob o cais. — Sei que foi linda.

Através de uma ampla janela aberta ao Mediterrâneo, o sol do meio-dia iluminava um grande retângulo do solo de madeira aos pés da mesa de Max. Estava em seu lugar favorito do restaurante da Jetée-Promenade: uma luxuosa construção sobre pilotis assentados no mar, diante do hotel Ruhl, de onde se podia contemplar o litoral de Nice, a praia e o Passeio dos Ingleses, como se o observador estivesse em um barco ancorado a poucos metros da margem. A janela, ao lado de sua mesa, dava para a Baía dos Anges pelo lado leste; à distância podiam ser vistas com nitidez a cúpula do castelo, a boca do porto e o distante cabo de Nice, entre cujos penhascos verdes serpenteava a estrada de Villefranche.

Antes de ver o homem viu a sombra. E a primeira coisa que percebeu foi o cheiro de tabaco inglês. Max estava inclinado sobre o prato, terminando uma salada, quando chegou a ele o aroma de fumo de cachimbo enquanto o chão rangia ligeiramente e uma silhueta escura era recortada no retângulo iluminado. Levantou a vista e encontrou um sorriso cortês, óculos redondos de tartaruga e uma das mãos, a que segurava o cachimbo — na outra havia um enrugado chapéu panamá —, apontando a cadeira livre no outro lado da mesa, diante dele.

— Boa tarde... Permite que me sente aqui por um momento?

O pedido inusitado, feito em perfeito espanhol, desconcertou Max. Ficou olhando para o recém-chegado — intruso, seria a palavra exata —, ainda com o garfo levantado, sem saber como responder à impertinência.

— Claro que não — respondeu, finalmente. — Claro que não pode.

O outro ficou em pé, o ar indeciso, como se esperasse uma resposta diferente. Continuava sorrindo, embora a expressão fosse agora mais contrariada e pensativa. Não parecia muito alto. Em pé, calculou Max, seria uma cabeça mais alto do que ele. Tinha um aspecto limpo e inofensivo, acentuado pelos óculos e pelo terno bege com colete e gravata-borboleta que pareciam ligeiramente folgados em seu físico ossudo, de aparência frágil. Uma listra perfeita, tão reta que parecia traçada com compasso, dividia em duas partes exatas os cabelos pretos penteados para trás com brilhantina.

— Temo ter começado mal — disse o desconhecido sem parar de sorrir. — Por isso lhe suplico que desculpe minha falta de jeito e me dê outra oportunidade.

Dito aquilo, com muita desenvoltura e sem esperar pela resposta, afastou-se alguns passos e voltou a se aproximar. De repente não parecia mais tão inofensivo, pensou Max. Nem tão frágil.

— Boa tarde, Sr. Costa — disse, tranquilamente. — Meu nome é Rafael Mostaza e tenho um assunto importante a tratar com o senhor. Se me permitisse que me sentasse, poderíamos conversar mais confortavelmente.

O sorriso era o mesmo, mas agora havia um reflexo adicional, quase metálico, nos vidros das lentes. Max colocara o garfo no prato. Refeito da surpresa inicial, recostou-se no respaldo de vime e passou o guardanapo nos lábios.

— Temos interesses comuns — insistia o outro. — Na Itália e aqui em Nice.

Max olhou para os garçons com longos aventais brancos que estavam distantes, perto dos cachepôs com plantas situados ao lado da porta. Não havia mais ninguém no restaurante.

— Sente-se.

— Obrigado.

Quando o sujeito estranho ocupou a cadeira e esvaziou o cachimbo batendo com suavidade o fornilho na moldura da janela, Max já conseguira se lembrar. Havia visto aquele homem duas vezes nos últimos dias: quando estava conversando com os agentes italianos no café Monnot e durante o encontro com a baronesa Schwarzenberg no terraço do La Frégate, diante da Promenade.

— Não interrompa seu almoço, lhe peço — disse o outro, fazendo um movimento negativo com a cabeça a um garçom que se aproximava.

Recostado na cadeira, Max estudou-o com dissimulada inquietação.

— Quem é o senhor?

— Acabei de lhe dizer: Rafael Mostaza, caixeiro-viajante. Se preferir, pode me chamar de Fito... É o que costumam fazer.

— Quem?

O outro piscou, sem responder, como se compartilhassem um segredo engraçado. Max jamais ouvira aquele nome.

— Disse que é caixeiro-viajante?

— Exatamente.

— Em que tipo de comércio trabalha?

Mostaza ampliou um pouco mais o sorriso, que parecia usar com a mesma desenvoltura da gravata-borboleta: visível, simpático e talvez um pouco folgado. Mas o reflexo metálico continuava em seus olhos, como se as lentes dos óculos esfriassem seu olhar.

— Hoje em dia todas as atividades comerciais estão relacionadas, não acha...? Mas isso é o de menos. O importante é que tenho uma história para lhe contar... Uma história sobre o financista Tomás Ferriol.

Max ouviu aquilo impávido, enquanto levava a taça de vinho — um perfeito borgonha — aos lábios. Voltou a deixá-la exatamente em cima da marca que esta imprimira na toalha de linho branco.

— Desculpe... Sobre quem?

— Ora, vamos. Por favor. Acredite em mim. Posso lhe garantir que é uma história interessante... Me permite contá-la?

Max tocou a taça de vinho, sem levantá-la desta vez. Apesar da janela aberta, sentia um calor repentino. Incômodo.

— Tem cinco minutos.

— Não seja mesquinho... Ouça e verá que vai me conceder mais.

Em tom de voz discreto, mordiscando de vez em quando o cachimbo apagado, Mostaza começou a contar. Tomás Ferriol, disse, fazia parte do grupo de monarquistas que no ano anterior apoiara o golpe militar na Espanha. Na realidade, foi ele quem arcou com as primeiras despesas, e continuava fazendo-o. Como todo mundo sabia, sua imensa fortuna o transformara no banqueiro oficioso dos rebeldes.

— Reconheça — interrompeu-se, apontando Max com a haste do cachimbo — que meu relato começa a interessá-lo.

— Talvez.

— Eu lhe avisei. Sou um bom contador de histórias.

E Mostaza continuou a contar sua história. Ferriol não se opunha à República apenas por motivos ideológicos: havia tentado, em várias ocasiões, pactuar com sucessivos governos, sem que conseguisse atingir seus objetivos. Desconfiavam dele, e com razão. Em 1934, houve uma investigação judicial que esteve prestes a enfiá-lo no cárcere, do qual se safou movimentando muito dinheiro e muitas influências. Desde então, sua posição política podia se resumir a algumas palavras pronunciadas por ele em um jantar com amigos: "A República ou eu." E estava envolvido nisso há um ano e meio, tentando aniquilar a República. Todo mundo sabia que seu dinheiro estivera por trás dos acontecimentos de julho do ano anterior. Depois de uma conversa mantida em San Juan de Luz com um mensageiro dos conspiradores, Ferriol pagara de seu bolso, através de uma conta do banco Kleinwort, o avião e o piloto que entre os dias 18 e 19 de julho levaram o general Franco das Canárias ao Marrocos. E quando o avião estava no ar, cinco petroleiros da Texaco que estavam em alto-mar levando 25 mil toneladas para a companhia estatal Campas mudaram de direção e se dirigiram à zona controlada pelos sublevados. A ordem telegráfica foi: "*Don't worry about payment*": não se preocupem com o pagamento. Esse pagamento correu por conta de Tomás Ferriol, e continuava correndo. Calculava-se que, só em fornecimento de petróleo e combustíveis aos rebeldes, o financista tinha investido 1 milhão de dólares.

— Mas não se trata apenas de petróleo — acrescentou Mostaza depois de uma pausa para que Max assimilasse aquelas informações. — Sabemos que Ferriol esteve com o general Mola em seu quartel-general de Pamplona, nos primeiros dias da sublevação, para lhe mostrar uma lista com avais no valor de 600 milhões de pesetas... O detalhe interessante, próprio de seu estilo, é que não lhe deu nem sugeriu lhe dar o dinheiro. Limitou-se a exibir sua sólida posição como avalista. A oferecer respaldo para tudo... Isso incluía seus contatos empresariais e financeiros na Alemanha e na Itália.

Interrompeu-se, chupando o cachimbo apagado e sem afastar os olhos de Max, enquanto um garçom retirava seu prato vazio e outro lhe servia o principal, que era um *entrecot à la niçoise*. O retângulo de sol havia se deslocado um pouco do chão e alcançara a toalha branca da mesa. Agora seu resplendor iluminava por baixo o rosto de Mostaza, ressaltando uma feia cicatriz no lado esquerdo do pescoço, sob a mandíbula, que Max não percebera antes.

— Os rebeldes — continuou Mostaza quando voltaram a ficar sozinhos — também precisavam da aviação. Apoio aéreo militar, primeiro para transportar as tropas sublevadas no Marrocos à península e depois para as ações de bombardeio. No quarto dia da rebelião, o general Franco em pessoa pediu dez aviões Junker à Alemanha, através do adido militar nazista para França e Portugal. Ferriol se encarregou da Itália. — Inclinava-se um pouco sobre a mesa, apoiando-se nos cotovelos. — Vê como chegamos a tudo, finalmente?

Max se esforçara para continuar almoçando com naturalidade, mas foi difícil. Depois de duas garfadas, deixou a faca e o garfo juntos em um lado do prato, na posição exata das cinco horas do relógio. Então passou o guardanapo nos lábios, apoiou os punhos engomados de sua camisa na beira da toalha e olhou para Mostaza sem fazer comentários. A oferta italiana, continuou contando o homem depois de uma breve pausa, foi feita através do ministro das Relações Exteriores, o conde Ciano. Primeiro em uma conversa privada que ele e Ferriol mantiveram em Roma e posteriormente em uma troca de cartas que detalhavam a operação. A Itália tinha prontos, na Sardenha, 12 aviões Savoia; e Ciano, após consultar Mussolini, prometeu que estariam em Tetuán, à disposição dos rebeldes, na primeira semana de agosto, contra um desembolso adiantado de 1 milhão de libras esterlinas. Mola e Franco não tinham essa quantia, mas Ferriol sim. De maneira que adiantou uma parte e avalizou o resto. Em 30 de julho, os 12 aviões partiram para o Marrocos. Três se perderam no mar, mas o resto chegou a tempo de transportar tropas mouras e legionários para a península. Quatro dias depois, o navio mercante *Emilio Morlandi*, que havia saído de La Spezia fretado por Ferriol com armas e combustível para esses aviões, atracava em Melilla.

— Já lhe disse que a Itália pediu 1 milhão de libras pelos Savoia; mas Ciano é um homem com um padrão de vida muito alto. Muito alto. Sua mulher, Edda, é filha do Duce e isso lhe proporciona inúmeras vantagens, embora também o obrigue a gastar muito dinheiro... Está me acompanhando?

— Perfeitamente.

— Ainda bem, porque chegamos agora à parte que relaciona o senhor com esse assunto.

Um garçom retirou o prato de Max, quase intacto. Este continuava imóvel, as mãos na borda da mesa, olhando para seu interlocutor.

— E o que o leva a achar que eu tenho alguma relação com isso?

Mostaza não respondeu imediatamente. Havia se virado para olhar a garrafa de vinho, inclinada em uma cesta de vime.

— Desculpe minha curiosidade, mas o que está bebendo?

— Chambertin — respondeu Max, sem se alterar.

— Ano?

— 1911.

— A rolha aguentou?

— Esta sim.

— Magnífico... Gostaria de beber um pouco.

Max fez um sinal para o garçom, que trouxe uma taça e a serviu. Mostaza deixou o cachimbo em cima da toalha e contemplou o vinho contra a luz, admirando a cor intensa do borgonha. Depois levou a taça aos lábios, saboreando com visível prazer.

— Estou faz tempo atrás do senhor — disse de repente, como se acabasse de recordar a pergunta de Max. — Esses dois sujeitos, os italianos...

Parou por aí, reservando-lhe o trabalho de imaginar em que momento uma pista o levara a outra.

— Depois levantei tudo o que pude sobre seus antecedentes.

Após dizer isso, Mostaza retomou o fio do relato. Hitler e seu governo detestavam Ciano. Este, que não carecia de bom senso, havia defendido sempre que a Itália se mantivesse à margem de certos interesses de Berlim. E continuava mantendo a mesma opinião. Por isso, homem precavido, mantinha discretos depósitos bancários em lugares adequados. Por via das dúvidas. Teve que transferir uma conta bem-provida que possuía na Inglaterra por razões políticas; mas agora se ajeitava com bancos continentais. Suíços, principalmente.

— Ciano pediu quatro por cento de comissão pessoal no assunto dos Savoia: quarenta mil libras. Quase 1 milhão de pesetas, quantia que foi avalizada por Ferriol para uma conta da Société Suisse de Zurique até que foi paga em dinheiro, com ouro confiscado do Banco da Espanha em Palma de Mallorca... O que o senhor acha?

— Que é muito dinheiro.

— Mais do que isso. — Mostaza bebeu mais vinho. — É um escândalo político de grande escala.

Apesar de seu sangue-frio, Max não se esforçava mais para dissimular o interesse.

— Compreendo — comentou. — Desde que se torne público, está querendo me dizer.

— Esse é o ponto. — Com um dedo, Mostaza evitou que uma gota de vinho deslizasse pelo pé de sua taça e chegasse à toalha. — Aqueles que me falaram do senhor, prezado Costa, o descreveram como um sujeito charmoso e muito esperto... Não dou importância ao primeiro item, se me permite dizê-lo. Meus gostos são convencionais. Mas fico feliz de confirmar o outro.

Fez uma pausa, saboreando mais um pouco de borgonha.

— Tomás Ferriol é uma raposa esperta — continuou — e quis tudo por escrito. Havia urgência, era um negócio seguro, e, por outro lado, o fato de Ciano receber comissões não é nenhum segredo em Roma. O sogro está a par de tudo e não se opõe, desde que as coisas aconteçam, como até agora, de maneira discreta... Por isso, Ferriol tomou providências para que o assunto dos aviões fosse registrado em documentos, incluídas três cartas nas quais Ciano, com sua própria assinatura, menciona seus quatro por cento... O senhor não terá dificuldade de imaginar o resto.

— Por que querem recuperar essas cartas agora?

Com expressão satisfeita, Mostaza contemplava sua taça quase vazia.

— Os motivos podem ser muitos. Tensões internas no governo italiano, onde a posição de Ciano é contestada por outras famílias fascistas. Precaução deste diante do futuro, agora que a vitória dos rebeldes está dentro do possível. Ou talvez o desejo de arrebatar de Ferriol um material que poderá lhe servir para chantagens diplomáticas... O fato é que Ciano quer essas cartas e o senhor foi contratado para consegui-las.

Era tudo tão espantosamente óbvio que Max deixou de lado suas reservas iniciais.

— Continuo sem entender uma coisa que talvez também disse aos outros. Por que eu...? A Itália deve ter espiões competentes.

— Eu vejo isso de uma maneira muito simples. — Mostaza voltara a pegar o cachimbo e, depois de puxar do paletó uma bolsa impermeável com tabaco, enchia o fornilho pressionando o fumo com o polegar. — Estamos na França, e a situação política internacional é delicada. O senhor não tem filiação política. É um apátrida nesse sentido, para dizê-lo de alguma maneira.

— Tenho passaporte venezuelano.

— Posso comprar meia dúzia desses, se me permite a bravata. E, além do mais, tem antecedentes policiais, provados ou não, em vários países da Europa e da América... Se alguma coisa desse errado, a responsabilidade seria sua. Eles poderiam negar tudo.

— E que instrumento o senhor toca nessa orquestra?

Mostaza, que havia tirado uma caixa de fósforos e acendia o cachimbo, olhou-o entre as primeiras baforadas de fumaça. Quase com surpresa.

— Ora, eu achava que havia se dado conta, a estas alturas. Eu trabalho para a República espanhola... Estou do lado dos bons... Supondo que possamos falar de um lado bom neste tipo de história.

Leitor superficial — em transatlânticos, trens e hotéis — de romances em fascículos daqueles publicados pelas revistas ilustradas, Max sempre associara a palavra *espião* a sofisticadas aventureiras internacionais e a indivíduos sinistros que procuravam não se exibir muito à luz do dia. Por isso o surpreendeu a naturalidade com que Fito Mostaza se ofereceu para acompanhá-lo de volta ao hotel Negresco, dando um agradável — o adjetivo foi do próprio Mostaza — passeio pela Promenade. Não houve objeção de sua parte, e percorreram um trecho conversando como dois conhecidos que se ocupassem de assuntos banais, como o restante das pessoas que a esta hora se movimentavam entre as fachadas dos hotéis e a orla marítima. E assim, fumando com muita calma seu cachimbo e com o amarrotado panamá fazendo sombra nas lentes de seus óculos, Mostaza terminou de expor os detalhes da questão enquanto respondia às perguntas que Max — apesar da aparente tranquilidade da situação, este não baixava a guarda — formulava de vez em quando.

— Resumindo: vamos lhe pagar mais do que os fascistas. Sem falar da natural gratidão da República.

— Não importa o que isso valha — permitiu-se ironizar Max.

Mostaza riu suavemente, entre os dentes. Com um ar quase bonachão. A cicatriz embaixo de sua mandíbula dava um tom ambíguo àquele riso.

— Não seja malvado, Sr. Costa. Afinal de contas, represento o governo legítimo da Espanha. A democracia contra o fascismo, já sabe.

Balançando a bengala, o antigo dançarino mundano o observava de soslaio. Se não fosse pelos óculos, o agente espanhol teria o aspecto de um jóquei vestido com roupa de rua; e ainda parecia menor e mais frágil em pé e em movimento. No entanto, um dos reflexos condicionados do ofício de Max incluía classificar homens e mulheres a partir de detalhes não evidentes ou não formulados. Em seu mundo incerto, um gesto ou uma palavra convencionais tinham o mesmo pouco valor, como informação útil, que um gesto de um jogador de cartas experiente para seu adversário. Os códigos de leitura que Max aprendera com a experiência eram outros. E os três quartos de hora que estava ao lado de Fito Mostaza eram suficientes para perceber que seu tom bonachão, aquela simpática naturalidade de quem dizia que trabalhava para o lado bom das coisas, podia ser mais perigoso que a fosca rudeza da dupla de agentes do governo italiano. Por outro lado, o surpreendia que não estivessem escondidos atrás de jornais em um banco do passeio, seguindo suas pegadas para constatar, com natural desagrado, que Fito Mostaza estava complicando sua vida.

— Por que vocês mesmos não roubam as cartas?

Mostaza deu alguns passos sem responder. Por fim, fez um gesto seguro.

— Sabe o que Tomás Ferriol costuma dizer...? Que a ele não interessa comprar políticos antes das eleições, sem saber se chegarão ou não ao poder. Sai mais barato quando já estão governando.

Tragou seu cachimbo em silêncio, energicamente, deixando para trás um rastro de fumaça.

— Estamos diante de uma situação parecida — acrescentou, finalmente. — Para que organizar uma operação, com seus custos e riscos, se podemos aproveitar outra que já está em andamento?

Depois de dizer isso, Mostaza deu alguns passos rindo com suavidade, como antes. Parecia desfrutar aquela mudança de assunto.

— A República não tem dinheiro de sobra, Sr. Costa. E nossa peseta está se desvalorizando muito. Tem certa justiça poética o fato de Mussolini pagar ao senhor a maior parte dos honorários.

Max olhava os Rolls-Royce e os Cadillac estacionados diante da fachada imponente do Palais Méditerranée, a sucessão de grandes estabelecimentos hoteleiros que pareciam se alinhar até o infinito acompanhando o suave arco da Baía dos Anges. Naquela parte de Nice tinham apagado da vista dos visitantes endinheirados tudo que pudesse perturbar uma visão confortável do mundo. Ali só havia hotéis, cassinos, bares americanos, a praia magnífica, o centro da cidade próximo, com seus cafés e restaurantes, e todas as luxuosas casas de campo espalhadas pelas colinas residenciais. Nem uma fábrica, nem um hospital. As oficinas, as casas dos empregados e dos operários, o presídio e o cemitério, inclusive os manifestantes que nos últimos tempos se enfrentavam cantando "L'Internationale" ou "La Marseillaise", distribuindo *Le Cri des Travailleurs* ou gritando "morte aos judeus" sob o olhar cúmplice dos gendarmes, ficavam longe dali, em bairros que a maior parte das pessoas que frequentava o Passeio dos Ingleses não pisaria jamais.

— E o que me impede de recusar sua oferta... Ou revelar sua proposta aos italianos?

— Nada o impede — admitiu Mostaza, objetivo. — Veja até que ponto estamos dispostos a jogar limpo, dentro do possível. Sem ameaças nem chantagens. É o senhor quem decide se vai colaborar ou não.

— E se não colaborar?

— Ah, essa é uma outra questão. Neste caso, compreenda que faremos o possível para mudar o curso das coisas.

Max tocou a aba do chapéu, saudando dois rostos conhecidos — um casal húngaro, vizinho de quarto no Negresco — que acabavam de cruzar com eles.

— Se não chama isso de ameaça... — ironizou, em voz baixa.

Mostaza respondeu com um gesto de exagerada resignação.

— Este é um jogo complicado, prezado Costa. Não temos nada contra o senhor, exceto se suas ações o colocarem no campo inimigo. Enquanto não for assim, gozará de nossa melhor boa vontade.

— Materializada em mais dinheiro do que o dos italianos, conforme você disse antes.

— Claro. Se não for uma quantia estratosférica.

Continuavam percorrendo lentamente a Promenade. Não paravam de cruzar com pessoas elegantes, homens com roupas de meia-estação bem-cortadas, lindas mulheres que passeavam, displicentes, com cães de pedigree.

— Esta cidade é curiosa — comentou Mostaza diante de duas senhoras muito bem-vestidas que estavam acompanhadas de um galgo russo. — Cheia de mulheres às quais os homens comuns não têm acesso. Embora nós dois sim, naturalmente... A diferença é que a mim custam dinheiro e ao senhor, exatamente o contrário.

Max olhou ao redor: mulheres, homens, tanto fazia. Aquela era uma gente, em suma, para a qual carregar cinco notas de mil francos na carteira não representava nenhuma novidade. Os automóveis com brilhantes cromados circulavam devagar pela pista contígua, usufruindo da paisagem luminosa que contribuíam para embelezar. Todo o passeio era um vasto rumor de motores bem-calibrados, de conversas desprovidas de inquietação. De bem-estar caro e aprazível. Custou-me muito, pensou com amargura, chegar até aqui. Movimentar-me por esta paisagem confortável, longe daqueles subúrbios com cheiro de comida rançosa que lugares como este desterraram para longe. E tentarei fazer com que nada me faça voltar a eles.

— Mas não acredite que tudo é uma questão de pagar mais ou menos — dizia Mostaza. — No entender de meus chefes, também conta, suponho, meu encanto pessoal. Devo ser persuasivo com o senhor. Convencê-lo de que não é a mesma coisa trabalhar para canalhas como Mussolini, Hitler ou Franco e para o governo legítimo da Espanha.

— Me poupe dessa parte.

Mostaza riu de novo, como nas outras vezes; suavemente e entre os dentes.

— De acordo. Deixemos de fora as ideologias... Concentremo-nos em meu encanto pessoal.

Havia parado para esvaziar o cachimbo dando batidinhas suaves na grade que separava o passeio da praia. Depois o guardou em um bolso do paletó.

— Gostei do senhor, prezado Costa... Dentro do que cabe em seu turvo ofício, é o que os ingleses chamam de *a decent chap*. Ou pelo menos parece. Estou há tempos estudando sua biografia, e também dando uma olhada em suas maneiras. Será um prazer trabalhar com o senhor.

— E o que vai acontecer com a concorrência? — objetou Max. — Os italianos podem ficar aborrecidos. E com razão.

O outro afiou o sorriso como resposta. Nada além de um instante: um relâmpago predador, quase desagradável. A cicatriz do pescoço parecia se afundar na luz crua do passeio.

— Não posso lhe responder agora — disse Max. — Preciso pensar nisso.

As lentes reluziram duas vezes sob a sombra do panamá. Mostaza assentia, compreensivo.

— Não se preocupe. Medite tranquilamente e siga adiante com seus amigos fascistas. Eu vigiarei com discreto interesse seus progressos, sem pressioná-lo. Como já lhe disse, está longe de nossa intenção forçar as coisas. Preferimos confiar em seu bom senso e em sua consciência... A qualquer hora, até o fim, o senhor terá a oportunidade de aceitar nossa proposta. Não temos pressa.

— Onde posso localizá-lo, se for necessário?

Mostaza fez um gesto amplo, vago, que podia se referir tanto ao lugar onde estavam como ao sul da França em geral.

— Durante estes dias, enquanto o senhor toma decisões, terei de tratar de outro assunto que tenho pendente em Marselha. Estarei indo e vindo, portanto. Mas não se preocupe... Estaremos em contato.

Oferecia a mão direita esperando a de Max, que, ao estreitá-la, sentiu um apertão forte e franco. Muito forte, pensou. Muito franco. Depois, Fito Mostaza partiu com passo animado. Durante alguns momentos, Max pôde observar sua figura pequena e ágil que evitava os transeuntes com singular leveza. Depois só conseguiu ver o chapéu claro que se movimentava em meio às pessoas e logo o perdeu de vista.

O dia amanheceu limpo e ensolarado, como os anteriores, e a Baía de Nápoles resplandece em tons azuis e cinza. Os garçons andam pelo terraço do hotel Vittoria com bandejas cheias de bules, pães, geleias e manteiga, entre as mesas de ferro cobertas com toalhas brancas. Naquela situada ao lado do ângulo ocidental da balaustrada, Max e Mecha Inzunza tomam o café da manhã. Ela veste uma jaqueta de camurça, saia escura e mocassins Loafer belgas. Ele, sua habitual roupa matinal desde que está hospedado no hotel: calças de flanela, blazer escuro e lenço de seda no pescoço. Os cabelos grisalhos ainda estão úmidos, penteados cuidadosamente para trás depois do banho.

— Já existe uma solução para o problema? — questiona Max.

Estão sozinhos na mesa, as contíguas, livres. Mesmo assim, ela abaixa a voz.

— Talvez... Esta tarde veremos se funciona.

— Nem Irina nem Karapetian suspeitam de nada?

— Absolutamente. A desculpa de que não devem se influenciar mutuamente funcionou, por ora.

Max passa um pouco de manteiga em uma torrada triangular, pensativo. O encontro com a mulher foi casual. Ela lia um livro que agora está em cima da mesa — *The Quest for Corvo*: o título não lhe diz nada —, entre sua xícara de café vazia e um cinzeiro com o símbolo do hotel e duas pontas apagadas de Muratti. Fechou o livro e apagou o segundo cigarro quando ele atravessou a porta envidraçada do salão Liberty, aproximou-se para cumprimentá-la e ela o convidou a se sentar ao seu lado.

— Você disse que eu faria alguma coisa.

Observa-o por alguns segundos, atenta, querendo recordar. Depois recua na cadeira, sorridente.

— A variante Max...? Cada coisa a seu tempo.

Ele mordisca sua torrada e bebe um gole de café com leite.

— Karapetian e Irina já estão trabalhando nas ideias de seu filho? — pergunta depois de tocar os lábios com o guardanapo. — Na isca da qual você me falou?

— Estão envolvidos nisso. Separadamente, como havíamos previsto. Os dois acreditam que estão analisando a mesma situação, mas não é verdade... Jorge continua exigindo que não conversem entre si sobre o assunto, com o pretexto de não querer que um influencie o outro.

— Quem avançou mais?

— Irina. E isso agrada Jorge, porque a ideia de que seja ela é a de que menos gosta... Por isso na próxima partida usará essa novidade teórica para afastar as dúvidas o quanto antes.

— E o que está acontecendo com Karapetian?

— Disse a Emil que continue analisando a dele com mais tempo e profundidade, porque quer reservá-la para Dublin.

— Você acha que Sokolov cairá na armadilha?

— É provável. Trata-se, justamente, do que espera da parte de Jorge: sacrifício de peças e ataques profundos, arriscados e brilhantes... O toque Keller.

Nesse momento, Max vê Emil Karapetian passar ao longe, com alguns jornais na mão, a caminho do salão. Aponta-o para Mecha e ela acompanha o grande mestre com o olhar, inexpressiva.

— Seria triste se fosse ele — comenta.

Max não pode evitar uma expressão de surpresa.

— Prefere que seja Irina?

— Emil está com Jorge desde que era um garoto; ele lhe deve muito. Nós devemos.

— Mas os dois jovens... Enfim. O amor e todo o resto...

Mecha olha para o chão atapetado pelas cinzas de seus cigarros.

— Oh, isso — diz.

Depois, sem transição, começa a falar do passo seguinte, se é que Sokolov vai morder a isca. Não há intenção de alertar o informante, no caso de ser um dos dois. A poucos meses do duelo pelo título mundial, interessa que os soviéticos saibam o que têm nas mãos, de maneira que Sokolov não suspeite que caiu na armadilha já em Sorrento. Depois de Dublin, logicamente, seja quem for, o espião não voltará a trabalhar com Jorge. Há maneiras de afastá-lo com ou sem escândalo, conforme a conveniência. Já aconteceu antes: um analista francês deu com a língua nos dentes no torneio de candidatos de Curaçao, quando o jovem enfrentou Petrosian, Tal e Korchnoi. E naquela vez foi Emil Karapetian quem percebeu e denunciou o infiltrado. No final ajeitaram as coisas para despedi-lo sem que ninguém suspeitasse do motivo.

— Também pode se tratar de um bode expiatório... — diz Max. — Uma manobra de Karapetian para jogar a suspeita em cima do outro.

— Pensei nisso — responde ela, sombria. — E Jorge também.

No entanto, seu filho deve muito ao mestre, acrescenta, depois de alguns instantes. Tinha 13 anos quando ela convenceu Karapetian a trabalhar com ele. Quinze anos juntos, tabuleiros de bolso abertos em qualquer lugar, jogando em trens, aeroportos, hotéis. Preparando partidas, estudando aberturas, variantes, ataques e defesas.

— Ao longo de quase meia vida de Jorge os vi tomando o café da manhã antes de um torneio, rememorando planos feitos durante a noite, ou improvisando em cima da hora.

— Você prefere que seja ela — diz Max, com suavidade.

Mecha parece não ter ouvido o comentário.

— Jorge nunca foi um garoto especial... Ou não muito. As pessoas acham que os grandes enxadristas são mais inteligentes do que o resto dos seres humanos, mas não é verdade. Meu filho só demonstrou muito cedo que tinha uma capacidade excepcional de prestar atenção a várias coisas distintas, isso que os alemães definem com uma longa palavra que termina em *verteilung*, e de pensar abstratamente em séries numéricas.

— Como ele e Irina se conheceram?

— No torneio de Montreal, há um ano e meio. Estava saindo com Henry Trench, um enxadrista canadense.

— E o que aconteceu?

— Depois de serem apresentados em uma festa promovida pelos organizadores, Irina e Jorge passaram uma noite inteira sentados no banco de um parque, conversando sobre xadrez até o amanhecer... Então ela abandonou Trench.

— Dá impressão de que gosta dela, não...? Isso o dá equilíbrio em situações como esta.

— Contribui para isso — admite Mecha. — De qualquer forma, ele não é um jogador obsessivo, daqueles que se deixam invadir pela insegurança e pela tensão em uma longa partida. Ajudam-no seu senso de humor e certo desapego. Uma de suas frases favoritas é "não estou disposto a enlouquecer com isto"... Essa atitude reduz muito os aspectos patológicos do assunto. Como você diz, o dá equilíbrio.

Para por um momento, pensativa, a cabeça inclinada.

— Imagino que sim — conclui, finalmente. — Que Irina também contribui para isso.

— Se é sua namorada quem está passando informações para os russos, isso poderia influir em sua concentração, suponho. Em seu rendimento.

Mecha não está preocupada com esse aspecto do problema. Seu filho, explica, consegue trabalhar com a mesma intensidade em vários assuntos, de maneira aparentemente simultânea; mas nunca perde o controle do principal. Do xadrez. Sua capacidade de concentração de acordo com a ordem de prioridades de cada momento é espantosa. Parece perdido em fantasias distantes e de repente pestaneja, regressa, sorri e está de volta. Essa aptidão de ir e voltar é sua maior característica. Sem esses curtos-circuitos de normalidade, sua vida seria muito diferente. Viraria um sujeito excêntrico ou infeliz.

— Por isso — acrescenta, depois de um silêncio —, assim como pode se concentrar de uma maneira sobre-humana, é capaz de mergulhar em divagações que não têm nada a ver com a partida que está jogando. Disputar mentalmente outras partidas enquanto espera. Analisar friamente a questão do infiltrado, pensar em uma viagem ou em um filme... Resolver outro problema ou relativizá-lo. Uma vez, quando era pequeno, ficou vinte minutos calado diante do tabuleiro, analisando uma jogada. E, quando seu adversário deu mostras de impaciência, levantou os olhos e disse: "Ah, era a minha vez de jogar?"

— Ainda não me contou o que pensa... Se acha que é ela quem está passando informações.

— Já disse: pode ser tanto Irina como Karapetian.

Arqueia as sobrancelhas, confirmando o óbvio.

— Parece apaixonada.

— Meu Deus, Max. — Estuda-o com ar brincalhão, quase com surpresa. — Você dizendo uma coisa dessas...? Desde quando o amor é um obstáculo à traição?

— Me dê um motivo concreto. Por que ela o venderia aos russos?

— Essa pergunta também não combina com você... Por que Emil o venderia?

Levantou a vista, inexpressiva, e Max acompanha a direção do seu olhar. Três andares acima, sob os arcos dos terraços do edifício contíguo, Jorge Keller e a garota contemplam a paisagem. Vestem roupões de banho brancos e dão a impressão de que acabaram de acordar. Ela segura um braço do jovem e se apoia em seu ombro. Depois de um momento, percebem a presença de Max e Mecha e agitam as mãos para eles. Ele responde, enquanto a mulher permanece imóvel, observando-os.

— Quanto tempo durou seu casamento com o pai dele, o diplomata?

— Não muito — diz ela, depois de um instante de silêncio. — E lhe garanto que tentei. Suponho que ter um filho me fez pensar nisso... Afinal de contas, em algum momento de sua vida qualquer mulher é vítima temporária de seu útero ou de seu coração. Mas com ele não era possível nada disso... Só era um bom homem que se tornava insuportável não pelo excesso de suas qualidades, mas por sua insistência em não renunciar a nenhuma. E em ostentar isso.

Interrompe-se e um sorriso estranho atravessa seus lábios. Apoia a mão direita na toalha, perto da mancha de uma pequena gota de café. Há outras marcas semelhantes no dorso de sua mão. Marcas dos anos, da velhice, na pele enrugada. De repente, a recordação daquela pele, macia e quente há trinta anos, torna-se insuportável para Max. Para dissimular seu desassossego, inclina-se sobre a mesa e verifica o conteúdo da cafeteira.

— Nunca foi seu caso, Max. Você sempre soube... Oh, demônios. Várias vezes me perguntei de onde tirava tanta tranquilidade. Toda aquela prudência.

Ele ameaça lhe servir mais café e ela recusa com a cabeça.

— Tão bonito — acrescenta. — Meu Deus. Você era tão bonito... Tão prudente, tão canalha e tão bonito...

Incomodado, ele examina com atenção o conteúdo de sua xícara vazia.

— Me fale mais sobre o pai de Jorge.

— Já lhe disse que você o conheceu em Nice: naquele jantar na casa de Suzi Ferriol... Se lembra dele?

— Vagamente.

Com uma expressão cansada, Mecha afasta lentamente a mão da toalha.

— Ernesto era muito educado e distinto, mas lhe faltavam o talento e a imaginação de Armando... Um desses homens que estão ao seu lado e só falam deles, usando você como pretexto. Pode ser que seja verdade que lhe interesse o que dizem, mas eles não têm como sabê-lo.

— Isso acontece com muita frequência.

— Mas nunca foi o seu caso... Você sempre soube ouvir.

Max faz um gesto trivial, de humildade profissional.

— Táticas do ofício — admite.

— O fato é que as coisas se complicaram — continua ela —, e acabei recorrendo a esse rancor mesquinho que as mulheres são capazes de sentir quando estão sofrendo... Na realidade, eu sofria muito pouco, mas ele também não tinha como saber isso. Tentou escapar várias vezes do que chamava de mediocridade e fracasso da nossa relação; e, como a maior parte dos homens, o mais longe que conseguiu chegar foi à vagina de outras mulheres.

Aquilo não soava vulgar em sua boca, notou Max. Como tampouco tantas outras coisas registradas em sua memória. Ouvira-a usar palavras mais fortes em outros tempos, com a mesma frieza quase técnica.

— Mas eu, sim, cheguei mais longe, como você sabe — continua Mecha. — Estou me referindo a certo tipo de imoralidade. A imoralidade como conclusão... Como consciência de como a moralidade é estéril e passivamente injusta.

Olha outra vez para a cinza espalhada pelo chão, indiferente. Então levanta a vista para o garçom que, depois de lhes informar que o serviço do café da manhã está prestes a ser encerrado, pergunta se desejam mais alguma coisa. Mecha olha para ele como se não entendesse o que diz ou se estivesse longe. Por fim, nega com a cabeça.

— Na realidade, fracassei duas vezes — diz quando o garçom se afasta. — Como mulher imoral com Armando e como mulher moral com Ernesto. Foi meu filho quem, para minha sorte, mudou tudo. Sua existência me ofereceu outras possibilidades. Um terceiro caminho.

— Você ainda se lembra do seu primeiro marido?

— Armando...? Como poderia esquecê-lo? Seu famoso tango tem me perseguido durante toda a vida. Como você, de certa maneira. E continua aí.

Max para de contemplar sua xícara vazia outra vez.

— Tempos depois soube o que ainda não sabíamos em Nice — comenta. — Que o mataram.

— Sim. Em um lugar chamado Paracuellos, perto de Madri. Tiram-no da prisão para fuzilá-lo ali. — Encolhe os ombros de forma quase imperceptível, lembrando tragédias ocorridas há muito tempo, convenientemente cicatrizadas. — Um bando arrastou em procissão o pobre García Lorca, canonizando-o, e outro o meu marido... Isso também engrandeceu sua lenda, naturalmente. Consagrou sua música.

— Você não voltou à Espanha?

— A esse lugar triste, rancoroso e com cheiro de sacristia, governado por contrabandistas e uma gentalha medíocre...? Nunca. — Olha para a baía e sorri com sarcasmo. — Armando era um homem culto, educado e liberal. Um criador de mundos maravilhosos... Se estivesse vivo, teria desprezado esses militares carniceiros e esses assassinos de camisa azul e pistola na cintura, tanto quanto os analfabetos que o assassinaram.

Depois de um silêncio se vira para ele, inquisitiva.

— E você? Como foi sua vida ao longo desses anos...? É verdade que voltou à Espanha?

Max compõe uma expressão cerimoniosa que sobrevoa tempos intensos, histórias de novos-ricos ávidos por luxo, aldeias e cidades reconstruídas, hotéis devolvidos a seus proprietários, negócios florescentes sob a proteção do novo regime e muitas oportunidades disponíveis para quem sabia farejá-las. E essa expressão discreta é sua maneira de resumir anos de ações e possibilidades, toneladas de dinheiro circulando de um lado a outro, à disposição de quem tivesse talento e coragem para persegui-lo: mercado negro, mulheres, hotéis, trens, fronteiras, refugiados, mundos que desabavam no meio das ruínas da velha Europa, de um conflito a outro ainda mais pavoroso, com a certeza febril de que nada seria igual quando tudo tivesse acabado.

— Algumas vezes. Durante a Guerra Mundial, andei de um lado a outro, entre a Espanha e a América.

— Sem temer os submarinos?

— Com todo o medo do mundo, mas não havia escolha. Você sabe. Negócios.

Ela sorri de novo, quase cúmplice.

— Sim, eu sei... Negócios.

Ele inclina a cabeça com deliberada simplicidade, consciente do olhar da mulher. Os dois sabem que a palavra *negócios* é uma forma de sintetizar as coisas, embora Mecha ignore até que ponto. Na realidade, durante os anos de guerra na Europa, a península ibérica foi para Max Costa um rentável território de caça. Com seu passaporte venezuelano — gastou muito dinheiro para comprar essa nacionalidade, que o colocava a salvo de quase tudo —, usou sua desenvoltura social em restaurantes, *dancings*, chás vespertinos animados por orquestras, bares americanos e cabarés, lugares de intensa vida social frequentados por mulheres lindas e homens com carteiras bem-recheadas. Na época, sua tranquilidade profissional chegara a se refinar de uma maneira inimaginável; e o resultado foi uma rajada de êxitos contundentes. Os tempos do fracasso e da decadência, os desastres que acabariam levando-o a um poço escuro, ainda estavam distantes. Aquela nova Espanha franquista funcionava: várias operações lucrativas em Madri e Sevilha, uma elaborada fraude triangular em Barcelona, Marselha e Tanger, uma viúva muito rica em San Sebastián e um assunto de joias no cassino de Estoril concluído de maneira apropriada em uma casa de campo de Sintra. Neste último episódio — a mulher, não muito atraente, era prima do pretendente à coroa da Espanha, dom Juan de Bourbon —, Max havia voltado a dançar, e muito. Inclusive o "Bolero" de Ravel e o "Tango da Velha Guarda". E deve tê-los dançado diabolicamente bem; porque, uma vez terminado tudo, a vítima foi a primeira a inocentá-lo perante a polícia portuguesa. É impossível desconfiar de Max Costa, afirmou. Desse perfeito cavalheiro.

— Sim — comenta Mecha, pensativa, olhando outra vez para o terraço do qual os dois jovens já haviam se retirado. — Armando era diferente.

Max sabe que não fala dele. Que a mulher continua pensando naquela Espanha que matou Armando de Troeye, aonde ela não quis nunca voltar. Ainda assim, sente certo ressentimento. Um rastro da antiga irritação em relação ao homem com o qual conviveu, na realidade, durante poucos dias: a bordo do *Cap Polonio* e em Buenos Aires.

— Você já disse antes. Era culto, imaginativo e liberal... Ainda recordo as marcas de pancadas em sua cara.

Ela, que percebeu o tom, observa-o com censura. Depois vira o rosto para a baía, na direção do cone enegrecido do Vesúvio.

— Faz muito tempo, Max... Não combina com você.

Não responde. Limita-se a olhá-la. As pálpebras da mulher estão entrefechadas pelo sol, a expressão multiplica o número das pequenas rugas em volta de seus olhos.

— Me casei muito jovem — acrescenta Mecha. — E ele fez com que me aproximasse dos meus poços escuros.

— De certa maneira, a corrompeu.

Ela nega com a cabeça antes de responder.

— Não. Embora, talvez, a nuance esteja nesse *de certa maneira*. Tudo já existia antes de conhecê-lo... Armando se limitou a colocar um espelho na minha frente. A me guiar por meus próprios cantos escuros. Ou talvez nem isso. Talvez seu papel tenha sido apenas o de me mostrá-los.

— E você fez o mesmo comigo.

— Você, assim como eu, gostava de olhar. Recorde aqueles espelhos do hotel.

— Não. Gostava de olhar enquanto você olhava.

Uma risada súbita, sonora, parece rejuvenescer os olhos dourados da mulher. Ela continuava virada para a baía.

— Você nunca permitiu, meu amigo... Nunca foi um desses rapazes. Pelo contrário. Sempre tão correto, apesar de suas canalhices. Tão saudável. Tão leal e tão direito em suas mentiras e traições. Um bom soldado.

— Pelo amor de Deus, Mecha. Você era...

— Agora não importa mais o que eu era. — Havia se virado para ele, repentinamente séria. — Mas você continua sendo um impostor. E não me olhe assim. Conheço esse olhar muito bem. Melhor do que você imagina.

— Estou dizendo a verdade — protesta Max. — Nunca achei que você se importasse nem um pouco.

— Por isso partiu daquela maneira de Nice? Sem esperar pelo resultado...? Meu Deus. Estúpido como todos. Esse foi o seu erro.

Encostou-se no respaldo da cadeira. Fica assim por um momento, como se procurasse a memória exata nas feições envelhecidas do homem que está na sua frente.

— Você vivia em território inimigo — acrescenta, finalmente. — Em plena e contínua guerra: bastava ver seus olhos. Em tais situações, as mulheres percebem que os homens são mortais e estão de passagem, a caminho de um front qualquer. E se sentem dispostas a se apaixonar por vocês um pouquinho mais.

— Jamais gostei de guerras. Sujeitos como eu costumam perdê-las.

— Agora tanto faz — assente ela com frieza. — Mas fico feliz por você não ter estragado seu sorriso de bom rapaz... Essa elegância que mantém como o último quadro de Waterloo. Me lembra muito o homem que esqueci. Envelheceu, e não estou falando do ponto de vista físico. Suponho que isso aconteça com todos aqueles que atingem certo grau de certeza... Você tem muitas certezas, Max?

— Poucas. Só sei que os homens duvidam, recordam e morrem.

— Deve ser isso. É a dúvida que mantém as pessoas jovens. A certeza é como um vírus maligno. O contagia de velhice.

Voltou a colocar a mão na toalha. A pele manchada de vida e de anos.

— Recordações, você disse. Os homens recordam e morrem.

— Na minha idade, sim — confirma. — Agora só isso.

— E o que aconteceu com as dúvidas?

— Agora são poucas. Só incertezas, o que não é a mesma coisa.

— E o que eu lhe recordo?

— As mulheres que esqueci.

Ela parece perceber sua irritação, porque inclina um pouco a cabeça, observando-o com curiosidade.

— Está mentindo — diz, finalmente.

— Prove.

— Vou provar... Juro que vou provar. Só me dê alguns dias.

Molhou os lábios no gin-fizz e observou o resto dos convidados. Quase todos haviam chegado, e não eram mais de vinte. Era um jantar a rigor: os homens de smoking e a maioria das mulheres com as costas nuas. Poucas joias e quase sempre discretas, conversas educadas, normalmente em francês ou espanhol. Eram amigos e conhecidos de Susana Ferriol. Havia alguns refugiados de guerra, mas não do gênero que as imagens dos noticiários costumavam exibir; o resto era formado por membros da alta burguesia internacional que vivia em Nice e nos arredores. Com aquele jantar, a anfitriã apresentava a seus amigos locais o casal Coll, dois catalães que conseguiram sair da chamada zona vermelha. Para sua sorte, além de um apartamento em um edifício de Barcelona construído por Gaudí, um prédio em Palamós e algumas fábricas e armazéns agora administrados por seus trabalhadores, os Coll tinham em bancos europeus o dinheiro necessário para esperar que as coisas voltassem a ser o como foram. Minutos antes, Max testemunhara uma animada conversa da Sra. Coll — quadris largos e olhos grandes, miúda e espevitada — na qual contava a vários convidados como ela e seu marido haviam hesitado a princípio entre Biarritz e Nice, decidindo-se por esta por causa do clima ameno.

— Nossa querida Suzi teve a amabilidade de procurar uma casa que pudéssemos arrendar. Aqui mesmo, em Boron... Ficaríamos bem no Savoy, mas não é a mesma coisa. Uma casa própria é sempre uma casa própria... Além do mais, com o Trem Azul estamos a um passo de Paris.

Max deixou a taça vazia em uma mesa, ao lado das grandes janelas pelas quais podia se ver o exterior da casa iluminado: o caminho de cascalho miúdo e a rotunda com grandes plantas verdes diante da entrada principal, os automóveis alinhados sob as palmeiras e os ciprestes, reluzentes à luz dos postes de eletricidade, os choferes agrupando brasas de cigarros ao lado da escadaria de pedra. Max havia chegado no Chrysler Imperial da baronesa Schwarzenberg, que agora estava sentada no salão contíguo conversando com um ator de cinema brasileiro. Mais além das árvores que povoavam o jardim, Nice se assomava à baía em um arco iluminado em torno da mancha escura do mar, com a pequena bacia reluzente da Jetée-Promenade incrustada nela como uma joia.

— Outro drinque, senhor?

Recusou com a cabeça. Quando o garçom se afastava, deu uma olhada em volta. Um pequeno conjunto de jazz tocava no salão, recebendo os convidados em meio ao aroma de ramos de flores colocados em jarros de vidro azul e vermelho. Faltavam vinte minutos para o jantar. Na sala, que podia ser vista através da porta envidraçada, havia talheres para 22 pessoas. De acordo com a cartolina colocada em um atril na entrada, ao Sr. Costa era destinado um lugar quase na ponta da mesa. Afinal de contas, ali sua única credencial era estar acompanhando a baronesa Schwarzenberg; e isso, socialmente, não queria dizer muita coisa. Ao ser apresentado, Susana Ferriol lhe dedicara um sorriso preciso e as palavras certas, próprias de uma anfitriã eficaz e consciente de suas obrigações — que prazer tê-lo aqui, é uma grande alegria — antes de fazê-lo entrar, apresentá-lo a alguns convidados, situá-lo perto dos garçons e esquecê-lo, por enquanto. Susana Ferriol — Suzi, para os íntimos — era uma mulher morena e muito delgada, quase tão alta quanto Max, com feições angulosas, duras, nas quais se destacavam intensos olhos negros. Não se vestia de maneira convencional: usava um elegante macacão branco listrado de prata, que favorecia sua extrema magreza; Max teria apostado uma de suas abotoadoras de nácar que em algum forro interno levava costurada uma etiqueta Chanel. A irmã de Tomás Ferriol se movimentava entre seus amigos com uma afetação lânguida e sofisticada, excessivamente confiante. De acordo com o que havia comentado a baronesa Schwarzenberg, recostada no assento traseiro do automóvel quando estavam a caminho, a elegância podia ser adquirida com dinheiro, educação, aplicação e inteligência; mas usá-la com plena naturalidade, querido — o resplendor dos faróis iluminava seu sorriso malicioso — requer ter engatinhado na infância em cima de tapetes orientais autênticos. Um par de gerações, pelo menos. E os Ferriol — o pai fez seu primeiro dinheiro durante a Grande Guerra como contrabandista de tabaco em Mallorca — só eram riquíssimos há uma.

— Existem exceções, naturalmente. E você é uma delas, meu amigo. Vi poucos atravessarem o vestíbulo de um hotel, oferecerem fogo a uma mulher ou pedirem um vinho a um sommelier como você faz. E olhe que eu nasci quando Leningrado se chamava São Petersburgo... Imagine o que vi, e o que vejo.

Max deu alguns passos, percorrendo o salão com cautela de caçador. Embora a casa de campo fosse uma construção típica do início do século, seu interior estava mobiliado de forma funcional e sóbria, de acordo com a última moda: linhas retas e limpas, paredes nuas a não ser por algum quadro moderno, móveis de aço, madeira polida, couro e vidro. Os olhos vivos do antigo dançarino mundano, adestrados no ofício de virador, não perdiam nenhum detalhe do lugar nem dos convidados. Roupas, joias, bijuterias, conversas. Fumaça de tabaco. Com o pretexto de pegar um cigarro, parou entre o salão e o vestíbulo para dar uma olhada na escada que levava ao andar superior. De acordo com as plantas que estudara em seu quarto do Negresco, mais além ficavam a biblioteca e o escritório que Ferriol usava quando ia a Nice. Chegar à biblioteca não era difícil, e no fundo reluziam as lombadas douradas dos livros nas estantes. Deu alguns passos com a cigarreira aberta na mão e parou de novo, dessa vez com atitude de estar prestando atenção nos cinco músicos vestidos a rigor que tocavam um swing suave — "I Can't Get Started" — entre cachepôs com plantas, perto de uma vidraça. Apoiado na porta da biblioteca, próximo de um casal de franceses que discutia em voz baixa — a mulher era loura e atraente, com excesso de maquiagem nas sobrancelhas —, acendeu finalmente o cigarro, olhou para dentro do aposento e localizou a porta do escritório, que, de acordo com os informes, costumava estar fechada a chave. O acesso não era difícil, concluiu. Tudo ficava no primeiro andar, e não havia grades. A caixa-forte estava em um armário embutido na parede, perto de uma janela. Embora não pudesse vê-la pelo lado de fora, essa janela lhe parecia um caminho viável. Outra possibilidade era a vidraça ao lado da qual tocavam os músicos, que dava para um terraço. Ponta de diamante ou chave de fenda para a janela, gazua para a fechadura do escritório. Uma hora lá dentro, um pouco de sorte e tudo resolvido. Nessa fase, pelo menos.

Estava há muito tempo sozinho no vestíbulo, e isso não era conveniente. Aspirou a fumaça do cigarro enquanto olhava ao redor com ar indolente. Os últimos convidados estavam chegando. Já fizera um par de contatos, trocara sorrisos adequados, palavras amáveis. Gestos apropriados dirigidos às senhoras, simpatia de aparência franca para maridos e acompanhantes. Depois do jantar, alguns casais se animariam a dançar; em geral isso dava a Max oportunidades quase infalíveis — sobretudo com as mulheres casadas: costumavam ter problemas, o que aplanava o caminho e lhe poupava conversas —; mas não estava disposto a penetrar em um terreno perigoso naquela noite. Não podia chamar a atenção. Não ali, absolutamente, com o que estava em jogo. No entanto, ao se movimentar, sentia de vez em quando seus olhares. Algum comentário em voz baixa: quem é esse homem charmoso etc. A essa altura, Max tinha 35 anos e estava há 15 interpretando olhares. Todos atribuíam sua presença a uma vaga *liaison* com Asia Schwarzenberg, e era conveniente que acreditassem nisso. Decidiu se aproximar de um grupo formado por dois homens e uma mulher que conversavam em um sofá de couro e aço, ela e um dos homens sentados e o outro em pé. Já havia brincado com o que estava sentado, pouco depois de chegar; um sujeito um pouco gordo, de bigodinho louro, cabelos cortados à escovinha e rosto simpático que havia lhe dado seu cartão: Ernesto Keller, cônsul adjunto do Chile em Nice. A mulher também lhe era familiar, embora não daquela noite. Uma atriz, achou recordar. Espanhola, também. Bela e séria. Conchita qualquer coisa. Monteagudo, talvez. Ou Montenegro. Por um instante, ainda imóvel, viu-se em um espelho grande de moldura lisa e ovalada que estava em cima de uma mesa estreita de vidro: a brancura resplandecente da camisa entre as lapelas de seda preta, do lenço que assomava no bolso superior, da porção exata do punho engomado que sobressaía de cada manga de seu paletó do smoking apertado na cintura; uma das mãos enfiada com negligência no bolso direito das calças, outra meio levantada com o cigarro fumegante, mostrando parte da correia e a caixa de ouro de um cronômetro elegante Patek Philippe que valia 8 mil francos. Depois olhou para o tapete de grandes losangos brancos e marrons sob o verniz de seus sapatos, e pensou — continuava fazendo-o com frequência — em seu amigo, o cabo legionário Boris Dolgoruki-Bagration. O que teria dito, ou rido, entre dois cálices de conhaque, se estivesse vivo, ao vê-lo ali daquele jeito. Desde o menino que brincava nas margens do Riachuelo em Buenos Aires, ou desde o soldado que subia com um fuzil na mão entre cadáveres mumificados sob o sol pela ladeira calcinada de monte Arruit, Max Costa havia percorrido um longo caminho até pisar no tapete dessa casa de campo da Costa Azul. E ainda restava um difícil trecho até a porta do escritório que esperava fechada, ao fundo da biblioteca, insondável como o destino. Aspirou uma baforada curta e exata de fumaça, enquanto concluía também que os azares e os riscos de certos caminhos nunca se desvaneciam de todo: a recordação de Fito Mostaza, superposta a dos espiões italianos, desassossegou-o de novo. É que, em essência, o único dia realmente fácil de sua vida era o que a cada noite, depois de mergulhar em um sono sempre indeciso e inquieto, conseguia deixar para trás.

Então sentiu um perfume suave, próximo, de mulher. *Arpège*, identificou por instinto. E, ao se virar — havia se passado nove anos desde Buenos Aires —, viu ao seu lado Mecha Inzunza.

8. *La vie est brève*

— Você ainda fuma esses cigarros turcos — comentou ela.

Olhava-o mais curiosa do que surpresa, como se tentasse encaixar peças dispersas no lugar adequado: seu bem-cortado traje de gala, suas feições. Reflexos de luz elétrica pareciam suspensos nas pestanas da mulher. O mesmo efeito luminoso dos lustres próximos resvalava pelo cetim cor de marfim do vestido de noite que moldava seus ombros e seus quadris, os braços nus e a fenda profunda do decote nas costas. Estava com a pele bronzeada e os cabelos cortados de acordo com a moda, um pouco mais longos do que em Buenos Aires; ligeiramente ondulados, com uma risca e a testa livre.

— O que você está fazendo aqui, Max?

Disse isso depois de um instante de silêncio. Não era uma pergunta, mas uma conclusão, e o significado era evidente: de nenhuma maneira aquilo podia estar acontecendo. Nenhuma trajetória da vida do homem que Mecha Inzunza havia conhecido a bordo do *Cap Polonio* poderia tê-lo levado de maneira natural àquela casa.

— Responda... O que você está fazendo aqui?

Havia dureza naquela insistência agora. E Max, que depois do estupor inicial — com sinais de pânico — começara a recuperar o sangue-frio, compreendeu que continuar em silêncio seria um erro. Reprimindo o desejo de recuar e se proteger — sentia-se como uma ostra crua que acabara de receber um jato de limão —, olhou os reflexos gêmeos de mel enquanto procurava dissimular tudo com um sorriso.

— Mecha.

Era apenas uma maneira de ganhar tempo. Seu nome e o sorriso. Pensava a toda velocidade ou tentava fazê-lo. Sem efeito. Dirigiu um olhar breve e cauteloso, quase imperceptível, de um lado para outro, a fim de ver se a conversa estava chamando a atenção de algum convidado. A mulher percebeu o gesto, pois os reflexos dourados se endureceram em seus olhos, sob as sobrancelhas depiladas em duas finas linhas de lápis marrom. Ainda estava belíssima, pensou ele, absurdamente. Mais sólida e mais fêmea.

Depois olhou para a boca ligeiramente entreaberta, pintada de vermelho intenso ·— continuava mostrando-se, no entanto, menos furiosa do que expectante —, e seu olhar acabou seguindo até o pescoço. Então percebeu o colar: belas pérolas de brilho suave, quase fosco, montadas em três voltas. Desta vez a estupefação se plasmou em seu rosto. Era idêntico ao que ele havia vendido nove anos atrás ou era o mesmo.

Talvez aquilo o tenha salvado, haveria de concluir mais tarde. Sua expressão de espanto olhando o colar. O esboço súbito de triunfo nos olhos dela quando pareceu penetrar seus pensamentos como se fossem de cristal. O olhar irônico, primeiro, substituindo o desprezo; e depois o sorriso tênue, que agitou sua garganta e seus lábios até quase se transformar em gargalhada. Havia levantado uma das mãos — na outra sustentava uma pequena bolsa *baguette* de pele de serpente —, e os dedos longos e esbeltos com unhas pintadas em um tom idêntico ao dos lábios, sem outra joia além da aliança de ouro, apoiavam-se nas pérolas.

— Eu o recuperei uma semana depois, em Montevidéu. Armando foi buscá-lo para mim.

A imagem do marido passou fugazmente pela memória de Max. Depois de Buenos Aires o havia visto em fotografias de revistas ilustradas; inclusive um par de vezes em noticiários de cinema, com o fundo musical de seu tango famoso.

— Onde ele está?

Olhou ao redor ao dizê-lo, inquieto, perguntando-se até que ponto a presença de Armando de Troeye poderia agravar as coisas; mas se tranquilizou ao vê-la encolher os ombros, ensombrecida.

— Não está... Está longe, agora.

Max era um homem hábil, pois as situações complexas que vivera ao longo dos anos haviam moldado seu caráter. Manter as emoções sob controle significava, com frequência, escapar por um triz do desastre. Naquele momento, enquanto tentava pensar com rapidez e exatidão, a certeza de que exibir inquietação poderia aproximá-lo mais do que era conveniente de uma prisão francesa foi suficiente para lhe dar apoio técnico. Uma via por meio da qual pudesse recuperar o controle da situação ou reduzir os estragos. Paradoxalmente, seu instinto lhe dizia que era o colar que poderia salvá-lo.

— O colar — disse.

Fez aquilo sem saber o que diria depois; só para ganhar ainda mais tempo e estabelecer uma estratégia de defesa. Mas foi suficiente. Ela voltou a tocar nas pérolas. Desta vez não riu como antes, mas recuperou o olhar desafiador. O sorriso triunfal.

— Os policiais argentinos se comportaram muito bem conosco. Receberam meu marido quando ele foi denunciar o desaparecimento das pérolas e colocaram-no em contato com seus colegas uruguaios... Armando foi a Montevidéu, encontrou o homem para o qual você vendeu o colar e o recuperou.

Ele havia terminado seu cigarro e olhava ao redor com a guimba fumegante nos dedos, procurando onde deixá-la, como se isso exigisse toda a sua atenção. Finalmente, apagou-a em um cinzeiro de cristal grosso talhado que estava em cima de uma mesinha próxima.

— Você parou de dançar, Max?

Finalmente ele a encarou. Olhando-a nos olhos com toda a serenidade de que era capaz. E deve tê-lo feito com a altivez adequada, pois, depois da pergunta, formulada em tom ácido, ela ficou olhando para ele, pensativa, antes de balançar a cabeça em uma afirmação silenciosa de algum pensamento que ele não conseguiu penetrar. Como se estivesse ao mesmo tempo admirada e divertindo-se com a calma do homem. Com seu tranquilo descaramento.

— Levo outro tipo de vida — disse ele.

— A Riviera não é um mau lugar para se viver... De onde conhece Suzi Ferriol?

— Vim com uma amiga.

— Que amiga?

— Asia Schwarzenberg.

— Ah.

Os convidados começavam a se encaminhar à sala de jantar. A jovem loura que estivera discutindo em francês passou por perto, seguida de seu acompanhante; ela deixando um rastro de perfume vulgar, e ele olhando a hora em um relógio de bolso.

— Mecha, você está...

— Pare com isso, Max.

— Ouvi o tango. Mil vezes.

— Sim. Suponho que sim.

— Gostaria de lhe explicar algumas coisas.

— Explicar? — Outro duplo lampejo dourado. — Não combina com você... Ao vê-lo, achei que os anos o haviam melhorado um pouco. Prefiro seu cinismo a suas explicações.

Max achou conveniente não fazer comentários a respeito. Permanecia ao lado da mulher, quatro dedos da mão direita enfiados no bolso do paletó. Então a viu sorrir levemente, como se zombasse de si mesma.

— Passei um tempo observando-o de longe — disse ela —, antes de me aproximar.

— Não a vi. Lamento.

— Sei que não me viu. Estava concentrado, pensativo. Perguntei-me em que estava pensando... O que fazia aqui e em que pensava.

Não vai me delatar, concluiu. Não esta noite, pelo menos. Ou não antes do café e dos cigarros. No entanto, apesar da segurança momentânea, tinha consciência de que o terreno era escorregadio. Precisava de tempo para pensar. Para definir se a entrada em cena de Mecha Inzunza complicava as coisas.

— Reconheci-o imediatamente — continuou ela. — Só queria decidir o que fazer.

Apontou, no outro lado do vestíbulo, uma escada que levava ao andar superior. Ao pé dela havia cachepôs com grandes fícus e uma mesa da qual um garçom recolhia taças vazias.

— Prestei atenção em você quando estava descendo a escada, porque não se sentava. Você é um dos poucos que não se sentou... Existem homens que se sentam e homens que ficam em pé. Costumo desconfiar dos últimos.

— Desde quando?

— Desde que o conheci... Lembro-me de que quase nunca o vi sentado. Nem a bordo do *Cap Polonio* nem em Buenos Aires.

Deram alguns passos em direção à sala de jantar e pararam na porta para confirmar seus lugares na cartolina do atril. Max se censurou por não ter olhado antes todos os nomes distribuídos em torno da mesa. O dela estava ali: *Sra. Inzunza*.

— E o que você está fazendo aqui? — inquiriu.

— Vivo aqui perto, por causa da situação na Espanha... Aluguei uma casa em Antibes e às vezes visito Suzi. A gente se conhece desde o colégio.

Na sala de jantar, os convidados ocupavam suas cadeiras em volta da mesa, na qual um faqueiro de prata reluzia em cima da toalha, ao lado de candelabros de cristal em forma de espirais vermelhas, verdes e azuis. Susana Ferriol, que dava atenção a seus convidados, reparou em Mecha e Max, ligeiramente desconcertada: surpresa por vê-lo — ele tinha certeza de que sua anfitriã nem sequer lembrava seu nome — em uma conversa particular com sua amiga.

240

— E você, Max...? Ainda não me disse o que está fazendo em Nice. Embora eu consiga supor.

Ele sorriu. Cansaço trivial, simpático. Milimetricamente calculado.

— Talvez se engane ao supor.

— Vejo que aperfeiçoou esse sorriso. — Agora o estudava de cima a baixo com irônica admiração. — O que mais aperfeiçoou ao longo desses anos?

Avista de longe Irina Jasenovic, perto da catedral de Sorrento: óculos de sol, vestido com saia curta estampado, sandálias rasteiras. A garota olha a vitrine de uma loja de roupas do *corso* Italia e Max fica pelas proximidades, espreitando-a do outro lado da rua até que ela retoma o caminho, em direção à praça Tasso. Na realidade não a segue por nenhum motivo especial: apenas sente vontade de observá-la, agora que sabe que é possível que haja um vínculo clandestino entre ela e a equipe do jogador russo. Por curiosidade, talvez. Vontade de se aproximar um pouco mais dos nós da trama. Já teve oportunidade de fazê-lo com Emil Karapetian quando, depois do café da manhã, encontrou-o em uma das salinhas do hotel, cercado de jornais, seu corpanzil encaixado em uma poltrona. Tudo se limitou a uma troca de saudações educadas, comentários sobre o bom tempo e um rápido diálogo a respeito do andamento das partidas que levou o mestre a deixar o jornal aberto em cima dos joelhos e conversar brevemente, sem muito entusiasmo — até mesmo quando se tratava de xadrez Karapetian parecia pouco afeito a conversas que passassem de monossílabos —, com o cavalheiro educado, elegante, de cabelos grisalhos que, aparentemente, era um velho amigo da mãe de seu pupilo. E depois, quando Max se levantou e o deixou tranquilo, com o nariz afundado de novo no jornal, a única conclusão a que chegou foi que o armênio acreditava cegamente que seu antigo aluno era superior ao adversário russo; e que, não importava qual fosse o resultado do duelo sorrentino, Karapetian tinha certeza de que Jorge Keller seria campeão do mundo dentro de poucos meses.

— É o xadrez do futuro. Depois de sua passagem pelos tabuleiros, o estilo defensivo dos russos vai cheirar a naftalina — resumiu, a pedido de Max, e esta foi sua frase mais longa durante a conversa.

Karapetian não parecia um traidor, concluiu Max. Era evidente que não era uma pessoa que fosse capaz de vender um velho discípulo por 30 rublos de prata. No entanto, a vida ensinara ao motorista do Dr. Hugentobler, a suas expensas e a dos próximos, a sutileza dos fios que mantêm o ser humano afastado da traição ou da falsidade. Muitas vezes, quando ainda estava meditando sobre sua decisão, o traidor recebia um impulso final, em forma de ajuda extra, do próprio traído. Ninguém está a salvo disso, concluiu com alívio quase técnico enquanto caminhava pelo *corso* Italia mantendo distância da namorada de Jorge Keller. Quem poderia dizer, olhando os próprios olhos em um espelho, não trairei nunca, não o farei jamais?

A garota se sentou a uma das mesas do Fauno. Depois de pensar por um instante, Max se aproxima com ar casual e entabula uma conversa. Antes, por instinto, dá uma olhada discreta em volta. Não espera que agentes soviéticos estejam emboscados atrás das palmeiras da praça, mas este tipo de cautela faz parte de velhas lições e úteis reflexos condicionados. O fato de um velho lobo ter perdido os caninos e estar com o rabo tosado, decide com um humor íntimo e hipócrita, não significa que o terreno onde está caçando seja menos pródigo em azares.

Recordações de mulheres jovens, pensa, enquanto se senta. O que aprendeu. O que sabe. É outra geração, ou várias, conclui observando a saia curta da garota, seus joelhos nus, enquanto pede um negroni e diz qualquer coisa.

— Sorrento é agradável... Já visitaram Amalfi? E Capri? — Velhos sorrisos eficazes, gestos de cortesia mil vezes ensaiados e testados. — Nesta época há menos turistas... Posso lhe garantir que vale a pena.

Não é especialmente bonita, constata mais uma vez. Nem feia. Na verdade, jovem. Com a pele e a aparência mais fresca do que qualquer outra coisa, como um dos anúncios de Peggy Sage. O encanto dos 20 e poucos anos, em suma, para quem considera os 20 e poucos anos atraentes. Irina tirou os óculos de sol — excepcionalmente grandes, armação branca — e a maquiagem se limita ao preto espesso em torno dos olhos, imensos, expressivos. Os cabelos estão presos com uma fita larga, estampada com os mesmos desenhos *op* do vestido curto. Um rosto corriqueiro, agora amável. O xadrez não define o caráter, conclui Max. Nem o dos homens nem o das mulheres. Um intelecto superior, uma mente matemática, uma memória prodigiosa podem combinar naturalmente com um sorriso convencional, uma palavra anódina, uma expressão vulgar. Aspectos comuns em outros homens e mulheres como o próprio fluir da vida. Nem mesmo os jogadores de xadrez são mais inteligentes do que outros mortais, ouviu Mecha Inzunza dizer um par de dias atrás. Trata-se apenas de outro tipo de inteligência. Aparelhos de rádio que emitem em outra longitude de ondas.

— Nunca imaginei Mecha cuidando assim de seu filho, em meio a enxadristas — diz Max, tateando o terreno. — Minha recordação é diferente, anterior a tudo isto.

Irina parece interessada. Inclina-se e apoia os cotovelos na mesa, ao lado de um copo de Coca-Cola no qual flutuam cubinhos de gelo.

— Não se viam há muito tempo?

— Há muitos anos — confirma ele. — E nossa amizade vem de longe.

— Que feliz casualidade, então. Sorrento.

— Sim. Muito feliz.

Um garçom chega com a bebida. A jovem observa Max, curiosa, enquanto ele leva o copo aos lábios.

— Chegou a conhecer o pai de Jorge?

— Rapidamente. Pouco antes da guerra. — Ele deixa o copo na mesa, lentamente. — Na realidade, conheci mais o primeiro marido.

— De Troeye? O músico?

— Esse mesmo. O que compôs aquele tango famoso.

— Ah, claro. O tango.

Ela olha as charretes puxadas a cavalo estacionadas na praça, à espera de clientes. Os cocheiros entediados sob as palmeiras, à sombra.

— Devia ser um mundo fascinante. Aqueles vestidos e aquela música... Mecha disse que o senhor era um dançarino excepcional.

Max faz um gesto desenvolto, a meio caminho entre o protesto cortês e a modéstia distinta. Aprendeu-o há trinta anos, em um filme de Alessandro Blasetti.

— Me virava.

— E como ela era naquela época?

— Elegante. Belíssima. Uma das mulheres mais atraentes que conheci.

— Acho estranho imaginá-la assim. É a mãe de Jorge.

— E como é, quando faz o papel de mãe?

Um silêncio. Irina toca com o dedo o gelo de seu copo. Não bebe.

— Acho que não sou a mais indicada para dizer uma coisa dessas.

— Muito absorvente?

— Ela o forjou, de certa maneira. — A jovem ficara calada por mais alguns instantes. — Sem seus esforços, Jorge não seria o que é. Nem o que pode vir a ser.

— Seria mais feliz, quer dizer?

— Oh, não, por favor. Nada disso. Jorge é um homem feliz.

Max assente, cortês, molhando de novo os lábios em sua bebida. Não precisa forçar a memória para recordar homens felizes cujas mulheres, em outros tempos, enganaram-nos com ele.

— Ela nunca quis criar um monstro, ao contrário de outras mães — acrescenta Irina depois de um momento. — Sempre procurou educá-lo como um menino normal. Ou tentar que isso fosse compatível com o xadrez. E conseguiu, em parte.

Disse isso olhando para a praia, apressando as últimas palavras com ar preocupado, como se Mecha Inzunza fosse surgir a qualquer momento.

— Foi realmente uma criança excepcional?

— Faça uma ideia. Aos 4, aprendeu a escrever observando a mãe, e aos 5 sabia de cabeça o nome de todos os países e as capitais do mundo... Ela se deu conta muito depressa não só do que podia chegar a ser, mas do que não devia ser de maneira nenhuma... E trabalhou duro nisso.

A palavra *duro* parece retesar seus traços por um momento.

— E continua trabalhando — acrescenta. — O tempo todo... Como se tivesse medo de que caia no poço.

Não disse um poço, percebe Max, mas o poço. O ruído de uma Lambretta que passa por perto produzindo explosões parece assustá-la.

— E tem razão — acrescenta, sombria, em voz mais baixa. — Vi muitos caírem.

— Está exagerando. Você é jovem.

Ela modula um sorriso que parece lhe acrescentar mais dez anos: rápido e quase brutal. Depois relaxa de novo.

— Jogo desde os 6 anos — diz. — Vi muitos jogadores acabarem mal. Transformados em caricaturas de si mesmos, fora do tabuleiro. Ser o primeiro exige um trabalho infernal. Sobretudo quando você nunca chega a sê-lo.

— Sonhou em ser a primeira?

— Por que está falando no passado...? Continuo jogando xadrez.

— Desculpe. Não sei. Achava que um analista seria como esses auxiliares dos toureiros espanhóis. Quem não chegou a primeiro espadachim faz o papel de ajudante. Mas não quis ofendê-la.

Ela olha para as mãos de Max. Manchas de velhice no dorso. Unhas chatas e bem-cuidadas.

— O senhor não sabe o que é a derrota.

— Perdão? — Ele reprime uma gargalhada. — O que eu não sei o que é?

— Basta vê-lo. Seu aspecto.

— Ah.

— Estar diante de um tabuleiro e ver a consequência de um erro tático. Constatar com que facilidade seu talento e sua vida se esfumam.

— Entendo... Mas não aposte dinheiro nisso. As derrotas não são uma exclusividade dos enxadristas.

Ela parece não ter ouvido.

— Eu também sabia de cabeça todos os países e as capitais do mundo — diz. — Ou algo semelhante. Mas as coisas nem sempre correm como deveriam.

Agora sorri, quase heroica. Para o respeitável público. Só uma garota, pensa Max, pode sorrir assim. Confiando no efeito.

— É difícil, quando se é mulher — acrescenta ela, e o sorriso se apaga. — Ainda.

O sol, cujos raios foram se deslocando de mesa em mesa pelo terraço, incide em seu rosto. Entrefechando os olhos, incomodada, coloca os óculos.

— Conhecer Jorge me deu uma nova oportunidade. A de viver tudo isto muito de perto.

— Você o ama?

— O senhor está sendo impertinente... A idade lhe dá esse direito?

— Claro. Temos que ter alguma vantagem.

Um silêncio. Ruído de tráfego. Uma buzinada ao longe.

— Mecha diz que foi um homem charmoso.

— Bem, se ela diz isso, certamente fui.

A luz do sol agora alcança Max, que se vê refletido nas grandes lentes dos óculos escuros da jovem.

— Ah, sim — comenta ela, neutra. — É claro que amo Jorge.

Cruza as pernas, e Max observa por um momento os joelhos jovens e expostos. As sandálias planas de couro revelam os pés, as unhas pintadas com um vermelho muito escuro, quase roxo.

— Às vezes o observo diante do tabuleiro — continua ela —, movendo uma peça, arriscando-se como costuma fazer, e penso que o amo demais... Outras vezes o vejo cometendo um erro, uma coisa que preparamos juntos e que ele decide mudar na última hora ou hesita em executar... E nesse momento o detesto com toda minha alma.

Cala-se por um momento e parece considerar a exatidão de tudo o que acabara de dizer.

— Acho que quando não joga xadrez o amo mais.

— É natural. Vocês são jovens.

— Não... A juventude não tem nada a ver.

Agora o silêncio é tão longo que ele acha que a conversa terminou. Chama a atenção do garçom e, com dois dedos no ar, como se imitasse uma assinatura, pede a conta.

— Quer saber de uma coisa? — diz Irina, de repente. — Toda manhã, quando Jorge está disputando um torneio, sua mãe desce dez minutos antes para o café da manhã para ter certeza de que tudo estará bem quando ele chegar.

Acha que percebe em seu tom certo desencanto. Um eco de rancor. Ele conhece esses ecos.

— E daí? — pergunta com suavidade.

— Daí nada. — Irina balança a cabeça, e o reflexo de Max oscila nas lentes escuras. — Jorge desce e ela está lá, com tudo preparado: suco de laranja, frutas, café e torradas. Esperando por ele.

As luzes vermelhas e verdes de um barco que abandonava o porto de Nice se moviam lentamente entre as manchas escuras do mar e do céu, contra a luz do brilho do farol. Separada do porto pelo bloco sombrio da colina do castelo, a cidade se estendia no outro lado, acompanhando o contorno da Baía dos Anges como uma linha iluminada, ligeiramente curvada para o sul, da qual alguns pontos isolados tivessem se desprendido para escalar as invisíveis colinas próximas.

— Estou com frio. — Mecha Inzunza estremeceu.

Estava sentada ao volante do automóvel que ela mesma havia conduzido até ali, com a mancha clara do vestido e o xale de seda bordada e franjas longas que estava em seu ombro. No assento contíguo, Max se inclinou sobre o painel, tirou o paletó e colocou-o em cima da mulher. Em mangas de camisa e colete leve de smoking, ele também sentiu o frio do amanhecer que começava a se infiltrar pelos interstícios da capota fechada.

Na escuridão, Mecha procurava alguma coisa em sua bolsa. Ouviu-a amassar uma caixinha de cigarros vazia. Havia acabado com ela após o jantar, fumando no carro depois de terem chegado àquele lugar. E parecia ter transcorrido uma eternidade, pensou Max, desde que ele ocupara seu lugar na mesa, entre uma senhora francesa muito magra, madura e elegante, designer de joias da Van Cleef & Arpels, e a jovem loura do perfume vulgar: uma cantora e atriz chamada Eva Popescu, que se revelou uma simpática comensal. Durante o jantar, Max deu atenção às duas mulheres e conversou com elas, embora tivesse acabado conversando mais com a jovem loura, muito satisfeita com o fato de o belo e charmoso cavalheiro sentado à sua esquerda ser de origem argentina — o tango me enlouquece, proclamou. A jovem ria frequentemente, e mais quando Max fez uma imitação discreta, realmente engenhosa, das diversas formas usadas por atores de cinema, como Leslie Howard ou Laurence Olivier, para acender um cigarro ou segurar uma taça, ou quando contou algumas piadas divertidas — era um narrador agradável, e as senhoras estavam gostando de seu francês com sotaque espanhol — que fizeram a designer de joias sorrir e inclinar-se em sua direção, interessada. E, como em outras ocasiões durante o jantar, a cada risada da jovem Popescu, Max dissimulava sua inquietação, sentindo o olhar de Mecha Inzunza, que estava sentada à outra ponta da mesa, ao lado do chileno de bigode louro. E durante a sobremesa viu-a tomar dois cafés e fumar quatro cigarros.

Depois tudo transcorreu de forma adequada. Sem forçar nada, ela e Max se evitaram depois que todos saíram da sala de jantar. E mais tarde, quando ele conversava com o casal Coll, a jovem Popescu e o diplomata chileno, a dona da casa se aproximou do grupo e disse à baronesa que uma querida amiga que viera sozinha de Antibes queria voltar para casa, pois não estava se sentindo muito bem, e que ficaria muito grata se Asia Alexandrovna permitisse que Max acompanhasse sua amiga, pois acabara de saber que eles se conheciam há muito tempo. Max confirmou, dizendo que estava disposto, e Schwarzenberg concordou depois de uma breve e quase imperceptível hesitação inicial. É claro que não via inconveniente, declarou, encantadoramente cooperativa. Por outro lado, acrescentou com frívola malícia, Max era uma companhia perfeita para qualquer senhora que estivesse passando mal ou até mesmo bem. Seguiram-se sorrisos compreensivos, desculpas, agradecimentos. Depois a baronesa dirigiu um longo olhar para Max, avaliando-o — é extraordinário como você consegue essas coisas, parecia lhe dizer, admirada —, e ele se afastou levado por Susana Ferriol, que o estudava de soslaio com nova e maldissimulada curiosidade, a caminho do vestíbulo onde Mecha Inzunza aguardava enrolada em seu xale. Depois da despedida formal, saíram da casa, onde, para surpresa dele, não havia um automóvel grande com chofer esperando, mas um pequeno Citroën 7C de dois lugares com o motor ligado, que um manobrista acabara de estacionar. Mecha parou diante da porta aberta para retocar os lábios com um batom e um espelho que tirou da bolsa, à luz dos postes que iluminavam os degraus e a rotunda. Depois subiram no carro e ela dirigiu em silêncio durante cinco minutos, com Max observando seu perfil graças ao reflexo dos faróis nos muros das vilas, até que o automóvel se deteve junto ao mar em um mirante próximo do Lazareto, entre pinheiros e agaves, de onde se avistavam as luzes do farol e a boca do porto, a mancha escura da colina do castelo e Nice iluminada atrás. Então ela desligou o motor e conversaram, entre longos silêncios, enquanto fumavam na escuridão. Mal se vendo — só penumbra de luzes distantes ou resplendor de cigarros. Sem se olhar.

— Me dê um de seus turcos, por favor.

Conservava restos daquele tom e das maneiras desenvoltas que Max havia apreciado a bordo do *Cap Polonio*, próprios das mulheres jovens de sua geração, alimentados pelo cinema, pelos romances e pelas revistas femininas ilustradas. Mas nove anos depois não era mais uma garota. Devia ter 32 ou 33 anos, calculou, recordando. Dois a menos do que ele.

— Claro. Desculpe.

Tirou a cigarreira do bolso interno do paletó, tateou, procurando um cigarro, e o acendeu com o Dunhill. Depois, com a chama ainda acesa, exalou a primeira baforada de fumaça e colocou-o diretamente em seus lábios. Antes de apagar o isqueiro, adivinhou outra vez seu perfil imóvel voltado para o mar, como cada vez que o brilho do farol o iluminava na penumbra.

— Você não me disse onde está seu marido.

Passara toda a noite pensando nessa pergunta. Apesar do tempo transcorrido, muitas recordações se amontoavam em sua memória. Muitas imagens intensas. A ausência de Armando de Troeye mutilava de certa maneira a situação. Tornava tudo aquilo incompleto. Ainda mais irreal.

A brasa do cigarro brilhou duas vezes antes de Mecha voltar a falar.

— Está preso em Madri... Detiveram-no poucos dias depois da rebelião militar.

— Com a fama que tem?

Soou um riso amargo. Quase inaudível.

— Ou melhor, por causa dela. Aquilo é a Espanha, você esqueceu...? O paraíso da inveja, da barbárie e da vilania.

— Mesmo assim, me parece um disparate. Por que ele? Não sabia que tinha atividades políticas.

— Nunca se destacou nisso. Mas tem amigos republicanos, de esquerda, monarquistas, de direita... Acrescentem-se a isso os rancores provocados por seu sucesso internacional... Uma entrevista ao *Le Figaro* criticando a desordem e a falta de autoridade do governo lhe valeu mais alguns inimigos. E, como se não bastasse, o chefe dos serviços de Informação da República é um compositor comunista, medíocre até dizer chega. Com isso lhe disse tudo.

— Achei que seu prestígio o manteria a salvo. Os amigos influentes, a fama no estrangeiro...

— Era o que ele achava. E eu. Mas estávamos equivocados.

— Você estava lá?

Mecha assentiu. A sublevação militar os surpreendera em San Sebastián; e quando Armando de Troeye viu o rumo que as coisas tomavam convenceu-a a atravessar a fronteira. Tinha previsto encontrá-la em Biarritz, mas antes quis ir a Madri de carro para tratar de certas questões familiares. Foi preso assim que chegou, denunciado pela zeladora.

— Tem notícias dele?

— Apenas uma velha carta escrita no presídio Modelo. Entretanto não sei se continua lá. Fez gestões através de amigos, e Picasso e a Cruz Vermelha Internacional também se envolveram... Tentamos trocá-lo por um prisioneiro da zona nacional, mas sem resultado até agora. Estou preocupada. Chegam muitas notícias de execuções nos dois lados.

— Você tem meios para manter este padrão de vida?

— O que aconteceu na Espanha era previsível e por isso Armando tomou precauções. E eu conheço as pessoas adequadas para que tudo corra como é devido até que essa loucura termine.

Max olhou os lampejos do farol, sem dizer nada. Refletia sobre as pessoas adequadas que o dinheiro deixava a salvo e também no que significava correr como é devido do ponto de vista dos convidados ao jantar de Susana Ferriol. Parou de pensar nisso ao sentir uma pontada familiar, muito antiga, de difuso rancor. Na verdade, concluiu, o fato de Armando de Troeye ter sido delatado por sua zeladora e levado por milicianos ao cárcere não era disparatado, diante de como andavam as coisas no mundo. Alguém tinha de pagar, de vez em quando, em nome ou por conta da gente adequada. E saía muito barato. Mesmo assim, a palavra loucura usada por Mecha para definir a situação da Espanha não era desprovida de exatidão. Usando seu passaporte venezuelano, Max havia visitado Barcelona, para tratar de negócios, poucos meses atrás. Cinco dias haviam sido suficientes para ver o triste espetáculo da República afundando no caos: separatistas catalães, comunistas, anarquistas, agentes soviéticos, cada um por conta própria, matando-se longe da frente de batalha. Acertando contas internas com mais ferocidade do que a usada para combater os franquistas. Inveja, barbárie e vilania, havia observado Mecha com lúcida precisão. Era um bom diagnóstico.

— Por sorte não tenho filhos — disse ela. — É incômodo sair correndo com eles nos braços quando Troia está ardendo... Você teve filhos?

— Não que eu saiba.

Um silêncio breve. Quase cauteloso, acreditou notar. Adivinhava a pergunta seguinte.

— E também não se casou?

Sorriu para si mesmo. Mecha não podia ver seu rosto.

— Também não. Que eu saiba.

Ela não reagiu à piada. Outro silêncio. As luzes de Nice resplandeciam na água negra e tranquila, 10 metros abaixo do parapeito de pedra do mirante.

— Certa vez pensei tê-lo avistado de longe. No hipódromo de Longchamps, há três anos... É possível?

— É — mentiu ele, que nunca estivera em Longchamps.

— Pedi o binóculo ao meu marido, mas não consegui confirmar. Tinha se perdido.

Max olhava a escuridão, voltado para as rochas agora invisíveis do Lazareto. A casa de Susana Ferriol se recortava em negro ao longe, entre as sombras dos pinheiros. Teria que se aproximar por ali, pensou, no dia que fosse tentar. Se chegasse pela beira d'água, não seria difícil pular o muro em um lugar discreto. De qualquer maneira, seria necessário dar uma olhada cuidadosa em tudo, à luz do dia. Estudar detalhadamente o terreno. A maneira de entrar e, sobretudo, a de sair.

— É estranha a recordação que tenho de você, Max... O "Tango da Velha Guarda". Nossa curta aventura.

Ele voltou lentamente às palavras da mulher. A seu perfil imóvel na penumbra.

— Ouço há anos essa melodia — disse ela. — Em todos os lugares.

— Suponho que seu marido tenha ganhado aquela aposta que fez com Ravel.

— Você se lembra mesmo disso? — Ela parecia surpresa. — Da aposta do tango contra o bolero...? Foi muito divertido. E Ravel se comportou como um bom rapaz. Na própria noite da estreia, na sala Pleyel de Paris, admitiu sua derrota e pagou um jantar no Le Grand Véfour, acompanhado por Stravinsky e outros amigos.

— Seu marido compôs um tango magnífico. É perfeito.

— Na verdade, nós três o criamos... Você chegou a dançá-lo?

— Muitas vezes.

— Com outras mulheres, naturalmente.

— Claro.

Mecha recostou a cabeça no assento.

— O que aconteceu com minha luva...? A branca, você se lembra? A que usou como lenço em seu paletó... Será que a recuperei?

— Acho que sim. Não me lembro de ter ficado com ela.

— Uma pena.

A mão apoiada no volante sustentava o cigarro, sobre o qual cada contraluz do farol ondulava espirais de fumo.

— Você sente falta do seu marido? — perguntou Max.

— Às vezes. — Mecha havia demorado a responder. — Mas a Riviera é um bom lugar. Uma espécie de legião estrangeira onde só são admitidas pessoas que têm dinheiro: espanhóis fugitivos de um ou outro lado, ou dos dois; italianos que não gostam de Mussolini; alemães ricos que escaparam dos nazistas... Meu único desconforto é estar há mais de um ano sem poder ir à Espanha. Essa guerra é estúpida e cruel.

— Nada a impede de viajar à zona nacional, se quiser. A fronteira de Hendaya está aberta.

— Essa coisa de estúpidos e cruéis vale para uns e para outros.

A brasa brilhou mais uma vez. Depois ela girou a manivela, abriu a janela e atirou o resto do cigarro na noite.

— De qualquer forma, nunca dependi de Armando.

— Está se referindo apenas a dinheiro?

— Vejo que as roupas caras não encobrem sua impertinência, querido.

Percebeu que a mulher o olhava, mas manteve o olhar fixo nas luzes distantes do farol. Mecha se moveu um pouco e ele voltou a sentir a proximidade de seu corpo. Cálido, recordou. Esbelto, suave e cálido. Estivera admirando suas costas nuas na casa de Susana Ferriol: o decote do cetim cor de marfim, os braços desnudos, o contorno do pescoço ao inclinar a cabeça, seus movimentos ao conversar com os outros convidados, o sorriso amável. A seriedade repentina quando, de uma das extremidades da sala de jantar ou do salão, percebia que a observava e fixava nele os reflexos dourados.

— Conheci Armando quando ainda era uma pirralha. Ele tinha o mundo, e também imaginação.

A memória de Max se atropelava, desordenada, com incômoda violência. Excesso de sensações, pensou. Preferia a palavra sensações a sentimentos. Fez um esforço para recuperar o controle. Para prestar atenção no que ela dizia.

— Sim — insistiu Mecha. — O melhor de Armando era sua imaginação... No princípio era.

Havia deixado a janela aberta para a brisa da noite. Depois de um momento, girou a manivela e levantou o vidro.

— Começou me falando de outras mulheres que havia conhecido — continuou. — Para mim era como um jogo... Me excitava. Era um desafio.

— Também batia em você, o filho da puta.

— Não diga isso... Você não entende. Tudo fazia parte do jogo.

Mexeu-se outra vez, e Max ouviu o vestido roçando suavemente o couro do assento. Quando estavam saindo da casa de Susana Ferriol, ele havia tocado sua cintura com um breve gesto cortês ao fazê-la passar pela porta na sua frente, antes de precedê-la descendo os degraus. Naquele momento, tenso, atento às particularidades da situação, as sensações — talvez fossem sentimentos, concluiu — haviam lhe passado despercebidas. Agora, na penumbra quase íntima do automóvel, recordar como o vestido de noite moldava seus quadris o levou a sentir um desejo verdadeiro, extremamente físico. Uma espantosa avidez por aquela pele e aquela carne.

— Acabamos passando das palavras aos atos — disse ela. — Olhar e ser olhados.

Ele voltou a suas palavras como se viesse de longe, e demorou um pouco para perceber que ela continuava falando de Armando de Troeye. Da estranha relação da qual, pelo menos em um par de episódios, o próprio Max havia sido testemunha e surpreso partícipe em Buenos Aires.

— Descobri, ou ele me ajudou a fazê-lo, excessos turvos. Desejos que nem sequer imaginava que tivesse... E isso estimulava os dele.

— Por que está me contando isso?

— Agora, quer dizer...? Hoje?

Ficou calada por um bom tempo. Parecia surpresa diante da interrupção ou da pergunta. Sua voz soava opaca quando voltou a falar.

— Aquela última noite, em Buenos Aires...

Parou de repente, de maneira brusca. Abriu a porta e saiu do carro, atravessando a escuridão dos pinheiros até parar no parapeito de pedra sobre as rochas do mar. Max esperou um momento, desconcertado, e então foi ao seu encontro.

— Promiscuidade. — Ele a ouviu dizer. — Que palavra feia.

Ao ar livre da noite, as luzes de Nice pareciam cintilar à distância, sufocadas a intervalos pelo clarão do farol. Mecha se enrolou no paletó preto do smoking, deixando ver por baixo as franjas claras do xale. De colete e manga de camisa, Max sentiu frio. Sem lhe dizer nada, aproximou-se um pouco mais e afastou as lapelas do paletó que estava nas mãos da mulher, procurando a cigarreira no bolso interno. Com o movimento, roçou por um instante, sem intenção, o seio livre sob a seda do xale e o cetim do vestido. Mecha lhe permitiu que o fizesse, dócil.

— O dinheiro tornava tudo fácil. Armando podia me comprar qualquer coisa. Qualquer situação.

Max bateu a ponta do último cigarro na cigarreira fechada e levou-o à boca. Não precisava se esforçar muito para imaginar — havia visto e atuado o suficiente na última noite em Buenos Aires — a que situações ela se referia. A tênue luz do isqueiro iluminou as pérolas do colar, que estavam muito próximas, um pouco além das mãos com as quais protegia a chama.

— Graças a ele descobri prazeres que prolongavam o prazer — acrescentou ela. — Que o tornavam mais espesso, mais intenso... Talvez mais lascivo.

Max se agitou, incomodado. Não gostava de ouvir aquilo. No entanto, concluiu com exasperação, ele mesmo participara disso. Havia sido o parceiro necessário ou cúmplice: La Ferroviaria, a Casa Margot, a dançarina de tango loura, Armando de Troeye entupido de álcool e cocaína, tombado no sofá da suíte do hotel Palace enquanto eles se atacavam, impudicos, diante de seu olhar turvo. Ainda agora, ao recordar, o desejo o excitava.

— E então você apareceu — continuou Mecha — naquela pista de dança que se movia com o balanço do transatlântico... Com seu sorriso de bom rapaz. E seus tangos. No momento exato em que devia aparecer. E, no entanto...

Mexeu-se um pouco, recuando, iluminada pela luz distante do farol; a luz girou, afastando-se sobre as rochas do Lazareto e os muros das vilas contíguas ao mar.

— Como você foi estúpido, querido.

Max se apoiou no parapeito. Não era essa a conversa que poderia esperar ter naquela noite. Nem recriminações nem ameaças, constatou. Havia passado parte do tempo preparando-se para enfrentar outra situação, não essa. Disposto a encarar a reprovação e o rancor naturais de uma mulher enganada e, portanto, perigosa; não a estranha melancolia que as palavras e os silêncios de Mecha Inzunza destilavam. De repente percebeu que a palavra engano estava fora de lugar. Mecha não se sentira enganada em nenhum momento. Nem sequer quando, naquele amanhecer, no hotel Palace de Buenos Aires, despertou e descobriu que ele havia ido embora e que o colar de pérolas desaparecera.

— Esse colar — começou a dizer, mas foi emudecido pela repentina consciência de seu próprio engano.

— Oh, pelo amor de Deus. — O desprezo da mulher era infinito. — Eu o atiraria agora mesmo no mar se ainda valesse a pena lhe demonstrar alguma coisa.

De repente, o sabor do tabaco se tornou amargo na boca de Max. Primeiro ficou desconcertado, os lábios entreabertos como se estivessem na metade de uma palavra, e depois o surpreendeu uma estranha e brusca ternura. Muito parecida com o remorso. Teria se aproximado de Mecha e acariciado seus cabelos, se pudesse. Se ela lhe permitisse. E sabia que não lhe permitiria.

— O que você pretende, Max?

Um tom diferente, agora. Mais duro. Seu instante de vulnerabilidade, concluiu ele, só havia percorrido o espaço de algumas poucas palavras. Com uma inquietação diferente da habitual, que até então acreditava ser impossível nele, perguntou-se quanto tempo duraria o seu. A pulsação suave que acabara de perceber há um momento.

— Não sei. Nós dois...

— Não estou falando de nós dois. — Ela havia recuperado o receio. — Vou lhe perguntar outra vez: o que está procurando aqui em Nice...? Na casa de Suzi Ferriol.

— Asia Schwarzenberg...

— Sei quem é a baronesa. Vocês não podem estar namorando. Não combina com você.

— É uma antiga conhecida. Há certas coincidências.

— Ouça, Max. Suzi é minha amiga. Não sei o que você pretende, mas espero que não tenha nada a ver com ela.

— Não pretendo nada. Com ninguém. Já lhe disse que estou levando outro tipo de vida.

— Melhor assim. Porque estou disposta a denunciá-lo se tiver qualquer suspeita, por menor que seja.

Ele riu quase entre os dentes. Inseguro.

— Você não faria isso — arriscou.

— Não corra o risco de tentar confirmar. Isto aqui não é a pista de dança do *Cap Polonio*.

Deu um passo em direção à mulher. Dessa vez não era calculado. Havia um impulso sincero.

— Mecha...

— Não se aproxime.

Havia tirado o paletó, deixando-o cair no chão. Uma mancha escura aos pés de Max. O xale branco recuava lentamente, fantasmagórico, no meio das sombras dos pinheiros.

— Quero que você desapareça da minha vida e da vida daqueles que conheço. Agora.

Ao se levantar com o paletó nas mãos, ouviu a ignição do motor do Citroën, e os faróis o iluminaram, projetando a silhueta de Max no parapeito de pedra. Depois os pneus chiaram sobre o cascalho do caminho e o carro se afastou em direção a Nice.

Foi uma caminhada longa, desconfortável, de volta ao hotel pela estrada que levava de Lazareto ao porto, a gola do smoking levantada para se proteger do frio do amanhecer. No meio das sombras do cais Cassini, Max teve a sorte de encontrar um fiacre com o cocheiro cochilando no assento e, sentado sob a capota de lona, subiu a ladeira de Rauba-Capeù adormecido pelo balançar, ouvindo os cascos dos cavalos ressoarem no asfalto enquanto uma faixa violeta começava a afastar as manchas escuras de mar e céu. Esta também é a história da minha vida, pensou, ou de parte dela: procurar um táxi de madrugada cheirando a mulher ou a noite perdida, sem que uma coisa contradiga a outra. Em contraste com as poucas luzes que iluminavam o porto e os arredores da cidade, ao dar a volta na colina do castelo exibiu-se diante de seus olhos a curva distante dos postes iluminados do Passeio dos Ingleses, que parecia se prolongar até o infinito. À altura das Ponchettes sentiu fome e necessidade de fumar e por isso se despediu do cocheiro, passou embaixo dos arcos do passeio Saleya e caminhou no meio do cheiro de campo-santo dos restos do mercado de flores, sob os galhos escuros dos plátanos jovens, escolhendo um café entre os que abriam ali muito cedo.

Pagou 12 francos por um maço de Gauloises e 3 por uma xícara de café e uma fatia de pão com nata de leite recém-fervido, e depois ficou ao lado de uma janela que dava para a rua, fumando enquanto as sombras do exterior se tornavam cinza e dois garis, depois de varrerem as flores, os talos e as pétalas secas, conectavam uma mangueira com uma longa embocadura de cobre e se preparavam para lavar o chão. Max refletiu sobre os acontecimentos da noite passada e os que viriam nos dias seguintes, tentando dar uma dimensão razoável ao fator imprevisto que Mecha Inzunza acabara de incluir, inesperadamente, em seus projetos de vida. Para recuperar o controle de seus atos e sentimentos, tentou se concentrar nos detalhes técnicos de tudo o que o esperava: na questão dos perigos e as variantes possíveis. Só assim conseguiria, disse a si mesmo. Apenas dessa maneira faria frente ao desconcerto, ao risco de cometer erros que pudessem levá-lo ao desastre. Pensou nos agentes italianos, no homem que se fazia chamar por Fito Mostaza, e se remexeu incomodado na cadeira, como se o frio do amanhecer penetrasse em seu corpo através do vidro da janela. Havia muita coisa em jogo, concluiu, para que Mecha Inzunza, sua memória e suas consequências nublassem seu juízo. Para que o que acontecera nove anos atrás e também naquela noite, em uma inoportuna combinação, alterassem o pulso que precisava que estivesse firme para tantas outras coisas.

Durante cinco minutos considerou a hipótese de fugir. Ir até o hotel, fazer a mala e partir para outros territórios de caça, à espera de tempos melhores. Pensando nessa possibilidade, olhou em torno, procurando ideias, velhas seguranças, certezas úteis a seu pitoresco ofício e a sua vida arriscada.

Na parede estavam cravados com percevejos dois cartazes turísticos, um das estradas de ferro francesas e outro da Costa Azul. Max ficou olhando para eles com um cigarro pendurado nos lábios e os olhos entrefechados, pensativo. Gostava muito de trens — mais do que dos transatlânticos ou da elitista e fechada sociedade dos aviões comerciais —, com sua eterna oferta de aventura, a vida em suspenso entre uma estação e outra, a possibilidade de estabelecer contatos lucrativos, a clientela distinta dos vagões-restaurantes. Fumar deitado no estreito beliche da cabine de um vagão-leito, sozinho ou em companhia de uma mulher, ouvindo o som das rodas nas juntas dos trilhos. Havia descido de um dos últimos vagões-leitos de que tinha lembrança — Orient Express, trajeto de Istambul a Viena — às quatro horas de uma fria madrugada na estação de Bucareste, depois de se vestir com cuidado e fechar silenciosamente a porta da cabine que dava ao corredor do vagão, deixando para trás sua mala e um passaporte falso no compartimento do condutor, com joias avaliadas em 2 mil libras esterlinas fazendo volume nos bolsos de seu casaco. Em relação ao segundo cartaz, enquanto o contemplava, um sorriso se desenhou em seu rosto. Reconhecia o lugar de onde o artista havia feito a ilustração: um mirante no meio de pinheiros com vista para o golfo Juan, onde se via um pedaço do terreno que, um ano e meio atrás, com uma boa comissão servindo de intermediária e a cumplicidade de um velho amigo húngaro chamado Sándor Esterházy, Max ajudara a vender a uma endinheirada norte-americana — a Sra. Zundel, proprietária da Zundel & Strauss, Santa Bárbara, Califórnia —; convencera-a, ao longo de uma relação íntima alimentada pela roleta do cassino, tangos e clarões de lua, de que era oportuno investir 4 milhões de francos naquele terreno ao lado do mar. Omitindo o detalhe importante de que uma faixa costeira de 100 metros de largura que separava o lote da praia pertencia a outros proprietários e não estava incluída no negócio.

Não iria partir, concluiu. O mundo estava ficando muito estreito, e as palavras *partir para longe* faziam cada vez menos sentido. Aquele era um lugar tão bom como qualquer outro, e até mesmo melhor: clima ameno e boa vizinhança. Se explodisse uma guerra na Europa, seria um bom lugar para evitar a tormenta ou torná-la rentável. Max conhecia a fundo o terreno, ali não tinha antecedentes criminais e em qualquer parte do mundo encontraria os mesmos policiais, ameaças e perigos. Qualquer oportunidade tem seu preço, resolveu. Sua roleta por girar. Isso incluía as cartas do conde Ciano para Tomás Ferriol, o sorriso perigoso de Fito Mostaza e a inquietante seriedade dos espiões italianos. E, há algumas horas, um assunto não resolvido: Mecha Inzunza.

La vie est brève:
un peu de rêve,
un peu d'amour
Fini! Bonjour!

Cantarolou entre os dentes, abstraído. Ninguém disse que seria fácil deixar para trás a humilde casa de aluguel do bairro de Barracas, a costa africana flanqueada por cadáveres ressecados onde nem sequer as hienas tinham humor para rir. Certo tipo de homem — e ele era um deles — não tinha alternativa além de caminhos sem retorno. Viagens incertas sem passagem de volta. Com esse pensamento, terminou o resto do café e ficou em pé enquanto a velha altivez profissional, forjada por si mesma, retornava mais uma vez. Um tempo atrás, Maurizio, o recepcionista do hotel Danieli de Veneza, que durante anos havia visto parar diante de seu balcão e pedir a chave os homens e as mulheres mais ricos do mundo, dissera enquanto guardava a magnífica gorjeta que Max acabara de lhe dar: "A única tentação séria são as mulheres, Sr. Costa. Não acha? Todo o resto é negociável."

Um pouco de sonhos,
Um pouco de amor...

Saiu do café sem pressa, as mãos nos bolsos e outro cigarro na boca, e caminhou até o ponto de bonde no chão molhado que refletia a luz cinza do amanhecer. É agradável ser feliz, pensou. E sabê-lo quando o é. O passeio Saleya não cheirava mais a flores secas, mas sim a paralelepípedos úmidos e a árvores jovens das quais gotejava o orvalho da manhã.

Sentado entre o público, sob os querubins e o céu azul pintados no teto do salão do hotel Vittoria, Max acompanha o desenvolvimento da partida no tabuleiro-mural no qual são reproduzidos os movimentos dos jogadores. Desde que soou o último estalido do relógio — a 13ª jogada de Jorge Keller —, o silêncio é absoluto. A suave luz principal, que ilumina o estrado no qual estão a mesa, as duas cadeiras, o tabuleiro e os enxadristas, deixa o resto do recinto quase na penumbra. Entardece lá fora, e os galhos das árvores da estrada que desce para o porto de Sorrento, visíveis sobre a encosta através das grandes janelas, tingem-se de uma claridade avermelhada.

Max não conseguiu penetrar nos detalhes da partida que se desenvolve diante de seus olhos. Sabe, porque Mecha Inzunza lhe contou, que Jorge Keller, que joga com as pretas, deve fazer determinados movimentos de peão e bispo, prelúdio de outros mais arriscados e complexos. Então começarão as possibilidades de respostas previstas, conforme a informação de que Sokolov disponha se esta chegar a ele por meio da análise de Irina. Depois do sacrifício desse peão por parte de Keller, seu adversário deverá esperar um perigoso ataque com um bispo sobre um cavalo — que Max acredita identificar como o situado do lado esquerdo das peças brancas sobre o tabuleiro —; neste caso, a resposta para prevenir e combater a manobra seria adiantar em duas casas um dos peões brancos.

— Essas duas casinhas delatariam Irina — resumira Mecha à tarde, quando se encontraram no vestíbulo antes do início da partida. — E qualquer outra jogada apontaria para Karapetian.

À direita de Max, com seu único olho fixo no painel com a posição das peças, o *capitano* Tedesco fuma, usando um cone de papel como cinzeiro. De vez em quando, a pedido de Max, inclina-se e comenta em voz baixa alguma posição ou jogada. Ao lado dele, com as mãos entrelaçadas e os polegares girando, Lambertucci — que vestiu paletó e gravata para o evento — acompanha com muita atenção os pormenores da partida.

— Sokolov tem um domínio absoluto do centro — diz Tedesco em voz muito baixa. — Só se Keller liberar seu bispo haverá possibilidades de alterar a situação, me parece.

— E ele o fará?

— Não chego até aí. Esses sujeitos são capazes de prever muitas jogadas, bem mais do que todas que eu possa imaginar.

Lambertucci, que ouve seu amigo, confirma, em outro sussurro:

— É possível perceber que está vindo um golpe típico de Keller. Sim. Conforme conseguir avançar... Esse bispo cheira a pólvora.

— E o que está acontecendo com o peão preto?

Os outros contemplam o painel e olham para ele, confusos.

— Que peão? — pergunta o *capitano*.

Mais que o tabuleiro, onde se manifestam forças desconhecidas cujos mecanismos ignora, Max observa os dois jogadores. Sokolov, com um cigarro consumindo-se em seus dedos amarelados de nicotina, inclina a cabeça loura e triste enquanto seus úmidos olhos azuis estudam a posição das peças. Jorge Keller, por sua vez, não está diante do tabuleiro. O nó da gravata afrouxado, o paletó pendurado no respaldo da cadeira, acaba de se levantar — Max constatou que costuma fazê-lo durante as longas esperas para relaxar — e dá alguns passos com as mãos enfiadas nos bolsos, o ar abstraído, contemplando o chão como se o medisse com os passos longos de seus tênis. No começo da partida entrou decidido, sem olhar para ninguém, com sua habitual garrafa de laranjada. Deu a mão ao adversário, que esperava sentado, colocou a garrafa na mesa, observou Sokolov fazer sua abertura e moveu um peão. A maior parte do tempo permanece imóvel. A cabeça inclinada, a testa apoiada nos braços cruzados diante do tabuleiro, bebe um gole de laranjada diretamente da garrafa ou se levanta para dar alguns passos, como está fazendo agora. O russo, no entanto, não abandonou o assento nenhuma vez. Recostado no respaldo, olhando frequentemente para as mãos como se ignorasse o tabuleiro, joga com extrema calma: repousado, sereno, justificando seu apelido de Muralha Soviética.

Um suave toque de feltro na madeira, seguido do estalido do relógio quando Sokolov toca a mola que aciona o tempo do seu adversário, devolve Keller a sua cadeira. Um murmúrio contido, quase inaudível, percorre a sala. O jovem olha para o peão negro que seu adversário acaba de lhe tomar, colocado ao lado das outras peças comidas. Reproduzido imediatamente no painel pelo auxiliar do árbitro, o movimento do russo parece deixar o caminho livre para um dos bispos de Keller, até este momento bloqueado.

— Uma coisa péssima para ele — cochicha o *capitano*. — Acho que o russo cometeu um erro.

Max olha para Mecha, sentada na primeira fila, sem conseguir ver seu rosto: apenas os cabelos curtos e prateados, a cabeça imóvel. Ao seu lado entrevê o perfil de Irina. Os olhos da garota não estão atentos ao painel, mas ao tabuleiro e aos jogadores. No assento ao lado, Emil Karapetian observa com a boca entreaberta e expressão absorta. Na ponta da primeira fila e ocupando parte da segunda se agrupa toda a delegação soviética: uma dúzia e meia de indivíduos, conta Max. Observando-os um por um — roupa que saiu da moda no Ocidente, camisas brancas, gravatas estreitas, cigarros fumegantes, rostos inescrutáveis —, é inevitável se perguntar quantos deles trabalham para a KGB. Ou se algum deles não trabalha.

260

Não se passaram cinco minutos desde o último movimento do russo quando Keller avança o bispo até a proximidade de um peão e um cavalo brancos.

— Lá vai — murmura Tedesco, expectante.

— O sujeito está jogando — cochicha Lambertucci. — Observem o sangue-frio do russo. Nem pestaneja.

Há outro breve rumor entre o público, e depois um completo silêncio. Sokolov medita, inalterado, exceto pelo fato de que acendeu um cigarro e agora observa com mais atenção o tabuleiro; Max sabe que talvez o peão branco guarde as chaves do que pode acontecer. E no momento em que Keller, depois de beber um golpe de laranjada, ameaça se levantar de novo, o outro avança esse peão duas casas; faz o movimento de repente, agressivo, e bate no acionador do relógio quase com violência. Como se o fizesse deliberadamente para reter seu adversário na cadeira. E é o que acontece. O jovem para meio erguido, observa o russo — pela primeira vez em toda a partida seus olhares se cruzam — e se senta outra vez, lentamente.

— Quase ao toque — murmura Tedesco, admirado, compreendendo, finalmente, a importância da jogada.

— O que está acontecendo? — pergunta Max.

O *capitano* demora a responder, atento à rápida troca de peças, quase um desafio, que os jogadores estão fazendo. Bispo por peão, cavalo por bispo, peão por cavalo. Plac, plac, plac. Um estalido de relógio a cada três ou quatro segundos, como se tudo aquilo tivesse sido previsto de antemão. E possivelmente estava, conclui Max.

— Aquele peão branco forçou as trocas, detendo o ataque do bispo — diz, por fim, Tedesco.

— Parando-o em seco — confirma Lambertucci.

— E viu tudo muito rapidamente. Como um raio.

Keller ainda tem na mão a última peça capturada do adversário. Deposita-a em um lado, junto das outras, bebe um longo gole de laranjada e inclina ligeiramente a cabeça, como se de repente sentisse o cansaço de um longo esforço. Depois, de uma maneira que parece casual, vira-se por um instante na direção de sua mãe, Irina e Karapetian com o rosto inexpressivo. Sem abandonar seu ar melancólico, Sokolov apoia um pouco mais os cotovelos na mesa e mexe os lábios, inclinado-se na direção do jovem, falando com ele em voz baixa.

— O que está acontecendo? — Max fica interessado.

Tedesco balança a cabeça, como se tudo já estivesse resolvido.

— Suponho que está lhe oferecendo *nichiá*... Empate.

Keller estuda o jogo. Não parece ouvir o que o russo está dizendo, e sua expressão não revela nada. Poderia estar pensando em se há outra jogada a fazer, conclui Max. Ou em outra coisa. Na mulher que o traiu, por exemplo, e por quê. Finalmente assente, e, sem olhar para o adversário, aperta sua mão, e ambos se levantam. A cinco passos de seu filho, na primeira fila, Mecha Inzunza não se mexeu nos últimos minutos. Por sua vez, o mestre Karapetian mantém a boca entreaberta e parece desconcertado. Entre os dois, Irina olha fixamente para o tabuleiro e as cadeiras vazias, impassível.

9. A variante Max

Mecha Inzunza para em uma banca da via San Cesareo e compra os jornais. Max está ao seu lado, com uma das mãos no bolso do paletó cinza esportivo, observando-a enquanto ela procura as páginas que tratam da partida do dia anterior. Sob a manchete "Empate na sexta", em quatro colunas, *Il Mattino* publica uma fotografia dos dois jogadores no momento em que abandonam o tabuleiro: o russo sério, observando, impassível, o rosto de Keller, e este com o rosto virado como se pensasse em alguma coisa alheia ao jogo ou olhasse para alguém situado mais além do fotógrafo.

— A manhã está complicada — comenta Mecha quando fecha o jornal. — Os três continuam reunidos, discutindo: Emil, Jorge e Irina.

— Ela não suspeita de nada?

— Em absoluto. É por isso que estão discutindo. Ontem Emil não compreendia por que meu filho jogou daquela maneira. Estão com o xadrez, fazendo e desfazendo... Quando os deixei, Irina estava reprovando Jorge por ter aceitado o empate.

— Um exercício de cinismo?

Caminham rua abaixo. Mecha enfiou os jornais em uma grande bolsa de lona e couro que está pendurada em seu ombro, sobre o casaco de camurça e um lenço de seda estampado com tons outonais.

— Não de todo — responde. — Do jeito que a partida estava, ele poderia ter continuado; mas não quis se arriscar mais. A confirmação de que Irina está trabalhando para Sokolov mexeu um pouco com a cabeça dele... Talvez não conseguisse resistir à pressão até o fim. Por isso aceitou a proposta do russo.

— De qualquer forma, aguentou bem. Estava sereno no estrado.

— É um garoto de bom temperamento. Estava preparado para isso.

— E com essa garota...? Dissimula bem?

— Melhor do que ela. Quer saber de uma coisa...? No caso dele não é fingimento, nem hipocrisia. Você e eu teríamos expulsado Irina aos pontapés depois de submetê-la a uma queimadura de terceiro grau. Na verdade, eu a teria estrangulado... Sinto um grande desejo de fazer isso. Mas Jorge está lá, sentado com ela diante de um tabuleiro, analisando e desfazendo jogadas e consultando-a com a maior naturalidade.

A rua, ampla, estreita-se nos trechos em que as lojas expõem suas mercadorias na calçada. De vez em quando Max se atrasa para abrir caminho a quem vem de frente.

— Não é um baque muito forte? — pergunta. — Ele conseguirá continuar se concentrando e jogando como habitualmente?

— Você não o conhece. No caso dele, essa frieza é compreensível. Ele continua jogando. Tudo isso não é nada além de uma partida que às vezes é decidida em uma sala de um hotel e às vezes em outros lugares.

Passam por espaços de luz e sombra, iluminados aqui e acolá pela claridade amarelada refletida nas altas fachadas das casas. Lojas de artigos de couro e recordações turísticas alternam-se com mercearias de secos e molhados, frutas e verduras, peixes e embutidos que misturam seus aromas com o do couro e das especiarias. Há roupas estendidas nos balcões.

— Não fez nenhum comentário a respeito — acrescenta Mecha, depois de um breve silêncio —, mas tenho certeza de que agora, em sua cabeça, está jogando contra os adversários. Contra o russo e contra Irina... Como se fossem partidas simultâneas.

Cala-se de novo e pousa o olhar em uma loja de roupas femininas — tendência hippie, linho de Positano — sem prestar muita atenção.

— Mais tarde — continua —, quando essa história de Sorrento tiver acabado, Jorge levantará a vista do tabuleiro e analisará realmente o que aconteceu. A parte afetiva. Será um momento difícil para ele. Até lá, não me preocupa.

— Agora entendo a segurança de Sokolov — comenta Max. — Essa espécie de arrogância das últimas partidas.

— Cometeu um erro. Devia esperar mais tempo antes de jogar. Fazer um pouco de teatro. Nem mesmo um campeão do mundo poderia demorar menos de vinte minutos para entender a extrema complexidade daquela posição e tomar a decisão adequada... E ele só usou seis.

— Precipitação?

— Vaidade, suponho. Com uma análise mais longa, existia a possibilidade de que Sokolov tivesse chegado por conta própria a essa conclusão, o que nos teria feito duvidar de que fosse Irina a culpada. Mas suponho que Jorge o tirou do sério.

— Levantava-se da cadeira a cada momento para provocá-lo?

— Naturalmente.

Estão perto da catedral de Sedile Dominova, onde meia dúzia de turistas ouve as explicações de um guia que fala em alemão. Depois de se esquivar do grupo, viram à esquerda penetrando na estreita sombra da via Giuliani. O campanário vermelho e branco do Duomo se alça ao extremo, em intensa contraluz, com o relógio marcando onze e vinte da manhã.

— Não imaginava que um campeão do mundo cometesse esse tipo de erro — comenta Max. — Eu acreditava que eram menos...

— Humanos?

— Sim.

Todo mundo comete erros, responde ela. E depois de alguns passos insiste, pensativa:

— Meu filho o deixa muito irritado. A tensão diante do campeonato mundial — explica depois a Max — é enorme. Aqueles passeios de Jorge em volta da mesa, sua maneira de jogar como se não fizesse nenhum esforço. Toda essa aparente frivolidade de suas atitudes. O russo é exatamente o contrário: consciencioso, sistemático, prudente. Daqueles que suam sangue. E ontem à tarde, apesar de sua tradicional calma, o campeão, respaldado por seu título, por seu governo e pela Federação Internacional de Xadrez, não conseguiu suportar o desejo de dar uma lição no candidato, menino mimado do capitalismo e da imprensa ocidental. De colocá-lo em seu lugar. Moveu o peão exatamente quando Jorge ia se levantar outra vez da mesa. "Você vai ficar aí", dizia sua expressão. "Sentadinho e pensando."

"Afinal de contas, são falíveis — conclui, como se falasse para ela mesma. — Odeiam e amam, como todo mundo."

Max e ela caminham lado a lado. Às vezes seus ombros se roçam.

— Ou talvez não. — Mecha inclina a cabeça por um instante, como se tivesse percebido uma falha no próprio argumento. — Talvez não como todos.

— E o que se sabe de Irina? Está se comportando normalmente?

— Com total descaramento. — Ela sorri, sarcástica, repentinamente endurecida. — Muito tranquila em seu papel de colaboradora fiel e jovenzinha amorosa. Se não soubéssemos o que sabemos, acreditaria em sua inocência... Você não faz ideia de como uma mulher é capaz de fingir quando alguma coisa está em jogo!

Max faz ideia, perfeitamente, mas não desgruda os lábios. Limita-se a fazer uma careta silenciosa enquanto recorda: mulheres falando ao telefone de um quarto de hotel com seus maridos ou amantes, nuas embaixo ou em cima de lençóis, recostadas no mesmo travesseiro no qual nesse momento ele apoiava a cabeça ouvindo-as, admirado. Com uma frieza perfeita e sem que suas vozes se alterassem, envolvidas em relações clandestinas que duravam dias, meses ou anos. Nas mesmas circunstâncias, qualquer homem teria se delatado depois de poucas palavras.

— Me pergunto se não é possível denunciar esse tipo de traição.

— Para quem? — Ela ri de novo, cética. — Para a polícia italiana? Para a Federação Internacional de Xadrez...? Nos movimentamos em um âmbito privado. Com provas concretas, poderíamos armar um escândalo e talvez anular o duelo se Jorge perdesse. Mas nem se tivéssemos provas ganharíamos nada. Só prejudicaríamos o ambiente a cinco meses do campeonato mundial. E Sokolov continuaria onde está.

— E o que está acontecendo com Karapetian? Sabe a respeito de Irina?

Jorge conversou com o mestre ontem à noite, confirma Mecha. E ele não se mostrou muito surpreso. Essas coisas acontecem, disse. Por outro lado, não é o primeiro caso de espionagem que enfrenta. O armênio é um homem tranquilo. Prático. E não acha que devamos expulsar a garota imediatamente.

— E acredite: meu filho concorda com ele, acha que o melhor a fazer é deixar Irina e os russos adquirirem confiança. Dar a ela informações manipuladas, preparar falsas aberturas... Usá-la como agente duplo sem que ela o saiba.

— Mas acabarão se dando conta — opina Max.

— A farsa pode durar mais algumas partidas. Já foram seis: duas vencidas por Sokolov, uma por Jorge e três empates, o que significa uma diferença de apenas um ponto. E ainda restam quatro a disputar. Isso oferece possibilidades interessantes.

— E o que pode acontecer?

— Se preparássemos armadilhas adequadas e o russo caísse nelas, a farsa funcionaria um par de vezes. Talvez a atribuíssem a um erro, imprecisão ou mudanças de última hora. Na segunda ou na terceira vez, suspeitariam. Se tudo fosse muito óbvio, acabariam deduzindo que Irina age de acordo com Jorge ou que a estamos manipulando... Mas há outra possibilidade: não abusar agora do que sabemos. Dosar a intoxicação por meio de Irina e ir a Dublin com ela na equipe, usando-a.

— É possível fazer isso?

— Claro. Isto é xadrez. A arte da mentira, do assassinato e da guerra.

Atravessam no meio do trânsito do *corso* Italia. Motocicletas, automóveis, fumaça de escapamentos. Para chegar ao outro lado, Max pega a mulher pela mão. Ao pisar na calçada, Mecha se aproxima dele, apoiando-se com um gesto familiar em seu braço. Olham-se no vidro de uma vitrine cheia de televisores. Depois de um momento, com doce naturalidade, ela solta o braço de Max.

— O importante é o título mundial — continua, com muita calma. — Isto aqui é apenas uma escaramuça prévia: um teste que pode ser considerado uma final extraoficial. Será maravilhoso se, quando chegarmos a Dublin, os russos ainda estiverem confiando em Irina. Imagine Sokolov descobrindo que sua espiã está sendo controlada desde Sorrento... O golpe pode ser soberbo. Mortal.

— Jorge suportará a tensão? A garota ao seu lado durante mais cinco meses?

— Você não conhece meu filho: seu sangue-frio quando se trata de xadrez... Agora Irina não passa de uma peça em um tabuleiro.

— E o que vocês farão depois com ela?

— Não sei. — De novo a rigidez metálica na voz. — Nem me importa. Quando o campeonato acabar, acertaremos as contas, naturalmente. Depois veremos se em público ou em particular. Mas, como enxadrista internacional, Irina está acabada. Será melhor para ela se enterrar em um buraco para sempre. Colocarei tudo o que tenho a serviço disso... Em defumar essa pequena cadela em seu covil, em qualquer lugar em que se enfiar.

— Me pergunto o que a terá levado a isso. Desde quando trabalha para Sokolov.

— Querido... Com os russos e as mulheres, nunca se sabe.

Disse isso rindo sem vontade, em um tom quase desagradável. Como resposta, ele compõe um gesto elegante e bem-humorado.

— São os russos que provocam minha curiosidade — diz. — Lidei com eles menos do que com as mulheres.

Ela dá uma gargalhada ao ouvir aquilo.

— Pelo amor de Deus, Max. Embora não tenha mais idade para isso, e nem passe brilhantina nos cabelos, continua sendo um mulherengo intolerável... Um *maquereau* que dança tango.

— Quem me dera que ainda o fosse. — Ele também ri agora, ajustando o lenço de seda do Dr. Hugentobler que usa embaixo do colarinho aberto da camisa.

— Conseguiram infiltrar Irina desde o começo, como uma jogada de longo prazo — avalia Mecha, voltando ao assunto. — Ou a recrutaram mais tarde por mil motivos: dinheiro, promessas... Uma jovem como ela, com talento enxadrístico e respaldo dos russos, que controlam a Federação Internacional, teria um belo futuro pela frente. E é tão ambiciosa como qualquer um pode ser.

Estão diante da grade de ferro da catedral, que se encontra aberta.

— É duro ser vice — acrescenta ela. — E é tentador deixar de sê-lo.

Soam badaladas na torre de pedra. Mecha levanta a vista e depois atravessa o portão cobrindo a cabeça com o lenço. Ele a segue, e os dois entram juntos na ampla nave vazia, onde ressoam as lentas pisadas dos sapatos de Max no solo de mármore.

— E o que você vai fazer?

— Ajudar Jorge, como sempre... Ajudá-lo a jogar. A ganhar aqui e em Dublin.

— Haverá um ponto final, suponho.

— De quê?

— Da sua presença ao lado dele.

Mecha contempla o teto decorado da igreja. A luz lateral das claraboias faz reluzir dourados e azuis em torno das cenas bíblicas. Ao fundo, na penumbra, brilha a lâmpada do sacrário.

— Saberei onde está esse ponto final quando chegarmos a ele.

Rodeiam as colunas e caminham sem rumo por uma das laterais, olhando as capelas e os quadros. Cheiro de ambiente fechado e cera morna. Em um nicho, sobre velas acesas, há ex-votos marítimos e milagres em latão e cera.

— Cinco meses de farsa é muito tempo — insiste Max. — Você acha que seu filho é capaz de fingir a esse ponto?

— E por que não? — Ela olha para ele com uma surpresa que parece autêntica. — Por acaso Irina não está fingindo?

— Também estou falando de sentimentos. Dividem o mesmo quarto. Deitam-se juntos.

Uma careta estranha e distante. Quase cruel.

— Ele não é como a gente. Já lhe disse. Vive em um mundo à parte.

Um sacerdote sai da sacristia, atravessa a nave e se benze diante do altar-mor depois de observá-los com curiosidade. Mecha abaixa a voz e passa a sussurrar enquanto refazem o caminho, dirigindo-se à rua.

— Quando o xadrez está envolvido, Jorge pode ver a si mesmo com uma tranquilidade espantosa... Como se entrasse e saísse de quartos diferentes sem levar nada de um ou de outro.

O sol ofusca seus olhos quando cruzam o portão. Mecha deixa o lenço cair nos ombros e o amarra com um nó folgado no pescoço.

— Como os russos irão tratar Irina quando tudo for descoberto? — pergunta Max.

— Isso não me preocupa... Mas tomara que a enfiem em Lubianka ou em um lugar horrível e depois a deportem para a Sibéria.

Cruzou a grade, adiantando-se, e caminha rapidamente pela calçada do *corso* Italia, como se tivesse se lembrado de algum assunto urgente. Apressando o passo, ele a alcança.

— O que nos leva, me parece, à variante Max. — Ele ouve-a comentar quando chega a seu lado.

Após dizer aquilo, detém-se tão bruscamente que ele fica olhando para ela, desconcertado. Depois, de maneira surpreendente, Mecha aproxima seu rosto até quase roçar o de Max. Suas íris têm agora a dureza do âmbar.

— Quero que você faça uma coisa para mim — diz, em voz muito baixa. — Ou, sendo mais exata, para o meu filho.

O Fiat preto parou na praça Rossetti, ao lado da torre da catedral de Sainte-Réparate, e dele desceram três homens. Max, que ao ouvir o motor havia levantado a vista das páginas do *L'Éclaireur* — manifestações operárias na França, processos e execuções em Moscou, campos de concentração na Alemanha —, olhou sob a aba do chapéu e os viu se aproximarem lentamente, o mais magro e alto entre os outros. Enquanto vinham para sua mesa, situada na esquina da rue Centrale, dobrou o jornal e chamou o garçom.

— Dois Pernod com água.

Ficaram diante dele, olhando-o. Cercado por Mauro Barbaresco e Domenico Tignanello, o homem alto e magro vestia um elegante terno transpassado castanho e se cobria com um Borsalino cinza arredondado, inclinado sobre um olho com bizarro descaramento. Um alfinete de ouro, sob a gravata, unia as pontas do colarinho da camisa de largas listras azuis e brancas. Em uma das mãos tinha uma maleta de couro, daquelas que os médicos costumavam usar. Max e eles se estudaram longamente, muito sérios. Os quatro, um sentado e os outros em pé, continuavam sem dizer palavra quando o garçom chegou com as bebidas, retirou o copo vazio e colocou na mesa duas taças de *pastís*, dois copos com água gelada, colheres e torrões de açúcar. Max colocou uma colher atravessada sobre um copo, colocou um torrão em cima e verteu água para que gotejasse com o açúcar desfeito no licor esverdeado. Então pôs o copo diante do homem alto e magro.

— Suponho — disse — que o prefere como sempre.

O rosto do outro pareceu emagrecer mais quando um sorriso se abriu como um corte súbito, exibindo uma fileira de dentes estragados e amarelados. Depois jogou o chapéu para trás, sentou-se e levou o copo aos lábios.

— Não sei o que seus amigos bebem — comentou Max repetindo a operação com sua bebida. — Nunca os vi bebendo Pernod.

— Para mim, nada — disse Barbaresco, também se sentando.

Max saboreou a bebida de anis, forte e doce. O segundo italiano, Tignanello, permanecia em pé, escrutando ao redor com sua habitual desconfiança melancólica. Em resposta a um olhar de seu companheiro, afastou-se da mesa e caminhou até a banca de jornal; de onde, supôs Max, podia vigiar a praça discretamente.

Voltou a estudar o homem alto e magro. Tinha um nariz longo e olhos grandes, muito afundados nas órbitas. Mais velho do que na última vez, pensou. Mas o sorriso era o mesmo.

— Dizem que aderiu ao fascismo, Enrico — disse, suavemente.

— Alguma coisa precisava ser feita, nos tempos que correm.

Mauro Barbaresco se recostou um pouco mais em sua cadeira, como se não tivesse certeza de que fosse gostar daquela conversa.

— Vamos ao assunto — sugeriu.

Max e Enrico Fossataro continuavam se olhando enquanto bebiam. Antes de dar o último gole e esvaziar seu copo, o italiano o levantou ligeiramente, como se fizesse um brinde. Max fez o mesmo.

— Se preferir — disse —, podemos nos poupar de comentar quanto tempo se passou, como estamos estropiados e tudo isso.

— De acordo — assentiu Fossataro.

— O que você faz agora?

— As coisas não estão mal. Tenho um posto oficial em Turim... Funcionário do governo piemontês.

— Política?

O italiano fez uma careta teatralmente ofendida. Cúmplice.

— Segurança pública.

— Ah.

Max sorriu, imaginando aquilo. Fossataro em um escritório. A raposa tomando conta do galinheiro. Haviam se visto pela última vez três anos atrás durante um trabalho em parceria realizado em duas etapas: uma casa de campo nas colinas de Florença e uma suíte do hotel Excelsior — Max aplicara seus poderes de sedução no hotel e Fossataro, suas técnicas noturnas na vila — com vista para o Arno e para os esquadrões de camisas negras que desfilavam pela *piazza* Ognissanti cantando "Giovinezza" depois de espancar até a morte uns quantos infelizes.

— Uma Schützling — expôs com simplicidade. — De 1913.

— Já me disseram: caixa de estilo, imitando madeira, com moldura falsa nas fechaduras... Você se lembra daquela casa da rue de Rivoli? A da inglesa ruiva que você levou para jantar no Procope?

— Sim. Mas naquela vez a serralheria estava por sua conta. Eu me dediquei à senhora.

— Dá no mesmo. É das fáceis.

— Sugerir que você cuide dela seria inútil, me parece. A essa altura.

O outro voltou a exibir os dentes. Os olhos afundados e obscuros pareciam pedir compreensão.

— Estou lhe dizendo que não são caixas complicadas. Fechadura em salto, não de martelo de bloqueio: três contadores e a chave. — Tocou o bolso do paletó e puxou uns desenhos copiados com a técnica de cianotipia. — Tenho aqui alguns esquemas. Em um instante você ficará a par... Vai agir de dia ou de noite?

— À noite.

— Dispõe de quanto tempo?

— Não muito. Seria conveniente que fosse rápido.

— Vai poder usar uma furadeira?

— Não poderei usar ferramentas. Há pessoas na casa.

Fossataro enrugou o rosto.

— No tato, precisará de uma hora, pelo menos. Você se lembra daquela caixa-forte Panzer, em Praga...? Quase enlouquecemos.

Max sorriu. Setembro de 1932. Metade da noite suando na cama de uma mulher, ao lado de uma janela pela qual se via a cúpula da Igreja de São Nicolau, até que ela adormeceu. Enquanto isso, Fossataro trabalhava em silêncio no andar de baixo à luz de uma lanterna elétrica, no escritório do marido ausente.

— Claro que me lembro. — Ele sorriu.

— Trouxe uma lista de combinações originais desse modelo, que poderiam economizar tempo e trabalho. — Abaixou-se para pegar a maleta que estava entre suas pernas e a entregou. — Também lhe trouxe um jogo de 130 chaves planas *de mãos de criança*, moldadas na fábrica.

— Ora... — A maleta era muito pesada. Max colocou-a a seus pés, no chão. — Como as conseguiu?

— Você ficaria espantado se soubesse o que pode ser encontrado no escritório de uma agência do governo da Itália.

Max tirou do bolso a cigarreira de tartaruga e colocou-a na mesa. Fossataro abriu-a com desembaraço e colocou um cigarro na boca.

— Você está com boa aparência. — Largou a cigarreira e fez um gesto alusivo a Barbaresco, que acompanhava a conversa sem desgrudar os lábios. — Meu amigo Mauro disse que as coisas estão correndo bem com você.

— Não posso me queixar. — Max havia se inclinado para lhe oferecer fogo com seu isqueiro. — Ou não me queixava, até há pouco.

— São tempos complicados, meu amigo.

— Você que o diga.

Fossataro deu um par de tragadas no cigarro e o olhou satisfeito, apreciando a qualidade do tabaco.

— Não são maus rapazes. — Apontou para Tignanello, que continuava ao lado da banca de jornal, e depois fez um gesto que incluía Barbaresco. — Podem ser perigosos, naturalmente. Mas quem não é...? Lidei menos com o *terrone* triste, mas eu e Mauro tivemos em outros tempos relações profissionais... Não é verdade?

O outro não disse nada. Havia tirado o chapéu e passava a mão pelo crânio calvo e moreno. Parecia cansado, querendo que aquela conversa terminasse. Ele e seu companheiro, avaliou Max, sempre pareciam cansados. Seria o cansaço uma característica dos espiões italianos? Seus companheiros ingleses, franceses e alemães demonstravam mais entusiasmo por seu trabalho? Talvez sim. A fé movia montanhas, costumavam dizer. Ter fé devia ser útil, quando aplicada a certos ofícios.

— Por isso veio me perguntar quando pensaram em seu nome para este assunto — continuava Fossataro. — Eu lhes disse que é um bom rapaz e que as mulheres gostam de você. Que usa roupa de gala como ninguém e que em uma pista de dança eclipsa os profissionais... Acrescentei que, se tivesse sua pinta e sua lábia, teria me aposentado há séculos: não me importaria nem um pouco em levar o poodle de uma milionária para passear.

— Talvez tenha falado além da conta. — Max sorriu.

— É possível. Mas entenda minha situação. O dever para com a pátria. *Credere, obbedire, combattere...* Tudo isso.

Seguiu-se uma pausa silenciosa, que Fossataro aproveitou para fazer um círculo perfeito com a fumaça do cigarro.

— Suponho que você sabe, ou suspeita, que Mauro não se chama Barbaresco.

Max olhou para o mencionado, que os ouvia, impassível.

— Tanto faz como me chame — disse este.

— Sim — admitiu Max, objetivo.

Fossataro fez outro círculo de fumaça, desta vez menos perfeito.

— Nosso país é complicado — opinou. — O lado positivo é que nós, os italianos, sempre encontramos uma maneira de nos entender. *Guardie e ladri...* A mesma coisa antes de Mussolini, com ele ou depois, se for embora algum dia.

Barbaresco continuava ouvindo, inexpressivo, e Max começou a achá-lo mais simpático. Voltando a comparar espiões, imaginou aquela mesma conversa mantida diante de outros: um agente inglês teria ficado patrioticamente indignado, um alemão os olharia desconcertado e altivo, e um espanhol, depois de dar razão a Fossataro em tudo, teria corrido para denunciá-lo com o objetivo de se congraçar com alguém ou porque invejava sua gravata. Abriu a cigarreira e a ofereceu a Barbaresco, mas este a recusou meneando a cabeça. Às suas costas, Tignanello fora se sentar com um jornal na mão em um dos bancos de madeira da praça, como se suas pernas estivessem doendo.

— Fiz boas relações, Max — dizia Fossataro. — Se tudo correr bem, você terá novos amigos... O lado correto. É bom pensar no futuro.

— Como você.

Disse aquilo sem intenção aparente, ocupado em acender um cigarro; mas Fossataro o olhou com firmeza. Quatro segundos depois, o italiano esboçou o sorriso melancólico daquele que tem uma fé inquebrantável na ilimitada estupidez do gênero humano.

273

— Estou ficando velho, meu amigo. O mundo que conhecemos, aquele que nos dava de comer, está condenado à morte. E, se explodir outra guerra na Europa, ela acabará de varrer tudo. Acredita nisso, como eu?

— Acredito.

— Pois ponha-se em meu lugar. Tenho 52 anos: muitos para continuar forçando fechaduras e andando no escuro por casas alheias... Além disso, desses, passei sete na prisão. Sou viúvo e tenho duas filhas solteiras. Não há nada como uma coisa dessas para despertar o patriotismo de alguém. Para esticar o braço ao romano, saudando o que colocarem na sua frente... Na Itália há futuro, estamos no lado bom do mundo. Temos trabalho, constroem edifícios, estádios esportivos e encouraçados, e aos comunistas damos óleo de rícino e pontapés na bunda. — Depois de dizer isso, aligeirando a seriedade do discurso, Fossataro deu uma piscada para Barbaresco, que continuava ouvindo, imperturbável. — Para variar, também é confortável ter os *carabinieri* ao seu lado.

Passaram duas mulheres bem-vestidas, sapateando em direção à rue Centrale: chapéus, bolsas e saias apertadas. Uma delas era muito bonita e, por um instante, seus olhos encontraram os de Max. Fossataro acompanhou-as com a vista até que dobraram a esquina. Nunca se deve misturar sexo com negócios, Max o havia ouvido dizer muitas vezes em outros tempos. A não ser quando o sexo facilita os negócios.

— Você se lembra de Biarritz? — perguntou Fossataro. — Daquela história do hotel Miramar?

Sorria, lembrando. Isso parecia rejuvenescer seu rosto, avivando a expressão de seus olhos afundados.

— Quanto tempo faz? — acrescentou. — Cinco anos?

Max assentiu. A expressão satisfeita do italiano evocava passarelas de madeira ao lado do mar, bares de praia com garçons impecáveis, mulheres com calças apertadas de boca larga, costas morenas nuas, rostos conhecidos, festas com artistas de cinema, cantoras, gente dos negócios e da moda. Como Deuville e Cannes, Biarritz era um excelente território de caça no verão, com muitas oportunidades para quem sabia procurá-las.

— O ator e sua noiva — recordou Fossataro, ainda risonho.

Depois contou a Barbaresco, com muita desenvoltura, que no verão de 1933 Max e ele haviam planejado um trabalho refinado que envolvia uma atriz de cinema chamada Lili Damita; Max a conhecera no clube de golfe de Chiberta e lhe dedicara três manhãs de praia, tardes no bar e noitadas de dança. Até que na noite crucial, quando tudo estava preparado para levá-la ao *dancing* do hotel Miramar enquanto Fossataro penetrava em sua casa de campo para roubar dinheiro e joias avaliadas em 15 mil dólares, o namorado, um famoso ator de Hollywood, apareceu sem avisar na porta do hotel depois de deixar o motor ligado. Mas Max tivera sorte em duas coisas. Em primeiro lugar, o noivo ciumento havia ingerido muito álcool durante a viagem, de maneira que, quando sua prometida desceu de um táxi de braço dado com Max, já estava meio desequilibrado e o soco que dirigiu à mandíbula do elegante sedutor se perdeu no vazio, pois tropeçou. E, em segundo, Enrico Fossataro estava a 10 metros da cena, ao volante de um automóvel alugado, pronto para saquear a casa. Assim, ao presenciar o incidente, desceu do carro, aproximou-se do grupo e, enquanto Lili Damita chiava como uma galinha que teve seu franguinho massacrado, Fossataro e Max surraram tranquila e sistematicamente o norte-americano, com os recepcionistas e os mensageiros do hotel olhando satisfeitos — o ator, que costumava beber em excesso, não era popular entre os empregados —, por conta dos 15 mil dólares que tinham acabado de escorrer entre seus dedos.

— E você sabe como se chamava o sujeito? — Fossataro continuava dirigindo-se a Barbaresco, que, a essa altura do relato, ouvia com visível interesse. — Nada menos que Errol Flynn! — Riu a gargalhadas, acariciando o braço de Max. — Aqui, como você pode ver, este sujeito e eu quebramos a cara do próprio capitão Blood!

— Você sabe o que é o livro, Max...? No xadrez. Não um livro, mas *o* livro.

Estão no jardim do hotel Vittoria, andando pelo caminho lateral que passa, como se fosse um túnel, no meio de uma variedade de árvores por cujos galhos penetram violentas manchas de sol. Mais além das plantas trepadeiras que adensam a pérgula, as gaivotas planam sobre as encostas de Sorrento.

— Um jogador é sua história — continua Mecha Inzunza. — Ou o histórico de suas partidas e análises. Atrás de cada movimento no tabuleiro há centenas de horas de estudo, inumeráveis aberturas, jogadas e variantes, fruto do trabalho, de equipe ou solitário. Um grande mestre sabe de cabeça milhares de coisas: jogadas de seus predecessores, partidas de seus adversários... Tudo isso, memória à parte, é sistematizado como material de trabalho.

— Uma espécie de vade-mécum? — questiona Max.

— Exatamente.

Caminham sem pressa, voltando ao hotel. Algumas abelhas revoluteiam entre as espirradeiras. Conforme se embrenham mais no jardim, às suas costas vai desaparecendo o ruído do tráfego na praça Tasso.

— Um jogador não pode viajar e operar se não estiver de posse de seus arquivos pessoais — continua ela. — Aquilo que consegue levar com ele de um lugar a outro... O livro de um grande mestre contém o trabalho de toda sua vida: aberturas e variantes, estudos de seus adversários, análises... Costumam ser cadernos ou arquivos. O de Jorge são oito cadernetas grossas, forradas em couro, com anotações que ele mesmo fez ao longo dos últimos sete anos.

Demoram-se no roseiral, onde um banco de azulejos cerca uma mesa coberta de folhas secas. Sem seu livro, acrescenta Mecha, enquanto deixa sua bolsa na mesa e se senta, o jogador fica indefeso. Nem sequer aqueles que têm uma memória excelente conseguem recordar tudo. O livro de Jorge contém informações sem as quais dificilmente poderia fazer frente a Sokolov: partidas, análises de ataques e defesas. Um trabalho de anos.

— Imagine, por exemplo, que a esse russo incomode muito o gambito de rei, que é uma abertura baseada em sacrificar um peão. E que Jorge, que nunca recorreu ao gambito de rei, pense em usá-lo no campeonato de Dublin.

Max está em pé diante dela, ouvindo com atenção.

— Tudo isso estaria no livro?

— Claro. Imagine o tamanho do desastre se o livro de Jorge caísse nas mãos do outro. Tanto trabalho para nada. Seus segredos e suas análises em poder de Sokolov.

— E não poderia refazer o livro?

— Seria necessária outra vida. Sem contar com o golpe psicológico: saber que outro conhece seus planos e sua cabeça.

Ela olha às costas de Max, que ligeiramente se vira seguindo a direção do olhar da mulher. O edifício de apartamentos ocupado pela delegação soviética fica muito perto, a trinta passos.

— Não me diga que Irina entregou o livro de Jorge aos russos...

— Não, afortunadamente. Neste caso, meu filho estaria perdido diante de Sokolov, aqui e em Dublin. A questão é outra.

Um breve silêncio. As íris douradas, mais claras devido à luz que penetra entre a folhagem da pérgula, imobilizam-se em Max.

— É aí que você entra — diz ela.

Diz isso mal sorrindo, de uma maneira estranha. Impenetrável. Max levanta uma das mãos como se pedisse silêncio para ouvir uma nota musical ou um som impreciso.

— Temo que...

Está prestes a se interromper com a última palavra, incapaz de ir mais além; mas Mecha se adianta, impaciente. Abriu sua bolsa e procura alguma coisa.

— Quero que você consiga para mim o livro do russo.

Max fica boquiaberto. Literalmente.

— Acho que não entendi direito.

— Então vou lhe explicar. — Ela tira do bolso um maço de Muratti e põe um cigarro na boca. — Quero que você roube o livro de aberturas de Sokolov.

Disse isso com extrema calma. Max faz um movimento mecânico para procurar o isqueiro, mas fica imóvel, a mão no bolso, estupefato.

— E como vou fazer uma coisa dessas?

— Entrando nos aposentos do russo e pegando-o.

— Simples assim?

— Assim.

Mais zumbido de abelhas, perto. Indiferente a isso, Max continua olhando a mulher, com um súbito desejo de se sentar.

— E por que eu deveria fazê-lo?

— Porque já fez isso antes.

Senta-se ao seu lado, ainda confuso.

— Nunca roubei um livro russo de xadrez.

— Mas roubou muitas outras coisas. — Mecha pega uma caixa de fósforos na bolsa e acende ela mesma o cigarro. — Uma delas era minha.

Tira a mão do bolso e acaricia o queixo. O que significa todo aquele disparate, pensa, desconcertado. Em que diabos está se metendo ou querem metê-lo?

— Você era gigolô e ladrão — acrescenta Mecha, objetiva, puxando fumaça.

— Não sou mais... Não faço mais isso.

— Mas sabe como fazer. Lembre-se de Nice.

— Que disparate. Passaram-se quase trinta anos desde Nice.

A mulher não diz nada. Fuma e o observa com muita calma, como se tudo tivesse sido dito e nada dependesse dela. Está se divertindo, pensa ele com repentino espanto. A situação e minha perplexidade a divertem. Mas está longe de ser uma brincadeira.

— Pretende que me infiltre nos apartamentos da delegação soviética, procure o livro de xadrez de Sokolov e o entregue a você? E como vou fazer uma coisa dessas...? Pelo amor de Deus, como quer que eu faça?

— Você tem conhecimentos e experiência. Sabe se virar.

— Olhe para mim. — Ele se inclina, tocando o rosto. — Não sou quem você recorda. Nem o de Buenos Aires, nem o de Nice. Agora tenho...

— Coisas a perder? — Olha para ele de uma distância infinita, depreciativa e fria. — É o que está querendo me dizer?

— Faz muito tempo que não corro certo tipo de riscos. Vivo tranquilamente aqui, sem problemas com a polícia. Afastei-me por completo.

Levanta-se bruscamente, incomodado, e dá uns passos pela pérgula. Olhando com apreensão as paredes ocres — de repente lhe parecem sinistras — do edifício ocupado pelos russos.

— Além do mais, estou velho para esse tipo de assunto — acrescenta com sincero desânimo. — Falta-me força e falta-me espírito.

Virou-se para Mecha. Ela permanece sentada, olhando-o enquanto fuma, imperturbável.

— Por que haveria de fazê-lo? — protesta ele. — Diga-me... Por que irei me arriscar, na minha idade?

A mulher entreabre os lábios para dizer alguma coisa, mas se cala logo que inicia o gesto. Fica assim por alguns segundos, pensativa, o cigarro fumegando entre os dedos, estudando Max. E, finalmente, com infinito desprezo e um arrebatamento repentino, como se desabafasse de repente uma cólera há muito tempo contida, esmaga com violência o cigarro na mesa de mármore.

— Porque Jorge é seu filho, imbecil.

Fora visitá-la em Antibes, disfarçando de cautela o impulso de se justificar perante si mesmo. Seria perigoso, acabou dizendo a si mesmo, se ela estivesse fora de controle durante aqueles dias. Que algum comentário ou confidência dirigidos a Susana Ferriol o colocassem em perigo. Não teve dificuldade de conseguir o endereço. Bastaram um telefonema a Asia Schwarzenberg e uma breve pesquisa desta para que, dois dias depois do encontro com Mecha Inzunza, Max estivesse descendo de um táxi diante da grade de uma vila cercada de louros, acácias e mimosas, nas proximidades de La Garoupe. Atravessou o jardim por um caminho esbranquiçado onde estava estacionado o Citroën de dois lugares, entre ciprestes cujas copas trançavam contra a luz sombras sobre a superfície quieta e resplandecente do mar próximo, em direção à casa situada em uma pequena lombada íngreme e uma varanda solário, sob grandes arcos abertos ao jardim e à baía.

Ela não se mostrou surpresa. Recebeu-o com desconcertante naturalidade depois de uma empregada ter aberto a porta e desaparecido em silêncio. Vestia um quimono japonês de seda apertado na cintura que prolongava suas linhas esbeltas, moldando-as suavemente nos quadris. Estivera regando vasos em um pátio interno e seus pés descalços deixaram marcas de umidade nas lajotas pretas e brancas quando levou Max ao salão mobiliado no *style camping* que fazia furor na Riviera nos últimos anos: cadeiras dobráveis, mesas retráteis, móveis embutidos, vidro, cromo e um par de quadros solitários em paredes nuas e brancas, em uma bela casa, clara, com a simplicidade de linhas que apenas o excesso de dinheiro poderia permitir. Mecha lhe serviu um drinque, fumaram e, de comum acordo, conversaram sobre banalidades, civilizadamente, como se o recente encontro e a despedida depois do jantar na casa de Susana Ferriol tivessem transcorrido da forma mais normal do mundo: a casa alugada enquanto a situação na Espanha se mantivesse, o lugar adequado para passar o inverno, o mistral que mantinha o céu azul e limpo de nuvens. Mais tarde, quando os lugares-comuns se esgotaram e a conversa superficial começou a ficar incômoda, Max sugeriu que fossem comer em algum lugar próximo, Juan-les-Pins ou Eden Roc, para continuar conversando. Mecha deixou transcorrer um silêncio prolongado depois daquela sugestão, repetiu em voz baixa a última palavra com a expressão pensativa e, pouco depois, disse a Max que se servisse alguma coisa ele mesmo enquanto ela se trocava para sair. Estou sem fome, disse. Mas gostarei de dar um passeio.

E ali estavam: passeando entre os pinheiros frondosos enraizados na areia, as rochas e as madeixas de algas da margem onde cintilava o sol zenital, diante da baía de cor turquesa aberta ao infinito e à praia que chegava até a antiga muralha de Antibes. Mecha havia trocado o quimono por calças pretas e camiseta de marinheiro de listras azuis e brancas, usava óculos de sol — apenas uma sombra de maquiagem nas pálpebras, sob as lentes escuras — e suas sandálias pisavam no cascalho do caminho ao lado dos sapatos irlandeses marrons de Max, que estava em manga de camisa, os cabelos com brilhantina e sem chapéu, o paletó dobrado em um braço e os punhos levantados em duas voltas sobre as munhecas bronzeadas.

— Você ainda dança tango, Max?

— Às vezes.

— Inclusive o da Velha Guarda...? Deve continuar bom nisso, suponho.

Ele afastou a vista, incomodado.

— Não é mais como antes.

— Não precisa mais dele para ganhar a vida, está querendo dizer?

Preferiu não responder. Pensava nela mexendo-se em seus braços no salão do *Cap Polonio*, na primeira vez. No sol iluminando seu corpo esbelto no quarto de pensão da avenida Almirante Brown. Em sua boca e em sua língua impudica e violenta quando afastou dele a dançarina de tango no antro de Buenos Aires para tomar seu lugar. No olhar atordoado do marido, seu riso lascivo quando se acasalaram diante de seus olhos turvos de álcool e droga, ali e mais tarde, quando se atacaram com voracidade, obscenamente nus e sem limites, no quarto do hotel. Também pensou nas centenas de ocasiões em que ele recordara aquilo durante os nove anos que se passaram desde então, cada vez que uma orquestra atacava os compassos da melodia composta por Armando de Troeye, ou a ouvia tocar em um rádio ou gramofone. Aquele tango — a última vez, cinco semanas atrás, o dançara no Carlton de Cannes com a filha de um industrial alemão do aço — perseguira Max por meio mundo, provocando-lhe sempre uma sensação de vazio, ausência ou perda: uma nostalgia feroz, agudamente física, do corpo de Mecha Inzunza. De seus olhos dourados olhando-o muito próximos e abertos, petrificados pelo prazer. Da carne deliciosa que continuava morna e úmida em sua memória, que recordava com tanta intensidade e que agora tinha de novo por perto — inesperadamente perto — de maneira tão estranha.

— Me fale de você — disse ela.

— De que parte de mim?

— Dessa. — Ela lhe dirigiu um gesto que parecia abarcá-lo. — A que se solidificou nestes anos.

Max falou, prudente, sem descuidos nem excessos. Misturava, habilmente, realidade e ficção, encaixando com amenidade casos engraçados e situações pitorescas que dissimulavam os pormenores escabrosos de sua vida. Adaptando, com a facilidade que lhe era natural, sua história verdadeira à do personagem que nesse momento representava: um homem de negócios bem-sucedido, mundano, cliente habitual de trens, transatlânticos e hotéis caros da Europa e da América do Sul, refinado pelo passar do tempo e pela convivência com gente distinta e endinheirada. Falou sem saber se ela acreditava nele ou não; mas, de qualquer maneira, tentou evitar qualquer alusão ao lado clandestino, ou a suas consequências, de suas atividades verdadeiras; uma brevíssima passagem por um presídio de Havana, bem-resolvida; um incidente policial sem maiores consequências na Cracóvia depois do suicídio da irmã de um rico negociante de peles polonês; ou um disparo que errou o alvo à saída de um inferninho de Berlim, além de um assunto de jogo clandestino, quase um calote. Tampouco falou do dinheiro que havia ganhado e gastado com idêntica facilidade naqueles anos, das economias que mantinha para qualquer emergência em Montecarlo, nem de sua antiga e útil relação com o arrombador de caixas-fortes Enrico Fossataro. Nem mencionou, logicamente, o casal de ladrões profissionais, homem e mulher, que conhecera no bar Chambre d'Amour de Biarritz no outono de 1931, sua associação temporária com eles, a ruptura quando a mulher — uma inglesa melancólica e atraente chamada Edith Casey, especializada em saquear solteirões endinheirados — estreitou por sua conta os laços de equipe com Max, até uma intimidade malvista por seu companheiro: um escocês refinado, embora brutal, que se fazia chamar, indistintamente, por McGill e McDonald, e cujos ciúmes mais ou menos justificados liquidaram um ano de proveitosa atividade em comum, depois de uma cena desagradável na qual Max, para surpresa do casal — sempre o haviam considerado um jovem cavalheiresco e pacífico —, se viu obrigado a recorrer a um par de truques sujos aprendidos na África, com a Legião, que deixaram o tal de Mc-Gill, McDonald ou como se chamasse realmente, estendido no tapete de um quarto do hotel Golf de Deauville, com o nariz sangrando, e Edith Casey insultando Max aos gritos enquanto ele seguia para o corredor e desaparecia de suas vidas.

— E você?

— Oh... Eu.

Estivera ouvindo em silêncio, atenta. Depois da pergunta de Max, fez uma careta evasiva, sorrindo sob os óculos de sol.

— Vasto mundo. É assim que se diz nas revistas ilustradas, não?

Ele teria esticado uma das mãos para tirar seus óculos e ver a expressão de seus olhos, mas não se atreveu.

— Nunca entendi que seu marido...

Calou-se nesse ponto, mas ela não disse nada. As lentes escuras refletiam Max, inquisitivas. Esperando que terminasse a frase.

— Essa maneira de... — começou a dizer, antes de se interromper de novo, incomodado. — Não sei. Você e ele...

— E terceiros, está querendo dizer?

Um silêncio. Longo. Cigarras cantavam embaixo dos pinheiros.

— Em Buenos Aires não foi a primeira vez, nem a última — continuou Mecha, por fim. — Armando tem sua maneira de ver a vida. As relações entre os sexos.

— Uma maneira peculiar, de qualquer modo.

Uma gargalhada desprovida de humor. Seca. Ela levantou um pouco as mãos, manifestando surpresa.

— Jamais imaginei que fosse um puritano nessa matéria, Max... Ninguém conseguiria imaginar uma coisa dessas em Buenos Aires.

Desenhava com o pé na areia. Podia ser um coração, deduziu ele. Mas ela acabou apagando-o quando parecia traçar uma flecha que o atravessava.

— No começo era uma brincadeira. Provocativa. Um desafio à educação e à moral. Depois passou a fazer parte do resto.

Deu alguns passos em direção à margem, entre as madeixas de algas, até que o brilho turquesa da água pareceu emoldurá-la.

— Aconteceu pouco a pouco, desde o começo. Na manhã seguinte à nossa lua de mel, Armando tomou as devidas providências para que a camareira que trazia o café da manhã nos encontrasse pelados na cama, fazendo amor. Rimos como loucos.

Ofuscado, tentando ver seu rosto contra a luz, Max teve que improvisar uma viseira colocando a mão diante dos olhos. Mas não conseguia enxergar a expressão da mulher. Apenas uma sombra no resplendor da baía enquanto ela continuava falando, monótona. Quase indiferente.

— Uma vez, depois de um jantar, fomos para casa. Acompanhava-nos um amigo: um músico italiano, muito bonito, cabelos ondulados e ar lânguido. D'Ambrosio, ele se chamava. Armando deu um jeito para que o italiano e eu fizéssemos amor na frente dele. Só veio participar depois de ter ficado olhando por muito tempo, atento, com um sorriso e um brilho estranho nos olhos. Com aquela sua especial inclinação à elegância matemática.

— E você sempre achou... agradável?

— Nem sempre. Especialmente no começo. É impossível esquecer, de um dia para o outro, uma educação convencional, católica, correta. Mas Armando gostava de ultrapassar certos limites...

A língua de Max se grudava no palato. O sol estava forte e ele sentia uma sede intensa. Também um desassossego quase físico. Teria se sentado ali mesmo, no chão, correndo o risco de destruir a perfeição de suas calças. Lamentou ter deixado o chapéu na casa, mas sabia que não se tratava do sol, nem do calor.

— Eu era muito jovem — acrescentou ela. — Sentia-me como uma atriz que entra no palco à procura da aprovação do público, esperando ouvir aplausos.

— Você estava apaixonada. Isso explica muitas coisas.

— Sim... Suponho que nessa época eu o amasse. Muito.

Havia inclinado a cabeça ao dizer aquilo. Depois olhou ao redor como se procurasse uma imagem ou uma palavra. Talvez uma explicação. Em seguida, como se desistisse, fez um gesto ironicamente resignado.

— Levei algum tempo para entender que também se tratava de mim, não apenas dele. De meus próprios lugares escuros. Às vezes até me batia. Ou eu batia nele. Nunca teria ido tão longe, em outro caso. Nem mesmo para satisfazê-lo... Certa vez, em Berlim, fez com que eu me deitasse com os garçons jovens de um bar da Tauentzienstrasse. Nessa noite nem sequer me tocou. Costumava me procurar depois, quando os outros haviam terminado, mas desta vez ficou ali, fumando e olhando até que tudo acabou... Foi a primeira vez que desfrutei de verdade me sentindo observada.

Havia relatado aquilo sem inflexões, em um tom neutro. Como se lesse, disse Max a si mesmo, o texto de uma bula farmacêutica. No entanto, parecia estar atenta a suas reações àquelas palavras. Era uma curiosidade técnica e fria, decidiu, assombrado. Quase antropológica. O contraste com seus próprios sentimentos, confusos nesse instante, era tão violento como toda aquela luz diante do traço negro de uma sombra. Sentia ciúmes dessa mulher, descobriu, mais assustado do que perplexo. A sua desolação era estranha, nova, até então desconhecida. De repentino desejo insatisfeito. Rancor animal e fúria.

— Armando me adestrou nisso — disse ela. — Com uma paciência metódica, muito própria dele, me ensinou a usar a cabeça para o sexo. Suas imensas possibilidades. O físico é apenas uma parte, dizia. Uma materialização necessária, inevitável, de todo o resto. Questão de harmonias.

283

Pararam por um momento. Regressaram ao caminho de terra que se estendia entre a praia e os pinheiros, e Mecha tirou as sandálias para sacudir a areia, apoiando-se com naturalidade no braço do homem.

— Depois eu ia dormir e o ouvia trabalhar até o amanhecer no piano em seu estúdio. E o admirava ainda mais.

Ele conseguiu desgrudar a língua do palato.

— Continua usando a cabeça?

Sua voz havia soado rouca. Quase lhe doera pronunciar aquelas palavras.

— Por que está perguntando isso?

— Seu marido não está aqui. — Fez um gesto amplo apontando a baía, Antibes e o resto do mundo. — E demorará a voltar, me parece. Com sua elegância matemática.

Mecha o olhava firmemente, com hostil prevenção.

— Você quer saber se me deito com outros homens? Ou com mulheres? Mesmo quando ele não está...? Sim, Max.

Não quero estar aqui, pensou, espantado com ele mesmo. Não sob essa luz que entorpece meu juízo. Que seca meu pensamento e minha boca.

— Sim — repetiu ela. — Às vezes o faço, sim.

Havia se detido outra vez, contra a reverberação ofuscante da praia. A suave brisa marítima agitava os pelos sobre sua pele ligeiramente bronzeada pelo sol da Riviera.

— Como Armando — acrescentou, em tom opaco. — Ou como você mesmo.

Nas lentes de seus óculos escuros se refletiam a linha da costa, a massa verde dos pinheirais e a praia margeada de azul-turquesa. Max observou-a atentamente, demorando-se na linha de seus ombros e em seu corpo sob a camiseta listrada, umedecida nas axilas por leves marcas de suor. Estava ainda mais bela do que em Buenos Aires, concluiu, quase com desespero. Tanto, que parecia irreal. Devia ter 32 anos: uma idade perfeita, sólida, de fêmea absoluta. Mecha Inzunza pertencia a essa classe de mulheres, aparentemente inatingíveis, com as quais sonhavam os soldados dos navios e das trincheiras nas frentes de batalha. Durante milhares de anos, os homens haviam guerreado, incendiado cidades e matado para conseguir mulheres como essa.

— Há um lugar aqui perto — disse ela de repente. — Chama-se pensão Semaphore... Perto do farol.

Olhou para ela, a princípio confuso. Mecha apontava um caminho à esquerda que se adentrava entre os pinheiros, mais além de uma casa branca cercada de palmeiras e agaves.

— É um lugar muito barato para turistas de passagem. Com um pequeno restaurante na porta, embaixo de uma magnólia. Alugam quartos.

Max era um homem discreto. Seu caráter e sua vida haviam feito dele o que era. Foi esse temperamento que lhe permitiu manter os joelhos firmes e a boca fechada, imóvel diante da mulher. Temendo cortar, com uma palavra inadequada ou um gesto impróprio, algum fio sutil que sustentasse tudo.

— Quero ir para a cama com você — resumiu Mecha. — E quero que aconteça agora.

— Por quê? — conseguiu articular ele, finalmente.

— Porque nesses nove anos você veio a mim com frequência, quando usava a cabeça.

— Apesar de tudo?

— Apesar de tudo. — Ela sorriu. — Colar de pérolas incluído.

— Já esteve nessa pensão?

— Você faz muitas perguntas. E todas são estúpidas.

Havia levantado uma das mãos e colocado os dedos nos lábios ressecados de Max. Um toque suave, repleto de presságios singulares.

— Claro que estive — disse, depois de um instante. — E tem um quarto com um espelho grande na parede. Perfeito para olhar.

A persiana era de lâminas de madeira horizontais, espaçadas. O sol da tarde penetrava pelas ranhuras, projetando uma sucessão de faixas de luz e sombra na cama e no corpo adormecido da mulher. Ao seu lado, procurando não acordá-la, Max virou o rosto e ficou estudando seu perfil atravessado por um traço de sol, a boca entreaberta e as narinas agitadas pausadamente pela respiração leve, os seios nus com mamilos escuros e, no meio deles, minúsculas gotas de suor abrilhantadas pelas faixas de luz. E a superfície da pele macia, decrescendo sobre o ventre e se bifurcando nas coxas, abrigando o sexo que ainda deixava cair em gotas, mansamente, sobre o lençol que cheirava à carne e ao suor suave de longos abraços, o sêmen do homem.

Levantando um pouco a cabeça no travesseiro, Max olhou mais além, contemplando os corpos imóveis no grande espelho da parede, com o mercúrio tisnado pelo tempo e pelo descaso, combinando com o quarto e seus móveis medíocres: uma cômoda, um bidê e uma bacia, um abajur empoeirado e fios elétricos retorcidos e presos com isoladores de porcelana à parede, na qual um desbotado cartaz turístico convidava, com pouca convicção — um pôr do sol amarelo entre pinheiros violeta —, a visitar Villefranche. Um daqueles quartos, enfim, que pareciam adequados para caixeiros-viajantes, fugitivos da justiça, suicidas ou amantes. Se a mulher não estivesse adormecida ao seu lado e as faixas de sol não penetrassem pela persiana, Max teria ficado deprimido; ele recordava lugares semelhantes que visitara não por capricho, mas por necessidade. No entanto, quando cruzaram o umbral da pensão, Mecha parecera conformada, satisfeita com o sórdido quarto sem água corrente e a zeladora sonolenta que lhes entregara a chave depois de receber 40 francos sem pedir documentos nem fazer perguntas. Sua voz ficara mais rouca e sua pele mais morna nem bem tinham fechado a porta; e Max se surpreendeu quando ela, na metade de um comentário seu sobre a vista agradável que, uma vez aberta a janela, compensaria o triste aspecto do quarto, situou-se muito perto, a boca entreaberta como se sua respiração estivesse alterada, e interrompeu a conversa tática dele tirando a camiseta listrada, levantando os braços, descobrindo com o movimento os seios mais pálidos do que o resto da pele exposta ao sol.

— Você é bonito de doer.

Estava com o torso completamente nu e, levantando uma das mãos, afastou seu rosto para um lado, empurrou seu queixo com um dedo e continuou observando-o.

— Hoje estou sem o colar — acrescentou depois de um instante, em voz muito baixa.

— Que pena — conseguiu dizer ele.

— Você é um canalha, Max.

— Sim... Às vezes.

Depois tudo transcorreu de uma maneira metódica, em uma complexa sucessão de carne, saliva, tato e umidade adequada. Quando ela atirou longe sua última peça de roupa com um movimento brusco dos pés e se esticou na cama da qual Max acabara de retirar a colcha, ele constatou que Mecha estava extraordinariamente excitada, preparada para recebê-lo no ato. Aparentemente, concluiu, aquele quarto fazia milagres. Mas não havia pressa, disse a si mesmo, procurando manter o pouco de lucidez que ainda lhe restava. Por isso tentou prolongar as etapas iniciais; tinha consciência de que o desejo que explodia em seus nervos e músculos com sacudidas dolorosas — apertava os dentes até rangerem, resfolegando de prazer e fúria contida — poderia lhe pregar uma peça. Não seria possível resolver nove anos em trinta minutos. De modo que usou sua integridade e experiência para prolongar a situação, as carícias, as investidas, a violência quase extrema que ela às vezes adotava — esbofeteou-o duas vezes quando tentava dominá-la —, os gemidos de prazer e as respirações entrecortadas que procuravam ar entre duas carícias, duas ou vinte formas diferentes de beijar, lamber e morder. Max esquecera o espelho da parede, mas ela não; e acabou surpreendendo os olhares que lhe dirigia, o rosto virado para um lado enquanto ele se dedicava a seu corpo e a sua boca, olhando-se e olhando-o, até que Max também virou o rosto e se viu ali, envolvido no que parecia uma luta cruel, o dorso tenso em cima do corpo de mulher, os braços tão crispados que os músculos e os tendões pareciam prestes a explodir enquanto tentava imobilizá-la e se controlar; ela se debatia com ferocidade animal, mordendo e batendo até que, de repente, seus olhos fixos nele através do espelho, atenta a sua reação, ofereceu-se, submissa, obediente, acolhendo-o por fim, ou de novo, na carne porosa de prazer, com claudicações cada vez mais longas, abandonando-se a um antiquíssimo ritual de entrega absoluta. E depois que Max se havia olhado e a olhara no espelho, ele virou o rosto e voltou a observá-la de perto, a imagem real a não mais de 5 centímetros de seus olhos e de seus lábios, e percebeu nas íris cor de mel um relâmpago brincalhão e na boca um sorriso desafiador que desmentia tudo: o aparente domínio do homem e sua própria entrega. Então Max se abandou enfim ao desejo; como um gladiador derrotado, afundou seu rosto no pescoço da mulher, perdeu a noção de tudo o que o cercava e se derramou lenta e intensamente, por fim indefeso, no ventre escuro e cálido de Mecha Inzunza.

10. Som de marfim

Max não tivera uma boa noite. Conheci melhores, pensou de manhã ao sair do cochilo que turvara seu sono. Continuou pensando enquanto passava a Braun elétrica pelo queixo, contemplando no espelho do banheiro do hotel as olheiras em seu rosto cansado, as marcas de inquietação recém-acrescentadas aos estragos do tempo e da vida. Adicionando, de maneira inoportuna, fracassos, impotências e surpresas de última hora, novas incertezas, quando quase tudo parecia liquidado, ou pelo menos era o que achava: quando já era muito tarde para colocar novas etiquetas no que vivera. Durante o sono desconfortável da noite passada, enquanto se remexia entre os lençóis no fio intermitente do torpor e da lucidez, pensou várias vezes que ouvia as velhas certezas desabando com o estrépito de uma pilha de louça que caía no chão. Poucas horas atrás acreditara ter se salvado de sucessivos naufrágios, mas todo o fruto de sua vida aventureira consistia de certa indiferença frívola, adotada como se fosse uma amável serenidade. No entanto, esse fatalismo tranquilo, seu último refúgio, o estado de espírito que até ontem fora seu único patrimônio, acabara de se esfumar feito migalhas. Dormir tranquilo, com a quietude de um veterano corredor fatigado, era o último privilégio do qual, até sua última conversa com Mecha Inzunza no jardim do hotel, Max acreditava desfrutar em sua idade, sem que a vida o disputasse.

Seu primeiro impulso, o velho instinto ao farejar o perigo, foi fugir: terminar imediatamente aquela absurda aventura sem sentido — negava-se a qualificá-la de romântica, pois sempre detestara essa palavra — e voltar ao seu trabalho na Villa Oriana antes que tudo ficasse mais complicado e o caminho se desfizesse sob seus pés. Esquecer com uma careta de perdedor o que fora em outros tempos, admitir o que era agora e aceitar o que jamais poderia ser. No entanto, há impulsos, concluiu. Há instintos, curiosidades, que às vezes levam os homens a se perder e outras fazem a bolinha cair na casinha adequada da roleta. Caminhos que, apesar dos avisos da prudência mais elementar, são impossíveis de evitar quando se oferecem aos olhos. Quando tentam seduzir com respostas a perguntas jamais formuladas.

Uma dessas respostas poderia estar na sala de bilhar do hotel Vittoria. Passou um tempo procurando-a e o surpreende que o lugar seja esse. Foi Emil Karapetian quem o levou até lá, quando Max lhe perguntou se havia visto Jorge Keller. Encontraram-se há pouco no terraço: o armênio tomava o café da manhã com Irina, com tal normalidade — ela cumprimentou Max com um sorriso amável — que é evidente que a analista ignora que descobriram sua conexão com os russos.

— Bilhar? — Max se surpreendeu. Aquilo tinha pouco a ver com a imagem que construíra de um jogador de xadrez.

— Faz parte de seu treinamento — esclareceu Karapetian. — Às vezes corre ou pratica natação. Outras se tranca para fazer carambolas.

— Nunca poderia imaginar.

— Nós tampouco. — O armênio encolheu os poderosos ombros, com pouco humor. Max percebe que evitava ficar olhando por muito tempo para Irina. — Mas Jorge é assim.

— E joga sozinho?

— Quase sempre.

A sala de bilhar fica no térreo, depois da sala de leitura: um espelho que duplica a luz de uma janela aberta ao terraço, um marcador com estante para os tacos e uma mesa de bilhar francês sob uma luminária de latão estreita e horizontal. Inclinado sobre a mesa, Jorge encaçapa carambola após carambola; o único som é o da ponta almofadada do taco, muito mais suave, e o das bolas quando se chocam com precisão quase monótona. Parado na porta, Max observa o enxadrista: está concentrado e aplica um golpe exato a cada instante, encadeando jogadas de maneira automática, como se cada triplo entrechoque do marfim deixasse preparado o seguinte sobre o pano verde em uma sucessão que, se quisesse, poderia prolongar infinitamente.

Max escruta o jovem com avidez, registrando até os menores detalhes, querendo entender como fora possível que tanto lhe tivesse passado despercebido em ocasiões anteriores. A princípio, por mero reflexo defensivo, procura em sua memória os traços distantes e confusos de Ernesto Keller, o diplomata chileno que conhecera no outono de 1937, no jantar na casa de Susana Ferriol — lembra que era louro, distinto e agradável —, e tenta aplicá-los à aparência de quem, oficialmente, é seu filho. Depois tenta combinar essa recordação com a de Mecha Inzunza, seu aspecto 29 anos atrás, o que transmitiu geneticamente ao filho que agora está imóvel diante da mesa, estudando a posição das bolas e passando um pedaço de giz na ponta do taco. Esbelto, alto, de porte ereto. Como sua mãe, naturalmente. Mas também como o próprio Max em outros tempos. Seu aspecto e sua altura são parecidos. E é verdade, conclui, sentindo um repentino vazio no estômago, que os cabelos pretos e espessos que cobrem a testa do jovem quando ele se inclina sobre a mesa de bilhar não são parecidos com os de Mecha Inzunza — desde o *Cap Polonio* Max lembra que são castanho-claros, quase louros — nem com os do homem que lhe deu um sobrenome. Se o enxadrista se penteasse para trás, com brilhantina, como Max quando os seus eram tão pretos e espessos como os dele, aqueles cabelos seriam idênticos aos seus. Aqueles que exibia quando tinha a mesma idade e passava a mão pela têmpora, alisando-os antes de caminhar lentamente ao ritmo da orquestra, dar uma suave sapateada e, com um sorriso nos lábios, convidar uma mulher para dançar.

Não é possível, conclui irritado, afastando a ideia. Ele nem sequer sabe jogar xadrez. Está furioso consigo mesmo por continuar ali, parado no umbral do salão de bilhar, vendo a si mesmo nos traços de outro. Essas coisas só acontecem no cinema, no teatro e nas novelas de rádio. Se fosse verdade, teria sentido alguma coisa na primeira vez que vira o jovem ou conversara com ele. Perceberia alguma coisa vibrar em seu âmago: um sinal, um tremor. Ou uma simples recordação. É difícil acreditar que os instintos naturais sejam insensíveis a fatos desse calibre. A supostas evidências. A voz do sangue, como diziam os velhos melodramas envolvendo um milionário e uma pequena órfã. Mas Max não ouviu tal voz em nenhum momento. Nem sequer a está ouvindo agora, ofuscado por uma desoladora certeza de erro inexplicável, de incômoda inquietação, que o turva como nunca antes em sua vida. Nada disso é possível. Esteja Mecha Inzunza mentindo ou não — e o mais provável é que minta —, aquela história não passa de um enorme, perigoso, disparate.

— Bom dia.

Não tem dificuldade de iniciar uma conversa. Nunca teve, em nenhuma circunstância, e o bilhar é um assunto que se presta a isso. Max se vira bem desde os tempos de Barcelona; à época era mensageiro de um hotel e apostava 3 pesetas das gorjetas jogando *chapeau* no salão de bilhar de um tugúrio do Bairro Chinês: mulheres na porta, cafetões com prendedores de gravata ou suspensórios de elásticos, peles engorduradas de suor e fumaça sob a luz esverdeada que luminárias sujas de moscas projetavam nos tapetes, cigarros fumegantes nas mãos que orientavam os tacos, sons de carambolas e imprecações ou blasfêmias que às vezes não tinham nada a ver com o jogo, mas com os ruídos que vinham de fora, e aí o local ficava em silêncio e ouviam-se pés correndo em alpargatas, apitos de policiais, tiros disparados por pistolas sindicalistas, o barulho de culatras de fuzil apoiando-se no chão.

— Você joga bilhar, Max?

— Um pouco.

Jorge Keller tem um perfil simpático, acentuado pela mecha que cai sobre sua testa, e um ar desenvolto, informal. No entanto, o sorriso com que recebe o recém-chegado contrasta com seu olhar distante, atento aos golpes e às sucessivas combinações das três bolas de marfim.

— Pegue um taco, se quiser.

É um bom jogador, constata Max. Sistemático e seguro. Talvez o fato de ser enxadrista tenha a ver com isso: visão de conjunto ou do espaço, concentração e outras coisas que costumam caracterizar tal tipo de gente. A verdade é que o jovem encadeia carambolas com uma facilidade desconcertante, como se fosse capaz de calculá-las antes que fiquem nas posições adequadas, com muitos golpes de antecipação.

— Não sabia que também era bom nisto.

— Prefiro que me fale de você — responde Keller.

— Não sabia que jogava bem bilhar.

— Na verdade não jogo bem. Não é a mesma coisa jogar sozinho e contra outro, na modalidade três tabelas.

Max vai até a estante e escolhe um taco.

— Podemos continuar com a série americana? — pergunta o jovem.

— Como quiser.

O outro assente e continua jogando. Dá tacadas suaves e encadeia carambola com carambola ao longo de uma tabela, sempre procurando deixar as bolas o mais próximas possível.

— É uma forma de me concentrar — comenta, sem levantar os olhos do jogo. — De pensar.

Max o observa, interessado.

— Quantas carambolas você está vendo?

— É engraçado que pergunte isso. — Keller sorri. — Percebe-se muito?

— Não sei nada de xadrez, mas deve ser uma coisa parecida, suponho. Antecipar jogadas ou carambolas.

— Estou vendo pelo menos três. — O jovem aponta as bolas, os ângulos e as tabelas. — Ali e ali... Talvez cinco.

— É mesmo parecido com o xadrez?

— Não é que seja parecido. Mas há alguma coisa em comum. Para cada situação, existem várias possibilidades. Tento prever os próximos movimentos e viabilizá-los. Como no xadrez, é uma questão de pensamento lógico.

— Você treina assim?

— Chamar isso de treinamento é um exagero... Faz bem. Ajuda a exercitar a mente com um mínimo de esforço.

Para depois de errar uma carambola fácil. É evidente que errou por cortesia: as bolas não estão muito distantes. Max alonga o taco e se inclina sobre a mesa, bate e faz o marfim soar suavemente. Por cinco vezes a bola intermediária vai e volta da tabela elástica traçando um ângulo exato a cada batida.

— Você também está à vontade — comenta o jovem. — Jogou muito?

— Um pouco, quando era muito mais jovem.

Max erra a terceira carambola. Keller passa giz no seu taco e se inclina sobre a mesa.

— Passamos a três tabelas?

— De acordo.

As bolas se entrechocam com mais força. O jovem encadeia quatro carambolas e, na última, envia, deliberadamente, a bola tacadeira de Max a um ponto difícil em relação às outras duas.

— Conheci seu pai... — Max estuda a tripla posição com olho crítico. — Há muito tempo, na Riviera.

— Vivemos pouco tempo com ele. Minha mãe se divorciou logo.

Max dá um golpe seco com o taco, tentando jogar sua bola em sentido inverso, pelo lado oposto das outras.

— Quando o conheci, você ainda não tinha nascido.

O outro não responde. Permanece calado enquanto Max faz uma segunda carambola e, diante da dificuldade de uma terceira, deixa a bola tacadeira de Keller em má posição, encurralada em um ângulo.

— Irina... — começa a dizer Max.

O outro, que está levantando a extremidade do taco para fazer uma jogada de efeito, interrompe o movimento e olha para Max como se estivesse se perguntando o que ele sabe.

— Conheço sua mãe há muitos anos. — Ele se justifica.

Keller move várias vezes o taco de cima a baixo, quase roçando a bola, como se não se decidisse a executar a jogada.

— Eu sei — responde. — Desde Buenos Aires, quando era casada com o outro marido.

Golpeia finalmente, inseguro. Erra. Observa por um momento a mesa e, por fim, vira-se para Max, sombrio. Quase o responsabilizando pelo seu erro.

— Não sei o que minha mãe lhe contou sobre Irina.

— Muito pouco... O suficiente.

— Deve ter seus motivos. Mas o que se refere a mim não lhe diz respeito. Suas conversas com minha mãe não são problema meu.

— Não pretendia...

— Claro. Sei que não pretendia.

Max estuda as mãos do jovem: finas, dedos longos. A unha do indicador ligeiramente arredondada, como a sua.

— Quando você era criança, ela...

Keller ergue o taco, interrompendo-o.

— Posso ser sincero, Max? Estou aqui jogando meu futuro. Tenho meus próprios problemas, pessoais e profissionais. E de repente surge você, de quem minha mãe nunca havia falado. E parece que vocês têm, por alguma razão que ignoro, uma grande afinidade.

Deixa as últimas palavras no ar e olha para a mesa de bilhar como se acabasse de se lembrar de que está ali. Max pega a bola vermelha, que está mais próxima, sopesa-a distraidamente e volta a colocá-la em seu lugar.

— Ela não lhe disse mais nada a meu respeito?

— Muito pouco: um velho amigo da época do tango... Essas coisas. Não sei se tiveram um romance ou não naquela época. Mas a conheço, e sei quando alguém é especial para ela. Isso não costuma acontecer. — Embora não seja sua vez, Keller se inclina sobre a mesa, dá uma tacada, e a bola bate em três tabelas antes de fazer uma carambola limpa. — No dia em que o encontrou, minha mãe não pregou o olho a noite toda. Ouvi-a ir e vir... Na manhã seguinte, seu quarto cheirava a tabaco como nunca, e os cinzeiros estavam cheios de guimbas.

As bolas de marfim se entrechocam com suavidade. Concentrado, Keller joga os cabelos para trás, passa a ponta do taco no dorso da mão apoiada no pano e bate de novo. Nunca fica nervoso, disse Mecha na última vez em que conversaram sobre ele. Não tem sentimentos negativos nem sabe o que é tristeza. Simplesmente joga xadrez. E isso é uma coisa sua, Max; não minha.

— Você vai entender minha desconfiança — diz o jovem. — Tenho mais problemas do que sou capaz de administrar.

— Ouça. Eu nunca pretendi... Só estou hospedado aqui. Trata-se de uma coincidência extraordinária.

Keller não parece ouvir. Estuda a bola tacadeira, que ficou em uma posição difícil.

— Não quero ser descortês... É amável. Todo mundo gosta de você. E, como disse, minha mãe parece apreciá-lo muito, embora de maneira estranha. Mas há alguma coisa que não me convence. Da qual não gosto.

A batida do taco, violenta desta vez, assusta Max. As bolas se espalham batendo em várias tabelas e ficam em uma posição impossível.

— Talvez seja sua maneira de sorrir — acrescenta Keller. — Com a boca, quero dizer. Os olhos parecem ir para outro lado.

— Pois você sorri de maneira parecida.

Max se arrepende logo depois de ter dito isso. Para dissimular a irritação pela sua falta de jeito, finge estudar as bolas com muita atenção.

— Por essa razão estou lhe dizendo isso — responde Keller, objetivo. — É como se já tivesse visto esse sorriso.

Fica calado por um momento, avaliando seriamente o que acabara de dizer.

— Ou talvez — acrescenta — seja pela maneira como minha mãe às vezes olha para você.

Dissimulando sua perturbação, Max se inclina sobre a mesa, bate nas três tabelas e erra.

— Melancolia? — Keller passa o giz na ponta de seu taco. — Tristeza cúmplice...? Podem ser essas as palavras?

— Talvez. Não sei.

— Não gosto desse olhar da minha mãe. Como pode haver cumplicidade na tristeza?

— Também não sei.

— Gostaria de saber o que aconteceu entre vocês. Embora este não seja o lugar adequado, nem o momento.

— Pergunte a ela.

— Já perguntei... "Ah, Max", ela se limita a dizer. Quando resolve fechar o jogo, ela é como um relógio dentro de um congelador.

294

De maneira brusca, como se de repente tivesse perdido o interesse em jogar, o jovem deixa o giz na beira da mesa. Depois se aproxima da estante da parede e coloca seu taco no lugar.

— Antes tínhamos falado de prever carambolas, ou movimentos — diz depois de um silêncio. — E isso me acontece quando o vejo, desde que o vi chegar: há alguma coisa em jogo que me leva a desconfiar. Já tenho muitas ameaças em volta de mim... Gostaria de lhe pedir que sumisse da vida da minha mãe, mas isso seria ultrapassar meus limites. Longe de mim. Por isso vou pedir que se afaste da minha.

Max, que também abandonou seu taco, faz um gesto de protesto cortês.

— Em nenhum momento pretendi...

— Acredito. Sim. Mas dá no mesmo... Mantenha distância, por favor. — Keller aponta a mesa de bilhar como se o duelo com Sokolov fosse ser decidido ali mesmo. — Pelo menos até que isso acabe.

No oriente, mais além do farol do porto de Nice e do monte Boron, havia nuvens dispersas que se agrupavam lentamente sobre o mar. Inclinado para acender seu cachimbo, protegendo-o da brisa, Fito Mostaza soltou umas baforadas de fumaça, dirigiu um olhar ao horizonte nublado e piscou um olho para Max atrás das lentes dos óculos de tartaruga.

— O tempo vai mudar.

Estavam embaixo da estátua do rei Carlos Félix, perto da grade de ferro que se estendia ao longo da estrada da qual se avistava o porto. Mostaza havia combinado de se encontrar com Max em um pequeno botequim que estava fechado quando este chegou; de maneira que ficou esperando na rua, olhando os barcos amarrados no cais, os edifícios altos ao fundo e o imenso letreiro publicitário das galerias Lafayette. Depois de 15 minutos, viu Mostaza chegar: sua figura miúda e ágil aproximava-se sem pressa pela ladeira de Rauba-Capeù, o chapéu jogado para trás com displicência, o paletó aberto em cima da camisa com gravata-borboleta, as mãos nos bolsos da calça. Ao ver que o boteco estava fechado, Mostaza fez um gesto de silenciosa resignação, tirou a bolsa impermeável do bolso e começou a encher o cachimbo. Depois, postou-se ao lado de Max e olhou em volta com um ar vagamente curioso, como se checasse o que estivera olhando enquanto esperava.

— Os italianos estão ficando impacientes — comentou Max.

— Você esteve de novo com eles?

Max teve certeza de que Mostaza já sabia de antemão qual seria a resposta a essa pergunta.

— Ontem conversamos um pouco.

— Sim — disse o outro depois de um instante, entre duas tragadas no cachimbo. — Ouvi falar alguma coisa.

Olhava pensativo para os barcos amarrados, os fardos, os barris e as caixas empilhados ao longo da via férrea que atravessava os cais. Depois, sem afastar os olhos do porto, meio que se virou.

— Já se decidiu?

— O que fiz foi revelar sua proposta.

— É natural. — Mostaza exibia um sorriso filosófico em torno da haste do cachimbo. — Defende-se como pode. Posso entendê-lo.

— Fico feliz de vê-lo tão compreensivo.

— Somos todos humanos, meu amigo. Com nossos medos, nossas ambições e nossas cautelas... Como reagiram·à revelação?

— Não disseram nada a respeito. Ouviram com atenção, se entreolharam e começamos a falar de outra coisa.

O outro assentiu, aprovando.

— Bons rapazes. Profissionais, claro. Se estavam esperando... Dá prazer trabalhar com gente assim. Ou contra eles.

— Comemoro tanto o *fair play* — ironizou Max, amargo. — Vocês três poderiam se encontrar e fazer um acordo, ou desferir algumas punhaladas amistosas, entre colegas. Simplificariam muito minha vida.

Mostaza começou a rir.

— Cada coisa em seu momento, querido amigo... Mas me diga, como você se decidiu, finalmente? Fascismo ou República?

— Ainda estou pensando.

— Lógico. Mas o tempo está acabando. Quando pretende entrar na casa?

— Dentro de três dias.

— Por algum motivo em especial?

— Um jantar na casa de alguém. Soube que Susana Ferriol ficará ausente por várias horas.

— E os empregados?

— Deixe comigo, eu me viro.

Mostaza o olhava fumando o cachimbo, como se avaliasse a pertinência de cada resposta. Depois tirou os óculos, puxou um lenço do bolso superior do paletó e começou a limpá-los com muito cuidado.

— Vou lhe pedir um favor, Sr. Costa... Não importa o que decida, diga a seus amigos que, finalmente, resolveu trabalhar para eles. E lhes dê todos os detalhes a meu respeito.

— Está falando sério?

— Completamente.

Mostaza olhou os óculos contra a luz e voltou a colocá-los, satisfeito.

— Mais uma coisa — acrescentou. — Quero, realmente, que trabalhe para eles. Jogo limpo.

Max, que havia tirado e aberto a cigarreira, parou no meio do movimento.

— Está querendo dizer que devo entregar os documentos aos italianos?

— Isso. — O espião encarava com naturalidade seu olhar espantado. — Afinal de contas, eles montaram a operação. E estão bancando as despesas. Parece-me correto, não?

— E o que acontecerá com você?

— Ah, não se preocupe. Eu sou coisa minha.

Max voltou a guardar a cigarreira sem tirar nenhum cigarro. Havia perdido a vontade de fumar e até mesmo de continuar em Nice. Pensava em qual seria a pior armadilha. Em que pedaço desta teia de aranha ficarei preso? Onde serei devorado?

— Me chamou aqui para me dizer isso?

Mostaza tocou ligeiramente seu cotovelo, convidando-o a se aproximar mais da grade de ferro que protegia a rampa do porto.

— Venha. Olhe. — O tom era quase afetuoso. — Ali embaixo fica o cais Infernet... Você sabe quem era o tal do Infernet? Um marinheiro de Nice que esteve em Trafalgar, comandando o *Intrépide*. Recusou-se a fugir com o almirante Dumanoir e combateu até o fim... Está vendo aquele navio mercante amarrado no cais?

Max disse que sim, que estava vendo; era um cargueiro de casco preto e chaminé com duas listras azuis. E imediatamente, em poucas palavras, Mostaza resumiu a história daquele navio. Seu nome era *Luciano Canfora* e carregava nos porões material bélico destinado às tropas de Franco: sal amoníaco, algodão e barras de latão e cobre. Deveria zarpar dentro de poucos dias para Palma de Mallorca e era bem provável que Tomás Ferriol tivesse financiado toda a operação. Tudo fora organizado, acrescentou Mostaza, por um grupo de agentes franquistas baseado em Marselha que operava uma estação de ondas curtas que ficava a bordo de um iate ancorado em Montecarlo.

— Por que está me contando isso? — perguntou Max.

— Porque esse barco e você têm coisas em comum. Seus fretadores acreditam que chegará a seu destino nas ilhas Baleares; ignorando que, a não ser que as coisas se compliquem muito, atracará no porto de Valência. Estou tentando convencer o capitão e o chefe de máquinas de que é melhor para eles, sob qualquer perspectiva, aderir à República... Como pode ver, prezado Costa, o senhor não é o único motivo de minhas preocupações.

— Ainda não consegui entender por que está me contando isso.

— Porque é verdade... E porque tenho certeza de que, em um de seus ataques de prudente sinceridade, o senhor contará tudo isso aos seus amigos italianos na primeira oportunidade.

Max tirou o chapéu e passou uma das mãos nos cabelos. Apesar das nuvens que se agrupavam sobre o mar e da brisa oriental, sentia muito calor. Repentino e incômodo.

— Está brincando, naturalmente.

— Nem um pouco.

— Isso não colocaria sua operação em risco?

Mostaza apontou o peito de Max com a haste do cachimbo.

— Querido amigo, isso faz parte da própria operação. Cuide de sua saúde e deixe que eu encaixe os bilros... Só lhe peço que continue sendo o que foi até agora: um bom rapaz, leal a todos que se aproximam, que tenta se safar desse embrulho da melhor maneira que pode. Ninguém poderá censurá-lo por nada. Tenho certeza de que os italianos vão gostar de sua franqueza, assim como eu.

Max estudou-o com desconfiança.

— Ocorreu-lhe que poderiam querer assassiná-lo?

— Ora, é claro que me ocorreu. — O outro ria entre os dentes, como se aquilo fosse óbvio. — Em meu ofício, trata-se de um fator de risco adicional.

Depois parou e ficou calado. Quase sonhador. Contemplou por um momento o *Luciano Canfora* e se virou para Max. Em contraste com a gravata-borboleta, seu sorriso recordava o de um furão, um cachorro do mato, com experiência em farejar todo tipo de covil.

— O que acontece é que às vezes, neste tipo de história — acrescentou, tocando a cicatriz que tinha embaixo da mandíbula —, quem morre são os outros. E você mesmo, em sua modéstia, pode ser tão perigoso como qualquer um. A você, por exemplo, nunca ocorreu ser perigoso?

— Não muito.

— Pena. — Examinava-o com curiosidade renovada, como se acabasse de descobrir nele um detalhe que lhe passara despercebido. — Estou vislumbrando alguma coisa em seu caráter, quer saber...? Certo temperamento.

— Talvez não precise dele; me viro bem sendo pacífico.

— Sempre foi?

— Basta me olhar.

— Eu o invejo. De verdade. Eu também gostaria de ser assim.

Mostaza deu um par de tragadas infrutíferas no cachimbo e, tirando-o da boca, contemplou contrariado o fornilho.

— Quer saber de uma coisa? — continuou, enquanto apalpava os bolsos. — Certa vez passei uma noite inteira em um vagão da primeira classe, conversando com um cavalheiro distinto. Além do mais, um sujeito muito simpático. O senhor me lembra ele... Nós nos demos muito bem. Às cinco da madrugada olhei o relógio e achei que já sabia o suficiente. Então fui ao corredor para fumar o cachimbo e alguém que estava esperando do lado de fora entrou na cabine e deu um tiro na cabeça do cavalheiro distinto e simpático.

Havia puxado uma caixinha de fósforos e acendia de novo o cachimbo, concentrado na operação.

— Deve ser maravilhoso, não é mesmo? — comentou, sacudindo o palito de fósforo para apagá-lo.

— Não sei a que se refere.

O outro o olhava com interesse, soltando densas baforadas de fumaça.

— Você sabe alguma coisa de Pascal? — perguntou, inesperadamente.

— Tanto como de espiões — admitiu Max. — Ou menos.

— Foi um filósofo... Observem o poder das moscas, elas ganham batalhas, escreveu.

— Não compreendo o que quer dizer.

Mostaza esboçou um sorriso de apreço, irônico e melancólico ao mesmo tempo.

— Acredite que o invejo. Estou falando sério... Ser esse terceiro homem indiferente que fica olhando a paisagem deve ser uma coisa tranquilizadora. Assim como pretender ser sincero com todos, sem tomar partido, e depois dormir satisfeito, sozinho ou acompanhado. Nisso eu não me meto... Mas feliz da vida.

Max se agitou, exasperado. Estava com vontade dar um soco naquele sorriso gelado, absurdamente cúmplice, que estava a três palmos de seu rosto. Mas entendeu que, apesar da aparência frágil de seu proprietário, aquele sorriso não era o de uma pessoa que aceitasse levar um soco com facilidade.

— Ouça — disse. — Vou ser grosseiro.

— Não se preocupe, homem. Vá em frente.

— Estou cagando para sua guerra, seus navios e suas cartas do conde Ciano.

— Louvo sua franqueza — concedeu Mostaza.

— Não me importa que a louve. Está vendo este relógio? Está vendo este terno costurado em Londres? Está vendo minha gravata comprada em Paris...? Tive de me esforçar muito para conseguir tudo isso. E encarar tudo com naturalidade. Suei sangue para chegar até aqui... E agora, quando cheguei, muitas pessoas, de uma forma ou de outra, estão empenhadas em encher meu saco.

— Compreendo... Sua ambicionada e lucrativa Europa está murchando como um lírio podre.

— Então me deem um tempo, porra. Quero desfrutá-la um pouco.

Mostaza parecia meditar sobre aquilo, neutro.

— Sim — admitiu. — Pode ser que tenha razão.

Com as mãos apoiadas na grade, Max se inclinava para fora, sobre o porto, como se tentasse respirar a maior quantidade possível do ar que vinha do mar. Limpar os pulmões. Mais além de La Réserve, a casa de Susana Ferriol podia ser identificada sobre as rochas à beira-mar, à distância, entre as casas brancas e ocres que salpicavam a ladeira verde do monte Boron.

— Vocês me envolveram em uma coisa de que não gosto — disse, depois de um instante. — E a única coisa que eu quero fazer é terminar de uma vez. Perder todos de vista.

Mostaza estalou a língua, comiserativo.

— Pois tenho más notícias — disse. — Será impossível nos perder de vista. Nós somos o futuro, assim como as máquinas, os aviões, as bandeiras vermelhas, as camisas negras, azuis ou pardas... Você está chegando muito tarde a uma festa fadada a morrer. — Apontou com o cachimbo as nuvens que continuavam se agrupando sobre o mar. — Uma tormenta está se formando ali, muito perto. Essa tempestade varrerá tudo e, quando acabar, nada voltará a ser o que era. Então de pouco lhe servirão estas gravatas compradas em Paris.

— Não sei se Jorge é meu filho — diz Max. — Na verdade não tenho uma maneira de saber.

— Claro que não — responde Mecha Inzunza. — A única coisa que você tem é a minha palavra.

Estão sentados à mesa de um terraço da Piazzeta de Capri, ao lado das grades da igreja e da torre do relógio que se ergue sobre a calçada que sobe do porto. Chegaram no meio da tarde, no barquinho que faz o trajeto de meia hora partindo de Sorrento. Foi ideia de Mecha. Jorge está descansando, disse, e faz anos que não vou à ilha. E convidou Max para acompanhá-la.

— Naquela época, você... — começa a dizer ele.

— Havia outros homens, está querendo dizer.

Max não responde imediatamente. Continua observando as pessoas que ocupam as mesas próximas ou passeiam devagar contra a luz do sol poente. Das mesas contíguas chegam retalhos de conversas em inglês, italiano e alemão.

— Inclusive o outro Keller estava lá — observa, como se concluísse um longo e complexo raciocínio. — O pai oficial.

Mecha sorri com desdém. Brinca com as pontas do lenço de seda que está em seu pescoço, em cima do suéter cinza e das calças pretas que moldam suas pernas, longas e mais delgadas do que há 29 anos. Calça sapatos Pilgrim pretos sem fivela e no respaldo de sua cadeira está pendurada uma bolsa de lona e couro.

— Ouça, Max. Não tenho nenhum interesse em que você assuma a paternidade, a esta altura de nossas vidas.

— Não pretendo...

Ela levanta uma das mãos, interrompendo-o.

— Imagino o que pretende ou não. Limitei-me a responder a uma pergunta sua... Por que devo fazê-lo, dizia. Por que devo me arriscar roubando o livro dos russos.

— Eu não estou para essas piruetas.

— Talvez.

Mecha estica a mão com um gesto distraído para a taça de vinho que está perto da de Max, em cima da mesa. Ele observa de novo a pele murcha devido à idade, como a sua própria. As marcas da velhice no dorso.

— Você era mais interessante quando corria riscos   - acrescenta ela, pensativa.

— E muito mais jovem — responde Max sem titubear.

Olha para ele, irônica.

— Você mudou tanto assim? Ou mudamos...? Nada daquele formigamento na ponta dos dedos? O coração batendo mais depressa do que o normal?

Fica observando o gesto de elegante resignação que ele faz como resposta: um movimento que combina com o suéter azul colocado com calculado descuido sobre os ombros da camiseta polo de algodão branco, as calças cinza de linho, os cabelos grisalhos penteados para trás como outrora, com uma risca impecável.

— Fico me perguntando como você conseguiu — acrescenta a mulher. — Que golpe de sorte lhe permitiu mudar de vida... E como ela se chamava. Ou elas. As que bancaram as despesas.

— Não houve nenhuma ela. — Max inclina um pouco a cabeça, incomodado. — Sorte, nada mais. Foi você quem disse.

— Uma vida resolvida.

— É verdade.

— Como sonhava.

— Nem tanto. Mas não me queixo.

Mecha olha para a escada que vai da Piazzetta ao palácio Cerio, como se procurasse um rosto conhecido no meio das pessoas que circulam por ali.

— Ele é seu filho, Max.

Silêncio. A mulher bebe o resto do vinho com goles curtos, quase pensativa.

— Não pretendo lhe cobrar nada — diz depois de um momento. — Você não é responsável pela vida dele nem pela minha... Limitei-me a lhe dar um motivo para ajudá-lo. Uma coisa válida.

Max aparenta se preocupar com os vincos de suas calças, querendo não parecer perturbado.

— Você o fará, de verdade? — pergunta Mecha.

— Talvez suas mãos... — admite ele, finalmente. — Os cabelos também são parecidos com os meus... E talvez haja alguma coisa na sua maneira de se movimentar.

— Pare de pensar nisso, por favor. É pegar ou largar. Mas pare de ser patético.

— Não sou patético.

— É sim. Um velho patético, tentando se livrar de uma carga tardia e inesperada. Quando não existe carga nenhuma.

Ficou em pé, pegou a bolsa e olhou para o relógio da torre.

— Um *vaporetto* sai às sete e quinze. Podemos dar um último passeio.

Max coloca os óculos de leitura e lê a conta. Depois os enfia no bolso da calça, puxa a carteira e deixa duas notas de mil liras na mesa.

— Jorge nunca precisou de você — diz Mecha. — Tinha a mim.

— E seu dinheiro. A vida resolvida.

— Isso está parecendo uma reprovação, querido. Embora, se não me falha a memória, você sempre tenha perseguido o dinheiro. Dava-lhe mais importância do que ao resto das coisas possíveis. E, agora que parece tê-lo, tampouco o renega.

Caminham até a amurada de pedra. Limoeiros e vinhedos descem a encosta, avermelhados pela luz que tinge a Baía de Nápoles. O disco do sol começa a afundar no mar e recorta a silhueta distante da ilha de Ísquia.

— No entanto, deixou a oportunidade passar em duas ocasiões... Como pôde ser tão estúpido comigo? Tão tolo, tão cego?

— Acho que estava muito ocupado. Preocupado com a sobrevivência.

— Não teve paciência. Foi incapaz de esperar.

— Você trilhava caminhos diferentes. — Max escolhe as palavras com cuidado. — Lugares que eram incômodos para mim.

— Podia ter mudado isso. Foi covarde... Embora no fim tenha conseguido, sem pretender.

Estremece por um instante como se sentisse frio. Max percebe e lhe oferece o suéter, mas ela o recusa com um movimento de cabeça. Cobre os cabelos curtos e grisalhos com o lenço de seda, amarrando-o embaixo do queixo. Depois se apoia ao lado do homem na amurada de pedra.

— Você me amou alguma vez, Max?

Ele, desconcertado, não responde. Olha com obstinação para o mar avermelhado enquanto tenta afastar, em seu âmago, a palavra remorso da palavra melancolia.

— Oh, como sou tola. — Ela acaricia uma de suas mãos com um toque fugaz. — Claro que sim. Claro que me amou.

Desolação é outra palavra adequada, conclui ele. Uma espécie de lamento úmido, íntimo, pela recordação de tudo o que foi e não é mais. Pelo calor e a carne agora impossíveis.

— Você não sabe o que perdeu ao longo de todos esses anos — continua Mecha. — Ver seu filho crescer. Ver o mundo através de seus olhos, à medida que ele os abria.

— Se fosse verdade, por que eu?

— Por que o tive com você, está querendo dizer?

Não responde imediatamente. O sino da igreja tocou com um tangido que prolonga ecos pelas ladeiras da ilha. A mulher olha de novo para o relógio, afasta-se da amurada e caminha até a estação do teleférico que liga a Piazzetta à Marina.

— Aconteceu — diz quando ele se senta ao seu lado em um banco do vagão; são os únicos passageiros. — Isso é tudo. Tive que decidir, e decidi.

— Ficar com ele.

— É uma boa frase. Ficar com ele. Só para mim.

— O pai...

— Ah, sim, o pai. Como você diz, foi uma coisa adequada. Útil, nos primeiros tempos. Ernesto era um homem bom. Bom para a criança... Depois essa necessidade desapareceu.

Com uma ligeira trepidação, o teleférico desce entre paredes de vegetação e vistas do entardecer na baía. O resto do curto trajeto transcorre em silêncio, quebrado, finalmente, por Max.

— Hoje de manhã conversei com seu filho.

— Que curioso. — Ela parece realmente surpresa. — Almoçamos juntos e não me disse nada.

— Me pediu para me manter à distância.

— O que você esperava...? É um rapaz inteligente. Seus instintos não funcionam apenas para o xadrez. Fareja em você algo estranho. Sua presença aqui e o resto. Na realidade, suponho que o fareja através de mim. Você lhe é indiferente. É minha atitude em relação a você que o deixa em estado de alerta.

Quando chegam ao porto, o sol já se escondera e a Marina começa a se acinzentar de tons e sombras. Caminham ao longo do cais, olhando os botes de pesca fundeados perto da margem.

— Jorge intui que existe um vínculo especial entre nós dois — diz Mecha.

— Especial?

— Velho. Equivocado.

Depois de dizer isso fica calada por um tempo. Max a cerca com prudência, sem se atrever a dizer palavra.

— Antes você me fez uma pergunta — acrescenta ela. — Por que você acha que aceitei ter esse filho?

Agora é Max quem fica em silêncio. Vira-se de um lado para o outro, e acaba sorrindo, confuso, dando-se por vencido. Mas ela continua atenta, esperando uma resposta.

— Na verdade, você e eu... — Ele arrisca, inseguro.

Outro silêncio. Mecha o observa enquanto a luz declina e o mundo parece morrer lentamente ao redor.

— Desde aquele primeiro tango no salão do navio — conclui Max —, a nossa relação foi estranha.

Ela continua observando-o firmemente, agora com um desprezo tão absoluto que ele precisa fazer um esforço quase físico para não afastar a vista.

— Isso é tudo? Estranha, você diz...? Pelo amor de Deus, Max. Eu me apaixonei por você desde que dançamos aquele tango... E fiquei apaixonada durante quase toda minha vida.

Também anoitecia 29 anos atrás, na Baía de Nice, quando Max Costa e Mecha Inzunza caminhavam pelo Passeio dos Ingleses. O céu havia se nublado quase por completo e o último esplendor se apagava velozmente no meio das nuvens escuras, fundindo no mesmo tom a linha inferior do céu e o mar agitado que ressoava nos seixos da praia. Gotas grossas e isoladas, precursoras de uma chuva mais intensa, salpicavam o chão, dando um aspecto triste às folhas imóveis das palmeiras.

— Vou embora de Nice — disse Max.

— Quando?

— Em três ou quatro dias. Quando concluir um negócio.

— Voltará?

— Não sei.

Ela não disse mais nada a respeito. Caminhava com segurança sobre seus saltos apesar do chão úmido, as mãos nos bolsos de um impermeável cinza com um cinto muito apertado que acentuava a elegância de sua postura. Os cabelos recolhidos em uma boina preta.

— Você continuará em Antibes? — questiona Max.

— Sim. Talvez durante todo o inverno. Pelo menos enquanto durar a história da Espanha, esperando ter notícias de Armando.

— Soube de mais alguma coisa?

— Nada.

Max pendurou o guarda-chuva no braço. Depois tirou o chapéu, sacudiu as gotas de chuva e colocou-o de novo na cabeça.

— Pelo menos continua vivo.

— Continuava. Não sei como está agora.

As luzes do Palais Méditerranée tinham acabado de se acender. Como se respondessem a um comando geral, os postes que ficavam ao longo da ampla curva do passeio se iluminaram de repente, alternando sombras e claridades nas fachadas dos hotéis e restaurantes. À altura do Ruhl, sob o toldo da passarela da Jetée-Promenade onde estava de plantão um porteiro uniformizado, três jovens bem-vestidos tentavam a sorte, espreitando a chegada dos automóveis e das mulheres que desciam deles rumo ao interior, onde tocava música. Era evidente que nenhum deles tinha 100 francos para pagar a entrada. Os três olharam para Mecha com tranquila cobiça; um se aproximou de Max e lhe pediu um cigarro. Cheirava a água-de-colônia vulgar. Era muito jovem e bastante bonito, cabelos muito pretos e olhos escuros, com aspecto italiano. Vestia-se como os outros: paletó transpassado e apertado na cintura, colarinho duro e gravata-borboleta. O smoking parecia alugado e os sapatos não eram grande coisa, mas o rapaz se comportava com uma altivez educada e tão insolente que era quase uma afronta, e isso arrancou um sorriso de Max. Parou, desabotoou a Burberry, puxou a cigarreira de tartaruga e ofereceu-a aberta.

— Pegue mais dois para seus amigos — sugeriu.

O outro o olhou com ligeiro desconcerto. Depois pegou três cigarros, agradeceu, dirigiu um último olhar a Mecha e foi se juntar aos outros. Max continuou caminhando. Viu de soslaio que a mulher observava, rindo.

— Velhas recordações — disse ela.

— Claro.

Enquanto se afastavam, a melodia que soava na Jetée-Promenade esgotou suas últimas notas e a orquestra atacou outra.

— Não acredito. — Mecha riu, segurando o braço de Max. — Você preparou isto para mim... Gigolôs incluídos.

Max também riu, tão espantado como ela: as notas do "Tango da Velha Guarda", executado no salão de dança do cassino, planavam sobre o ruído da ressaca que martelava os seixos da praia.

— Quer entrar para dançá-lo? — brincou ele.

— Nem pensar.

Caminhavam bem devagar. Ouvindo.

— É lindo — disse ela quando pararam de ouvir o tango. — Mais do que o "Bolero", de Ravel.

Percorreram um trecho calados. Então, Mecha apertou um pouco o braço de Max.

— Sem sua intermediação, esse tango não existiria.

— Duvido — contra-argumentou ele. — Tenho certeza de que seu marido nunca teria conseguido compô-lo se não fosse você. O tango é seu, e não dele.

— Não diga besteiras.

— Dancei com você, não se esqueça. Naquele armazém de Buenos Aires. Lembro-me de como ele a olhava. Como todos a olhávamos.

Já anoitecera completamente quando atravessaram a ponte sobre o Paillon. À esquerda, mais além do jardim, os postes iluminavam a praça Masséna. Um bonde passou ao longe, entre as árvores espessas e sombrias, mal visíveis, salvo pelas faíscas do trólei.

— Me diga uma coisa, Max. — Ela tocava o pescoço, sob o impermeável. — Você já tinha planejado levar o colar desde o princípio ou improvisou na hora?

— Improvisei — mentiu ele.

— Está mentindo.

Olhou-a nos olhos com perfeita franqueza.

— De maneira nenhuma.

Mal havia trânsito: charretes passando com a capota levantada e luz na campânula de vidro, pisoteando folhas molhadas, e alguns faróis de automóvel que os ofuscavam a intervalos com sua claridade úmida e enevoada. Atravessaram sem cuidado o asfalto, deixando para trás a Promenade, e entraram pelas ruas próximas ao passeio Saleya.

— Como se chamava aquele antro? — perguntou Mecha. — O do tango.

— La Ferroviaria. Ao lado da estação de Barracas.

— Será que continua aberto?

— Não sei. Nunca mais voltei.

Grossas gotas de chuva caíam de novo no chapéu de Max. Ainda não valia a pena abrir o guarda-chuva. Apertaram o passo.

— Gostaria de ouvir outra vez música em um lugar assim, com você.. Há algum em Nice?

— Lugares sórdidos, está querendo dizer?

— Quero dizer especiais, bobo. Ligeiramente cafajestes.

— Como a pensão de Antibes?

— Por exemplo.

— Com ou sem espelho?

Como se respondesse, ela o obrigou a parar e a inclinar o rosto. Então, beijou-o nos lábios. Foi um beijo rápido e denso, carregado de lembranças e de objetivos imediatos.

— Claro — disse com calma. — Lugares assim existem em toda parte.

— Cite um.

— Aqui só conheço o Lions at the Kill. Uma boate que fica na parte velha.

— Gosto do nome. — Mecha ameaçou aplaudir. — Vamos até lá agora mesmo.

Max pegou-a pelo braço, obrigando-a a caminhar de novo.

— Achei que íamos jantar. Reservei uma mesa no Bouttau, ao lado da catedral.

Mecha afundava o rosto em seu ombro, quase impedindo que caminhasse.

— Detesto esse restaurante — disse. — O dono sempre aparece para cumprimentar.

— E o que isso tem de errado?

— Muita coisa. Tudo começou a ficar enfadonho no dia em que costureiros, cabeleireiros e cozinheiros começaram a se misturar com a clientela.

— E dançarinos de tango — observou Max, rindo.

— Tenho uma ideia melhor — sugeriu ela. — Para começar, tomamos alguma coisa rápida no La Cambouse: ostras e uma garrafa de Chablis. Depois você me leva a esse lugar.

— Como queira. Mas guarde o colar e a pulseira na bolsa, antes de entrar... Não tentemos a sorte.

Estavam ao lado de um poste do passeio de Saleya quando ela levantou o rosto. Seus olhos brilhavam como se fossem de latão e cobre.

— Também estarão lá os rapazes de antigamente?

— Temo que não. — Max sorriu, fatalista. — Quem está lá são os rapazes de agora.

* * *

Lions at the Kill não era um nome ruim, mas a boate prometia mais do que entregava. Havia champanhe em baldes de gelo, cantos escuros e empoeirados, uma cantora de sexo indefinido e voz rouca, vestida de preto e imitando Édith Piaf, e vários números de striptease a partir das dez da noite. O ambiente era deliberadamente artificial, entre apache tardio e surrealista rançoso. As mesas estavam ocupadas por alguns turistas americanos e alemães ávidos por falsas emoções, uns poucos marinheiros vindos de Villefranche e três ou quatro sujeitos com pinta de rufiões de cinema, com costeletas pontiagudas e ternos escuros listrados que, conforme as suspeitas de Max, haviam sido contratados pelo dono para criar um clima. Mecha, entediada, não suportou mais da metade do striptease — uma egípcia opulenta de seios grandes, brancos e trêmulos —; Max pediu a conta, pagou 200 francos pela garrafa que mal haviam tocado e saíram de novo.

— Isso é tudo? — Mecha parecia decepcionada.

— Aqui em Nice, sim. Ou quase.

— Me leve ao quase, então.

Como resposta, Max abriu o guarda-chuva e apontou o final da rua. Choviam gotas laterais. Estavam na rue Saint-Joseph, perto do cruzamento da ladeira que levava ao castelo. Duas mulheres, ao lado do único poste, protegiam-se debaixo do telhadinho de uma floricultura fechada. Caminharam lentamente até elas, de braços dados, cercados pelo barulho da chuva. Uma das mulheres se dirigiu a um portal contíguo quando os viu chegar; mas a outra ficou imóvel enquanto se aproximavam. Era magra e alta. Vestia um blusão com gola de astracã e uma saia escura muito justa, que chegava ao meio da panturrilha. A saia moldava com simplicidade seus quadris, ressaltando as pernas longas que pareciam se prolongar ainda mais sobre os sapatos de sola grossa e um salto alto de plataforma.

— É linda — disse Mecha.

Max olhou para o rosto da mulher. À luz do poste parecia jovem, os lábios ressaltados pelo batom escuro. As pálpebras estavam maquiadas com muito rímel sob as sobrancelhas reduzidas a uma linha de lápis de olho, visíveis sob a aba curta do chapéu empapado de água. Tinha minúsculas gotinhas no rosto.

— Talvez seja linda — admitiu.

— Tem um corpo bonito, flexível... Elegante até.

Haviam chegado a sua altura e a mulher os observa: uma rápida olhada profissional destinada a Max, transformado em um olhar opaco, de indiferença, ao constatar que ele e sua acompanhante estavam de braços dados. Um olhar curioso, depois, avaliando a roupa e a aparência de Mecha. O impermeável e a boina não pareciam revelar grande coisa; mas percebeu que em seguida olhou para seus sapatos e sua bolsa, como se reprovasse que os estivesse estragando naquela chuva.

— Pergunte-lhe quanto cobra — sussurrou Mecha.

Ao dizer isso, havia se inclinado para Max quase com veemência, sem afastar os olhos da mulher. Ele olhava para Mecha, desconcertado.

— É uma coisa que não nos diz respeito.

— Pergunte.

A mulher ouvira o diálogo — em espanhol — ou o adivinhara. Seus olhos iam dele a ela, acreditando entender. Um leve sorriso, entre depreciativo e alentador, desenhou-se no batom violáceo da boca. A bolsa e os sapatos de Mecha haviam parado de ter importância. De marcar limites ou distâncias.

— Quanto? — perguntou-lhe Mecha, agora falando em francês.

Com cautela profissional, a mulher respondeu que isso dependia deles. Do tempo de serviço e dos gostos do cavalheiro. Ou da senhora. Havia se deslocado para um lado a fim de se proteger melhor da chuva, afastando-se da luz depois de olhar sobre o ombro do casal, uma das mãos apoiada no quadril.

— Fazer com ele enquanto eu olho — disse Mecha, com extrema frieza.

— Nem pensar — protestou Max.

— Cale-se.

A mulher disse uma cifra. Max voltou a contemplar as pernas longas, delgadas, moldadas pela saia comprida e tubular. Mesmo lamentando, estava excitado. Mas não por causa da prostituta, e sim pela atitude de Mecha. Por um momento, imaginou um quarto alugado por algumas horas nas proximidades, uma cama com lençol sujo, ele penetrando aquele corpo delgado e flexível enquanto Mecha os observava atenta, nua. Virando-se então para ela, úmido daquela mulher, para penetrá-la por sua vez. Para habitar de novo aquela carne crua, orgânica, geneticamente perfeita, que agora sentia palpitar, ávida, apoiada em seu braço.

— Convide-a para vir conosco — exigiu de repente Mecha.

— Não — disse Max.

No Negresco, enquanto a chuva ficava mais forte repicando com força nos vidros, os dois se atacaram com uma paixão desesperada e intensa semelhante a um combate: avidez silenciosa exceto para grunhir, bater ou gemer, feita de carne acesa e tensa, de saliva quente, alternada com imprecações repentinas, impudentes, que Mecha desfiava ao ouvido do homem com obscena contundência. A lembrança da mulher alta e delgada acompanhou-os durante todo o tempo, tão intensa como se realmente estivesse estado ali olhando ou sendo olhada, obediente diante de seus corpos molhados de suor e desejo, enlaçados com sistemática ferocidade.

— Eu a açoitaria enquanto você se mexia dentro dela — sussurrava Mecha sem fôlego, lambendo o suor do pescoço de Max. — Morderia suas costas, torturando-a... Sim. Para fazê-la gritar.

Em um momento de extrema violência, ela bateu no rosto de Max até fazer seu nariz sangrar; enquanto este tentava estancar o fio de gotas vermelhas que salpicava os lençóis, continuou beijando-o com fúria até machucá-lo mais, o nariz e a boca manchados de sangue, enlouquecida como uma loba que devorasse uma presa com dentadas cruéis; ele, aferrado aos barrotes da cama, procurava um ponto de apoio para se controlar à beira do abismo, obrigado a apertar os dentes e a sufocar o uivo de angústia animal, velho como o mundo, que brotava de suas entranhas. Retardando como podia o desejo irresistível, a impossibilidade de recuar, a ânsia de fundir-se até perder a consciência no poço sem alma, nem mundo, nem ser, daquela mulher que o arrastava à loucura e ao esquecimento.

— Gostaria de beber alguma coisa — disse ela mais tarde, apagando um cigarro.

Max achou que era uma boa ideia. Vestiram a roupa em cima da pele que cheirava intensamente a carne e sexo, desceram a ampla escada e chegaram ao vestíbulo redondo e ao bar forrado de madeira onde Adolfo, o barman espanhol, preparava-se para fechar. O cenho franzido do homem relaxou quando viu quem chegava: havia anos que, para Adolfo, Max fazia parte daquela confraria seleta, não definida formalmente, nem sequer pelo status econômico do cliente, que garçons, taxistas, maîtres, floristas, engraxates, recepcionistas de hotel e outro pessoal imprescindível às engrenagens do grande mundo sabiam identificar com uma olhada, por hábito ou por instinto. E essa benevolência não era casual. Consciente da utilidade da cumplicidade dos subalternos em uma vida como a sua, Max estreitava tais laços sempre que tinha uma oportunidade, com uma hábil combinação — natural em seu caráter, por outro lado — de elegante camaradagem, trato respeitoso e gorjetas adequadas.

— Três west-indians, Adolfo. Dois para a gente e um para você.

Embora o garçom tivesse se oferecido para servi-los em uma das mesas — havia acendido de novo as luminárias de bronze da parede —, eles se acomodaram em um dos bancos altos do balcão, embaixo da balaustrada de madeira do andar de cima, e beberam em silêncio, muito próximos, olhando-se nos olhos.

— Você está com o meu cheiro — comentou ela. — Com os nossos.

Era verdade. Um cheiro intenso, muito físico. Max sorriu, inclinando o rosto: um repentino traço largo e branco na pele bronzeada, onde começava a despontar a barba. Apesar de ter empoado o rosto antes de descer, Mecha tinha marcas vermelhas dos atritos no queixo, no pescoço e na boca.

— Como você é bonito, seu maldito.

Tocou seu nariz, que ainda sangrava ligeiramente, e depois imprimiu com o dedo uma mancha vermelha em um dos pequenos guardanapos bordados que estavam no balcão.

— E você é um sonho — disse ele.

Bebeu um gole de sua taça: frio, perfeito. Adolfo tinha uma mão excelente para drinques.

— Sonhei com você quando era pequeno — acrescentou, pensativo.

Parecia estar sendo sincero, e de fato estava. Mecha o olhou com atenção, a boca ligeiramente entreaberta, respirando com agitada suavidade. Max havia apoiado uma das mãos em sua cintura e sentia sob o crepe malva a curva perfeita de seu quadril.

— Tudo se paga — brincou ela, guardando o guardanapo manchado de sangue.

— Pois espero já ter pagado, antes. Caso contrário, a conta será devastadora.

Ela colocou os dedos em seus lábios, silenciando-o.

— *Goûtons un peu ce simulacre de bonheur* — disse.

Voltaram a ficar calados. Max desfrutava o coquetel e a proximidade da mulher, a consciência física de sua pele e de sua carne. O silêncio vinculado ao prazer recente. Não era um simulacro de felicidade, concluiu em seu âmago. Sentia-se de fato feliz, com sorte de estar vivo, de que nada tivesse interrompido seu caminho até ali. Aquele longo, arriscado e interminável caminho. Pensar em se afastar dela lhe causava uma irritação insuportável. Beirava a fúria. Desejou que os dois italianos e o tal Fito Mostaza estivessem muito longe. Desejou que todos estivessem mortos.

— Estou com fome — disse Mecha.

Olhava para Adolfo com o hábito de quem estava acostumado a ter todo mundo, serviçais incluídos, à sua inteira disposição. O barman se desculpou, por ofício, no tom certo. Tudo estava fechado a essa hora, disse. No entanto, acrescentou depois de pensar por um momento, se os senhores o acompanhassem, poderia fazer alguma coisa a respeito. Depois apagou as luzes e com um olhar conspirador convidou-os a segui-lo pela porta de trás, descendo por uma escada mal-iluminada que levava ao porão. Foram atrás dele de mãos dadas, divertindo-se com a aventura inesperada, percorrendo um longo corredor e uma cozinha deserta até uma mesa na qual, ao lado de uma enorme pilha de panelas reluzentes, havia um presunto espanhol — autêntico serrano da Alpujarra, informou Adolfo com orgulho enquanto retirava o pano que o cobria — já meio desossado.

— O senhor é bom com o facão, dom Max?

— Excelente... Nasci na Argentina, imagine.

— Então vá cortando, se quiser. Vou buscar uma garrafa de borgonha para vocês.

Assim que retornaram ao quarto, Max e Mecha voltaram a se despir com impaciência, acoplando-se com ânsia renovada, como se fosse a primeira vez. Passaram o resto da noite cochilando, acariciando-se a cada despertar, um atento aos caprichos do outro. Depois, com a primeira luz da aurora penetrando pela janela, adormeceram de uma maneira distinta: com um sono profundo, exausto, que os manteve sossegados até que Max abriu os olhos, e, sem olhar o relógio, foi até a janela, por cujas cortinas penetravam a claridade cinzenta e o barulho da chuva que continuava caindo lá fora. Um cão solitário corria ao longe nos seixos da praia. Atrás dos vidros salpicados de gotas que caíam em minúsculos fios, o mar era uma lâmina de névoa plúmbea e as copas molhadas das palmeiras se inclinavam, melancólicas, sobre o asfalto reluzente da Promenade. Então Max se virou para olhar de novo a mulher despida, o belíssimo corpo adormecido de bruços no meio dos lençóis revoltos, e soube que aquela luz azulada e cinza, suja da chuva outonal, era um presságio de que logo a perderia para sempre.

Como Max sabe, a delegação soviética não está hospedada nos edifícios do hotel Vittoria de Sorrento, mas em apartamentos contíguos ao jardim. Todo o anexo está ocupado pelos russos, segundo informou-lhe o recepcionista Spadaro. Mikhail Sokolov ocupa o apartamento superior: um amplo aposento com balcão do qual, por cima dos grandes pinheiros centenários, mais além dos prédios principais que ocupam as saliências da encosta, abarca-se o panorama da Baía de Nápoles. É ali que o campeão vive e se prepara para as partidas com seus assistentes.

Sentado embaixo de uma pérgula coberta de hera, com velhos binóculos Dienstgläser da Wehrmacht emprestados pelo *capitano* Tedesco, Max estuda o anexo fingindo que observa os pássaros. E a conclusão é pouco alentadora: entrar por meios convencionais parece impossível. Dedicou a tarde de ontem a se convencer disso, e o disse a Mecha Inzunza à noite, depois do jantar, quando estavam sentados naquele mesmo lugar no jardim. O séquito do russo ocupa os andares inferiores, explicou Max, apontando as janelas iluminadas. Só há uma escada e um elevador que comunicam tudo a partir de um vestíbulo comum. Já me informei e sempre há um vigia. Ninguém consegue chegar ao quarto de Sokolov sem ser visto.

— Tem de haver alguma maneira — contra-argumentou Mecha. — Esta tarde será disputada uma partida.

— Muito cedo, temo. Ainda não sei como vou fazer.

— Depois de amanhã jogarão de novo, e sempre acabam à noite... Você disporá de tempo, então. E sempre soube lidar com as fechaduras. Tem... Não sei. Ferramentas? Uma gazua?

Havia anos de altivez profissional na maneira com que Max encolheu os ombros.

— As fechaduras não são o problema. A da rua é uma Yale moderna, fácil de abrir. A da suíte é ainda mais simples: convencional, antiga.

Ficou em silêncio, olhando o edifício nas sombras com olhos preocupados. Os de um alpinista que estivesse contemplando a face mais complicada de uma montanha.

— O problema é chegar lá — resumiu. — Subir sem que nenhum maldito bolchevique perceba.

— Bolchevique. — Ela riu. — Ninguém mais usa essa palavra.

Um resplendor. Mecha acendia um cigarro. O terceiro desde que estavam no jardim.

— Você tem que tentar, Max. Já fez isso outras vezes.

Um silêncio. O cheiro ligeiro da fumaça do cigarro flutuava.

— Lembre-se de Nice — recordou ela. — Da casa de Suzi Ferriol.

Era engraçado, pensou ele. E paradoxal que usasse aquele argumento.

— Não apenas em Nice — respondeu com calma. — Mas tinha a metade dos anos de agora.

Ficou calado por um momento, calculando probabilidades improváveis. No silêncio do jardim era possível ouvir uma música que chegava de algum bar da praça Tasso.

— Se me pegarem...

Parou aí, sombrio. Na realidade, mal tivera consciência de que pronunciara essas palavras em voz alta.

— Seria péssimo para você — admitiu ela. — Sem dúvida.

— Os problemas não me preocupam muito. — Ela sorria inquieta para si mesma. — Mas fiquei pensando. Tenho medo de ir para a prisão.

— É estranho ouvi-lo dizer isso.

Parecia realmente assustada. Ele fez um gesto de indiferença.

— Tive medo outras vezes; mas agora estou com 64 anos.

A música continuava tocando ao longe. Rápida, moderna. Muito distante para que Max pudesse identificar a melodia.

— Isso não é como no cinema — continuou. — Não sou Cary Grant naquele filme absurdo do ladrão de hotéis... A vida real nunca tem um final feliz.

— Bobo. Você foi muito mais atraente do que Cary Grant.

Havia pegado uma de suas mãos e a apertava suavemente no meio das suas: finas, ossudas. Quentes, também. Max acompanhava com atenção a música distante. Bem, concluiu com uma careta, não era um tango.

— Quer saber... Era você quem se parecia com aquela garota, a atriz. Ou talvez fosse ela que se parecesse com você... Sempre me levou a pensar em você: delgada, elegante. Você ainda se parece. Sim... Ou ela se parece.

— Ele é seu filho, Max. Tenha pelo menos essa certeza.

— Talvez seja — respondeu ele. — Mas preste atenção.

Havia levado a mão da mulher ao seu rosto, convidando-a a apalpar seus traços. A perceber a ação do tempo.

315

— Talvez haja outro caminho. — O toque dela parecia uma carícia. — Talvez deva estudá-lo amanhã, à luz do dia. E aí lhe ocorra outra maneira.

— Se houvesse outra forma. — Ele mal a ouvia. — Se eu fosse mais jovem e mais ágil... Muitas condições, temo.

Mecha afastou a mão de seu rosto.

— Vou lhe dar tudo o que tenho, Max. Quando me pedir.

Virou-se e a olhou, surpreso. Via um perfil na penumbra, definido pelas luzes distantes e a brasa do cigarro.

— É uma maneira de falar, claro — comentou ele.

O perfil se mexeu. Agora havia um duplo brilho acobreado olhando para Max. Os olhos da mulher fixos nele.

— Sim, é uma maneira de falar. — O resplendor do cigarro se intensificou duas vezes. — Mas lhe darei; daria-lhe.

— Até mesmo uma xícara de café em sua casa de Lausanne?

— É claro.

— Até mesmo o colar de pérolas?

Outro silêncio. Longo.

— Não seja bobo.

A brasa caiu no chão e se extinguiu. Ela voltara a segurar sua mão. A música distante também havia se interrompido na praça.

— Maldita seja minha alma — disse ele. — Você faz com que eu me sinta sedutor como um estúpido. Diminui minha idade.

— É o que tento.

Hesitou um pouco. Só um pouco. Sua boca doía de segurar o que estava prestes a confessar.

— Não tenho um centavo, Mecha.

Ela deixou passar alguns segundos.

— Eu sei.

Max estava sem fôlego. Sobressaltado e estupefato.

— Como sabe? — A explosão interna chegou, finalmente, e era de pânico. — O que você sabe?

Ameaçou soltar sua mão, se levantar. Fugir dali. Mas ela o reteve com suavidade.

— Sei que você não vive em Amalfi, mas aqui em Sorrento. Que trabalha como chofer em uma casa chamada Villa Oirana. Que a vida não o tratou bem nos últimos anos.

Por sorte estou sentado, pensou Max, apoiando a mão livre no banco. Teria desmaiado no chão. Como um imbecil.

— Fui investigar quando você apareceu no hotel — concluiu Mecha.

Confuso, ele tentava aclarar as ideias e as sensações: humilhação, vergonha. Mortificação. Todos aqueles dias de inútil impostura, fazendo um papel ridículo. Pavoneando-se como se fosse um palhaço.

— Então sabia de tudo durante todo esse tempo?

— De quase tudo.

— E por que me deu trela?

— Por várias razões. Curiosidade, em primeiro lugar. Era fascinante reconhecer o Max de sempre: elegante, trapaceiro e amoral.

Ficou calada por um momento. Continuava com a mão dele entre as suas.

— Também me sinto à vontade com você — acrescentou, finalmente. — Sempre me senti.

Max afastou sua mão e ficou em pé.

— Os outros também sabem?

— Não. Só eu.

Estava precisando de ar. De respirar fundo, livrar-se das emoções contraditórias. Ou talvez precisasse de uma bebida. De alguma coisa forte. Que sacudisse suas entranhas até virá-las do avesso.

Mecha continuava sentada, muito tranquila.

— Se Jorge não estivesse envolvido, em outras circunstâncias... Bem. Teria sido divertido. Estar com você. Ver o que estava procurando. Até onde pretendia chegar.

Ficou calada por um momento.

— O que pretendia?

— Agora não tenho certeza. Talvez reviver velhos tempos.

— Em que sentido?

— Em todos, talvez.

Ela se levantou lentamente. Quase com esforço, Max achou que percebera.

— Os velhos tempos morreram. Passaram de moda, assim como nosso tango. Mortos como seus rapazes de outrora ou como você mesmo... Como nós dois.

Agarrava seu braço da mesma maneira que 29 anos atrás, na noite em que foram ao Lions at the Kill, em Nice.

— É lisonjeiro... — acrescentou. — Vê-lo ressuscitar por minha causa.

Havia segurado uma de suas mãos e a levado aos lábios, com suavidade. Um sopro amável. Sua voz soava como um sorriso.

— Pretender que o olhe de novo como o olhei uma vez.

O sol já está alto. Com os binóculos grudados no rosto, Max continua estudando o bloco de apartamentos contíguo ao hotel Vittoria. Acabou de dar a volta no edifício, observando com atenção a porta que dá para a calçada principal; e agora está parado entre buganvílias e limoeiros, esquadrinhando o outro lado. Perto há um pequeno tanque e um coreto com um banco. Aproxima-se do coreto e dali espia a parte que estava oculta. Agora toda a fachada leste fica à vista, inclusive o balcão de Sokolov e a cornija de telhas avermelhadas, bordeada por uma calha para recolher a água da chuva sobre a qual se avista a antena de um para-raios. Tanto a calha como o para-raios, conclui Max, precisam de alguém que suba para mantê-los em estado adequado. Revisa, com certa esperança, cada metro da fachada. E o que vê ali lhe arranca um sorriso antigo, rejuvenescedor, que parece apagar os estragos do tempo de seu rosto: uns degraus de ferro embutidos na parede sobem desde o jardim.

Guardando os binóculos no estojo, Max se aproxima do edifício como se estivesse passeando. Ao chegar embaixo dos degraus, levanta a vista. Estão oxidados, com manchas de ferrugem na parede, mas têm uma aparência sólida. O primeiro fica perto do chão, em cima de um canteiro de flores. A distância até o telhado é de cerca de 40 metros e o espaço entre os degraus não é muito grande. O esforço parece aceitável: dez minutos de subida no escuro, tomando todo tipo de precauções. Não seria excessivo, pensa, levar uma corda enlaçada em um mosquetão que possa ser presa no meio do caminho e lhe permita descansar, se ficar exausto. O resto do equipamento será pouco volumoso: uma mochila leve, uma corda de montanha, algumas ferramentas, uma lanterna e a roupa adequada. Consulta o relógio. Os estabelecimentos do centro, inclusive a loja de ferragens Porta Marina, já estão abertos a essa hora. Também precisará de um par de tênis e de betume para tingi-los de preto.

Assim como em seus melhores momentos, pensa, dando as costas para o edifício e afastando-se pelo jardim, excita-o agir outra vez, ou a iminência da ação: as velhas e familiares cócegas de incerteza, temperadas por uma bebida ou um cigarro, quando o mundo ainda era um território de caça reservado aos inteligentes e aos audaciosos. Quando a vida tinha cheiro de tabaco turco, de coquetéis no bar elegante de um Palace, de perfume de mulher. De prazer e de perigo. E agora, rememorando aquilo, cada passo que dá produz em Max a impressão de que caminha outra vez depressa, com recobrada agilidade. Mas o melhor de tudo não é isso. Quando olha diante de si, constata que sua sombra está de volta. O sol que atravessa as altas copas dos pinheiros a projeta no chão, novamente firme e alongada, como era antes. Costurada a seus pés, onde esteve em outros tempos. Sem idade, sem marcas de velhice nem de cansaço. Sem mentiras. E, ao recuperar a sombra perdida, o antigo dançarino mundano começa a rir como não fazia há muito tempo.

11. Hábitos de velho lobo

Continuava chovendo em Nice. Em meio à luz sombria e cinza que envolvia a cidade velha, a roupa estendida nos balcões pendia como farrapos de vidas tristes. Com os botões da gabardina fechados até o pescoço e o guarda-chuva aberto, Max Costa cruzou a praça Gesù evitando as poças onde a água repicava e se dirigiu aos degraus de pedra da igreja. Mauro Barbaresco estava ali, encostado no portão fechado, as mãos nos bolsos de um impermeável reluzente de chuva, olhando-o de maneira inquisitiva debaixo da aba empapada do chapéu.

— Será hoje à noite — disse Max.

Sem falar nada, o italiano caminhou até a rue de la Droite, seguido por Max. Havia um bar na esquina, e, dois portais mais além, um saguão estreito e escuro em forma de túnel. Atravessaram em silêncio um pátio descoberto e subiram dois andares por uma escada cujos degraus de madeira rangeram sob seus passos. No segundo patamar, Barbaresco abriu uma porta e convidou Max a entrar. Este deixou o guarda-chuva apoiado na parede, tirou o chapéu e sacudiu as gotas d'água. A casa, escura e desconfortável, cheirava a verduras fervidas e a roupa suja molhada. O corredor levava à porta da cozinha, a outra porta entreaberta pela qual se via um quarto com a cama desarrumada, e a uma sala de estar com duas velhas poltronas, uma cômoda, cadeiras e uma mesa com restos do café da manhã. Sentado à mesa com um paletó desabotoado e as mangas de camisa viradas sobre os cotovelos, estava Domenico Tignanello, folheando as tiras em quadrinhos de *Gringoire*.

— Disse que vai fazer esta noite — informou Barbaresco.

A expressão melancólica do outro pareceu se animar um pouco. Assentiu, aprovando, deixou o jornal na mesa e fez um gesto oferecendo a Max a chaleira que estava ao lado de duas xícaras sujas, uma azeiteira e um prato com restos de pão torrado. Este agradeceu a oferta e desabotoou a gabardina. Pela janela aberta entrava uma claridade cinzenta que ensombrecia os cantos do aposento. Barbaresco tirou o impermeável e foi até a janela, emoldurando o retângulo daquela luz turva.

— O que sabe do seu amigo espanhol? — perguntou, depois de olhar para fora.

— Nem é meu amigo nem voltei a vê-lo — respondeu Max com calma.

— Desde o encontro no porto?

— Sim.

O italiano havia colocado seu impermeável no respaldo de uma cadeira, indiferente às gotas d'água que encharcavam o parquete.

— Fizemos algumas investigações — disse. — Tudo o que você falou é verdade: a estação de rádio que os nacionalistas tinham em Montecarlo, a tentativa de levar o *Luciano Canfora* a um porto da República... A única coisa que não pudemos averiguar, por ora, é sua verdadeira identidade. Nosso serviço não tem a ficha de nenhum Rafael Mostaza.

Max fez uma expressão neutra. De crupiê impassível.

— Poderiam segui-lo, suponho. Não sei... Fotografá-lo.

— Talvez o façamos. — Barbaresco sorria de uma maneira estranha. — Mas para isso precisaríamos saber quando vai se encontrar com você.

— Não temos nada previsto. Aparece e marca comigo quando quer... Na última vez deixou um bilhete na recepção do Negresco.

O italiano o olhou com espanto.

— Não sabe que você vai entrar hoje na casa de Susana Ferriol?

— Sabe, mas não fez comentários.

— Bem... Como está pensando em conseguir os documentos?

— Não tenho a menor ideia.

O italiano trocou um olhar perplexo com seu companheiro e voltou a olhar para Max.

— Curioso, não é mesmo...? Que não se importe que nos conte tudo. Inclusive que o incentive a fazê-lo. E que não apareça hoje.

— Talvez — concedeu Max, neutro. — Mas não cabe a mim tratar desse tipo de coisa. Os espiões são vocês.

Pegou a cigarreira, abriu-a e a examinou, pensativo, como se escolher um cigarro ou outro tivesse alguma importância naquele momento. Finalmente, colocou um na boca e guardou a cigarreira, sem lhes oferecer.

— Suponho que conhecem seu negócio — concluiu enquanto acionava o isqueiro.

Barbaresco caminhou até a contraluz da janela e voltou a observar o lado de fora. Com novos motivos de inquietação.

— Bem, isso não é comum. Abrir o jogo dessa maneira.

— Talvez queira protegê-lo — sugeriu seu companheiro.

— A mim...? De quem?

Domenico Tignanello olhava a penugem dos braços, taciturno. Novamente calado, como se o esforço de abrir a boca o tivesse deixado esgotado.

— Da gente — respondeu Barbaresco em seu lugar. — Do próprio pessoal dele. De você mesmo.

— Pois, quando descobrirem, me contem. — Max exalou uma tranquila baforada de fumaça. — Eu tenho outros assuntos em que pensar.

O italiano se sentou em uma das poltronas. Pensativo.

— Não vai nos aprontar uma trapaça, não é mesmo? — disse, finalmente.

— Está se referindo a esse Mostaza ou a mim?

— A você, naturalmente.

— Diga-me como. Não tenho escolha. Mas se eu fosse vocês tentaria localizar esse sujeito. Esclarecer as coisas com ele.

Barbaresco trocou outro olhar com seu companheiro. Depois dirigiu um olhar ressentido para a roupa que aparecia por baixo da gabardina aberta de Max.

— Esclarecer as coisas... Soa elegante, dito por você.

Aqueles dois, pensou outra vez Max, com suas roupas amarrotadas, suas marcas de fadiga sob os olhos avermelhados e sua barba malfeita, pareciam estar saindo de uma noite de insônia. E provavelmente era verdade.

— O que nos leva ao que é importante — acrescentou Barbaresco. — Como está imaginando entrar na casa?

Max observou os sapatos úmidos do italiano. As solas estavam rachadas nas pontas. Com toda aquela chuva, devia estar com as meias empapadas como esponjas.

— Esse é um assunto meu — respondeu. — O que preciso saber é onde nos veremos para que lhes entregue as cartas, se consegui-las. Se tudo correr bem.

— Este é um bom lugar. Ficaremos aqui a noite inteira, esperando. E no bar de baixo há um telefone. Um de nós pode ficar ali até a hora do fechamento para o caso de haver mudanças ou novidades... Você conseguirá entrar na casa sem problemas?

— Imagino que sim. Vai haver um jantar em Cimiez, perto do antigo hotel Régina. Susana Ferriol foi convidada. Isso me dá uma margem de tempo razoável.

— Tem tudo de que precisa?

— Tudo. O jogo de chaves que Fossataro trouxe é perfeito.

Tignanello levantou os olhos lentamente, fixando-os em Max.

— Gostaria de ver como você faz — disse inesperadamente. — Como abre essa caixa-forte.

Max arqueou as sobrancelhas, surpreso. Um lampejo de interesse parecia iluminar o rosto taciturno e meridional do italiano. Estava quase simpático.

— Eu também — corroborou seu companheiro. — Fossataro nos disse que você é ótimo nisso... Tranquilo e sereno, foram suas palavras. Com as caixas-fortes e as mulheres.

Faziam-no pensar em uma coisa, disse Max a si mesmo. Aqueles dois se associavam em sua cabeça com alguma imagem que não conseguia focar. Que refletia seu aspecto e suas maneiras. Mas não conseguia defini-la.

— Se entediariam olhando — disse. — Com umas e outras se trata de um trabalho lento, rotineiro. Questão de paciência.

Barbaresco esboçou um sorriso. Parecia ter gostado daquela resposta.

— Desejamos-lhe boa sorte, Sr. Costa.

Max os olhou longamente. Finalmente havia encontrado a imagem que procurava: cães molhados debaixo da chuva.

— Suponho que sim. — Tirou outra vez a cigarreira do bolso e a ofereceu, aberta. — Que queiram que eu tenha boa sorte.

Ela aparece no meio da tarde, quando Max está preparando o equipamento para a incursão noturna. Quando ouve as batidas, dá uma olhada no olho mágico, veste um paletó e abre a porta. Mecha Inzunza está ali com um sorriso nos lábio, as mãos nos bolsos da jaqueta de tricô. Uma expressão que, como se o tempo não tivesse transcorrido — embora talvez seja Max quem misture dessa maneira o passado e o presente —, recorda-lhe aquela distante manhã de quase quarenta anos atrás, na pensão Caboto de Buenos Aires; quando foi vê-lo com o pretexto de recuperar a luva que ela mesma havia colocado no bolso de seu paletó, à maneira de insólita flor branca, antes que ele fosse dançar um tango em La Ferroviaria. Até a maneira de entrar e se movimentar agora pelo quarto — tranquila, curiosa, olhando tudo lentamente — se parece muito com aquela outra maneira: a forma de inclinar a cabeça para observar o sóbrio e organizado mundo de Max, de parar diante da janela aberta à paisagem de Sorrento, ou de apagar o sorriso de seus lábios ao ver os objetos que ele, com a minuciosidade metódica de um militar que prepara seu equipamento para um combate — e o prazer ambíguo de recobrar, mediante esse velho ritual de campanha, o formigamento de incerteza diante da ação próxima —, tem dispostos sobre a cama: uma mochila pequena e leve, uma lanterna elétrica, uma corda de náilon de montanhista de 30 metros de comprimento com os nós prontos, uma bolsa com ferramentas, roupa escura e uns tênis que nesta mesma tarde pintou de preto com um frasco de betume.

— Meu Deus — comenta ela. — Você vai mesmo fazer o que lhe pedi...

Disse isso com um ar pensativo, admirada, como se até aquele momento não tivesse acreditado inteiramente nas promessas de Max.

— Claro — responde ele com simplicidade.

Não há nada de artificial nem fingido em seu tom. Tampouco tenta se enfeitar hoje com uma aparência heroica. Desde que tomou a decisão e encontrou a maneira de agir, ou acreditou que a encontrara, está em um estado de calma interna. De fatalismo técnico. As velhas maneiras, os gestos que em outros tempos estavam associados à juventude e ao vigor, devolveram-lhe nas últimas horas uma espantosa segurança. Uma paz prazerosa, antiga, renovada, na qual os riscos da aventura, os perigos de um erro ou de um golpe de azar se desfaziam na intensidade do iminente. Nem sequer Mecha Inzunza, Jorge Keller ou o livro de xadrez de Mikhail Sokolov têm um lugar de destaque em seu pensamento. O que conta é o desafio que Max Costa — ou quem em outros tempos chegou a ser — atira no rosto envelhecido do homem de cabelos grisalhos que de tempo em tempo o contempla, cético, do outro lado do espelho.

Ela continua observando-o com atenção. Um novo olhar, Max acha que percebe. Ou talvez um olhar que já considerava impossível.

— A partida vai começar às seis da tarde — diz, finalmente. — Você terá duas horas de escuridão, se tudo correr bem. Com sorte, talvez mais.

— E talvez menos?

— É possível.

— Seu filho sabe o que vou fazer?

— Não.

—- E Karapetian?

— Tampouco.

— O que aconteceu com Irina?

— Preparou com ela uma abertura que depois não será executada, ou não inteiramente. Os russos ficarão achando que Jorge alterou seus planos na última hora.

— Isso não os levará a suspeitar?

— Não.

Ela toca a corda de montanhista como se lhe sugerisse situações insólitas que não imaginara até então. De repente parece preocupada.

— Ouça, Max... O que você disse antes era verdade. A partida pode terminar antes do previsto. Um inesperado empate por uma sucessão de xeques, um abandono... E você correria o risco de ainda estar ali quando Sokolov e sua gente regressarem.

— Entendo.

Mecha parece hesitar mais um pouco.

— Se perceber que as coisas estão ficando complicadas, esqueça o livro — disse, finalmente. — Saia dali o quanto antes.

Ele a olha agradecido. Gosta de ter ouvido isso. Desta vez, seu espírito de velho farsante não evita a tentação de compor um sorriso adequado e estoico.

— Acredito firmemente que será uma partida longa — diz. — Com análises *post mortem*, como vocês dizem.

Ela olha a bolsa de ferramentas. Contém meia dúzia de instrumentos úteis, inclusive uma ponta de diamante para cortar vidro.

— Por que está fazendo isso, Max?

— É meu filho — responde sem pensar. — Foi você quem disse.

— Está mentindo. Não lhe importa nem um pouco que seja seu filho ou não.

— Talvez deva isso a você.

— Dever...? Você?

— É possível que a amasse, então.

— Em Nice?

— Sempre.

— É uma maneira estranha, meu amigo... Estranha naquela época e também agora.

Mecha se sentou na cama, ao lado do equipamento de Max. De repente, ele sente o impulso de explicar de novo o que ela sabe de sobra. De permitir que aflore um pouco do velho rancor.

— Você nunca se perguntou como as pessoas sem dinheiro veem o mundo, não é mesmo...? Como abrem os olhos a cada manhã e enfrentam a vida.

Olha para ele, surpresa. Não há aspereza no tom de Max, mas uma certeza fria. Objetiva.

— Você nunca sentiu a tentação — continua ele — de travar uma guerra particular contra aqueles que dormem tranquilamente sem se angustiar em relação ao que vão comer amanhã... Contra aqueles que se aproximam quando precisam de você, o exaltam quando lhes é conveniente e depois não permitem que mantenha a cabeça erguida.

Max vai até a janela e aponta a paisagem de Sorrento e as vilas luxuosas das encostas que cercam a ponta de Capo.

— Mas eu fiquei tentado — acrescenta. — E houve uma época em que acreditei que poderia vencer. Parar de me ver me agitando no meio deste carnaval absurdo... Sentar-me no couro de boa qualidade dos assentos dos automóveis de luxo, beber champanhe em taças de fino cristal, acariciar belas mulheres... Tudo o que você e seus maridos fizeram desde o princípio, por simples e estúpido acaso.

Interrompe-se por um momento, virando-se para olhá-la. Dali, com aquela luz, sentada na cama, quase parece bela de novo.

— Por isso nunca teve importância o fato de amá-la ou não.

— Para mim teria.

— Podia se permitir esse luxo. Também esse. Eu tinha outras coisas com que me preocupar. Amar não era a mais urgente.

— E agora?

— Já lhe disse dois dias atrás. Fracassei. Agora estou com 64 anos, estou cansado e tenho medo.

— Compreendo... Sim, naturalmente. Está fazendo por você. Pela mesma razão que o trouxe a este hotel. Nem mesmo sou eu, na verdade. O motivo.

Max se sentou ao lado da mulher, na beira da cama.

— É sim — objeta. — De forma indireta, talvez. Trata-se do que foi e do que chegamos a ser... Do que fui.

Ela o olha quase com doçura.

— Como você viveu ao longo destes anos?

— Os do fracasso...? Recuando lentamente até aqui, onde está me vendo. Como um exército derrotado que combate enquanto se desfaz pouco a pouco.

Durante um momento, por simples hábito, Max sente o impulso de acompanhar essas palavras com um meio sorriso heroico, mas desiste. É desnecessário. Por outro lado, tudo o que disse é verdade. E tem consciência de que ela sabe disso.

— Vivi bons momentos depois da guerra — continua. — Tudo eram negócios, reconstrução, novas possibilidades. Mas não passou de uma miragem. Estava entrando em cena outro tipo de gente. Outros tipos de canalhas. Não melhores, porém mais rudes. Até que ficou rentável ser grosseiro, de acordo com os lugares... Foi difícil me adaptar e cometi alguns erros. Confiei em quem não devia.

— Foi preso?

— Sim, mas isso não teve importância. Era o meu mundo o que estava desaparecendo. Melhor dizendo: já havia desaparecido quando mal o estava roçando com os dedos. E não me dei conta.

Ainda fala um pouco mais sobre isso, sentado muito perto da mulher que o ouve com atenção. Dez ou 15 anos resumidos em poucas palavras: o relato objetivo e sucinto de um crepúsculo. Os regimes comunistas, acrescenta, acabaram com os velhos ambientes da Europa Central e dos Bálcãs que lhe eram familiares, e por isso voltou a tentar a sorte na Espanha e na América do Sul, mas sem êxito. Teve outra oportunidade em Istambul, onde se associou a um proprietário de bares, cafés e cabarés, e também não terminou bem. Depois passou um tempo em Roma, como acompanhante maduro de senhoras; uma espécie de chamarisco elegante para turistas americanas e atrizes estrangeiras de pouca importância; o Strega e o Doney da via Veneto, o restaurante Da Fortunato ao lado do Panteão, o Rugantino no Trastévere, ou levando-as para fazer compras na via Condotti, em troca de comissão.

— Há alguns anos tive uma sorte relativa em um golpe que dei em Portofino — conclui. — Ou achei que tivera. Consegui 3 milhões e meio de liras.

— De uma mulher?

— Consegui, e isso basta. Dois dias depois, cheguei a Montecarlo e me hospedei em um hotel barato. Tive uma intuição. Nessa mesma noite fui ao cassino e enchi os bolsos com fichas. Comecei ganhando e por isso apostei pesado. Perdi 12 vezes seguidas e me levantei da mesa tremendo.

Mecha o observa, atenta. Espantada.

— Perdeu tudo ali, dessa maneira?

O velho sorriso de homem do mundo, evocador e cúmplice de si mesmo acode para socorrer Max.

— Ainda me restavam duas fichas de 15 mil francos e assim fui a uma roleta de outra sala, tentando me recuperar. A bolinha já estava rodando e eu com as fichas na mão, sem me decidir. Finalmente me decidi, e deixei tudo ali... Seis meses depois daquilo estava em Sorrento, trabalhando como chofer.

Seu sorriso ia se esfumando, lentamente. Agora uma desolação infinita esfria seus lábios.

— Já lhe disse antes que estou cansado. Mas não disse o quanto.

— Também disse que sentia medo.

— Hoje estou sentindo menos. Ou, pelo menos, é o que acho.

— Você sabe que sua idade coincide exatamente com o número de casinhas de um tabuleiro de xadrez?

— Não tinha percebido.

— Mas é verdade. O que você acha disso...? Pode ser um bom sinal.

— Ou mau. Como aquela história da minha última tentativa na roleta.

Mecha fica por um momento em silêncio. Depois inclina a cabeça, olhando as mãos manchadas pelo tempo.

— Uma vez, em Buenos Aires, há 15 anos, vi um homem parecido com você. Caminhava e se movimentava da mesma maneira. Estava sentada no bar do hotel Alvear com alguns amigos e o vi sair do elevador... Deixando todos atônitos, peguei o casaco e fui atrás dele. Durante 15 minutos acreditei que era mesmo você. Segui-o até a Recoleta e o vi entrar no café La Biela, aquele frequentado por automobilistas que fica em uma esquina. Entrei atrás dele. Estava sentado ao lado de uma das janelas e quando estava me aproximando levantou a vista e me olhou... Então entendi que não era você. Passei ao largo, saí pela outra porta e voltei ao hotel.

— Isso é tudo?

— Isso é tudo. Mas parecia que meu coração ia saltar do peito.

Olham-se de perto, com intensidade silenciosa. Em outro tempo e em uma vida anterior, pensa ele, apoiados no balcão de um bar elegante, seria a hora de pedir outro drinque ou de se beijarem. Ela o beija. Muito gentilmente, lentamente, aproximando-se de seu rosto. Na bochecha.

— Tenha cuidado esta noite, Max.

* * *

O arco de luzes elétricas do Passeio dos Ingleses se distanciava no espelho retrovisor, delimitando a escuridão enevoada da Baía de Nice. Depois de ter passado pelo Lazareto e La Réserve, Max parou o automóvel no mirante ao lado do mar, desligou o limpador de para-brisa e apagou os faróis. A água que caía das copas dos pinheiros repicava no capô do Peugeot 201 que havia alugado, sem motorista, naquela mesma tarde. Depois de consultar o relógio de pulso usando um fósforo, ficou imóvel fumando um cigarro enquanto seus olhos se habituavam à escuridão. A estrada que passava em volta do monte Boron estava deserta.

Finalmente se decidiu. Atirou o cigarro e saiu do carro com a pesada bolsa de ferramentas pendurada no ombro e um pacote debaixo do braço, o chapéu gotejando, abotoando até o pescoço o impermeável escuro em cima da roupa toda preta, suéter e calças, exceto um Keds de lona com sola de borracha, habitualmente confortáveis, que ficaram empapados quando deu os primeiros passos. Caminhou pela estrada, encurvado debaixo da chuva; ao chegar perto das casas que se adivinhavam na escuridão, deteve-se para se orientar. Havia um único ponto de luz próximo; o halo úmido de um poste de eletricidade aceso diante de uma casa de muros altos. Para evitá-lo, saiu da estrada e pegou uma trilha baixa que passava entre agaves e arbustos, tateando com as mãos para não dar um passo em falso e cair na água que a marejada agitava a seus pés contra as rochas. Por duas vezes cravou espinhos nos dedos e, ao lamber as feridas, sentiu o sabor do sangue. A chuva o incomodava muito, mas havia afrouxado um pouco quando abandonou a trilha para voltar de novo à estrada. A luz agora estava atrás, débil, recortando contra a iluminação a esquina de um muro de pedra. E a trinta passos se erguia, sombria, a casa de Susana Ferriol.

Acocorou-se ao lado do muro, sob as formas escuras de umas palmeiras. Então desfez o pacote, que era um cobertor de lã grossa, e depois de amarrar a manta e a bolsa para que não o incomodassem, trepou apoiando-se em um tronco úmido. A distância entre a árvore e o muro não chegava a 1 metro, mas antes de transpô-la colocou o cobertor dobrado na parte superior do muro, eriçado com pedaços de garrafas quebradas. Pulou em cima dele, sentiu sob a manta as arestas de vidro agora inofensivas e se deixou cair do outro lado, rolando no chão para amortecer a força do impacto e não machucar as pernas. Levantou-se empapado e sacudiu a água e o barro. Uma pequena luz brilhava à distância, entre as árvores e as plantas do jardim, iluminando a grade que dava à estrada, a guarita do segurança e o caminho de cascalho que levava à rotunda da entrada principal. Mantendo-se distante dessa zona iluminada, Max deu uma volta na casa pela parte de trás.

Caminhava com precaução, pois não queria fazer muito barulho ao chapinhar nas poças ou tropeçar em canteiros de flores ou cachepôs com plantas. Com a chuva e o barro, pensou, iria deixar pegadas em todos os lugares, dentro e fora da casa, inclusive as dos pneus do Peugeot no mirante próximo. Continuava pensando nisso, inquieto, enquanto se livrava do impermeável e do chapéu, protegido por uma pequena varanda sob a janela que planejara forçar. Por mais que Susana Ferriol demorasse a voltar do jantar em Cimiez, de nenhuma maneira lhe passaria despercebida sua intrusão. Não obstante, se tivesse a sorte adequada, quando a polícia chegasse e estudasse os rastros, ele já estaria longe dali, como havia planejado.

Acaba de anoitecer em Sorrento. A lua ainda não havia aparecido, e isso beneficia os planos de Max. Quando desce de seu quarto do Vittoria com uma bolsa grande de viagem na mão e uma jaqueta para vestir depois sobre a roupa escura, o recepcionista de plantão, ocupado em classificar a correspondência e colocá-la nos escaninhos, mal repara nele. O vestíbulo e a escada que leva ao jardim estão desertos, pois a atenção de todos está concentrada na partida que Keller e Sokolov disputam no salão do hotel. Uma vez lá fora, Max passa ao lado de uma caminhonete da RAI, chega ao jardim e se afasta com desenvoltura pelo caminho que leva à grade externa e à praça Tasso. Na metade do percurso, ao conseguir avistar as luzes do trânsito e os postes da praça, afasta-se para um lado procurando o coreto do qual há dois dias vigiou os apartamentos ocupados pela delegação russa. Agora o edifício está quase às escuras: há apenas uma luz acesa sobre a porta principal e uma janela iluminada no segundo andar.

Seu coração bate desconfortavelmente, muito depressa. Descontrolado, como se Max tivesse acabado de tomar dez cafés. Na realidade, o que tomou há meia hora foram duas pastilhas de Maxitón compradas sem receita, mas com um sorriso mais que respeitável, em uma farmácia do *corso* Italia, convencido de que nas próximas horas não cairiam mal algumas doses de energia e lucidez extras. Mesmo assim, enquanto respira fundo e espera imóvel, procurando acalmar o coração, a escuridão em volta, o desafio a que se propõe, a certeza da idade que oprime brônquios e endurece artérias lhe provocam um desassossego próximo da angústia. Uma incerteza limítrofe do medo. Na solidão das sombras do jardim, cada passo que havia previsto parece agora um disparate. Durante um tempo, permanece quieto, angustiado, até que a desordem das batidas parece se acalmar um pouco. É necessário decidir, pensa, finalmente. Recuar ou seguir em frente. Não tem tempo de sobra. Com um gesto resignado, abre o zíper da bolsa e pega a mochila; abre-a e tira os sapatos de rua para substituí-los pelos tênis pintados com betume. Também tira o blusão, enfia-o na bolsa com os sapatos e a esconde nos arbustos. Agora está completamente vestido de preto e dissimula a mancha clara de seus cabelos amarrando na cabeça um lenço de seda escura. Também passa pela cintura uma corda de náilon com um mosquetão de aço, para se proteger caso se sinta cansado durante a subida. Devo estar com um aspecto ridículo, pensa, com uma careta sarcástica. Na minha idade, brincando de *cambrioleur* de elite. Bendito Cristo. Se o Dr. Hugentobler me visse assim: seu querido chofer escalando paredes. Depois, aceitando o inevitável, pendura a mochila nas costas, olha para um lado e em seguida para o outro, sai do coreto e se aproxima do edifício procurando a sombra mais densa dos limoeiros e das palmeiras. De repente, os faróis de um automóvel que acaba de entrar no jardim e passa em direção ao edifício principal o iluminam no meio dos arbustos. Isso o faz recuar até as sombras protetoras. Um momento depois, recuperada a calma, sai da proteção e chega ao edifício dos russos. Ali, ao pé da parede, a treva é absoluta. Tateando, Max procura o primeiro degrau de ferro. Quando o encontra, prende melhor a mochila nas costas, levanta-se apoiando os pés na parede e, bem devagar, descansando em cada degrau, procurando não se esforçar excessivamente para não exaurir suas forças, sobe em direção ao telhado.

Em Nice, a caixa-forte Schützling — grande, pintada de marrom — era exatamente como Enrico Fossataro a descrevera. Estava dentro de um armário de mogno em uma parede do escritório, apoiada no chão e cercada de estantes com livros, arquivos e pastas. Seu aspecto era imponente: uma lâmina cega de aço sem fechaduras nem discos à vista. Max a estudou por um momento com o facho luminoso da lanterna elétrica. Havia um tapete grosso de desenho oriental ao lado do rodapé da caixa, que amorteceria muito bem, pensou, o som metálico do molho de chaves quando tivesse que experimentá-las uma a uma. Dirigiu a luz ao relógio que usava no pulso esquerdo e confirmou a hora. O trabalho seria lento, daqueles que exigiam tato fino e muita paciência. Deslocou de novo a lanterna e iluminou os rastros de água e barro que, sobre o parquete e o tapete, delineavam o caminho desde a janela que voltara a fechar depois de forçá-la com uma chave de fenda. Tamanha sujeira era um contratempo, embora, por sorte, aquela janela fizesse parte do escritório e tudo ficasse, marcas de barro incluídas, dentro do mesmo aposento. Não haveria problemas enquanto a porta que dava à biblioteca continuasse fechada. Por isso foi até ela e, com cautela, assegurou-se de que estava fechada a chave.

Ficou imóvel e muito atento durante meio minuto, até que as batidas de sua pulsação nos tímpanos foram se acalmando e conseguiu ouvir com mais nitidez. O barulho da chuva abafaria parte do ruído que pudesse fazer enquanto se ocupava da caixa-forte, mas também poderia mascarar, até que fosse muito tarde, outros sons que pudessem alertá-lo caso alguém se aproximasse do escritório. De qualquer maneira, naquela hora os riscos eram mínimos: a cozinheira e o jardineiro dormiam fora da casa, a governanta descansava no andar de cima e o chofer devia estar ao volante do automóvel, esperando por Susana Ferriol em Cimiez. Apenas a empregada devia estar no andar térreo, esperando que sua patroa voltasse. Costumava ficar, de acordo com as informações obtidas por Max, em um quarto ao lado da cozinha, ouvindo rádio.

Tirou o chapéu e o impermeável, colocou a bolsa de ferramentas no tapete e passou os dedos pelo metal frio da caixa-forte. Os mecanismos de abertura das Schützling não ficavam à vista, mas ocultos por uma moldura que enquadrava a porta da caixa à maneira de caixilho. Depois de fazer a pressão adequada, uma parte da moldura se deslocou, deixando os mecanismos a descoberto: quatro fechaduras em posição vertical, a primeira do tipo convencional e as outras com segredos que precisavam ser combinados. Max precisaria abrir primeiro as três de baixo, e isso levaria tempo. Então começou a trabalhar. Posicionou a lanterna de maneira adequada, escolheu uma gazua no molho que trazia na bolsa de ferramentas e começou a tentar, experimentando a mesma chave nos três segredos, para saber qual deles *cantava* mais: qual era o mais sensível e transmitia os sons do mecanismo interno com mais intensidade. As calças e os sapatos molhados o faziam tremer de frio, incomodando-o muito, e suas mãos feridas pelos espinhos do caminho demoraram a adquirir a serenidade de tato adequada. Depois de experimentar em cada segredo todas as posições do 0 ao 19, decidiu-se pelo de baixo. Foi girando a chave pouco a pouco, à esquerda e à direita, e repetiu a operação com os outros dois segredos. Uma vez identificados os setores onde era provável que estivesse a posição correta, voltou ao primeiro segredo. Agora tudo requeria uma precisão maior, e os dedos machucados às vezes o incomodavam e manchavam a chave com sangue. Isso continuava dificultando o trabalho e ele se maldisse por não ter pensado em usar luvas no lado de fora: perceber aquelas vibrações quase imperceptíveis requeria sensibilidade tátil. Finalmente, posicionou o primeiro segredo no número de abertura e, ao encontrá-lo, olhou de novo o relógio. Havia demorado 24 minutos para fazer o mais difícil. Enrico Fossataro teria precisado de um terço desse tempo, mas tudo estava correndo melhor do que previra. Com um sorriso satisfeito, relaxou os dedos por alguns momentos, massageou as pontas doloridas e enfiou a chave no segundo segredo. Quinze minutos depois, todos os três segredos estavam na posição correta. Então apagou a lanterna e parou para descansar. Deitado de costas no tapete, ficou imóvel por um par de minutos, aproveitando para ouvir o silêncio da casa. Durante esse tempo procurou não pensar em nada, exceto na caixa-forte que estava na sua frente. Lá fora o barulho da chuva havia parado e nada se mexia dentro da casa. Queria fumar um cigarro, mas não era o momento adequado. Levantando-se com um suspiro, esfregou as pernas anestesiadas de frio sob as calças e os sapatos molhados e voltou ao trabalho.

Tratava-se agora de uma questão de paciência. Se fossem as corretas, uma das 130 gazuas que Fossataro havia trazido a Nice seria capaz de abrir a fechadura que ficava sobre os segredos. Para localizá-la precisava descobrir o grupo ao qual pertencia e depois testar as desse grupo uma por uma. Poderia precisar tanto de um minuto como de uma hora. Voltou a consultar o relógio. Se não acontecesse nada de errado, a margem seria razoável. E assim começou a testar as chaves.

A fechadura respondeu à 107ª chave, quase meia hora depois. Ouviu um lento rangido de engrenagens internas e, quando puxou a pesada porta de aço, ela se abriu com silenciosa facilidade. O facho da lanterna elétrica iluminou, nas prateleiras, caixas de cartolina grossa e pastas. Nas caixas havia algumas joias, não muitas, e dinheiro; nas pastas, documentos. Dirigiu sua atenção a estes últimos. Barbaresco e Tignanello haviam lhe mostrado cartas parecidas com as que procurava, com o timbre oficial do ministro das Relações Exteriores da Itália, para que conseguisse reconhecê-las. Encontrou-as em uma das pastas: três cartas datilografadas, guardadas em envelopes de papel com datas e números de classificação. Aproximando a lanterna, confirmou os timbres, os textos e as assinaturas, assim como o nome datilografado a seus pés: *G. Ciano*. Aquelas eram as cartas que estava procurando, sem dúvida; dirigidas a Tomás Ferriol e datadas de 20 de julho, 1º e 14 de agosto de 1936.

Guardou as cartas e colocou as pastas em seu lugar. Barbaresco e Tignanello haviam lhe dito que procurasse deixar tudo como estava para que os Ferriol demorassem a perceber o que acontecera. Antes mesmo de começar a abrir a caixa-forte, Max havia anotado as posições dos segredos para o caso de que fosse conveniente, ao fechar a caixa, deixá-los como estavam originalmente — alguns proprietários tinham o hábito de checar tudo antes de abri-las de novo. Mas agora, movendo o facho de luz da lanterna pelo escritório, vendo a janela forçada e as marcas de água e barro espalhadas por todos os cantos, compreendeu que seria impossível dissimular a intrusão. Precisaria de muitas horas para limpar tudo e nem tinha com o quê. Por outro lado, o tempo se esgotava. Susana Ferriol devia estar prestes a se despedir de seus anfitriões em Cimiez.

As caixas de cartolina não continham grande coisa. Em uma estavam guardados 30 mil francos e um grosso maço de notas da República espanhola; que, ao contrário das emitidas na zona nacional, valiam cada vez menos. Quanto às joias, Max deduziu que Susana Ferriol devia ter outra caixa-forte em seus aposentos, porque na Schützling estavam guardadas poucas coisas: um prendedor de cabelo de ouro, um cronômetro Losada de bolso e um prendedor de gravata com uma pérola grande. E também um estojo com meia centena de libras esterlinas de ouro e um broche antigo em forma de libélula com esmeraldas, rubis e safiras. Com uma careta hesitante, Max voltou a iluminar as marcas que deixara no escritório. Com semelhante rastro e a essa altura, concluiu, tanto fazia. O broche e as moedas eram perigosos, facilmente identificáveis se a polícia os encontrasse em seu poder. Mas dinheiro era apenas dinheiro. Seu rastro se perderia assim que mudasse de mãos: não tinha identidade nem outro proprietário além daquele que o carregasse no bolso. Então, antes de fechar a caixa-forte, limpar as pegadas esfregando com um lenço e guardar as ferramentas, pegou os 30 mil francos.

O céu está coalhado de estrelas. Do telhado do prédio de apartamentos, a vista noturna de Sorrento e da baía é esplêndida, mas Max não está em condições de apreciar paisagens. Exausto depois do esforço, atrapalhado pela mochila que carrega nas costas, fica deitado ao lado da cornija, tentando recuperar o fôlego. Mais além dos edifícios com janelas iluminadas do hotel

Vittoria, o mar é uma vasta mancha escura, pontuada pelas luzes minúsculas que delimitam a costa até o resplendor distante de Nápoles.

Um pouco mais recuperado, depois de acalmar as batidas aceleradas do sangue em seu coração — esta noite comemora mais do que nunca o fato de ter parado de fumar há 11 anos —, Max segue em frente. Arranca a mochila das costas, tira dela uma corda de montanhista com nós de meio em meio metro e procura um lugar firme onde possa amarrá-la. O resplendor tênue das luzes do hotel, bem próximas, permite-lhe se movimentar com certa segurança enquanto explora o telhado, tentando não dar um passo em falso e se precipitar no vazio. Finalmente, amarra a corda com um nó corrediço em torno da base de cimento do para-raios e dá uma volta de segurança no tubo metálico de um exaustor. Depois pendura de novo a mochila nas costas, conta seis passos à esquerda, e, deitado na cornija, segurando com uma a corda com uma das mãos, olha para baixo. A 6 ou 7 metros, exatamente na vertical de onde está, fica o quarto do enxadrista russo. Não está iluminado. Contemplando o vazio escuro que se abre embaixo do balcão, Max permanece imóvel, tremendo de apreensão, enquanto seu pulso começa a se acelerar de novo. Não são tempos para este tipo de operações, pensa. Naturalmente, não de sua parte. A última vez em que esteve em uma situação parecida tinha 15 anos a menos. Por fim, respira fundo e agarra a corda. Depois — ao transpor a cornija e a calha, machuca um pouco os joelhos e os cotovelos — desce bem devagar, nó a nó.

Apreensões à parte — não para de temer que suas mãos falhem ou que seja acometido por um ataque de vertigem —, a descida é mais fácil do que esperava. Cinco minutos depois está no balcão, em solo firme, e tateia a porta envidraçada que se comunica com o quarto às escuras. Seria uma sorte se estivesse aberta, pensa enquanto veste as luvas de borracha fina. Mas não é o caso. Por isso recorre ao cortador de vidro com ponta de diamante que em outros tempos dera bons resultados: aplicando uma ventosa de borracha para sustentar a parte do vidro a ser retirada, traça um semicírculo de um palmo de diâmetro em torno do lugar onde fica a maçaneta interna. Depois bate suavemente, retira a parte seccionada, deposita-a com cuidado no chão, enfia a mão tentando não se cortar no vidro e levanta a maçaneta. A porta cede sem dificuldade, abrindo caminho para o aposento escuro e deserto.

Agora Max age com rapidez, adotando velhos métodos. Surpreende-se quando percebe que seu coração bate pausada e tranquilamente, como se nesta fase da ação os anos fossem o de menos e os antigos hábitos, recuperados, devolvessem-lhe um vigor e uma calma profissional que até há pouco achava impossíveis. Movimentando-se com extrema prudência para não esbarrar em nada, corre as cortinas das janelas e tira da mochila uma lanterna elétrica. O quarto é imenso, mas cheira a fechado, a tabaco rançoso. Há, de fato, um cinzeiro cheio de guimbas em cima de uma mesinha, ao lado de xícaras de café vazias e um tabuleiro de xadrez com as peças fora do lugar. Ao se movimentar ao redor, o facho de luz da lanterna ilumina poltronas, tapetes, quadros e uma porta que dá para o dormitório e o banheiro. E também a superfície de um espelho no qual, ao se aproximar, Max vê refletida contra a luz sua própria imagem vestida de preto, suspeita e imóvel. Quase desconcertada diante da aparição repentina de um estranho.

Afastando o facho da lanterna como se desistisse de se reconhecer no espelho, Max devolve sua imagem às trevas. A luz foca agora uma escrivaninha coberta de livros e papéis. Então, aproxima-se da mesa e começa a procurar.

Ainda era noite e continuava chovendo em Nice quando Max estacionou o Peugeot ao lado da igreja de Gesù e atravessou a praça protegido por um impermeável e um chapéu, pisando com indiferença nas poças salpicadas pela água. Não se via uma alma. A chuva parecia se materializar em um véu de névoa amarelado na esquina da rue de la Droite, em torno do poste elétrico aceso ao lado da porta de um bar fechado. Percorreu o pátio interno e deixou para trás o barulho da água que caía lá fora.

O saguão interno estava mal-iluminado: uma lâmpada nua e suja mal lhe permitia ver onde colocava os pés. Havia outra no patamar de cima. Ao subir a escada, os degraus de madeira rangeram sob seus sapatos molhados, que ainda tinham restos de barro da incursão recente. Sentia-se sujo, empapado e exausto, com vontade de acabar, de resolver aquilo e se deitar para dormir um pouco antes de pegar a mala e desaparecer. Queria pensar com frieza sobre seu futuro. Quando estava chegando ao patamar, desabotoou o impermeável e sacudiu a água do chapéu. Depois girou a chave da campainha de latão da porta e esperou, sem resultado. Aquilo o desconcertou um pouco. Voltou a girar a chave e ouviu o som lá dentro. Nada. O normal seria que os italianos estivessem impacientes, esperando-o. Mas não apareceu ninguém.

— Me alegro em vê-lo — disse uma voz às suas costas.

Com o sobressalto, o chapéu de Max caiu no chão. Fito Mostaza estava sentado nos degraus da escada que levava ao segundo andar, com aparência relaxada. Vestia um terno escuro e listrado com ombreiras largas e a habitual gravata-borboleta. Não usava gabardina nem chapéu.

— Estou vendo que o senhor é mesmo um homem sério — acrescentou. — Cumpre a palavra.

Falava com ar pensativo, desatento, como se estivesse pensando em outras coisas. Indiferente ao desconcerto de Max.

— Aquilo que foi buscar está com o senhor?

Max ficou olhando para ele por um bom tempo, sem responder. Tentava situar Mostaza e também se situar naquilo tudo.

— Onde eles estão? — perguntou, finalmente.

— Quem?

— Barbaresco e Tignanello... Os italianos.

— Oh, esses.

O outro coçou o queixo com uma das mãos enquanto sorria quase imperceptivelmente.

— Houve uma mudança de planos — disse.

— Não sei nada de mudanças. Preciso vê-los. É o previsto.

As lentes dos óculos de Mostaza reluziram quando inclinou a cabeça com a expressão pensativa e voltou a levantá-la de novo. Parecia refletir sobre o que Max dissera.

— Naturalmente... Acertos e deveres, é claro.

Ficou em pé quase a contragosto, sacudindo o fundilho das calças. Depois ajustou a gravata-borboleta e desceu até onde Max estava. Em sua mão direita brilhava uma chave.

— Naturalmente — repetiu, abrindo a porta.

Afastou-se para um lado, cortês, e deixou Max entrar. Ele entrou, e a primeira coisa que viu foi o sangue.

Está com eles. Foi tão fácil achar os cadernos das partidas de Mikhail Sokolov que, por um momento, Max chegou a duvidar que fossem realmente o que procurava. Mas não há dúvida. Uma revisão minuciosa à luz da lanterna, com os óculos de leitura colocados, acaba de dissipar qualquer incerteza.

Tudo coincide com a descrição aventurada por Mecha Inzunza: quatro volumes grossos encadernados em tecido e cartolina, parecidos com grandes livros de contabilidade muito usados, cheios de anotações manuscritas em cirílico com uma letra pequena e apertada: diagramas de partidas, observações, referências. Segredos profissionais do campeão do mundo. Os quatro cadernos estavam à vista, um em cima do outro, em meio a papéis e livros da escrivaninha. Max não sabe russo, mas foi fácil identificar as últimas anotações do quarto caderno: meia dúzia de linhas com nomenclatura críptica — D4T, P3TR, A4T, CxPR — escritas ao lado de um recorte recente do *Pravda* sobre uma das partidas disputadas por Sokolov e Keller em Sorrento.

Com os cadernos — o livro, dissera Mecha — na mochila e esta de novo nas costas, Max sai ao balcão e olha para cima. A corda continua ali, firme. Puxa-a para checar se está bem-presa, e depois a agarra disposto a subir por ela até o telhado mas nem se esforça quando compreende que não vai conseguir. Talvez tenha energia para chegar à altura do telhado, mas será difícil passar pela cornija e pela calha onde antes, ao descer, machucara os joelhos e os cotovelos. Havia calculado mal suas possibilidades. Ou seu vigor. Um desmaio o faria cair no vazio. Sem levar em conta, além disso, a dificuldade de fazer depois o caminho inverso pelos degraus de ferro da parede, descendo às escuras sem ver onde estaria colocando os pés. Sem outro apoio seguro além de suas mãos.

A certeza o golpeia com uma explosão de pânico que seca sua boca. Mas ainda permanece assim por um momento, imóvel, agarrando a corda. Incapaz de tomar uma decisão. Depois afasta as mãos, vencido. Assumindo que caiu na própria armadilha. Excesso de confiança, teimosia de não aceitar a evidência da velhice e do cansaço. Sabe que jamais conseguirá chegar ao telhado por esse caminho.

Pense, diz a si mesmo, angustiado. Pense bem e faça tudo depressa ou não conseguirá sair daqui. Deixando a corda onde está — é impossível retirá-la lá de baixo —, volta ao quarto. Não há mais de uma saída, e essa convicção o ajuda a se concentrar nos passos que deve dar em seguida. Trata-se de uma questão de cuidado. E de sorte. De quantas pessoas estarão no edifício e onde. De que o vigia que os russos costumam deixar no andar térreo esteja, ou não, no meio do caminho entre a suíte de Sokolov e a porta que leva ao jardim. Por isso, tentando não fazer barulho, pisando primeiro com o calcanhar e depois com o resto de suas solas de borracha, Max cruza o aposento, sai ao corredor e fecha com cuidado a porta às suas costas. Lá fora há luz, e também um tapete longo que vai até o elevador e a escada, o que lhe permite avançar em silêncio. Detém-se no patamar para ouvir, aproximando-se do vão da escada. Tudo está calmo. Desce tomando as mesmas precauções, olhando por cima do corrimão para checar se o caminho continua livre. Sente-se incapaz de perceber os sons, pois seu coração disparou de novo, intensamente, e as pulsações nos tímpanos se tornaram ensurdecedoras. Há muito tempo não suava de verdade, pensa. Sua pele nunca foi propensa a suar muito; no entanto, sob as calças e o suéter pretos sente que a roupa de baixo está empapada.

Para no último lance, esforçando-se mais uma vez para se tranquilizar. No meio das batidas do sangue que golpeia sua cabeça acha que percebe um som distante, amortecido. Talvez um rádio ou uma televisão ligados. Volta a se aproximar do vão da escada, desce os últimos degraus e se aproxima com cautela da esquina do vestíbulo. Há uma porta no outro lado: sem dúvida a que leva ao jardim. À esquerda, na penumbra, prolonga-se um corredor e à direita há uma porta dupla envidraçada, cujo vidro quase opaco permite distinguir uma luz lá atrás. Dali provém o som do rádio ou da televisão, que agora ouve com mais intensidade. Max retira o lenço que ainda está amarrado em sua cabeça, enxuga o suor do rosto com ele e o enfia no bolso. Sua boca está tão seca que a língua quase arranha o palato. Fecha os olhos por alguns segundos, respira três vezes, atravessa o vestíbulo, abre silenciosamente a porta e sai. O ar fresco da noite e o cheiro vegetal do jardim o acolhem sob as árvores com um estrondo otimista, de energia, de vida. Agarra a mochila e começa a correr pelas sombras.

— Desculpe a desordem — disse Fito Mostaza, fechando a porta.

Max não respondeu. Olhava espantado para o corpo de Mauro Barbaresco. O italiano estava com as costas contra o chão, em manga de camisa, estendido sobre uma grande poça de sangue meio coagulado. Seu rosto tinha cor de cera, os olhos entrefechados e vítreos, os lábios entreabertos e a garganta seccionada com um corte profundo.

— Vamos lá para trás — sugeriu Mostaza. — E procure não pisar no sangue. É muito escorregadio.

Atravessaram o corredor e chegaram ao aposento dos fundos, onde estava o cadáver do segundo italiano, atravessado no umbral da cozinha, de bruços, um braço esticado em ângulo reto e o outro embaixo do corpo, o rosto mergulhado em uma poça de sangue entre avermelhado e amarronzado que correra em um longo fio sob a mesa e as cadeiras. Havia ali um cheiro ao mesmo tempo vago e denso, quase metálico.

— Cinco litros por cada corpo, mais ou menos — comentou Mostaza com frio desagrado, como se lamentasse mesmo aquilo. — Isso soma dez. Calcule o derrame.

Max se deixou cair na primeira cadeira que teve a mão. O outro ficou observando-o com atenção. Depois pegou uma garrafa de vinho que estava na mesa, encheu meio copo e lhe ofereceu. Max recusou com um aceno de cabeça. A ideia de beber vendo aquilo lhe dava ânsias de vômito.

— Tome pelo menos um gole — insistiu Mostaza. — Vai lhe fazer bem.

Por fim Max obedeceu, mal umedecendo os lábios, e deixou o copo em cima da mesa. Mostaza, em pé ao lado da porta — o sangue de Tignanello chegava a dois palmos de seus sapatos —, havia tirado o cachimbo de um bolso e o enchia tranquilamente com tabaco.

— O que aconteceu aqui? — conseguiu articular Max.

O outro encolheu os ombros.

— São ossos do ofício. — Apontou o cadáver com a haste do cachimbo — O deles.

— Quem fez isso?

Mostaza o olhou com ligeira surpresa, como se a pergunta o deixasse um pouco desconcertado.

— Eu, naturalmente.

Max deu um pulo e se pôs de pé, derrubando a cadeira; mas ficou imóvel no ato, porque a visão do objeto que o outro acabara de tirar de um dos bolsos do paletó o deixou paralisado. Com o cachimbo ainda apagado na mão esquerda, com a direita Mostaza segurava uma pequena pistola, reluzente, niquelada. Não era, no entanto, um movimento ameaçador. Limitava-se a exibi-la na palma da mão com uma expressão inofensiva, quase pedindo desculpas. Não apontava a arma para ele e nem sequer estava com o dedo no gatilho.

— Levante a cadeira e volte a se sentar, por favor... Não sejamos dramáticos.

Max fez o que lhe dizia. Quando se sentou de novo, a pistola havia desaparecido no bolso direito de Mostaza.

— Está com o que foi buscar? — perguntou.

Max olhava para o cadáver de Tignanello, de bruços na extensa poça de sangue meio coagulado. Um dos pés havia perdido o sapato, que estava no chão, um pouco mais além. A meia tinha um buraco no calcanhar.

— Não foram mortos com essa pistola — disse.

Mostaza, que acendia o cachimbo, olhou-o sobre uma baforada de fumaça enquanto sacudia o fósforo para apagar a chama.

— Não, claro que não — confirmou. — Uma pistola, mesmo de calibre pequeno como esta, faz barulho... Não queria assustar os vizinhos. — Abriu um pouco o paletó, mostrando a empunhadura do punhal que aparecia em um lado, perto dos suspensórios. — Isto é mais sujo, claro. Porém também mais discreto.

Dirigiu um olhar pensativo à poça de sangue perto de seus pés. Parecia considerar se *sujo* era uma palavra adequada.

— Não foi agradável, lhe garanto — acrescentou depois de um instante.

— Por quê? — insistiu Max.

— Mais tarde poderemos conversar sobre essas coisas, se quiser. Agora me diga se conseguiu as cartas do conde Ciano... Estão com você?

— Não.

Mostaza ajustou os óculos com um dedo e estudou-o durante alguns segundos, avaliando.

— Ora — comentou, finalmente. — Precaução ou fracasso?

Max ficou em silêncio. Nesse momento estava ocupado, calculando quanto valeria sua vida depois que entregasse as cartas. Provavelmente tanto quanto a dos infelizes dessangrados no chão.

— Levante e vire-se — ordenou Mostaza.

Havia uma ligeira irritação no tom, embora ainda não parecesse ameaçador. Apenas ocupado com um trâmite desagradável e inevitável. Max obedeceu e o outro o envolveu em uma baforada de fumaça quando se aproximou por trás para revistá-lo, inutilmente, enquanto Max se felicitava intimamente pelo fato de ter sido precavido com as cartas, deixando-as escondidas embaixo de um assento do automóvel.

— Pode se virar... Onde elas estão? — Com o cachimbo entre os dentes deformando suas palavras, Mostaza enxugava no paletó as mãos que havia molhado no impermeável de Max. — Diga-me pelo menos se estão em seu poder.

— Estão comigo.

— Maravilha. Alegra-me ouvir isso. Agora me diga onde estão e acabemos com essa história de uma vez.

— O que entende por acabar?

— Não seja desconfiando, homem. Tão eloquente. Nada impede que nos separemos como pessoas civilizadas.

Max olhou de novo para o cadáver de Tignanello. Recordou sua expressão taciturna e melancólica. Um homem triste. Quase o deixava comovido vê-lo assim, de bruços em seu próprio sangue. Tão quieto e desvalido.

— Por que os matou?

Mostaza franzia o cenho, incomodado, e dava a impressão de que esse gesto aprofundava a cicatriz sob sua mandíbula. Abriu a boca como se fosse dizer alguma coisa desagradável, mas pareceu pensar melhor. Dirigiu um olhar rápido ao fornilho de seu cachimbo, checando se o tabaco estava queimando corretamente, e olhou para o cadáver do italiano.

— Isto aqui não é um romance. — Seu tom era quase paciente. — Por isso não estou pensando em dedicar o último capítulo a explicar como tudo aconteceu. Nem você precisa saber de nada disso nem eu tenho tempo para conversas de detetives... Diga-me onde estão as cartas e resolvamos isso de uma vez.

Max apontou o cadáver.

— Também vai me resolver dessa maneira, quando estiver com elas?

Mostaza parecia avaliar seriamente o comentário.

— Você tem razão — admitiu. — Ninguém lhe garante nada, é claro. E não acredito que minha palavra seja suficiente...

— E está certo.

— Sim.

O outro tragou ruidosamente o cachimbo, pensativo.

— Preciso fazer um par de ajustes na minha biografia para você — disse, finalmente. — Na realidade, não trabalho para a República espanhola, mas para o governo de Burgos. Para o outro lado.

Piscou um olho, debochado, atrás das lentes dos óculos. Era evidente que desfrutava o desconcerto de seu interlocutor.

— De qualquer maneira — acrescentou —, tudo fica em casa.

Max o olhava, ainda estupefato.

— Mas são italianos... Agentes fascistas. Eram seus aliados.

— Ouça. Você me parece um pouco ingênuo. Nestes níveis de trabalho não existem aliados que valham a pena. Eles queriam as cartas para seus chefes e eu as quero para os meus... Jesus Cristo pregou aquela história de que devemos ser irmãos, mas nunca disse para nos comportarmos como se fôssemos primos. As cartas pedindo comissão pelos aviões serão um belo trunfo nas mãos de meus chefes, eu digo. Uma forma de agarrar os italianos, ou seu ministro das Relações Exteriores, pelos culhões.

— E por que não pediram as cartas diretamente a Ferriol, que é seu banqueiro?

— Não tenho a menor ideia. Eu recebo ordens, não ouço confidências. Suponho que Ferriol só pensa nele mesmo. Deve querer receber tudo por outros meios, talvez. De espanhóis e italianos. Afinal de contas, é um homem de negócios.

— E o que significou aquela estranha história do navio?

— O *Luciano Canfora*...? Um assunto pendente que você me ajudou a resolver. É verdade que o capitão e o chefe de máquinas pretendiam levar o carregamento a um porto governamental; eu mesmo os convenci, depois de me apresentar como um agente da República. Eram suspeitos e tinham me encomendado checar sua lealdade... Depois usei você para passar a informação aos italianos, que agiram rapidamente. Os traidores foram presos e o barco navega para onde estava previsto.

Max aponta o corpo de Tignanello.

— E eles... Era necessário matá-los?

— Tecnicamente sim. Não podia controlar essa situação com três pessoas ao mesmo tempo; além do mais, duas delas profissionais... Não tive outro remédio que não limpar a paisagem.

Tirou o cachimbo da boca. Parecia apagado. Bateu na mesa com suavidade o fornilho virado para baixo, esvaziando-o. Depois deu uma chupada na haste e guardou-o no bolso oposto ao da pistola.

— Vamos acabar com isso de uma vez — disse. — Dê-me as cartas.

— Já viu que não estão aqui comigo.

— E você viu meus argumentos. Onde estão?

Era absurdo continuar negando, decidiu Max. E perigoso. Só podia se arriscar se fosse para ganhar algum tempo.

— Em um lugar adequado.

— Então me leve até lá.

— E depois...? O que acontecerá comigo?

— Nada em particular. — Ele o olhava ofendido por sua desconfiança. — Como lhe disse, você seguirá seu caminho e eu o meu. Cada macaco no seu galho.

Max estremeceu, desamparado a ponto de sentir pena de si mesmo, e, por um momento, seus joelhos fraquejaram. Havia mentido a muitos homens e mulheres ao longo da vida para não reconhecer os sintomas: lia, nos olhos de Mostaza, a precariedade de seu futuro.

— Não confio em sua palavra — protestou, debilmente.

— Dá no mesmo; você não tem opção. — O outro apalpou o bolso, recordando a pistola que estava ali. — E se está achando que vou matá-lo basta resolver se vou matá-lo agora ou depois... Mas repito que não é essa minha intenção. Com as cartas em meu poder, não faria sentido. Seria um ato desnecessário. Supérfluo.

— E o meu dinheiro?

Era apenas outra tentativa desesperada de ganhar tempo. De prolongar as coisas. Mas Mostaza deu a conversa por terminada.

— Esse é um assunto que não me diz respeito. — Pegou sua gabardina e o chapéu que estavam em cima de uma cadeira. — Vamos.

Voltou a dar uma palmada no bolso enquanto indicava a porta com a outra mão. De repente ficara mais tenso e sério. Max o precedeu, driblando o corpo e a mancha do sangue de Tignanello e caminhou pelo corredor até chegar ao cadáver de Barbaresco. Enquanto esticava a mão para a maçaneta da porta, com Mostaza atrás, dirigiu um último olhar aos olhos vítreos e à boca entreaberta do italiano, sentindo de novo aquela estranha sensação desolada, de comiseração, que já sentira antes. Havia começado a achar aqueles dois simpáticos, disse a si mesmo. Cães molhados debaixo da chuva.

A porta resistia um pouco. Max puxou-a com mais força e, quando se abriu de repente, o movimento brusco levou-o a recuar ligeiramente. Mostaza, que vinha em seguida vestindo a gabardina, precavido, também deu ım passo para trás, um braço dentro da manga e a outra mão enfiada pela metade no bolso da pistola. Ao fazê-lo, pisou no sangue meio coagulado esparramado pelo chão e escorregou. Não muito: só um ligeiro tropeço enquanto procurava recuperar o equilíbrio. Nesse instante, Max entendeu com sombria certeza que essa era a única oportunidade que teria nessa noite. Então, com o arrebatamento cego do desespero, atirou-se em cima dele.

Os dois escorregaram no sangue e caíram no chão. O objetivo de Max era impedir que o outro puxasse a pistola, mas, quando começaram a lutar, deu-se conta de que, na verdade, seu adversário pretendia lançar mão do punhal. Por sorte, o outro braço de Mostaza estava travado pela manga da gabardina; Max aproveitou-se disso para obter uma ligeira vantagem dando um soco em seu rosto, em cima dos óculos, que se quebraram com um rangido. Mostaza grunhiu e o agarrou com todas as suas forças, tentando ficar em cima dele. Seu corpo magro e firme, apenas aparentemente frágil, revelava-se muito perigoso. O punhal em suas mãos equivaleria a uma sentença de morte. Golpeou Max com relativa sorte, detendo o ataque, e voltaram a se travar, um procurando sujeitar e bater e o outro liberar o braço preso na gabardina enquanto escorregavam uma e outra vez no sangue de Barbaresco. Desesperado, sentindo que ia desmaiar de cansaço, consciente de que quando Mostaza liberasse a outra mão poderia se considerar morto, acudiram em socorro de Max velhos reflexos esquecidos: o garoto suburbano da rua Vieytes e o soldado que vez ou outra se defendera a navalhadas em bordéis frequentados pelos legionários. O que fizera pessoalmente e o que vira fazer. Então, com toda a energia que conseguiu reunir, cravou um polegar em um olho do inimigo. O dedo penetrou muito fundo, com um estalido brando e um uivo animalesco de Mostaza, que afrouxou a resistência. Max tentou se levantar, mas escorregou de novo no sangue. Tentou de novo, até que conseguiu ficar em cima do adversário, que gemia como um animal torturado. Então, usando o cotovelo direito como arma, ficou batendo no rosto de Mostaza com todas as suas forças, até que seu braço começou a doer de uma forma insuportável e o outro parou de se debater, e seu rosto ficou virado para um lado, todo inchado, quebrado.

Max se deixou cair, exausto. Ficou assim por muito tempo, tentando recuperar as forças, e então sentiu que a consciência o abandonava e tudo em volta ficava escuro. Desmaiou lentamente, como se caísse em um poço interminável. E, quando voltou a si, a pequena janela do vestíbulo emoldurava uma penumbra suja e cinzenta que talvez anunciasse a aurora. Afastou-se do corpo imóvel e caminhou arrastando-se em direção ao patamar da escada. Deixou atrás de si um rastro do próprio sangue, pois tinha levado — como constatou, apalpando-se com dolorida lerdeza — uma punhalada superficial em uma coxa, a caminho da artéria femoral e errando-a por muito pouco. De alguma maneira, no último instante, Fito Mostaza conseguira puxar seu punhal.

12. O Trem Azul

O telefone toca no quarto do hotel Vittoria e Max se inquieta. É a segunda vez em 15 minutos e são seis horas da manhã. Na primeira, quando atendeu, ninguém se manifestou no outro lado da linha: apenas um silêncio seguido de um clique do corte da ligação. Desta vez não pega o telefone e o deixa tocar até parar. Sabe que não se trata de Mecha Inzunza, pois combinaram ficar longe um do outro. Decidiram isso na noite anterior, no terraço do Fauno. A partida de xadrez terminara às dez e meia. Os russos devem ter percebido pouco depois o roubo, o vidro cortado e a corda que pendia do telhado. No entanto, quando, depois das onze da noite, de banho tomado e roupa trocada, um tenso Max caminhava pelo jardim em direção à praça Tasso, o edifício ocupado pela delegação soviética não mostrava sinais de agitação. Algumas janelas estavam iluminadas, mas tudo parecia tranquilo. Talvez Sokolov não tivesse voltado a sua suíte, concluiu enquanto se distanciava em direção à grade. Ou talvez — isso podia ser mais preocupante do que carros de polícia estacionados na porta — os russos tivessem decidido administrar aquele incidente de maneira discreta.

Mecha estava ao lado de uma das mesas do fundo, com a jaqueta de camurça no respaldo da cadeira. Max foi se sentar ao seu lado sem desgrudar os lábios, pediu um negroni ao garçom e olhou em volta, calmamente, evitando o olhar inquisitivo da mulher. Seus cabelos ainda úmidos estavam penteados com esmero e um lenço de seda assomava pelo colarinho aberto da caminha, entre as lapelas do blazer azul-marinho.

— Esta tarde Jorge venceu — disse ela depois de alguns instantes.

Max admirou sua tranquilidade, sua atitude serena.

— É uma boa notícia — disse.

Virou-se para olhá-la, finalmente. Sorriu ao fazê-lo e Mecha adivinhou o significado daquele sorriso.

— Está com você — comentou.

Não era uma pergunta. Ele sorriu um pouco mais. Fazia anos que não aparecia em seus lábios aquele gesto de triunfo.

— Oh, querido — disse ela.

O garçom chegou com a taça. Max bebeu um gole do coquetel, saboreando-o de verdade. Um pouco de excesso de gim, percebeu, satisfeito. Exatamente o que precisava.

— Como foi? — perguntou Mecha.

— Incômodo. — Deixou a bebida na mesa. — Não tenho mais idade para certas peripécias. Eu lhe disse.

— No entanto, conseguiu. O livro.

— Sim.

Ela se apoiou na mesa, com uma expressão ávida.

— Onde está?

— No lugar adequado, como combinamos.

— Você não vai me dizer onde?

— Ainda não. Espere algumas horas, por precaução.

Olhou-o intensamente, avaliando aquela resposta, e Max adivinhou o que pensava. Por um momento viu aflorar em seu olhar a antiga e quase familiar desconfiança. Mas não durou mais de um segundo. Depois Mecha inclinou um pouco a cabeça, como se pedisse desculpas.

— Você tem razão — admitiu. — Não convém que o entregue para mim, ainda.

— Claro. Já falamos sobre isso antes. É o que acertamos.

— Veremos como irão reagir.

— Acabo de passar perto dos apartamentos... Tudo parece tranquilo.

— Talvez ainda não saibam.

— Tenho certeza de que sabem. Deixei rastros em todos os lugares.

Ela se remexia, inquieta.

— Alguma coisa deu errado?

— Supervalorizei minhas forças — reconheceu, com simplicidade. — Isso me obrigou a improvisar em cima da hora.

Olhava para a grade do hotel, mais além das luzes dos automóveis e das motocicletas que circulavam pela praça. Imaginou os russos investigando o que ocorrera, a princípio espantados e mais tarde furiosos. Bebeu um par de goles para acalmar sua apreensão. Achava quase estranho não ouvir sirenes da polícia.

— Por pouco não fiquei preso no quarto — confessou depois de um instante. — Como um idiota. Você imagina...? Os russos voltando da partida e eu sentado, esperando.

— Poderão identificá-lo? Você disse que deixou rastros.

— Não me refiro a impressões digitais nem coisas assim. Falo de indícios: um vidro quebrado, uma corda... Até um cego se daria conta assim que entrasse no quarto. Por isso estou lhe dizendo que a esta hora já sabem.

Deu uma olhada insegura em volta. O terraço começava a se esvaziar, mas algumas mesas ainda estavam ocupadas.

— Me preocupa que não haja movimento — acrescentou. — Reações, quero dizer. Podem estar vigiando você neste momento, e a mim.

Ela olha ao redor com expressão sombria.

— Não têm por que nos relacionar com o roubo — concluiu, depois de pensar um pouco.

— Você sabe que não vão demorar a juntar os fios. E se me identificarem, estarei perdido.

Apoiava uma das mãos na mesa: ossuda, manchada pelos anos. Tinha marcas de mercurocromo nos nós dos dedos, nos arranhões que se fizera ao subir ao telhado e ao descer ao balcão de Sokolov. Ainda lhe doía.

— Talvez deva abandonar o hotel — disse depois de um momento. — Desaparecer por uma temporada.

— Quer sabe de uma coisa, Max? — Ela roçou suavemente as marcas avermelhadas de suas mãos. — Tudo isso soa a *déjà-vu*. Você não acha...? A coisa repetida.

Seu tom era doce, de infinito afeto. Em seus olhos reluziam as luzes do terraço. Max fez uma careta. Evocadora.

— É mesmo — confirmou. — Em parte, pelo menos.

— Se pudéssemos voltar atrás, talvez as coisas fossem... Não sei. Diferentes.

— Nunca são diferentes. Cada um arrasta sua estrela consigo. As coisas são o que devem ser.

Chamou o garçom e pagou a conta. Depois, levantou-se e afastou a cadeira de Mecha.

— Naquela vez, em Nice... — Ela começou a dizer.

Max acomodava o paletó nos ombros. Ao descer as mãos, deslizou-as por um instante pelos braços de Mecha, como se fosse uma rápida carícia.

— Peço que não fale de Nice. — Era um sussurro quase íntimo: fazia muito tempo que não falava assim com uma mulher. — Não esta noite, por favor. Não agora.

Sorria ao dizê-lo. Ela também riu ao se virar e ver seu sorriso.

* * *

— Vai doer — disse Mecha.

Verteu algumas gotas de tintura de iodo na ferida e Max achou que havia lhe aplicado um ferro candente na coxa. Aquilo ardia como mil diabos.

— Está doendo — disse.

— Eu avisei.

Estava sentada ao seu lado, na beira de um sofá de lona e aço do salão da casa de Antibes. Usava um penhoar longo, elegante, preso na cintura. Uma camisola leve de seda aparecia sob a abertura do roupão, mostrando parte das pernas nuas, e estava descalça. Seu corpo desprendia um aroma agradável, de sono recente. Dormia quando Max batera na porta, despertando primeiro a empregada e depois a ela. Agora a criada havia voltado para o seu quarto, e ele estava deitado de costas em uma posição pouco heroica: as calças e as cuecas nos joelhos, o sexo descoberto, o talho da navalha de Mostaza desenhando uma ferida pouco profunda de meio palmo de comprimento na coxa direita.

— Quem fez isso errou por pouco... Se a ferida fosse mais profunda, você poderia ter se esvaído em sangue.

— Sim.

— Também foi ele quem deixou seu rosto desse jeito?

— O próprio.

Havia se olhado no espelho do quarto do Negresco — um olho arroxeado, sangue no nariz e um lábio inchado — duas horas antes, quando passara pelo seu quarto de hotel para fazer um curativo improvisado, engolir dois comprimidos de Veramon e recolher apressadamente suas coisas antes de liquidar a conta e deixar uma esplêndida gorjeta. Depois ficou parado por um momento sob a cobertura envidraçada da porta, sobre a qual a chuva ainda gotejava, vigiando a rua com desconfiança, atento a qualquer indício inquietante sob os postes que iluminavam a Promenade e as fachadas dos hotéis próximos. Finalmente, tranquilizando-se, enfiou a bagagem no Peugeot, ligou o motor e se afastou na noite, os faróis iluminando os pinheiros pintados de branco que cercavam a estrada de Antibes e La Garoupe.

— Por que você veio para cá?

— Não sei. Ou sei. Precisava descansar um pouco. Pensar.

Essa era a ideia, de fato. Havia muito em que pensar. Se Mostaza estava morto ou não, por exemplo. Também se agia sozinho ou se havia outras pessoas que poderiam estar procurando por Max neste momento. E a mesma coisa acontecia com os italianos. Consequências imediatas e futuras, e nenhuma delas permitia vislumbrar uma única conclusão agradável. A isto era necessário acrescentar a natural curiosidade das autoridades quando alguém descobrisse os cadáveres — certamente dois, talvez três — na casa da rue de la Droite: ao todo, dois serviços secretos e a polícia francesa perguntando-se quem estaria envolvido em tudo aquilo. E como a cereja final do bolo, como se fosse pouco, a reação imprevisível de Tomás Ferriol quando soubesse que as cartas do conde Ciano haviam se evaporado.

— Por que eu? — perguntou Mecha. — Por que você veio para a minha casa?

— Não conheço ninguém em Nice em quem possa confiar.

— Os gendarmes o estão procurando?

— Não. Pelo menos ainda. Mas não é a polícia o que me preocupa esta noite.

Examinava-o atentamente. Desconfiada.

— O que querem fazer com você...? E por quê?

— Não se trata do que queiram fazer comigo. Trata-se do que fiz e do que podem achar que fiz... Preciso descansar algumas horas. Me curar. Depois irei embora. Não quero complicar sua vida.

Ela apontou friamente a ferida, as manchas de sangue e a tintura de iodo sobre a toalha que havia colocado debaixo do corpo de Max antes de obrigá-lo a se deitar no sofá.

— Você chega em minha casa de madrugada com uma navalhada na perna, assusta minha empregada... Você não chama isso de complicação?

— Já lhe disse que logo irei embora. Quando conseguir me organizar e souber para onde...

— Você não mudou nem um pouco, não é mesmo...? E eu sou uma estúpida. Soube disso desde que o vi na casa de Suzi Ferriol: o mesmo Max de Buenos Aires... Que colar de pérolas está levando desta vez?

Pousou a mão em um braço da mulher. A expressão de seu rosto, entre franca e desvalida, estava entre as mais eficientes do repertório habitual. Anos de exercício. De êxitos. Com ela, teria convencido um cachorro faminto a lhe ceder seu osso.

— Às vezes a pessoa paga por coisas que não fez — disse, sustentando seu olhar.

— Maldito seja. — Sacudiu a mão dele com uma explosão de cólera. — Tenho certeza de que você não paga nem a metade. E de que fez quase tudo.

— Algum dia contarei a você. Juro.

— Não haverá outros dias, se eu conseguir evitá-los.

Segurou suavemente seu pulso.

— Mecha...

— Calado! — Ela voltou a se soltar. — Deixe-me acabar com isso e atirá-lo na rua.

Colocou uma gaze com esparadrapo na ferida e, ao fazê-lo, seus dedos roçaram a coxa do homem. Este sentiu o contato morno na pele e, apesar da ferida, seu corpo reagiu à proximidade daquela carne que cheirava a sono recente e a cama ainda quente. Imóvel, sentada na beira do sofá, tão inexpressiva e serena como se estudasse com objetividade um fato alheio a ambos, Mecha ergueu a vista e fitou seus olhos.

— Filho da puta — murmurou.

Depois abriu o penhoar, levantou a camisola de seda e montou em cima de Max.

— Sr. Costa?

Um desconhecido está no umbral do quarto do hotel Vittoria. Outro, no corredor. Os velhos alarmes do instinto disparam antes que a razão defina o perigo concreto. Com o fatalismo de quem já se viu em situações semelhantes, Max assente sem desgrudar os lábios. Não lhe passa despercebido o pé que o homem do umbral avança com ar casual para impedir que volte a fechar a porta. Mas não tem intenção de fechá-la. Sabe que seria inútil.

— O senhor está sozinho?

Forte sotaque estrangeiro. Não é um policial. Ou, pelo menos — Max fareja avidamente os prós e os contras —, não é um policial italiano. O homem do umbral não está mais no umbral, mas dentro do quarto. Entra com naturalidade, olhando ao redor, enquanto o do corredor fica onde estava. O que entrou é alto, de cabelos castanhos longos e escorridos. Suas mãos são grandes, de unhas roídas, sujas; no mindinho da esquerda usa um grosso anel de ouro.

— O que vocês querem? — pergunta, finalmente, Max.

— Que nos acompanhe.

O sotaque é eslavo. Russo, sem dúvida. Que outro poderia ser? Max recua até o telefone que está na mesinha de cabeceira, ao lado da cama. O outro o observa se mexer, com indiferença.

— Não lhe convém armar um escândalo, senhor.

— Saia daqui.

Max aponta a porta, que continua aberta com o outro homem no corredor: estatura baixa, inquietantes ombros de lutador sob um blusão preto de couro muito estreito. Os braços ligeiramente afastados do corpo. O de cabelos escorridos levanta a mão do anel, como se nela carregasse um argumento irrefutável.

— Se prefere policiais italianos, não há problema. O senhor é livre para escolher o que lhe convier. Nós só queremos conversar.

— A respeito de quê?

— Sabe muito bem sobre o quê.

Max pensa durante cinco segundos, tentando não ser invadido pelo pânico. Seu pulso se acelerou e ele sente os joelhos fraquejarem. Cairia sentado na cama se pudesse impedir que interpretassem isso como uma claudicação ou uma prova. Como uma confissão explícita. Por um momento se maldisse em silêncio. É imperdoável ter ficado ali, pouco previdente, como um rato deleitando-se com o queijo, esperando que a mola da ratoeira entre em ação. Não imaginou que fossem reconhecê-lo tão depressa. Que o identificassem assim, sem mais nem menos.

— Seja o que for, podemos conversar aqui — arrisca, finalmente.

— Não. Alguns cavalheiros querem encontrar o senhor em outro lugar.

— Que lugar é esse?

— Perto daqui. Cinco minutos de carro.

O de cabelos escorridos disse isso batendo com um dedo na esfera de seu relógio de pulso, como se fosse uma prova de exatidão e boa-fé. Depois dirige o olhar ao homem do corredor, que entra no quarto, fecha com calma a porta e começa a revistar tudo.

— Não irei a lugar nenhum — protesta Max, aparentando uma firmeza que está longe de sentir. — Os senhores não têm o direito.

Tranquilo, como se seu interesse pelo ocupante do quarto ficasse por um momento em suspenso, o dos cabelos escorridos deixa seu companheiro trabalhar. Este abre as gavetas da cômoda e olha dentro do armário com metódica eficiência. Então esquadrinha debaixo do colchão e do somiê. Então faz um gesto de negação e pronuncia quatro palavras em língua eslava, das quais Max só entende a russa *nichivó*: nada.

— Isso não importa agora. — O dos cabelos escorridos retorna à conversa interrompida. — Ter ou não ter direitos... Já lhe disse que pode escolher. Conversar com os cavalheiros que mencionei ou conversar com a polícia.

— Não tenho nada a esconder da polícia.

Os dois intrusos estão agora calados e imóveis, observando-o com frieza; e a Max assusta mais essa imobilidade do que o silêncio. Após um momento, o dos cabelos escorridos coça o nariz. Pensativo.

— Faremos uma coisa, Sr. Costa — diz, finalmente. — Vou segurá-lo por um braço e meu amigo por outro e vamos descer assim até o vestíbulo e entrar no automóvel que nos espera lá fora. Pode ser que resista a nos acompanhar e pode ser que não... Se resistir, haverá escândalo e a direção do hotel chamará a polícia de Sorrento. Então o senhor assumirá suas responsabilidades e nós, as nossas. Mas, se vier de bom grado, tudo acontecerá discretamente, sem violência... O que decide?

Max tenta ganhar tempo. Pensar. Catalogar soluções, fugas prováveis e improváveis.

— Quem são vocês...? Quem os mandou?

O outro faz um gesto de impaciência.

— Fomos enviados por pessoas apaixonadas pelo xadrez. Gente pacífica que quer comentar com o senhor um par de jogadas duvidosas.

— Não sei nada disso. Não me interesso pelo xadrez.

— É sério...? Pois ninguém o diria. Teve muito trabalho para um homem de sua idade.

Enquanto fala, o homem dos cabelos escorridos pega em uma cadeira o paletó de Max e o entrega com um gesto de impaciência, quase rude. O de quem esgotou suas últimas reservas de cortesia.

A mala estava aberta em cima da cama, pronta para ser fechada: sapatos envoltos em flanela, roupa de baixo, camisas, três ternos dobrados na parte superior. Uma bolsa de viagem de bom couro, combinando com a mala. Max estava prestes a abandonar a casa de Mecha Inzunza em Antibes para se dirigir à estação de trem de Nice, pois havia feito reserva no Trem Azul. As três cartas do conde Ciano estavam escondidas na mala; descolara e voltara a colar seu forro interno com muito cuidado. Ainda não havia decidido o que faria com elas, embora queimassem estando em seu poder. Precisava de tempo para pensar em seu destino. Para averiguar o alcance do que acontecera na noite anterior na casa de Susana Ferriol e na casa da rue de la Droite. E para calcular as consequências.

Acabou de ajustar um nó windsor no colarinho branco e impecável — estava em manga de camisa e suspensórios, com o paletó ainda desabotoado — e contemplou por um momento seu rosto no espelho do quarto: os cabelos reluzentes de brilhantina com risca à direita, o queixo recémbarbeado cheirando a loção Floïd. Por sorte, mal exibia sequelas da luta com Fito Mostaza: haviam se reduzido ao inchaço no lábio, e o olho golpeado estava com um aspecto melhor. Uma leve maquiagem — Max havia usado alguns pós de Mecha — dissimulava a marca arroxeada que ainda o ensombrecia sob as pestanas.

Quando se virou, abotoando o paletó, exceto o botão inferior, ela estava na porta, vestida para sair e com uma xícara de café nas mãos. Não a ouvira chegar e ignorava quanto tempo ficara observando.

— A que horas sai o trem? — perguntou Mecha.

— Às sete e meia.

— Está decidido a partir?

— Claro.

Ela bebeu um gole e ficou olhando a xícara, pensativa.

— Ainda não sei o que aconteceu ontem à noite... Por que você veio para cá.

Max virou as palmas das mãos para cima. Nada a ocultar, dizia o gesto.

— Já lhe contei.

— Não me contou nada. Só que teve um problema sério e não pôde continuar no Negresco.

Ele assentiu. Estava há tempos preparando-se para essa conversa. Sabia que ela não iria deixá-lo partir sem fazer perguntas, e a verdade era que merecia algumas respostas. A recordação de sua carne e de sua boca, de seu corpo nu enlaçado ao dele, turvou-o de novo, desconcertando-o por um momento. Mecha Inzunza era tão bela que afastar-se dela significava uma violência quase física. Por um instante considerou os limites das palavras amor e desejo no meio de toda aquela incerteza, a suspeita e a urgência do medo, sem a menor certeza sobre o futuro nem sobre o presente. Aquela fuga sombria, cujo destino e consequências desconhecia, deixava todo o resto em segundo plano. Precisava primeiro se pôr a salvo e refletir mais tarde sobre a marca daquela mulher em sua carne e em seu pensamento. Podia se tratar de amor, naturalmente. Max nunca havia amado antes e não podia sabê-lo. Talvez fosse amor aquela desfaçatez intolerável, o vazio diante da iminência da partida, a tristeza desoladora que quase substituía o instinto de se pôr a salvo e sobreviver. Talvez ela também o amasse, pensou de repente. À sua maneira. Talvez, pensou também, não voltassem a se ver nunca.

— É verdade — respondeu, finalmente. — Um problema sério... Ou melhor, grave. E acabou em uma briga suja. Por isso me convém sumir por um tempo.

Ela o olhava sem nem pestanejar.

— E em relação a mim?

— Continuará aqui, imagino. — Max fez um gesto ambíguo, que abarcava tanto aquele quarto como a cidade de Nice. — Sei onde poderei encontrá-la quando tudo se acalmar.

Ainda imóveis, as íris douradas da mulher exibiam uma seriedade mortal.

— Isso é tudo?

— Ouça. — Max vestiu o paletó. — Não quero ser dramático, mas talvez esteja arriscando a vida. Ou sem talvez. Sem dúvida a estou arriscando.

— Você está sendo procurado...? Por quem?

— Não é fácil explicar.

— Estou com tempo. Posso ouvir tudo o que quiser me contar.

Usando o pretexto de verificar se a bagagem estava em ordem, Max evitava seu olhar. Fechou a mala e ajustou as correias.

— Você é uma afortunada, então. Eu não tenho nem tempo nem ânimo. Ainda estou confuso. Aconteceram coisas inesperadas... Problemas com os quais não sei lidar.

De algum lugar da casa chegou o som distante de um telefone. Tocou quatro vezes e parou de repente, sem que Mecha lhe desse atenção.

— Está sendo procurado pela polícia?

— Não que eu saiba. — Max sustentou seu escrutínio com a impassibilidade adequada. — Não me arriscaria a viajar de trem, se fosse o caso. Mas as coisas podem mudar de rumo e não quero estar aqui quando isso acontecer.

— Ainda não respondeu a minha pergunta. O que acontecerá comigo?

A empregada apareceu. Estavam ligando para a senhora. Mecha lhe entregou a xícara de café e seguiu-a pelo corredor. Max pôs a mala no chão, fechou a bolsa de viagem e colocou-a a seu lado. Depois foi até a mesa do toucador para pegar os objetos que estavam ali: o relógio de pulso, a caneta-tinteiro, a carteira, o isqueiro e a cigarreira. Estava colocando o Patek Philippe no pulso esquerdo quando Mecha voltou. Levantou os olhos, viu-a apoiada no batente da porta, exatamente como estava antes de ir atender o telefone e no ato entendeu que algo não ia bem. Que havia notícias, e nada boas.

— Era Ernesto Keller, meu amigo do consulado chileno — confirmou ela, com fria calma. — Disse que ontem à noite roubaram a casa de Suzi Ferriol.

Max ficou imóvel, os dedos ainda ocupados com a fivela da pulseira do relógio.

— Ora... — conseguiu dizer. — E como ela está?

— Está bem. — Do tom de Mecha poderiam gotejar nesse momento fios de gelo. — Não estava em casa quando aconteceu. Ainda jantava em Cimiez.

Max afastou o olhar, esticou uma das mãos e pegou a caneta Parker com toda a serenidade que conseguiu reunir. Ou aparentar.

— Levaram coisas de valor?

— Isso é você quem deveria me dizer.

— Eu...? — Confirmou que a tampa estava bem-fechada e colocou a caneta no bolso interno do paletó. — Por que eu deveria saber?

Olhava-a de novo nos olhos, já reposto. Sereno. Ainda apoiada no batente da porta, ela cruzou os braços.

— Me poupe do seu repertório de evasivas, engodos e mentiras — exigiu. — Não tenho humor para todo esse lixo.

— Eu lhe garanto que em nenhum momento...

— Vá se ferrar. Entendi assim que o vi na casa de Suzi naquele dia. Soube que estava tramando alguma coisa, mas não suspeitei que iria agir ali mesmo.

Aproximou-se de Max. Pela primeira vez desde que a conhecia, ele viu seu rosto contraído pela fúria. Uma exasperação intensa que crispava suas feições, ensombrecendo-as.

— Ela é minha amiga... O que você roubou dela?

— Está enganada.

Imóvel diante dele, quase agressiva, os olhos da mulher relampejavam, ameaçadores. Max teve de se esforçar para não dar um passo para trás.

— Tão enganada como em Buenos Aires, está querendo dizer? — perguntou ela

— Não se trata disso.

— Me diga do que se trata, então. E o que o roubo tem a ver com seu estado na noite de ontem. Com sua ferida e as pancadas... Ernesto disse que quando Suzi chegou em casa os ladrões já haviam ido embora.

Ele não respondeu. Pretendia dissimular sua perturbação fingindo verificar o conteúdo da carteira.

— O que aconteceu depois, Max? Se não houve violência ali, onde houve...? E com quem?

Ele continuava em silêncio. Não tinha mais desculpas para não a olhar de frente, pois Mecha havia se apoderado da cigarreira e do isqueiro, e acendia um cigarro. Depois atirou os dois objetos com violência em cima da mesa. O isqueiro escorregou e caiu no chão.

— Vou denunciá-lo à polícia.

Expulsou uma baforada diretamente em cima dele, muito próxima, como se cuspisse fumaça.

— E não me olhe assim, porque não tenho medo de você... Nem de você nem de seus cúmplices.

Max se agachou para pegar o isqueiro. A batida havia desencaixado a tampa, constatou.

— Não tenho cúmplices. — Colocou o isqueiro em um bolso do colete e a cigarreira no paletó. — E não se trata de um roubo. Vi-me envolvido em uma coisa que não procurei.

— Você passa a vida inteira procurando, Max.

— Não isso. Posso lhe garantir que desta vez não.

Mecha continuava muito perto, olhando-o com extrema firmeza. E Max compreendeu que não podia evitar o que pedia. Por um lado, ela tinha o direito de saber alguma coisa a respeito do que acontecera. Por outro, deixá-la para trás em Nice, naquele estado de irritação e incerteza, seria acrescentar riscos desnecessários a sua já precária situação. Precisava de alguns dias de silêncio. De trégua. Algumas horas, pelo menos. E talvez, concluiu, pudesse manipulá-la. Além de tudo, como todas as mulheres do mundo, ela só queria ser convencida.

— É um assunto complicado — admitiu, exagerando o esforço de confessá-lo. — Fui usado. Não tive opção.

Fez uma pausa exata, apropriada para o momento. Mecha ouvia e esperava, atenta, como se fosse sua vida e não a de Max que estivesse envolvida naquilo. E agora, ao hesitar outro instante em acrescentar o resto, ele foi sincero. Talvez fosse um erro ir tão longe, disse a si mesmo. Mas não lhe restava tempo para discutir sobre isso. Estava ficando difícil imaginar outra saída.

— Dois homens morreram... Talvez três.

Mecha mal se alterou. Limitou-se a entreabrir um pouco os lábios em torno do cigarro fumegante, como se precisasse de mais ar para respirar.

— Relacionados com a história de Suzi?

— Em parte. Ou sim. Inteiramente.

— A polícia já sabe?

— Acho que ainda não. Ou talvez a esta hora já saiba. Não tenho como averiguar.

Os dedos de Mecha tremeram ligeiramente quando tirou bem devagar o cigarro da boca.

— Você os matou?

— Não. — Ele a olhava sem pestanejar, apostando tudo naquilo. — Nenhum deles.

O lugar é pouco simpático: uma antiga casa com o jardim coberto de arbustos e ervas daninhas. Fica nos arredores de Sorrento, entre Annunziata e Marciano, encaixada entre duas colinas que ocultam a vista do mar. Chegaram até ali em um Fiat 1300 pela sinuosa estrada cheia de buracos, o homem dos cabelos escorridos ao volante e o de blusão preto sentado no banco de trás com Max. Agora estão em um aposento com as paredes deterioradas; velhos quadros se desfazem no meio de gesso esmigalhado e manchas de umidade. Os únicos móveis são duas cadeiras, e Max está sentado em uma delas, entre os dois acompanhantes, que permanecem em pé. Um quarto homem ocupa a outra cadeira, diante da de Max: pele pálida, espesso bigode avermelhado e inquietantes olhos cor de aço cercados por sinais de cansaço. Das mangas de seu paletó fora de moda emergem mãos brancas, longas e estreitas, que lembram tentáculos de lula.

— E agora — conclui esse homem — me diga onde está o livro do grande mestre Sokolov.

— Não sei de que livro está falando — responde Max, tranquilo. — Se aceitei vir, foi para desfazer esse estúpido equívoco.

O outro o contempla, inexpressivo. Aos seus pés, apoiada em uma das pernas da cadeira, está uma sovada pasta de couro preto. Finalmente, com um movimento quase preguiçoso, inclina-se para pegá-la e a coloca sobre seus joelhos.

— Um estúpido equívoco... É assim que o qualifica?

— Exatamente.

— Parece seguro. Digo isso sinceramente. Embora isso não surpreenda em uma pessoa como você.

— Não sabe nada a meu respeito.

Um dos tentáculos de lula traça um movimento sinuoso no ar, semelhante a um ponto de interrogação.

— Saber...? O senhor está cometendo um erro grave, prezado Costa. Sabemos muito. Por exemplo, que não é o cavalheiro endinheirado que aparenta ser, mas o chofer de um cidadão suíço com residência em Sorrento. Também sabemos que o automóvel que está no estacionamento do hotel Vittoria não lhe pertence... E isso não é tudo. Sabemos que seus antecedentes criminais incluem roubo, desfalque e outros delitos menores.

— Isso é intolerável. Estão com o homem errado.

Talvez seja o momento de se mostrar indignado, resolve Max. Ameaça se levantar da cadeira, mas imediatamente sente no ombro a mão firme do indivíduo do blusão preto. Não é uma pressão hostil, percebe. É mais persuasiva, como se lhe recomendasse que tivesse paciência. Por sua vez, o homem do bigode avermelhado abriu a pasta e tirou dela uma garrafa térmica.

— Em absoluto — comenta enquanto desenrosca o copo da garrafa. — O senhor é quem é. Imploro que não tente maltratar minha inteligência. Estou desde ontem à noite sem dormir, investigando este imbróglio. Isso inclui o senhor, seus antecedentes, sua presença no Prêmio Campanella e sua relação com o aspirante Keller. Tudo.

— Mesmo que fosse verdade, o que tenho a ver com esse livro pelo qual pergunta?

O outro verte um jato de leite quente no copo, tira de um porta-comprimidos uma drágea rosada e a engole. Parece realmente cansado. Depois balança um pouco a cabeça, desanimando-o a insistir em negar.

— Fez aquilo. Subiu de noite no telhado e o levou.

— O livro?

— Exatamente.

Max sorri suavemente.

— Assim, sem mais, tão facilmente?

— Não tão facilmente. Investiu muito trabalho nisso. Uma coisa admirável, devo reconhecer. Maravilhosamente profissional.

— Ouça. Não seja ridículo. Tenho 64 anos.

— Foi o que pensei quando consegui ver hoje de manhã seu prontuário. Mas parece estar em boa forma. — Dirige o olhar aos arranhões nas mãos de Max. — Embora veja que se machucou um pouco.

O russo bebe o restante do leite, sacode o copo e volta a enroscá-lo em seu lugar.

— O senhor correu um risco enorme — continua enquanto guarda a garrafa térmica. — E não me refiro à possibilidade de que nosso pessoal o descobrisse no edifício, mas a descer ao balcão e todo o resto... Continua sem admiti-lo?

— Como vou admitir semelhante disparate?

— Ouça. — O tom se mantém persuasivo. — Esta conversa não tem caráter oficial. A polícia italiana não foi avisada do roubo. Temos nossos próprios métodos de segurança... Tudo poderia ser mais simples se devolvesse o livro, supondo que ainda o tenha em seu poder, ou se nos disser a quem o entregou. Se nos contar para quem trabalha.

Max tenta pensar depressa. Talvez devolver o livro fosse uma forma de resolver as coisas, mas também daria aos soviéticos a prova material de que todas as suas suspeitas são corretas. Levando em conta a maneira como em Moscou manipulam a propaganda, pergunta-se quanto tempo demorariam para tornar pública sua versão dos fatos, relacionar Max a Jorge Keller e desacreditar o aspirante. Um escândalo acabaria com a carreira do jovem, o impediria de disputar o título mundial.

— São as anotações da vida inteira do grande mestre Sokolov — continua o do bigode avermelhado. — Coisas importantes dependem desse material. Partidas futuras... Entenda que precisamos recuperá-las, pelo prestígio do campeão mundial e pelo bom nome de nossa pátria. É uma questão de Estado. Ao roubar o livro, o senhor atentou diretamente contra a União Soviética.

— Mas eu não estou com esse livro, nem nunca estive. Jamais subi em um telhado nem entrei em outro quarto que não fosse o meu.

Os olhos cansados do russo estudam Max com um interesse e uma firmeza inquietantes.

— É a sua última palavra, no momento?

Aquele *no momento* é ainda mais ameaçador do que os olhos cinza metálicos, embora tenha sido acompanhado de um sorriso quase amistoso. Max sente sua firmeza vacilar. A situação começa a ultrapassar suas previsões.

— Não sei que outra coisa poderia lhe dizer... Além do mais, não tem direito de me reter aqui. Não estamos na Cortina de Ferro.

Assim que diz isso, percebe que cometeu um erro. O último rastro de sorriso se apaga dos lábios do outro.

— Deixe-me lhe confiar uma coisa pessoal, Sr. Costa. Meu conhecimento do xadrez é, digamos, periférico. Minha especialidade verdadeira é simplificar assuntos complicados... Meu papel ao lado do grande mestre Sokolov é garantir que suas partidas transcorram com normalidade. Cuidar do entorno. Até agora, meu trabalho era impecável nesse sentido. Mas o senhor perturbou essa normalidade. Colocou-me sob suspeita, entende... Perante o campeão mundial de xadrez, perante meus chefes e perante minha própria autoestima profissional.

Max tenta disfarçar a sensação de pânico. Finalmente consegue desgrudar os lábios e, com razoável firmeza, articular cinco palavras:

— Me levem para a polícia.

— Cada coisa em seu tempo. No momento, nós somos a polícia.

O russo olha para o dos cabelos escorridos, e Max sente explodir no lado esquerdo um soco brutal, inesperado, que faz seu tímpano ressoar como se acabassem de arrebentá-lo. De repente está no chão, a cadeira derrubada, o rosto grudado nas lajotas do solo. Aturdido e com a cabeça zumbindo por dentro como uma colmeia enlouquecida.

— Bem, vamos ficar confortáveis, Sr. Costa. — Ouve dizer, e a voz parece chegar de muito longe. — Enquanto conversamos mais um pouco.

Quando Mecha Inzunza desligou o motor do automóvel, o limpador de para-brisa parou de funcionar e o vidro foi esmerilhado por gotas de chuva, deformando a visão de táxis e charretes estacionados diante do arco triplo de acesso à estação de trem. Embora ainda não tivesse anoitecido, os postes da praça estavam iluminados; as luzes elétricas se multiplicavam no asfalto molhado, em meio ao reflexo plúmbeo do entardecer que gravitava sobre Nice.

— Aqui nos despedimos — disse Mecha.

Soava seco. Impessoal. Max havia se virado para olhar seu perfil imóvel, ligeiramente inclinado sobre o volante. Os olhos absortos no exterior.

— Me dê um cigarro.

Procurou a cigarreira no bolso de sua gabardina, acendeu um Abdul Pashá e colocou-o nos lábios de Mecha. Ela fumou por alguns instantes em silêncio.

— Suponho que levaremos muito tempo para voltar a nos ver — disse, finalmente.

Não era uma pergunta. Max torceu a boca.

— Não sei.

— O que fará quando chegar a Paris?

— Continuarei me movimentando. — Sua careta se alargou. — Um alvo fixo é diferente de um alvo móvel. Por isso, quanto mais difícil o tornar, melhor.

— Poderão machucá-lo?

— Talvez... Sim. Há essa possibilidade.

Ela havia se virado para olhá-lo, a mão na qual o cigarro fumegava apoiada no volante. As gotas de chuva no vidro manchavam seu rosto sob o efeito das luzes externas.

— Não quero que machuquem você, Max.

— Não é minha intenção facilitar as coisas.

— Mas você ainda não me disse o que pegou na casa de Suzi Ferriol. O que o diferencia de um roubo vulgar... Ernesto Keller falou em dinheiro e documentos.

— Você não precisa saber de mais nada. Para que se envolver?

— Já me envolvi. — Fez um gesto que abrangia eles, o automóvel e a estação ferroviária. — Como está vendo.

— Quanto menos souber, menos será afetada. São papéis. Cartas.

— Comprometedoras?

Max se adiantou ao desprezo implícito na pergunta.

— Não desse tipo — disse. — O meu negócio não é chantagem.

— E dinheiro...? É verdade que você levou dinheiro?

— Também.

Mecha assentiu um par de vezes com a cabeça, lentamente. Parecia confirmar os próprios pensamentos. E tivera, temeu Max, muito tempo para pensar.

— Documentos de Suzi... O que podem conter que lhe interesse?

— Pertencem a seu irmão.

— Ah! Nesse caso, tenha cuidado. — Agora o tom era seco. — Tomás Ferriol não é daqueles que oferecem a outra face. E tem muita coisa em jogo para tolerar que um...

— Um joão-ninguém?

Mecha terminou o cigarro, ignorando o sorriso insolente de Max. Depois girou a manivela da janela e jogou a guimba no lado de fora.

— Para tolerar que alguém como você o incomode.

— Incomodei muita gente nos últimos dias, me parece. Muitos entrarão na fila para ficar com a minha cabeça.

Ela não disse nada. Max consultou o relógio de pulso: seis e cinquenta. Faltavam cinquenta minutos para a partida do trem, que vinha de Mônaco, e não era conveniente ficar esperando na plataforma, exposto a olhares inoportunos. Havia reservado por telefone uma cabine individual da primeira classe do vagão-leito. Se tudo corresse bem, de manhã estaria em Paris: bem-dormido, barbeado e disposto. Preparado mais uma vez para encarar a vida.

— Quando as coisas se tranquilizarem, tentarei negociar — acrescentou. — Tirar algum proveito do que colocaram em minhas mãos.

— Você é engraçado... Colocaram, disse. Como se tivessem caído do céu.

— Eu não procurei isso, Mecha.

— Está levando os documentos com você?

Ele hesitou por um momento. Não tinha sentido envolvê-la ainda mais.

— Dá no mesmo — respondeu. — Não lhe serve para nada saber se estou com eles ou não.

— Já pensou em devolvê-los a Ferriol...? Em fazer um acordo?

— Claro que pensei. Mas me aproximar dele é arriscado. Além disso, há outros clientes possíveis.

— Clientes?

— Há dois indivíduos. Ou havia. Dois italianos. Agora estão mortos... É absurdo, mas às vezes tenho a impressão de que lhes devo alguma coisa.

— Se estão mortos, não lhes deve nada.

— Não, claro... A eles não. E no entanto...

Entrefechou os olhos, recordando. Aqueles pobres-diabos. O tamborilar da chuva, as gotas d'água caindo como se fossem uma correnteza pelo lado de fora dos vidros, acentuavam sua melancolia. Olhou outra vez o relógio.

— E nós dois, Max? Você me deve alguma coisa?

— Voltarei a procurá-la quando tudo estiver mais calmo.

— Talvez não esteja mais aqui. Talvez troquem meu marido. Também se fala cada vez mais de outra guerra na Europa... Tudo pode mudar de repente. Desaparecer.

— Preciso ir agora — disse ele.

— Não sei onde estarei quando, como você diz, tudo estiver mais calmo. Ou mais complicado.

Max havia colocado a mão na maçaneta da porta. Parou de repente, como se sair do automóvel equivalesse a se internar no vazio. Isso o levou a estremecer. Sentiu-se vulnerável. Exposto à solidão e à chuva.

— Não sou um homem de leituras — comentou, pensativo. — Gosto mais de cinema. Só dou uma olhada em folhetins curtos nas viagens e nos hotéis, desses que as revistas publicam... Mas há uma coisa de que sempre me lembro. Um aventureiro dizia: "Eu vivo do meu sabre e do meu cavalo."

Fez um esforço para organizar os pensamentos, procurando palavras que definissem exatamente o que pretendia dizer. A mulher ouvia imóvel, calada. Nas pausas só se escutava o barulho das gotas na lataria do automóvel. Muito lentas, agora. Como se Deus chorasse.

— Comigo acontece uma coisa parecida. Vivo do que carrego comigo. Do que encontro no caminho.

— Tudo tem um fim — disse ela, suavemente.

— Não sei qual será esse fim, mas conheço o começo... Quando criança, tive poucos brinquedos, quase todos feitos com lata pintada e caixas de fósforos. Às vezes, aos domingos, meu pai me levava à matinê do cine Libertad: a sessão custava 30 centavos e distribuíam balas e bilhetes de uma rifa que nunca cheguei a ganhar. Na tela, com a música do pianista ao fundo, via peitilhos engomados e brancos, homens bem-vestidos, lindas mulheres, automóveis, festas e taças de champanhe...

Voltou a tirar a elegante cigarreira de tartaruga do bolso, mas não a abriu. Limitou-se a brincar com ela, passando os dedos nas iniciais de ouro *MC* incrustadas em um ângulo.

— Costumava parar — continuou — diante de uma confeitaria da rua Califórnia e ficava olhando a vitrine cheia de doces, bolos e tortas... Ou ia, brincando, pela margem do Riachuelo até La Boca, observando os marinheiros que desciam dos barcos: homens com os braços tatuados que vinham de lugares que eu achava que deviam ser fascinantes.

Deteve-se quase bruscamente, incomodado. Acabara de se dar conta de que seria capaz de encadear esse tipo de recordações interminavelmente. Também tinha consciência de que jamais havia falado tanto de si mesmo. Com ninguém. Nunca recorrendo à verdade nem à autêntica memória.

— Existem homens que sonham em partir e se atrevem. Eu o fiz.

Mecha continuava calada, ouvindo como se não se atrevesse a cortar o fio sutil do que ele lhe confiava. Max suspirou fundo, quase com desfaçatez, e guardou a cigarreira.

— Claro que há um fim, como você disse. Mas não sei onde está o meu.

Parou de olhar as luzes e as silhuetas apagadas do lado de fora e, virando-se para ela, beijou-a com naturalidade. Suavemente. Na boca. Mecha permitiu que o fizesse, sem rejeitar o contato. Um calor delicado, úmido, que dava a Max a impressão de que a paisagem chuvosa lá de fora era ainda mais sombria. Depois, quando afastou um pouco o rosto, os dois continuaram olhando-se nos olhos, muito perto um do outro.

— Você não tem motivos para partir — murmurou ela em voz muito baixa. — Aqui há centenas de lugares... Perto de mim.

Desta vez foi ele quem se afastou um pouco. Sem parar de olhá-la.

— No meu mundo — disse — tudo é maravilhosamente simples: sou quem as gorjetas que distribuo dizem que sou. E se uma identidade se arruína ou se esgota no dia seguinte assumo outra. Vivo da credibilidade alheia, sem grandes rancores nem grandes ilusões.

— Já pensou que eu poderia mudar isso...?

— Ouça. Há tempos estive em uma festa, em uma casa nas proximidades de Verona. Gente de muito dinheiro. Na sobremesa, incentivados pelos donos, os convidados começaram a raspar, rindo, o gesso das paredes com as colherinhas de prata do café para descobrir os afrescos que haviam sido pintados embaixo. Eu os olhava fazendo aquilo e pensava em como tudo era absurdo. Que nunca poderia me sentir como eles. Com suas colherinhas de prata e suas pinturas ocultas pelo gesso. E suas risadas.

Deteve-se por um momento, desceu o vidro da janela e aspirou o ar úmido de fora. Nas paredes da estação, grudados em meio aos cartazes publicitários, havia panfletos da Ação Francesa e da Frente Popular; slogans ideológicos misturados com anúncios de roupa de baixo, de creme dental ou da próxima estreia cinematográfica, *Abus de confiance*.

— Quando vejo todas essas camisas pretas, pardas, vermelhas ou azuis, exigindo que você se afilie a isto ou àquilo, penso que antes o mundo era dos ricos e agora vai ser dos ressentidos... Eu não sou nem uma coisa nem outra. Nem sequer consigo ter ressentimento, embora me esforce. E lhe juro que o faço.

Olhou de novo para a mulher. Continuava ouvindo imóvel. Sombria.

— Acho que no mundo de hoje a única liberdade possível é a indiferença — concluiu Max. — Por isso continuarei vivendo com meu sabre e meu cavalo.

— Desça do carro.

— Mecha...

Ela afastou o olhar.

— Vai perder o trem.

— Eu te amo. Acho. Mas o amor não tem nada a ver com tudo isso.

Mecha bateu com as duas mãos no volante.

— Vá de uma vez. Maldito seja.

Max colocou o chapéu e desceu do automóvel abotoando a gabardina. Tirou da parte traseira a mala e a bolsa de viagem e caminhou sem desgrudar os lábios nem olhar para trás, entre os pingos da chuva. Sentia uma tristeza intensa, angustiante: uma espécie de nostalgia antecipada de tudo o que iria sentir falta mais tarde. Na entrada do edifício entregou a bagagem a um carregador e caminhou atrás dele em meio às pessoas, em direção às bilheterias. Depois seguiu o rapaz até a dupla estrutura de vidro e aço que cobria as plataformas. Nesse momento, entre jatos de vapor, aproximava-se lentamente uma locomotiva arrastando uma dúzia de vagões azul-escuros com uma faixa dourada sob as janelas e o logotipo da Compagnie Internationale des Wagons-Lits. Uma placa metálica em cada lado indicava o trajeto Mônaco-Marselha-Lyon-Paris. Max olhou em volta, procurando sinais que pudessem preocupá-lo. Dois gendarmes de uniforme escuro conversavam, relaxados, diante da porta da sala de espera. Tudo parecia tranquilo, decidiu, e ninguém olhava especialmente para ele. Embora tampouco isso garantisse nada.

— Vagão, senhor? — perguntou o rapaz da bagagem.

— Número dois.

Subiu no trem, entregou a passagem ao condutor do vagão com uma nota de 100 francos — maneira infalível de contar com sua boa vontade pelo resto da viagem — e, enquanto o funcionário tocava a viseira do quepe, dobrando a cintura com uma reverência, deu outros 20 ao carregador.

— Obrigado, senhor.

— Não, meu amigo. Obrigado a você.

Ao entrar na cabine, fechou a porta e correu um pouco a cortina: o necessário para olhar de novo a plataforma. Os gendarmes continuavam conversando no mesmo lugar e não viu nada que pudesse inquietá-lo. As pessoas se despediam e subiam no trem. Um grupo de freiras agitava lenços e uma mulher atraente abraçava um homem diante da porta do vagão. Max acendeu um cigarro e se acomodou no assento. Quando o trem começou a andar, levantou a vista para a mala colocada no compartimento de bagagem. Pensava nas cartas que estavam escondidas em seu forro interno. Também na forma de continuar vivo e livre até se desfazer delas. Mecha Inzunza já se apagara de sua memória.

A dor, constata Max, atinge mais cedo ou mais tarde um estado de saturação e sua intensidade deixa de ter importância. Um ponto a partir do qual vinte pancadas significam a mesma coisa que quarenta. Daí em diante não é cada nova pancada o que dói, mas as pausas entre uma e outra. Porque o tormento mais difícil de suportar não é estar apanhando, mas os momentos em que o verdugo interrompe sua tarefa para respirar um pouco. É então que a carne dolorida para de se intumescer diante da violência, relaxa e acusa de verdade a dor que a atormenta. O resultado de todo o processo anterior.

— O livro, Max... Onde está o livro?

A essa altura da conversa desigual — torturar envolve outras liberdades de índole social —, o homem do bigode avermelhado e mãos parecidas com tentáculos de lula trocou o senhor por você. Sua voz chega a Max deformada e distante, pois ele está com a cabeça coberta por uma toalha molhada que dificulta sua respiração, abafa seus gemidos e absorve parte dos socos que recebe, sem deixar feridas visíveis em seu corpo amarrado a uma cadeira. Leva outras pancadas no estômago e no ventre, expostos pela postura a que suas amarras o obrigam a adotar. São desferidas pelo homem de cabelos lisos e o do blusão preto de couro. Sabe que são eles porque de vez em quando retiram a toalha e através dos olhos turvados, doloridos e cheios de lágrimas os vê ao seu lado, esfregando os nós dos dedos, enquanto o outro homem observa sentado.

— O livro. Onde está o livro?

Acabaram de tirar a toalha de sua cabeça. Max aspira com avidez o ar que chega a seus pulmões maltratados, embora cada respiração lhe arda como se circulasse através de carne esfolada. Seus olhos aturdidos conseguem enfocar, finalmente, o rosto do homem do bigode avermelhado.

— O livro — repete este. — Diga-nos onde está e acabemos com isso de uma vez.

— Não sei... nada... de livros.

Por conta própria, sem indicação de ninguém e como contribuição pessoal ao procedimento, o do blusão preto aplica, de repente, um soco no baixo-ventre de Max. Este se retorce em suas amarras enquanto a nova dor explode de baixo para cima, arrastando-se pelas virilhas e pelo peito, levando-o a se encolher sem conseguir direito, impedido pelos braços, pelo torso e pelas pernas amarrados à cadeira. Um súbito suor frio cobre seu corpo e depois de alguns segundos, pela terceira vez desde que tudo começou, vomita uma bílis amarga que escorre pelo queixo e chega à camisa. O sujeito que o golpeou o observa com desgosto e se vira para o homem do bigode avermelhado, esperando novas instruções.

— O livro, Max.

Ainda sem fôlego, nega com a cabeça.

— Ora. — Aparece um sinal de seca admiração na voz do russo. — O vovô está brincando de durão... Na sua idade.

Outro golpe no mesmo lugar. Max se contorce em um novo espasmo de dor, como se alguma coisa pontiaguda perfurasse suas entranhas. E por fim, depois de alguns segundos de agonia, não consegue se conter e grita: um uivo breve, bestial, que o alivia um pouco. Desta vez a ânsia não termina em vômito. Max fica com a cabeça caída sobre o peito, inspirando, entrecortada e dolorosamente. Tiritando por causa do suor que parece se congelar debaixo da roupa úmida, em cada poro de seu corpo.

— O livro... Onde está?

Levanta o rosto, um pouco. Seu coração trota descompassado, algumas vezes com pausas muito longas entre batida e batida, acelerado e violento em outras. Está convencido de que morrerá nos próximos minutos, e a própria indiferença o surpreende. Sua embrutecida resignação. Nunca imaginou que fosse dessa maneira, pensa em um instante de lucidez. Deixando-se ir aturdido pelos golpes, como quem se abandona a uma correnteza que o arrasta até a noite. Mas assim será. Ou parece. Com tanta dor e cansaço quebrando sua carne, isso promete mais alívio do que qualquer outra coisa. Um descanso, enfim. Um sono longo e final.

— Onde está o livro, Max?

Outra pancada, desta vez no peito, seguida de uma explosão de dor que parece esmagar sua coluna vertebral. É acometido por novas ânsias, embora já não reste nada a expulsar pela boca. Urina sem controle, molhando as calças, com uma ardência intensa que lhe arranca um gemido agônico. Uma dor de cabeça espantosa oprime suas têmporas, e seus pensamentos confusos mal deixam espaço para imagens coerentes. O olhar turvo só percebe desertos brancos, lampejos cegantes, superfícies imensas que ondulam como mercúrio pesado. O vazio, talvez. Ou o nada. Às vezes, como fragmentos fugazes, nesse nada irrompem velhas imagens de Mecha Inzunza, fragmentos desconexos do passado, sons estranhos. O som que mais se repete é o de três bolas de marfim batendo uma nas outras em uma mesa de bilhar: um som suave, monótono, quase prazeroso, que proporciona um estranho sossego a Max. Que lhe inspira o vigor necessário para levantar completamente o queixo e olhar os olhos cor de aço do homem que está sentado diante dele.

— Eu o escondi... na boceta... da sua mãe.

Depois da última palavra cospe debilmente na direção do outro. Uma cusparada breve, sanguinolenta e patética, que não atinge seu objetivo e cai no chão, quase no meio dos próprios joelhos. O do bigode avermelhado contempla o cuspe no chão, com expressão contrariada. Pensativo.

Depois faz um sinal para os outros, que voltam a cobrir a cabeça de Max com a toalha molhada.

O Trem Azul corria através da noite, em direção ao norte, deixando para trás Nice e seus perigos. Depois de beber o último gole de um Armagnac de 48 anos e enxugar os lábios com um guardanapo, Max colocou uma gorjeta em cima da toalha e saiu do vagão-restaurante. A mulher com a qual havia compartilhado a mesa se levantara há cinco minutos, afastando-se em direção ao mesmo vagão de Max, o número dois. O acaso os levara a se encontrar quando o jantar começava a ser servido, depois de ele tê-la visto abraçar um homem na estação quando o trem estava prestes a partir. Era francesa, devia ter cerca de 40 anos, vestia com elegante naturalidade um tailleur que o olho adestrado de Max achou identificar como de Maggy Rouff, e ao seu olhar profissional, instintivo, não escapou a aliança de ouro que, ao lado de um anel de safira, a mulher usava na mão esquerda. Não conversaram quando ele se sentou diante dela; só trocaram o educado *bonsoir* de praxe. Jantaram em silêncio, intercambiando algum breve sorriso convencional quando seus olhares coincidiam ou o garçom voltava a encher os cálices de vinho. Era atraente, confirmou ele enquanto tirava o guardanapo de cima do prato: olhos grandes, sobrancelhas finas retocadas a lápis e a quantidade certa de batom vermelho sangue nos lábios. Ao terminar o *filet de boeuf-forestière*, ela recusou a sobremesa e tirou um maço de Gitanes da bolsa. Max se inclinou sobre a mesa para lhe oferecer fogo com seu isqueiro. Teve certa dificuldade em abrir a tampa desencaixada, e as primeiras palavras trocadas com esse pretexto abriram caminho para uma conversa superficial e amável: Nice, a chuva, a temporada de inverno, os trabalhadores que aproveitavam as férias remuneradas para fazer turismo, a Exposição Internacional que estava prestes a se encerrar em Paris. Quebrado o gelo, passaram a outro tipo de assunto. De fato, o homem de quem ela se despedira na gare era seu marido. Viviam quase o ano inteiro em Cap Ferrat, mas ela passava, todos os meses, uma semana em Paris devido a assuntos profissionais: era editora de moda da revista *Marie Claire*. Cinco minutos depois a mulher ria das histórias de Max e observava sua boca enquanto falava. Nunca pensou em ser manequim de roupa masculina?, perguntou-lhe um pouco mais tarde. Finalmente consultou seu minúsculo relógio de pulso, fez um comentário sobre como era tarde, despediu-se com um amplo sorriso e abandonou o vagão-restaurante. Por uma agradável casualidade, ocupavam cabines contíguas: as de número quatro e cinco. Casualidades dos trens e da vida.

Max atravessou o vagão onde estava instalado o bar — a essa hora tão animado como o do Ritz —, cruzou a plataforma entre as portas onde ressoavam com mais força o tamborilar do trem e o som monótono das rodas e parou junto à guarita do condutor do vagão, que examinava a lista dos passageiros das dez cabines sob sua responsabilidade, à luz de uma pequena luminária que fazia reluzir dois pequenos leões dourados no bolso do seu uniforme. O condutor era um homenzinho calvo, bigodudo e amável, com uma cicatriz no crânio que, conforme Max soube depois, quando se interessou por ela, havia sido causada por um fragmento de bala que o atingira no Somme. Conversaram um pouco sobre cicatrizes de guerra e depois sobre vagões-leitos, ônibus, trens e linhas internacionais. Max pegou sua cigarreira no momento adequado, aceitou que o outro lhe oferecesse fogo com uma caixinha de fósforos com o emblema da companhia e, quando acabaram de fumar seus cigarros e fazer confidências, qualquer viajante que passasse ao seu lado os teria tomado por amigos da toda a vida. Cinco minutos depois, Max consultou o relógio e com o tom de quem, se trocassem de papel, estaria disposto a fazer o mesmo pelo outro, pediu ao condutor que abrisse com sua chave a porta que separava as cabines quatro e cinco.

— Não posso fazer isso — objetou debilmente o funcionário. — O regulamento proíbe.

— Eu sei, meu amigo... Mas também sei que vai fazer isso por mim.

O comentário foi acompanhado por um gesto discreto, quase indiferente; colocou na mão do outro duas notas de 100 francos idênticas às que havia lhe dado de gorjeta ao subir no trem em Nice. O condutor ainda hesitou por um momento, embora parecesse mais preocupado em manter as formas honradas da Compagnie Internationale des Wagons-Lits do que com qualquer outra coisa. Finalmente enfiou o dinheiro no bolso e colocou o quepe com um gesto de homem do mundo.

— O desjejum às sete, senhor? — perguntou com muita naturalidade enquanto percorriam o corredor.

— Sim. A essa hora será perfeito.

Seguiu-se uma pausa mal perceptível.

— Serviço individual ou duplo?

— Individual, por favor, se for tão amável.

Ao ouvir aquilo, o condutor, que havia chegado diante da porta de Max, dirigiu-lhe um olhar agradecido. Era tranquilizador — podia se ler nele — trabalhar com cavalheiros que ainda sabiam preservar as boas maneiras.

— Naturalmente, senhor.

Naquela noite, como nas seguintes, Max dormiu pouco. A mulher se chamava Marie-Chantal Héliard; era saudável, apaixonada e divertida, e ele continuou frequentando-a durante os quatro dias que permaneceu em Paris. Era ótima para dar cobertura, e, além disso, obteve dela 10 mil francos que se somaram aos 30 mil da caixa-forte de Tomás Ferriol. No quinto dia, depois de refletir muito sobre o próprio futuro imediato, Max transferiu todo o dinheiro que tinha no Barclays Bank de Montecarlo e o retirou em espécie. Depois comprou na agência Cook da rue de Rivoli uma passagem de trem para El Havre e outra de primeira classe no transatlântico *Normandie* para Nova York. No momento de liquidar sua conta no hotel Meurice enfiou em um envelope de papel pardo as cartas do conde Ciano e mandou um mensageiro entregá-lo na embaixada da Itália. Não acrescentou cartão, bilhete nem explicação alguma. No entanto, antes de entregar o envelope com uma gorjeta para o recepcionista do hotel, deteve-se por um instante e sorriu, pensativo. Depois tirou a caneta-tinteiro do bolso e escreveu no envelope, com letras maiúsculas e como se fossem os remetentes, os nomes de Mauro Barbaresco e Domenico Tignanello.

Max perdeu a noção do tempo. Depois da escuridão e da dor, do interrogatório e das pancadas incessantes, surpreende-se que o aposento ainda esteja iluminado pela luz externa quando tiram outra vez a toalha molhada de sua cabeça. Esta lhe dói muito; tanto, que seus olhos parecem prestes a saltar das órbitas a cada batida descompassada do sangue nas têmporas e no coração. No entanto, já faz um tempo que não o golpeiam. Agora ouve vozes falando em russo e percebe silhuetas turvas enquanto seus olhos demoram a se adaptar à claridade. Quando, finalmente, consegue enfocá-los com nitidez, descobre que há um quinto homem no aposento: louro, corpulento, com olhos azuis aquosos que o observam com curiosidade. Seu aspecto lhe parece familiar, embora em seu estado não consiga alinhavar as recordações nem as ideias. Depois de um momento, o homem louro faz um gesto de incredulidade e desaprovação. Então balança a cabeça e troca algumas palavras com o homem de bigode avermelhado, que não está mais sentado em sua cadeira, mas em pé, e também observa Max. O do bigode não parece gostar do que ouve, pois responde com irritação e expressão de impaciência. O outro insiste e a discussão sobe de tom. Finalmente, o homem louro emite o que parece ser uma ordem taxativa e seca, e sai do quarto no mesmo instante em que Max reconhece o grande mestre Mikhail Sokolov.

O do bigode avermelhado se aproximou de Max. Estuda-o com olho crítico, como se avaliasse os danos. Não devem lhe parecer excessivos, pois encolhe os ombros e dirige algumas palavras mal-humoradas a seus companheiros. Max fica tenso de novo, esperando a toalha molhada e mais pancadas; mas nada disso acontece. O que o dos cabelos escorridos faz é trazer um copo d'água e aproximá-lo, com violência, da boca do prisioneiro.

— Você tem muita sorte — comenta o do bigode avermelhado.

Max bebe avidamente, derramando água. Depois, com o líquido escorrendo por seu queixo e peito, volta-se para o outro, que o observa com olhar sombrio.

— Você é um ladrão, um impostor e um meliante com antecedentes criminais — disse o russo, que aproximou seu rosto até quase roçar o de Max. — Hoje mesmo, em sua clínica do lago de Garda, seu chefe, o Dr. Hugentobler, será informado a respeito de tudo isso. Também saberá que você esteve se pavoneando por Sorrento com suas roupas, seu dinheiro e seu Rolls-Royce. E mais importante ainda: a União Soviética não se esquecerá do que você fez. Vá aonde for, tentaremos infernizar sua vida. Até que um dia alguém bata na sua porta para terminar o que deixamos pendente... Queremos que pense nisso toda noite ao dormir e cada manhã ao abrir os olhos.

Depois de dizer isso, o do bigode avermelhado faz um sinal ao do blusão de couro preto e nas mãos deste soa o estalido de uma navalha se abrindo. Ainda aturdido, como se flutuasse em uma nuvem de névoa, Max sente que estão cortando suas amarras. Um formigamento de dor que o faz gemer diante no inesperado, transpassa seus braços e pernas intumescidos.

— Agora saia daqui e procure um buraco bem fundo para se esconder, vovô... Viva o que viver, a partir de hoje é um homem acabado. Um homem morto.

13. A luva e o colar

Foi difícil chegar de seu quarto até ali. Antes de ajeitar a roupa com um gesto instintivo e bater na porta, Max se olha em um espelho do corredor para checar os estragos visíveis. Para estabelecer o quanto avançaram a dor, a velhice e a morte desde a última vez. Mas não há nada de extraordinário em sua aparência. Não muito, pelo menos. A toalha molhada, observa no espelho com uma mistura de amargura e alívio, cumpriu seu papel: as únicas marcas em seu rosto pálido são uns círculos violáceos de fadiga sob as pálpebras inflamadas. Seus olhos também estão avermelhados e febris, com o branco do globo injetado de sangue como se centenas de minúsculas veias tivessem se rompido dentro deles. O pior, porém, é o que não está à vista, conclui quando dá os últimos passos em direção ao quarto de Mecha Inzunza, detendo-se para apoiar uma das mãos na parede enquanto recupera o fôlego: os hematomas no peito e no ventre, o pulso lento e irregular que o deixa cansado, exigindo a cada movimento um esforço supremo que continua cobrindo-o de suor frio, sob a roupa cujo toque lacera sua pele dolorida, o mal-estar agudo que entorpece seu passo e que só com força de vontade conseguiu dissimular, levantando-se a duras penas enquanto atravessava o vestíbulo do hotel. E, sobretudo, o desejo intenso, irreprimível, de se deitar em qualquer lugar, fechar os olhos e dormir um sonho longo. Afundar-se na paz de um vazio aprazível como a morte.

— Meu Deus... Max.

Ela está na porta do quarto, olhando-o com espanto. O sorriso que ele tenta manter não deve tranquilizá-la nem um pouco, pois se apressa a pegar Max por um braço, sustentando-o apesar da débil negativa dele, que se esforça em dar os passos seguintes sem ajuda.

— O que é isso? Está doente...? O que há com você?

Não responde. O trajeto até a cama parece interminável; seus joelhos fraquejam. Finalmente, tira o paletó e se senta em cima da colcha com imenso alívio, os braços cruzados em cima do ventre, reprimindo um gemido de dor ao dobrar o corpo.

— O que fizeram com você? — Ela compreende, enfim.

Não se lembra de ter se deitado, mas está assim agora, de barriga para cima. Mecha ocupa a beira da cama, uma das mãos em sua testa e a outra tomando seu pulso enquanto observa, alarmada.

— Uma conversa — consegue, finalmente, dizer Max, com voz sufocada. — Foi apenas uma conversa.

— Com quem?

Encolhe os ombros com indiferença. O sorriso que acompanha esse gesto se dilui, no entanto, em seu rosto crispado.

— Tanto faz com quem.

Mecha estica a mão para pegar o telefone que está na mesinha de cabeceira.

— Vou chamar um médico.

— Deixe os médicos para lá. — Segura seu braço debilmente. — Só estou muito cansado... Daqui a pouco estarei bem.

— Foi a polícia? — A inquietação dela não parece se referir apenas à saúde de Max. — O pessoal de Sokolov?

— Nada de polícia. Por ora, tudo fica em família.

— Malditos! Porcos!

Ele tenta esboçar um sorriso estoico, mas só consegue fazer uma careta maltratada.

— Ponha-se no lugar deles — justifica-os ele. — Maldito lance.

— Vão denunciar o roubo?

— Não tive essa impressão. — Apalpa com cautela o ventre dolorido. — Na realidade, minhas impressões foram outras.

Mecha o observa como se não entendesse. Finalmente, assente e acaricia docemente seus cabelos grisalhos despenteados.

— Você recebeu o que lhe mandei? — pergunta ele.

— Claro que sim. Está bem guardado.

Nada mais fácil, diz Max a si mesmo. Um inocente pacote nas mãos de Tiziano Spadaro em nome de Mecha Inzunza levado ao quarto por um mensageiro. Velhas maneiras de fazer as coisas. A arte da simplicidade.

— Seu filho está sabendo...? Sabe o que fiz?

— Prefiro esperar que o duelo termine. Já tem preocupações de sobra com Irina.

— E o que se sabe dela? Sabe que foi descoberta?

— Ainda não. E espero que demore a suspeitar.

Um espasmo dolorido, que chega de repente, faz Max gemer. Ela tenta desabotoar sua camisa úmida de suor.

— Me deixe ver o que você tem aí.

— Nada. — Recusa ele, afastando as mãos da mulher.

— Me diga o que lhe fizeram.

— Nada sério. Vou repetir: só tivemos uma conversa.

O duplo reflexo dourado o contempla com tanta firmeza que Max quase pode se observar nele. Gosto que me olhe dessa maneira, decide. Gosto muito. Sobretudo hoje. Agora.

— Nem uma palavra, Mecha... Não disse nem uma palavra. Não admiti nada. Nem sequer sobre mim mesmo.

— Eu sei. Eu o conheço, Max... Eu sei.

— Talvez não acredite, mas não foi muito difícil. Para mim tanto fazia, compreende...? O que me fizessem...

— Você foi muito corajoso.

— Não era coragem. Era apenas isso que estou dizendo. Indiferença.

Respira fundo, tentando recuperar a energia perdida, embora a cada inspiração tudo lhe doa de uma maneira terrível. Sente-se tão cansado que seria capaz de dormir durante dias. O pulso continua irregular, como se às vezes seu coração se esvaziasse. Ela parece perceber, preocupada. Levanta-se e traz um copo d'água que ele bebe em goles curtos, com precaução. O líquido alivia a ardência de sua boca, mas dói quando chega no estômago.

— Me deixe chamar um médico.

— Esqueça os médicos... Só preciso descansar. Dormir um pouco.

— Claro. — Mecha acaricia seu rosto. — Durma tranquilo.

— Não posso ficar no hotel. Não sei o que acontecerá... Mesmo que eles não me denunciem, terei problemas. Tenho que voltar à Villa Oriana e devolver a roupa, o carro... Tudo.

Faz um movimento inquieto, ameaça se levantar, mas ela o retém com doçura.

— Não se preocupe. Descanse. Isso pode esperar algumas horas. Irei ao seu quarto e farei as malas. Você está com a chave?

— Está no paletó.

Aproxima outra vez o copo e Max bebe mais um pouco, até que o mal-estar do estômago se torna insuportável. Depois deita a cabeça, exausto.

— Eu consegui, Mecha.

Há um vago orgulho nessas palavras. Ela percebe e sorri, com pensativa admiração.

— Sim, conseguiu. Por Deus que sim. Impecavelmente.

— Quando for oportuno, diga a seu filho que fui eu.

— Direi... Não tenha dúvida.

— Conte que subi ali e lhes tirei o maldito livro. Agora a garota e o livro se equivalem, não...? Como vocês dizem no xadrez, empataram.

— Claro.

Ele sorri, esperançoso.

— Talvez seu filho venha a ser campeão mundial... Então, quem sabe, passe a ter mais simpatia por mim.

— Estou convencida disso.

Ele se incorpora um pouco, segurando seu pulso com súbita ansie_ dade.

— Agora você pode me dizer. Não é meu, não é mesmo...? Pelo menos você não tem certeza... de que seja.

— Durma, vamos. — Ela o obriga a se deitar de novo. — Velho safado. Maravilhoso idiota.

Max descansa. Às vezes profundamente, cochilando em outros momentos. Volta e meia se sobressalta e geme, desconcertado, depois de pesadelos desconexos e desprovidos de sentido. Há uma dor física e outra sonhada que se superpõem, competindo em intensidade sem que seja fácil diferenciar as sensações reais das imaginárias. Cada vez que abre os olhos demora a identificar o lugar onde está: a luz externa se extinguiu paulatinamente até esfumar os objetos do quarto e agora há apenas sombras. A mulher continua ao seu lado, recostada na cabeceira da cama não desfeita: uma sombra um pouco mais clara do que as que circundam Max, o calor de seu corpo próximo e a brasa de um cigarro.

— Como você está se sentindo? — pergunta ela, ao perceber que ele se mexeu e está acordado.

— Cansado. Mas estou bem... Ficar assim, quieto, alivia muito. Estava precisando dormir.

— Ainda precisa. Durma mais. Estou vigiando.

Max quer olhar em volta, ainda confuso. Tentando recordar como chegou ali.

— O que aconteceu com as minhas coisas? Com a minha mala?

— Está feita. Eu a trouxe. Está ali, perto da porta.

Ele fecha os olhos com alívio: o bem-estar de quem, no momento, não precisa se preocupar com nada. E, finalmente, recorda o resto.

— O mesmo número de anos e de casinhas de xadrez, você disse.

— É verdade.

— Não foi por seu filho... Não o fiz por ele.

Mecha apaga o cigarro.

— Não inteiramente, você quer dizer.

— Sim. Talvez quisesse dizer isso.

Ela se mexeu um pouco, afastando-se da cabeceira da cama e acomodando-se ao seu lado, mais perto.

— Ainda não sei por que você começou essa história — diz em voz muito baixa.

A escuridão torna a situação estranha, ele pensa. Irreal. Parece que estamos em outro tempo. Em outro mundo. Em outros corpos.

— Por que vim para o hotel e todo o resto?

— É isso.

Max sorri, consciente de que ela não pode ver seu rosto.

— Quis ser outra vez o que era — responde com simplicidade. — Sentir-me como então... Entre os mais absurdos de meus projetos estava a possibilidade de roubá-la de novo.

Ela parece espantada. E cética.

— Você não vai querer que eu acredite.

— Pode ser que roubar não seja a palavra. Certamente não é. Mas tinha a intenção de fazê-lo. Não por dinheiro, claro. Não por...

— Ora. — Ela o interrompe, finalmente convencida. — Entendo.

— No primeiro dia revistei o quarto. Farejava seu rastro, imagine: vinte e nove anos depois, reconhecendo-a em cada objeto. E encontrei o colar.

Max aspira a proximidade da mulher, atento às sensações. Ela cheira a tabaco misturado com um resto de perfume muito suave. Por um momento também se pergunta se sua pele nua, murcha, manchada pelo tempo, ainda cheirará como quando se abraçavam em Nice ou Buenos Aires. Certamente não, conclui. Ou sem dúvida. Como tampouco a dele.

— Fiquei pensando em roubar seu colar — diz depois de um silêncio. — Só isso. Seduzi-la pela terceira vez, de alguma maneira. Levá-lo como na noite em que voltamos de La Boca.

Mecha fica calada por um momento.

— Esse colar não vale mais a mesma coisa de quando nos conhecemos — diz, finalmente. — Duvido que agora você obtivesse por ele sequer a metade.

— Não se trata disso. De que valha mais ou menos. Era uma forma de... Bem. Não sei. Uma forma.

— De se sentir jovem e vitorioso?

Ele nega com a cabeça, na escuridão.

— De lhe dizer que não esqueci. Que não esqueci.

Outro silêncio. E outra pergunta.

— Por que nunca ficou?

— Você era um sonho feito de carne. — Ele pensa na resposta, esforçando-se para ser preciso. — Um mistério de outro mundo. Jamais imaginei que tivesse direito.

— E tinha. Estava diante de seus estúpidos olhos.

— Não conseguia ver. Era impossível... Não combinava com minha maneira de olhar.

— Seu sabre e seu cavalo, não é mesmo?

Max faz um esforço sincero para lembrar.

— Não me lembro disso — conclui.

— Claro. Mas eu sim. Recordo cada uma de suas palavras.

— De qualquer maneira, sempre me senti de passagem em sua vida.

— É estranho que diga isso. Fui eu quem sempre se sentiu de passagem na sua.

Ela se levantou e foi até a janela. Corre um pouco a cortina, e a luz elétrica do lado de fora, que sobe do terraço do hotel, recorta sua silhueta escura e imóvel contra a luz.

— Toda minha vida se alimentou daquilo, Max. Do nosso tango silencioso no salão das palmeiras do *Cap Polonio*... Da luva que coloquei em seu bolso naquela noite no La Ferroviaria: a mesma que no dia seguinte fui buscar no seu quarto, na pensão de Buenos Aires.

Ele assente, embora ela não possa vê-lo.

— A luva e o colar... Sim. Recordo a luz daquela janela nas lajotas do chão e na cama. Seu corpo nu e meu espanto ao ver como você era linda.

— Meu Deus — sussurra ela, como para si mesma. — Você era lindíssimo. Elegante e lindíssimo. Um perfeito cavalheiro.

Ele ri atravessado. Entre os dentes.

— Nunca fui isso — responde.

— Foi mais que a maior parte dos homens que conheci... Um autêntico cavalheiro é aquele que, quando o é, não se importa se é ou não.

Aproxima-se de novo da cama. Deixou a cortina entreaberta às suas costas, e a tênue claridade externa delimita contornos na penumbra do quarto.

— O que me fascinou desde o princípio foi sua ambição desapaixonada e desambiciosa... Essa fleumática ausência de esperança.

Está ao lado da cama e acende outro cigarro. A chama do fósforo ilumina seus dedos ossudos de unhas bem-cuidadas, os olhos que observam Max, a testa atravessada por rugas sob os cabelos grisalhos muito curtos.

— Meu Deus. Bastava me tocar para que eu começasse a tremer.

Sacode a chama e só fica a brasa. Também, como se fosse um rescaldo gêmeo, um suave reflexo acobreado nas íris douradas.

— Eu só era jovem — responde ele. — Um caçador preocupado em sobreviver. Você sim era o que eu já lhe disse: bela como um sonho... Um desses milagres aos quais os homens só têm direito quando são jovens e audaciosos.

Ela continua em pé ao lado da cama, diante de Max, recortada na penumbra.

— Era espantoso... E você ainda é capaz de fazer isso. — A ponta vermelha do cigarro se aviva duas vezes. — Como consegue, depois de tanto tempo? Sabia fazer mágicas com os gestos e as palavras, como se usasse uma máscara de inteligência. Dizia alguma coisa que possivelmente não era sua, tirada de uma revista ou de uma conversa alheia, e que, no entanto, me eriçava a pele; e, embora vinte segundos depois já a tivesse esquecido, minha pele continuava eriçada... Ainda acontece. Olhe, me toque. Você é um velho que levou uma surra, está sem forças, e isso ainda acontece comigo quando estou com você. Juro.

Aproximou um braço de Max, procurando sua mão. A história da pele é verdadeira, confirma este. Ainda quente e suave, apesar dos anos. Naquela semiescuridão, a silhueta alta e esbelta parece a mesma que conheceu em outros tempos.

— Esse seu sorriso, tranquilo e cafajeste... Também audacioso, sim... Esse você conserva, apesar de tudo. O velho sorriso do dançarino mundano.

Deita-se ao seu lado, em cima da colcha. De novo o cheiro próximo, a cálida proximidade. O ponto vermelho se aviva em seu perfil, tão perto que Max sente no rosto o calor do cigarro.

— Toda vez que acariciava meu filho, quando era pequeno, achava que estava acariciando você. E ainda acontece quando o observo. Vejo você nele.

Um silêncio. Depois a ouve rir suavemente, quase feliz.

— Seu sorriso, Max... Não reconhece mesmo esse sorriso?

Depois de dizer isso, ela se incorpora um pouco, procura, tateando na mesinha de cabeceira, e apaga o cigarro.

— Descanse, relaxe — acrescenta. — Faça isso uma vez na vida. Já lhe disse que estou aqui, vigiando.

Aconchegou-se muito perto, grudada nele. Max entrefecha os olhos, satisfeito. Sereno. Por algum estranho motivo que não tenta analisar, sente-se inclinado a contar a ela uma velha história.

— Estive pela primeira vez com uma mulher quando tinha 16 anos — lembra, lentamente, em voz baixa — e trabalhava como mensageiro no Ritz de Barcelona... Eu era muito alto para a minha idade, e ela uma hóspede madura, elegante. Finalmente, deu um jeito de me fazer entrar em seu quarto... Ao compreender, fiz o melhor que pude. E quando terminei, enquanto me vestia, ela me deu uma nota de 100 pesetas. Quando estava saindo, aproximei, ingenuamente, o rosto para lhe dar um beijo, mas ela afastou a face, irritada, com expressão de tédio... E mais tarde, quando cruzei com ela no hotel, nem se dignou a me olhar.

Cala-se por um momento, procurando um matiz ou um detalhe que lhe permitam definir de maneira exata o que acaba de contar.

— Naqueles cinco segundos — acrescenta finalmente —, enquanto aquela mulher afastava o rosto, aprendi coisas que jamais esqueci.

Agora o silêncio é longo. Mecha ficou ouvindo, bem quieta e calada, a cabeça no ombro de Max. Finalmente se mexe um pouco, aproximando-se mais. Em seu corpo delgado, quase frágil, os seios parecem pequenos e mesquinhos através da blusa; muito diferentes de como ele os recorda. Por alguma razão singular, isso o comove, enternece.

— Eu te amo, Max.

— Ainda?

— Ainda

Procuram suas bocas instintiva e docemente, quase com cansaço. Um beijo melancólico. Tranquilo. Depois ficam imóveis, sem desfazer o abraço.

— Estes últimos anos foram muito difíceis? — pergunta ela mais tarde.

— Poderiam ter sido melhores.

É uma maneira sucinta de defini-los, pensa assim que pronuncia a frase. Depois, em voz baixa e desapaixonada, desfia uma litania melancólica: a decadência física, a competição do sangue jovem adaptado ao mundo novo. E, ao final, concluindo tudo, uma temporada em uma prisão de Atenas, consequência de vários erros e desastres sucessivos. Não foi por muito tempo, mas quando saiu do presídio estava acabado. Sua experiência só servia para que sobrevivesse com pequenos golpes e empregos malremunerados ou frequentasse lugares onde pudesse ganhar a vida trapaceando. Durante algum tempo, a Itália foi um bom lugar para isso; mas, depois, não contava sequer com a boa aparência. O emprego com o Dr. Hugentobler, confortável e seguro, havia sido um verdadeiro golpe de sorte, agora completamente arruinado.

— O que será de você? — pergunta Mecha depois de um silêncio.

— Não sei. Encontrarei uma maneira, suponho. Sempre soube como.

Ela se agita em seus braços, como se fosse protestar.

— Eu poderia...

— Não. — Ele a imobiliza, apertando-a com mais força.

Fica quieta de novo. Max está com os olhos abertos, voltados para as sombras, e ela respira devagar, suavemente. Durante um instante parece adormecida. Finalmente, ela se mexe outra vez, um pouco, roçando seu rosto com os lábios.

— De qualquer maneira — sussurra — lembre-se de que lhe devo uma xícara de café se algum dia passar por Lausanne. Para me ver.

— Bem. Pode ser que passe algum dia.

— Lembre-se, por favor.

— Sim... Lembrarei.

Durante um momento, Max — estupefato pela coincidência — acha que em algum lugar distante soam notas familiares de um tango. Talvez se trate do rádio de um quarto vizinho, conclui. Ou estão tocando lá embaixo, no terraço. Ainda demora um pouco para se dar conta de que é ele quem o cantarola em sua cabeça.

— Não foi uma vida ruim — confessa, em voz muito baixa. — A maior parte do tempo vivi com o dinheiro dos outros, sem chegar jamais a desprezá-los ou a temê-los.

— Não parece um mau balanço.

— Também a conheci.

Ela afasta a cabeça do ombro de Max.

— Ora, vamos, farsante. Você conheceu muitas mulheres.

O tom é risonho. Cúmplice. Ele beija com suavidade seus cabelos.

— Não me lembro dessas mulheres. De nenhuma. Mas me lembro de você. Acredita em mim?

— Sim. — Ela apoia de novo a cabeça. — Esta noite acredito. Talvez você também tenha me amado durante toda a sua vida.

— É possível. Talvez a ame agora... Como saber?

— Claro...? Como saber?

Um raio de sol acorda Max, que abre os olhos na claridade que aquece seu rosto. Há um indício de luz, uma faixa estreita e ofuscante que penetra pelas cortinas entreabertas da janela. Max se mexe devagar, a princípio pesadamente, levantando a cabeça do travesseiro com um esforço dolorido, e constata que está sozinho. Sobre a mesinha de cabeceira, um pequeno despertador de viagem marca dez e meia da manhã. Cheira a tabaco; ao lado do relógio há um copo vazio e um cinzeiro com uma dúzia de guimbas. Ela, deduz, passou o resto da noite ao seu lado. Velando seu sono, como prometera. Talvez tenha ficado ali, imóvel e calada, fumando enquanto o olhava adormecido à primeira luz da aurora.

Levanta-se atordoado, apalpando a roupa amarrotada, e depois de desabotoar a camisa constata que os hematomas adquiriram um feio tom escuro, como se a metade de seu sangue tivesse se derramado entre a carne e a pele. Seu corpo dói das virilhas ao pescoço e cada passo que dá em direção ao banheiro beira o tormento, até que seus membros intumescidos se aquecem. A imagem que vê no espelho tampouco corresponde a seus melhores dias: um ancião de olhos vítreos e avermelhados o observa com receio do outro lado do vidro. Abrindo uma torneira do lavabo, Max enfia a cabeça embaixo do jato de água fria e deixa que ela corra durante um tempo, despertando-o. Depois levanta o rosto e antes de se enxugar com uma toalha volta a estudar suas feições avantajadas, onde as gotas d'água escorregam seguindo o leito das fundas rugas que as sulcam.

Atravessa lentamente o aposento, aproximando-se da janela; e, quando corre as cortinas, a luz externa atinge com violência a colcha enrugada sobre a cama, o blazer azul-marinho pendurado no respaldo de uma cadeira, a mala pronta perto da porta, as coisas de Mecha espalhadas pelo quarto: roupas, uma bolsa, livros, um cinturão de couro, porta-moedas, revistas. Depois do ofuscamento inicial, os olhos de Max se habituam à claridade: agora enfocam a fusão anil de céu e mar, a linha da costa e o cone escuro do Vesúvio esfumado em azul e cinza. Um ferryboat, que se afasta rumo a Nápoles com falsa lentidão, traça no azul-escuro da baía uma linha reta branca e tênue com sua esteira. E três andares abaixo, em uma mesa do terraço do hotel — a que fica ao lado da mulher de mármore que, ajoelhada, observa o mar —, Jorge Keller e seu mestre Karapetian jogam xadrez enquanto Irina os observa, sentada com eles, mas ligeiramente afastada da mesa, os pés nus na beira da cadeira e os braços envolvendo os joelhos. Já à margem do jogo e de suas vidas.

Mecha Inzunza está sozinha, mais afastada, sentada ao lado de uma buganvília próxima à balaustrada do terraço. Veste uma saia escura, uma jaqueta bege repousa em seus ombros. Há um jogo de café e alguns jornais abertos em sua mesa, mas ela não os olha. Tão imóvel como a mulher de pedra que está atrás, parece contemplar, absorta, a paisagem da baía. Enquanto a observa, a testa apoiada no vidro da janela, Max só a vê se mexer uma vez: levar uma das mãos à nuca, tocar os cabelos curtos e grisalhos e inclinar levemente a cabeça com ar pensativo antes de levantá-la de novo e voltar a ficar quieta como antes, olhando o mar.

Max dá as costas à janela, vai até a cadeira e pega o paletó. Enquanto o veste, seus olhos se demoram nos objetos que estão em cima da cômoda. E ali, onde não poderia deixar de vê-lo, deliberadamente situado sobre uma luva de mulher longa e branca, encontra o colar de pérolas, que reluz com suaves reflexos foscos na luz intensa que domina o quarto.

Parado diante da luva e do colar, o ancião que há um momento se contemplava no espelho sente aflorar recordações, imagens, existências pregressas que sua memória organiza de maneira espantosamente nítida. Vidas próprias e alheias se encontram de repente em um sorriso que também é uma careta dolorida; embora talvez seja a dor de coisas perdidas ou impossíveis o que desperte esse sorriso melancólico. E assim, de novo, um garotinho com os joelhos sujos caminha equilibrando-se nas tábuas carcomidas de um barco despedaçado no lodo, um soldado sobe uma colina coberta de cadáveres, uma porta se fecha sobre a imagem de uma mulher adormecida agasalhada pelo facho de lua impreciso como um remorso. Então se sucedem, no fio do sorriso cansado do homem que recorda, trens, hotéis, cassinos, peitilhos brancos engomados, costas nuas e o brilho de joias sob lustres de cristal enquanto um casal de jovens charmosos, incitados por paixões urgentes como a vida, olha-se nos olhos dançando um tango ainda não escrito no salão deserto de um transatlântico que navega na noite. Traçando sem saber, ao se movimentarem abraçados, a assinatura de um mundo irreal cujas luzes cansadas começam se apagar para sempre.

Mas não é só isso. Há também, na memória do homem que olha a luva e o colar, palmeiras de copas inclinadas sob a chuva e um cachorro molhado em uma praia de névoa cinza, diante de um quarto de hotel onde a mulher mais linda do mundo espera, sobre lençóis revoltos que cheiram a intimidade morna e a sossego indiferente ao tempo e à vida, que o jovem que está em pé e nu diante da janela se vire para ela e funda-se novamente em sua carne acolhedora e perfeita, o único lugar do Universo onde é possível esquecer suas estranhas regras. Depois, em um tapete verde, três bolas de marfim se entrechocam com suavidade enquanto Max observa, atento, um garoto no qual, assombrado, reconhece seu próprio sorriso. Também vê, muito perto, um duplo reflexo de mel líquido que olha para ele como nenhuma mulher jamais o olhou, e sente uma respiração úmida e cálida roçando seus lábios, e uma voz sussurra velhas palavras que soam como se fossem novas e gotejam bálsamo em antigas feridas, penitência sobre mentiras, incertezas e desastres, quartos de pensão e alojamentos sórdidos, passaportes falsos, delegacias, celas, anos recentes de humilhação, solidão e fracasso, com a luz opaca de infinitos amanheceres sem futuro apagando a sombra que o garotinho nas margens do Riachuelo, o soldado que caminha sob o sol e o jovem charmoso que dançou com mulheres belas em transatlânticos luxuosos e grandes hotéis tiveram costurada em seus pés.

E dessa maneira, com o último vestígio de sorriso ainda em sua boca, mexendo-se na ressaca distante de tantas vidas que foram suas, Max afasta para um lado o colar de pérolas, pega a luva branca da mulher que estava embaixo dele e a coloca no bolso superior de seu paletó com um rápido toque de elegante charme, exibindo seus dedos como se fossem pontas de um lenço ou pétalas de uma flor na lapela. Depois olha ao redor para checar se tudo está em ordem, dirige um último olhar ao colar abandonado em cima da cômoda e inclina levemente a cabeça na direção da janela, despedindo-se de um público invisível que a partir dali fizesse soar aplausos imaginários. A ocasião, pensa enquanto abotoa e alisa o paletó, talvez requeresse, ao sair de cena com a fleuma adequada para a situação, as notas do "Tango da Velha Guarda". Mas seria excessivamente óbvio, conclui. Muito previsível. Por isso abre a porta, pega a mala e se afasta pelo corredor em direção ao nada, assoviando "O homem que desbancou Montecarlo".

Madri, janeiro de 1990
Sorrento, junho de 2012

Agradecimentos

São muitas as pessoas sem cuja colaboração este romance não existiria. Para penetrar no território do tango foi decisiva, em Buenos Aires, a assessoria de Horacio Ferrer, José Gobello, Marcelo Oliveri e Óscar Conde. A Gabriel di Meglio, dos Eternautas, devo uma primeira visita ao bairro de Barracas, mais tarde completada ao lado de Gabriela Puccia, que colocou à minha disposição as memórias de seu pai, Enrique Puccia, cujas recordações me permitiram imaginar a infância suburbana de Max Costa. Marco Tropea forneceu informações interessantes sobre a Itália dos anos 1960. Devo alguns detalhes importantes sobre a França de 1937 à amizade de Étienne de Montety. De Michele Polak e sua livraria-antiquário de Paris obtive livros e folhetos que me permitiram descrever a vida a bordo do transatlântico *Cap Polonio*. O duelo Keller-Sokolov deve muito à colaboração entusiasta de Leontxo García, que, com sua generosidade habitual, resolveu complexos problemas táticos e me deu livre acesso à parte menos pública da vida dos melhores jogadores de xadrez do mundo. Conchita Climent e Luis Salas forneceram material para a construção da vida profissional do compositor Armando de Troeye, o embaixador Julio Albi me detalhou alguns procedimentos diplomáticos do período entre guerras, o comissário Juan Antonio Calabria resolveu problemas de caráter policial, Asya Goncharova me ajudou nas complexidades da fala e do caráter dos enxadristas soviéticos, e com o especial assessoramento de José López e Gabriel López abri minha primeira caixa-forte. Meus agradecimentos ficariam incompletos se não incluíssem o escritor e jornalista argentino Jorge Fernández Díaz e o editor uruguaio Fernando Esteves, meus amigos.

Este livro foi composto na tipologia Adobe Garamond Pro,
em corpo 11,3/14,7, e impresso em papel off-white
no Sistema Cameron da Divisão Gráfica
da Distribuidora Record.